SAMUEL BJØRK

Engelskalt

GOLDMANN
Lesen erleben

Buch

Ein Spaziergänger findet im norwegischen Wald an einem Baum ein totes Mädchen – aufgehängt an einem Springseil. Die Sechsjährige trägt ein Kleid, das wie Puppenkleidung wirkt, und um ihren Hals hat sie ein Schild mit den Worten: »Ich reise allein.« Kommissar Holger Munch, dem die Ermittlungen übertragen werden, beschließt, sich der Hilfe seiner derzeit beurlaubten Kollegin Mia Krüger zu versichern, deren Spürsinn unschlagbar ist. Er reist auf die Insel Hitra in Mittelnorwegen, um sie abzuholen. Was Munch nicht weiß: Mia hat sich auf Hitra verkrochen, um sich umzubringen. Doch als Munch ihr die Bilder des toten Mädchens zeigt, lässt sie sich überzeugen, mit ihm nach Oslo zu kommen. Denn sie hat ein Detail entdeckt, das bisher übersehen wurde: In den Fingernagel des Kindes ist die Nummer eins geritzt. Kurz darauf finden zwei kleine Jungen ein weiteres etwa sechsjähriges Mädchen im Wald. Es trägt die Nummer zwei …

Am 28. August 2006 kam in Hønefoss im Ringerike-Sykehus auf der Wochenstation ein Mädchen zur Welt. Die Mutter des Kindes, eine fünfundzwanzig Jahre alte Vorschullehrerin, Katarina Olsen, war Bluterin und starb bei der Geburt. Die Hebamme und einige der Krankenschwestern, die bei der Geburt dabei gewesen waren, beschrieben das kleine Mädchen später als außergewöhnlich schön. Es wurde als still und überaus wach geschildert, mit einem Blick, der dafür sorgte, dass alle auf der Station eine ganz besondere Beziehung zu ihm entwickelten. Bei ihrer Aufnahme hatte Katarina Olsen den Vater mit unbekannt *angegeben. An den folgenden Tagen konnte die Krankenhausleitung in Zusammenarbeit mit der Gemeinde Ringerike die jetzt in Bergen lebende Großmutter des Kindes ausfindig machen. Sie hatte nichts von der Schwangerschaft ihrer Tochter gewusst und kam ins Krankenhaus, nur um feststellen zu müssen, dass das neugeborene Kind von der Säuglingsstation verschwunden war. In den folgenden Wochen gab es eine großangelegte Suchaktion, die jedoch ergebnislos blieb. Zwei Wochen darauf wurde ein schwedischer Krankenpfleger namens Joachim Wicklund tot in seiner Wohnung im Zentrum von Hønefoss aufgefunden. Er hatte sich erhängt. Am Boden wurde ein mit der Maschine geschriebener Brief gefunden. Er enthielt vier Worte: »Es tut mir leid.«*

Das kleine Mädchen blieb verschwunden.

Lisa ging zur Schule. Tripp, tripp, tripp hallo.
In dem neuen Kleidchen. Trippelt sie so froh.

• Teil I •

• 1 •

Walter Henriksen saß am Frühstückstisch und versuchte verzweifelt, etwas von dem Frühstück hinunterzubringen, das seine Frau ihm aufgetischt hatte. Eier und Speck. Hering, Räucherwurst und frischgebackenes Brot. Eine Tasse Kräutertee. Die Kräuter stammten aus dem eigenen Garten, den sie sich so sehr gewünscht hatte, dass sie dieses Haus gekauft hatten, ein gutes Stück außerhalb von Oslo, mit dem Waldgebiet Østmarka als nächstem Nachbarn. Um ihre gesunden Interessen zu pflegen. Im Wald wandern. Einen kleinen Gemüsegarten anlegen. Beeren und Pilze sammeln und nicht zuletzt dem Hund ein freieres Leben ermöglichen, einem Cockerspaniel, den Walter Henriksen nicht ausstehen konnte. Aber er liebte seine Frau, und deshalb hatte er sich mit allem einverstanden erklärt.

Er schluckte einen Bissen von seinem Heringsbrot und kämpfte gegen den Brechreflex an, mit dem sein Körper antwortete. Er trank einen großen Schluck Orangensaft und versuchte nach besten Kräften zu lächeln, obwohl sein Kopf schmerzte, als ob ihn jemand mit einem Hammer malträtiert hätte. Das Betriebsfest am Vorabend war nicht wie geplant verlaufen, auch diesmal hatte er die Finger nicht vom Schnaps lassen können.

Im Hintergrund surrten die Nachrichten, während Walter versuchte, die Miene seiner Frau zu deuten. Die Stimmung. Ob sie wach geworden war, als er in den frühen Morgenstunden ins Bett gefallen war, wann, wusste er nicht, aber es war spät gewesen, viel zu spät, er wusste noch, dass er sich ausgezogen hatte, hatte die vage Erinnerung, dass sie geschlafen hatte, dass er *zum Glück* gedacht hatte, ehe er auf der viel zu harten Matratze eingeschlafen war, die sie unbedingt hatte kaufen wollen, weil sie in letzter Zeit solche Probleme mit dem Rücken hatte.

Walter räusperte sich leise, wischte sich mit der Serviette den Mund und strich sich mit der Hand über den Bauch, gab vor, die Mahlzeit genossen zu haben und satt zu sein.

»Ich dachte, ich könnte mal eine Runde mit Lady drehen«, murmelte er mit etwas, das, wie er hoffte, wie ein Lächeln wirkte.

»Ach ja, das wäre schön«, seine Frau nickte, ein wenig überrascht, denn auch wenn es nicht sehr oft erwähnt wurde, wusste sie doch ganz genau, dass er die drei Jahre alte Hundedame nicht leiden konnte.

»Vielleicht kannst du heute ein bisschen weiter gehen und nicht nur einmal ums Haus?«

Er suchte nach dem leicht passiv-aggressiven Tonfall, den sie oft hatte, wenn sie mit ihm unzufrieden war, dem Lächeln, das kein Lächeln war, sondern etwas ganz anderes, aber davon sah er jetzt nichts, sie wirkte zufrieden, hatte nichts gemerkt. Er hatte sich gekonnt aus der Affäre gezogen. Und jetzt, das gelobte er sich, würde so etwas nicht mehr vorkommen. Gesundes Leben ab sofort. Und keine Betriebsfeste mehr.

»Nein, ich wollte mit ihr nach Maridalen gehen, vielleicht den Weg zum Dausjø hinunter.«

»Das ist doch perfekt«, sagte seine Frau lächelnd.

Sie streichelte Ladys Kopf, gab ihr einen Kuss auf die Stirn und kraulte sie hinter dem Ohr.

»Jetzt machst du mit Herrchen einen Spaziergang, das wird doch schön, ja, das wird es, wird es nicht schön, ach, es wird so wunderschön für meinen Ladyschnuffel, mein kleiner Schnuffel, du bist doch mein Schnuffel?«

Der Weg durch Maridalen nach oben verlief so wie immer, wenn er ein seltenes Mal mit dem Hund unterwegs war. Walter Henriksen hatte Hunde noch nie leiden können, er wusste nichts über Hunde, wenn es nach ihm gegangen wäre, wären alle Hunde der Welt längst ausgerottet worden. Er verspürte eine wachsende Irritation über die blöde Töle, die an der Leine zog und verlangte, dass er schneller ging. Oder wartete. Oder in eine andere Richtung ging, als er wollte.

Endlich hatte er den Weg erreicht, der hinunter zum Dausjø führte. Hier konnte er den Hund immerhin laufen lassen. Er ging in die Knie, streichelte dem Tier ein wenig den Kopf und versuchte, ein bisschen freundlich zu sein, während er die Leine abnahm.

»So, jetzt kannst du eine Runde laufen, weißt du.«

Der Hund sah ihn mit dummen Augen an und schob die Zunge heraus. Walter steckte sich eine Zigarette an und brachte der kleinen Hündin für einen Moment etwas entgegen, das fast Liebe sein könnte. Das Tier hatte schließlich keine Schuld. Der Hund war schon in Ordnung. Die Kopfschmerzen ließen jetzt auch nach, die frische Luft tat gut. Von jetzt an würde er den Hund leiden mögen. Ach, was für ein braver Hund. Das hier machte ja eigentlich auch ein bisschen Spaß, so zusammen durch den Wald zu schlendern. Sie waren jetzt fast Freunde, und wie brav es gehorchte, ja, braves Hündchen. Keine Leine, und doch lief sie neben ihm her.

In diesem Moment rannte der Cockerspaniel los, verließ den Weg und jagte in den Wald.

Verdammt!

»Lady!«

Walter Henriksen blieb stehen und rief, aber es half nichts. Er warf die Zigarette weg, fluchte leise und fing an, den Hang in die Richtung hochzuklettern, in die der Hund verschwunden war. Einige hundert Meter weiter oben blieb er ganz still stehen. Der Hund lag auf einer kleinen Lichtung unbeweglich da. Und dann entdeckte Walter das kleine Mädchen, das an dem Baum hing. Über dem Boden baumelte. Mit einer Schultasche auf dem Rücken. Und einem Schild um den Hals:

Ich reise allein.

Walter Henriksen fiel auf die Knie und tat automatisch das, was er schon seit dem Aufwachen hatte tun wollen.

Er erbrach sich, das Erbrochene beschmutzte seine Kleider, und er musste weinen.

• 2 •

Mia Krüger wurde von den Möwen geweckt.

An dieses Geräusch hätte sie inzwischen eigentlich gewöhnt sein müssen, sie hatte dieses Haus weit draußen am offenen Meer doch schon vor vier Monaten gekauft, aber die Stadt wollte sie einfach nicht loslassen. Die Wohnung in Torshov, in der Vogts gate, wo es immer laut gewesen war, Busse, Straßenbahnen, Polizeisirenen, Krankenwagen, nie war sie davon geweckt worden, fast schienen sie beruhigend gewirkt zu haben, aber diese Möwen ... vor diesem Geräusch konnte sie nicht weglaufen. Vielleicht lag es daran, dass alles andere so still war?

Sie streckte die Hand nach der Uhr auf dem Nachttisch aus, konnte aber die Zeit nicht erkennen. Die Zeiger schienen nicht vorhanden zu sein, sie waren irgendwo im Nebel, Viertel nach zehn oder halb zwei oder fünf nach halb nichts. Die Tabletten, die sie am Vorabend eingeworfen hatte, wirkten noch immer. Sie beruhigten, stumpften ab, benebelten die Sinne, *dürfen nicht zusammen mit Alkohol eingenommen werden,* aber wen interessierte das schon. In nur zwölf Tagen würde sie ja doch sterben. Die Kreuze im Kalender unten in der Küche, noch zwölf leere Vierecke.

Zwölf Tage. 18. April.

Sie setzte sich im Bett auf, zog den Isländer an und ging mit schwankenden Schritten nach unten ins Wohnzimmer.

Ein Kollege hatte ihr die Tabletten verschrieben. Ein aufgezwungener Freund, einer, der ihr helfen sollte zu vergessen, zu verarbeiten, wieder nach vorne zu blicken. Polizeipsychologe, oder war er Psychiater? Das musste er vielleicht sein, um Rezepte ausstellen zu dürfen? Sie bekam jedenfalls, was sie wollte. Auch hier draußen, auch wenn es sie Kraft kostete, sich etwas zu holen. Sich anzuziehen. Den Außenbordmotor am Boot anzuwerfen. Die fünfzehn Minuten zu frieren, die sie brauchte, um in den Hafen zu gelangen. Das Auto zu starten. Die vierzig Minuten nach Fillan, dem Zentrum hier oben, durchzuhalten, kein großartiges Zentrum, aber egal, hier lagen die Apotheke, im Einkaufszentrum Hjorten, und die Staatliche Alkoholhandlung. Die Medikamente waren parat, sie waren telefonisch aus Oslo durchgegeben worden. Apodorm, Vival, Lamictal, Citalopram. Einige vom Psychiater, aber auch einige vom Arzt. Sie waren alle so hilfsbereit, so freundlich. *Jetzt nimm aber nicht so viel, du musst vorsichtig sein,* aber Mia Krüger hatte durchaus nicht vor, vorsichtig zu sein. Sie war nicht hergekommen, um gesund zu werden. Sie war hergekommen, um zu verschwinden.

Noch zwölf Tage. 18. April.

Mia Krüger nahm eine Flasche Mineralwasser aus dem Kühlschrank, zog sich an und ging an den Strand. Sie setzte sich auf den Felsen, zog die Jacke enger um sich zusammen und schluckte die ersten Tabletten dieses Tages. Fussel in der Hosentasche. Unterschiedliche Farben. Sie wusste nicht so ganz, welche sie heute nahm, war noch immer benommen, aber das spielte keine Rolle. Sie spülte sie mit einem Schluck aus der Flasche hinunter und hielt die Füße in die Wellen. Sie musterte ihre Stiefel. Das ergab keinen Sinn, das waren gleichsam nicht ihre Füße, sondern die einer anderen, irgendwo dort draußen, weit weg. Sie schaute lieber aufs Meer hinaus. Auch das ergab keinen Sinn, aber sie zwang sich, in die Ferne zu blicken, zum Horizont, zu der kleinen Insel dort irgendwo, deren Namen sie nicht wusste.

Sie hatte sich diesen Ort nicht gezielt ausgesucht. Hitra. Eine Insel in Trøndelag. Ihr wäre alles recht gewesen, wenn sie dort nur allein wäre. Sie hatte den Immobilienmakler entscheiden lassen. Verkauf meine Wohnung, und gib mir etwas anderes. Der Makler hatte sie angesehen, als ob sie verrückt wäre oder eine Idiotin, aber er wollte Geld verdienen, also war es ihm wohl scheißegal, es interessierte ihn nicht weiter. Das weiße Lächeln, das so freundlich sagte, er werde sich darum kümmern, ob sie sofort verkaufen wolle? Ob sie genauere Vorstellungen habe? Diese aufgesetzte Freundlichkeit, aber sie hatte durch sie hindurch in seine Augen geschaut. Bei dem Gedanken daran wurde ihr schlecht. Falsche, widerliche Augen. Sie hatte aus irgendeinem Grund immer das Innere der Augen von den Menschen in ihrer Nähe gesehen. Jetzt er, dieses glatte Wesen in Schlips und Kragen, und was sie da sah, hatte ihr nicht gefallen.

Du musst dieses Talent doch nutzen, wo du es schon hast. Begreifst du das nicht? Du musst etwas daraus machen, und du musst es jetzt *machen!*

Verdammt, sie würde es nicht nutzen. Jetzt nicht mehr. Nie mehr. Bei diesem Gedanken wurde sie ganz ruhig. Sie war überhaupt extrem ruhig, seit sie hergekommen war. Nach Hitra. Der Immobilienmakler hatte gute Arbeit geleistet. Fast hätte sie ihm einen freundlichen Gedanken gewidmet.

Mia Krüger erhob sich von dem Felsen und schlug den Weg zum Haus ein. Es wurde Zeit für den ersten Drink des Tages. Sie wusste nicht, wie spät es war, aber jedenfalls wurde es Zeit. Sie hatte teure Flaschen gekauft, hatte sie schon vorher bestellt, vielleicht ein Widerspruch, warum sich etwas Teures gönnen, wenn ihr doch nur noch so wenig Zeit blieb, aber andererseits, warum nicht? Warum das eine? Warum das andere? Sie dachte schon lange nicht mehr an solche Dinge. Sie öffnete eine Flasche Armagnac Domaine de Pantagnan 1965 Labeyrie und füllte damit drei Viertel einer Teetasse, die ungespült auf der Anrichte stand. Ein Armagnac für achthundert Kronen in einer schmutzigen Tasse. *Siehst du, wie wichtig mir das ist? Glaubst du, dass es mir wichtig ist?* Sie lächelte kaum merklich, nahm weitere Tabletten aus der Hosentasche und ging wieder zum Felsen hinunter.

Wieder sandte sie dem Makler mit den allzu weißen Zähnen einen fast freundlichen Gedanken. Wenn sie irgendwo hätte wohnen wollen, um zu leben, hätte es durchaus hier sein können. Die Luft, der Blick über das Meer, die Ruhe, die unter den weißen Wolken lag. Sie hatte noch nie eine Beziehung zu Trøndelag gehabt, aber die Insel hatte ihr vom ersten Augenblick an gefallen. Es gab hier Hirsche. Zahllose Hirsche, und das hatte sie fasziniert, der Hirsch gehörte irgendwie an andere Orte, nach Alaska, auf die Kinoleinwand. Dieses schöne Tier, das manche unbedingt schießen wollten. Mia Krüger hatte auf der Polizeischule Schießen gelernt, hatte die Waffe aber nie leiden mögen. Man spielte nicht mit Waffen, Waffen benutzte man nur, wenn es sich nicht vermeiden ließ, und am besten nicht einmal dann. Die Saison für die Hirschjagd dauerte auf Hitra von September bis November, und eines Tages auf dem Weg zur Apotheke war sie auf eine Teenager-Gang gestoßen, die einen Hirsch auf der Ladefläche ihres Wagens festband. Im Februar, außerhalb der Jagdsaison, und einen Moment lang hatte sie mit dem Gedanken gespielt anzuhalten, die Namen zu notieren, Anzeige zu erstatten, sie ihrer wohlverdienten Strafe zuzuführen, aber sie hatte sich die Sache doch anders überlegt und den Vorfall auf sich beruhen lassen.

Einmal Polizistin, immer Polizistin?

Jetzt nicht mehr. Verdammt, nein.

Noch zwölf Tage. Achtzehnter April.

Sie trank den letzten Schluck Armagnac, lehnte den Kopf an den Felsen und schloss die Augen.

• 3 •

Holger Munch schwitzte, als er in der Ankunftshalle von Værnes stand und auf die Schlüssel zu seinem Mietwagen wartete. Das Flugzeug war zu spät gelandet, wie üblich, weil es Nebel in Gardermoen gegeben hatte, und Holger dachte wieder an den Forscher Jan Fredrik Wiborg, der angeblich in Kopenhagen Selbstmord begangen hatte, nachdem er die Pläne zur Verlegung des Osloer Flughafens wegen der Wetterverhältnisse kritisiert hatte. Noch jetzt, achtzehn Jahre später, ging die Sache ihm nicht ganz aus dem Kopf, ein erwachsener Mann stürzte aus einem viel zu kleinen Hotelfenster, ohne Grund und unmittelbar, bevor die Flugplatzaffäre im Parlament diskutiert werden sollte? Und warum hatte weder die dänische noch die norwegische Polizei in dem Fall gründlich ermitteln wollen?

Holger Munch wurde aus seinen Gedanken gerissen, als die Blondine am Schalter von Europcar sich räusperte, weil er an der Reihe war.

»Munch«, sagte er kurz. »Der Wagen sollte bestellt sein.«

»Ach, Sie kriegen also das neue Museum in Oslo?«, fragte die Frau in der grünen Uniform mit einem Augenzwinkern.

Munch begriff den Scherz nicht sofort.

»Oder sind Sie nicht der Maler?«, fragte die Frau lächelnd und bearbeitete munter weiter die Tastatur.

»Was? Nein, nicht der Maler, nein«, sagte Munch. »Nicht einmal verwandt.«

Dann würde ich nicht hier stehen, bei dem Erbe, dachte Munch, als die Frau ihm ein Papier zum Unterschreiben reichte.

Holger Munch hasste es zu fliegen, deshalb war seine Laune nicht die beste. Nicht weil er Angst vor einem Flugzeugabsturz hatte; Holger Munch war Hobbymathematiker und wusste, dass die Gefahr, dass ein Flugzeug abstürzte, kleiner war als die, zweimal am selben Tag vom Blitz getroffen zu werden. Nein, Holger Munch hasste das Fliegen, weil er inzwischen fast nicht mehr in den Sitz passte.

»So«, sagte die Frau in der grünen Uniform mit freundlichem Lächeln und reichte ihm die Schlüssel. »Ein schöner großer Volvo V70, alles bezahlt, Mietdauer und Fahrstrecke offen, Sie können ihn abliefern, wann und wo Sie wollen, gute Fahrt.«

Groß? Sollte auch das ein Witz sein, oder sollte es ihn beruhigen? Hier hast du ein Auto, in dem selbst du Platz hast, denn du bist so rund geworden, dass du kaum noch deine Schuhe sehen kannst?

Holger Munch warf einen Blick auf sein Spiegelbild in den großen Fenstern der Ankunftshalle, als er zum Parkhaus ging. Es war jetzt vielleicht an der Zeit. Ein bisschen Sport zu treiben. Etwas gesünder zu essen. Ein paar Kilo abzunehmen, neuerdings hatte er solche Gedanken, aus mehreren Gründen. Durch die Straßen Kriminellen hinterherzulaufen, damit hatte er schon längst aufgehört, er hatte Beamte unter sich, die das machen konnten, nein, es lag nicht daran, aber Holger Munch war in den letzten Wochen sogar ein wenig eitel geworden.

Meine Fresse, Holger, neuer Pullover? Meine Fresse, Holger, neue Jacke? Meine Fresse, Holger, hast du dir den Bart gestutzt?

Er schloss den Volvo auf, steckte das Telefon ins Stativ und schaltete es ein. Er legte den Sicherheitsgurt an und fuhr auf die Innenstadt von Trondheim zu, während die Mitteilungen eingingen. Er seufzte. Eine Stunde ohne Telefon, und schon ging es wieder los. Nie frei von der Welt. Es stimmte nicht ganz, dass nur die Flugreise ihm die Laune verdorben hatte. In letzter Zeit war so viel gewesen. Bei der Arbeit und an der Heimatfront. Holger fuhr mit den Fingern über das Display des Smartphones, das er sich hatte kaufen müssen, jetzt war Hightech angesagt, die Truppe hatte up to date zu sein, auch in Hønefoss, wo er die vergangenen achtzehn Monate verbracht hatte. Polizeibezirk Ringerike. Dort hatte er seine Laufbahn begonnen, und jetzt war er wieder hier. Wegen der Geschehnisse am Tryvann.

Sieben Anrufe von der Zentrale in Grønland. Zwei von der Exgattin. Einer von seiner Tochter. Zwei aus dem Pflegeheim. Außerdem zahllose SMS. Die Zentrale lag strategisch günstig an einem der größten Plätze der Stadt, dem Grønland-Platz, und mittlerweile hatte es sich eingebürgert, dass alle nur noch von den Kollegen in Grønland sprachen, wenn eigentlich die Kollegen in der Zentrale gemeint waren.

Holger Munch überließ die Welt noch eine Weile ihrem Schicksal und schaltete das Radio ein. Er fand NRK Klassik, kurbelte das Fenster herunter und steckte sich eine Zigarette an. Die Zigaretten waren sein einziges Laster, abgesehen vom Essen natürlich, aber das war etwas ganz anderes. Mit dem Rauchen aufzuhören, das hatte Holger Munch nicht vor, egal, wie viele Gesetze die Politiker sich ausdachten und wie viele »Rauchen verboten«-Schilder überall auftauchten, wie etwa am Armaturenbrett dieses Mietwagens.

Man konnte nicht denken, ohne zu rauchen, und wenn

Holger Munch etwas gern tat, dann denken. Das Gehirn benutzen. Der Körper war nicht so wichtig, solange das Gehirn funktionierte. Im Radio wurde Händels Messias gespielt, nicht Munchs Lieblingsstück, aber es war schon in Ordnung. Er stand eher auf Bach, ihm gefiel das Mathematische in der Musik, nicht alle diese Gefühlskomponisten. Wagners arische Kriegshetze, Ravels impressionistische emotionale Welt. Munch hörte klassische Musik, um diesen menschlichen Gefühlen zu entgehen. Wenn der Mensch eine Matheaufgabe wäre, wäre alles viel leichter. Er fuhr rasch mit dem Finger über seinen Trauring und dachte an Marianne, seine Exfrau. Zehn Jahre war das her, und doch brachte er es nicht über sich, den Ring abzulegen. Sie hatte angerufen. Wollte sie vielleicht?

Nein. Die Hochzeit natürlich. Sie wollte über die Hochzeit reden. Sie hatten eine Tochter. Miriam wollte heiraten. Praktische Dinge mussten diskutiert werden. Das war alles. Holger Munch warf die Zigarette aus dem Fenster und steckte sich eine neue an.

Ich trinke keinen Kaffee, und ich rühre keinen Alkohol an. Da muss es doch verdammt noch mal erlaubt sein, eine zu rauchen!

Holger Munch war nur ein einziges Mal betrunken gewesen, mit vierzehn Jahren, vom Kirschwein seines Vaters in der Hütte bei Larvik, und seitdem hatte er keinen Alkohol mehr angerührt. Ihm fehlte das Bedürfnis. Er hatte keine Lust. Die Gehirnzellen durcheinanderzubringen? Könnte ihm nicht einfallen. Zigaretten dagegen, und vielleicht ein Hamburger?

Er hielt vor der Tankstelle an der Raststätte Gjestegård und bestellte ein Baconburgermenü, das er auf einer Bank mit Blick über den Trondheimsfjord verzehrte. Wenn die

Kollegen Holger Munch mit drei Wörtern hätten beschreiben müssen, dann wären zwei davon vermutlich »Nerd« gewesen. Clever vielleicht noch oder ein bisschen zu nett. Aber garantiert »Nerd«. Ein dicker sympathischer Nerd, der niemals Alkohol anrührte und Mathematik, klassische Musik und Schach liebte. Ein bisschen langweilig vielleicht, aber ein ganz hervorragender Ermittler. Und ein gerechter Chef. Da war es auch in Ordnung, dass er nie auf ein Bier mitging oder dass er mit keiner Frau mehr zu tun gehabt hatte, seit seine Frau ihn für einen Lehrer aus Hurum verlassen hatte, der jedes Jahr zwei Monate Urlaub hatte und nie mitten in der Nacht aufstehen musste, ohne verraten zu dürfen, wohin er gerufen worden war. Niemand hatte eine so gute Aufklärungsrate wie Holger Munch, das wussten alle. Alle mochten Holger Munch. Trotzdem saß er jetzt wieder in Hønefoss.

Ich degradiere dich nicht, ich versetze dich. So, wie ich das sehe, kannst du froh sein, dass du überhaupt noch einen Job hast.

Er hätte am liebsten auf der Stelle gekündigt, vor Mikkelsons Büro unten in Grønland, hatte sich aber zusammengerissen. Was hätte er denn sonst tun sollen? Sich beim Sicherheitsdienst verdingen?

Holger Munch setzte sich wieder ins Auto und folgte der E6 nach Trondheim. Er steckte sich eine Zigarette an und fuhr über die Umgehungsstraße nach Süden. Im Mietwagen gab es ein GPS, aber das schaltete er nicht ein. Er wusste, wohin er wollte.

Mia Krüger.

Er widmete seinen alten Kollegen einen freundlichen Gedanken, dann klingelte wieder sein Telefon.

»Munch hier.«

Mikkelson am anderen Ende, aufgeregt, kurz vor dem Herzinfarkt, wie immer. Wie der Mann zehn Jahre im Chefsessel unten in Grønland überlebt hatte, war für viele ein Mysterium.

»Ich bin im Auto, und du?«, sagte Munch trocken.

»Im Auto wo? Bist du schon da?«

»Nein, ich bin noch nicht da, ich bin gerade gelandet. Was gibt's denn?«

»Ich wollte nur überprüfen, ob du auch das tust, was wir beschlossen haben.«

»Ich habe den Ordner hier, und ich habe vor, ihn zu überreichen, wenn du das meinst«, sagte Munch seufzend. »Hast du mich wirklich nur deswegen hier hochgeschickt? Wie wäre es mit einem Kurier gewesen? Wir hätten doch die Kollegen vor Ort schicken können.«

»Du weißt genau, warum gerade du da bist«, antwortete Mikkelson. »Und ich will, dass du diesmal auch das tust, was dir gesagt wurde.«

»Erstens«, Munch seufzte wieder und warf die Kippe aus dem Fenster, »schulde ich dir nichts. Und zweitens schulde ich dir nichts. Drittens bist du dafür verantwortlich, dass ich mein Gehirn nicht mehr dazu benutze, wozu es benutzt werden sollte, also kannst du auch gleich die Klappe halten. Weißt du, an was für Fällen ich gerade arbeite? Willst du das hören, Mikkelson? Woran ich arbeite?«

Für einen Moment herrschte Stille. Munch lachte lautlos in sich hinein.

Wenn Mikkelson etwas hasste, dann, jemanden um einen Gefallen zu bitten. Munch wusste, dass Mikkelson jetzt gereizt war, und er freute sich, dass sein alter Chef sich zusammenreißen musste und nicht ohne Weiteres seinen Willen durchsetzen konnte.

»Bring es einfach hinter dich.«

»Aye, aye, Sir«, Munch grinste und legte kurz zwei Finger an die Schläfe.

»Komm mir bloß nicht ironisch, Munch, und ruf an, wenn du was erreicht hast.«

»Mach ich. Ach übrigens, noch was …«

»Was denn?«, brummte Mikkelson.

»Wenn sie mitmacht, dann bin ich wieder drin. Nix mehr mit Hønefoss. Und ich will die alten Räumlichkeiten zurückhaben. In der Mariboes gate. Wir arbeiten nicht im Haus. Und ich will dasselbe Team wie früher. Okay?«

Es blieb für einen Moment still, ehe die Antwort kam.

»Das kommt absolut nicht in Frage. Das ist völlig ausgeschlossen, Munch. Das ist …«

Munch grinste und legte auf, ehe Mikkelson noch mehr sagen konnte. Er steckte sich eine Zigarette an, drehte das Radio wieder laut und entschied sich für die Straße nach Orkanger.

• 4 •

Mia Krüger war auf dem Sofa am Kamin eingeschlafen, unter der Decke. Sie hatte von Sigrid geträumt und war mit dem Gefühl aufgewacht, dass ihre Zwillingsschwester immer noch da war. Bei ihr. Lebendig. Dass sie wieder zusammen waren, so wie immer. Sigrid und Mia. Mia und Sigrid. Die Unzertrennlichen aus Åsgårdstrand, zwei Minuten nacheinander geboren, die eine blond, die andere dunkel, so verschieden und doch so gleich.

Mia wollte nur zurück in den Traum, zurück zu Sigrid, aber sie zwang sich, aufzustehen und in die Küche zu gehen. Ein bisschen frühstücken. Um den Alkohol bei sich zu behalten. Wenn sie so weitermachte, würde sie zu früh sterben, und das durfte einfach nicht passieren.

18. April.

Noch zehn Tage.

Sie würde es schaffen, würde noch zehn Tage durchhalten. Mia zwang zwei Scheiben Knäckebrot hinunter und spielte mit dem Gedanken an ein Glas Milch, nahm dann aber Wasser. Zwei Glas Wasser und zwei Tabletten. Aus der Hosentasche. Welche, spielte keine Rolle. Eine weiße und eine hellblaue diesmal.

Sigrid Krüger.

Schwester, Freundin und Tochter.

Geboren 11. November 1979. Gestorben 18. April 2002.

Zutiefst geliebt. Zutiefst vermisst.

Mia Krüger setzte sich wieder aufs Sofa, bis sie merkte, dass die Tabletten wirkten. Sie betäubten. Eine Membran zwischen ihr und der Welt. Sie brauchte das jetzt. Sie hatte sich seit fast drei Wochen nicht angesehen, aber jetzt war es so weit. Sie musste duschen. Das Badezimmer im ersten Stock. Sie war ihm so lange wie möglich ausgewichen, wollte sich nicht in dem großen Spiegel sehen, den der frühere Eigentümer gleich neben der Tür angebracht hatte. Sie hatte einen Schraubenzieher suchen wollen. Das Drecksteil entfernen. Sie fühlte sich auch so schon elend genug, das wollte sie sich nicht auch noch bestätigen lassen, aber sie hatte keine Kraft. Für nichts hatte sie Kraft. Nur die Tabletten. Und die Drinks. Flüssiges Valium in den Adern, kleines Lächeln im Blut, den wunderbaren Schutz vor allen Stacheln, die so lange in ihr umhergeschwommen waren. Sie fasste sich ein Herz und ging die Treppe hoch. Sie öffnete die Badezimmertür und war geschockt, als sie ihre Gestalt im Spiegel sah. Das war sie nicht. Das war eine andere. Mia Krüger war immer schlank gewesen, aber jetzt sah sie krank aus. Sie war immer gesund gewesen. Immer stark. Jetzt war fast nichts mehr von ihr übrig. Sie zog Pullover und Jeans aus und stand in Unterwäsche vor dem Spiegel. Die Unterhose hing locker auf den Hüften. Alles Fleisch an Hüften und Bauch war verschwunden. Sie fuhr sich vorsichtig über die Rippen, die sich deutlich abzeichneten, zählte sie durch. Sie zwang sich, dichter an den Spiegel heranzutreten, fing ihren Blick in der rostigen Silberfläche ein. Sie hatte immer Komplimente für ihre blauen Augen erhalten. *Keine hat so norwegische Augen wie du, Mia,* hatte einmal jemand zu ihr gesagt, und sie wusste noch immer, wie stolz sie gewesen war, *norwegische Augen,* das hatte sich so schön angehört. In einer Zeit, in der sie dazugehören, nicht anders sein wollte. Sigrid war eigentlich immer die Schönere gewesen, vielleicht hatte es deshalb so gut getan? Lebendige blaue Augen. Von denen war jetzt nicht mehr viel übrig. Sie sahen schon jetzt tot aus. Ohne Glanz und Leben, rot, wo sie hätten weiß sein müssen. Sie bückte sich nach ihrer Hose, nahm zwei neue Tabletten aus der Tasche, hielt den Mund unter den Wasserhahn und schluckte. Trat wieder vor den Spiegel und versuchte, gerade zu stehen.

Meine kleine Indianerin, hatte die Großmutter sie immer genannt. Abgesehen von den blauen Augen hätte sie das auch sein können. Eine Indianerin. Kiowa oder Sioux oder Apatsche. Als Kind war sie von den Indianern immer fasziniert gewesen, es war immer klar gewesen, zu wem sie hielt. Die Cowboys waren die Bösen. Die Indianer die Guten. *Wie geht es dir heute, Mia Mondstrahl?* Mia berührte ihr Gesicht im Spiegel und dachte liebevoll an ihre Großmutter. Dann musterte sie ihre langen Haare. So rabenschwarze Haare, die über die zierlichen Schultern flossen. Sie hatte schon lange nicht mehr so lange Haare gehabt. Sie hatte sie auf der Polizeischule kurz geschnitten. Nicht beim Friseur, sondern zu Hause, selbst, hatte einfach die Schere genommen und die Haare abgeschnitten. Um zu zeigen, dass sie keinen Wert darauf legte, schön zu sein. Sich aufzutakeln. Sie schminkte sich auch nicht. *Du bist natürlich schön, meine kleine Indianerin,* hatte die Großmutter gesagt, eines Abends, als sie Mia vor dem Kamin zu Hause in Åsgårdstrand die Haare geflochten hatte. *Siehst du, was du für schöne Augenlider hast, für feine lange Wimpern? Siehst du, dass die Natur dich schon geschminkt hat? Damit brauchst du dich nicht abzumühen. Wir machen uns nicht schön für die Jungs. Die kommen schon, wenn es so weit ist.* Indianerin zusammen mit der Großmutter. Und Norwegerin in der Schule. Eigentlich total perfekt. Mia wurde es plötzlich ein wenig schlecht, von den Tabletten, in den kleinen Pillen steckten nicht nur Friede und Wohlbefinden, das kam ab und zu vor, sie machte sich nie die Mühe nachzusehen, welche Tabletten sie kombinierte. Sie stützte sich mit einer Hand an der Wand ab, bis das Schlimmste vorüber war, dann blieb sie noch eine Weile vor dem Spiegel stehen. Sah sich an. Ein letztes Mal.

Noch zehn Tage.

18. April.

Sie hatte nicht viel darüber nachgedacht, wie es sein würde. Der letzte Augenblick. Ob es wehtun würde. Ob es schwer sein würde loszulassen. Diese ganzen Geschichten darüber, wie das Leben vor den Augen der Sterbenden Revue passierte, glaubte sie nicht. Oder vielleicht stimmte es doch? Es spielte keine große Rolle. Mia Krüger hatte ihre

Lebensgeschichte im Leib. Sie konnte ihr Leben im Spiegel sehen. Eine Indianerin mit norwegischen Augen. Lange schwarze Haare, die sie früher einfach abgeschnitten hatte, die ihr jetzt aber über die dünnen weißen Schultern hingen. Sie strich die Haare hinter das eine Ohr und musterte die Narbe am linken Auge. Ein drei Zentimeter langer Schnitt, ein Zeichen, das nicht verschwinden würde. Vernehmung einer Verdächtigen in einem Mordfall. Eine junge Lettin war aus dem Akerselv gefischt worden. Mia war unkonzentriert gewesen, hatte das Messer nicht gesehen, hatte zum Glück noch ausweichen können und war nicht blind geworden. Sie hatte mehre Monate lang eine Augenklappe tragen müssen, hatte es den Ärzten im Krankenhaus Ullevål zu verdanken, dass sie trotzdem noch auf beiden Augen sehen konnte. Sie hob vor dem Spiegel die linke Hand und sah sich die nicht vorhandene Fingerkuppe an. Noch ein Verdächtiger, ein kleiner Hof bei Moss, *Vorsicht, bissiger Hund.* Der Rottweiler hatte es auf ihren Hals abgesehen, aber sie hatte noch rechtzeitig die Hand heben können. Sie spürte noch immer die Zähne, spürte, wie die Panik sich in ihr ausgebreitet hatte, in den wenigen Sekunden, ehe sie die Pistole aus dem Holster ziehen und dem zähnebleckenden Köter ins Gesicht schießen hatte können. Sie ließ den Blick zu dem kleinen Schmetterling weiterwandern, den sie sich gleich über dem Rand der Unterhose auf die Hüfte hatte tätowieren lassen. Neunzehn Jahre alt und frei, in Prag. Sie hatte einen Spanier kennengelernt, einen Sommerflirt, sie hatten zu viel Becherovka getrunken und waren beide mit einer Tätowierung aufgewacht. Ihre war ein kleiner lila, gelber und grüner Schmetterling. Mia musste schmunzeln. Sie hatte mehrmals daran gedacht, ihn entfernen zu lassen, weil ihr jugendlicher Leichtsinn ihr peinlich war, und jetzt spielte es keine Rolle mehr. Sie berührte das kleine Silberarmband am rechten Handgelenk. Sie hatten beide eins zur Konfirmation bekommen, sie und Sigrid. Ein kindliches Armband, mit einem Herz, einem Anker und einem Buchstaben. M auf ihrem, S auf Sigrids. Am Abend nach dem Fest, als die Gäste nach Hause gegangen waren, hatten sie in ihrem Kinderzimmer in Åsgårdstrand gesessen, und dann hatte Sigrid plötzlich vorgeschlagen zu tauschen.

»Willst du meins, dann krieg ich deins?«

Seither hatte Mia das silberne Armband nie mehr abgelegt.

Die Tabletten machten sie jetzt noch abwesender, sie konnte sich im Spiegel kaum noch erkennen. Ihr Körper war wie ein Gespenst, weit weg. Eine Narbe am linken Auge. Ein kleiner Finger, dem die beiden äußersten Gelenke fehlten. Ein tschechischer Schmetterling über dem Bündchen der Unterhose. Dünne Arme und Beine. Eine Indianerin mit traurigen, fast toten blauen Augen, und dann konnte sie nicht mehr, wandte den Blick vom Spiegel ab, ging taumelnd unter die Dusche und blieb so lange unter dem warmen Wasser stehen, bis es am Ende eiskalt war.

Auf dem Weg hinaus vermied sie den Blick in den Spiegel. Ging nackt hinunter ins Wohnzimmer und trocknete sich vor dem Kamin ab, in dem niemand Feuer gemacht hatte. Ging in die Küche und schenkte sich noch einen Drink ein. Fand in einer Schublade neue Tabletten. Zerkaute sie und zog sich dabei an. Jetzt noch benommener. Rein von außen und bald auch von innen.

Mia zog Mütze und Jacke an und verließ das Haus. Wieder hinunter ans Meer. Setzte sich auf den Felsen und ließ den Blick am Horizont ruhen. Strandgefühle. Woher hatte sie das nur? Richtig, von einem Festival, das war es, einem antinorwegischen Filmfestival, angeleiert von Promis, die meinten, norwegische Filme müssten anders sein. Mia Krüger liebte Filme sehr, hatte aber nicht den Eindruck, dass der norwegische Film sich geändert hatte, nur weil jetzt keine Gefühle am Strand mehr erlaubt waren. Sie war immer sauer, wenn irgendwo ein armer Trottel versuchte, im Film einen Polizisten oder eine Polizisten zu porträtieren, meistens musste sie den Saal verlassen, aus Mitleid mit dem armen Schauspieler, dem dieser Text zugeteilt worden war und dem der Regisseur befohlen hatte, dies oder jenes zu tun, es war einfach zu peinlich. Nein, mehr Gefühl am Strand. Mia Krüger lächelte, trank einen Schluck aus der Flasche, die sie mitgenommen hatte. Wie gesagt, wenn sie nicht hergekommen wäre, um zu sterben, hätte sie sich gut vorstellen können, hier zu wohnen.

18. April.

Eines Tages war es ihr plötzlich aufgegangen, zu ihr gekommen wie eine Art Offenbarung, und seitdem war eigentlich alles in Ordnung gewesen. Sigrid war am 18. April 2002 tot aufgefunden worden. In einem Keller im Osloer Stadtteil Tøyen, auf einer angeschimmelten Matratze, die Nadel noch immer im Arm. Sie hatte nicht einmal den Riemen gelockert. Die Überdosis hatte sie voll erwischt. In zehn Tagen wäre es genau zehn Jahre her. Die klein süß schön wunderbare Sigrid, in einem schmutzigen Keller an einer Überdosis Heroin gestorben. Nur eine Woche nachdem Mia sie aus der Rehaklinik in Valdres abgeholt hatte.

Ach, Sigrid hatte damals so wunderbar ausgesehen, nach fast vier Wochen auf dem Land. Rote Wangen, ihr Lachen war wieder da. Auf der Autofahrt nach Oslo war es fast wieder wie früher gewesen, die beiden hatten gelacht und gespielt, wie zu Hause im Garten in Åsgårdstrand.

»Du bist Schneewittchen, und ich bin Dornröschen.«

»Aber ich will Dornröschen sein, warum muss ich immer Schneewittchen sein?«

»Weil du schwarze Haare hast, Mia.«

»Ach, deshalb?«

»Ja. Deshalb. Begreifst du das erst jetzt?«

»Ja.«

»Du bist dumm.«

»Bin ich nicht!«

»Nein, bist du nicht.«

»Warum müssen wir eigentlich Schneewittchen und Dornröschen spielen, wir müssen doch beide hundert Jahre schlafen und darauf warten, dass ein Prinz uns weckt. Das ist doch überhaupt nicht lustig, und wir sind doch allein hier?«

»Ach, eines Tages kommt er bestimmt, du wirst schon sehen, Mia, der kommt bestimmt.«

Bei Sigrid war der Prinz ein Idiot aus Horten gewesen. Er hatte sich als Musiker ausgegeben, hatte auch einer Art Band angehört, die nie spielte, sondern nur im Park saß und Hasch rauchte oder Speed einwarf oder fixte. Er. Dieser verdammte dünne aufgeblasene Versager. Mia Krüger konnte nicht einmal seinen Namen aussprechen, beim bloßen Gedanken an ihn wurde ihr so schlecht, dass sie aufstehen musste, durchatmen. Sie ging an den Felsen vorbei, vorbei am Bootshaus, und setzte sich auf den Kai. Sie konnte das Treiben weit drinnen im Land sehen. Menschen, die sich ihren Menschendingen widmeten. Wie spät es wohl war? Sie hielt die Hand an die Stirn und schaute in den Himmel. Sie tippte auf zwölf, oder eins, so sah der Sonnenstand aus. Sie trank einen Schluck aus der Flasche und merkte, dass die Tabletten jetzt wirkten, ihr die Sinne nahmen, sie gleichgültig machten. Sie ließ die Beine über die Kaikante baumeln und hielt das Gesicht in die Sonne.

Markus Skog.

Sigrid war achtzehn gewesen, der Idiot zweiundzwanzig. Der Idiot war nach Oslo gezogen, hatte angefangen, am Bahnhof herumzulungern. Einige Monate später war Sigrid ihm gefolgt.

Vier Wochen Reha. Mia hatte ihre Schwester nicht zum ersten Mal aus einer Klinik geholt, aber alles war ihr so anders vorgekommen. Ganz neue Motivation. Nicht nur das Junkielächeln nach solchen Aufenthalten, lügen, lügen, lügen, nur darauf warten, rauszukommen und den nächsten Schuss zu setzen, nein, in ihren Augen hatte etwas Neues gelegen. Sie hatte sicherer gewirkt, fast wieder wie ihr altes Ich.

Mia hatte im Laufe der Jahre so oft an ihre Schwester gedacht, dass sie davon fast ein Loch im Kopf hatte. Warum ausgerechnet Sigrid? Weil sie sich langweilte? Wegen der Eltern? Nur wegen eines dünnen schlaksigen Scheißidioten? Aus Liebe, sozusagen?

Die Mutter konnte streng sein, aber so schlimm war das auch wieder nicht. Der Vater konnte zu lieb sein, aber das durfte doch keine Rolle spielen? Eva und Kyrre Krüger hatten die Zwillinge gleich nach der Geburt adoptiert. Es war schon vorher mit deren Mutter so abgesprochen gewesen, sie war jung, allein, konnte nicht, wollte nicht, durfte sie nicht behalten. Und für das kinderlose Ehepaar war es wie ein Geschenk des Himmels, die Mädchen waren genau das, was sie sich gewünscht hatten, es war das pure Glück.

Sie, die Mutter, Eva, Lehrerin an der Grundschule von Åsgårdstrand. Er, der Vater, Kyrre, Farbhändler, ihm gehörte der Laden Ole Krügers Nachf. mitten in Horten. Mia hatte gesucht und gesucht, nach Gründen in ihrem Elternhaus, die eine Art Antwort auf die Frage geben könnten, warum Sigrid als Junkie geendet war, hatte aber keine gefunden.

Markus Skog.

Es war seine Schuld.

Nur eine Woche nach der Rückkehr aus Valdres. Es war so schön gewesen für sie beide in der Wohnung in der Vogts gate. Sigrid und Mia, Mia und Sigrid. Schneewittchen und Dornröschen. Wieder die Unzertrennlichen. Mia hatte sich sogar einige Tage freigenommen, zum ersten Mal seit Gott weiß wann. Dann, eines Abends, der Zettel auf dem Küchentisch:

Muss nur kurz mit M sprechen.

Bald wieder da. S.

Mia Krüger erhob sich vom Kai und stapfte zurück zum Haus. Sie taumelte ein bisschen. Es war Zeit für weitere Tabletten. Und noch einen Drink.

• 5 •

Holger Munch hatte das Fahren satt und bog ab, um eine Pause zu machen. Er fand einen Rastplatz und stieg aus. Sich ein wenig die Füße vertreten ... Es war nicht mehr sehr weit, er war nur noch wenige Kilometer vom Hitratunnel entfernt, aber es gab keinen Grund zur Eile. Der Mann, der ihn mit dem Boot auf die Insel bringen sollte, würde das erst nach zwei Uhr machen können, aus irgendeinem Grund, nach dem Holger Munch nicht hatte fragen mögen. Der Kollege aus dem Ort, mit dem er gesprochen hatte, hatte nicht sonderlich aufgeweckt gewirkt. Keine Vorurteile gegen die Polizei auf dem Land, aber Holger war von Oslo her ein etwas anderes Tempo gewöhnt. Natürlich jetzt nicht mehr, die Polizei von Ringerike gehörte zweifelsohne nicht zu den Schnellsten im Land. Munch fluchte leise und widmete Mikkelson einen hasserfüllten Gedanken, nahm ihn aber rasch zurück. Es war nicht Mikkelsons Schuld. Interne Ermittlungen, und etwas musste danach im Haus passieren, das wusste er zwar, aber dennoch.

Munch setzte sich auf eine Bank und steckte sich eine Zigarette an. In diesem Jahr war der Frühling zeitig nach Trøndelag gekommen. Das erste Grün war an den Bäumen zu sehen, und der Schnee war fast ganz verschwunden. Nicht dass er viel darüber gewusst hätte, wann es in Trøndelag normalerweise Frühling wurde, aber er hatte gehört, wie im Lokalradio davon die Rede gewesen war. Er hatte die Musik unterbrochen, um Nachrichten zu hören. Ob sie es noch immer geheim halten konnten, oder ob irgendein Idiot unten in Grønland die Sache an einen ausgehungerten Journalisten mit prallgefüllter Brieftasche hatte durchsickern lassen, aber nichts, zum Glück. Kein Wort über das kleine Mädchen, das in Maridalen an einem Baum gehangen hatte.

Das Telefon hatte auf der ganzen Fahrt geklingelt und geplingt, aber Holger hatte nicht reagiert. Wollte beim Fahren weder telefonieren noch SMS verschicken. Er hatte genug Fälle gehabt, in denen jemand von der Straße abgekommen oder mit einem anderen Wagen zusammengestoßen war, nur wegen einer kurzen Unaufmerksamkeit. Außerdem eilte hier überhaupt nichts. Und ein wenig frei zu haben tat auch gut. Er gestand es sich eigentlich nur ungern ein, aber manchmal konnte ihm alles zu viel werden. Die ganze Arbeit. Und die kleinen Vorkommnisse in der Familie. Er hatte nichts dagegen, seine Mutter im Pflegeheim zu besuchen. Er hatte nichts dagegen, seiner Tochter bei den Hochzeitsvorbereitungen zu helfen. Er hatte schon gar nichts gegen die Zeit, die er mit Marion verbringen konnte, seiner Enkelin, die gerade sechs geworden war, aber irgendetwas stimmte einfach nicht.

Er und Marianne. Er hatte sich eigentlich nie vorgestellt, dass es auch anders sein konnte. Und selbst jetzt, nach zehn Jahren, hatte er immer noch das Gefühl, dass etwas in ihm so zerstört war, dass es nicht mehr repariert werden konnte.

Er verscheuchte seine Gedanken und überprüfte das Telefon. Noch zwei unbeantwortete Anrufe von Mikkelson, er wusste, worum es ging, kein Grund zurückzurufen. Noch eine Mitteilung von Miriam, seiner Tochter, kurz und unpersönlich, wie immer. Einige Anrufe von Marianne, seiner Exfrau. Scheiße, er hatte vergessen, im Pflegeheim anzurufen. Es war Mittwoch. Er hätte es eigentlich tun müssen, ehe er sich ins Auto gesetzt hatte. Er suchte sich die Nummer, stand auf und schüttelte die Beine aus.

»Pflegeheim Høvikvei, Karen.«

»Ja, hallo, Karen. Hier ist Holger Munch.«

»Hallo, Holger, wie geht's?«, antwortete die sanfte Stimme am anderen Ende, beinahe wäre Munch rot geworden, er hatte damit gerechnet, dass wie immer eine der älteren Angestellten den Anruf beantworten würde.

Meine Fresse, Holger, neuer Pullover? Meine Fresse, Holger, neue Jacke? Meine Fresse, Holger, hast du dir den Bart gestutzt?

»Ganz gut eigentlich«, antwortete Munch. »Aber ich muss dich noch mal um einen Gefallen bitten.«

»Schieß los, Holger«, lachte die Frau am Telefon.

Sie waren einige Jahre auf Grüßfuß gewesen. Karen. Eine von den Angestellten im Heim, wo seine alte Mutter anfangs einfach nicht hatte wohnen wollen, wo sie jetzt aber wohl doch zur Ruhe gekommen war.

»Wieder Mittwoch«, sagte Munch seufzend.

»Und du schaffst es nicht?«

»Nein, leider nicht«, sagte Munch. »Ich bin unterwegs.«

»Alles klar«, sagte Karen und lachte wieder. »Ich werde sehen, ob jemand von hier sie fahren kann, wenn nicht, kann ich vielleicht ein Taxi rufen.«

»Das zahle ich natürlich«, sagte Munch rasch.

»Kein Problem.«

»Danke, Karen.«

»Tu ich doch gern, Holger, und ich gehe mal davon aus, dass du es nächsten Mittwoch schaffst?«

»Denke schon.«

»Schön, dann sehen wir uns vielleicht?«

»Ja, das kann schon sein«, würgte Munch heraus. »Vielen Dank jedenfalls, ja, und grüß sie von mir.«

»Mach ich.«

Munch beendete das Gespräch und setzte sich wieder auf die Bank.

Warum lädst du sie nicht mal ein? Was kann das schaden? Eine Tasse Kaffee? Ein Kinobesuch?

Er verdrängte diesen Gedanken, als eine Mail eintraf. Er war dagegen gewesen, diese neuen Telefone, wo alles an einem Ort gesammelt war, konnte er nie seine Ruhe haben? Im Moment war ihm das nur recht. Er lächelte, als er die Mail öffnete und eine neue Aufgabe von Juri las, einem Russen, den er einige Jahre zuvor im Netz kennengelernt hatte. Auf der Pinnwand von math2.org, alle Nerds der Welt an einem Ort versammelt. Juri war ein Professor von

Mitte sechzig aus Minsk. Holger hätte ihn nicht als Freund bezeichnet, er war ihm ja schließlich nie begegnet, aber sie hatten Mailadressen getauscht und waren sporadisch in Kontakt. Schachdiskussionen und ab und zu eine Runde gemeinsames Gehirntraining, so wie jetzt.

> Wasser strömt in einen Tank. Das Wasser verdoppelt sich jede Minute. In einer Stunde ist der Tank voll. Wie lange dauert es, bis er halbvoll ist? J.

Munch steckte sich eine neue Zigarette an und überlegte kurz, dann hatte er die Antwort. Witzig. Er mochte Juri. Er hatte sogar mit dem Gedanken gespielt, ihn einmal zu besuchen, warum eigentlich nicht? Er war noch nie in Russland gewesen, warum sich nicht mit Leuten treffen, die man im Netz kennengelernt hat? Er hatte jetzt mehrere solcher Bekannter, mrmischigan40 aus den USA, margrete_08 aus Schweden, Birrrdman aus Südafrika. Schach- und Mathenerds, aber vor allem Menschen, so wie er, also, warum nicht? Eine Reise machen, neue Leute kennenlernen, das musste doch möglich sein? Er war doch noch nicht so alt? Und wann war er eigentlich zuletzt verreist? Er sah für einen Moment sein Spiegelbild im Display und legte das Telefon auf die Bank.

Vierundfünfzig. Er hatte das Gefühl, dass das Alter nicht ganz stimmte. Er fühlte sich viel älter. Allein an dem Tag, an dem Marianne ihm von dem Lehrer aus Hurum erzählt hatte, war er zehn Jahre älter geworden. Er hatte versucht, Ruhe zu bewahren. Er hatte es wohl irgendwie auch geahnt. Die langen Tage bei der Arbeit und seine allgemeine Zerstreutheit, weit weg in Gedanken, auch wenn er ein seltenes Mal zu Hause war. Irgendwann hätte das wohl Konsequenzen gehabt, aber jetzt und so? Sie war total locker gewesen, als ob sie ihre Argumente ausführlich vorbereitet hätte. Sie hatten sich bei einem Seminar kennengelernt. Waren in Kontakt geblieben. Die Gefühle hatten sich entwickelt. Jetzt hatten sie sich einige Male heimlich getroffen, und sie wollte nicht länger mit einer Lüge leben. Er hatte doch nicht die Ruhe bewahren können. Er, der noch nie die Hand gegen einen anderen Menschen erhoben hatte. Er hatte gebrüllt und geschrien und Teller an die Wand geworfen. Er war hinter ihr hergerannt. Er schämte sich noch immer. Miriam war weinend aus ihrem Zimmer gekommen. Damals fünfzehn, jetzt fünfundzwanzig und heiratslustig. Fünfzehn Jahre, und auf der Seite ihrer Mutter. Kein Wunder eigentlich. Wie oft war er denn überhaupt zu Hause gewesen, und für sie da gewesen, in diesen Jahren?

Er musste sich zwingen, Miriams Mitteilung zu beantworten, sie war so kurz und abweisend, eine Art Symbol dafür, wie ihre Beziehung war und gewesen war, auch daran musste er jetzt denken, als ob der Ordner, der im Auto lag, nicht genug wäre.

Kannst du noch ein paar Tausender dazuschießen? Wir wollen auch Vettern und Kusinen einladen. M

Hochzeit. Natürlich, schrieb er und fügte einen Smiley hinzu, löschte ihn aber wieder. Er sah zu, wie die Mitteilung versandt wurde, und dachte dabei an Marion, seine Enkelin. Miriam hatte ihm gleich nach der Geburt erklärt, sie sei nicht sicher, ob er Kontakt zu der Kleinen verdiene. Zum Glück hatte sie ihre Meinung geändert. Jetzt freute er sich vor allem auf diese Treffen. Die Stunden mit der wunderbar ehrlichen Marion, ein Licht im Alltag, der, um ganz ehrlich zu sein, reichlich finster war nach der Versetzung zurück nach Hønefoss.

Nach der Scheidung hatte er Marianne das Haus überlassen. Es war ihm richtig vorgekommen, denn so brauchte

Miriam nicht von Freundinnen und Schule und Handball wegzuziehen. Er hatte sich eine kleine Wohnung in Bislet gekauft, gerade nah genug zur Arbeit und weit genug davon entfernt. Er hatte die Wohnung auch nach der Versetzung behalten und wohnte jetzt in einer kleinen Unterkunft im Ringvei, nicht weit von der Wache in Hønefoss. Noch immer mit seinen Habseligkeiten in Pappkartons. Er hatte nicht viel mitgenommen, hatte mit einer raschen Rückkehr gerechnet, sowie der Staub sich gelegt hätte, aber jetzt, fast zwei Jahre später, hauste er noch immer dort, hatte nicht ausgepackt, war nirgendwo zu Hause.

Hör auf, dir selbst leidzutun. Es gibt Leute, denen es viel schlimmer geht.

Munch drückte die Zigarette aus und dachte wieder an den Ordner im Auto. Ein sechs Jahre altes Mädchen war in Maridalen an einem Baum aufgehängt gewesen und von einem zufälligen Spaziergänger gefunden worden. So einen Fall hatte er lange nicht mehr gehabt. Kein Wunder, dass die Kollegen in Grønland ins Schwitzen kamen.

Er griff wieder zum Telefon und schickte Juri eine Antwortmail.

59 Minuten. ;) HM

Munch wollte es sich nicht eingestehen, aber der Ordner neben ihm im Auto jagte ihm kalte Schauer über den Rücken. Er ließ den Motor an, fuhr zurück auf die Hauptstraße und nahm Kurs nach Osten und nach Hitra auf.

• 6 •

Der Mann mit der Adlertätowierung am Hals hatte zur Feier des Tages einen Rollkragenpullover angezogen. In den alten Zeiten war er gern im Bahnhof Oslo S gewesen, das Gewimmel war perfekt für einen Mann in seinem Metier, aber jetzt gab es überall so viele Kameras und kaum noch Möglichkeiten, sich zu verstecken. Er hatte seine Treffen und Transaktionen schon längst in andere Arenen verlegt, an Orte, wo man nicht so leicht entdeckt werden konnte, wenn es sich herausstellte, dass auf die Transaktionen größere Ermittlungen folgten, das kam nur selten vor, er operierte nicht mehr in so großem Maßstab, aber dennoch, es war immer besser, auf Nummer sicher zu gehen.

Der Mann mit der Adlertätowierung am Hals zog sich den Hut tiefer ins Gesicht und betrat den Bahnhof. Nicht er hatte diesen Schauplatz ausgesucht, aber die angebotene Summe war so hoch, dass er einfach die Befehle ausführte. Wie der Käufer ihn gefunden hatte, ahnte er nicht, er hatte nur eines Tages eine MMS erhalten mit einem Bild, einer Aufgabe und einer Summe. Und er hatte sich wie immer verhalten, hatte mit *okay* geantwortet, ohne Fragen zu stellen. Eine seltsame Aufgabe, zweifellos, er hatte noch nie mit etwas Ähnlichem zu tun gehabt, aber wie gesagt, in seiner langen Laufbahn hatte er gelernt, keine Fragen zu stellen, sondern den Auftrag auszuführen und den Lohn einzukassieren. So war er durch das Leben gekommen, und noch immer genoss er da draußen in der Welt der Schatten einen guten Ruf. Auch wenn es immer weniger Aufträge gab und die Beträge sanken, kam es doch ab und zu vor, dass ihm etwas Großes in die Hände fiel, woran er etwas verdienen konnte. So wie das hier. Eine bizarre Bitte, ja, überaus seltsam, aber gut bezahlt, und genau das wollte er jetzt, bezahlt werden.

Sakko, ordentliche Hose, geputzte Schuhe, Diplomatenkoffer, Rollkragenpullover und sogar eine Brille mit Fensterglas. Der Mann mit der Adlertätowierung am Hals sah aus wie das Gegenteil seiner selbst, und das war auch der Sinn der Sache. Schließlich konnte man in seinem Metier nie so genau wissen, wann die Polizei alle Aufnahmen durchsehen würde, und da war es besser, wie gesagt, auf Nummer sicher zu gehen. Er sah aus wie ein Buchhalter oder wie ein ganz normaler Geschäftsmann. Auch wenn man es vielleicht nicht glauben mochte, war der Mann mit der Adlertätowierung am Hals ziemlich eitel. Er wollte keineswegs für einen von der eitlen Elite, einen feinen Pinkel gehalten werden, ihm gefielen sein grobes Aussehen, die Tätowierung und die Lederjacke. Die blöde Hose scheuerte im Schritt, und er kam sich vor wie ein Idiot. Das lächerliche Sakko und die doofen braunen Schuhe. Aber wenn schon. Die Summe, die jetzt in einem Schließfach auf ihn wartete, war es wert. Absolut wert. Er war jetzt schon seit einer ganzen Weile pleite, und er brauchte das Geld. Ein Fest, das wollte er sich gönnen. Er lächelte ein wenig unter der ungewohnten Brille und ging gemächlich durch die Bahnhofshalle.

Die erste Mitteilung war vor etwa einem Jahr gekommen, und ihr waren weitere gefolgt. Eine MMS mit einem Bild und einer Summe. Beim ersten Mal hatte er gedacht, das solle ein Witz sein, die Anfrage war so absurd und seltsam, aber er hatte den Auftrag ausgeführt. Und war bezahlt worden. Beim nächsten Mal das Gleiche. Und danach wieder. Und dann war es egal, worum es ging.

Er blieb vor dem Kiosk stehen und kaufte eine Zeitung und eine Packung Tabak. Ein ganz normaler Tag auf dem Heimweg nach Feierabend. Nichts Unnormales war an diesem Buchhalter auszumachen. Er klemmte sich die Zeitung unter den Arm und steuerte auf die Schließfächer zu. Trat vor den Eingang zu den Fächern und schickte die SMS.

Bin hier

Er wartete die Antwort ab. Wie immer kam die ziemlich schnell. Die Nummer des Schließfachs und der Code, um es zu öffnen. Er schaute sich vorsichtig um, dann suchte er nach dem passenden Fach. Eins musste man Oslo S lassen, es war Schluss mit all den Schlüsseln, die in Seitenstraßen oder Hauseingängen den Besitzer wechseln mussten. Man brauchte jetzt nur noch einen Code. Der Mann mit der Adlertätowierung am Hals gab die Ziffern ein und hörte ein Klicken, als die Tür aufsprang. Der gleiche braune Briefumschlag wie immer lag im Fach. Er nahm den Umschlag heraus und versuchte, sich nicht umzusehen, sich so unverdächtig zu verhalten wie möglich, bei den vielen Überwachungskameras, dann öffnete er den Diplomatenkoffer und legte den Umschlag hinein. Er stellte mit einem Lächeln um die Lippen fest, dass der Umschlag diesmal viel dicker war. Der letzte Auftrag. Zeit für die Endabrechnung. Er verließ die Schließfächer, ging die Treppe hoch, durch die Halle und weiter zu Burger King, wo er sich auf der Toilette einschloss. Er öffnete ungeduldig den Koffer und nahm den Umschlag heraus. Er grinste breit, als er den Inhalt sah. Dort lag nicht nur die vereinbarte Summe, in Zweihundertern, wie er es immer verlangte, sondern auch noch eine kleine Tüte mit weißem Pulver. Der Mann mit der Adlertätowierung am Hals öffnete die durchsichtige Tüte, kostete vorsichtig den Inhalt und grinste noch breiter. Er hatte keine Ahnung, wer sein Auftraggeber war, aber der verfügte offenbar über gute Beziehungen und ausreichend Informationen. Wer ihn kannte, wusste um seine große Vorliebe für dieses Pulver.

Er nahm sein Telefon und schickte wie immer eine SMS.

Ok. Danke.

Er bedankte sich normalerweise nicht, das hier war reines Geschäft, nichts Persönliches, aber er konnte es sich diesmal nicht verkneifen, bei der zusätzlichen Belohnung und überhaupt. Nach einigen Sekunden kam die Antwort.

Viel Spaß

Der Mann mit der Adlertätowierung am Hals legte Umschlag und Tüte zurück in den Diplomatenkoffer und ging wieder in die Bahnhofshalle.

• 7 •

Mia Krüger saß auf dem Felsen und hatte sich eine weiße Pudelmütze über die rabenschwarzen Haare gezogen und sich in eine Decke gehüllt. Es war mitten am Tag. In der Apotheke hatte sie jemanden sagen hören, der Frühling sei dieses Jahr früh nach Trøndelag zurückgekehrt, aber Mia Krüger fror fast immer und hatte von dieser angeblichen Wärme nicht viel bemerkt.

Noch sechs Tage. Sechs leere Felder im Kalender in der Küche, und sie spürte, dass sie sich freute.

Der Tod ist nicht so schlimm.

Dieses Gefühl hatte sich in den letzten Tagen in ihr immer vorbehaltloser festgesetzt. Die Ruhe. Die Gewissheit, bald erlöst zu sein. Sie nahm zwei Tabletten aus der Anoraktasche und spülte sie mit dem Inhalt der mitgebrachten

Flasche hinunter. Mia lächelte und schaute auf das Meer. Ein Fischkutter glitt am Horizont vorbei. Die Aprilsonne färbte die Wolken, und das Wasser unterhalb der Felsen glitzerte. In den letzten Tagen hatte Mia viel nachgedacht. Über die, die ihr nahestanden oder die ihr nahegestanden hatten. Jetzt war sie allein übrig, und bald würde auch sie nicht mehr da sein. Auf diesem Planeten. *In dieser Wirklichkeit,* wie die Großmutter gesagt hätte. Mia lächelte und trank wieder einen Schluck aus der Flasche.

Sigrid war immer der Augenstern aller gewesen. Sigrid mit den langen blonden Haaren. Die in der Schule so gut war. Die Querflöte und Handball spielte, die mit allen befreundet war. Mia hatte Sigrid diese Aufmerksamkeit nie geneidet. Sigrid war keine, die ihre Beliebtheit in etwas Negatives kehrte, nie ein böses Wort zu irgendwem, über irgendwen. Sigrid war einfach die phantastische Sigrid, aber es war schön gewesen, wenn die Großmutter Mia beiseitenahm und ihr sagte, sie sei etwas Besonderes.

Du bist etwas ganz Besonderes, weißt du das? Die anderen Kinder sind auch fein, aber du weißt allerlei, Mia, nicht wahr? Du siehst Dinge, die die anderen nicht so ganz mitbekommen.

Obwohl die Großmutter nicht ihre richtige Großmutter gewesen war, hatte sie immer das Gefühl gehabt, dass sie etwas Besonderes miteinander verband. Irgendein Band, eine Verwandtschaft. Vielleicht, weil die Großmutter Mia fast wie eine Freundin behandelte, eine Art Mitschuldige im Anderssein. Die Großmutter hatte Mia allerlei aus ihrem Leben erzählt, hatte kein Blatt vor den Mund genommen, wenn etwas wichtig war. Dass sie viele Männer gehabt hatte, dass man sich vor Männern nicht so fürchten sollte, die seien doch eigentlich nur harmlose Karnickelchen. Und dass sie hellsichtig sei, und dass es noch andere Wirklichkeiten gebe außer dieser, deshalb brauche man sich auch vor dem Tod nicht so zu fürchten. Es ist nur das Christentum, hatte die Großmutter gesagt, das den Tod als etwas Schlechtes erfunden hat, damit wir uns vor ihrem Gott fürchten, der Tod ist die Hölle oder der Himmel, sie behaupten jedenfalls, mit dem Tod sei alles aus, aber weißt du was, Mia, Oma ist sich gar nicht so sicher, dass der Tod wirklich das Ende ist. Ich habe jedenfalls keine Angst.

Zu Hause in Åsgårdstrand wurde die Großmutter von bösen Zungen Hexe genannt, aber das hatte sie nicht weiter interessiert. Mia begriff sofort, was die Leute meinten, die wilde graue Mähne über den klaren blauschwarzen Augen, die Großmutter war nicht wie die anderen. Sie redete im Laden laut über die seltsamsten Dinge, und oft saß sie die ganze Nacht in ihrem Garten und schaute den Mond an und lachte vor sich hin. Sie konnte Dinge, die die Menschen im Mittelalter sicher als Hexenkünste bezeichnet hätten, und sie hatte Mia fast wie einen kleinen Lehrling zu sich genommen.

Mia konnte sich glücklich schätzen. Sie war in geborgener Umgebung aufgewachsen. Mit einer lieben Mutter und einem phantastischen Vater, mit der Großmutter nur ein Haus weiter. Einer Großmutter, die sie gesehen hatte, gesehen, wer sie war, die gesagt hatte, sie sei etwas Besonderes.

Leichte Schritte, Mia, nicht vergessen, immer leichte Schritte.

Die letzten Worte der Großmutter auf dem Sterbebett, mit einem Zwinkern für ihre ganz besondere Freundin. Mia prostete mit der Flasche den Wolken zu.

Der Tod ist nicht schlimm.

Noch sechs Tage.

Von den Tabletten aus dem Anorak wurde sie schläfrig. Mia Krüger nahm noch zwei und ließ sich gegen den Felsen sinken.

Du bist etwas ganz Besonderes, Mia, weißt du das?

Vielleicht hatte sie sich deshalb für die Polizeischule entschieden? Um etwas ganz anderes zu machen? Sie hatte in den letzten Tagen daran gedacht, warum diese Entscheidung? Sie konnte die Puzzleteile nicht mehr richtig zusammenfügen. Die Zeit verschob sich. War in ihrem Kopf nicht so, wie sie sein sollte. Sigrid war nicht mehr die kleine blonde Sigrid, sie war jetzt die drogensüchtige Sigrid. Der Albtraum. Die Eltern waren innerlich abgestorben, hatten sich von der Welt entfremdet, voneinander, von ihr. Sie war in die Stadt gezogen, hatte versucht zu studieren, ohne Begeisterung, sie hatte es nicht einmal über sich gebracht, zu den Prüfungen zu erscheinen. Vielleicht hatte die Polizeischule sie ausgewählt? Weil sie die Welt von Kreaturen wie Markus Skog befreien sollte?

Mia erhob sich und taumelte auf den Steg. Sie leerte die Flasche und steckte sie in die Anoraktasche. Fand noch zwei Tabletten, schluckte sie trocken. Die Möwen hatten sie verlassen und widmeten sich dem Fischkutter, und das einzige Geräusch hier draußen waren die Wellen, die rhythmisch an die Felsen schlugen.

Sie hatte auf ihn geschossen.

Markus Skog.

Zweimal. Mitten in die Brust.

Das Ganze war ein Zufall gewesen, sie waren in einem ganz anderen Zusammenhang unterwegs gewesen, ein Mädchen war verschwunden, und die Sondereinheit war einberufen worden, um zu schnuppern, wie Holger gesagt hatte, *wir haben ja gerade nicht so viel auf dem Zettel, Mia, ich finde, wir sollten das mal beschnuppern.*

Holger Munch. Mia Krüger schickte ihrem alten Kollegen einen guten Gedanken, setzte sich auf den Steg und ließ die Stiefel baumeln. Es war schon seltsam. Sie hatte einen Menschen getötet, hatte aber kein schlechtes Gewissen. Sie hatte ein schlechtes Gewissen wegen allem, was danach passiert war. Die vielen Zeitungsartikel, der Krach in Grønland. Holger Munch, der Leiter der Einheit, der sie von der Polizeischule geholt hatte, war versetzt worden. Die Sondereinheit war aufgelöst worden, und sie spürte im tiefsten Herzen, dass es wehtat, dass Holger für etwas hatte zahlen müssen, das sie getan hatte, aber der Mord an sich, der tat seltsamerweise nicht weh. Sie hatten oben beim Tryvann eine Spur verfolgt, ein paar Junkies – oder Hippies, es fiel den Leuten, die sich beklagten, immer schwer, da einen Unterschied zu sehen – hatten da oben einen Wohnwagen stehen und feierten laute Feste. Holger hatte vorgeschlagen, dort nach der Verschwundenen zu suchen. Sie hatten auch ein junges Mädchen gefunden, aber nicht die Vermisste, eine andere, mit blassen Augen, die sich in dem verdreckten Wohnwagen einen Schuss gesetzt hatte, und zusammen mit ihr, aus dem Nichts heraus, Markus Skog. Und Mia hatte, wie der interne Ermittlungsbericht der Polizei ganz richtig erklärt hatte:

Unachtsam gehandelt und zu unnötigen Zwangsmaßnahmen gegriffen.

Mia schüttelte den Kopf über ihre Schandtat. Holger Munch hatte zu ihr gehalten, hatte gesagt, Skog habe sie zuerst angegriffen, immerhin waren am Tatort eine Axt und ein Messer gefunden worden, aber Mia wusste es natürlich besser. Sie hatte trainiert, sich gegen ein Messer oder einen Axtangriff von einem zittrigen Junkie zu verteidigen. Sie hätte ihm in den Fuß schießen können. In den Arm. Das hatte sie nicht getan, sie hatte ihn getötet. Im Hass eines Augenblicks, in dem der Rest der Welt untergegangen war. Zwei Schüsse mitten in die Brust.

Wenn Holger Munch nicht gewesen wäre, würde sie jetzt sitzen. Sie zog die leere Flasche aus dem Anorak, leckte die letzten Tropfen und prostete abermals den Wolken zu. Es spielte keine Rolle mehr. Jetzt war alles vorbei.

Endlich.

Noch sechs Tage.

Sie zog die Beine an, schmiegte die Wange an die rauen Bretter des Stegs und schloss die Augen.

• 8 •

Tobias Iversen hielt seinem kleinen Bruder die Ohren zu, damit er den Krach einen Stock tiefer nicht hören konnte. Es fing immer um diese Tageszeit an, wenn die Mutter von der Arbeit nach Hause kam und feststellte, dass der Stiefvater nicht getan hatte, was er hätte tun sollen. Für die Jungs Essen machen. Im Haus ein bisschen Ordnung schaffen. Sich Arbeit suchen. Tobias wollte seinem Bruder ersparen, sich das anzuhören, und er hatte ein Spiel erfunden.

Ich halte dir die Ohren zu, und du sagst, was du in deinem Kopf siehst, okay?

»Einen roten Lastwagen mit Flammen«, sagte der Bruder lächelnd, und Tobias nickte und lächelte auch.

»Einen Ritter, der mit einem Drachen kämpft«, sagte der Bruder grinsend, und wieder nickte Tobias.

Der Lärmpegel im Untergeschoss stieg. Wütende Stimmen, die durch die Wände krochen und unter seine Haut. Tobias konnte nicht ertragen, was bald passieren würde, dass Gegenstände an die Wand geworfen, dass die Rufe lauter wurden, dass vielleicht Schlimmeres passierte, deshalb beschloss er, mit dem Bruder nach draußen zu gehen. Er schob den Mund zwischen seine Hand und das Ohr des kleinen Bruders.

»Sollen wir rausgehen und ein paar Büffel schießen?«

Der kleine Bruder strahlte und nickte eifrig.

Büffel schießen. Durch den Wald laufen und Indianer sein. Das wollte er gern. Es gab hier draußen nicht viele andere Kinder, und Tobias und sein kleiner Bruder waren meistens zusammen, obwohl Tobias dreizehn war und sein kleiner Bruder erst sieben. Sie konnten nicht so oft drinnen im Haus sein, und da mussten sie eben nach draußen.

Tobias half seinem Bruder, Jacke und Schuhe anzuziehen, er summte und sang ein bisschen und trampelte auf die Bretter der Hintertreppe, als sie nach unten gingen. Der kleine Bruder sah ihn mit großen Augen an, wie immer, er war daran gewöhnt, dass sein großer Bruder Unsinn mit ihm anstellte, diese vielen komischen lauten Geräusche verursachte, er fand es witzig, liebte seinen Bruder über die Maßen innig, machte zu gern bei allen spannenden Sachen mit, die Tobias sich ausdachte.

Tobias ging in den Holzschuppen, holte sich ein Stück Schnur und ein Messer und ließ den kleinen Bruder vor sich her durch den Wald laufen. Sie hatten eine geheime Stelle, es war also nicht gefährlich, der Bruder konnte einfach losrennen. Zwischen den Tannen gab es eine Lichtung, wo sie sich eine provisorische kleine Hütte gebaut hatten, ein kleines Zuhause, weit weg von ihrem richtigen Zuhause.

Als Tobias dort ankam, saß sein Bruder schon auf der alten Matratze, mit einem Comic in der Hand, war in die Bilder vertieft und in die spannenden neuen Buchstaben und die Wörter, die er endlich, mit großer Mühe, in der Schule und mit Hilfe seines großen Bruders zusammenzusetzen begann.

Tobias zog das Messer und suchte sich eine passende Weidenrute aus, schnitt sie unten an der Wurzel ab und schälte in der Mitte die Rinde ab. Das sollte der Schaft sein. Man konnte besser zupacken, wenn die Rinde entfernt war und das Holz etwas trocknen konnte. Er spannte die Weidenrute über seinen Knien und befestigte die Schnur an den Enden, ein neuer Bogen. Er legte den Bogen auf den Boden und machte sich auf die Suche nach passendem Material für Pfeile. Das brauchte keine Weide zu sein, das meiste taugte eigentlich, abgesehen von Tanne, Tannenzweige waren so schlaff. Er kam mit Zweigen zurück, geraden und dünnen, und machte sich daran, die Rinde zu entfernen. Bald lagen vier neue Pfeile neben dem Baumstumpf, auf dem er saß.

»Tobias, was steht hier?«

Der kleine Bruder kam aus der Hütte und hielt ihm den Comic hin.

»Kryptonit«, erklärte Tobias.

»Das kann Supermann nicht vertragen«, sagte der kleine Bruder und nickte.

»Das stimmt«, antwortete Tobias und putzte dem kleinen Bruder mit seinem Pulloverärmel Rotz von der Nase.

»Glaubst du, der wird gut?«

Tobias erhob sich und legte einen Pfeil an die Bogensehne. Er spannte den Bogen und schickte den Pfeil zwischen den Bäumen hindurch.

»Super«, schrie der Bruder. »Mach mir auch einen, ja?«

»Der ist für dich«, sagte Tobias und zwinkerte.

Der kleine Bruder bekam rote Wangen und einen innigen Blick. Er spannte den neuen Bogen, so gut er konnte, und sein Pfeil flog ein paar Meter weit. Er sah Tobias an, der beifällig nickte, guter Schuss, und lief den Pfeil holen.

»Vielleicht können wir auf die Christenmädchen schießen?«, fragte der kleine Bruder, als er zurückkam.

»Wie meinst du das?«, fragte Tobias überrascht.

»Die Christenmädchen, die in den Wald gezogen sind? Vielleicht können wir auf die schießen?«

»Wir schießen nicht auf Menschen«, sagte Tobias und fasste den kleinen Bruder am Arm, vielleicht ein wenig grob. »Und woher weißt du eigentlich von den Christenmädchen?«

»Das haben sie in der Schule gesagt«, erklärte der kleine Bruder. »Dass in unserem Wald Christenmädchen wohnen und dass sie Menschen fressen.«

Tobias schmunzelte.

»Im Wald wohnen neue Leute, das schon«, sagte er. »Aber die sind nicht gefährlich, und Menschen fressen sie nun wirklich nicht.«

»Warum gehen die nicht auf unsere Schule?«, fragte der Bruder mit großen Augen. »Wenn die hier wohnen?«

»Das weiß ich nicht so genau«, antwortete Tobias. »Ich glaube, die haben ihre eigene Schule.«

Der kleine Bruder machte ein sehr ernstes Gesicht.

»Die ist bestimmt ganz toll. Wenn sie nicht auf unsere gehen wollen.«

»Wahrscheinlich«, sagte Tobias augenzwinkernd.

»Also, wo willst du heute Büffel schießen?«, fragte er dann und fuhr dem kleinen Bruder über die Haare. »Oben beim Rundvann?«

»Wahrscheinlich«, sagte der Kleine und nickte, wollte wie sein Bruder sein. »Das will ich wahrscheinlich.«

»Dann also Rundvann, aber du musst zuerst den Pfeil holen, den du verschossen hast, glaubst du, den findest du?«

Der kleine Bruder nickte.

»Den finde ich wahrscheinlich«, sagte er mit listigem Lächeln und rannte los.

•9•

Holger Munch fühlte sich nicht ganz wohl, als er mit dem kleinen Motorboot von Hitra zu einer noch kleineren Insel im offenen Meer fuhr. Er war nicht seekrank, nein, Holger Munch war gern auf dem Wasser, aber er hatte eben mit Mikkelson telefoniert. Mikkelson war plötzlich so seltsam gewesen, nicht sein übliches schroffes Ich, fast unterwürfig, hatte Munch viel Erfolg gewünscht, gehofft, er werde sein Bestes tun. Gesagt, jetzt müsse die ganze Truppe zusammenhalten, jede Menge verdammte Gefühlsduselei, absolut untypisch für Mikkelson, und das gefiel Munch nicht. Es war ganz klar, dass etwas passiert war. Etwas, worüber Mikkelson nicht mit Munch reden wollte.

Munch zog die Jacke fester und versuchte, sich eine Zigarette anzuzünden, während das Boot ruhig über das offene Fahrwasser tuckerte. Der junge Mann mit den Struwwelhaaren, der am Steuer saß, war offenbar kein Polizist, sondern eine Art Freiwilliger, und der Grund, warum er Munch erst nach zwei zur Insel bringen konnte, war noch immer nicht klar, aber Munch hatte auch nicht danach fragen wollen. Er hatte am Anleger nur kurz gegrüßt, gefragt, ob er den Weg zur Insel wisse, und der junge Mann mit den

Struwwelhaaren hatte genickt und gezeigt. Nur fünfzehn Minuten Fahrt. Das alte Haus von Rigmor, die dort mit ihrem Sohn gewohnt hatte, aber jetzt war der Sohn wohl nach Australien gegangen, angeblich wegen einer Frau, und Rigmor war nichts anderes übrig geblieben, als auf die Hauptinsel überzusiedeln, und dann war das Haus verkauft worden, an jemanden aus Ostnorwegen, eine Frau, niemand wusste viel über sie, er hatte sie zweimal auf dem Weg nach Fillan gesehen, eine schöne Frau, vielleicht dreißig, lange schwarze Haare, immer Sonnenbrille; wollte er dahin, ging es um etwas Wichtiges?

Der junge Mann versuchte mit seiner Frage das Dröhnen des Motors zu übertönen, aber Holger Munch, der zuletzt am Anleger etwas gesagt hatte, schwieg noch immer. Er ließ ihn einfach reden, während er zum dritten Mal mit der Hand die Zigarette abschirmte, um sich Feuer zu geben, was ihm aber nicht gelang.

Als sie sich der Insel näherten, legte sich die leichte Übelkeit, die er seit dem Gespräch mit Mikkelson verspürt hatte. Ihm ging auf, dass er Mia gleich wiedersehen würde. Sie hatte ihm gefehlt. Er hatte sie zuletzt vor einem knappen Jahr gesehen. Im Erholungsheim. Oder im Irrenhaus oder wie das auch immer hieß. Sie war nicht sie selbst gewesen, er hatte kaum zu ihr vordringen können. Er hatte auch später versucht, sie zu erreichen, per Telefon und Mail, keine Antwort, und als er jetzt die schöne kleine Insel vor sich sah, wusste er, warum. Sie wollte nicht erreicht werden. Sie wollte allein sein.

Das Motorboot legte an einem kleinen Kai an, und Munch stieg an Land, nicht so behände wie zehn Jahre zuvor, aber er war durchaus nicht so schlecht in Form, wie spöttische Zungen behaupteten.

»Soll ich warten, oder rufen Sie an, wenn ich Sie wieder abholen soll?«, fragte der junge Mann mit den struwweligen Haaren in der Hoffnung, vielleicht warten zu können, bei etwas Spannendem dabei zu sein, hier draußen passierte sicher nicht besonders viel.

»Ich rufe an«, sagte Munch kurz und tippte sich an die Schläfe.

Er drehte sich um und sah zum Haus hinauf. Hielt inne und hörte, wie das Motorboot sich wieder entfernte. Es war wunderschön hier. Mia hatte Geschmack, das auf jeden Fall. Sie hatte sich das perfekte Versteck ausgesucht. Eine eigene kleine Insel, fast im offenen Meer. Vom Kai führte ein Pfad hoch zu einem weißen, idyllischen, kleinen Haus. Munch kannte sich nicht so gut aus, aber es konnte gut irgendwann in den fünfziger Jahren gebaut worden sein, vielleicht als Ferienhaus, das später zum Hauptwohnsitz ausgebaut worden war. Mia Krüger. Es würde schön sein, sie zu sehen.

Er erinnerte sich an ihre erste Begegnung. Gleich nach Aufstellung einer Sonderermittlungsgruppe hatte ihn Magnar Yttre angerufen, ein alter Kollege, jetzt Rektor der Polizeischule. Er hatte seit Jahren nicht mehr mit Yttre gesprochen, aber sein alter Kollege hatte keine Sekunde mit Small Talk vergeudet. *Ich glaube, ich hab eine für dich,* hatte er gesagt, ein bisschen stolz, wie ein kleines Kind, das seinen Eltern eine Zeichnung zeigt.

»Hallo, Magnar, lange nicht mehr gesehen. Was hast du für mich?«

»Ich habe eine für dich gefunden. Du musst sie unbedingt kennenlernen.«

Yttre hatte so schnell gesprochen, dass Munch nicht alle Einzelheiten mitbekommen hatte, aber kurz gesagt war ungefähr Folgendes erzählt worden: Im zweiten Jahr an der Polizeischule mussten die Studierenden einen Test machen, der von Forschern am Institut für Psychologie an der UCLA in Los Angeles entwickelt worden war. Der Test, der einen für Munch unbegreiflichen klinischen Namen hatte, lief darauf hinaus, dass sich alle das Foto eines Mordopfers und mehrere Aufnahmen vom Tatort ansehen mussten. Die Aufgabe der Probanden bestand darin, aufgrund der Bilder frei zu assoziieren, zu sagen, was ihnen auffiel, woran sie dabei dachten, der Test wurde ganz unspektakulär aufgezogen, sollte eher wie ein Spiel wirken, damit sich niemand unter Druck gesetzt fühlte oder merkte, dass er sich an etwas Wichtigem beteiligte.

»Ich weiß schon gar nicht mehr, wie oft wir diesen Test durchgeführt haben, aber so ein Ergebnis haben wir noch nie gesehen. Dieses Mädel ist etwas ganz Besonderes«, hatte Yttre erklärt, noch immer stolz und eifrig.

Holger Munch hatte sich mit ihr in einem Café getroffen, ein unverbindliches Treffen an einem neutralen Ort. Mia Krüger. Erst Anfang zwanzig, in weißem Pullover und schwarzer Hose, mit dunklen, ein wenig schräg abgeschnittenen Haaren und den klarsten blauen Augen, die er jemals gesehen hatte. Er war sofort von ihr begeistert gewesen. Das hing damit zusammen, wie sie sich bewegte, wie sie redete. Wie ihr Blick auf die Fragen reagierte, die er stellte. Sie schien sehen zu können, dass er sie auf die Probe stellte, aber sie antwortete trotzdem höflich, mit einem schwachen Glimmen in den Augen, *hältst du mich für blöd oder was?*

Wenige Wochen später hatte er sie von der Schule geholt, mit Billigung Yttres, der das Bürokratische erledigt hatte. Es gab keinen Grund, noch länger die Schulbank zu drücken. Diese Frau war bereits fertig ausgebildet. Munch lächelte, als er auf das Haus zuging. Die Haustür war angelehnt, aber Mia war nirgends zu sehen.

»Hallo? Mia?«

Er klopfte an, trat in die Diele. Ihm ging plötzlich auf, dass sie zwar viele Jahre zusammengearbeitet hatten und in gewisser Weise eng befreundet gewesen waren, dass er aber nie bei ihr zu Hause gewesen war. Er kam sich wie ein Eindringling vor und blieb ein wenig im Gang stehen, ehe er zögernd weiterging. Er klopfte an eine angelehnte Tür und betrat das Wohnzimmer. Es war spärlich möbliert, ein Tisch, ein altes Sofa, Holzstühle, in einer Ecke ein Kamin. Es sah alles eigentlich ein wenig seltsam aus, gar nicht wie ein Zuhause, eher wie ein Aufenthaltsort, keine Fotos, nirgendwo etwas Persönliches.

Vielleicht hatte er sich geirrt? Und sie war gar nicht hier? Vielleicht war sie nur für kurze Zeit hier gewesen, war weitergezogen, hatte sich anderswo versteckt?

»Hallo? Mia?«

Munch ging in die Küche und seufzte erleichtert auf. Auf der Anrichte unter dem Fenster stand eine Espressomaschine, eine dieser großen, modernen, die man vor allem in Kaffeebars sah. Er lächelte vor sich ihn. Jetzt wusste er, dass er hier richtig war. Mia Krüger hatte nicht viele Laster, aber wenn sie etwas nicht entbehren konnte, dann war das guter Kaffee. Er wusste schon gar nicht mehr, wie oft sie auf der Wache am Kaffee gerochen und die Nase gerümpft hatte. *Wie könnt ihr nur diese Plörre trinken, wird euch davon nicht schlecht?*

Munch ging zur Anrichte und fasste die glänzende Maschine an. Sie war kalt. Länger nicht benutzt. Das musste nichts bedeuten. Mia konnte trotzdem in der Nähe sein. Trotzdem stimmte hier wirklich etwas nicht. Er konnte nicht richtig benennen, was es war, aber etwas war es. Er konnte der Versuchung nicht widerstehen und öffnete Schränke und Schubladen.

»Hallo? Mia? Bist du hier?«

• 10 •

Mia Krüger fuhr mit einem Ruck hoch und setzte sich im Bett auf.

Jemand war im Haus!

Sie hatte keine Ahnung, wie sie ins Obergeschoss gekommen war, konnte sich nicht erinnern, dass sie sich ausgezogen und hingelegt hatte, aber das spielte jetzt keine Rolle. *Jemand war im Haus.* Sie hatte unten in der Küche Geräusche gehört. Flaschen auf dem Boden, aus einem Schrank. Sie erhob sich lautlos aus dem Bett, zog Jeans und T-Shirt an, griff in die Schublade für Unterwäsche und zog die Pistole heraus, eine kleine Glock 17. Mia Krüger konnte Pistolen nicht leiden, aber sie war nicht dumm. Sie schlich barfuß durch das Schlafzimmer, öffnete das Fenster im Gang und kletterte auf das kleine Dach. Sie spürte den kalten Wind an ihren nackten Armen, und plötzlich wurde ihr klar, dass sie wach war. Sie war weit weg gewesen. Hatte von Sigrid geträumt. Von einem weizengelben Feld. Sie waren durch das Feld gelaufen. Sigrid mit wehenden Haaren, in Zeitlupe vor ihr.

Komm, Mia, komm.

Mia schüttelte den letzten Rest Schlaf ab, steckte die Pistole in den Hosenbund, sprang vom Vordach und landete katzenweich im Gras. Wer zum Teufel konnte das sein? Hier draußen? So weit von der Zivilisation entfernt, wie das überhaupt möglich war? Sie schlich um die Ecke und warf einen raschen Blick durch das Wohnzimmerfenster. Da war niemand. Sie ging weiter zur Hintertür, auch dort ein kleines Fenster, auch dort niemand. Sie schob vorsichtig die Tür auf und blieb ein paar Sekunden in der Türöffnung stehen, dann schlich sie den Gang entlang. Sie stellte sich mit dem Rücken zur Wand vor die Wohnzimmertür und holte Atem, ehe sie weiterging, noch immer mit gezückter Pistole.

»So begrüßt du also einen alten Bekannten?«

Holger Munch saß auf dem Sofa, die Füße auf dem Tisch, und lächelte sie an.

»Verdammter Idiot«, sagte Mia seufzend. »Ich hätte dich umbringen können!«

»Nö, glaub ich nicht«, sagte Munch grinsend und erhob sich. »Zu kleine Zielscheibe.«

Er tätschelte sich lachend den Bauch. Mia legte die Pistole auf die Fensterbank und umarmte ihren alten Kollegen. Erst jetzt merkte sie, dass sie fror, keine Schuhe trug, fast unbekleidet war und dass die Tabletten des Vorabends ihren Körper noch nicht verlassen hatten. Ihr Instinkt hatte die Führung übernommen. Hatte ihr Kräfte gegeben, die sie eigentlich gar nicht mehr besaß. Sie ließ sich aufs Sofa sinken und wickelte sich in eine Decke.

»Alles in Ordnung mit dir?«

Mia nickte.

»Ich wollte dich nicht erschrecken. Hab ich dich erschreckt?«

»Ein bisschen«, Mia nickte.

»Tut mir leid«, beteuerte Munch. »Ich hab Tee gekocht, möchtest du? Hätte auch Kaffee gemacht, aber ich habe keine Ahnung, wie dieses Raumschiff da funktioniert.«

Mia lächelte. Sie hatte ihren Kollegen lange nicht gesehen, aber sein Tonfall war noch derselbe.

»Ich nehm gern einen Tee«, sagte sie lächelnd.

»Zwei Sekunden.« Munch grinste und verschwand in der Küche.

Mia warf einen Blick auf den dicken Ordner, der auf dem Tisch lag. Sie hatte kein Telefon, kein Internet und keine Zeitungen, aber es war auch so nicht schwer zu erraten, dass draußen in der Welt etwas passiert war. Etwas Wichtiges. So wichtig, dass Holger Munch sich in ein Flugzeug, in ein Auto und dann in ein Boot gesetzt hatte, um hierherzukommen.

»Sollen wir gleich zur Sache kommen, oder willst du erst eine Runde Small Talk?«

Munch lächelte und stellte die Teetasse vor sich auf den Tisch.

»Keine weiteren Fälle für mich, Holger.«

Mia schüttelte den Kopf und trank einen Schluck Tee.

»Nein, schon klar, schon klar«, seufzte Munch und ließ sich auf einen Stuhl sinken. »Deshalb hast du dich hier draußen versteckt, das ist mir schon klar. Nicht mal Telefon? Du bist echt nicht leicht zu erreichen.«

»Das war ja auch der Sinn der Sache«, sagte Mia trocken.

»Schon klar, schon klar.« Munch seufzte wieder. »Soll ich lieber gleich wieder fahren?«

»Nein, du kannst gern ein bisschen bleiben.«

Mia war plötzlich so müde. Sie schwankte. Und dabei war sie so sicher und ruhig gewesen. Sie griff in die Tasche, fand aber keine Tabletten. Wollte eigentlich auch keine nehmen, nicht jetzt, wo Holger Munch hier war, aber es hätte gutgetan und ein Drink eigentlich auch.

»Was meinst du also?«, fragte Munch und legte den Kopf ein wenig schief.

»Was meine ich wozu?«

»Willst du, oder willst du nicht?«

Er nickte Richtung Ordner, der zwischen ihnen auf dem Tisch lag.

»Ich glaube, ich verzichte«, sagte Mia und zog die Decke enger um sich.

»Na gut«, sagte Munch und griff zum Telefon.

Er tippte die Nummer des jungen Mannes mit den Struwwelhaaren.

»Hier Munch, können Sie mich abholen? Ich bin hier draußen fertig.«

Mia Krüger schüttelte den Kopf. Er war ganz der Alte. Wusste genau, wie er seinen Willen durchsetzen konnte.

»Du bist ein Idiot.«

Munch legte die Hand auf das Telefon.

»Was hast du gesagt?«

»Ja, von mir aus. Ich schau da mal kurz rein, aber mehr nicht. Okay?«

Munch legte auf und rutschte näher zum Tisch.

»Wie hättest du's denn gern?«, fragte er und legte die Hand auf den Ordner.

»Ich hätte gern ein Paar Socken und einen dicken Pullover. Die findest du oben im Schlafzimmer. Dann will ich etwas trinken. Im Kuchenschrank unter der Anrichte steht eine Flasche Cognac.«

»Trinkst du neuerdings Schnaps?«, fragte Munch und stand auf. »Das sieht dir aber gar nicht ähnlich.«

»Und wenn du den Mund halten könntest, dann wäre das auch nett«, sagte Mia und schlug den Ordner auf.

Darin lagen etwa fünfundzwanzig Bilder und eine Beschreibung des Fundortes. Mia Krüger verteilte die Bilder auf dem Tisch.

»Was meinst du? Erster Eindruck!«, rief Munch aus der Küche.

»Ich weiß jetzt, warum du gekommen bist«, sagte Mia leise.

Munch kam zurück, stellte das Glas neben sie auf den Boden und verschwand wieder.

»Lass dir nur Zeit, ich hole, was du willst, und danach setze ich mich und sehe mir das Meer an, ja?«

Mia hörte nicht, was er sagte. Sie hatte die Welt bereits ausgeblendet. Sie trank einen großen Schluck Cognac, holte tief Luft und vertiefte sich in die Bilder.

• 11 •

Munch saß auf dem Felsen und blickte in die Sonne, die am Horizont versank. Er hatte es in Hønefoss ja schon ruhig gefunden, denn dort hörte er so gut wie kein Geräusch, wenn er abends in seiner kleinen Wohnung einschlafen wollte, aber das war nichts im Vergleich zu dem hier. Das hier war echte Stille. Und Schönheit. Munch hatte schon lange keine solche Aussicht mehr genossen. Er konnte gut verstehen, dass Mia sich für diese Insel entschieden hatte. Diese Ruhe! Und diese herrliche Luft! Er atmete tief durch die Nase ein. Das hier war wirklich etwas ganz Besonderes. Er schaute auf die Uhr von seinem Telefon. Zwei Stunden. Das war lange, aber er wollte ihr die Zeit lassen, die sie brauchte. Er hatte nichts vor. Vielleicht könnte er einfach hier draußen bleiben? Und es so machen wie sie, das Telefon wegwerfen? Die Welt ausknipsen? Sich einfach freinehmen? Nein, die kleine Marion, die konnte er nicht verlassen. Bei den anderen konnte es eigentlich egal sein. Nicht doch, jetzt meldete sich prompt sein schlechtes Gewissen. Er sah für einen Moment seine Mutter vor sich, die im Rollstuhl zur Andacht gefahren wurde. Er hoffte, dass alles gutgegangen war. Er hätte das doch machen sollen. Mittwochs ging es ins Gebetshaus. Warum sie unbedingt dahin wollte, begriff er nicht, sie war nie sonderlich religiös gewesen, aber das spielte jetzt auch keine Rolle mehr. Sie war alt genug, um selbst zu entscheiden, auch wenn Munch das gar nicht gefiel.

»Holger?«

Munch wurde aus seinen Gedanken gerissen, als Mia ihn oben vom Haus rief.

»Fertig?«

»Glaub schon.«

Munch erhob sich eilig, schüttelte die Steifheit aus den Gliedern und ging mit raschen Schritten zum Haus zurück.

»Was glaubst du?«

»Ich glaube, wir brauchen erst mal etwas zu essen«, sagte Mia. »Ich habe eine Suppe gekocht.«

Munch trat ins Wohnzimmer und setzte sich wieder auf den Stuhl. Die Bilder waren nicht mehr auf dem Tisch verteilt, sondern lagen wieder im Ordner.

Mia kam herein, stellte wortlos eine Schüssel mit dampfend heißer Suppe vor ihn auf den Tisch. Er konnte ihr ansehen, dass sie in Gedanken versunken war, er kannte ihren Blick, sie war in sich gekehrt, wollte nicht gestört werden. Er aß wortlos seine Suppe und ließ sie ebenfalls fertig essen, dann räusperte er sich vorsichtig.

»Pauline Olsen. Ein altmodischer Name für eine Sechsjährige«, sagte Mia.

»Line«, sagte Munch.

»Was?«

»Hieß so nach ihrer Großmutter, wurde aber nur Line genannt.«

Mia Krüger sah ihn mit einem geistesabwesenden Blick an, den er nicht richtig deuten konnte. Eigentlich war sie nur körperlich anwesend.

»Line Olsen«, sagte Munch schließlich. »Sechs Jahre, wäre im Herbst in die Schule gekommen. Wurde in Maridalen gefunden, von einem Spaziergänger. Sie hing an einem Baum. Keine Hinweise auf Missbrauch. Sie starb an einer Überdosis Metohexital. Ein Schild hing um ihren Hals, von der Fluggesellschaft Norwegian. *Ich reise allein.* Eine Schultasche auf dem Rücken. Voller Schulbücher, das waren nicht ihre, wie gesagt, sie ging ja noch nicht in die Schule. Federmappe, Lineal, alle Bücher in Papier eingeschlagen, keine Fingerabdrücke. Auf allen Büchern steht Rikke JW, also ein fremder Name. Die Kleider sind sauber, frisch gebügelt, aber kein Kleidungsstück gehört ihr, ihre Mutter sagt, dass alles neu war.«

»Das ist eine Puppe«, sagte Mia.

»Was?«, fragte Munch.

Mia schenkte sich nach, langsam und mit glasigen Augen. Sie hatte die Cognacflasche aus der Küche geholt, als er draußen gewesen war, hatte sie fast geleert.

»Das sind Puppenkleider«, sagte Mia jetzt. »Alles, was sie anhat. Woher kommen die?«

Munch zuckte mit den Schultern.

»Tut mir leid, ich weiß auch nicht mehr als das, was im Bericht steht. Ich arbeite nicht an dem Fall.«

»Mikkelson hat dich geschickt?«

Munch nickte.

»Sie ist nicht die Einzige«, sagte Mia leise.

»Wie meinst du das?«

»Es wird noch mehr geben. Sie ist die Erste.«

»Bist du sicher?«

Mia sah ihn mit einem seltsamen Blick an.

»Entschuldige«, sagte Munch.

»Auf dem Nagel vom kleinen Finger steht eine Zahl«, sagte Mia schroff.

Sie zog ein Foto aus dem Ordner, eine Nahaufnahme der linken Hand. Sie legte es vor Munch hin und zeigte darauf.

»Siehst du? In den Fingernagel ist eine Zahl geritzt worden. Das kann auch ein Strich sein, es ist aber eine Zahl. Die Zahl eins. Sie bleibt nicht die Einzige.«

Munch kratzte sich am Bart. Für ihn sah es aus wie ein Kratzer, und so hatte es auch im Bericht gestanden, aber er sagte nichts.

»Wie viele?«, fragte er und ließ sie einfach weiterreden.

»Die Anzahl der Finger vielleicht.«

»Zehn?«

»Schwer zu sagen. Vielleicht.«

»Du bist wirklich sicher? Dass noch mehr kommen werden, meine ich?«

Mia schaute ihn wieder mit diesem Blick an und trank einen Schluck Cognac.

»Das ist klinisch. Der Täter hat sich Zeit gelassen. Ich bin übrigens nicht sicher, ob es ein Mann ist, es kann ein Mann sein, aber dann ist er nicht …«

»Was?«

»Ich weiß nicht. Normal. Wenn es ein Mann ist, dann kein normaler.«

»Meinst du die sexuelle Veranlagung?«

»Es stimmt nicht ganz, aber es stimmt doch, wenn du

verstehst, was ich meine, doch, es stimmt, aber nicht ganz, etwas stimmt nicht, aber irgendwie stimmt doch alles.«

Sie war jetzt wieder in ihrem Kopf und nur körperlich anwesend. Munch ließ sie gewähren, ohne sie zu unterbrechen.

»Was ist Metohexital?«

Munch öffnete den Ordner und blätterte den Bericht durch, bis er die Antwort fand. Sie hatte den Bericht natürlich nicht gelesen. Hatte sich nur die Bilder angesehen, wie es eben ihre Art war.

»Es wird unter dem Namen Brevital Sodium verkauft. Narkose. Es wird von Narkoseärzten verwendet.«

»Narkose«, sagte Mia geistesabwesend.

Munch hatte richtig Lust auf eine Zigarette, aber er blieb sitzen. Wollte sich hier drinnen keine anstecken, wollte Mia aber auch nicht allein lassen, nicht jetzt.

»Er wollte ihr nichts tun«, sagte sie plötzlich.

»Was soll das denn heißen?«

»Der Täter wollte ihr nichts tun. Er hat sie schön gemacht, sie gewaschen. Die Narkose. Er wollte nicht, dass sie leidet. Er hatte sie gern.«

»Er hatte sie gern?«

Mia Krüger nickte wortlos.

»Aber warum hat er sie an einem Springseil aufgehängt?«

»Weil sie in die Schule kommen würde.«

»Warum Ranzen und Bücher?«

Wieder dieser Blick.

»Dieselbe Antwort.«

»Warum steht auf den Büchern Rikke JW und nicht Pauline?«

»Das weiß ich nicht«, sagte Mia seufzend. »Das ist es, was nicht stimmt. Alles andere stimmt, aber gerade das stimmt nicht, findest du das nicht auch?«

Munch gab keine Antwort.

»Dieses gestickte Etikett hinten im Kleid. M 10:14. Das stimmt«, sagte Mia jetzt.

»Markus 10:14. Aus der Bibel? ›Lasset die Kindlein zu mir kommen‹?«

Munch hatte sich dieses Detail im Bericht gemerkt, der eigentlich sehr ausführlich war, aber die Bedeutung des Strichs auf dem Fingernagel war ihnen entgangen.

Mia nickte.

»Das ist unwichtig. M 10:14. Das ist nur Unsinn. Etwas anderes ist wichtiger.«

»Wichtiger als der Name auf den Büchern?«

»Ich weiß nicht«, sagte Mia.

»Mikkelson will dich zurückhaben.«

»Für den Fall?«

»Ganz zurück.«

»Nicht aktuell. Ich komme nicht zurück.«

»Sicher?«

»Ich komme nicht zurück«, rief sie plötzlich. »Hast du nicht gehört? Ich will nicht zurück.«

Munch hatte sie noch nie so erlebt. Sie zitterte, kämpfte gegen die Tränen an. Er stand auf und ging zum Sofa. Setzte sich neben sie und legte ihr den Arm um die Schultern. Bettete ihren Kopf in seine Armbeuge und strich ihr übers Haar.

»Ist schon gut, Mia. Wir sagen, dass es jetzt gut ist. Tausend Dank.«

Mia gab keine Antwort. Holger spürte, wie der schmächtige Körper in seinen Armen zitterte. Sie war nicht sie selbst. So hatte er sie wirklich noch nie erlebt. Er half ihr beim Aufstehen und die Treppe hinauf. Brachte sie in ihr Zimmer, zum Bett, deckte sie zu.

»Soll ich heute Nacht hierbleiben? Mich zu dir setzen? Unten auf dem Sofa schlafen? Dir ein bisschen Frühstück machen? Ich kann versuchen, das Raumschiff in Gang zu bringen, und dich mit einer Tasse Kaffee wecken?«

Mia Krüger gab keine Antwort. Die schöne Frau, die so wichtig war, lag wie tot unter der Decke. Holger Munch setzte sich in einen Sessel neben dem Bett, und etwas später hörte er, wie ihre schweren Atemzüge ruhiger wurden, als ob sie eingeschlafen sei.

Mia? So?

Er hatte sie durchaus schon müde und niedergeschlagen erlebt, aber noch nie so. Das hier war etwas ganz anderes. Er musterte sie liebevoll, überzeugte sich davon, dass sie nicht fror, und ging die Treppe hinunter. Er trat auf den Pfad zum Kai und zog das Telefon aus der Jackentasche.

»Mikkelson?«

»Hier Munch.«

»Ja?«

»Sie macht nicht mit.«

Am anderen Ende wurde es still.

»Verdammt« hörte er dann. »Hat sie etwas Brauchbares gesagt? Etwas, das wir übersehen haben?«

»Sie ist nicht die Einzige.«

»Wie meinst du das?«

»Wie ich gesagt habe, sie ist nicht die Einzige. Ihr wurde eine Zahl in den Nagel des kleinen Fingers geritzt. Das habt ihr übersehen.«

»Scheiße«, sagte Mikkelson und schwieg dann wieder.

»Hast du mir alles gesagt, oder verschweigst du mir was?«, fragte Munch schließlich.

»Du kommst besser wieder zurück«, sagte Mikkelson.

»Ich bleibe bis morgen hier. Sie braucht mich.«

»So war das nicht gemeint, ich meine zurück, zurück.«

»Wir machen die Einheit wieder auf?«

»Ja, du kannst dich dann direkt hier melden. Ich erledige morgen ein paar Anrufe.«

»Okay, dann sehen wir uns morgen Abend«, antwortete Munch.

»Gut«, erwiderte Mikkelson.

»Nein. Mia kommt nicht«, sagte Munch als Antwort auf die unausgesprochene Frage.

»Du bist sicher?«

»Garantiert«, sagte Munch. »Mariboes gate, dieselben Räume?«

»Alles schon in die Wege geleitet«, sagte Mikkelson. »Die Einheit ist inoffiziell wieder da. Du kannst deine Crew zusammentrommeln, wenn du hier unten bist.«

»Okay«, sagte Munch wieder und beendete schnell die Verbindung.

Er spürte, wie die Freude in ihm aufstieg, aber er wollte nicht, dass Mikkelson das merkte. Er war wieder da, wo er hingehörte. In Oslo. Die Einheit konnte wieder loslegen. Er hatte seinen Posten zurückbekommen, konnte sich aber trotzdem nicht richtig freuen. Er hatte Mia Krüger noch nie so gesehen, so völlig am Boden, und er würde sie auch nicht mit zurücknehmen können. Beim Gedanken an das kleine Mädchen am Baum bekam der ansonsten so gelassene Ermittler noch immer eine Gänsehaut.

Munch schaute in den Himmel. Draußen war es jetzt dunkler. Die Sterne badeten die Stille in einem kalten Licht. Er warf die Zigarette ins Wasser und schlenderte zum Haus zurück.

• 12 •

Tobias Iversen fand einen weiteren Zweig und schnitzte ein wenig an einem neuen Pfeil, während er auf seinen Bruder wartete. Er arbeitete gern mit dem Messer. Es gefiel ihm, wie die Klinge sich in den Baum einschnitt, wie ruhig er das Messer zwischen Bast und Borke bewegen musste, um keine Kerben in den Pfeil zu hacken. Tobias Iversen war geschickt, in den Kunst- und Handwerkstunden wurde er am meisten gelobt. In den anderen Fächern war er nur mittelmäßig, vor allem in Mathe, aber mit den Händen, da war er tüchtig. Und in Norwegisch. Tobias Iversen las gern. Bisher hatte er vor allem Fantasy und Sci-fi gelesen, aber letzten Herbst hatten sie eine ganz tolle neue Norwegischlehrerin bekommen, Emilie, die laut lachte und jede Menge Sommersprossen hatte, fast keine Lehrerin, eigentlich, sondern ein liebes großes Mädchen, das unheimlich witzige Stunden gab, ganz anders als der Lehrer davor, der hatte nur, ja, er konnte sich gar nicht erinnern, was sie da eigentlich gemacht hatten. Emilie hatte eine Bücherliste aufgeschrieben, mit Büchern, die er ihrer Meinung nach lesen sollte. Er war jetzt fast fertig mit »Herr der Fliegen«, und er merkte, dass er sich darauf freute, nach Hause zu kommen und im Bett weiterlesen zu können. Oder jedenfalls darauf, im Bett lesen zu können, auf das Nachhausekommen freute er sich nicht so sehr. Tobias Iversen war auf dem Papier erst dreizehn, aber innerlich war er schon älter, hatte Dinge erlebt, die Kinder eigentlich nicht erleben dürften. Er hatte mehrmals gedacht, dass er gern weglaufen würde, einfach seine wenigen Habseligkeiten in die Schultasche packen, in die Welt ziehen, fort von dem düsteren Haus, aber das ging ja nicht. Wo hätte er hingehen sollen? Er hatte ein wenig Geld gespart, von Geburtstagen und Weihnachten und so, aber damit würde er nicht weit kommen, und seinen kleinen Bruder könnte er auch nicht verlassen, wer sollte denn auf den aufpassen, wenn Tobias das nicht machte? Er versuchte, an etwas anderes zu denken, ließ die Messerklinge langsam unter die Weidenrinde gleiten, lächelte zufrieden, als er einen ganzen Riemen abschneiden konnte, ohne ihn zu zerreißen.

Sein kleiner Bruder ließ auf sich warten. Tobias warf einen kurzen Blick zum Wald hinüber, aber er machte sich keine Gedanken. Sein kleiner Bruder war ein neugieriger Junge, bestimmt hatte er einen witzigen Pilz oder einen Ameisenhügel entdeckt.

Vielleicht können wir auf die Christenmädchen schießen?

Tobias musste nun doch lachen. Typisch kleine Kinder, so unschuldig, wussten nichts, konnten einfach alles sagen, aus dem Kopf und in den Mund, nicht wie in Tobias' Klasse oder auf dem Schulhof, wo man aufpassen musste, was man sagte oder meinte, wenn nicht, flog man aus der Clique. Genau wie in »Herr der Fliegen«. Wenn man Schwäche zeigte, wurde man sofort zum Opfer. Gerade war Sport angesagt, und zum Glück war er ein guter Sportler, rannte schnell, sprang weit und hoch und hatte eine brauchbare Balltechnik. Das Problem im Moment waren die Klamotten. Zwei von den neuen Jungs, die aus der Stadt hergezogen waren, hatten andere Gepflogenheiten mitgebracht, mehr Geld. Jetzt musste es Adidas oder Nike oder Puma oder Reebok sein, und Tobias hatte in letzter Zeit Kommentare über seine blöden Schuhe hören müssen und dass seine Shorts, die Trainingshose und die alten T-Shirts weder das richtige Aussehen hätten noch die richtige Marke wären. Zum Glück war eins wichtiger als alles andere, nämlich, ob die Mädchen einen mochten. Wenn die Mädchen einen mochten, galten weder Sport noch Schuhe oder welche Bands man gern hörte besonders viel, und die Mädchen mochten Tobias Iversen. Nicht nur weil er gut aussah, sondern weil er richtig nett war. Und da sollten seine Fußballschuhe eben nur einen Streifen und abgenutzte Stollen haben.

Die Christenmädchen. Es hatte sofort Gerüchte gegeben, dass neue Leute auf das große alte Gut hinten beim Litjønn gezogen waren, wo eine Zeitlang niemand gewohnt hatte. Und dass sie alles renoviert hatten und dass jetzt alles ganz anderes aussah, und das fanden alle verdächtig. Sie gehörten wohl zu so etwas wie einer Christlichen Gemeinde, aber sie waren wohl doch keine, sie waren Leute, die zur Christlichen Gemeinde gehört hatten, aber dann war ihnen die Christliche Gemeinde nicht mehr gut genug gewesen, und sie hatten ihre eigene Religion gegründet, oder wie immer das zusammenhing. Alle glaubten, etwas zu wissen, aber niemand wusste so recht, was da eigentlich passierte, nur dass die Kinder, die dort wohnten, nicht in die Schule gingen und dass alles gewaltig Gott und christlich und sonst was war, aber eigentlich war das ja auch egal. Tobias interessierte das nicht, er hatte sogar begriffen, dass er, sowie es Kommentare über seine Klamotten oder überhaupt über arme Leute gab, das Gespräch auf die Christenmädchen lenken konnte, und schwupps, schon waren die Markenklamotten vergessen. Er hatte sogar gelogen und behauptet, sie gesehen zu haben, einmal nach dem Sport, nur damit die beiden Neuen aus der Stadt die Klappe hielten, und das hatte funktioniert. Er hatte sich eine Geschichte ausgedacht, dass die Mädchen seltsame Kleider und irgendwie tote Augen gehabt und ihn weggejagt hätten, dumm natürlich, denn mit den Christenmädchen da draußen sollte man nichts zu tun haben, man sollte auch keine Meinung über sie haben, aber was sollte man machen?

Tobias legte das Messer weg und schaute auf die Uhr. Sein kleiner Bruder war jetzt schon ganz schön lange weg, und nun machte er sich doch Sorgen. Sie mussten zwar nicht nach Hause, da war ihnen keine Uhrzeit genannt worden, niemand merkte, ob sie kamen oder gingen. Tobias hoffte nur immer, dass es im Kühlschrank Essen gab, damit er seinem kleinen Bruder etwas zum Abendbrot machen konnte. Er hatte sich fast alles selbst beigebracht. Er konnte die Betten beziehen, mit der Waschmaschine umgehen, die Schultasche des Bruders packen, eigentlich fast alles, nur nicht das mit dem Essen, er wollte sein eigenes Geld nicht für Essen ausgeben, das fand er ungerecht, aber meistens war ja etwas da, in den Küchenschränken, vielleicht eine Tütensuppe oder Brot und Marmelade. In der Regel ging alles gut.

Er bohrte den Pfeil neben dem Baumstumpf in den Boden und erhob sich. Wenn sie noch am Rundvann Büffel jagen wollten, müssten sie sich beeilen. Er brachte den Bruder gern vor neun ins Bett, unter der Woche jedenfalls. Das war gut für den Bruder und für ihn selbst, sie teilten sich das Mansardenzimmer, und er liebte die wenigen Stunden allein unter der Leselampe, wenn sein Bruder eingeschlafen war.

»Torben?«

Tobias ging in den Wald, in die Richtung, in der Bruder und Pfeil verschwunden waren. Der Wind hatte aufgefrischt, und die Blätter raschelten. Er hatte keine Angst, er war schon oft allein hier gewesen, bei heftigem Wind und schlechtem Wetter, er fand es spannend, wie die Natur alles um ihn herum packte und rüttelte, aber der kleine Bruder fürchtete sich schnell.

»Torben? Wo bist du?«

Plötzlich hatte er wieder ein schlechtes Gewissen, weil er auf dem Schulhof das alles über die Christenmädchen gesagt hatte. Gelogen, in der Jungenumkleide Geschichten erfunden. Er beschloss, eines Tages eine kleine Expedition zu machen, wie die Jungen in »Herr der Fliegen«, die nicht von Erwachsenen überwacht wurden. Er wollte sich wegschleichen, Proviant einpacken und die Taschenlampe mitnehmen, zum Litjønn hochgehen. Er kannte den Weg. Wollte nachsehen, ob alles stimmte, was gesagt wurde, über den renovierten Hof und die neuen Zäune und das alles. Spannend und lehrreich, jetzt fiel ihm ein, was der alte Norwegischlehrer gemacht hatte, er hatte immer gesagt, was jetzt durchgenommen werde, sei spannend und lehrreich, und sie müssten still sitzen und gut zuhören, aber es war nicht so, es war nicht spannend und auch nicht besonders lehrreich, denn er konnte sich kaum erinnern, was sie in den Stunden gemacht hatten. Dann fiel ihm etwas ein, was sein Großvater einmal gesagt hatte, als sie in dem alten roten Volvo unterwegs waren, *nicht alle sind zum Kinderkriegen geeignet, manche dürften niemals Kinder bekommen.* Das hatte er sich eingeprägt, konnte das wohl auch für Lehrer zutreffen? Dass sie nicht dazu geeignet waren, dass sie deshalb traurige Gesichter hatten, wenn sie zur Stunde in die Klasse kamen?

Er wurde aus seinen Gedanken gerissen, weil es vor ihm im Gebüsch raschelte. Aus dem Nichts tauchte plötzlich sein kleiner Bruder auf, er wirkte verängstigt, und vorn auf der Hose zeichnete sich ein großer feuchter Fleck ab.

»Torben? Was ist los?«

Der kleine Bruder sah ihn mit leeren Augen an.

»Da hängt ein Engel allein im Wald.«

»Was sagst du da?«

»Da hängt ein Engel allein im Wald.«

Tobias nahm seinen Bruder in den Arm, er merkte, dass der Junge zitterte.

»Hast du das jetzt erfunden, Torben?«

»Nein. Sie hängt da, wirklich.«

»Kannst du mir zeigen wo?«

Der kleine Bruder schaute zu ihm hoch.

»Sie hat keine Flügel, aber ich bin ziemlich sicher, dass es ein Engel ist.«

»Zeig es mir«, sagte Tobias ernst und schob den kleinen Bruder vor sich her zurück in den Wald.

• 13 •

Mia Krüger saß auf dem Felsen und sah zum letzten Mal den Sonnenuntergang über Hitra.

17. April. Noch ein Tag. Morgen würde sie Sigrid wiedersehen.

Sie war müde. Nicht so müde, dass sie Schlaf gebraucht hätte, sie hatte einfach alles satt. Das Leben. Die Menschen. Alles, was passiert war. Sie hatte eine Art Ruhe gefunden, ehe Holger ihr die Bilder im Ordner gezeigt hatte, aber seit er wieder gefahren war, hatte es sie abermals heimgesucht. Das widerliche Gefühl.

Das Böse.

Sie trank einen Schluck aus der Flasche, die sie mitgebracht hatte, und zog sich die Mütze weiter über die

Ohren. Es war jetzt kälter, der Frühling kam doch nicht so früh. Mia war froh darüber, dass sie sich an der Flasche wärmen konnte. So hatte sie sich ihren letzten Tag nicht vorgestellt. Sie hatte eigentlich so viel wie möglich mitnehmen wollen. Die letzten vierundzwanzig Stunden ihres Lebens. Vögel, Bäume, Wasser, Licht. Sich einfach einen Tag freinehmen von den Medikamenten, um alles zu spüren, sich selbst, ein letztes Mal. So war es nicht gekommen. Seit Holger gefahren war, war das Bedürfnis nach Abstumpfung der Sinne nur noch stärker geworden. Sie hatte mehr getrunken. Mehr Tabletten genommen, war aufgewacht, ohne gemerkt zu haben, dass sie eingeschlafen war. War eingeschlafen, ohne gemerkt zu haben, dass sie wach gewesen war. Sie hatte sich vorgenommen, nicht zu sehr an den Inhalt des Ordners zu denken. Idiotisch natürlich, wann hätte sie es je geschafft, sich vor etwas zu beschützen, wenn es um diese Dinge ging? Der Job. Für die anderen mochte es ein Job sein, aber nicht für Mia Krüger. Die Ermittlungen machten ihr zu sehr zu schaffen. Trafen sie voll in der Seele, als ob es ihre Wirklichkeit wäre, als wäre sie das Opfer. Entführt, vergewaltigt, mit Eisenstangen niedergeschlagen, mit Kippen gebrandmarkt, mit einer Überdosis ermordet, mit einem Springseil an einem Baum aufgehängt.

Warum stand nicht ihr Name auf den Schulbüchern?

Wo doch alles bis ins Letzte geplant gewesen war?

Verdammt.

Sie hatte versucht, den Anblick des kleinen Mädchens im Baum zu vergessen, aber sie konnte sie sich nicht aus dem Kopf schlagen. Das Ganze wirkte so inszeniert. So theatralisch. Fast wie ein Spiel. Eine Art Mitteilung. Eine Mitteilung an wen? An die, die sie finden würden? An die Polizei? Sie hatte sich den Kopf zerbrochen, um sich zu erinnern, ob sie jemals in einem Fall auf den Namen Rikke gestoßen war, erfolglos. Genau das hatte Mia sonst so gut gekonnt, aber diese Fähigkeit schien ihr abhandengekommen zu sein. Dennoch hatte dieser Fall etwas, etwas, das sie nicht richtig zu fassen bekam, und das ärgerte sie. Mia sah, wie die Sonne ins Meer glitt, und versuchte sich zu konzentrieren. Eine Mitteilung? An die Polizei? Ein alter Fall? Ein ungeklärter Fall? In ihrer Laufbahn hatte es nicht viele ungeklärte Fälle gegeben. Zum Glück. Aber es gab zwei Dinge in einer Grauzone. Eine reiche ältere Frau war in einer Wohnung im Bogstadvei tot aufgefunden worden, sie hatten keine Beweise für einen Mord, obwohl Mia ziemlich sicher war, dass einer der Erben den Tod der alten Dame herbeigeführt hatte. Sie konnte sich aus dem Fall aber nicht an den Namen Rikke erinnern. Sie hatten vor einigen Jahren den Kollegen aus Ringerike bei einer Ermittlung geholfen, in der es um ein verschwundenes Baby gegangen war. Das Baby war von der Säuglingsstation verschwunden, ein Schwede hatte gestanden, hatte sich umgebracht, das Kind war aber nie gefunden worden. Die Ermittlungen waren eingestellt worden, obwohl Mia darauf gedrängt hatte weiterzumachen. Aber auch bei dem Fall hatte es keine Rikke gegeben, wenn sie das richtig in Erinnerung hatte. Pauline. Sechs Jahre. War es nicht sechs Jahre her, dass das Baby verschwunden war? Mia leerte die Flasche, ihr Blick verweilte am Horizont, während sie versuchte, die Zeit zurückzudrehen. Zurück. Um sechs Jahre. Da duckte sich etwas. Sie konnte es fast riechen. Aber es wollte nicht ans Licht kommen.

Verdammt.

Mia durchwühlte ihre Hosentaschen nach weiteren Tabletten, fand aber keine. Sie hatte vergessen, welche mitzunehmen. Die lagen jetzt alle auf dem Wohnzimmertisch. Alle, die sie noch hatte. Genug. Einsatzbereit. Sie hatte eigentlich bis zum frühen Morgen warten wollen, bis es hell wurde. Besser, bei Licht zu reisen, hatte sie gedacht. Wenn ich bei Dunkelheit aufbreche, lande ich vielleicht in der Dunkelheit, aber im Moment war ihr das egal. Sie musste nur noch bis nach Mitternacht warten. Bis das Datum vom 17. auf den 18. April sprang.

Komm, Mia, komm.

So hatte sie sich das Ende nicht vorgestellt. Sie erhob sich und schleuderte wütend die leere Flasche ins Meer. Bereute das sofort, wollte die Umwelt nicht verschmutzen, das war ihr von Kindheit an eingeschärft worden. Der schöne Garten. Mama und Papa. Oma. Sie hätte stattdessen eine Flaschenpost schreiben müssen. In ihren letzten Stunden auf dieser Erde etwas Schönes tun. Einem Menschen in Not helfen. Einen Fall lösen. Sie wollte wieder zum Haus hochgehen, konnte ihre Beine aber nicht bewegen. Sie blieb stehen und schlang sich unten auf dem Fels die Arme um den kalten Leib.

Rikke. JW. Rikke. JW. Rikke JW. Rikke JW. Pauline. Nein, nicht Pauline. Rikke. R ikke.

Oh verdammt!

Mia Krüger war plötzlich hellwach. Kopf, Beine, Arme, Blut, Atem, Sinne.

Rikke JW.

Natürlich. Natürlich. Natürlich. Oh, großer Gott, warum begriff sie das erst jetzt? Es war doch ganz eindeutig. Klar wie der Tag. Mia lief zum Haus hoch, stolperte in der Dunkelheit, kam aber wieder auf die Beine, rannte ins Wohnzimmer, ohne die Tür hinter sich zuzumachen. Lief in die Küche, fiel vor dem Mülleimer auf die Knie. Hier hatte sie es doch hineingeworfen, oder? Das Telefon, das er ihr dagelassen hatte.

Falls du es dir doch noch anders überlegst.

Sie fischte das Mobiltelefon aus dem Abfall, suchte nach dem Zettel, der daran geklebt hatte. Ein gelber Klebezettel mit PIN-Code und Holgers Nummer. Sie ging ins Wohnzimmer, schaltete das Telefon ein. Gab mit zitternden Fingern auf der kleinen Tastatur den Code ein. Natürlich. Natürlich. Kein Wunder, dass hier etwas nicht stimmte. Alles musste doch stimmen. Und alles stimmte. Rikke JW. Natürlich. Sie war ja so dumm gewesen!

Mia wählte Holgers Nummer und wartete ungeduldig. Das Telefon stelle sie zum Anrufbeantworter durch, und sie wählte wieder Holgers Nummer. Und noch einmal. Und noch einmal, bis sie endlich am anderen Ende der Leitung Holgers müde Stimme hörte.

»Mia?«, fragte Holger gähnend.

»Ich hab's kapiert«, keuchte Mia aufgeregt.

»Was hast du kapiert? Wie spät ist es überhaupt?«

»Scheiß jetzt auf die Uhrzeit, ich hab's kapiert.«

»Was hast du kapiert?«

»Rikke JW.«

»Echt? Was meinst du?«

»Ich glaube, JW steht für Joachim Wicklund. Den Schweden aus dem Fall in Hønefoss vor ein paar Jahren. Erinnerst du dich?«

»Klar«, murmelte Munch.

»Und Rikke«, sagte Mia jetzt. »Ich glaube, das bedeutet einfach *var ikke,* ›war nicht‹. *Es war nicht Joachim Wicklund.* Es ist derselbe Täter, Holger. Wie damals in Hønefoss.«

Munch schwieg lange. Mia konnte förmlich hören, wie

es in seinem Kopf arbeitete. Es war zu verrückt, um wahr zu sein, und trotzdem. So musste es sein.

»Meinst du nicht?«, fragte Mia.

»Klingt doch total schräg«, sagte Munch endlich. »Aber das Schlimmste ist, dass ich glaube, du kannst Recht haben. Steigst du denn jetzt ein?«

»Ja«, antwortete Mia. »Aber nur bei diesem Fall. Danach bin ich fertig. Dann habe ich was anderes zu erledigen.«

»Ist klar. Das musst du entscheiden«, sagte Munch.

»Sind wir wieder in der Mariboes gate?«

»Ja.«

»Ich nehm morgen das Flugzeug.«

»Schön. Dann sehen wir uns.«

»Das tun wir.«

»Sei vorsichtig auf dem Flug.«

»Ich bin immer vorsichtig, Holger.«

»Du bist nie vorsichtig, Mia.«

»Fuck you, Holger.«

»Ich lieb dich auch, Mia. Schön, dass du wieder bei uns bist. Bis morgen.«

Mia drückte die Taste mit dem roten Hörer und lächelte für einen Moment zaghaft. Sie ging ins Wohnzimmer und sah sich die vielen Tabletten an, die auf dem Tisch lagen.

Komm, Mia, komm.

In Gedanken bat sie ihre Zwillingsschwester um Entschuldigung. Sigrid würde noch warten müssen. Mia Krüger musste zuerst noch etwas erledigen.

• Teil II •

• 14 •

Gabriel Mørk war ziemlich nervös, als er vor dem Haus in der Mariboes gate stand und darauf wartete, dass er abgeholt würde. Er hatte geglaubt, die zuständige Wache sei die Zentrale unten am Grønland-Platz und dort solle er sich einfinden, aber das schien nicht der Fall zu sein. Er hatte eine kurze SMS erhalten. Treffen Mariboesgt. 11. Wir holen dich. Ohne Absender. Nichts. Eigentlich seltsam. Die vergangene Woche war überhaupt ziemlich seltsam gewesen, witzig, ja, das irgendwie schon, aber Gabriel Mørk wusste noch immer nicht so ganz, worauf er sich da eingelassen hatte.

Ein Auftrag. So war das bisher nicht gewesen. Mit einem Chef umgehen müssen. Mit einem Team. Das alles. Die Wirklichkeit. Morgens aufstehen müssen. Teil der Gesellschaft sein. Das war eher nicht so sein Ding gewesen.

Gabriel Mørk war nachts gern wach. Wenn der Rest der Welt schlief. Dann konnte er besser denken. Wenn es draußen dunkel war und in seiner Wohnung nur das Licht der Bildschirme leuchtete. Na ja, Wohnung … Gabriel Mørk gab nur ungern zu, dass er noch immer in seinem alten Kinderzimmer hauste. Eigener Eingang und eigenes Badezimmer zwar, aber seine Mutter wohnte weiterhin im selben Haus. Nicht sonderlich Rock'n'Roll und wirklich nichts, was er laut sagte, wenn er ein seltenes Mal jemanden kennenlernte oder auch alte Schulkameraden traf. Eigentlich war das kein großes Problem, und er kannte andere Hacker, die das genauso machten. Immer noch zu Hause wohnten. Aber trotzdem.

Jetzt würde das anders werden. Plötzlich. Es ging ein bisschen zu schnell. Oder war es einfach das, worauf er sein Leben lang gewartet hatte? Er hatte sie erst vor sieben Monaten im Internet kennengelernt, und jetzt war sie schon schwanger. Jetzt würden sie in eine eigene Wohnung ziehen, und hier stand er mitten auf der Straße und hatte einen Job bei der Polizei bekommen. Gabriel Mørk war sich niemals sonderlich erfolgreich vorgekommen, abgesehen davon, wenn es um Computer ging, da konnten ihm nicht viele das Wasser reichen, aber im Leben und so. Er war schon in der Schule ein Einzelgänger gewesen. War verlegen geworden, wenn die Mädchen ihn zu irgendetwas einladen wollten. In der Zeit der Abiturfeiern war er zu Hause geblieben, während die restliche Klasse sich am Tryvann halbwegs um den Verstand gesoffen hatte. Im folgenden Herbst hatte er sich für Informatik immatrikuliert, war aber nie zu den Vorlesungen gegangen. Was hätte er dort auch zu suchen gehabt? Er wusste ja schon alles.

Er warf einen nervösen Blick über die Schulter, aber niemand kam ihn abholen. Vielleicht war es doch nur ein Jux? Job bei der Polizei? Er hatte zuerst gedacht, dass seine Cyberkumpels ihn in die Irre führen wollten. Er kannte da zwei, die sowas wahnsinnig komisch fanden. Sich ins Leben anderer einzumischen. Sich in Arztarchive einzuhacken. Sich in Rechtsanwaltskanzleien einzuhacken. Per Zufall ausgewählten Menschen mitzuteilen, sie seien schwanger. Vaterschaftsnachweise zu fälschen. So viel Scheiß wie möglich zu machen. Gabriel Mørk war nicht diese Sorte Hacker, aber er kannte wie gesagt andere, die so waren. Der Typ, der ihn angerufen hatte, hatte allerdings wirklich glaubwürdig gewirkt. Sie hatten seinen Namen vom GCHQ in England bekommen. MI-6. Gabriel Mørk hatte dasselbe gemacht wie mehrere andere, die er kannte, er hatte sich über die Aufgabe hergemacht, die im vergangenen Herbst plötzlich im Netz gestanden hatte. *Canyoucrackit?* Für die meisten ein scheinbar unlösbarer Code. Einhundertsechzig Zahlen- und Buchstabenpaare, und eine Uhr, die auf null zutickte, um die Spannung zu steigern. Er hatte die Aufgabe nicht als Erster gelöst, aber ihm hatte nicht viel gefehlt. Der Erste war ein Russe gewesen, ein *Blackhacker*, der den Code geknackt hatte, als der erst seit wenigen Stunden im Netz stand. Gabriel Mørk wusste, dass der Russe nicht den Code an sich gelöst, sondern sich einfach rückwärts gehackt hatte, in die Website canyoucrackit-co.uk, wo er die html-Adresse gefunden hatte, die die eigentliche Antwort sein sollte. Schon raffiniert, aber so gesehen auch keine Herausforderung.

Gabriel Mørk hatte sofort gesehen, dass es sich um einen Maschinencode handelte, X86, und dass dieser den RC4-Algorithmus implementierte. Es war nicht supereinfach gewesen, die, die den Code erstellt hatten, hatten natürlich etliche Hindernisse eingebaut, wie zum Beispiel einen Block aus Daten in der PNG-Datei zu verstecken, also im Bild des Codes selbst, es half also nichts, einfach die Zahlen zu dekryptieren, aber egal, er hatte zwei Nächte gebraucht. Eine witzige Herausforderung. Die Antwort auf den Code war nicht so witzig gewesen, aber trotzdem. Es hatte sich herausgestellt, dass das Ganze eine PR-Nummer des GCHQ war, das zum britischen Nachrichtendienst gehört, ein Test, eine Stellenbewerbung. *Wenn du diesen Code nicht knacken kannst, bist du nicht gut genug, um für uns zu arbeiten.*

Er hatte seinen Namen eingegeben und beschrieben, wie er die Lösung gefunden hatte, einfach aus Spaß. Er hatte eine freundliche Antwort erhalten, ja, die Lösung sei richtig, leider kämen nur britische Staatsangehörige für diese Stellen in Frage.

Gabriel Mørk hatte nicht weiter daran gedacht. Bis dann am vergangenen Freitag sein Telefon geklingelt hatte. Jetzt war Donnerstag, und hier stand er, mit dem Rechner unter dem Arm, und sollte sich mit jemandem treffen, um irgendetwas zu tun. Bei der Polizei zu arbeiten.

»Gabriel Mørk?«

Gabriel zuckte zusammen und drehte sich um.

»Ja?«

»Hallo. Ich bin Kim.«

Der Mann, der seinen Namen genannt hatte, streckte die Hand aus. Gabriel hatte keine Ahnung, woher der andere aufgetaucht war, er sah ganz normal aus, vielleicht deshalb. Er hatte irgendwie Blaulicht und Sirenen erwartet oder eine Uniform, jedenfalls etwas Offizielles, egal was, aber der Mann, der hier vor ihm stand, könnte ja jeder sein. Er war total unscheinbar. Normale Hose, normale Schuhe, normaler Pullover, in Farben, die sich in nichts von der Menge abhoben, doch dann ging Gabriel auf, dass das bestimmt Sinn der Sache war. Zivilpolizei. Der Mann war dazu ausgebildet, nicht gesehen zu werden. Sich in nichts von der Masse zu unterscheiden. Plötzlich aus dem Nirgendwo auftauchen zu können.

»Komm einfach mit, hier lang«, sagte der Mann, der Kim hieß, und sie überquerten die Straße und gingen auf ein gelbes Mietshaus zu.

Der Polizist zog an der Haustür eine Karte durch das Lesegerät und gab einen Code ein. Die Tür glitt auf. Gabriel folgte dem Mann zum Fahrstuhl, wo die Prozedur sich widerholte, man brauchte also auch für den Fahrstuhl eine Schlüsselkarte. Gabriel blieb stehen und musterte den Mann verstohlen, während der den Code eingab. Er wusste nicht so recht, was er sagen sollte oder ob er überhaupt etwas sagen sollte. Er war noch nie bei der Polizei gewesen. Hatte noch nie einen Fahrstuhl mit Zugangscode gesehen. Der Polizist, der Kim hieß, wirkte ganz ruhig, als ob das für ihn alltäglich wäre. Fremde neue Kollegen von der Straße zu holen. Fahrstuhlcodes einzugeben. Sie waren gleich groß, aber der Polizist war schwerer gebaut, unter all der Unscheinbarkeit sah er ziemlich durchtrainiert aus. Er hatte kurze dunkle Haare und war nicht ganz glatt rasiert. Gabriel wusste nicht, ob das so sein sollte oder ob er keine Zeit für die Rasur gehabt hatte. Er wagte nicht, zu lange zu starren, aber aus den Augenwinkeln sah er, wie der Polizist ein kurzes Gähnen erstickte, es war also wohl eher Letzteres. Lange Tage. Schwere Fälle, vielleicht.

Der Fahrstuhl blieb im dritten Stock stehen, und der Polizist ging zuerst hinaus. Gabriel folgte ihm durch einen langen Gang zu einer weiteren Tür, auch die mit Kartenleser und Codeschloss. Nirgendwo war ein Schild zu sehen. Weder »Polizei« noch der Name irgendeiner Firma. Totale Anonymität. Der Mann öffnete eine letzte Tür, und dann waren sie am Ziel. Die Räume waren nicht sehr groß, aber sie waren übersichtlich und hell. Einige Tische in einer offenen Bürolandschaft, die meisten mit Glaswänden, andere mit geschlossenen Vorhängen. Niemand beachtete die beiden, die jetzt hereinkamen, alle waren beschäftigt.

Gabriel folgte dem Beamten durch den Raum zu einem

kleinen Büro, einem von denen mit Glaswänden. Er würde zwar im Schaufenster sitzen, aber wenigstens war es sein eigenes.

»Das ist deins«, sagte Kim und ließ Gabriel den Vortritt.

Es war spärlich möbliert. Ein Schreibtisch, eine Lampe, ein Stuhl. Alles sah ganz neu aus.

»Du hast eine Liste mit allem geschickt, was du hier brauchst?«

Gabriel nickte.

»Und das waren ein Tisch und eine Lampe von IKEA?«

Der Polizeibeamte Kim zeigte zum ersten Mal eine Form von Gefühlen. Er zwinkerte Gabriel kurz zu und klopfte ihm auf die Schulter.

»Äh, nein, das war schon etwas mehr«, sagte Gabriel.

»Sollte bloß ein Witz sein. Die Jungs von der Technik sind schon dabei, die bringen dich sicher im Laufe des Tages in Gang. Ich würde dich ja rumführen und dir alle vorstellen, aber um fünf haben wir schon die erste Besprechung, das schaffen wir also nicht. Rauchst du?«

»Ob ich rauche?«

»Ja, du weißt schon? Zigaretten?«

»Äh, nein.«

»Schön für dich. Hier gibt es nicht sehr viele Regeln, aber die hier ist wichtig. Wenn Holger Munch auf dem Raucherbalkon steht, ist er nicht da. Dann denkt Holger Munch. Dann will Holger Munch nicht gestört werden, okay?«

Der Polizist zog Gabriel aus dem kleinen Büro und zeigte auf den Balkon. Gabriel konnte draußen einen Mann stehen sehen, vermutlich Holger Munch, den Chef. Den Mann, der angerufen und ihm so ganz locker, nach zehn Minuten, den Job gegeben hatte. Bei der Polizei. Den Chef nicht beim Rauchen stören, alles klar. Gabriel hatte eigentlich gar nicht vor, irgendwen zu stören, solange ihm das nicht aufgetragen wurde. Plötzlich entdeckte er die Frau, die zusammen mit Holger auf dem Balkon stand.

»Oh, shit«, rutschte es ihm heraus.

Er glaubte eigentlich, das nur gedacht zu haben, aber Kim drehte sich um.

»Was?«

»Ist das Mia Krüger?«

»Kennst du sie?«

»Was? Nein, nicht direkt, aber ich hab doch. Ja. Von ihr gehört.«

»Ja, wer hat das nicht«, sagte Kim und lächelte. »Mia ist tüchtig, das ist klar. Sie ist etwas ganz Besonderes.«

»Stimmt es, dass sie immer nur schwarze und weiße Kleidung trägt?«

Gabriel hatte diese Frage gestellt, ohne nachzudenken, die Neugier war stärker gewesen, aber er hatte es sofort bereut. Unprofessionell. Dilettantisch. Er hatte vergessen, dass er hier arbeiten sollte. Kim würde ihn noch für einen Fan oder sowas halten, was irgendwie auch stimmte, aber so wollte Gabriel Mørk am ersten Tag im neuen Job nicht vor einem Kollegen dastehen.

Kim musterte ihn, dann sagte er:

»Tja, ich kann mich nicht erinnern, sie anders gesehen zu haben, wieso fragst du?«

Gabriel wurde rot und fixierte für einen Moment den Fußboden.

»Äh, hab ich irgendwo im Netz gelesen.«

»Du darfst nicht alles glauben, was du liest«, sagte Kim grinsend und zog einen Briefumschlag aus der Tasche. »Hier ist deine Karte. Der Code ist dein Geburtstag, der

Besprechungsraum ist hinten im Gang. Wir fangen in etwa fünf bis zehn Minuten an, also sei pünktlich.«

Gabriel wusste nicht so ganz, was er machen sollte. Stehen bleiben oder sich setzen oder vielleicht einfach nach Hause rennen und die ganze Kiste vergessen. Sich einen anderen Job suchen, eine andere Beschäftigung. Er kam sich vor wie ein Fisch auf dem Trockenen. Und wie sollte man in etwa fünf bis zehn Minuten pünktlich sein?

Er öffnete den Briefumschlag und sah zu seiner Überraschung sein eigenes Bild auf der Karte.

Gabriel Mørk.

Mordkommission.

Plötzlich verspürte er Stolz. Geheime Türen. Geheime Codes. Sondereinheiten. Und hatte da nicht Mia Krüger persönlich auf dem Balkon gestanden? Er beschloss, in einigen Minuten ins Besprechungszimmer zu gehen. Es war bestimmt besser zu früh zu kommen als genau pünktlich, was immer das nun sein mochte, hier oben an diesem geheimnisvollen Ort.

• 15 •

Der Schweinezüchter Tom Lauritz Larsen aus Tangen hatte anfangs vom Internet nichts wissen wollen. Aber als der junge Betriebshelfer Jonas ins Altenteil gezogen war, hatte er von dem sechzigjährigen Bauern Internetanschluss verlangt, sonst werde er nicht auf dem Hof arbeiten. Tom Lauritz Larsen hatte sich natürlich geärgert, eigentlich ärgerte er sich dauernd, es gab wirklich nicht viel Grund zur Freude, und jetzt hatte er sich auch noch diese Lungenkrankheit zugezogen. Krankschreiben? Was zum Teufel war das für ein Irrsinn? In seiner Familie war noch nie jemand krankgeschrieben worden, was bildete sich dieser Trottel von Arzt eigentlich ein? Glaubte der etwa, er könne sich nicht um seinen eigenen Hof kümmern? Drei Generationen Schweinezüchter in Tangen, und keiner war je krankgeschrieben gewesen, keiner hatte je vom Staat Krankengeld genommen, das wäre ja noch schöner gewesen. Aber dann war er immer wieder ohnmächtig geworden, einfach so. Sehr oft sogar, egal wo. Zuletzt war er bei offener Tür im Schweinestall umgekippt. Als er wieder zu sich gekommen war, standen die Nachbarn um ihn herum, Schweine waren durch das Dorf gelaufen, und das war Tom Lauritz Larsen so peinlich gewesen, dass er am nächsten Tag den Rat des Arztes befolgt hatte. Er hatte sich im Krankenhaus in Hamar untersuchen lassen. Und der Bauernverband hatte ihm einen Betriebshelfer bewilligt.

Der Betriebshelfer, ein Neunzehnjähriger aus Stange, war ein hervorragender Arbeiter. Er hatte ihn sofort gemocht. Keiner von diesen Möchtegernbauern, die nicht richtig zupacken konnten, nein, dieser Junge wusste, was Sache war. Aber dann war da diese Sache mit dem Internet, was Tom Lauritz Larsen nun gar nicht behagte. Schließlich hatte er es eben doch einrichten lassen, wegen dieses Neunzehnjährigen auf dem Altenteil. Da war irgendwas mit einer Frau in Westnorwegen und teuren Telefonrechnungen, und Reden im Internet kostete nichts, und man konnte sich sogar gegenseitig sehen, und überhaupt, was wusste denn er. Egal, Telenor hatte jemanden aus Hamar geschickt, und jetzt hatte der kleine Hof seit einigen Monaten Internetzugang.

Tom Lauritz Larsen schenkte sich noch eine Tasse Morgenkaffee ein und ging dann auf die Website des Bauernverbandes. Da gab es einen sehr interessanten Artikel, am

Vorabend hatte er ihn überflogen, wollte ihn nun aber noch einmal lesen. Es ging um eine Statistik, die Norsvin veröffentlicht hatte. Seit 2007 hatte nicht weniger als einer von vier Schweinezüchtern in Hedmark aufgegeben, es lohnte sich schlicht nicht mehr. Der Durchschnitt bei den übrigen lag bei 53,2 Sauen, während es im Vorjahr 51,1 gewesen waren. Man brauchte kein Genie zu sein, um zu wissen, was passieren würde. Die Großen würden größer werden, und die Kleinen würden verschwinden.

Tom Lauritz Larsen stand auf, um sich nachzuschenken, blieb aber mit der Tasse in der Hand vor dem Küchenfenster stehen. Plötzlich kam Jonas aus dem Stall gestürzt, als ob ihm der Teufel auf den Fersen wäre. Was war denn los mit dem Jungen? Larsen ging zur Tür und konnte gerade noch auf die Treppe treten, da kam der Junge auf ihn zugerannt, schweißnass, kalkweiß, die Panik ins Gesicht geschrieben, als hätte er ein Gespenst gesehen.

»Was um aller Welt ist denn los?«, fragte Larsen.

»D-u-u, d-a-a ... Kri – ist – i – kristi ...

Der Junge brachte kein Wort heraus. Er fuchtelte wie ein Verrückter mit den Armen. Zog Larsen mit sich über den Hofplatz, in Pantoffeln, noch immer mit der Kaffeetasse in der Hand. Ließ erst los, als sie im Stall standen, an einem Schweinekoben. Der Anblick, der sich dem Schweinezüchter Tom Lauritz Larsen bot, war so extrem, dass er noch Monate später nicht richtig darüber reden konnte. Die Kaffeetasse fiel ihm aus der Hand, er merkte nicht einmal, dass der heiße Kaffee ihm den Oberschenkel verbrannte.

Im Koben lag die eine Sau, Kristine, tot. Nicht die ganze Sau. Nur der Rumpf war noch vorhanden. Jemand hatte den Kopf abgesägt. Mit einer Elektrosäge. Das Schwein hatte keinen Kopf mehr. Es hatte nur noch einen Rumpf.

»Ruf den Lensmann an«, konnte Tom Lauritz Larsen dem Jungen gerade noch sagen, und an mehr erinnerte er sich nicht, dann kam die Ohnmacht.

Diesmal lag es nicht an seiner Lunge.

• 16 •

Sarah Kiese saß im Wartezimmer der Anwaltskanzlei in Tøyen und war reichlich sauer. Sie hatte dem Anwalt klar gesagt, dass sie mit der Hinterlassenschaft ihres Mannes nichts zu tun haben wollte. Und was hatte der überhaupt hinterlassen? Noch mehr Kinder mit anderen Frauen? Noch mehr Briefe von Inkassobüros, die ihr Geld wollten und drohten, bei ihr zu pfänden? Sarah Kiese war durchaus nicht perfekt, aber im Vergleich zu ihrem kürzlich verstorbenen Gatten war sie ein Engel. Sie hatte sich schon genug blamiert, als sie von diesem Trottel ein Kind bekommen hatte. Sie hatte sich damals geschämt, und sie schämte sich noch immer. Sie hatte nicht nur ein Kind von ihm bekommen, sie war auch noch bei ihm geblieben, hatte ihn sogar geheiratet, Herrgott, wie blöd konnte man eigentlich sein? Er hatte sich bei ihr eingeschmeichelt, sie wusste noch, wie sie ihn in der Kneipe am Grønland-Platz zum ersten Mal gesehen hatte, sie hatte ihn nicht einmal sympathisch gefunden, war aber schwach geworden. Er hatte ihr Bier ausgegeben und Drinks, verdammt, was war sie blöd gewesen, aber na gut. Es war jetzt vorbei. Und ihre Tochter würde sie doch immer lieben, die hatte nichts mit dem Idioten zu tun. Wann war er eigentlich zu Hause gewesen? Um Geld von ihr zu verlangen? Für irgendein Vorhaben zu leihen? Handwerker, das war er ja angeblich, aber war er irgendwo angestellt? Oder hatte er eine eigene Firma? Nein, mitnichten, keine Pläne, auch kein Ehrgeiz, nur kleine Aufträge hier und da, die ab und zu ein paar Kronen einbrachten. Und immer kam er mit dem Geruch einer anderen nach Hause. Dem Geruch anderer Frauen, ohne zu duschen, so wollte er unter ihre saubere, frische Bettwäsche. Sarah Kiese wurde bei dem bloßen Gedanken daran schon schlecht, aber jetzt war es zum Glück ja vorbei. Er war aus dem neunten Stock in einem der neuen Blöcke bei der Oper gefallen. Hatte sich wohl so einen kleinen Drecksjob gesucht, schwarz natürlich, das war ja immer so, ungesicherte Abendarbeit. Sarah Kiese freute sich ein wenig, als sie daran dachte, wie schrecklich das sicher gewesen war, neun Stock aus einem neuen Block zu fallen, sie hatte vor Freude gekichert, als die Mitteilung eingetroffen war. Fünfzig Meter freier Fall in den Tod, einfach phantastisch, in der Zeit musste er doch noch ganz extrem in Panik geraten sein? Wie lang mochte der Fall gedauert haben? Acht, zehn Sekunden? Herrlich.

Sie schaute genervt auf die Uhr im Wartezimmer und dann auf die Tür zum Sprechzimmer. Nein, nein, nein, hatte sie gesagt, als der Anwalt angerufen hatte, ich will mit diesem Idioten nichts zu tun haben, aber der Winkeladvokat hatte darauf bestanden. Miese Schurken, die ganze Bande. Sie wollte nie wieder einen Mann, wenn es nicht der Kronprinz wäre, oder ja, nein, ach, egal. Kein Mann für sie. Nur sie und ihre Tochter, in der neuen kleinen Wohnung am Carl Berners plass. Ganz perfekt. Nur ihr eigener Geruch unter der Bettdecke, nicht fünfzig andere, billige Parfüms gemischt mit Mundgeruch, warum hatte sie sich eigentlich dazu bereiterklärt herzukommen? Hatte sie nicht nein gesagt? Hatten sie das nicht in dem Kurs geübt, der über das Sozialamt vermittelt worden war, sag nein, sag nein, zieh einen Kreis um dich selbst, du bist deine eigene beste Freundin, du brauchst keine anderen. Nein, nein, nein, nein.

»Sarah? Hallo, danke, dass Sie gekommen sind.«

Der Winkeladvokat, der sich die verbliebenen Haarsträhnen sorgfältig über den Schädel drapiert hatte, schaute aus der Tür und winkte sie in sein Zimmer. Er erinnerte sie an eine kleine Maus. Kleine Plinkeraugen und hängende Schultern. Nein, keine Maus, eine Ratte. Eine miese kleine Kloakenratte.

»Ich habe nein gesagt«, sagte Sarah.

»Das weiß ich«, schleimte die Kloakenratte. »Aber ich bin trotzdem wahnsinnig dankbar, dass Sie sich herbemüht haben. Es hat sich nämlich herausgestellt.«

Er räusperte sich.

»Dass ich etwas übersehen habe, ja, als das Erbe verteilt werden sollte, eine Kleinigkeit nur und natürlich mein Fehler.«

»Noch mehr Inkassobriefe? Noch mehr Vorladungen vor Gericht?«

»Ha, ha, nein, ha«, die Kloakenratte räusperte sich wieder und legte die Fingerspitzen aneinander. »Es geht um das hier.«

Er öffnete eine Schublade und legte einen Speicherstick vor sie hin.

»Was ist das?«

»Für Sie«, sagte die Kloakenratte. »Den hat er mir vor einiger Zeit anvertraut und mich gebeten, den Ihnen auszuhändigen.«

»Warum hat er ihn mir nicht selbst gegeben?«

Die Kloakenratte deutete ein Lächeln an.

»Vielleicht, weil ihn ein heißes Bügeleisen im Gesicht getroffen hat, als er in Ihrer Wohnung aufgetaucht ist?«

Sarah lächelte ein wenig. Er hatte die Wohnungstür aufgeschlossen. Hatte sie überrumpelt. Plötzlich im Wohnzimmer gestanden. Wollte sie anfassen, nett sein, wie er immer gewesen war, wenn sie etwas für ihn tun sollte. Das Bügeleisen hatte das glotzende Gesicht mit voller Wucht getroffen. Er hatte es nicht kommen sehen und war zu Boden gegangen. Sie hatte seither von dem Idioten nichts mehr gehört oder gesehen.

»Ich hätte Ihnen den schon längst geben sollen, aber ich hatte so viel zu tun«, sagte die Ratte leicht verlegen.

»Sie meinen, er hat Ihnen Bezahlung dafür versprochen, dass Sie das tun, aber das Geld haben Sie nie gesehen?«

Der Anwalt lächelte sie an.

»Dann wären wir hier ja wohl fertig.«

Sarah Kiese nahm den Speicherstick, steckte ihn in die Tasche und ging zur Tür. Die Ratte erhob sich halbwegs aus dem verstaubten Sessel und räusperte sich ein weiteres Mal.

»Ja, ja. Und ansonsten geht es Ihnen gut, Sarah? Alles in Ordnung mit Ihnen und …?«

»Fuck off«, sagte Sarah und verließ das Zimmer, ohne die Tür hinter sich zuzuziehen.

Auf dem Rückweg in die neue Genossenschaftswohnung spielte sie mehrere Male mit dem Gedanken, den Speicherstick einfach wegzuwerfen. Ihn in den Müll zu feuern, und dann wäre sie mit dem Kerl fertig, aber sie tat es doch nicht. Aus irgendeinem Grund. Nicht weil sie neugierig gewesen wäre. Sarah Kiese war es scheißegal, was der Stick enthielt, es lag wohl eher daran, dass sie so ordentlich war. Er war zwar eine Ratte, aber er war auch Rechtsanwalt. Er war zwar ein Idiot gewesen, aber er hatte einen letzten Wunsch gehabt. Gib Sarah einen Speicherstick, und zwar nur Sarah.

Sie schloss die Wohnungstür auf und schaltete den Rechner ein. Lieber die Sache gleich aus der Welt schaffen. Der schwarze Laptop erwachte langsam zum Leben. Sie schob den Stick hinein und öffnete ihn. Es gab nur eine Datei, nämlich Sarah.mov. Ein kurzer Film. Na gut. Dann würde sie seine blöde Visage noch einmal sehen müssen? Noch aus dem Grab heraus musste er sie quälen? Sie klickte die Datei zweimal an, um den Film zu starten.

Er hatte sich selbst gefilmt. Vielleicht mit seinem Telefon, sie war nicht ganz sicher. Seine blöde Visage voll in die Kamera, mit einem Blick, den sie noch nie gesehen hatte. Er schien furchtbare Angst zu haben.

»Sarah, ich habe nicht viel Zeit, aber ich muss das hier einfach, ich muss es irgendwem sagen, denn ich habe so ein schlechtes Gefühl.«

Er filmte seine Umgebung.

»Mir wurde ein Job angeboten, und jetzt hab ich das hier gebaut. Ich bin weit draußen in …«

Nun waren Geräusche zu hören, Kratzen, als ob er sein Telefon mit der Hand zuhielte, sie hörte eine Weile nicht richtig, was er sagte. Ihr Exmann filmte immer noch seine Umgebung mit zitternden Händen, während er redete, aber das meiste ging im Rauschen unter. Er hatte etwas gebaut, na und?

»… und ich habe Angst, dass, ja, was hab ich eigentlich gebaut? Siehst du? Ich bin hier tief im Boden. Ich dachte, das sollte vielleicht ein Luftschutzraum werden, aber das ist es nicht, schau mal, hier ist eine kleine Luke …«

Die Stimme wurde wieder von dem Rauschen übertönt, während er weiterfilmte. Eine Art unterirdischer Luftschutzkeller.

»… und nein, ich habe ein schlechtes Gefühl dabei, hier

stimmt was nicht, irgendwie. Sieh dir zum Beispiel das hier an. Sieh her. Du kannst damit Sachen rauf und runter lassen. Wie eine Art altmodischer Warenaufzug oder ...«

Der Exmann fuhr plötzlich heftig zusammen und schaute sich um. Die ganze Szene erinnerte sie an einen Film, den sie vor einigen Jahren gesehen hatte. The Blair Witch Project, über Jugendliche, die durch den Wald liefen und sich gegenseitig filmten, während sie total verängstigt aussahen.

»... ich hab doch keine Ahnung, aber ich hab das Gefühl, dass mir etwas zustoßen wird. Ich hab das einfach so im Gefühl. Verstehst du, wie weit draußen am Arsch der Welt ich bin? Kannst du aufschreiben, was ich hier sage, Sarah? Wo ich bin und wie ich diesen Job gekriegt habe, denn dann kannst du zur Polizei gehen, wenn mir etwas passiert. Ich hab den Job von einem, der ...«

Wieder Rauschen. Sarah Kiese hörte rein gar nichts davon, was ihr verstorbener Exmann sagte, sie sah nur seine verängstigten Augen und seinen Mund, der zitterte und weiterplapperte. Das ging noch ungefähr eine Minute so weiter. Dann war der Film zu Ende.

Und wen hast du gevögelt, um diesen Auftrag zu kriegen? Oder war das Auftrag gegen Vögeln? Geld hab ich jedenfalls nie gesehen. Dir helfen, das könnte dir so passen.

Der kleine Film war sehr unbehaglich gewesen, aber sie merkte, dass sie es nicht über sich bringen würde, sich eingehender damit zu befassen. Es konnte ja auch alles Quatsch sein, irgendein bescheuerter Scherz. Sie hatte es längst aufgegeben, diesem Idioten irgendetwas zu glauben.

Sarah löschte den Film in ihrem Laptop, zog den Stick heraus, feuerte ihn in den Müll, ging ins Treppenhaus und warf den Müllsack in den Müllschacht. So. Nun war das Haus wieder rein. Gehörte nur ihr. Keine Spur von ihm.

Bald würde ihre Tochter aus der Schule kommen. Das Leben war wunderbar. In dieser Wohnung hatte sie das Sagen. Sie trat auf den Balkon und rauchte eine. Legte die Füße auf den Tisch, schloss die Augen und genoss die Frühlingssonne, die endlich hervorlugte.

Ihr Leben. Nur ihres. Endlich.

• 17 •

Gabriel Mørk wollte gerade in das sogenannte Briefingzimmer gehen, als an seine Tür geklopft wurde.

»Ja?«, fragte er.

»Hallo, Gabriel.«

Holger Munch kam herein und zog die Tür hinter sich zu. Gabriel nickte wortlos und schüttelte die warme Pranke.

»Äh, ja«, sagte Holger und kratzte sich am Kopf. »Du hast hier noch nicht alles, was du brauchst?«

»Nein«, sagte Gabriel. »Aber er, ja …«

»Kim?«

»Ja, Kim, er hat gesagt, der Rest wär unterwegs.«

»Schön, schön«, sagte Holger Munch und kratzte sich am Bart. »Wir hatten hier einen anderen Jungen für diesen Job, aber der konnte der Versuchung nicht widerstehen. Schade, aber so ist es eben.«

Gabriel wusste nicht, ob er fragen sollte, welcher Versuchung sein Vorgänger erlegen war, ließ es aber sein. Das lag an Munchs Augen. Er hatte den gleichen Blick bei dem anderen gesehen, Kim. Ein schwerer, ernster Blick, während die Gedanken anderswo waren.

»Diese ein wenig unorthodoxe Einstellungsmethode musst du entschuldigen, ich treffe mich sonst vorher mit denen, die ich anheuere, aber diesmal hatte ich keine Zeit, leider.«

»Ist schon gut«, sagte Gabriel.

»Du bist uns sehr empfohlen worden«, sagte Munch, nickte und klopfte Gabriel auf die Schulter. »Noch mal, entschuldige den ganzen Stress, es ist ein bisschen, ja, ich weiß nicht, hat Kim dich schon gebrieft?«

Gabriel schüttelte den Kopf.

»Na gut, wir führen dich so nach und nach in unsere Arbeitsweise ein. Hast du heute Zeitung gelesen?«

»Im Netz.« Gabriel nickte.

»Sind dir irgendwelche Nachrichten mehr aufgefallen als andere?«

»Die beiden Mädchen, nach denen alle suchen?«

Munch nickte.

»Mia und ich werden gleich alle ins Bild setzen, das hier ist nur, damit du weißt, worum es geht. Du hast noch keine Erfahrung mit Polizeiarbeit?«

Gabriel schüttelte den Kopf.

»Denk nicht zu viel darüber nach. Ich hab dich ausgesucht, weil du das kannst, was du kannst«, sagte nun Munch. »Wie gesagt, wenn wir mehr Zeit hätten, würden wir dich zu einem Kurs schicken, der Kurzfassung der Polizeischule, aber das schaffen wir nicht, du musst eben alles nehmen, wie es kommt, und wenn irgendwas ist, dann frag mich einfach, okay?«

»Alles klar«, sagte Gabriel und nickte ein weiteres Mal.

»Schön«, murmelte Munch und wirkte wieder leicht zerstreut. »Was hast du übrigens gedacht?«

»Worüber denn?«

»Als du heute die Nachrichten gelesen hast?«, fragte Munch.

»Ach so«, antwortete Gabriel und errötete ein bisschen, hatte das Gefühl, er hätte gleich checken müssen, wonach sein neuer Chef fragt. »Ich habe wohl dasselbe gedacht wie alle anderen. Ich war leicht geschockt. Ich habe den Fall dieser beiden verschwundenen Mädchen verfolgt. Habe gehofft, dass sie lebend wieder auftauchen.«

Gabriel dachte an die Schlagzeilen.

Pauline und Johanne ermordet …

Wie zwei Puppen am Baum …

Familien in tiefer Trauer …

Weißer Citroën gesehen …

Haben Sie diese Kleider gesehen?

»Hast du das gemeint?«

»Was?«

Munch war wieder für einen Moment weit weg gewesen.

»Soll ich noch mehr sagen?«

»Nein, schon gut«, antwortete Munch, legte ihm die Hand auf die Schulter und ging zur Tür. »Oder ja, du, erzähl ruhig noch mehr.«

Munch winkte Gabriel, sich zu setzen, und blieb an die Glaswand bei der Tür gelehnt stehen.

»Ja, weiß nicht so recht«, sagte Gabriel. »Als ich heute Morgen aufgewacht bin, war ich ein, ja, ganz normaler Typ, der nicht wusste, dass ich an diesem Fall, ja, arbeiten würde.«

Diese Wörter fühlten sich in seinem Mund seltsam an. Arbeiten. An einem Fall. Einem Mordfall. Die Zeitungen hatten lange Artikel gebracht. Die Fernsehsender hatten auch berichtet, alle hatten über die beiden Mädchen berichtet, die einige Wochen verschwunden gewesen waren und nach denen ganz Norwegen gesucht hatte. Es war klar gewesen, dass die Polizei mehr wusste, als sie bekannt gab, aber sie waren auf der Jagd nach jemandem, der diese Kleider schon einmal gesehen hatte. Die Kleider, in denen die Mädchen gefunden worden waren. Puppenkleider. Zwischen den Zeilen stand ein Wort, ein Wort, das noch nicht benutzt worden war, denn das hier war Norwegen, nicht die USA oder ein anderes Land, wo so etwas passiert. *Serienmörder*. Dieses Wort stand nirgendwo, und doch dachten es alle.

»Ich habe gedacht, dass es derselbe Mörder sein muss«, sagte Gabriel.

»Na gut, weiter.«

»Ich dachte, dass das nicht gerade norwegisch ist.«

»Genau, weiter.«

»Ich dachte, dass ich froh bin, weil es nicht die Kinder von Bekannten sind«, sagte Gabriel jetzt.

Munch forderte ihn mit einer Geste auf weiterzureden.

»Es war seltsam, dass beide jetzt in die Schule gekommen wären. Zuerst habe ich wirklich gedacht, es könnte mit einem Lehrer zu tun haben. Dann habe ich gedacht, dass vielleicht noch weitere Mädchen verschwinden werden. Dann habe ich gedacht, wenn ich eine sechs Jahre alte Tochter hätte, würde ich jetzt ganz besonders gut auf sie aufpassen.«

»Was hast du gesagt?«, fragte Munch und wurde wieder ein wenig wacher.

»Wenn ich eine sechs Jahre alte Tochter hätte, würde ich besonders gut auf sie aufpassen.«

»Nein, davor.«

»Dass vielleicht noch weitere Mädchen verschwinden?«

»Noch davor.«

»Ich habe gedacht, es könnte mit einem Lehrer zu tun haben.«

»Hmmmm«, sagte Munch und kratzte sich wieder am Bart.

Er wandte sich zur Tür.

»Ja, du, übrigens, hast du Ahnung von Codes?«

Gabriel grinste kurz.

»Ich dachte, deshalb hast du mich eingestellt?«

»Sicher, das schon«, meinte Munch lächelnd.

Er schob die Hand in die Hosentasche und zog einen Zettel heraus, auf den er etwas gekritzelt hatte.

»Das ist nicht so dringend, es ist eine Privatsache, aber ich dachte, du könntest mir da vielleicht helfen.«

Munch reichte Gabriel den Zettel.

»Ich hab ein paar Nerds im Bekanntenkreis, die mich gern mal herausfordern. Einer hat mir das hier geschickt, und ich kann den Code nicht knacken.«

Gabriel las den Zettel.

Bwlybjlynwnztirkjao = 5

»Siehst du, was das ist?«, fragte Munch neugierig.

»Nicht auf den ersten Blick«, murmelte Gabriel.

»Ich hab ein paar Tage herumprobiert«, seufzte Munch, »aber ich glaube, ich muss passen. Also, was kannst du da rausholen? Es ärgert mich, wenn meine Kumpels mich in die Enge treiben.«

Munch lachte kurz auf und klopfte Gabriel noch einmal auf die Schulter.

»Aber es ist wirklich nicht dringend, es ist rein privat, okay?«

»Ist schon klar«, Gabriel nickte.

Munch ging wieder zur Tür, und diesmal erreichte er den Gang, ehe er sich noch einmal umdrehte.

»Volles Briefing kommt noch, gleich nachher, okay?«

»Ist schon klar«, sagte Gabriel und richtete seinen Blick wieder auf den Zettel, den Munch ihm gegeben hatte.

• 18 •

Benjamin Bache konnte seine Enttäuschung nicht verbergen, als er den Artikel in der aktuellen *VG* überflog, ohne seinen Namen zu finden. Die Zeitung hatte die bestgekleideten Personen des Jahres gekürt, und im Vorjahr hatte er es auf den dritten Platz geschafft, gleich hinter Morten Harket und Ari Behn, doch in diesem Jahr war er überhaupt nicht vertreten. *Ja, Scheiße.* Der Schauspieler schlug mit der Hand gegen die Garderobenwand und bereute das sofort wieder. Es tat weh, und laut war es außerdem gewesen. Gleich darauf wurde an seine Garderobentür geklopft, und Susanne, die Regieassistentin, schaute herein.

»Alles in Ordnung, Benjamin? Hier war so ein Knall?«

Benjamin Bache schob die schmerzende Hand in die Tasche und setzte sein breitestes Lächeln auf. Er war schließlich Schauspieler.

»Alles bestens, vielleicht war das nebenan bei Trond-Espen?«

Susanne lächelte. »Okay. Probe um fünfzehn, Akt drei vom Anfang.«

»Pünktlich sein oder nicht sein, das ist hier die Frage«, sagte Benjamin und zwinkerte ihr zu.

Die Regieassistentin kicherte und verschwand. Ach doch, er kriegte sie schon noch rum, aber verdammt, was war los? Im Vorjahr war er auf der Liste gewesen, was war das Problem in diesem? Er hatte sich doch mit solcher Sorgfalt gekleidet! Sogar einen PR-Agenten und eine Stylistin angeheuert, die ihn bei diesen Dingen beraten sollten? Damit er gut aussah? Aus den richtigen Winkeln? Er seufzte und setzte sich vor den Schminkspiegel. Er hatte sich in dem einen Jahr kaum verändert. Einige winzige Fältchen um die Augen. Etwas höhere Geheimratsecken vielleicht. Er beugte sich vor und betrachtete seinen Haaransatz genauer. Der sah wirklich nicht so gut aus, er war seit dem letzten Mal einige Millimeter weiter hochgekrochen. Er schob die Haare ein wenig zur Seite, so sah es besser aus. Er machte ein paar kleine Stimmübungen. Wärmte seinen Hals an, zeigte seinem Spiegelbild einen Schmollmund.

Er war jetzt seit fast acht Jahren beim Nationaltheater engagiert. *Ein Star ist geboren* hatte das *Dagbladet* über seine Darstellung des Estragon aus Samuel Becketts »Warten auf Godot« geschrieben, und seit damals war er fast nur für Hauptrollen besetzt worden, jedenfalls in den ersten Jahren. Er hatte Romeo gespielt. Er hatte Peer Gynt gespielt. Und jetzt sollte Shakespeares Hamlet auf die große Bühne, und er hatte auch diesmal auf die Hauptrolle gehofft. Hamlet. *Sein oder nicht sein.* Aber ihm war nur der Horatio zugeteilt worden. Hamlet war natürlich an Trond-Espen gegangen. Er begriff eigentlich nicht, warum. Er selbst war doch ein viel besserer Schauspieler?

Oh, mein Herr …

Es sagte ihm überhaupt nicht zu. In Trond-Espens Schatten spielen zu müssen. Scheiß-Horatio, für den es doch keine Anerkennung gab, mit dem redete ja eigentlich nur Hamlet. Da stehen und den Nacken beugen und Trond-Espen als König huldigen, nein, das passte ihm nicht.

Benjamin Bache erhob sich und musterte seinen Körper im Spiegel. Er sah sehr gut aus. Das hob seine Stimmung ein wenig. Dieses ganze Training der letzten Zeit zeitigte Erfolg. Auch das Yoga. Und die Hautbehandlung hatte geholfen, er konnte nirgendwo auch nur einen Fleck sehen.

Er setzte sich wieder in den Sessel und hatte mit dem Aufwärmen gerade wieder angefangen, als aus der Lautsprecheranlage die Stimme des Inspizienten drang.

»Dann sind wir bereit für den Durchgang von Akt 3, Hamlet, Akt 3, vom Anfang, in fünf Minuten.«

Benjamin Bache beendete seine Stimmübungen, verließ seine Garderobe und begab sich auf die große Bühne.

• 19 •

Gabriel Mørk saß ganz hinten im Besprechungsraum und wartete auf den Beginn des Durchgangs. Er hatte alle begrüßt, hatte ihnen die Hand gegeben, einen Diener angedeutet, hallo gesagt, konnte sich aber nicht an viele Namen erinnern. Da war Kim, der ihn von der Straße geholt hatte, und eine langhaarige Blondine namens Anette und dann drei jüngere Männer, deren Namen er nicht mehr wusste, und ein etwas älterer, hieß der vielleicht Ludvig?

Holger Munch betrat den Raum, dicht gefolgt von Mia Krüger. Mia setzte sich ganz vorn in einen Sessel, während Holger den Projektor einschaltete und seinen Laptop dort einstöpselte.

»Ja, guten Tag allesamt, heute haben wir das erste Briefing, bei dem alle dabei sind, das gesamte Team ist da, und das muss auch sein. Wie gesagt, einige neue Gesichter, willkommen, wer schon länger hier ist, soll bitte versuchen, die Neuen in die Herde einzugliedern, damit wir möglichst viel aus uns allen herausholen können. Es ist jetzt zehn Tage her, seit wir Pauline Olsen gefunden haben, bei Johanne Lange sind es acht. Nachdem wir versucht haben, uns den Medien gegenüber bedeckt zu halten, haben wir nun beschlossen, die Medien zu nutzen. Wie ihr sicher mitbekommen habt, haben wir heute Bilder von den Kleidern veröffentlicht, in denen die Mädchen gefunden worden sind.«

Holger legte eine kurze Pause ein und schaute in die Runde. Gabriel Mørk glaubte, hinter dem ernsten Blick ein kleines Lächeln erahnen zu können.

»Eigentlich müssten wir ja feiern, dass wir wieder in der Mariboes gate sind«, sagte Munch rasch. »Aber wir haben, wie ihr wisst, wichtige Dinge zu erledigen, gefeiert wird also später.«

Gabriel schaute sich im Raum um. Obwohl die Stimmung ernst war, konnte er Lächeln und zufriedene Blicke sehen. Es stand fest, dass diese Menschen froh über ihr Wiedersehen waren.

»Einige von euch waren von Anfang an dabei, andere sind neu, deshalb möchte ich euch gerne über alles informieren. Ich möchte auch erwähnen, dass das ganze Briefing als PDF im System liegt, ihr bekommt es im Laufe des Tages. Wir werden auch alle bitten, alle Informationen weiterzugeben, wenn ihr also irgendetwas findet, speist es in den Server ein, alle haben Zugang zu allem, das geht schneller, und unsere Arbeit wird leichter, wenn wir später Berichte schreiben müssen.«

Munch drückte auf einen Knopf, und das erste Bild erschien auf dem Bildschirm. Es waren nicht dieselben Bilder, die die Zeitungen gebracht hatten, zwei Puppenkleider. Diese Bilder hier zeigten die vermissten Mädchen in besagten Kleidern, wobei jedes an einem Baum hing. Gabriel Mørk hatte so etwas noch nie gesehen, und jetzt ging ihm erst richtig auf, worauf er sich hier eingelassen hatte. Das hier war kein Film. Das hier war kein Fernsehen. Das hier war die Wirklichkeit. Diese beiden Mädchen lebten nicht mehr. Jemand hatte ihnen das Leben genommen. Ganz echt. Sie atmeten nicht mehr. Sie würden nie wieder etwas sagen. Sie würden nie wieder lächeln. Sie würden nie eingeschult werden. Gabriel Mørk versuchte ruhig zu bleiben, er zwang sich, die Bilder anzusehen, egal wie sehr sich sein Magen zusammenkrampfte. Er hatte das Gefühl, jetzt schon aufzufallen. Beim ersten Briefing ohnmächtig zu werden würde keinen guten Eindruck machen.

»Pauline Olsen und Johanne Lange«, sagte Munch. »Sechs Jahre alt. Wären im Herbst in die erste Klasse gekommen. Pauline wurde vor vier Wochen vermisst gemeldet, Johanne vor drei.«

Neue Bilder, einige Landkarten.

»Pauline ist aus dem Kindergarten der Skøyen-Kirche verschwunden und wurde oben in Maridalen gefunden. Johanne verschwand aus dem Kindergarten Lille Ekeberg und wurde in Krokskogen gefunden, nicht weit vom Hadelandsvei entfernt. Es war schwierig, den genauen Todeszeitpunkt festzulegen, aber alle Anzeichen sprechen dafür, dass die Mädchen zuerst eine Zeitlang gefangen gehalten wurden, ehe ihnen also diese Kostüme angezogen und sie so angebracht wurden, dass wir sie finden mussten.«

Munch betätigte abermals den Knopf, neue Bilder. Gabriel konnte sie nicht alle ansehen, ab und zu starrte er den Boden und seine Schuhe an.

Großer Gott. Worauf hatte er sich da eingelassen? Diese Mädchen waren tot. Ganz echt. Opfer irgendeines grotesken Spiels.

Er wünschte sich zurück in sein Bett, merkte, dass sich

sein Leben in nur wenigen Minuten verändert hatte. Er wünschte, er hätte diese Bilder nie gesehen. Wüsste nicht, dass es solche Menschen gab. Die solche Taten begingen. Er fühlte sich plötzlich so schwer. Eine Traurigkeit überkam ihn, wie er sie noch nie empfunden hatte. Er wusste ja, dass solche Dinge passierten, aber er hatte es eben doch nicht gewusst. Das hier war zu unwirklich, nein, viel zu wirklich, *verdammt wirklich,* so war das. Gabriel holte tief Luft und musste sich ganz stark konzentrieren, um still zu sitzen.

»Es gibt keinerlei Hinweise auf sexuelle Übergriffe«, fuhr Munch fort. »Die Mädchen waren frisch gewaschen, die Nägel waren geschnitten und gesäubert, die Haare gekämmt. Beide hatten ein Schild von *Norwegian* um den Hals, ›Ich reise allein‹. Beide trugen Schultaschen auf dem Rücken. Es ist ganz klar, dass wir es mit demselben Täter zu tun haben und dass Entführungen und Morde genau geplant waren. Pauline wurde von einem gewissen Walter Henriksen gefunden, wir haben ihn im Register, aber wegen anderer Delikte, zweimal Alkohol am Steuer vor einigen Jahren, es besteht kein Grund zu der Annahme, dass er etwas mit dem Fall zu tun hat. Johanne wurde von zwei Brüdern entdeckt. Tobias und Torben Iversen, dreizehn und sieben Jahre alt. Die beiden haben einen Stiefvater, Mikael Frank, auch ein alter Bekannter, er hat sechs Monate wegen irgendwelcher Bagatellen gesessen, aber es gibt auch hier keinen Grund zu der Annahme, er könnte etwas mit dem Fall zu tun haben. Beide Male wurden die Anwohner befragt, was bisher nicht viel gebracht hat, aber wir haben, wie ihr wisst, einen Hinweis auf ein Auto, das vielleicht interessant sein kann, ein weißer Citroën von unbekanntem Jahrgang.«

Munch drückte abermals auf den Knopf, und jetzt waren die Bilder aus den Zeitungen zu sehen. Munch trank einen Schluck aus der Wasserflasche, die vor ihm auf dem Tisch gestanden hatte, und redete weiter.

»Die Kleider sind Kopien von Puppenkleidern, Spezialanfertigungen, damit sie den Mädchen passen. Wenn der Täter sie selbst genäht hat, kommen wir jetzt vermutlich nicht weiter, aber wir können hoffen, dass er diese Aufgabe anderen überlassen hat, die nicht wussten, wozu die Kleider verwendet werden sollten. Deshalb haben wir sie heute in den Zeitungen abdrucken lassen, vielleicht erkennt sie jemand wieder. Ergebnislos bisher, richtig, Anette?«

Munch drehte sich zu der blonden Frau um.

»Nichts«, sagte Anette. »Aber es ist ja noch früh.«

»Genau«, Munch nickte. »Anette ist, für alle, die das noch nicht wissen, das Bindeglied zwischen uns und Grønland, alle Kommunikation läuft über sie, wir wollen nicht, dass irgendwas durchsickert. Deshalb haben wir uns hier oben verkrochen, nicht wahr, Kim?«

»Damit du auf dem Balkon rauchen kannst?«

Schwaches Gelächter in der kleinen Versammlung.

»Vielen Dank, Kim. Lass dir auf dem Weg nach draußen nicht die Tür gegen den Hinterkopf knallen. Aber ernsthaft, und das kann nicht deutlich genug gemacht werden. Wir reden mit niemandem. Nicht mit den Presseleuten. Nicht mit den Kollegen unten in Grønland, nicht mit Verwandten, Freunden, Ehefrauen, Liebhabern, Mitbewohnern, Geliebten oder in deinem Fall, Kim, dem Hund.«

Wieder wurde gelacht. Gabriel Mørk schaute sich um, begriff nicht ganz, wie man über solche Sprüche lachen konnte, aber dann ging ihm auf, dass ihnen nichts anderes übrig blieb. Distanz. Sie behielten einen emotionalen Abstand. Wenn nicht, könnten sie nicht klar sehen, keine gute Arbeit leisten.

Nicht zu viel empfinden. Nicht emotional engagieren.

Er holte tief Luft und versuchte, auch ein wenig zu lachen, ohne jedoch einen Laut herauszubringen.

»Wir wissen etwas«, sagte Munch. »Und was wir wissen, behalten wir für uns. Wir bekommen alle Hilfe, die wir brauchen, sie ist nur ein Gespräch mit Anette entfernt. Egal worum es geht, fragt Anette, unsere Mittel bei diesem Fall sind unbegrenzt.«

»Wie meinst du das, unbegrenzt?«, fragte Kim.

»Ich meine, ganz ohne Grenzen«, sagte Munch. »Überstunden, Autos, Technik, Personal, dieser Fall hat nicht nur für uns und die Zentrale in Grønland allerhöchste Priorität, er geht das ganze Land an. Die Befehle kommen von ganz oben, und ich rede hier nicht von Mikkelson.«

»Justizminister?«, fragte einer der Männer, deren Namen Gabriel nicht mehr wusste.

Er hatte sich den Kopf kahlrasiert und sah ein bisschen unheimlich aus. Er hätte in einem Film den Schurken spielen können.

»Unter anderem«, Munch nickte.

»Ministerpräsident?«, fragte der Mann jetzt.

»Das Büro des Ministerpräsidenten ist über alles informiert, ja«, sagte Munch.

»Sind nicht Wahlen dieses Jahr?«, fragte der Mann mit dem rasierten Schädel.

»Es sind immer Wahlen, Curry«, sagte Kim grinsend.

Curry. So hieß er also. Gabriel hatte Kari verstanden.

»Was ihr beide vom Ministerpräsidenten haltet, geht mir sonstwo vorbei«, sagte Munch, jetzt mit etwas schrofferer Stimme. »Die beiden Mädchen hätten unsere Töchter sein können, und so empfinden nicht nur wir, das ganze Land denkt so, schaut mal ins Netz, in die Nachrichten, wir sind ein Land in Trauer, unter Schock. Wir klären diesen Fall nicht nur auf, weil wir Gerechtigkeit für die Angehörigen dieser Mädchen wollen. Es herrscht Ausnahmezustand, die Menschen haben furchtbare Angst, und wo du dich politisch siehst, Curry, ist mir scheißegal, hinter uns steht eine geschlossene Regierung, und wie gesagt, unsere Mittel sind unbegrenzt. Es ist nicht unsere Aufgabe, politische Motive zu untersuchen, wir sollen den Täter finden, das ist unsere Aufgabe, klar?«

Für einen Moment wirkten alle ein wenig verlegen. Auch Curry sagte nichts mehr, senkte den Kopf und spielte mit den Fingern auf seinen Knien. Gabriel hatte Munch so noch nicht erlebt. Am Telefon und vorhin im Büro hatte er einfach nur nett und ruhig gewirkt, bedächtig, wie ein großer Teddybär. Jetzt sah er eher aus wie ein Schlagbär. Mit düsterem Blick und düsterer Rede. Gabriel begriff so langsam, warum Munch und kein anderer hier der Chef war.

»Wie ihr gesehen habt, ist Mia wieder da«, sagte Munch jetzt, wieder in seiner üblichen Stimmung.

»Hallo zusammen«, sagte Mia Krüger, die die ganze Zeit still gesessen hatte, jetzt aber aufstand und vor den Bildschirm trat.

Im Raum waren verstreuter Applaus und leise Pfiffe zu hören.

»Ich danke euch allen, es ist schön, wieder hier zu sein.«

Gabriel schaute verstohlen zu Mia hinüber, wagte nicht, direkt hinzusehen, und hatte Angst, nur noch zu glotzen. Das war alles ein bisschen viel für ihn. Pauline und Johanne tot am Baum, und jetzt stand auch noch Mia Krüger wenige Meter von ihm entfernt. Gabriel Mørk war nicht der Einzige, der damals in Mia Krüger verknallt gewesen war. Bei Facebook gab es eigene Fanseiten für sie. Jetzt vielleicht nicht mehr, aber damals war es so gewesen. Er hatte sogar mit dem Gedanken gespielt, einige zu liken, aber als Hacker wusste Gabriel Mørk, dass alle Bewegungen im Netz bis ins kleinste Detail zurückverfolgt werden können, deshalb war er dort immer sehr vorsichtig. Gerüchte wollten wissen, dass Mia Krüger den Freund ihrer Schwester erschossen hatte, einen Junkie, mit vollem Vorsatz, die Zeitungen hatten einige Wochen lang darüber berichtet, dann war der Fall allmählich von anderen Ereignissen überschattet worden. Der Abschlussbericht hatte wohl geklärt, dass Mia Krüger nichts vorzuwerfen sei, aber offenbar war sie danach für einige Zeit abgetaucht.

Die dünne Frau mit den rabenschwarzen Haaren trug einen schwarz-weißen Rollkragenpullover und eine enge schwarze Hose mit Reißverschlüssen an den Oberschenkeln. Sie sah müde aus, ihr Blick war trübe, und sie war viel dünner als auf den Fotos in den Zeitungen. Mia Mondkind. So war sie im Netz genannt worden. Nach einem Comic, der Gabriel nichts sagte, er war zu jung, aber die Serie hatte wohl »Silberpfeil« geheißen. Eine Figur daraus war ein bildhübsches Indianermädchen gewesen, Mondkind, und angeblich waren in den Achtzigerjahren alle kleinen Jungs heimlich in sie verliebt gewesen.

Trotzdem konnte er sich jetzt das Starren nicht ganz verkneifen. Mia Krüger. In Norwegen gab es nicht viele bekannte Mordermittlerinnen, vielleicht deshalb. Eine schöne, junge, begabte blauäugige Norwegerin, die aussah wie eine Indianerin, verwickelt in einen Skandal, einfach perfekt für die Boulevardpresse. Jetzt musste sie ihm doch ein bisschen leidtun. Sie sah wirklich müde aus. Die dünnen

Beine steckten in schweren Motorradstiefeln mit Schnallen, die bei jeder Bewegung klirrten. An einem Handgelenk trug sie ein silbernes Armband, am anderen ein Lederband. In den Gesprächsgruppen im Netz waren über beide Bänder Geschichten im Umlauf gewesen. Das Silberarmband war angeblich ein Geschenk ihrer Schwester gewesen, die an einer Überdosis gestorben war. Das Lederband stammte der Fama nach von einem Letten, der eine junge Frau umgebracht haben soll, nachdem er sie als Prostituierte nach Norwegen eingeschleust hatte. Das war am Anfang von Mias Karriere gewesen, und der Lette hatte es geschafft, ihr Mitleid zu erregen. Sie hatte ihm bei der Vernehmung die Handschellen abgenommen. Er hatte sie mit einem Tapeziermesser angegriffen, das er in einem Stiefel versteckt hatte. Mit blutüberströmtem Gesicht hatte sie ihn noch überwältigen können und ihm mit seinem Tapeziermesser das Leder vom Handgelenk geschnitten. Jetzt trug sie es wohl zur Erinnerung daran, dass sie sich keine Schwäche gestatten durfte. Sie hätte damals fast ein Auge verloren. Gabriel konnte die Narbe sehen. Gerüchte und Geschichten. Er wusste nicht, was davon stimmte, aber es war jedenfalls faszinierend. Jetzt stand sie hier vor ihm. Und sie würden zusammenarbeiten.

Mia Krüger schlang sich einen Arm um den Leib und redete vorsichtig und leise. Gabriel musste sich anstrengen, um hören zu können, was sie sagte.

»Ihr wisst das meiste ja. Aber wir werden uns hier noch Dinge ansehen, die ihr nicht wisst und die wir für wichtig halten.«

Mia betätigte Holgers Laptop, und ein neues Bild erschien auf dem Schirm.

»Die Mädchen hatten ihre Schultaschen auf dem Rücken, als sie gefunden wurden. Auf der Vorderseite der Schulbücher stand ein Name. Auf Johanne Langes Büchern stand Johanne. Auf Paulines dagegen stand Rikke JW.«

Noch ein Bild.

»Warum das?«

Mia Krüger lächelte ihn an.

»Danke, Curry. Immer noch der Inbegriff der Geduld, wie ich höre. Schön, dich zu sehen.«

»Lass Mia ausreden«, sagte Munch gereizt.

»Also, auf Johannes Büchern stand Johanne. Auf Paulines Büchern steht Rikke JW. Wie ihr alle wisst, ist bei diesen Fällen nichts Zufall. Alles scheint bis ins kleinste Detail geplant worden zu sein. Der Täter wusste, was er tat, er kannte die Namen der Mädchen, wir haben allen Grund zu der Annahme, dass er sie vor der Entführung lange beobachtet hat, darauf kommen wir noch zurück, aber also ...«

Mia Krüger verstummte für einen Moment, hustete ein wenig und schlang sich den Arm noch fester um den Leib. Munch sprang auf und bot ihr seine Mineralwasserflasche an. Mia schüttelte den Kopf und sprach mit leiser Stimme weiter.

»Wie ihr alle wisst, gibt es keinen Zweifel, dass diese Fälle zusammenhängen, aber wir haben auch Grund zu der Annahme, dass es eine Verbindung zu einem anderen Fall gibt, einem Fall, den wir vor einigen Jahren nicht aufklären konnten.«

Sie drückte wieder auf den Knopf.

»2006 verschwand aus dem Krankenhaus von Hønefoss ein Baby. Einige Wochen darauf wurde ein schwedischer Krankenpfleger namens Joachim Wicklund in seiner Mietwohnung erhängt aufgefunden. Auf dem Boden unter ihm ein mit Maschine geschriebener Brief, in dem er die Schuld für die Entführung auf sich nahm. Das Baby wurde nie gefunden. Die Ermittlungen wurden eingestellt.«

Mia Krüger unterbrach sich ein weiteres Mal. Trank doch einen Schluck aus der Flasche. Sie war nicht in Form. Das konnten jetzt alle deutlich sehen. Diese Frau, die sich sonst immer so aufrecht hielt, zitterte, so als fiele es ihr schwer, ihren Kopf richtig funktionieren zu lassen.

»Holger und ich«, sagte sie nach einer kurzen Atempause, »sind ziemlich sicher, dass der Name auf Paulines Buch, Rikke JW, eine Nachricht des Täters ist. Was er damit sagen will, ist noch nicht ganz klar, aber wir glauben, dass JW für Joachim Wicklund steht und dass Rikke ganz einfach *var ikke* bedeutet, also war nicht.«

Leises Gemurmel in der Runde. Es war deutlich, dass alle Anwesenden Mia Krüger und ihren Überlegungen großen Respekt entgegenbrachten.

Nun ergriff Munch wieder das Wort.

»Das bedeutet, dass wir den Fall aus Hønefoss wieder aufnehmen, alles, was wir damals gemacht haben, wird noch einmal durchgearbeitet, alle Interviews, alle Beobachtungen, alle Namen, die etwas mit dem Fall zu tun hatten. Ich möchte dir die Verantwortung dafür übertragen, Ludvig, weil du beim letzten Mal auch dabei warst, und du nimmst Curry mit, weil der nicht dabei war. Zwei alte Augen und zwei neue, das ist keine schlechte Kombination, glaube ich.«

Ludvig, der Ältere von beiden, und Curry mit dem rasierten Schädel, der sich so eifrig über Politik geäußert hatte, nickten.

»Dann haben wir also Richtung 1, Hønefoss 2006, Ludvig und Curry. Richtung 2, die Kleider. Anette koordiniert

Tipps, die in Grønland eingehen, und spricht sie mit Mia und mir durch. Täter mit ähnlicher Vorgehensweise …«

Holger schaute wieder auf.

»Kyrre?«

Ein hochgewachsener schlanker Mann mit kurzen schwarzen Haaren und einer großen Brille schaute von seinen Notizen auf.

»Ja. Trond und ich gehen sie durch, aber die Liste ist nicht lang. Was wir bisher haben, sind Sexualtäter, Fälle von Vergewaltigung und Misshandlung. Um ganz ehrlich zu sein, weiß ich nicht recht, was wir eigentlich suchen. Hatten wir so einen Fall schon mal? Ich meine, im Ernst? Ich weiß jedenfalls von keinem. Wir haben einige Listen mit unseren Freunden unten in Europa verglichen, vor allem in Belgien, die haben ja die Namen von allen, die mit Marc Dutroux zu tun hatten, aber abermals, das war zwar ein Fall mit schweren Misshandlungen, aber doch ganz anders als dieser hier, absolut keine Ähnlichkeiten. Die Kollegen da draußen schütteln insgeheim den Kopf, um ehrlich zu sein, aber wir suchen natürlich weiter.«

»Schön«, Munch nickte. »Ja, das hab ich vergessen. Wir haben ein neues Programm, das irgendwann heute installiert werden soll. Alles, was wir eingeben, Namen, Beobachtungen, was auch immer, wird sofort mit allen anderen zugänglichen Datenbanken verglichen, mit unseren und anderen, und wenn irgendwer Probleme mit diesem Programm hat, dann wendet euch an Gabriel Mørk, unseren neuen Nerd. Habt ihr Gabriel schon begrüßt?«

Gabriel zuckte zusammen, als er seinen Namen hörte. Er schaute auf und sah, dass sich alle zu ihm umgedreht hatten.

»Hallo, Gabriel«, sagte jemand.

»Hallo, ja«, antwortete Gabriel, ein wenig nervös.

Er kam sich wieder vor wie in der Schule. Als ob er gleich aufstehen und irgendetwas sagen müsste, aber das blieb ihm zum Glück erspart. Er hatte keine Ahnung, von welchem Programm hier die Rede war. Munch sah ihn an und zwinkerte ihm zu.

»Das konnte ich dir noch nicht sagen, aber das holen wir dann gleich nach, okay?«

»Okay«, Gabriel nickte und war froh, weil Mia Krüger wieder das Wort ergriff.

»Ich weiß nicht, wie viele von euch das schon wissen.«

Sie drückte auf den Knopf.

»Aber wir haben am linken Fingernagel eine Zahl entdeckt, als wir Pauline untersucht haben. Es ist eine 1. Wie ihr seht …«

Neues Bild auf dem Schirm.

»… hatte Johanne genau so eine Zahl, die 2, zwei Striche am linken Ringfinger.«

»Verdammt«, rief Ludvig spontan.

»Ja, das kann man wohl sagen«, erwiderte Mia und sah ihn an.

»Wieso denn verdammt?«, fragte Curry.

»Das werden noch mehr«, sagte Anette.

Es wurde still im Raum.

»Wir haben allen Grund zu der Befürchtung, dass Pauline und Johanne nur der Anfang waren. Dass es noch mehr werden. Leider.«

Jetzt redete wieder Munch.

»Wir müssen also besonders auf verschwundene Kinder achten. Vermisste. Mädchen von sechs Jahren, selbst wenn sie erst seit einer halben Stunde nicht mehr gesehen worden sind, bekommen unsere vollste Aufmerksamkeit, okay?«

Alles nickte.

»Jetzt merke ich, dass ich eine Zigarette brauche, also machen wir zehn Minuten Pause und treffen uns dann wieder hier.«

Munch fischte eine Zigarettenpackung aus der Jackentasche und ging auf den Raucherbalkon, dicht gefolgt von Mia. Gabriel wusste nicht so recht, was er mit sich anfangen sollte. Es war schlimm genug, die Bilder der beiden Mädchen zu sehen. Und jetzt sollten es noch mehr werden? Er atmete einige Male tief durch, um seinen Puls zu beruhigen, dann trat er auf den Gang, um sich einen Kaffee zu holen.

• 20 •

Lukas saß auf seinem üblichen Platz im Gemeindehaus, auf einem etwas erhöhten Stuhl vor der Wand, mit gutem Blick auf Kanzel und Gemeinde. Pastor Simon stand vor dem Altar, sprach aber noch nicht. Er schien über etwas Wichtiges nachzudenken. Lukas und die übrige Gemeinde saßen ganz still da. Alle warteten gespannt darauf, was Pastor Simon auf dem Herzen hatte. Der weißhaarige Pastor war dafür bekannt, dass er sich immer Zeit ließ, ehe er anfing, er musste erst Kontakt zum Herrn aufnehmen, die Leitung zwischen Gott, sich selbst und der Gemeinde öffnen, den Raum von allem befreien, was den Dialog mit dem Himmel behindern könnte. Die ganze Veranstaltung war schön, wie von Engeln, fast ein wenig meditativ, fand Lukas, der ganz ruhig und mit auf den Knien gefalteten Händen dasaß.

Lukas hörte Pastor Simon so gern predigen. Er hatte

ihn beim ersten Mal durch einen Zufall erlebt, vor mehr als zwölf Jahren, in einem Lager an der Südküste. Seine Pflegefamilie hatte ihn mit den Nachbarn in die Ferien geschickt, hatte es sich nicht leisten können oder wollen, ihn selbst mitzunehmen. Lukas wusste nicht mehr so recht, wohin sie damals gefahren waren. Irgendwo ans Mittelmeer, es war ja auch egal. Der damals fünfzehn Jahre alte Lukas hatte sich anfangs extrem unwohl im Lager gefühlt, alle dort waren ihm überaus seltsam vorgekommen. Es war ihm übrigens nicht zum ersten Mal so ergangen, er hatte sich sein Leben lang unwohl gefühlt. Er war von einer Pflegefamilie zur anderen gereicht worden, seit das Jugendamt ihn aus seinem richtigen Zuhause geholt hatte, und er hatte sich eigentlich nirgends zurechtgefunden. In der Schule auch nicht. Keine Probleme mit dem Lernen, das Problem waren die anderen Schüler. Oder vielleicht die Menschen überhaupt. Lukas blickte bewundernd Pastor Simon an, der noch immer mit geschlossen Augen dastand, die Handflächen gen Himmel erhoben. Lukas spürte die Hitze. Die glühende Hitze und das weiche klare Licht erfüllten seinen Körper und schenkten ihm Geborgenheit. Er dachte an das erste Mal, als er so empfunden hatte, vor zwölf Jahren in dem Lager an der Südküste. Anfangs nicht, da war er sich ein wenig vorgekommen wie ein Fisch auf dem Trockenen, als teilten alle um ihn herum ein Geheimnis, an dem er keinen Anteil hatte. Unsicherheit und Unruhe waren in ihm gewachsen, und wie immer, wenn das passierte, waren die vielen Stimmen in seinem Kopf da und verlangten alles Mögliche von ihm, Dinge, die man nicht laut sagen durfte. Aber dann, als ob Gott selbst ihm den Weg erleuchtet hätte, hatte er plötzlich den Weg zu einem kleineren Zelt am Rand des Lagers gefunden. Ein Streifen Licht unten vor dem weißen Zelt und dann ein Flüstern, eine von den Stimmen, die nicht so laut waren, die Rufer, er mochte sie nicht, aber das hier war keiner davon, es war ein freundlicher Flüsterer, leise in dieser fremden Sprache. *Sequere via ad caelum*. Die sanfte freundliche Stimme im Ohr und das magnetische Licht, die ihn baten näher zu treten. *Sequere via ad caelum, folge dem Weg zum Himmel.* Gleich darauf stand er im Zelt, eingehüllt in die Stimmen und die Wärme und das Licht. Und dort, auf dem Podium, in der Mitte von allem, Pastor Simons funkelnde Augen und seine kräftige Stimme, und von Stund an war Lukas bekehrt.

Lukas schaute sich in der Gemeinde um, die noch immer still dasaß und darauf wartete, dass die Predigt des Pastors ihren Anfang nähme. Er kannte alle Gesichter. Die meisten gehörten der Gemeinde seit vielen Jahren an, aber keins so lange wie Lukas. Er war in jenem Sommer nicht mit den Nachbarn nach Hause gefahren, und niemand hatte sich besonders darum gekümmert. Jetzt, zwölf Jahre später war er im Rang gestiegen, mit knapp siebenundzwanzig Jahren war er Pastor Simons rechte Hand. Eine Art stellvertretender Befehlshaber. Der Pastor Simon bei allem half, egal ob es um private Dinge oder die Angelegenheiten der Gemeinde ging. Für Lukas war die Arbeit für Pastor Simon der Sinn des Lebens. Es gab nichts, was er nicht für den Pastor getan hätte, wenn er darum gebeten worden wäre. Das Leben war eigentlich nichts im Vergleich zu Pastor Simon; wenn einst der Tag käme, an dem er für den Pastor sterben müsste, würde er das mit Freuden tun. Und der Tod war ja auch kein Tod, nicht für Pastor Simons Anhänger, der Tod war nur ein weiterer Schritt in Richtung Himmel. Lukas unterdrückte ein kaum merkliches Lächeln, als die Wärme und das wunderschöne Licht seinen Körper wieder füllten.

Jetzt hatte er die Stimmen in seinem Kopf schon eine Weile nicht mehr gehört. Doch, ab und zu, ein seltenes Mal, aber nicht so laut und oft, nicht so wie früher, als er jünger gewesen war. Als die Stimmen, vor allem die Rufer, ihm Dinge befohlen hatten, die man doch gar nicht tun durfte. Und auch wenn er versucht hatte, nein zu sagen, hatte das nicht geholfen, das wusste er ja eigentlich, die Rufer würden sich nicht geschlagen geben. Er konnte einfach nur gehorchen. Es hinter sich bringen. Aufs Beste hoffen. Lukas hatte einmal gedacht, mit den Rufern und den Flüsterern verhalte es sich wie mit Gott und dem Teufel. Pastor Simon hatte ihm erzählt, das eine könne nicht ohne das andere existieren. Dass die beiden Pole von Universum und Ewigkeit unzertrennlich seien. Dass man sich aber davor nicht fürchten solle, denn das Licht werde sie immer auf den richtigen Weg führen. Wenn man ab und zu den Befehlen des Teufels erlag, sei das keine ewige Sünde, es sei nur der Beweis für die Existenz Gottes, und ab und zu sei die Stimme des Teufels sogar Gotteswerk, sei nur ein Test, eine Prüfung. Lukas war aber trotzdem froh darüber, dass die Stimmen, vor allem die Rufer, sich nicht mehr so oft meldeten.

Deo sic per diabolum.

Zu Gott durch den Teufel.

Lukas wusste sehr gut, dass das nicht die offizielle Haltung der Gemeinde war. Das würde bei den Amateuren nicht auf fruchtbaren Boden fallen. Nur die Eingeweihten konnten das verstehen. Aber die Amateure waren ja ohnehin nur dazu da, um benutzt zu werden, wie die Gemeinde, die jetzt in ehrerbietigem Schweigen vor ihm saß. Wichtig waren die Eingeweihten. Die begriffen hatten, wie Pastor Simon *wirklich* über den Weg des Lichts dachte. Und Lukas gehörte zu ihnen.

Der Abend der Amateure. Lukas merkte, dass er sich auf das kommende Wochenende freute. Dann würden sie wieder in den Wald gehen. Zusammen mit den anderen Eingeweihten. Eigentlich begriff Lukas nicht so ganz, warum Pastor Simon auf diesen Abenden für die Amateure bestand, sie hatten doch wirklich wichtigere Aufgaben, aber er würde natürlich nie auf die Idee kommen, dem Pastor zu widersprechen. Der Pastor stand in Kontakt zu Gott und wusste genau, was er zu tun hatte und warum. *Lux Domus*. Am Wochenende. Lukas musste die Lippen zusammenkneifen, um nicht aufzustöhnen, als Wärme und Licht abermals seinen Körper durchströmten.

Pastor Simon öffnete endlich den Mund, und dann war Gott anwesend. Die Gemeinde saß da wie an ihren Stühlen festgenagelt und ließ sich von der Seligkeit erfüllen. Lukas hörte diese Predigt nicht zum ersten Mal, sie war für die Amateure verfasst, schön, aber schlicht, wie gesagt, er freute sich auf das kommende Wochenende. *Lux domus*. Noch ein Schritt weiter zum Himmel. Er schloss die Augen und gab sich ganz den Worten des Pastors hin, und dann, bald darauf, war es für dieses Mal vorüber. Der Pastor stand jetzt am Ausgang. Dankbare Hände und gesenkte Köpfe zogen an ihm vorbei aus dem Saal, dann waren sie wieder allein, nur sie beide, in dem großen weißen Raum.

Lukas folgte dem Pastor ins Büro und half ihm aus dem Talar. Wandte sich ab, um den Pastor nicht in Unterwäsche zu sehen, half ihm in seinen Alltagsanzug. Holte ihm eine Tasse frisch aufgebrühten Kaffee. Sagte erst etwas, als der Pastor im Sessel hinter dem großen Schreibtisch saß und durch ein Zeichen zu verstehen gab, dass Gott den Raum verlassen habe und wieder etwas gesagt werden dürfe.

»Es ist ein neuer Name gekommen«, sagte Lukas, räusperte sich leise und zog den Briefumschlag hervor, den er während der gesamten Zeremonie unter seiner Jacke versteckt hatte.

»Ach?«

Der Pastor schaute zu ihm hoch und nahm das Kuvert entgegen. Darin steckte ein einzelner weißer Bogen. Lukas wusste nicht, was dort stand, nur dass es ein Name war. Welcher Name, das ahnte er nicht, der war nur für die Augen des Pastors bestimmt. Lukas' Aufgabe war die, den Umschlag zu holen und dem Pastor zu bringen. Nicht, ihn zu öffnen, er war nur der Bote, eine Art Engel.

Der Pastor sagte wie üblich nichts. Er las den Namen, faltete den Bogen zusammen und schloss den Umschlag im Safe unter dem kleinen Tisch am Fenster ein.

»Danke, Lukas, sonst noch etwas?«

Der Pastor schaute wieder zu ihm auf. Lukas lächelte dem freundlichen strahlenden Blick entgegen.

»Nein, nichts. Oder doch, dein Bruder war hier.«

»Nils? Hier, jetzt?«

Lukas nickte.

»Er ist gleich vor der Andacht gekommen. Ich habe gesagt, er soll hinten im Garten warten.«

»Gut, Lukas, gut. Du kannst ihn jetzt hereinholen.«

»Warum hat das so lange gedauert? Ich habe doch gesagt, dass es wichtig ist.«

Simons Bruder Nils war auch ein wichtiges Mitglied der Gemeinde. Lukas war ihm zum ersten Mal damals im Zelt an der Südküste begegnet, aber auch wenn er schon ebenso lange dabei war, war Nils dem Pastor doch nicht gleichgestellt. Lukas wusste, es hatte allerlei Proteste und Stimmen gegeben, die in den Ecken tuschelten, als Lukas den

Posten des Stellvertreters erhalten hatte, viele meinten, der stehe Nils zu, aber wie immer widersprach niemand dem Pastor offen. Schließlich war ihm der Schlüssel zum Himmelreich ausgehändigt worden.

»Du weißt, es ist dem Pastor wichtig, den Amateuren zu helfen. Er ist jetzt für dich bereit.«

»Lux domus«, murmelte der kurzgeschorene Bruder.

»Lux domus«, sagte Lukas lächelnd und zeigte den Weg.

Der Pastor erhob sich, als sie eintraten. Der Gast verbeugte sich und ging zu seinem älteren Bruder. Küsste ihm die Hand und beide Wangen.

»Setz dich doch, mein Bruder«, sagte der Pastor und ließ sich wieder in seinem Sessel hinter dem Schreibtisch nieder.

Nils warf Lukas einen raschen Blick zu.

»Soll ich rausgehen?«, fragte Lukas sofort.

»Nein, nein, bleib nur.«

Der Pastor machte eine lässige Handbewegung, ein Zeichen für Lukas, sich zu setzen, er gehörte zu den Eingeweihten, kein Grund, das Zimmer zu verlassen.

Lukas glaubte, bei dem Bruder einen gewissen Ärger über diese Entscheidung zu spüren, doch Nils sagte nichts.

»Wie geht es bei euch da oben?«, fragte der Pastor, als alle drei sich gesetzt hatten.

»Alles in Ordnung«, der Bruder nickte.

»Und der Zaun?«

»Schon halb fertig.«

»Wird er so hoch, wie wir besprochen haben?«

»Ja«, der Bruder nickte wieder.

»Und warum bist du jetzt nicht oben?«

»Wie meinst du das?«

»Warum bist du hier, wo du doch dort Arbeit zu erledigen hast?«

Nils schaute wieder zu Lukas hinüber. Er schien etwas auf dem Herzen zu haben, es aber nicht richtig sagen zu wollen, da Lukas im Zimmer war.

»Die Herde ist um ein Mitglied kleiner geworden«, murmelte er endlich, mit gesenktem Kopf, als ob er sich schämte.

»Wie meinst du das?«

»Wir hatten ein Missgeschick mit einer von den Jüngeren.«

»Was meinst du mit Missgeschick?«

»Ein Missgeschick eben. Ein Versehen. Es ist jetzt in Ordnung.«

»Wer war das?«

»Rakel.«

»Die gute Rakel? Meine Rakel?«

Der Bruder nickte und senkte den Kopf womöglich noch tiefer.

»Sie war eine Nacht lang verschwunden. Aber jetzt ist sie wieder da.«

»Also ist alles in Ordnung?«

»Ja, alles ist in Ordnung.«

»Dann frage ich dich abermals, mein Bruder: Warum bist du hier unten, wo du dort oben deine Arbeit zu erledigen hast?«

Nils schaute den Pastor an, seinen großen Bruder. Auch wenn Nils jetzt schon über fünfzig war, wirkte er wie ein kleiner Junge, der von seinem Vater ausgescholten wird.

»Du hast gesagt, ich soll dich auf dem Laufenden halten.«

»Solange alles in Ordnung ist, ist alles in Ordnung, oder?«

Nils nickte gehorsam.

»Es wäre vielleicht einfacher gewesen, wenn wir ein Telefon hätten«, sagte er zaghaft nach einer kleinen Pause.

Der Pastor lehnte sich im Sessel zurück und legte die Fingerspitzen gegeneinander.

»Hast du noch andere Ansichten? Wie viele Meinungen hast du eigentlich? Bist du unzufrieden damit, was Gott dir gegeben hat?«

»Nein, nein, so war das nicht gemeint, ich dachte nur …«

Nils fand keine Worte und lief rot an. Der Pastor schüttelte den Kopf, und im Raum breitete sich eine drückende Stille aus. Für Lukas war sie nicht drückend, da er immer zum Pastor hielt, für den Bruder wohl, und er verdiente es auch so, denn wie konnte er es wagen, die Anordnungen des Pastors zu hinterfragen? Der Bruder stand auf und starrte noch immer zu Boden.

»Ihr kommt am Samstag also hoch?«

»Wir kommen am Samstag.«

»Fein, dann sehen wir uns.« Der Bruder nickte und ging.

»Lux domus«, sagte Lukas, als er mit dem Pastor allein war, so war es ihm am liebsten, nur sie beide.

Der Pastor lächelte und sah ihn an.

»Du glaubst, wir haben das Richtige getan?«

»Unbedingt«, Lukas nickte.

»Manchmal bin ich nicht ganz sicher«, sagte der Pastor und legte abermals die Fingerspitzen gegeneinander.

»Ich muss dir etwas sagen«, sagte Lukas.

»Ja?«

»Es ist ja meine Aufgabe, auf dich aufzupassen.«

»Ist das so, Lukas? Wirklich?«, fragte der Pastor lächelnd.

Lukas errötete ein wenig. Er kannte den Pastor ja so gut. Kannte seine Stimme. Wusste, wann er gelobt wurde.

»Ich weiß nicht, ob dir das klar ist, aber vielleicht haben wir in der Gemeinde ein Problem.«

»Ach ja, bei diesen hier?«

»Ja, bei den Amateuren.«

»Und was ist das Problem?«

»Na ja, Problem, das musst eigentlich du entscheiden. Ich bin nur hier, um zu sagen, was ich sehe, und um auf dich aufzupassen.«

»Ja, das hast du schon gesagt, Lukas, und das weiß ich zu schätzen, aber was ist los?«

Lukas räusperte sich, ehe er fortfuhr.

»Eine unserer festen Anhängerinnen, sie hat etwas unglückliche Verbindungen.«

Der Pastor schüttelte den Kopf.

»Jetzt sprichst du in Zungen, Lukas. Spuck's aus. Raus damit.«

»Eine ältere Dame im Rollstuhl, mit Brille, sie sitzt immer hinten.«

»Hildur?«

Lukas nickte.

»Was ist los mit ihr?«

»Sie ist die Mutter von Holger Munch.«

»Von wem?«

»Holger Munch. Der Polizist.«

»Ach was, der ist Polizist, das hab ich ja gar nicht gewusst.«

Lukas stutzte ein wenig, sagte aber nichts. Er wusste sehr gut, dass der Pastor wusste, wer Holger Munch war.

»Hildur ist seine Mutter«, sagte er noch einmal.

»Und warum sollte das für uns ein Problem sein?«

»Ich wollte nur, dass du es weißt.«

»Denkst du daran, was diesmal in dem Umschlag war?«

Lukas nickte vorsichtig.

»Danke, Lukas. Aber ich glaube, wegen Hildur Munch

brauchen wir uns keine Sorgen zu machen. Wir haben gerade wichtigere Dinge zu bedenken, oder etwa nicht?«

»Das haben wir«, sagte Lukas und erhob sich.

»Lux domus, mein Freund«, sagte der Pastor mit freundlichem Lächeln.

»Lux domus«, Lukas lächelte zurück.

Er verbeugte sich tief und verließ das Büro des Pastors ohne ein weiteres Wort.

• 21 •

Mia Krüger saß in ihrem Büro und befühlte die Tabletten in ihrer Hosentasche. Sie hatte sich eigentlich geschworen, keine mitzunehmen, alle im Haus auf Hitra liegen zu lassen, bis sie hier fertig wäre, bis sie wieder Verwendung dafür hätte, aber sie hatte es doch nicht lassen können. Sie überlegte, wie es sein würde, jetzt eine zu nehmen. In ihr saßen überall Stacheln. Sie hatte vergessen, wie es draußen in der Wirklichkeit war. Hatte das erfolgreich verdrängt. Sie hatte doch gedacht, sie werde sich niemals wieder damit befassen müssen, aber dann war Munch aufgetaucht und hatte alles ruiniert.

Mia Krüger hatte seit vier Tagen nicht mehr getrunken, seit ihrem Eintreffen in Oslo. Sie hatte sich mehrmals versucht gefühlt, sich über die Minibar in ihrem Hotelzimmer herzumachen, aber sie hatte sich zurückhalten können. Holger hatte ihr eine polizeieigene Wohnung angeboten, aber sie hatte auf einem Hotelzimmer bestanden, hätte es auch selbst bezahlt. Sie wollte nicht zurück. Sie würde ja nicht zurückkehren. Ein unpersönliches Hotelzimmer, mehr brauchte sie nicht. Ein Durchgangsquartier. Ein Wartezimmer. Sie wollte dem Alltag nicht zu nahe kommen. Nur dieser Fall. Dann wieder zurück. Nach Hitra. Zu Sigrid. Sie hatte ein neues symbolisches Datum gesucht. Der 18. April, der Zehnjahrestag, war vorüber. Das nächste wäre der Geburtstag, der 11. November. Dann würden sie beide dreiunddreißig werden. Mia würde dreiunddreißig werden. Der November kam ihr unendlich weit weg vor. Zu weit. Sie musste ein anderes Datum finden. Vielleicht brauchte sie auch gar keins. Es konnte jederzeit passieren. Das Wichtigste war, dass es passierte. Dass ihr das hier erspart blieb. Diese Menschen. Sie steckte die Hand in die Tasche und legte sich eine Tablette auf die Zunge. Überlegte sich die Sache anders. Spuckte sie aus und steckte sie wieder in die Tasche.

»Wir haben was über die Kleider.«

Plötzlich stand Anette bei ihr im Zimmer.

»Was ist los?«

»Wir haben eine Info zu den Puppenkleidern.«

»Schon?«

»Ja.« Die blonde Kollegin lächelte und wedelte mit einem Blatt Papier. »Jenny, von Jennys Nähstube in Sandvika, hat angerufen. Es tut ihr leid, dass sie sich jetzt erst meldet, aber sie hatte länger keine Zeitungen gelesen. Machen wir das zusammen, oder was?«

»Gern. Wo ist Munch?«

»Er muss sein Enkelkind aus dem Kindergarten holen. Die Mutter muss ein Brautkleid anprobieren oder so.«

»Sieh an, manche haben eben Glück.«

»Ja, nicht wahr«, Anette lächelte. »Um ganz ehrlich zu sein, ich bin froh, dass ich das nicht bin. Hochzeit? Ist das nicht ein bisschen altmodisch?«

»Da fragst du die Falsche«, sagte Mia und lächelte ebenfalls. »Ich kenn mich da nicht so aus.«

Sie stand auf und streifte die schwarze Lederjacke über.

»Willst du fahren, oder soll ich?«, fragte Anette und hielt die Autoschlüssel hoch.

»Ich glaube, es ist besser, du fährst«, sagte Mia, zwinkerte und folgte der Kollegin in die Tiefgarage.

»Was hat sie gesagt?«, fragte Mia, als sie die Innenstadt verlassen hatten und über den Drammensvei fuhren.

Mia hatte schon häufiger mit Anette zusammengearbeitet, aber sie hatten deshalb keine engere Beziehung entwickelt. Mia wusste nicht so recht, warum nicht, an Anette war nichts auszusetzen. Sie war hochintelligent und immer guter Laune. Juristin, unglaublich tüchtig und ein perfektes Mitglied der Sondereinheit. Es lag wohl eher daran, dass Mia zu gar keinem Kollegen ein engeres Verhältnis gehabt hatte. Abgesehen von Holger Munch natürlich, aber das war etwas anderes. Hatte sie überhaupt noch zu irgendwem ein engeres Verhältnis? Mit den alten Freunden aus Åsgårdstrand hatte sie seit Jahren nicht mehr gesprochen. Nach Sigrids Tod hatte sie sich nur noch mehr zurückgezogen. Vielleicht war das nicht sonderlich klug gewesen? Vielleicht hätte es ihr gutgetan, neben der Arbeit auch noch ein Leben zu haben? Es spielte jetzt keine Rolle mehr. Den Fall klären, dann zurück nach Hitra. Zurück zu Sigrid. Sie fuhr mit der Hand über das S, das an ihrem Armband hing. Es fühlte sich vertraut an.

»Ich habe nicht mit ihr gesprochen, habe nur die Zusammenfassung aus Grønland geschickt bekommen. Aber ich glaube, wir haben die Richtige erwischt.«

»Sie wusste von den Zahlen hinten im Kragen?«

Anette nickte und wechselte die Fahrspur.

»M 10:14. ›Lasset die Kindlein zu mir kommen.‹ Glaubst du, das ist ein religiöser Irrer?«

»Noch zu früh, um das zu sagen«, sagte Mia und setzte die Sonnenbrille auf.

Das Licht draußen war grell, blasse Frühlingssonne für die anderen vielleicht, aber nicht für sie. Ihr Körper schien keine Sinneseindrücke zu ertragen. Sie hatte am Vorabend versucht fernzusehen, aber davon hatte sie Kopfschmerzen bekommen. Sie hatte Holger sogar bitten müssen, in seinem Arbeitszimmer das Radio auszustellen. Sie fuhren schweigend weiter über den Drammensvei. Mia spürte, dass Anette neugierig war, aber sie ließ sich nichts anmerken. Mit den anderen war das auch so gewesen. Höfliches Lächeln, neugierige Blicke. Natürlich nicht bei denen, die sie am besten kannten. Curry, Kim, Ludvig, oder doch, sogar bei denen. *Wie geht es dir? Wie ist es dir ergangen? Bist du jetzt gesund, Mia? Wir haben gehört, du bist verrückt geworden? Hast dir alle Haare abrasiert? Versucht, dich draußen auf einer Insel im offenen Meer umzubringen?* Sie sah aus den Augenwinkeln, dass Anette ihr einen Blick zuwarf. Das Auto war voll von ungestellten Fragen. Genau wie die Räumlichkeiten in der Mariboes gate, aber Mia brachte das jetzt nicht über sich. Sie beschloss, es später wiedergutzumachen. Sie mochte Anette. Vielleicht könnten sie zusammen ein Bier trinken oder so. Vielleicht auch nicht. Warum das eine, warum das andere.

Komm, Mia, komm.

Warum bist du da draußen, allein?

Als sie Richtung Sandvika abbogen, kam der Regen. Leichtes Trommeln auf die Windschutzscheibe, aber Mia nahm die Sonnenbrille nicht ab. Sie schloss hinter den Gläsern die Augen und lauschte den Geräuschen. Den Tropfen auf der Scheibe. Dem Dröhnen des Motors. Für einen kurzen Augenblick war sie wieder elf, auf der Rückbank im Auto ihres Vaters, an einem Samstag, als sie aus Horten zurückkamen, nachdem sie mit ihm im Farbengeschäft gewesen waren. Sie nahm seinen Geruch wahr, hörte seine Stimme, die in das Surren des Motors einstimmte, sah seine Lederhandschuhe, mit denen er das Lenkrad hielt, mit nur einer Hand jetzt, befreit, da die Mutter nicht dabei war.

Wollen wir das Lied singen, Mia?

Ja, das wollen wir, siehste!

Jetzt fahren wir, siehste, siehste,
so fein wie bei dir, siehste, siehste,
gibt gar keinen Unterschied zwischen dir und mir.

Noch mal!

Noch mal?

Ja!

Mia lächelte hinter ihrer Sonnenbrille, spürte das kleine Mädchen bei sich im Bauch, das Kribbeln, das ihr eine Gänsehaut und rote Wangen gemacht hatte. Wie leicht damals alles gewesen war. Jetzt waren alle fort. Nur sie war noch übrig.

Sie wurde aus ihren Gedanken gerissen, als der Wagen anhielt.

»Da wären wir«, sagte Anette und stieg aus.

Mia legte die Sonnenbrille auf das Armaturenbrett und folgte ihr. Der Regen hatte jetzt aufgehört, es war nur ein kleiner lokaler Schauer gewesen, die milde Frühlingssonne kam jetzt hinter den Wolken zum Vorschein und zeigte ihnen den Weg in einen kleinen gelben Laden am Rand des Zentrums von Sandvika.

Auf dem Schaufenster stand »Jennys Nähstube«. Hinter der Tür hing ein altmodisches Schild. GESCHLOSSEN. Mia klopfte an, und gleich darauf tauchte ein freundliches, aber besorgtes altes Gesicht hinter dem Vorhang auf.

»Ja?«, fragte die Frau durch die Tür.

»Mia Krüger, Polizei Oslo. Mordkommission«, sagte Mia und hielt ihren Dienstausweis an die Fensterscheibe, um die ältere Dame zu beruhigen.

»Polizei?«, fragte die andere und schaute sie beide nervös an.

»Ja«, antwortete Mia freundlich. »Dürfen wir reinkommen?«

Es war klar, dass die Schlagzeilen in der Zeitung für die reizende ältere Dame ein Schock gewesen waren, es dauerte, bis sie das Türschloss geöffnet hatte. Alte zitternde Finger mühten sich mit dem Schlüssel ab, aber schließlich hatte sie es geschafft. Mia betrat mit ruhigen Schritten den Laden und zeigte noch einmal ihren Dienstausweis. Die ältere Dame schloss hinter ihnen die Tür und drehte schnell den Schlüssel wieder um. Sie blieb mitten in ihrem kleinen bunten Laden stehen und schien nicht so recht zu wissen, was sie jetzt tun sollte.

»Sie sind Jenny?«, fragte Mia.

»Ja, tut mir leid, wo hab ich bloß meine Manieren? Ach, was für ein Tag, ich bin ganz nervös und fahrig. Jenny Midthun«, sagte die Dame und streckte Mia eine schmale kleine Hand hin.

»Ihr Laden?«, fragte Anette und schaute sich um.

Im Fenster standen Schaufensterpuppen mit selbstgenähten Kleidern. Die Wände und die Regale waren gefüllt mit Dingen, die Jenny offenbar selbst gefertigt hatte. Tischdecken, Kleider, eine Wand war bedeckt mit farbenfrohen Steppdecken, der ganze Laden zeigte Handwerk der alten Art.

»Seit 1972«, sagte die reizende Dame und nickte. »Mein Mann und ich haben ihn gegründet, aber mein Mann ist nicht mehr unter uns. Er ist neunundachtzig verstorben. Er meinte, der Laden sollte Jennys Nähstube heißen. Ich war ja mehr für Jennys und Arilds, aber da wollte er nicht hören, ja …«

Dann stand die ältere Dame wieder unschlüssig da.

»Haben Sie diese Kleider genäht?«

Mia zog die Bilder aus der Tasche und legte sie auf den Tresen. Jenny setzte die Brille auf, die sie an einer Schnur um den Hals trug, und warf einen raschen Blick auf die Bilder, dann nickte sie.

»Ja, alle beide. Was bedeutet das? Bekomme ich Schwierigkeiten? Habe ich etwas verbrochen?«

»Wirklich nicht, Jenny. Wir haben keinen Grund zu der Annahme, Sie könnten etwas verbrochen haben. Für wen haben Sie die genäht?«, fragte Mia.

Die ältere Dame ging hinter den Tresen und nahm einen Ordner aus einem Regal.

»Hier steht alles«, sagte sie und tippte mit dem Finger auf den Ordner.

»Was steht da?«

»Alle Bestellungen. Ich habe alles aufgeschrieben. Maße, Stoff, Preis, Lieferdatum, hier steht alles.«

»Haben Sie etwas dagegen, wenn wir den Ordner mitnehmen?«, fragte Mia.

»Nein, nein, natürlich nicht, nehmen Sie, was Sie wollen. Ach, wie entsetzlich, ach, ich weiß wirklich nicht, ob ich … das nimmt mich alles wirklich sehr mit … ja, eine Nachbarin hat mir die Zeitungen gebracht.«

»Wer hat die Kleider bestellt?«, fragte Mia.

»Ein Mann.«

»Haben Sie seinen Namen?«

»Nein, einen Namen hat er nie genannt. Er hat nur Bilder gebracht. Von Puppen. Sagte, er wolle solche Kleider in Kindergröße.«

»Hat er gesagt, wozu er die wollte?«

»Nein, und ich habe auch nicht gefragt. Wenn ich gewusst hätte, dann … aber ich wusste doch nicht …«

Jenny Midthun griff sich an den Kopf. Musste sich setzen. Anette eilte ins Hinterzimmer und kam mit einem Glas Wasser zurück.

»Danke«, sagte die ältere Dame mit zitternder Stimme.

»Wann haben Sie die Bestellung bekommen?«

»Vor ungefähr einem Jahr. Im vorigen Sommer. Die erste.«

»War er mehrmals hier?«

»Oh ja.« Jenny nickte. »Er war oft hier. Es gab auch nie Probleme mit der Bezahlung. Immer Bargeld, nie Probleme. Gut bezahlt. Nie eine Frage des Geldes.«

»Wie viele Kleider haben Sie genäht?«

»Zehn.«

Die ältere Dame starrte zu Boden. Anette sah Mia an und hob die Augenbrauen.

Es werden noch mehr. Zehn Kleider.

»Wann haben Sie ihn zuletzt gesehen?«

»Das ist noch nicht lange her, durchaus nicht. Vielleicht einen Monat? Ja, ich glaube schon. Mitte März. Da hat er die beiden letzten geholt.«

»Können Sie uns sagen, wie er ausgesehen hat? Schaffen Sie das?«, fragte Anette freundlich.

»Ganz normal.«

»Was verstehen Sie unter ganz normal?«

»Na ja, er war sehr gut angezogen. Schöne Kleidung. Anzug und Hut. Feine, frisch geputzte Schuhe. Nicht sehr groß, so groß wie Arild vielleicht, also mein Mann, vielleicht eins fünfundsiebzig, so ungefähr, und nicht dick oder dünn, ganz normal.«

»Akzent?«

»Was? Nein.«

»Heißt das, dass er hier aus der Gegend kam? Hat er so geredet wie wir?«, fragte Anette.

»Ach ja, er war Norweger, aus Oslo, ja. Vielleicht Mitte vierzig, so ungefähr? Ein ganz normaler Mann. Wirklich sympathisch. Und sehr gut angezogen. Ich konnte doch nicht wissen, dass … wenn ich gewusst hätte, dann …«

»Sie sind uns eine große Hilfe, Jenny«, sagte Mia und streichelte behutsam die Hand der älteren Dame. »Das hilft uns ein großes Stück weiter. Jetzt bitte ich Sie nur noch, sich zu überlegen, ob irgendetwas an ihm anders war. Etwas, das Ihnen aufgefallen ist?«

»Nein, ich wüsste nicht, was das sein sollte. Meinen Sie die Tätowierung?«

Anette sah Mia an und lächelte.

»Er war tätowiert?«

Die ältere Dame nickte.

»Hier«, sagte sie und griff sich an den Hals. »Meistens trug er einen Rollkragenpullover, und dann konnte man sie ja nicht sehen, aber einmal hatte er den eben nicht, oder der Kragen war nicht ganz hochgeschlagen, er war ein bisschen schlaff, wenn Sie verstehen.«

Die ältere Dame griff an den Kragen ihrer Bluse, um zu zeigen, wie schlaff der Rollkragen gewesen war.

»War es eine große Tätowierung?«, fragte Anette.

»Ja, die war sehr groß. Hat fast von hier bis ganz nach da unten gereicht.«

»Und was war das für eine Tätowierung, konnten Sie das sehen?«

»Ja, das war ein Adler.«

»Er hatte einen Adler am Hals tätowiert?«

Jenny nickte zaghaft.

»Gib das sofort weiter«, sagte Mia.

Anette nickte und ging zum Telefonieren auf die Straße.

»War das jetzt richtig?«

Die reizende ältere Dame blickte ängstlich zu Mia hoch.

»Komme ich ins Gefängnis?«

Mia fasste ihre Schulter.

»Nein, das nun wirklich nicht. Aber Sie müssen in die Stadt kommen, damit wir Ihre Aussage offiziell zu Protokoll nehmen können, das muss nicht sofort sein, aber bald, geht das?«

Die ältere Dame nickte und brachte Mia zur Tür. Mia zog eine Visitenkarte aus der Jeanstasche und reichte sie ihr.

»Wenn Ihnen noch etwas einfällt, rufen Sie sofort an, ja?«

»Das werde ich. Aber ich habe jetzt keine Probleme, oder?«

»Nein, wirklich nicht«, sagte Mia lächelnd. »Danke für Ihre Hilfe.«

Sie konnte hören, wie die Tür hinter ihr zugeschlossen wurde, als sie auf die Straße trat. Die Arme. Das hatte ihr wirklich einen Schock versetzt. Mia sah das Gesicht der älteren Dame durch den Vorhangspalt lugen und hoffte, dass sie nicht für den Rest des Tages allein sein müsste, dass sie jemanden anrufen könnte.

Mia drehte sich um, als Anette das Gespräch beendete.

»Hast du mit Holger gesprochen?«

»Nein, ist nicht ans Telefon gegangen. Hab Kim erreicht. Er wollte das weitergeben.«

»Schön.« Mia lächelte.

Die beiden Beamtinnen setzten sich ins Auto und fuhren in raschem Tempo zurück in die Stadt.

• 22 •

Holger Munch saß im Peppes Pizza in der Stortingsgate und wurde in die Kunst eingeführt, einer Puppe die Haare zu kämmen. Sie hatten gerade gegessen, Marion und er, das heißt, er hatte gegessen, Marion hatte Limonade getrunken und gespielt. Er hatte es natürlich nicht geschafft, konnte diesem süßen Blick und der bettelnden Stimme nicht widerstehen, hatte es noch nie gekonnt, zur Verzweiflung seiner Tochter. Seit ihrer Geburt überschüttete er Marion schon mit Geschenken, Teddys, Puppen, ihr Kinderzimmer hatte manchmal durchaus Ähnlichkeit mit einem Spielwarenladen. Am Ende war Miriam eingeschritten, hatte klargestellt, dass es langsam mal reichen müsse. Sie versuchten, ein selbständiges, vernünftiges Mädchen zu erziehen und kein verwöhntes Reiche-Leute-Gör.

»Oh, kuck mal, Opa. Monster High!«

»Was für ein Monster?«

»Monster High! Die gehen da zur Schule. Ach, da ist Jackson Jekyll. Das ist ein Junge. Kuck mal, was der für ein schönes gelbes Hemd hat. Das ist, weil er ein Monster ist. Können wir den kaufen?«

»Ich glaube, wir können heute gar nichts kaufen, Marion. Du weißt doch, was Mama gesagt hat. Wir müssen bis zum Geburtstag warten.«

»Aber das ist doch noch eine Trillion Tage! Und Mamas Regeln gelten gar nicht, wenn ich mit dir zusammen bin.«

»Ach was. Wer sagt das?«

»Ich sage das. Ich sage das jetzt.«

»Ach was, du?«

»Ich kann doch auch was bestimmen, ich bin schließlich sechs und gehe bald in die Lilleborg-Schule, und dann darf niemand über mich bestimmen, dann bestimme ich.«

Nach wem sie wohl geraten war? Reizend und lieb, aber unglaublich starrköpfig und eigensinnig.

»Oh, da ist Draculaura! Und Frankie Stein, Opa! Ach, können wir nicht davon welche kaufen, Opa, bitte!«

Natürlich hatte Marion ihren Willen bekommen. Zwei Puppen. Jackson Jekyll und Frankie Stein. Zwei Jugendliche von irgendeiner Monsterschule, von der Holger Munch keine Ahnung hatte, aber das spielte kaum eine Rolle. Das Lächeln in ihrem Blick und der warme weiche Körper, der sich an seinen Hals hängte. Wen interessierte es schon, auf welche Schule irgendwelche Puppen gingen und ob Mama sich ärgern würde.

»Jackson Jekyll will mit Frankie Stein zusammen sein, aber sie will nicht, weil sie ein selbstverständliches Mädchen ist und sich nicht auf der Nase rumtanzen lässt und weiß, was sie will.«

»Meinst du selbstständig?«

Marion schaute zu ihm auf, aus ihren knallblauen Augen.

»Ja, das meine ich.«

Holger schmunzelte. Es war, als würde er die Stimme seiner Tochter hören. Die kleine Marion war eine exakte Kopie von Miriam, wenn nicht sogar noch mehr. Holger Munch dachte an den Tag zurück, an dem er Miriam auf ihrem ersten Schulgang begleitet hatte. Er war damals so stolz gewesen! Sein kleines Mädchen war groß geworden und würde zum ersten Mal in die Welt ziehen. Sie war so reizend gewesen, mit Zöpfchen und neuen Kleidern und einem richtigen Ranzen auf dem Rücken. Hatte sich wahnsinnig gefreut, aber vor all dem Neuen hatte es ihr auch ein bisschen gegraust. Sie hatten auf dem Schulhof gestanden und sie hineingehen sehen, er und Marianne, durften nicht mit reinkommen, so sollte das wohl sein, die Kinder sollten am ersten Tag besser gleich allein in der Klasse sein. Miriam hatte ganz fest seine Hand gepresst, hatte nicht loslassen wollen. Noch immer Papas Mädchen. Wie hatte sie plötzlich fünfzehn werden können, mit dicker Schminke und lauter Musik hinter verschlossenen Türen und überhaupt nicht Papas Mädchen? Ganz zu schweigen von diesem letzten Sprung, fünfundzwanzig jetzt, wie war das geschehen? Das kleine Mädchen, das sich an ihn geklammert hatte, voller Angst vor den vielen anderen Kindern, probierte jetzt ein Brautkleid an, wollte einen frischausgebildeten Arzt aus Fredrikstad heiraten, Johannes, einen Burschen, den sie kaum kannte? Holger Munch konzentrierte sich wieder auf seine Enkelin. Die ihn noch immer für den Besten auf der Welt hielt und schrecklich gern kuscheln und auf dem Schoß sitzen wollte.

»Jetzt bist du Jackson Jekyll«, sagte Marion.

»Was hast du gesagt, Herzchen?«

»Jetzt bist du Jackson Jekyll, und ich bin Frankie Stein.«

»Willst du nicht noch ein Stück Pizza essen?«

»Frankie Stein will nicht mehr essen, sie muss abnehmen. Nimm die Puppe, ja, Opa?«

Holger griff wiederwillig nach der Puppe und versuchte, sich nicht von den Mitteilungen stören zu lassen, die auf seinem Telefon einliefen. Er hatte sich dazu entschlossen, hatte eine Entscheidung getroffen, wollte denselben Fehler nicht zweimal machen. Wenn er mit Marion zusammen war, wollte er sich auf Marion konzentrieren, so war es einfach, der Rest der Welt musste eben warten.

»Sag doch was, Opa«, sagte Marion ungeduldig und ließ die dünne Monsterpuppe zwischen den Pizzaresten auf dem Tisch balancieren.

»Was soll ich denn sagen?«

»Ach, das kannst du dir selbst aussuchen. Kannst du denn nicht spielen, Opa?«

»Hallo, hallo«, sagte Holger Munch mit einer anderen Stimme als sonst, er versuchte, Jackson Jekyll zu sein, während er hoffte, dass die Gäste an den Nebentischen ihn nicht hörten.

»Hallo, Jackson, was willst du?«, fragte Marion mit ihrer Puppenstimme.

»Willst du mit ins Kino kommen?«

»Ja, vielleicht. Was gibt es denn für einen Film?«

»Pippi Langstrumpf«, sagte Holger Munch.

»Aber der ist doch für Kinder«, seufzte Frankie Stein. »Und das war nicht die gleiche Stimme wie eben, Opa.«

»Tut mir leid«, sagte Holger und streichelte die Haare seiner Enkelin.

»Ist schon gut«, nickte die Kleine. »Du bist ja alt, Opa. Du hast ja nicht so viel Ahnung davon, was junge Leute machen.«

Sie nahm beide Puppen und zeigte ihm, wie das Gespräch eigentlich verlaufen wäre, wenn er nur ein bisschen besser spielen könnte.

»Hallo, Frankie.«

»Hallo, Jackson.«

»Kommst du am Freitag mit auf den Schulball?«

»Ja gern, aber das ist kein Date, wir sind nur Freunde.«

»Wird denn geküsst?«

»Nein, Küssen ist nicht, nur eine Umarmung.«

»Umarmst du mich jetzt mal?«

»Von mir aus.«

Marion hielt die Puppen dicht aneinander. Holger nutzte die Gelegenheit und schaute verstohlen auf sein Telefon. Anette hatte angerufen und dann eine SMS geschickt. Von Kim waren zwei Nachrichten eingegangen. Und Kurt Eriksen, der Fachanwalt für Familienrecht, der sie seit vielen Jahren betreute, hatte mehrmals angerufen. Was mochte der wollen? Marion war in ihr Spiel vertieft, deshalb las er rasch die Mitteilungen.

Wir haben die Kleidernäherin. Und den Käufer. Mann mit Adlertattoo am Hals. Hab mit Kim gesprochen. Ruf mich an.

Schon? Holger Munch spürte, wie sein Polizistenherz schneller schlug. Die Medien waren ja doch zu etwas gut, sie hatten gleich mit der ersten Schlagzeile etwas erreicht. Er überflog Kims Mitteilungen.

Haben vllt was über Adlertattoo. Curry scheint zu wissen, wer das ist. Ruf an.

Und dann nur?

Hallo?

»Hallo, wo ist Marion?«

Holger wurde zurück in die Wirklichkeit gerissen und sah seine leicht genervte Tochter vor sich stehen.

»Hallo, Miriam. Marion? Die ist …«

Marion saß nicht auf ihrem Platz.

»Eben war sie noch …«

Er konnte den Satz nicht beenden. Miriam war schon auf dem Weg zu Marion, die weiter hinten im Lokal mit ihren Puppen spielte.

»Haben wir nicht darüber gesprochen, dass du nicht

ganz so viel kaufen sollst?«, fragte Miriam, die jetzt wieder am Tisch stand.

»Doch, aber …«

»Pack deine Sachen zusammen, wir fahren nach Hause.«

»Schon? Aber Opa und ich wollten noch Eis essen!«

»Das könnt ihr an einem anderen Tag. Komm jetzt.«

Marion fing an, ihre Sachen zusammenzusuchen. Holger stand auf, um ihr zu helfen.

»Und wie war das mit dem Brautkleid? Alles in Ordnung?«

»Nicht ganz so, wie ich mir das vorgestellt hatte«, seufzte Miriam. »Aber sie haben eine Schneiderwerkstatt, deshalb kann es noch geändert werden. Ich hoffe nur, dass sie rechtzeitig fertig werden.«

»Ja, bis zum 12. Mai ist es nicht mehr lange.«

»Nein, das kannst du wohl sagen. Komm, Marion, wir müssen uns beeilen, Papa steht mit dem Auto im Parkverbot. Sag Opa auf Wiedersehen.«

»Auf Wiedersehen, Opa«, sagte das kleine Mädchen lächelnd und umarmte ihn ganz fest. »Bis zum nächsten Mal musst du Spielen üben, ja?«

»Versprochen«, sagte Holger.

»Kommst du allein?«, fragte Miriam.

»Was?«

»Zur Hochzeit. Kommst du allein, oder bringst du jemanden mit?«

Jemanden mit auf die Hochzeit bringen? Auf diesen Gedanken war er noch gar nicht gekommen. Er wusste nicht so recht, warum, aber plötzlich musste er an Karen denken. Die aus dem Pflegeheim. Die sich immer freute, wenn er vorbeischaute. Erstes Rendezvous auf einer Hochzeit? Nein, das wäre einfach nicht richtig.

»Ich komme allein«, antwortete Holger.

»Kannst du nicht Mia mitbringen? Sie ist doch wieder da? Ich würde mich freuen, wenn sie kommen könnte. Ich habe versucht sie anzurufen, aber sie hat offenbar ihr Telefon abgemeldet?«

Mia mitbringen, auf die Idee war er auch noch nicht gekommen. Er wusste, dass Miriam und Mia sich mochten.

»Sie hat ein neues«, sagte er. »Aber ich kann sie ja fragen, eigentlich ist das eine gute Idee.«

»Schön, dann setze ich sie auf die Liste«, sagte Miriam und lächelte kurz, dann wurde sie wieder ihr übliches ernstes Selbst. »Und, ja, noch was, es kann sein, dass Johannes und ich am nächsten Wochenende nach Fredrikstad müssen. Kannst du dann Marion nehmen?«

»Natürlich.«

»Bist du wieder in der Wohnung? Hast du dein Zimmer in Hønefoss gekündigt?«

»Ja, ich bin jetzt wieder da. Sie kann gern das ganze Wochenende bei mir bleiben, das fände ich schön.«

»Gut, ich ruf dich an.«

Miriam nahm Marion an die Hand und ging zum Ausgang.

»Bis dann, Opa.«

»Bis dann, Marion.«

Holger Munch winkte, bis die Tür sich hinter den beiden geschlossen hatte, und ging, um die Rechnung zu bezahlen.

Wieder auf der Straße konnte er es nicht erwarten, die nötigen Anrufe zu erledigen. Die Pause von der Welt war lange genug gewesen. Sie hatten eine Spur zu den Kleidern. Kim meldete sich beim ersten Klingeln.

»Ja, hallo?«

»Was haben wir?«

»Anette und Mia haben die Kleidermacherin gefunden. Eine Näherin aus Sandvika.«

»Und?«

»Käufer, Mann, Mitte vierzig, Adlertätowierung am Hals, zehn Kleider.«

»Zehn Kleider?«

»Ja.«

Verdammt!

»Und wissen wir etwas über ihn?«

»Curry glaubt zu wissen, wer er ist. Nicht hundertpro natürlich, aber wie viele Leute Mitte vierzig haben schon einen großen Adler am Hals tätowiert? Passt auch zum Profil. Roger Bakken. Wir haben ihn nicht im Archiv, aber Curry hatte mal mit ihm zu tun, als er bei der Droge war.«

»Und was ist das für einer?«

»Hat als Kurier gearbeitet. Sendungen geholt und gebracht, du weißt schon.«

»Würde ja verdammt gut passen.«

»Du sagst es.«

»Haben wir eine Adresse?«

»Die letzte bekannte ist ein Hospiz unten am Grønland-Platz. Wenn es derselbe Roger Bakken ist.«

»Schaut da jemand nach?«

»Mia und Anette sind schon vor Ort.«

»Bin in fünf Minuten bei euch«, sagte Holger und drückte das Gespräch weg.

• 23 •

Mia hielt für Anette die Tür auf und folgte ihr in die dunkle Rezeption. Mia Krüger hatte während ihrer Zeit bei der Polizei schon alle möglichen Herbergen für Wohnungslose gesehen, und die hier war genau wie alle anderen, dieses graue Gefühl von Hoffnungslosigkeit in den Wänden. Der letzte Stopp vor der Endstation. Hier landest du nur, wenn dich niemand mehr haben will.

»Hallo?«

Anette schaute hinter den Rezeptionstresen in der heruntergekommenen Eingangshalle, aber dort war niemand.

»Können wir nicht einfach reingehen?«

Mia ging zu einer Tür, die in die oberen Stockwerke zu führen schien, drückte auf die Klinke, aber die Tür war abgeschlossen.

»Ich glaube, da gibt es einen Summer«, sagte Anette und beugte sich hinter den Tresen. »Ist das nicht so in solchen Herbergen? Muss man da nicht überprüfen können, wer kommt und wer geht?«

Mia Krüger sah sich um. Das Foyer war spärlich möbliert. Ein kleiner Tisch. Zwei Holzstühle. Eine vertrocknete Palme in einer Ecke.

»Hallo?«, rief Anette noch mal.

»Wir sind von der Polizei. Ist hier jemand?«

Endlich öffnete sich hinter dem Tresen eine Tür, und ein dünner älterer Mann kam zum Vorschein.

»Was wollen Sie?«

»Polizei. Mordkommission«, sagte Mia und legte ihren Dienstausweis auf den Tresen.

Der dünne ältere Mann musterte die Besucherinnen

skeptisch. Schaute Mias Bild an und biss ein letztes Mal in das belegte Brot, das er in der Hand hielt.

»Also«, fragte der Mann und stocherte mit dem Fingernagel zwischen den Zähnen.

»Wie kann ich Ihnen behilflich sein?«

»Wir suchen einen gewissen Roger Bakken«, sagte Anette.

»Bakken, hmmm«, sagte der Mann und blätterte in einem Buch, das vor ihm lag.

»Roger Bakken«, sagte Mia ungeduldig. »Mitte vierzig, große Adlertätowierung am Hals.«

»Ach, der«, sagte der dünne Mann und reinigte seine Zähne mit der Zunge. »Da kommen Sie leider zu spät.«

»Was soll das heißen?«

Der dünne Mann grinste kurz. Er schien sich darüber zu freuen, dass er der Polizei ein Bein stellen konnte. Er schwärmte nicht gerade für die Ordnungsmacht.

»Hat vor ungefähr einem Monat seinen Hut genommen.«

»Seinen Hut?«

»Tot. Kaputt. Selbstmord«, sagte der dünne Mann und setzte sich auf einen Stuhl hinter dem Tresen.

»Soll das ein Witz sein?«, fragte Mia gereizt. »Ist hier unten sonst alles in Ordnung? Niemand hat etwas auf seinem Zimmer, das er gar nicht haben dürfte? Das hier ist doch eine drogenfreie Zone, oder?«

Der dünne Mann erhob sich wieder, jetzt lächelte er sehr viel mehr und war die Hilfsbereitschaft in Person.

»Nein, das stimmt. Er hat Selbstmord begangen, hat sich vom Dach gestürzt, voll auf den Asphalt. Wenn wir vom selben Mann reden.«

»Roger Bakken. Mitte vierzig. Tätowierung am Hals.«

»Das ist unser Roger, ja«, sagte der Mann und nickte. »Tragische Geschichte, aber leider nicht der erste Fall von der Sorte hier bei uns. So ist das Leben. Für diese Jungs jedenfalls.«

»Wie ist es passiert?«, fragte Anette.

»Ist vom Balkon gesprungen. Achter Stock, der Aufenthaltsraum.«

»Sie haben hier einen Balkon? Wieso das denn?«

Der dünne Mann zuckte mit den Schultern.

»Was sollen wir denn machen? Die Fenster verriegeln? Alle dürfen ja wohl über ihr Leben selbst bestimmen, auch wenn sie nicht gerade zu den oberen Zehntausend gehören, finden Sie nicht?«

Mia ließ sich von diesem Sarkasmus nicht beeinflussen.

»Dürfen wir uns mal sein Zimmer ansehen?«

»Tut mir leid, das ist längst wieder bewohnt. Bei uns stehen die Leute Schlange, wir haben eine endlos lange Warteliste.«

»Hatte er Verwandte? Hat irgendwer seine Sachen geholt?«

»Nix«, sagte der dünne Mann. »Wir haben die Polizei informiert, und die hat ihn abgeholt. Bei uns haben nicht gerade viele eine Familie. Oder wenn, dann wollen sie nichts damit zu tun haben.«

»Seine Sachen sind also noch hier?«

»Stehen in einem Karton im Keller, soviel ich weiß.«

»Danke«, sagte Mia ungeduldig.

»War mir ein Vergnügen«, erwiderte der dünne Mann.

Mia trommelte mit den Fingern auf den Tresen. Sie hatte das alles vergessen. Wie es war. Als Polizistin in der Großstadt. Als Mensch draußen in der Welt. Sie sehnte sich nach ihrem Haus. Der Insel. Dem Blick aufs Meer.

Komm, Mia, komm.

»Das war ein Danke im Voraus«, sagte sie endlich.

»Hä?«

»Dafür, dass Sie seine Sachen holen und uns aushändigen, ohne dass wir den ganzen Tag darauf warten müssen.«

Der dünne Mann nickte übellaunig und schlurfte in sein Hinterzimmer.

»Verdammter Trottel«, murmelte Mia.

»Bist du nicht so gut in Form?«, fragte Anette.

»Wie meinst du das?«

»Sieht dir gar nicht ähnlich, dich über solche Leute aufzuregen.«

»Hab schlecht geschlafen«, sagte Mia ausweichend.

In diesem Moment ging die Tür auf, und Holger Munch kam herein.

»So, was haben wir?«, fragte er atemlos.

»Schlechte Nachrichten.«

»Was denn?«

»Roger Bakken hat vor einem Monat Selbstmord begangen«, sagte Anette und seufzte.

»Also bevor Pauline verschwunden ist?«

Mia nickte.

»Verdammt«, fluchte Holger.

Sein Telefon klingelte. Er warf einen kurzen Blick auf das Display, dann beschloss er, den Anruf anzunehmen. Der dünne Mann tauchte aus seinem Hinterzimmer auf und hatte einen Karton bei sich.

»Mehr haben wir nicht.«

Er stellte den Karton vor ihnen auf den Tresen.

»Ist da ein Telefon dabei? Ein Computer?«

Der dünne Mann zuckte mit den Schultern.

»Hab nicht nachgesehen.«

Mia zog eine Visitenkarte aus der Gesäßtasche und legte sie auf den Tresen.

»Wir nehmen alles mit«, sagte sie. »Rufen Sie mich an, wenn es irgendwelche Fragen gibt.«

»Aber was zum Teufel!«

Anette und Mia fuhren herum, überrascht über Holgers plötzlichen Ausbruch am Telefon. Er legte auf und sah sie verbissen an.

»Ist das alles?«, fragte er und nickte in Richtung Karton.

»Ja.«

»Wir nehmen den mit.«

»Mit wem hast du gesprochen?«, fragte Mia neugierig.

»Mit dem Anwalt.«

»Probleme?«

»Ich muss da noch kurz vorbeischauen, wir sehen uns nachher im Büro.«

Holger Munch steckte das Telefon in die Tasche seines Dufflecoats und hielt seinen Kolleginnen die Tür auf.

• 24 •

Lukas saß auf seinem Fahrrad und spürte die milde Frühlingsluft im Gesicht. Er war an diesem Tag überaus guter Laune, war früh aufgestanden, hatte seine Pflichten erledigt, Morgengebet und Hausarbeit, er musste dafür sorgen, dass das Gemeindehaus sauber und ordentlich war, eine wichtige Aufgabe, auf die er sehr stolz war. Das Morgengebet als Pflicht zu bezeichnen war übrigens falsch. Das Morgengebet war eine Freude, er fing manchmal damit an, sowie er aufwachte, während er noch im Bett lag, obwohl er doch wusste, dass zuerst Morgenwäsche und Frühstück an der Reihe waren. Aber er konnte einfach nicht darauf verzichten. Es kam ihm so richtig vor. Mit Gott zu sprechen. Dass es das Erste war, was er tat, sowie er die Augen aufgeschlagen hatte. Er begann alle seine Gebete mit einem Dank. Er dankte dafür, dass Gott sich um seine Nächsten kümmerte. Um Pastor Simon. Um alle oben im Wald. Ab und zu überlegte er, ob er seine alte Familie in die Danksagung aufnehmen sollte, aber um ganz ehrlich zu sein, konnte er sich nicht einmal mehr ihre Gesichter vorstellen. Seine ursprüngliche Familie, die ihn weggegeben hatte, die Pflegefamilie, die sich nicht sonderlich um ihn gekümmert hatte, er war niemandem böse, warum um alles in der Welt hätte er das sein sollen? *Vater, vergib ihnen, denn sie wissen nicht, was sie tun.* Für Lukas war das alles ganz einfach. Wenn er nicht so aufgewachsen wäre, wäre er niemals in das Sommerlager an der Südküste gekommen, und es hätte für ihn nie die Möglichkeit gegeben, in Übereinstimmung mit Gott und Pastor Simon vollkommen glücklich zu sein. Lukas lächelte strahlend und trat fester in die Pedale. Warum hätte er über irgendetwas unzufrieden sein sollen? Dazu gab es keinen Grund. Das Leben war vollkommen. Total perfekt. Er lächelte schwach und murmelte ein kleines Gebet. Einen Dank. Danke, Gott, für die Vögel auf den Bäumen und diese schöne Straße. Danke, Gott, für den Frühling und die anderen Jahreszeiten. Danke, Gott, dafür, dass du mich wichtig gemacht hast, dass du für mich Pastor Simon gefunden hast, dass ich jeden Tag voller Freude aufwache und voller Freude einschlafe. Das Letzte sagte er laut, denn er spürte, wie sich abermals Wärme und Licht in seinem Blut ausbreiteten. Ein Auto fuhr auf dem Maridalsvei an ihm vorbei, ein wenig zu dicht, einer von diesen Unglücklichen, die im Leben kein Ziel vor Augen und zu wenig Zeit hatten. Lukas wäre fast mit dem Rad gestürzt, aber er ließ sich davon nicht die Laune verderben. Er verschwendete schon längst keine Kräfte mehr an die Heiden. Auf die unteren Kasten. Dazu gab es keinen Grund. Anfangs hatten sie ihm leidgetan, weil sie nicht solches Glück hatten wie er, aber auch damit hatte er aufgehört. Jeder konnte sein Leben selbst wählen. *Der Schlüssel zum Glück liegt in deinen Händen, du brauchst ihn nur zu sehen,* sagte Pastor Simon oft. Es war eins von Lukas' Lieblingszitaten, er konnte den Pastor auf der Kanzel gar nicht oft genug hören. *Niemand kann dir etwas tun, wenn du das nicht zulässt. Du musst immer das tun, was du glaubst tun zu können. Trauer ist eine Pflanze, die nicht ohne Wasser leben kann, du entscheidest selbst, ob du sie gießen willst oder nicht.* Wieder lächelte Lukas. Der Pastor kannte viele solche Sprüche. Er stand in direktem Kontakt zu Gott, das hatte Lukas selbst gesehen, das war kein Unsinn. Er hatte es mehrere Male erlebt. Er hatte es oft gesehen. Er hatte Gott im Raum gesehen. Danke, Gott, dafür, dass du mich rein gemacht hast. Danke, Gott, für diese Wiesenblumen am Straßenrand. Danke, Gott, für die Flüsterer. Danke, Gott, für die Rufer. Danke, Gott, weil du mein Leben vollkommen gemacht hast.

Lukas stieg vom Rad, stellte es auf den Ständer und setzte sich auf einen Stein. Sie trafen sich an unterschiedlichen Orten, und diese kleine Nebenstraße war einer davon. Nicht dass sie sich oft getroffen hätten, das hier war vielleicht, hm, das achte Mal, konnte das sein? Die Dame im Auto. Das letzte Mal war erst wenige Wochen her. Sie kam einfach, kurbelte das Fenster herunter, gab ihm den Umschlag und fuhr los, ohne viel zu sagen. Zuletzt war es etwas anders gewesen, da war sie aus dem Auto gestiegen, hatte sich eine Zigarette angezündet und ein paar Worte mit ihm gesprochen, nicht über wichtige Dinge, nur über das Wetter und so.

Er wusste nicht genau, wie alt sie war, vielleicht fünfunddreißig oder so, sie war immer sehr gut angezogen, mit Stiefeln und Mantel oder eleganter Jacke, und sie benutzte einen sehr roten Lippenstift und hatte ein schönes Lächeln. Sie hatte lange dunkle Haare und eine gerade Nase, und sie trug immer eine Sonnenbrille, egal ob die Sonne schien oder nicht. Die Dame war keine von den Eingeweihten, das war Lukas nur zu bewusst. Man brauchte sie sich ja nur anzusehen. Lippenstift und Stiefel und Sonnenbrille und sogar Zigaretten, in der Bibel wäre sie eine Dirne gewesen, aber wie Pastor Simon gesagt hatte, *manchmal führt der Weg zum Licht durch tiefe Finsternis*. Auf irgendeine Weise hatte er das Gefühl, dass sie ein wenig zusammengehörten, er und die Dame, sie auf der einen Seite, er auf der anderen. Beide Sendboten. Von Gott zusammengeführt, für Gott. Er stand auf und hob die Arme, trat einen Stein vom Parkplatz ins Gebüsch. Summte vor sich hin. Damit hatte er in letzter Zeit angefangen, kein lauter Gesang, einfach ein Summen, wie eine melodische kleine Andacht im Mund. M-m-m-m. Er schaute zur Sonne hoch, die jetzt zum Vorschein gekommen war. Sah ein Eichhörnchen von einem Baum zum anderen springen. Danke, Gott, für alle Eichhörnchen und die anderen Tiere, mit denen du uns gesegnet hast. Lukas würde im Herbst siebenundzwanzig werden, aber eigentlich fühlte er sich viel jünger. Es war, als ob es die Zeit nicht gäbe. Er hatte kein Alter. Gott hatte kein Alter. Die Zeit hatte weder Anfang noch Ende. Die war für die Amateure da. Die Uhren und Telefone benutzen und sich beeilen mussten. *Die Ewigkeit hat bereits angefangen.*

Er erinnerte sich gut daran, wie Pastor Simon das zum ersten Mal gesagt hatte, es war am dritten Tag im Lager an der Südküste gewesen, nachdem Lukas sich bekehrt und zu Gott gefunden hatte. *Die Ewigkeit hat bereits angefangen.* Er summte noch ein wenig weiter und schaute wieder in die Bäume hoch. Ein Eichelhäher saß auf einem Baum und sträubte sein Nackengefieder. Tiefer im Wald konnte er einen Specht mit seinem Schnabel pochen hören. Am Samstag hatte er oben im Haus im Wald eine Eule gesehen. *Lux Domus.* Es gab viele, die Eulen nicht leiden konnten, die sie als Unglücksbotinnen betrachteten, aber Lukas wusste es besser. Das Wochenende hatte ihm genauso viel gebracht, wie er erwartet hatte, vielleicht sogar noch mehr. Nils hatte oben im Wald gute Arbeit geleistet. Es war wirklich ein Paradies geworden.

Ein Wagen fuhr auf die Stichstraße, hielt einige Meter von ihm entfernt. Es war nicht dasselbe Auto wie beim letzten Mal, aber sie war es, er erkannte sie durch die Fensterscheibe. Die langen dunklen Haare, zu einem straffen Pferdeschwanz gebunden, der Lippenstift, aber diesmal keine Sonnenbrille. Heute schien sie nicht aussteigen zu wollen, sie winkte ihn einfach zu sich, kurbelte das Fenster herunter und reichte ihm den Umschlag. Sie schaute sich nervös um. Als ob sie sich beobachtet fühlte, es eilig hätte und als ob sie das hier so schnell wie möglich hinter sich bringen wollte. Lukas streckte die Hand nach dem Briefumschlag aus, und in diesem Moment drehte sie sich zu ihm um, schaute ihn für einen kurzen Moment an, dann wandte sie sich wieder ab.

Lukas' Herz machte einen kleinen Sprung. *Sie hat zwei unterschiedliche Augen. Ein Auge ist braun. Eins ist blau.* So etwas hatte Lukas in seinem ganzen Leben noch nicht gesehen. Er blieb mit dem Umschlag in der Hand stehen, brachte kein Wort heraus, und zum ersten Mal seit sehr, sehr langer Zeit spürte er eine Art Furcht, die sich in seinem Körper ausbreitete, Tropfen von etwas Finsterem in seinem hellen Blut. Die Frau mit den unterschiedlich gefärbten Augen kurbelte das Fenster wieder hoch, fuhr langsam auf den Maridalsvei und war so schnell verschwunden, wie sie gekommen war.

• 25 •

Mia Krüger bugsierte den großen Pappkarton in ihr Büro und zog die Tür hinter sich zu. Es war still in den Räumen, wo sonst rege Geschäftigkeit herrschte, niemand war da, sie hatte Anette unterwegs verloren, denn die musste ihrer Tochter helfen, würde später nachkommen. Mia hatte gesagt, dass sei nicht nötig, sie könne die Sachen auch allein durchgehen. Anette hatte ein schlechtes Gewissen gehabt, wie alle, die zwischen Familie und Arbeit in der Klemme steckten, aber Mia hatte sie damit beruhigt, es sei kein Problem. Sie werde anrufen, wenn sie etwas Wichtiges entdeckte. Die Wahrheit war, dass Mia am liebsten allein arbeitete. Sie konnte dann besser denken. In die Tiefe gehen. Zusammenhänge finden. Sie hatte nichts gegen Anette, auch nicht gegen die Kollegen, alle leisteten hervorragende Arbeit, aber wie gesagt, ab und zu waren zu viele Menschen in der Nähe, und dann funktionierte ihr Gehirn nicht so, wie es das sollte.

Mia trug den Karton ins Besprechungszimmer und stellte ihn auf einen Tisch. Sie setzte sich und sah die Wand an. Wie immer hatte Ludvig Bilder aus beiden Fällen aufgehängt, Klebezettel und Pfeile, Namen und Fragen. Pauline und Johanne. *Die Kleider? Wer?* Diese Frage war jetzt immerhin beantwortet worden, auch wenn sie nur einen Pappkarton gefunden hatten, den ein Toter mit einer Adlertätowierung am Hals hinterlassen hatte. Sie öffnete den Karton und verteilte dessen Inhalt auf dem großen Tisch. Es war nicht viel. Einige Bilder. Eins zeigte einen Hund. Einen Golden Retriever. Irgendeinen Mann beim Angeln, das Gesicht war nicht zu sehen, nur ein großer Lachs, den er hochhob. Ein Auto. Wer um alles in der Welt hat ein Bild von einem Auto?, dachte Mia und suchte weiter. Unter einem Packen Rechnungen fand sie das Gesuchte. Einen Laptop und ein iPhone. Sie versuchte, das iPhone einzuschalten. Der Akku war leer. Sie suchte nach dem Ladegerät, fand aber keins, dann versuchte sie, den Laptop einzuschalten, aber der Akku war ebenfalls leer.

Mia ging in ihr Büro, um ihr Ladegerät zu holen, und hörte aus einem Büro weiter hinten im Gang ein Geräusch. Also waren doch noch nicht alle nach Hause gegangen. Der neue Nerd war noch da, wie hieß der noch gleich? Gabriel. Gabriel, richtig. Mia ärgerte sich über ihren Kopf, der noch immer nicht richtig funktionierte. Die Diät aus Tabletten und Alkohol auf der Insel hatte ihre Spuren hinterlassen, ihr war schlecht und schwindlig, sie hatte keinen Appetit, und ihre Gedanken wollten sich einfach nicht in der richtigen Reihenfolge einstellen. Sie ging zu Gabriels Büro und beschloss, wieder ein wenig zu trainieren. Früher war sie immer außergewöhnlich gut in Form gewesen. Aber das war lange her. Ob wohl Chen noch in der Stadt war? Vermutlich. Aber er war sauer auf sie. Oder war sie sauer auf ihn? Sie wusste es nicht mehr so genau. Sie versuchte, sich das einzuprägen. Chen anrufen. Mehr trainieren. Das Blut durch die Muskeln fließen lassen. Das Gehirn wieder zum Funktionieren bringen.

»Hallo, du bist ja immer noch hier.«

Mia schaute ins Büro, ohne anzuklopfen. Der junge Mann mit den hellen Haaren fuhr zusammen.

»Oi, ich habe dich nicht gehört«, sagte er verlegen.

Mia fand, dass seine Wangen leicht rot wurden.

»Tut mir leid, mein Fehler«, sie lächelte. »Ich wollte nur fragen, ob du mir mal kurz helfen kannst.«

»Klar«, Gabriel nickte. »Kann ich das hier noch schnell fertig montieren?«

Er zeigte auf ein paar Kabel auf der Erde.

»Lass dir ruhig Zeit«, sagte Mia.

»Ich dachte, die Polizei kann sowas«, sagte Gabriel und lächelte, dann kroch er mit den Kabeln in der Hand unter den Tisch. »Aber die, die das hier montiert haben, hatten jedenfalls keine Ahnung, was sie da machten.«

»Frag mich nicht, ich hab keine Ahnung davon. Ich bin im Hønefoss-Zimmer.«

»Alles klar, ich komm gleich.«

Mia ging auf dem Rückweg kurz in ihr Büro und nahm die Lader für Rechner und iPhone mit. Wer hat Bilder von seinem Auto und seinem Hund? Mia hatte in ihrem Büro keine Bilder. Sie hatte alle ihre Sachen eingelagert, als sie auf die Insel gezogen war. Hatte für drei Jahre im Voraus bezahlt. Wollte jetzt nicht an ihre Habseligkeiten denken. An die Bilder von den Eltern, von Sigrid. Sie verdrängte diese Gedanken und bog ins Besprechungszimmer ab. Sie fing an, Roger Bakkens Computer und sein Telefon aufzuladen, und ging auf Munchs Rauchbalkon, um ein wenig frische Luft zu schnappen. Die Abenddämmerung senkte sich über die Stadt, es war kälter geworden. Sie zog die Lederjacke enger um sich zusammen und vermisste ihre Mütze. Warum war sie so? Wie ein quengeliges Kind? Hatte sie jetzt plötzlich Mitleid verdient? Wo sie sich doch früher nie beklagt hatte? Aus irgendeinem Grund hatte sie Lust auf eine Zigarette. Sie hatte nie geraucht, aber hier draußen kam es ihr natürlich vor. Rauchen, um zu denken, das machte Holger. Was war eigentlich aus dem geworden? Sie schaute auf die Uhr in ihrem Telefon, er war vor zwei Stunden zu diesem Anwalt gefahren. Sie hoffte, dass es nichts Schlimmes war, sie hatten genug andere Sorgen.

»Äh, Mia?«

Gabriel tauchte im Besprechungsraum auf. Mia ging wieder hinein. Plötzlich hatte sie dem Jungen gegenüber ein schlechtes Gewissen, ganz neu im Job, bei der Polizei. Hatte ihn eigentlich irgendwer eingewiesen? Ihm erklärt, was er machen sollte?

»Wie geht es dir, Gabriel?«, fragte sie und setzte sich an den großen Tisch.

Der junge Hacker schaute verlegen zu Boden, und wirklich, er schien wieder rot zu werden. Das ist nun wirklich ein zartes Gemüt, dachte Mia und zog eine Schachtel Halspastillen aus der Tasche.

»Ach, mir geht's gut«, sagte Gabriel.

»Du hast dich eingewöhnt? Hast alles, was du brauchst?«

»Hab jetzt alles installiert. Sieht gut aus. Muss morgen zu einer Besprechung, die ist in Grønland. Zur Einarbeitung. Bei einem gewissen Møller.«

»Møller«, Mia nickte. »Der ist kompetent.«

»Gut«, sagte Gabriel. »Ich war noch nie in diesen Datenbanken, wird ja nett zu sehen, wie die funktionieren.«

Mia lächelte ein wenig.

»Du bist Hacker und warst noch nicht in unseren Datenbanken? Das kann ich ja kaum glauben. Nicht mal bei Interpol? Komm schon, da musst du doch gewesen sein.«

Gabriel wurde wieder rot und wusste nicht recht, was er sagen sollte.

»Ich weiß nicht …«

»Ich mach ja nur Witze, reg dich ab. Mir ist das egal. Seh ich aus, als ob mir das wichtig wäre?«

Mia zwinkerte ihm zu und bot ihm eine Pastille an. Gabriel nahm sie und setzte sich auf einen Stuhl. Mia mochte diesen Jungen. Schweigsam und intelligent. Höflich und schüchtern. Es war angenehm, mit solchen Menschen zusammen zu sein. Sie fühlte sich wirklich etwas besser. Ihr Gehirn wachte langsam auf.

»Wie kann ich dir denn helfen?«

»Hierbei«, sagte Mia und zeigte auf Rechner und Telefon in ihren Ladern.

»Von wem sind die?«

»Roger Bakken. Der die Kleider bestellt hatte, in denen wir die Mädchen gefunden haben.«

»Der mit der Tätowierung?«, fragte Gabriel.

»Genau, du bist informiert?«

Gabriel lächelte.

»Ich habe alle Anrufe, SMS-Nachrichten und Mails der Einheit, alles landet in meinem Apparat.«

Mia nahm sich noch eine Pastille.

»Aha. Und gibt's was Neues?«

Gabriel bedachte sie mit einem seltsamen Blick.

»Fragst du mich? Ich bin doch neu hier«, sagte er.

»Ich bin ja auch noch nicht lange hier«, sie zwinkerte ihm wieder zu. »Aber echt? Alles, was sie sagen, und jede SMS?«

»Genau«, Gabriel nickte. »Und in den Telefonen ist ein

Tracker, deshalb kann ich auch sehen, wo alle sind. Sicherheit und Hyperkommunikation.«

»Das ist ja echt praktisch.«

»Genau«, der Junge nickte.

»Wenn Curry also nachts eine Schwulennummer anruft, können wir uns das am nächsten Tag anhören?«

Gabriel sah sie wieder mit diesem seltsamen Blick an. Wusste nicht, ob das ein Witz sein sollte oder was sie meinte.

»Theoretisch ja«, sagte er und wurde wieder rot.

»War doch nur ein Witz.«

Sie stand auf und klopfte ihm auf die Schulter. Gabriel setzte sich vor Rechner und Telefon auf den Boden und schaltete beide Geräte ein. Blieb sitzen und sah zu, wie sie langsam zum Leben erwachten. Das iPhone war zuerst aufgeladen und verlangte einen PIN-Code. Der Rechner war gleich darauf zur Stelle und war durch ein Passwort gesichert.

»Ist es einfach, da reinzukommen?«

»Ja.«

»Kannst du das machen?«

»Jetzt?«

»Von mir aus.«

»Okay.«

Gabriel stand auf und kam mit einem Datenzäpfchen aus seinem Büro zurück. Mia blieb sitzen und sah zu, wie der junge Hacker sich über den Computer hermachte.

»Ich hab hier ein Programm namens Ophcrack«, sagte Gabriel und steckte das Datenzäpfchen in den Rechner.

Er drückte auf den Startknopf des Computers, bis er sich ausschaltete. Dann schaltete er ihn wieder ein.

»Alles was ich zu tun brauche, ist, die Startsequenz zu

ändern, so dass er zuerst den Stick abliest und dann erst die Festplatte. Verstehst du?«

Mia nickte. Sie war ja keine große Computerexpertin, aber das begriff sie immerhin.

»Wenn er jetzt hochgefahren wird, liest er zuerst den Stick und lädt Ophcrack herunter.«

Mia sah zu, während Gabriel arbeitete.

»So, der Laptop hat zwei Benutzer, Roger und Randi.«

»Wer ist Randi?«

Gabriel zuckte mit den Schultern.

»Vielleicht hatte er eine Freundin?«

»Erinner mich dran, dass wir das überprüfen. Randi.«

»Okay«, Gabriel nickte. »Welches Passwort soll ich knacken?«

»Zuerst Roger.«

»Okay«, sagte Gabriel noch einmal und zeigte auf den Bildschirm. »Siehst du, hier steht LM Pwt 1 und LM Pwt 2. Wenn das Passwort länger ist als sieben Zeichen, und das ist das hier offenbar, kommen die ersten sieben in der Spalte LM Pwt 1 und die anderen in LM Pwt 2. Jetzt muss ich den Benutzer wählen.«

Gabriel markierte den Namen Roger und klickte auf ein Symbol im Programm. *Krack*.

»Und jetzt kommt es von selbst?«

Mia wartete einige Sekunden lang gespannt, während das Programm weitermachte. Dann erschien das Passwort vor ihnen auf dem Bildschirm.

»FordMustang67.«

Das Auto auf dem Foto. Wenn dieses junge Genie ihr nicht geholfen hätte, hätte sie das sogar selbst geschafft. Nicht in Sekundenschnelle natürlich, aber sie wäre sicher draufgekommen.

»Können sowas alle?«, fragte sie neugierig.

»Ophcrack ist Freeware, liegt einfach im Netz, wenn man weiß, wonach man sucht, kann man das auch finden, ja«, sagte Gabriel und schaltete den Rechner wieder aus und noch mal an.

Das Symbol zum Einloggen tauchte auf dem Bildschirm auf, und Gabriel wollte gerade das Passwort eingeben, als Mias Telefon klingelte. Auf dem Display stand »Holger Munch«. Sie ging zum Telefonieren auf den Raucherbalkon.

»Mia hier.«

»Hallo, Mia, hier ist Holger.«

»Wo steckst du?«

»Im Auto. Du, ich muss etwas mit dir besprechen.«

»Dann schieß los.«

»Nicht am Telefon. Wollen wir irgendwo ein Bier trinken?«

»Du willst Bier trinken?«

»Nein, ich will kein Bier trinken, aber ich muss mit dir reden. Das ist persönlich. Kein Jobkram. Du kannst ein Bier trinken, ich nehm ein Mineralwasser.«

»Okay«, sagte Mia. »Wo treffen wir uns?«

»Bist du im Büro oder wo?«

»Ja.«

»Wie wäre es in fünf Minuten im Justisen?«

»No problem. Bis gleich, Holger.«

»Schön«, sagte Holger und legte auf.

Seltsam. Holger hatte doch noch nie Probleme mit dem Telefonieren, dachte Mia. Dann fiel ihr ein, was Gabriel ihr eben gesagt hatte. Ihre Telefone wurden abgehört, zu ihrem eigenen Besten, das war der Grund. Wieder hoffte sie, dass nichts Schlimmes passiert war.

»Ich muss leider kurz weg«, sagte Mia zu Gabriel, als sie ins Zimmer zurückkam.

»Alles klar.« Der Hacker nickte. »Der Rechner läuft jetzt problemlos. Soll ich mir auch das Telefon vornehmen?«

»Das wäre super«, Mia lächelte. »Bleibst du noch lange?«

»Noch eine ganze Weile«, sagte Gabriel. »Ich arbeite ohnehin lieber nachts. Und ich muss mich hier noch über ganz schön viel Kram informieren.«

»Wenn etwas Sensationelles auftaucht, dann ruf mich an, ja? Wenn nicht, reden wir morgen weiter.«

»Alles klar«, wiederholte Gabriel.

»Danke für deine Hilfe«, sagte Mia.

Sie ging die Treppe hinunter, zog die Jacke enger um sich und stapfte die Møllergate hinunter.

• 26 •

Holger Munch saß unter einem Heizpilz im Hinterhof. Er hatte sich gerade Feuer gegeben, musterte bekümmert sein Telefon und gab eine Meldung ein, legte es aber weg, als Mia auftauchte.

»Hallo, Mia.«

»Hallo, Holger.«

»Ist es dir recht, wenn wir draußen sitzen? Ich hab schon bestellt.«

»Natürlich«, sagte Mia und zog sich einen Stuhl heran.

Ein Abend in Oslo, Ende April, noch immer zu kalt für ein Bier unter freiem Himmel, eigentlich, aber die Wärme des Heizpilzes über dem Tisch half. Mia wusste, dass es eh keinen Sinn hätte, sich mit Holger nach drinnen zu setzen, er wollte ohnehin dauernd rauchen, und da konnte sie es sich gleich draußen gemütlich machen. Sie holte sich eine Decke und legte sie sich über die Beine.

»Was hast du bestellt?«

»Nur ein Mineralwasser und ein belegtes Brot, und für dich ein Bier, ich wusste ja nicht, ob du sonst noch etwas möchtest.«

»Nein, danke, Bier reicht«, sagte Mia.

Holger schaute sich auf dem rustikalen und gemütlichen Hinterhof um.

»Ich war schon lange nicht mehr hier.«

»Ich auch nicht«, sagte Mia lächelnd.

Sie wussten beide, wann sie zuletzt hier gewesen waren, aber sie wollten das nicht erwähnen. Ein Blick und ein Nicken reichten. Sie hatten hier gesessen, an diesem Tisch, einige Jahre zuvor, während wegen des Dienstvergehens ermittelt wurde. Mia war zutiefst deprimiert gewesen und hatte nur mit Holger reden können. Ein Fotograf von *Dagbladet* hatte sie auf irgendeine Weise ausfindig gemacht, hatte fotografiert, hatte sie nicht in Ruhe lassen wollen. Holger hatte ihn höflich, aber überaus energisch aus dem Lokal geleitet. Mia musste grinsen, als sie jetzt daran dachte. Eigentlich überaus ritterlich. Sie hatte ihn damals gebraucht. Und jetzt hatte er sie hergebeten.

»Ich wollte kein großes Drama machen, aber ich konnte das nicht am Telefon sagen, es ist nichts Ernstes, ich meine, nicht so wichtig wie der Fall, aber trotzdem, ich wollte dich um Rat fragen.«

Eine Serviererin brachte das Bestellte. Mineralwasser und Krabbenbrot für Holger, ein Bier für Mia.

»Wohl bekomm's, sagen Sie einfach, wenn Sie noch mehr möchten«, sagte die Serviererin freundlich und war wieder verschwunden.

»Und außerdem haben wir ja unsere Rückkehr noch gar nicht richtig gefeiert«, sagte Holger lächelnd und hob sein Glas. »Prost.«

»Prost«, sagte Mia und trank einen Schluck Bier.

Sie mochte das wirklich nicht zugeben, aber es schmeckte wunderbar. Traf genau da, wo es treffen sollte. Sie musste sich ein wenig vorsehen, das war ihr klar, aber gerade jetzt war ihr das auch egal. Sie hatte einen Moment der Entspannung verdient. Holger aß sein Krabbenbrot, ohne viel zu sagen. Schob seinen Teller zur Seite, als er fertig war, und gab sich abermals Feuer.

»Habt ihr bei Bakkens Sachen irgendwas gefunden?«

»Rechner und iPhone«, antwortete Mia.

»Gut. Irgendwas Interessantes dabei?«

»Weiß ich noch nicht. Gabriel sieht es sich an.«

»Wie findest du ihn?«

Mia zuckte mit den Schultern und trank noch einen Schluck Bier.

»Hab noch nicht viel mit ihm gesprochen, aber er scheint in Ordnung zu sein. Noch ziemlich grün, aber das muss ja nicht viel heißen.«

»Mir gefällt er eigentlich«, sagte Holger und blies Rauch in die Luft. »Ist auch ganz gut, Leute von der anderen Seite zu holen. Ein neuer Blick, der nicht vom Polizeidenken ruiniert ist. Wir neigen doch immer dazu, in den alten Trott zu fallen, findest du nicht?«

»Kann schon sein«, sagte Mia. »Er scheint sein Handwerk jedenfalls zu verstehen.«

Holger schmunzelte.

»Ha, ha. Ja, an seinen Fähigkeiten ist nicht viel auszusetzen, um das mal vorsichtig auszudrücken. Hab seinen Namen von MI-6 in London, er hatte den Code geknackt, weißt du, die Aufgabe, die sie voriges Jahr ins Netz gestellt hatten.«

Mia zuckte mit den Schultern.

»Nein, stimmt, du warst ja eine Weile aus der Welt. Weißt du eigentlich, wer gerade die Regierung bildet?«

Erneutes Schulterzucken.

»Spielt das eine Rolle?«

Holger Munch winkte der Serviererin.

»Darf es noch etwas sein?«, fragte die freundliche junge Frau.

»Ich glaube, ich brauche ein Stück Apfelkuchen mit Eis, und noch ein Bier?«

Mia nickte.

»Apfelkuchen und Bier, wird gemacht«, sagte die Serviererin und verschwand wieder im Haus.

»Egal, er taugt rein fachlich, die Frage ist nur, ob er für die Polizei stark genug ist.«

»Wer ist das schon?«, fragte Mia lächelnd.

»Nein, da hast du Recht«, stimmte Holger ihr zu. »Ja, ja, ich bin jedenfalls verdammt froh, dass ich wieder in der Stadt bin und dass du hier bist. Hab heute schon mit Mikkelson geredet. Dieser Fall treibt ja alle in den Wahnsinn. Die Sicherheit der Nation, der gute Ruf der Polizei, und du weißt ja, bestimmt starker Druck von ganz oben, um diese Sache so schnell wie möglich aus der Welt zu schaffen. Das Ministerium ruft offenbar jeden Tag an, um sich auf den neuesten Stand bringen zu lassen.«

»Gut, dass er auch mal Kontra kriegt«, sagte Mia.

Sie leerte ihr Glas und zog eine Pastille aus der Schachtel in ihrer Tasche. Die Kellnerin brachte Bier und Apfelkuchen. Mia trank den ersten Schluck erst, als Holger mit seinem Kuchen angefangen hatte. Wollte nicht zu eifrig wirken, was den Alkohol anging. Sie war ja nicht hier, um sich volllaufen zu lassen, Holger wollte ihr schließlich etwas mitteilen.

»Also, der Anwalt für Familienrecht, war das nicht so?«

»Ja, verdammt«, Holger seufzte. »Ich weiß eigentlich gar nicht, wo ich anfangen soll. Wie gesagt, nichts Großes, aber trotzdem, war alles ein bisschen viel in letzter Zeit. Miriam will heiraten und …«

»Ach ja, das hatte ich schon wieder total vergessen.«

Mia merkte, dass sie sich freute. Sie mochte Miriam sehr gern. Die beiden hatten sich vom ersten Augenblick an richtig gut verstanden. Mia wusste, dass Miriams Beziehung zu ihrem Vater nicht immer reibungslos war, aber sie hatte sich immer vorgestellt, dass sich schon alles finden würde, wenn sie sich nur Zeit ließen.

»Doch, das ist schon wunderbar«, sagte Holger.

»Noch immer Johannes, nehme ich mal an? Hat er sein Medizinstudium denn beendet?«

Holger nickte.

»Praktisches Jahr. In Ullevål.«

»Da hat er wirklich Glück gehabt bei der Verlosung. Ich dachte, die landen fast alle auf dem platten Land.«

»Ja, der Junge mit der goldenen Hose.« Holger grinste. »Nein, das ist schon gut. Feiner Bursche. Wollen hoffen, dass etwas von seinem Glück auf Miriam abfärbt.«

»Wie meinst du das?«

Holger Munch zögerte.

»Na ja, weiß nicht so recht. Zuerst wollte sie Englisch studieren, dann lieber doch nicht. Dann Literatur, aber das war wohl auch nicht das Richtige.«

»Hat sie nicht an der Hochschule für Journalistik angefangen?«

Holger nickte und nahm wieder einen Bissen von seinem Kuchen.

»Sie war fast fertig, aber auch da muss sie jetzt wieder eine Pause einlegen. Ich kapiere einfach nicht, was sie sich dabei denkt.«

»Ich finde, du solltest sie in Ruhe lassen«, sagte Mia und trank einen Schluck Bier. »Du und Marianne, ihr habt euch getrennt, als sie fünfzehn war. Sie wurde mit neunzehn Mutter. Was erwartest du von dem Mädel? Lass ihr doch Zeit.«

»Ja, vielleicht, sicher hast du Recht«, Holger seufzte und nahm sich eine neue Zigarette.

»Ist irgendwas bei ihr passiert?«

»Was, nein, wie kommst du denn auf die Idee?«

»Na ja, ich weiß nicht, ist das hier ein Quiz, oder was?«, fragte Mia amüsiert.

»Wie meinst du das?«

»Soll ich raten, worüber du mit mir reden willst, läuft das hier so?«

Holger lachte leise.

»Du hast dich wirklich kaum verändert. Immer noch eine große Klappe, ohne Respekt, was? Du weißt aber noch, dass ich dein Chef bin? Dass du eigentlich den Mund halten und tun sollst, was ich dir sage?«

»Das wäre ja noch schöner«, lachte Mia.

»Nein, es ist ein bisschen heikel, ich weiß auch nicht, wie ich das sagen soll. Bin eigentlich verdammt sauer.«

»Jetzt sag schon«, forderte Mia ihn auf.

»Na gut«, sagte Holger und zog an seiner Zigarette. »Also, meine Mutter. Du weißt doch, dass ich sie vor einigen Jahren in einem Pflegeheim untergebracht habe?«

»Ja, wieso? Geht es ihr da nicht gut?«

»Doch, doch, bei ihr ist alles in Ordnung. Die Beine wollen nicht mehr so recht, also muss sie manchmal im Rollstuhl gefahren werden, aber das ist nicht das Problem.«

»Fühlt sie sich da oben nicht wohl?«

»Anfangs nicht, aber das hat sich dann rasch gegeben. Sie hat entdeckt, dass sie nicht die Einzige ist, hat da oben Freundinnen gefunden, so ein richtiges Nähkränzchen, nein, das ist es nicht, aber sie hat es sich plötzlich in den Kopf gesetzt, dass sie christlich ist.«

»Wie meinst du das? So ganz echt christlich? Dass sie plötzlich an Gott glaubt?«

Holger nickte.

»Das ist aber erstaunlich, ihr seid doch atheistisch erzogen worden?«

»Ja, das ist ja gerade so seltsam, ich hab sie früher nie über Religion oder sowas reden hören, aber eines Tages war sie plötzlich ganz anders. Geht jede Woche mit ein paar Freundinnen aus ihrem Nähkränzchen zu einer Andacht.«

»Das liegt vielleicht am Alter«, sagte Mia. »Was wissen wir schon? Ich meine, sie ist ja noch rüstig und so, aber trotzdem ist es klar, dass sie mehr Jahre hinter sich hat, als ihr noch bleiben. Das kann doch nicht so schlimm sein? Dass sie etwas hat, woran sie glauben kann?«

»Schon, da hast du Recht. Ich hab das ja auch ganz harmlos gefunden, Himmel, sie ist fast achtzig und muss selbst wissen, was sie tut, aber …«

Holger zögerte.

»Aber was?«

»Nein, es ist wohl ernsthafter, als ich zuerst gedacht hatte. Deshalb hat Kurt mich angerufen.«

»Ist das der Anwalt?«

Holger nickte.

»Und worum geht es?«

Holger drückte die Zigarette aus und steckte sich eine neue an.

»Sie will der Gemeinde das ganze Familienerbe überschreiben.«

»Shit!«

»Ja, das kannst du wohl sagen!«

Holger hob die Hände.

»Was soll ich denn machen?«

»Ist hier von einem Vermögen die Rede?«

»Nein, verdammt, alle Welt ist das nicht, aber dennoch. Die Wohnung in Majorstua, das Ferienhaus in Larvik. Und sie hat einiges auf dem Konto, hat nicht viel von dem Geld verbraucht, das mein Vater hinterlassen hat. Ich meine nur, also nicht, dass das Geld so wichtig wäre, aber ich hatte mir immer vorgestellt, dass es weitergehen würde, du weißt, Marion, ja, dass wir, du weißt schon, eine Sicherheit für sie. Das Familienerbe, und überhaupt.«

Mia nickte. Holger hatte ein gutes, fast ungesund enges Verhältnis zu seiner Enkelin. Mia war sicher, wenn er gebeten würde, sich ihretwegen einen Arm abzuhacken, dann würde er das ohne zu zögern tun. Und ohne Betäubung. Bitte sehr, hier ist ein Arm, darf es noch einer sein?

»Verdammt, das ist übel.«

»Allerdings. Was mach ich denn jetzt?«

»Tja, einfach ist das nicht.«

»Ich weiß, es geht bloß um Geld, und Herrgott, es gibt wirklich Wichtigeres. Zwei sechs Jahre alte Mädchen sind tot, und irgendwo da draußen sind noch acht Kleider. Ein verdammter Albtraum eigentlich, ich wage kaum, daran zu denken. Bin total nervös, kann kaum noch schlafen, warte nur darauf, dass das Telefon klingelt, weil noch ein Mädchen verschwunden ist. Verstehst du?«

Mia nickte. Ihr ging es ganz genauso.

»Ich wollte das aber nicht am Telefon besprechen. Im Vergleich zu dem anderen ist es bloß eine Lappalie. Und die anderen sollen nicht, na ja, denken, dass ich meine Zeit für andere Dinge verschwende, anstatt diesen Arsch zu finden.«

»Wenn es nur einer ist«, sagte Mia.

»Meinst du, es könnten mehrere sein?«

»Ich weiß nicht, aber wir können das nicht ausschließen, oder?«

»Nein, natürlich nicht.«

Holger schwieg und dachte nach.

»Kannst du nicht einfach mit ihr reden?«

»Was?«

»Mit deiner Mutter. Ihr das sagen, was du mir gerade gesagt hast. Über Marion und so?«

»Doch, klar, da hast du sicher Recht«, sagte Holger und seufzte. »Sie ist nur so verdammt stur. Manchmal hab ich das Gefühl, sie will sich rächen, weil ich sie ins Pflegeheim gesteckt habe.«

»Sie hätte doch fast den ganzen Wohnblock abgefackelt, Holger, dir blieb nichts anderes übrig.«

»Ja, das weiß ich doch, aber trotzdem.«

Irgendwie tat er Mia leid. Umgeben von starken Frauen und viel zu gutmütig. Nicht dass er das selbst so gesehen hätte, er hatte noch immer ein schlechtes Gewissen wegen seiner Scheidung. Mia hatte mehrmals gesagt, dass es nicht seine Schuld sei, sondern Mariannes Entscheidung, aber auf diesem Ohr war er taub.

»Glaubst du, es sind mehrere?«

»Täter?«

Holger nickte.

»Eigentlich nicht.«

»Seh ich auch so. Aber wir dürfen nichts ausschließen.«

»Ich war ein bisschen …«, sagte Mia, verstummte dann aber.

»Ein bisschen was?«

»Nein, ich weiß nicht, nicht so ganz *dabei*. Ich finde keinen richtigen Einstieg. Sehe das Bild nicht im Ganzen, etwas liegt hier hinter dem Muster, das weiß ich, es ruft, es ist eigentlich sonnenklar, aber ich sehe es nicht, wenn du weißt, was ich meine.«

»Das kommt schon noch«, sagte Holger beruhigend. »Du warst eine Weile weg. Das ist alles.«

»Vermutlich.« Mia nickte nachdenklich. »Wollen wir's hoffen. Ich komm mir ein bisschen unbrauchbar vor, um ehrlich zu sein. Tu mir selbst leid. Ergehe mich in meinem Elend. Das sieht mir überhaupt nicht ähnlich. Und ich kann mich selbst nicht leiden, wenn ich so bin. Wenn ich mich nicht einloggen kann, musst du mich von dem Fall abziehen, versprichst du mir das?«

»Ich brauche dich, Mia«, sagte Munch. »Du bist nicht ohne Grund zurückgeholt worden.«

»Um dir bei deinen Familienproblemen zu helfen?«

»Fuck you, Mia, weißt du das?«

»Fuck you, Holger, es ging mir gut, da, wo ich war.«

Die beiden lächelten und wechselten einen verständnisvollen Blick, der jedes weitere Wort überflüssig machte.

Holger gab sich wieder Feuer, während Mia einen Schluck Bier trank und sich fester in die Decke einwickelte.

»Hønefoss war 2006, nicht wahr?«

»September.« Holger nickte. »Wieso?«

»Wenn sie noch am Leben wäre, würde sie jetzt in die Schule kommen, hast du dir das schon mal überlegt?«

»Das schon«, sagte Holger. »Gabriel hat etwas gesagt, das mich nachdenklich gemacht hat.«

»Was denn?«

»Dass der Täter auch ein Lehrer sein könnte, so ungefähr.«

»Das ist kein dummer Gedanke, vielleicht eignet er sich tatsächlich für die Polizeiarbeit.«

»Ob sie wohl noch am Leben ist, was meinst du?«, fragte Holger.

»Woran denkst du?«

»Na ja, du hast es doch gesagt, *wenn sie noch am Leben wäre*. Das verschwundene Baby. Wir haben es ja nie gefunden. Es kann doch sein, dass es noch lebt.«

»Nein«, sagte Mia.

»Du bist ganz sicher?«

»Das Mädchen lebt nicht mehr.«

»Nein, ich glaube das zwar auch nicht, aber es wäre doch möglich?«

»Sie lebt nicht mehr«, sagte Mia noch einmal.

»Wie denkst du über die Lehrertheorie?«

»Die ist gar nicht dumm, lass sie uns im Hinterkopf behalten.«

Holger nickte und warf einen Blick auf sein Telefon.

»Ich muss jetzt los, noch Papierkram erledigen, ehe ich schlafen gehen kann. Mikkelson nervt.«

»Ich dachte, das sollte Anette übernehmen?«

»Sie tut, was sie kann.«

Holger erhob sich und zog sein Portemonnaie aus der Tasche.

»Ich bezahle«, erklärte Mia.

»Sicher?«

»Natürlich. Deine Familie hat ja bald kein Geld mehr, das ist das Mindeste, was ich tun kann.«

»Ha, ha«, sagte Holger und zwinkerte.

»Gibt's morgen dann ein umfassendes Briefing?«

»Hatte ich eigentlich nicht vor, mal sehen, was wir in Rechner und iPhone finden.«

»Ich halte dich auf dem Laufenden«, sagte Mia und nickte.

»Sehr schön. Bis dann.«

Mia blieb vor ihrem leeren Bierglas sitzen, nachdem Munch gegangen war. Sie hatte Lust auf ein drittes, war aber nicht sicher, ob das so klug wäre. Ihr Hotelzimmer wäre jetzt sicher besser, früh ins Bett, zwischen saubere Laken. Sie trommelte mit den Fingern gegen den Glasrand, während sie den Fall sorgfältig durchdachte, um ihr Gehirn erwachen zu lassen.

»Darf es noch etwas sein?«

Die Serviererin war wieder da, das gleiche Lächeln.

»Ja, noch ein Bier. Und einen Vierer Ratzeputz.«

»Kommt sofort«, sagte die Serviererin und verschwand.

»Mia?«

Ein bekanntes und doch fremdes Gesicht tauchte mit einer glimmenden Zigarette im Mundwinkel vor Mia auf. Eine Frau in ihrem Alter kam auf ihren Tisch zu.

»Kennst du mich nicht mehr? Susanne? Aus Åsgårdstrand?«

Die Frau beugte sich zu Mia herunter und umarmte sie lange. Großer Gott, natürlich. Susanne Hval. Ein paar Häuser die Straße runter. Ein Jahr jünger als Sigrid und sie. Sie waren gute Freundinnen gewesen, alle drei, damals, vor langer Zeit.

»Hallo, Susanne. Tut mir leid, hab gerade an die Arbeit gedacht.«

»Kein Problem. Ich hoffe, ich störe nicht. Darf ich mich setzen?«

»Ja, natürlich.«

»Das hatte ich wirklich nicht erwartet«, sagte Susanne lachend. »Wie lange ist das her?«

»Viel zu lange.«

Die alte Freundin starrte Mia mit einem strahlenden Lächeln an.

»Ich hab dich nicht mehr gesehen, seit, ja, ich hab dich in der Zeitung gesehen, oder ist es gemein, das zu sagen?«

»Nicht doch, kein Thema«, sagte Mia lächelnd.

»Wie war das denn damals eigentlich? Bei diesem Fall und überhaupt?«

»Hat mir ein bisschen Urlaub eingebracht.«

»Und ich störe wirklich nicht?«

»Nicht doch, großer Gott, ich freu mich doch. Und jetzt setz dich endlich«, sagte Mia und zeigte auf den Stuhl, den Holger eben verlassen hatte.

Sie hatte im Laufe der Jahre manchmal an Susanne gedacht, vor allem, nachdem Sigrid gestorben war. Sie hatten sich auf der Beerdigung gesehen, aber seither hatte sie Susanne nicht mehr getroffen, hatte sich auch nicht bei ihr gemeldet, es hatte so viel anderes gegeben. Es tat gut, die alte Freundin wiederzusehen.

Die Serviererin brachte Bier und Ratzeputz.

»Möchtest du?«

Susanne schüttelte den Kopf.

»Ich hab drinnen ein Bier. Bin mit Kollegen hier.«

Letzteres sagte sie mit einem gewissen Stolz in der Stimme.

»Du wohnst jetzt also in der Stadt?«, fragte Mia.

»Ja, seit vier Jahren.«

»Wie schön, und was machst du?«

»Arbeite am Nationaltheater«, sagte Susanne lächelnd.

»Hut ab, da gratulier ich!«

Mia erinnerte sich vage an eine Laienspielgruppe in Horten. Susanne hatte sie unbedingt dazuholen wollten, aber sie hatte sich drücken können. Auf der Bühne zu stehen war überhaupt nichts für Mia, sie bekam bei dem Gedanken daran schon eine Gänsehaut.

»Ich bin zwar nur Regieassistentin, aber trotzdem, macht großen Spaß. Wir haben bald Premiere von Hamlet. Stein Winge macht die Regie. Das wird super, glaube ich. Du solltest kommen. Ich bekomme Freikarten für die Premiere. Hast du Lust?«

Mia lächelte schwach. Sie erkannte Susanne jetzt richtig wieder. Dieses energische, muntere Mädchen, das alle so gern mochten. Den warmen Blick, den sie immer gehabt hatte und dem man nur schwer etwas abschlagen konnte.

»Vielleicht«, sagte sie. »Hab gerade sehr viel zu tun, aber wir werden ja sehen, ob ich Zeit habe.«

»Großer Gott, es ist so schön, dich wiederzusehen«, sagte Susanne und lachte. »Du, ich hol mir mein Bier, darf ich? Diese Schauspieler sind so mit sich beschäftigt, die merken gar nicht, dass ich weg bin.«

»Tu das«, sagte Mia lächelnd.

»Warte hier, und geh ja nicht weg.«

Susanne drückte hastig ihre Zigarette aus und lief ins Lokal, um ihr Bier zu holen.

• 27 •

Tobias Iversen hatte den Wecker auf sechs gestellt und wurde beim ersten Klingelton wach. Er beugte sich fahrig über den Nachttisch und schaltete den Wecker aus, wollte nicht, dass das schrille Geräusch die anderen im Haus weckte. Sein kleiner Bruder, Torben, war nicht zu Hause. Er übernachtete bei einem Klassenkameraden. Tobias stand auf und zog sich so leise an, wie er konnte. Er hatte alles schon längst vorbereitet, er hatte diese Tour seit mehreren Tagen geplant. Der kleine Rucksack stand fertig gepackt am Fußende des Bettes. Er wusste nicht, wie lange er wegbleiben würde, aber er hatte sicherheitshalber etwas mehr eingepackt. Er hatte das kleine Zweipersonenzelt, den Schlafsack, einen Propangaskocher und Proviant, sein Messer, ein zusätzliches Paar Socken, einen Pullover, falls es kalt würde, den Kompass und eine alte Karte, die er im Schuppen gefunden hatte. Er war in Entdeckerlaune und freute sich schon, aus dem Haus zu kommen.

An den ersten Tagen, nachdem er und sein Bruder das aufgehängte Mädchen an dem Baum im Wald gefunden hatten, war es zu Hause nicht ganz so schlimm gewesen. Die Mutter und der Stiefvater hatten viel Besuch gehabt, vor allem von Polizisten, die bohrten und fragten, und Mutter und Stiefvater waren sehr freundlich gewesen, sie hatten sogar das Haus geputzt, im Wohnzimmer sah es jetzt ganz anders aus, und es roch fast die ganze Zeit gut. Die Polizisten waren sehr nett gewesen. Sie hatten ihn ein bisschen wie einen Helden behandelt, hatten gesagt, wie tüchtig er gewesen sei, dass er alles richtig gemacht habe. Tobias war das fast ein bisschen peinlich gewesen, er war nicht an so viel Lob gewöhnt. Die Polizisten waren an mehreren Tagen bei ihnen gewesen. Nicht über Nacht oder so, aber von morgens früh bis abends spät. Sie hatten die Umgebung mit rot-weißem Absperrband abgezäunt, auf dem Polizei stand, um Neugierige fernzuhalten. Und es fehlte nicht an Neugierigen, aus dem Dorf und von anderswo. Weiter unten auf der Straße hatten Wagen von vielen Fernsehsendern gestanden, und in der Luft waren Hubschrauber gekreist, und jede Menge Journalisten und Fotografen waren gekommen, und mehrere von ihnen hatten mit Tobias sprechen wollen. An den Tagen nach dem Fund hatte dauernd das Telefon geklingelt, und er hatte gehört, dass die Mutter über Geld gesprochen hatte, dass sie ganz viel haben könnten, wenn der Junge interviewt würde, aber die Polizei hatte nein gesagt, hatte es verboten, und darüber war Tobias eigentlich froh gewesen. In der Pause in der Schule waren die anderen schon anders gewesen. Die meisten, vor allem die Mädchen, hatten es witzig gefunden, dass er eine Art Promi geworden war, aber es war nicht nur gut, denn einige Jungen, vor allem die beiden Neuen aus der Stadt, waren neidisch geworden und hatten irgendeinen Scheiß über ihn verbreitet. Tobias hatte die Mutter gefragt, ob er einige Tage frei haben könnte, denn die Presseleute kamen auch in die Schule, machten Bilder von ihm beim Fußballspielen und riefen, er solle zum Zaun kommen. Er tat das natürlich nicht, die Polizei hatte gesagt, er dürfe mit niemandem über das reden, was er gesehen hatte, und er wollte doch auf die Polizei hören. Sie hatten den ganzen Wald durchsucht, in weißen Plastikanzügen. Tobias hatte in einem Sessel auf dem Hof gesessen und alles beobachtet. Niemand sonst hatte das gedurft. Sogar NRK und TV2 und die anderen Sender mussten hinter der

Sperre unten auf der Straße stehen und konnten nur rufen, wenn jemand vorbeifuhr. Aber er hatte sie gefunden, und er kannte jeden Baumstumpf in der Gegend, und außerdem hatte er die Polizisten nun kennengelernt. Einer hieß Kim, und einer hieß Curry und eine Anette, und dann war da noch der Chef, er hatte einen Bart und hieß Holger. Er, der Chef, war nicht oft dabei gewesen, nur einmal, aber er hatte mit Tobias gesprochen und hatte beschlossen, dass er mit niemandem darüber reden durfte, was er gesehen hatte. Er hatte vor allem mit diesem Kim gesprochen, und ziemlich viel auch mit Curry. Tobias mochte beide sehr gern. Sie behandelten ihn gar nicht wie einen Jungen, sondern fast wie einen Erwachsenen. Es kam oft vor, dass sie aus dem Wald auf den Hofplatz kamen und ihn etwas fragten. Ob oft Leute hier im Wald seien. Ob er die Hütte drinnen gebaut habe. Ein bisschen über die Nachbarn. Ob er in letzter Zeit irgendetwas Auffälliges gesehen habe, solche Dinge. Einmal war auch eine Psychologin gekommen, am ersten Abend, er hatte mit ihr reden können, wenn er wollte, deshalb hatte er ein bisschen mit ihr gesprochen, und das war auch in Ordnung gewesen, aber es hatte ihm ja eigentlich nichts ausgemacht, das Mädchen zu finden, er hatte erst einige Tage später begriffen, was er da mitgemacht hatte. Da war es über ihn hereingebrochen. Ganz plötzlich. Dass es wirklich war. Dass das Mädchen im Baum, das Johanne hieß, eine Mutter und einen Vater hatte und eine Schwester und Tanten und Onkel und Großeltern und Freundinnen und Nachbarn und dass, ja, jetzt war sie tot, und sie würden sie niemals wiedersehen. Und jemand hatte ihr das angetan, gleich bei seinem Haus, und ja, Tobias hatte bei diesem Gedanken dann doch eine Gänsehaut bekommen, es hätte doch auch er sein können, der dort im Baum hing.

Oder sein kleiner Bruder. Es hatte ganz schrecklich wehgetan, er hatte nach oben gehen und sich ins Bett legen müssen, und in dieser Nacht hatte er schreckliche Träume gehabt. Dass jemand ihm ein Springseil um den Hals warf und ihn aufhängte und ihn mit Weidenpfeilen mit echter Spitze beschoss, und er hatte auch Torben um Hilfe rufen hören, hatte sich aber nicht losmachen können, hatte nur da gehangen und gezappelt und keine Luft bekommen. Tobias war schweißnass erwacht, und sein Kopf hatte im Kissen festgesteckt.

Die Polizisten waren nach einigen Tagen fertig gewesen und wieder gegangen. Die Sperre unten auf der Straße hatten sie weggenommen, und einige Presseleute waren zum Haus gekommen und hatten an der Tür geklingelt, aber die Mutter hatte sie nicht hereingelassen. Tobias war ziemlich sicher, dass sie das gern getan hätte, einige hätten sicher gut bezahlt, aber der Oberpolizist, Holger, der Dicke mit dem Bart und den freundlichen Augen, war sehr streng gewesen.

Tobias hatte wie gesagt diesen Ausflug lange geplant, und der Zeitpunkt jetzt war perfekt. Schulfrei, und sein kleiner Bruder war ausnahmsweise einmal nicht zu Hause. Er nahm den Rucksack und schlich sich aus der Hintertür.

Er war schon häufiger oben beim Litjønn gewesen und wusste den Weg. Karte und Kompass hatte er nur für alle Fälle eingesteckt. War doch möglich, dass er diesen oder jenen Abstecher machte. Streichhölzer? Er setzte den Rucksack ab und fühlte in der Seitentasche nach. Ja, da waren sie. Streichhölzer waren wichtig. Nachts war es ohne Feuer sehr kalt. Nicht dass er die ganze Nacht wegbleiben wollte, aber dieser Fall könnte doch eintreten. Es könnte passieren, dass er nicht zurückkäme. Vielleicht würde er einfach im Wald verschwinden und nicht zu diesem traurigen

Haus zurückkehren. Das wäre doch was. Wenn er einfach verschwände. Würde denen nur recht geschehen. Blöder Gedanke, eigentlich, sein kleiner Bruder würde ja morgen zurückkommen. Tobias war so gern mit seinem Bruder zusammen, aber es war schön, auch einmal freizuhaben.

Tobias lud sich den Rucksack wieder auf und zog leise die Tür hinter sich zu. Die frische Frühlingsluft schlug ihm entgegen, als er den Hofplatz betrat. Er lief über das Feld und dann in den Wald. Tobias nahm einen anderen Weg als sonst, nicht vorbei an der selbstgebauten Hütte, wo er das Mädchen gefunden hatte, er wollte jetzt nicht daran denken, er hatte keine Lust, sich wieder zu fürchten, er musste jetzt stark sein, er hatte frei und wollte auf eine Expedition, er hatte keine Zeit, sich Sorgen zu machen. Tobias folgte dem Bachlauf, bis er einen Ziegenpfad erreichte, dem er ein großes Stück weit folgen konnte. Nach ungefähr einer Stunde nahm er den Rucksack ab und frühstückte. Es war wichtig, Nahrung zu sich zu nehmen, und er hatte zu Hause in der Küche keinen Krach machen wollen. Im Wald war es trocken und schön, es hatte schon eine ganze Weile nicht geregnet. Er setzte sich auf einen Baumstumpf und genoss die Aussicht, während er zwei Butterbrote verzehrte und etwas Saft aus der mitgebrachten Flasche trank. Tobias liebte den Frühling. Wenn der Winter losließ, ja, dann schien es neue Möglichkeiten zu geben, Hoffnung, dass etwas Neues passierte, dass die Welt anders würde. Er hatte sich oft überlegt, dass Silvester im Frühling liegen müsste, nicht mitten im Winter, nach dem 31. Dezember gab es am nächsten Tag eigentlich keinen Unterschied, aber im Frühling, da war alles anders. Junge Blätter an den Bäumen in wunderschönem Grün, Blumen und Pflanzen auf dem Waldboden, die Vögel zwitscherten wieder in den

Zweigen. Tobias beendete sein Frühstück und stapfte summend den Hang hinauf. Er hatte sich vorgenommen, mehr über die Christenmädchen in Erfahrung zu bringen, nicht mehr zu lügen, herauszufinden, was da oben wirklich vor sich ging, und jetzt war er endlich auf dem Weg. Er bedauerte ein wenig, dass er sein Buch nicht mitgenommen hatte, es wäre doch schön gewesen, wenn er übernachtete, am Feuer zu sitzen und zu lesen, mitten im Wald. Er las schon das nächste Buch von Emilies Liste, war fertig mit »Herr der Fliegen«, hatte es ganz schnell durchgehabt und jedes Wort verschlungen. Er wusste nicht recht, ob er alles verstanden hatte, aber das spielte keine Rolle. Es war ein gutes Buch gewesen. Hatte ihn froh gemacht. Das neue Buch las sich nicht so leicht. »Einer flog über das Kuckucksnest«, die Sprache war ein bisschen erwachsener, und Emilie hatte gesagt, wenn es schwierig würde, sollte er es einfach umtauschen, aber er wollte versuchen, es ganz zu lesen. Bisher kam es ihm sehr spannend vor. Es ging um einen Indianer, Chief Bromden, der in einem Krankenhaus war und nicht hinausdurfte. Die Chefin dort war furchtbar streng, eine richtige Hexe. Chief Bromden stellte sich taubstumm, tat also so, als ob er nicht hören und nicht sprechen könne, weil, na ja, Tobias wusste nicht so recht, warum der Indianer das machte, aber das Buch war jedenfalls spannend. Er hätte es mitnehmen sollen. Das war dumm.

Oben am Hang konnte er die Umgebung sehen. Er konnte in der Ferne den Litjønn erahnen. Vielleicht noch eine Stunde oder zwei, dann würde er ihn erreicht haben. Tobias merkte, dass er sich ein wenig freute, dass aber auch etwas in seinem Bauch prickelte. Es war so oft die Rede von diesen Christen, aber niemand wusste wirklich etwas über sie. Was, wenn sie gefährlich waren? Oder vielleicht nicht gefährlich, aber vielleicht wollten sie keinen Besuch? Oder vielleicht waren sie auch schrecklich nett? Vielleicht würden sie ihn mit offenen Armen empfangen und ihm Brathähnchen und Limo vorsetzen, und dann hätte er eine Menge neue Freunde, und vielleicht würden sie dann wollen, dass er dort wohnte, und vielleicht könnte auch Torben kommen, und alles würde gut werden, sozusagen im Handumdrehen.

Es wäre aber sicher besser, nicht sofort zu ihnen zu gehen. Man konnte ja nie wissen. Vielleicht sollte er einfach sein Lager ein Stück weiter weg aufschlagen, mit der richtigen Aussicht? Und dann mit dem Fernglas daliegen, sich vielleicht tarnen und dann spionieren? Auf den richtigen Augenblick warten?

Er lächelte. Das war eine gute Idee. Sich ein Lager in Sichtweite suchen. Ein bisschen spionieren. Er hätte das Buch mitnehmen sollen, das hätte er wirklich, aber jetzt konnte er nicht mehr umkehren. Er musste also der Indianer sein. Chief Tobias Bromden in geheimer Mission.

Es war jetzt wärmer geworden, die Sonne lugte hinter einer Wolke hervor, strahlte den Weg für ihn an, das war ein gutes Zeichen. Tobias zog seine Jacke aus, steckte sie in den Rucksack und setzte seinen Weg durch den Wald fort.

Er sah den Zaun erst, als er wenige Zentimeter davorstand. Er war in Gedanken verloren gewesen. Tarnung und Lagerplatz, daran hatte er gedacht. Er war schon einmal hier oben beim Hof gewesen und kannte eine gute Stelle zum Spionieren. Die Gemeinde hatte den alten Hof mit dem Grundstück verkauft, so war das wohl gewesen. Die Gemeinde hatte hier ein Heim für Drogensüchtige eingerichtet, in dem alten Bauernhof, wo sie weg von der Stadt waren und auf dem Hof und im Wald arbeiten konnten und so, und das war angeblich gut für sie. Aber dann hatte die Gemeinde weniger Geld gehabt oder beschlossen, es für andere Dinge auszugeben, Tobias wusste das nicht so genau, und das Heim für die Drogensüchtigen war geschlossen worden. Und dann hatten die Gebäude eine Zeitlang leer gestanden. Jetzt aber hatten irgendwelche Christen den Hof gekauft. Tobias war schon zweimal hier gewesen, einmal, als die Drogensüchtigen noch da waren, und einmal, als es leer stand. Er war mit Jon-Marius da gewesen, seinem besten Freund damals, der leider mitten in der sechsten Klasse mit seiner Mutter nach Schweden gezogen war, aber egal, sie hatten eine perfekte Stelle zum Spionieren gefunden, eine Anhöhe, gar nicht weit vom Hof und mit guter Aussicht auf fast alles, was dort passierte.

Aber an diesen Zaun konnte er sich nicht erinnern, und jetzt wäre er beinahe hineingelaufen. Ein Zaun aus Maschendraht, so einer, auf dem oben oft noch Stacheldraht war. Tobias trat rasch einige Schritte zurück und stellte sich hinter die Bäume, um dieses unerwartete Hindernis neugierig zu betrachten. Oben gab es keinen Stacheldraht, aber der Zaun war hoch. Viel höher als er selbst, fast doppelt so groß wie er. Der Zaun sah ganz neu aus. Als ob er gerade erst aufgestellt worden wäre. Tobias schaute nach oben und überlegte. Er würde zwar drüberklettern können, aber nicht unbemerkt. Er konnte jetzt den Hof sehen, weiter hinten, auch dort war etwas Seltsames passiert, es war nicht mehr der alte Hof, sie hatten neu gebaut. Hatten an der Seite und oben angebaut, es sah jetzt eher aus wie eine kleine Kirche oder so. Es gab einen Turm, und was stand daneben, ein Gewächshaus? Er hielt sich die Hand an die Stirn, konnte aber nicht so weit sehen. Der Platz zwischen dem Zaun und den Gebäuden war offen, da würde es nicht viele Versteckmöglichkeiten geben. Die Anhöhe, von der aus er spionieren wollte, lag auf der anderen Seite. Um dorthin zu gelangen, müsste er ganz um diesen neuen Zaun herumgehen. Es wäre viel kürzer, über den Zaun zu klettern, aber nachdem er hin und her überlegt hatte, beschloss er, es nicht darauf ankommen zu lassen. Nicht dass er annahm, die hinter dem Zaun würden nicht freundlich sein, das nicht, aber dennoch. Was sollte er sagen, wenn er entdeckt würde? Er hatte schließlich ein kleines Mädchen in einem Baum gefunden, mit einem Schild um den Hals, gar nicht weit weg von hier, da ging er besser auf Nummer sicher.

Er könnte auch einfach wieder nach Hause gehen, auch das wäre eine Möglichkeit. Er hatte ja jetzt schon etwas gesehen. Sie hatten neue Häuser gebaut und einen Zaun aufgestellt. Eine Art christliches Lager oder so. Das könnte er erzählen. Tobias spielte für einen Moment mit der Möglichkeit, wieder nach Hause zu gehen, aber die Neugier war größer als die Angst. Es wäre spannend, mehr erzählen zu können. Vielleicht könnte er einen Blick auf die Bewohner werfen. Tobias ging ein Stück zurück in den Wald. Weit genug, um von den Bäumen verdeckt zu werden und den Zaun trotzdem sehen zu können. Es kam ihm kürzer vor, wenn er links herumging, er konnte die Biegung des Zaunes sehen, rechts verschwand der Zaun abrupt, er wusste nicht, wie lang dieser Weg sein würde. Tobias zog sich die Kapuze seines Pullis über den Kopf und überlegte. Es war ein gutes Gefühl, sich in dem Pulli zu verstecken. Machte außerdem alles etwas spannender. Er war ein Agent in geheimer Mission. Mit Messer und Taschenlampe im Rucksack und einem Rätsel, das er lösen musste. In gebückter Haltung folgte er dem Zaun in den Wald. Tobias bewegte sich, so leise er konnte, immer nur ein kurzes Stück. Zog den Kopf ein, rannte einige hundert Meter, dann ließ er sich auf den Boden fallen. Nichts zu sehen. Jemand hatte hinter dem Zaun ein Loch gebuddelt. Er konnte jetzt ein Fahrzeug sehen, einen Traktor, der weiter hinten stand. Er wiederholte sein Manöver. Zog den Kopf ein, lief, fand eine passende Stelle und ließ sich ins Heidekraut fallen. Diesmal war die Aussicht noch ein bisschen besser. Es war wirklich ein Treibhaus, ja, aus Glas, zwei sogar, ziemlich große. Tobias wusste, dass die Kinder, die auf dem Hof wohnten, nicht in die Schule gingen. Vielleicht waren sie auch nie im Laden? Vielleicht bauten sie hier oben ihre eigenen Nahrungsmittel an, damit sie nirgendwo hingehen mussten? Er zog das Fernglas aus dem Rucksack. Er konnte die Treibhäuser jetzt ganz deutlich sehen. Und den Traktor. Einen alten grünen Massey Ferguson.

Tobias merkte plötzlich, dass sein Herz schneller schlug, als in seinem Fernglas ein Mensch auftauchte. Ein Mann. Nein, eine Frau. In einem grauen Kleid mit etwas Weißem auf dem Kopf. Auf dem Weg ins Treibhaus. Weg. Er ließ seinen Blick durch das Fernglas über den Platz wandern, suchte weitere Menschen, aber nun war wieder alles still und leer. Er ließ das Fernglas sinken und am Riemen um seinen Hals baumeln und richtete sich auf. Wagte diesmal einen längeren Lauf, konnte nicht schnell genug auf die Anhöhe kommen, die Angst war verschwunden, jetzt hatte die Neugier endgültig die Herrschaft an sich gerissen. Er ließ sich wieder ins Heidekraut fallen, als die Treibhaustür geöffnet wurde und jemand herauskam, zwei sogar. Dieselbe Frau und …? Er verstellte das Fernglas, um schärfer sehen zu können. Ein Mann. Eine Frau und ein Mann. Auch der Mann war grau gekleidet, aber er trug nichts auf dem

Kopf. Vielleicht mussten nur die Frauen etwas auf dem Kopf haben? Das wäre doch eine witzige Geschichte, oder nicht? Alle Frauen haben etwas Weißes auf dem Kopf, die Männer haben nichts. Nein, lieber doch nicht. Was sollte das überhaupt bedeuten? Er musste näher heran. So wurde da nichts draus.

Tobias hatte sich wieder aufgesetzt und wappnete sich für die nächste Etappe, als er plötzlich hinter dem Zaun das Mädchen entdeckte. Er war so überrascht, dass er vergaß, sich fallen zu lassen. Sie war ungefähr in seinem Alter oder etwas jünger. Sie war genauso gekleidet wie die Frau im Treibhaus, in einem dicken grauen Wollkleid, mit etwas Weißem auf dem Kopf. Sie kniete in einem Beet. Offenbar jätete sie Unkraut. Es war ein Möhrenbeet oder so, er konnte das nicht so genau sehen. Tobias ging in die Hocke und konnte sich ein wenig unsichtbarer machen. Das Mädchen richtete sich auf und reckte den Rücken. Wischte sich die Knie ab. Es war nicht weit weg von ihm, vielleicht zehn Meter. Tobias hielt den Atem an, während das Mädchen sich wieder ins Beet hockte und weiterjätete. Es griff sich an den Hals und wischte sich die Stirn. Tobias vergaß ganz, dass er jetzt ein Spion war, dass er aufpassen musste. Das Mädchen sah müde und durstig aus. Es könnte doch nicht so gefährlich sein, wenn er sie fragte, ob sie einen Schluck trinken wollte? Er hatte eine große Flasche in seinem Rucksack.

Tobias räusperte sich. Das Mädchen jätete weiter, ohne zu reagieren. Tobias schaute sich um und entdeckte ein paar alte Tannenzapfen. Er warf einen vorsichtig, doch er verfehlte sein Ziel, flog nicht einmal bis zum Zaun. Tobias richtete sich etwas auf und warf den nächsten mit mehr Wucht, und diesmal traf er. Mitten auf den Zaun, das Geräusch war viel zu laut, und er bereute sofort, ließ sich ins Heidekraut fallen und hielt sich so still er konnte.

Als er wieder aufblickte, stand das Mädchen ganz dicht vor dem Zaun und sah ihn an. Sie sah ihm direkt ins Gesicht. Tobias legte einen Finger an seine Lippen. Pst. Das Mädchen sah überrascht aus, aber sie gehorchte seinem Finger und sagte nichts. Sie schaute sich um. Zuerst nach links, dann nach rechts. Dann nickte sie vorsichtig. Tobias schaute sich ebenfalls um und robbte noch näher an den Zaun heran. Er öffnete seinen Rucksack, nahm die Flasche heraus, schob sie unter dem Zaun durch und kroch wieder zurück in sein Versteck. Das Mädchen in dem grauen Kleid sah sich abermals um. Es war niemand in der Nähe. Sie lief schnell zu der Flasche, versteckte sie in ihrem Kleid und lief zurück zum Beet. Tobias konnte sehen, dass sie den Verschluss von der Flasche drehte und trank. Fast das ganze Wasser. Sie musste schrecklichen Durst haben. Das Mädchen mit dem Weißen schien nervös zu sein. Schien Angst davor zu haben, dass jemand kommen könnte. Tobias wurde jetzt etwas mutiger und kroch dicht an den Zaun heran. Das Mädchen kam etwas näher, langsam, sah sich dabei aber die ganze Zeit um. Er konnte ihr Gesicht jetzt deutlicher sehen. Sie hatte blaue Augen und jede Menge Sommersprossen. Wenn sie normal angezogen wäre, würde sie aussehen wie die anderen Mädchen in seiner Klasse. Sie hob die Flasche ein wenig, als wollte sie fragen, ob er sie zurückhaben wollte. Tobias schüttelte den Kopf. Das Mädchen kniete nieder und zog etwas aus der Kleidertasche. Es war ein Block mit einem kleinen Bleistift. Sie schrieb etwas auf einen Zettel, faltete ihn vorsichtig zusammen. Dann sprang sie auf, lief zum Zaun und schob den Zettel hindurch. Sie schaute sich ängstlich um, lief dann zum

Beet zurück und jätete weiter. Tobias robbte zum Zaun und nahm den Zettel, robbte zurück und faltete ihn auseinander. DANKE stand darauf. Er sah zu dem Mädchen hinüber und lächelte. Überlegte, wie er GERN GESCHEHEN sagen sollte, ohne etwas zu sagen, aber das war nicht so einfach. Das Mädchen warf einen Blick über die Schulter und schrieb noch mehr. Sie lief wieder zum Zaun, aber diesmal faltete sie den Zettel nicht zusammen, sie ließ Block und Bleistift am Zaun liegen. Tobias robbte wieder zum Zaun, nahm Block und Bleistift und robbte zurück zu seinem Versteck. ICH HEISSE RAKEL stand auf dem Block. ICH DARF NICHT REDEN. WIE HEISST DU? Tobias sah das Mädchen an. Nicht reden dürfen? Was waren das denn für Regeln? Und warum hatte sie solchen Durst gehabt? Tobias überlegte und schrieb dann eine Antwort. ICH HEISSE TOBIAS. WOHNST DU HIER? WARUM DARFST DU NICHT REDEN? Er kroch mit dem Block zum Zaun und dann wieder ins Versteck. Es war vielleicht dumm gewesen, »wohnst du hier« zu schreiben, sie wohnte ja offenbar hier, aber er hatte eben nicht so recht gewusst, was er schreiben sollte. Das Mädchen lächelte ein wenig, als sie auf den Block schaute, und schrieb schnell eine Antwort. Sie war noch immer so vorsichtig. Schaute sich mehrmals um, ehe sie eine neue Zustellung durch den Zaun wagte. ICH WOHNE HIER. LUX DOMUS. KANN NICHT SAGEN WARUM (NICHT REDEN). Sie versuchte, etwas mit den Händen zu sagen, als er den Zettel gelesen hatte. Als ob sie noch mehr erklären wollte, es aber nicht schaffte. Tobias schrieb ebenfalls eine Antwort.

ICH WOHNE GLEICH HIER UNTEN IM WALD. WIR SIND NACHBARN. Er malte einen kleinen Smiley dahinter. Dann schrieb er: WAS BEDEUTET LUX DOMUS? Das

Mädchen bekam den Block und lächelte wieder. Nachdem sie sich wieder davon überzeugt hatte, dass niemand sie sah, schrieb sie ihre Antwort und gab den Block zurück, dann lief sie zu ihrem Beet. LUX DOMUS = HAUS DES LICHTS. ES WAR SEHR LIEB, DASS DU MIR GEHOLFEN HAST, DANKE. Tobias stutzte ein wenig über diesen letzten Satz. So eine große Hilfe war das doch nicht gewesen? Er hatte ihr bloß ein bisschen Wasser gegeben. Er überlegte, was er nun schreiben sollte. Jedes Wort kam ihm jetzt wichtig vor, wo er es nicht laut sagen durfte. Er musste sich die Sache genau überlegen. Er kaute am Bleistift, dann wusste er, was er schreiben wollte. BRAUCHST DU NOCH MEHR HILFE? schrieb er und schob den Block zurück durch den Zaun.

Plötzlich passierte hinten am Haus etwas. Das Mädchen schaute sich ängstlich um und schrieb schnell eine Antwort. Sie riss diesmal den Zettel ab und faltete ihn zusammen, wie sie es mit dem ersten getan hatte. Jetzt kamen mehrere Erwachsene aus dem Haus, vielleicht hatten sie in der Kirche etwas erledigt. Das Mädchen sprang auf, warf ihm den Zettel durch den Zaun zu. Tobias konnte jetzt auch Stimmen hören. Sie riefen nach ihm.

»Rakel!«

Das Mädchen in dem grauen Kleid fuhr herum und klopfte sich das Kleid ab. Das Mädchen hob die Harke auf und ging langsam den Stimmen entgegen, die nach ihr gerufen hatten. Tobias blieb ganz still liegen, wagte erst, sich zu rühren, als die Christen wieder verschwunden waren. Das Mädchen war zu ihnen gegangen, und dann waren sie alle in einem Gewächshaus verschwunden. Auf dem Hof war wieder alles still. Tobias schlich sich aus seinem Versteck und hob den letzten Zettel auf. Steckte ihn in die Tasche und zog ihn erst heraus, als er sich noch besser versteckt hatte, tiefer im Wald. Er merkte, dass seine Finger zitterten, als er den Zettel auseinanderfaltete. Er fuhr zusammen, als er sah, was sie geschrieben hatte.

JA. BITTE HILF MIR.

Er kroch langsam zum Zaun zurück. Dahinter war noch immer alles still. Tobias wusste nicht, was er tun sollte. Er war in geheimer Mission losgezogen, aber das war eigentlich nur ein Jux gewesen.

Das hier war keiner.

Das hier war wirklich!

Das Mädchen in dem grauen Kleid war wirklich. Sie hatte schrecklichen Durst und durfte nicht reden. Und jetzt hatte sie ihn um Hilfe gebeten.

Tobias lud sich den Rucksack auf und ging zu der Anhöhe mit Aussicht auf die Christengemeinde.

• 28 •

Als Mia Krüger wach wurde, hatte sie das Gefühl, jemand stehe in ihrem Hotelzimmer. Sie bekam die Augen nicht auf, lag schlaftrunken da, noch halb im Traum. Sie zwang sich, die Augenlider zu heben, bis sie sehen konnte, dass sie allein war. Niemand da, nur sie. Eigentlich ein deprimierender Gedanke, das war jetzt ihr Leben. Ein Hotelzimmer und ein Fall. Aber das war ja auch egal. Alles war nur vorübergehend.

Komm, Mia, komm.

Bald würde sie ja doch verschwinden. Warum sich ängstigen? Warum denken? Warum dieses? Warum jenes?

Mia hatte aus irgendeinem Grund Kopfschmerzen; nach ihrem Konsum verschiedenster Rauschmittel in den vergangenen sechs Monaten hatte sie sich für immun gegen solche kindischen Plagen gehalten. Es war später geworden mit Susanne als geplant, oder was heißt schon geplant, sie waren sich ja nur zufällig begegnet, aber jedenfalls war es ein Glas zu viel gewesen. Sie schloss die Augen und versuchte, den Weg zurück in den Traum zu finden. Sie hatte von Roger Bakken geträumt. Er hatte nackt auf dem Dach der Herberge unten in der Stadt gestanden. Die Adlertätowierung war nicht mehr nur an seinem Hals, sondern bedeckte fast seinen ganzen Leib. Er versuchte, ihr etwas zu sagen, rief ihr etwas zu, aber sie konnte ihn nicht verstehen, der Verkehr war zu laut, und jemand redete ihr direkt ins Ohr. Sie hatte versucht, sich umzudrehen und zu sehen, wer da auf sie einredete, wer so seltsame Sätze flüsterte, die sie nicht begriff, aber niemand war zu sehen. Roger Bakken fuchtelte mit den Armen, wollte ihr etwas klarmachen, aber sie hörte nichts. »Komm her«, hatte sie gerufen. »Komm runter!« Und dann war Roger Bakken gesprungen. Langsam durch die Luft, auf sie zu. Die Tätowierung hatte sich ausgebreitet, sie bedeckte jetzt seinen ganzen Leib und die Luft. Seine Arme waren zu Flügeln geworden, die Beine zu Krallen. Sein Kopf hatte einen Schnabel. Unmittelbar, ehe er ihren Kopf traf, hob Roger Bakken die Flügel und jagte davon. Sie hatte nicht verstehen können, was er sagte. Ein Bild vom Friedhof, Sigrids Grabstein. Die Kirchturmglocken läuteten irgendwo tief dort unten. Auf einer Insel. Die Kirchturmglocken läuteten auf Hitra. Metallische Geräusche aus der Ewigkeit, über das Mobiltelefon in ihrer Hosentasche neben dem Hotelbett. Sie streckte verschlafen die Hand nach dem Geräusch aus, drückte auf den grünen Hörer und fing an zu sprechen, noch ehe sie richtig wach war.

»Ja, Mia?«

»Sorry, hab ich dich geweckt?«

Es war Gabriel Mørk. Der Neue. Der Niedliche, der rot wurde. Der Hacker.

»Nein«, sagte Mia und setzte sich im Bett auf. »Wie spät ist es?«

»Neun.«

»Ich glaub, ich spinne, so früh bist du schon im Büro?«

Mia war jetzt wach. Ihr Traum war verschwunden. Das Hotelzimmer war plötzlich da.

»War gar nicht zu Hause.«

»Himmel, wohnst du jetzt im Büro, oder was?«

Gabriel lachte kurz auf.

»Äh, nein, oder ja, ein bisschen. Muss mich doch einarbeiten. Fühl mich irgendwie verantwortlich.«

»Ich weiß«, sagte Mia.

Sie stand auf und öffnete die Jalousien.

Ein neuer Frühlingstag mitten in Oslo. Kinder in der Grünanlage. Rentner in der Einkaufsstraße. Der König im Schloss. Die Politiker im Parlament. Alle waren mit ihren alltäglichen Dingen beschäftigt, und Mia musste dafür sorgen, dass es dabei bleiben könnte. Sie wusste nur zu gut, worüber der frisch eingestellte junge Hacker hier redete.

»Du musst aber zwischendurch auch mal schlafen.«

»Das geht schon«, sagte Gabriel. »Ich arbeite meistens nachts, aber vielleicht möchtest du wissen, was ich gefunden habe?«

»Natürlich«, sagte Mia und schloss die Jalousien wieder.

Sie war noch nicht richtig bereit für diesen Tag. Wollte eigentlich zurück in den Schlaf. Was hatte Roger Bakken ihr nur zugerufen?

»Ich bin ja eigentlich kein Polizist«, sagte Gabriel verlegen. »Ich weiß also nicht, ob das wichtig ist oder nicht.«

»Das ist schon in Ordnung«, sagte Mia. »Jetzt red endlich.«

»Na gut«, sagte Gabriel. »Du weißt doch, dass der Laptop zwei Benutzer hatte?«

»Roger und Randi?«

»Ja, Roger und Randi. Und hier ist etwas seltsam.«

»Was denn?«

»Also, zuerst Roger. Eigentlich keine Überraschungen. Hat den Rechner nicht viel benutzt, kein PC-Dude.«

»Wie hast du ihn genannt?«

»Du weißt schon, er hat den Computer nur für solchen Männerkram benutzt.«

»Nämlich?«

»Mails. Autos und Motorräder. Wie erwartet, eigentlich.«

»Wem hat er gemailt? Irgendwas Interessantes dabei?«

»Eigentlich nicht. Waren fast keine privaten Mails, ja, also von Bekannten oder so. Hatte sich Motorradzeitschriften bestellt. Rechnungen, Reklame. Ein ziemlich tristes Leben, wenn ich von seinen Mails ausgehen kann, jedenfalls.«

»Nicht alle leben ihr Leben im Netz, Gabriel.«

»Nein, das nicht, aber dennoch. Seltsam, dass hier nichts war, aber egal, das ist nicht das eigentlich Interessante.«

»Kannst du zwei Sekunden warten?«

»Okay.«

Mia legte das Telefon hin und rutschte zum Hoteltelefon auf dem Nachttisch hinüber. Wählte die Nummer der Rezeption und bestellte sich Frühstück aufs Zimmer. Am Vortag hatte sie sich in den Frühstücksraum gewagt, aber das konnte sie nur vergessen. Viel zu viele Menschen.

»Wieder da.«

»Okay«, sagte Gabriel. »Ich werde mir den Roger-Benutzer noch genauer ansehen, aber ich muss dir einfach erzählen, was ich bei dem anderen gefunden habe.«

»Randi.«

»Ja.«

»Wer ist das?«

»Das ist ja so seltsam.«

»Was denn?«

Gabriel schwieg einen Moment.

»Ich glaube, du musst es dir selbst ansehen, aber ich bin ziemlich sicher, dass es dieselbe Person ist.«

»Wie meinst du das?«

»Roger und Randi. Das ist dieselbe Person.«

»Roger Bakken war zwei Personen?«

»Ja, oder nein. Oder ja. Er war gern Frau.«

»Machst du jetzt Witze?«

»Nein, es stimmt wirklich.«

»Woher weißt du das?«

»Als Roger ist er Mann. Er hat Bilder von Motorrädern und Autos. Er geht Angeln und trinkt Schnaps. Als Randi ist er ganz anders. Da ist er Frau. Hat sich Blogs über Häkeln und Einrichtung angesehen. Hat Bilder von sich in Frauenkleidung. Es sieht aus, als hätte er zwei Leben gehabt.«

»Und da bist du dir sicher?«

Sie konnte Gabriel am anderen Ende der Leitung seufzen hören.

»Ich weiß, dass ich kein Polizist bin, aber ich kann immerhin sehen, ob ein Mann sich als Frau verkleidet hat.«

»Tut mir leid«, sagte Mia. »Es klang nur so seltsam.«

»Seh ich auch so«, sagte Gabriel. »Aber er ist es. Hundertpro. Du kannst es dir ja nachher selbst ansehen.«

»Komm ja bald«, sagte Mia. »Was ist mit dem Telefon?«

»Genauso seltsam.«

»Wie meinst du das?«

»Fast alle Nachrichten sind gelöscht worden, und er hat keine Nummern gespeichert. Weiß nicht, was der Typ so getrieben hat, aber er hat sich alle Mühe gegeben, um das zu verbergen und um seine Spuren zu tilgen.«

»Abgesehen von den Bildern von sich als Frau.«

»Ja, davon abgesehen, aber die waren ja im Laptop.«

»Du hast gesagt, fast alle Mitteilungen seien gelöscht. Soll das heißen, dass du welche hast?«

»Ich habe einige wenige, kryptisch, aber immerhin.«

»Lass hören.«

»Jetzt?«

»Ja, jetzt.«

Mia musste lächeln.

»Okay.«

Gabriel räusperte sich, dann las er vor:

»Es gibt drei Mitteilungen. Alle vom 20. März.«

»Seinem Todestag.«

»Wirklich?«

»Ja, sag schon.«

Es wurde an die Tür geklopft. Mia zog einen der hoteleigenen Bademäntel an und nahm das Frühstück entgegen, während Gabriel die Mitteilungen hervorholte.

»Also, die erste ist kurz.«

»Von wem ist sie?«

»Anonymer Absender.«

»Wie ist das möglich? Kann man die Nummer verstecken, wenn man eine Mitteilung verschickt?«

»Ja, das ist nicht schwierig«, sagte Gabriel.

»Ich hör mich jetzt sicher an wie eine Oma, aber wie

macht man das?«, fragte Mia und trank einen Schluck Kaffee.

Der war bitter. Sie musste ihn sofort wieder ausspucken. Sie fluchte leise. Dass sie es nicht lernten, Kaffee zu kochen. Rührei und Speck sahen auch nicht gerade verlockend aus.

»Du schickst das übers Netz. Txtemnow.com. Solche Orte. Es gibt viele, wo du dich nicht zu registrieren brauchst. Du gibst einfach die Nummer und die Mitteilung ein, dann wird der Kram geschickt, gern mit Werbung, so finanzieren die sich eben.«

»Und was stand in der Mitteilung?«

»Das waren drei.«

»Sag schon.«

»Es ist nicht klug, so nah an die Sonne zu fliegen.«

»Was hast du gesagt?«

Mia konnte nichts essen. Sie stellte das Tablett auf die Fensterbank.

»Es ist nicht klug, so nah an die Sonne zu fliegen. Das ist die erste Mitteilung.«

»Was hat er geantwortet?«

»Er hat gar nichts geantwortet. Auf Mitteilungen ohne Absender kann man nicht antworten.«

Mia setzte sich aufs Bett und lehnte den Kopf an die Wand. Die Kopfschmerzen ließen etwas nach. Zu nah an die Sonne fliegen. Adlertätowierung. Flügel. Ikaros mit den Flügeln. Der so dicht an die Sonne heranflog, dass seine Flügel schmolzen. Hybris. Übermut. Roger Bakken hatte etwas getan, was er besser gelassen hätte.

»Bist du noch da?«

»Ja, entschuldige, Gabriel, ich musste nur kurz nachdenken.«

»Willst du auch die nächste?«

»Schieß los.«

»Who's there?«

»War das die Mitteilung? Auf Englisch?«

»Ja. Willst du auch die letzte?«

»Ja.«

»Bye, bye, birdie.«

Mia schloss die Augen, aber es kam nichts dabei heraus. *Who's there? Bye, bye, birdie?* Für den Moment ergab das gar keinen Sinn. Sie stand auf und ging ins Badezimmer. Sah sich für einen Moment im Spiegel, und was sie da sah, gefiel ihr nicht. Sie sah müde aus. Fast leblos. Wie ein Gespenst. Sie bückte sich und fing an, Wasser in die Wanne laufen zu lassen.

»Mia? Bist du noch da?«

»Ja, entschuldige, Gabriel. Wollte bloß rausfinden, ob die beiden anderen einen Sinn ergeben.«

»Und?«

»Nein, bisher nicht. Ich komme nachher ins Büro, okay?«

»Klar, ich bin ja sowieso hier.«

»Schön, Gabriel, gute Arbeit bisher.«

Sie beendete das Gespräch und ging quer durch das Zimmer. Legte das Telefon auf die Fensterbank und versuchte, ein wenig zu essen. Es wollte nicht rutschen. Dann eben nicht. Sie würde später in einem Café Kaffee und einen Scone bestellen.

Who's there? Bye, bye, birdie?

Mia zog sich aus und legte sich in die Badewanne. Das warme Wasser umschloss ihren Körper und beruhigte sie ein wenig. Es war wirklich schön gewesen, mit Susanne zusammenzusitzen. Sehr schön sogar. Sie hatten sich wieder verabredet, oder nicht? Mia wusste es nicht mehr so genau, war am Ende ziemlich beschwipst gewesen.

Sie lehnte den Kopf an den Rand der Badewanne und schloss die Augen.

Who's there? Bye, bye, birdie?

Nicht viel, aber immerhin etwas.

• 29 •

Cecilie Mykle hatte so tief geschlafen, dass das Aufwachen fast wehtat. Sie streckte aus purem Reflex die Hand nach dem Wecker aus, aber aus irgendeinem Grund klingelte der nicht. Cecilie versuchte, die Augen zu öffnen, aber es gelang ihr nicht. Ihr Körper war so wunderbar schwer und warm, es war, als läge sie auf einer weichen Wolke und hätte sich mit einer anderen wunderbar weichen Wolke zugedeckt. Sie rollte sich in die Bettdecke ein und drehte sich auf den Bauch. Bohrte das Gesicht ins Kissen. Versuchte, ihrem Körper zu gehorchen. *Schlaf weiter, schlaf weiter. Vergiss, was Kopf und Gewissen sagen. Du brauchst jetzt Schlaf, Schlaf, Schlaf, Cecilie, Schlaf.* Deshalb hatte der Arzt ihr diese Tabletten verschrieben. Cecilie war dagegen gewesen, hatte in ihrem ganzen Leben noch keine Schlaftabletten genommen. Sie mochte Tabletten nicht. Wollte anwesend sein. Wollte nicht, dass etwas ihren Körper kontrollierte. Cecilie Mykle wollte unbedingt die Kontrolle selbst behalten. Sie streckte noch einmal die Hand unter der Decke hervor, um den Wecker auszustellen, Viertel nach sechs, wie immer, aber der klingelte noch immer nicht? Ein winzig kleiner Teil ihres Gehirns fragte sich, warum, wurde aber überstimmt vom Rest, dem das total egal war, der noch unter der Wirkung der Schlaftabletten stand, sie wickelte sich in die Decke und legte den Kopf auf das weiche Kissen.

»Das ist kein Vorschlag, das ist ein Befehl«, hatte ihr Arzt gesagt. »Du nimmst diese Tabletten, weil du Schlaf brauchst. Du brauchst Schlaf. Muss ich das noch einmal sagen, damit du es begreifst?«

Der beste Arzt der Welt. Der wusste, was sie brauchte, und der ein bisschen streng mit ihr war. Pass auf dich auf. Das konnte Cecilie Mykle nicht so gut. Auf sich aufpassen. *Du musst auf dich aufpassen,* sagten immer alle, aber Cecilie Mykle fand das nicht so einfach. Sie war mit einer Mutter aufgewachsen, die nie auf sich aufgepasst hatte, die immer die Bedürfnisse der anderen vorgezogen hatte, ein Muster, dem man nicht so leicht entkommen konnte.

Sorgen, Sorgen. Deshalb konnte sie nicht schlafen. Sie wusste nicht, wie lange sie schon keine Nacht mehr durchgeschlafen hatte. Ihre Nächte waren fast immer ruhelos, ein bisschen Schlaf, auf und ab gehen, späte Fernsehsendungen, eine Tasse Tee und dann vielleicht noch ein paar Minuten Schlaf, ehe der Wecker klingelte und es wieder Viertel nach sechs war. Es gab immer so viele Sorgen, und Cecilie war eine, die sich mehr sorgte als andere.

»Du machst dir nur unnötig Sorgen«, hatte ihr Mann oft gesagt, wie damals, als sie das Reihenhaus in Skullerud gekauft hatten.

»Ist das nicht zu teuer?«

»Das schaffen wir«, hatte ihr Mann gesagt, und er hatte ja Recht, sie hatten es geschafft, vor allem, nachdem er die Stelle auf der Bohrinsel gefunden hatte.

Sechs Wochen dort, sechs Wochen zu Hause. In den Wochen, in denen er nicht da war, fehlte ihr Mann ihr natürlich, aber das Geld kam wie gerufen. Und wenn er zu Hause war, war er ja die ganze Zeit da. Cecilie Mykle liebte ihren Mann. Er war einfach perfekt, sie hätte keinen besseren

Freund und Liebhaber finden können. Er war nicht so wie viele seiner Kumpel von der Bohrinsel, die mit den Taschen voller Geld nach Hause kamen und durch die Stadt zogen. Sechs Wochen Arbeit, sechs Wochen Suff. Nein, das nun wirklich nicht. Wenn ihr Mann zu Hause war, war er zu Hause.

Cecilie Mykle reckte die Arme zur Decke und konnte endlich die Augen öffnen. Sie bewegte sich ein wenig. Sie war träge, aber es war ein ungeheuer schönes Gefühl, eine ganze Nacht geschlafen zu haben, ihre Haut war warm, ihr Körper entspannt. Sie hatte nichts geträumt, wie sonst immer in letzter Zeit, unruhige Träume, fast wie im Fieber, aber in dieser Nacht, nichts. Nur vollständige Ruhe.

Sie wurde wach, kam in dem dunklen Schlafzimmer zu sich und wurde sofort wieder nervös. Wie spät war es denn eigentlich? Sie streckte die Hand nach der Nachttischlampe aus. Die ließ sich nicht einschalten. Warum war es überall so dunkel? Und kalt? Hatten sie einen Stromausfall? Cecilie Mykle drückte auf den Knopf, der ihren kleinen Wecker anleuchtete, und erschrak, als sie sah, wie spät es war. Viertel vor zehn? Großer Gott, sie hätte längst auf sein müssen. Karoline müsste schon seit Stunden im Kindergarten sein. Cecilie schwang die Beine aus dem Bett und blieb sitzen, den Kopf in die Hände gestützt. Der fühlte sich an wie ein Bleiklumpen. Ihre Augen blieben nur mit Mühe offen. Sie schleppte sich vom Bett zum Lichtschalter neben der Tür. Versuchte, Licht zu machen, aber das ging nicht. Im Haus war es kalt und seltsam still. Cecilie taumelte zum Fenster und schob die Vorhänge zur Seite. Die Frühlingssonne fiel ins Schlafzimmer.

Cecilie schleppte sich in den Flur. Sie musste Karoline wecken. Ihre Beine waren schwer, wollten sie kaum durch den dunklen Gang tragen. Sie hatte vergessen, Socken anzuziehen, und der Boden war kalt. Cecilie tastete sich an der Wand entlang zu Karolines Zimmer.

»Karoline?«

Auch ihre Stimme war dünn und schwach.

»Karoline, bist du wach?«

Aus dem Zimmer der Kleinen kam keine Antwort. Viertel vor zehn. Karoline hatte doch noch nie so lange geschlafen? Normalerweise war sie um sieben auf oder jedenfalls wach. Meistens kam sie vorher schon mit ihrem Kuscheltier zu den Eltern ins Bett. Das war eigentlich die schönste Zeit am Tag. Gemütlich im Bett, morgens, zusammen mit Karoline und dem Teddy.

»Karoline?«

Cecilie tastete sich weiter, ihre Augen gewöhnten sich langsam an die Dunkelheit. Plötzlich traten ihre Füße in etwas Feuchtes und Klebriges. Was in aller Welt? Sie blieb stehen und betastete vorsichtig ihre Fußsohle. Auf dem Boden war etwas Widerliches. Sie hatte doch gerade erst geputzt? Cecilie ging vorsichtig weiter über den klebrigen Boden und betrat Karolines Zimmer. Betätigte den Lichtschalter, aber auch hier funktionierte das Licht nicht.

»Karoline?«

Sie ging zum Fenster und machte die Vorhänge auf. Licht strömte herein. Und jetzt machte Cecilie Mykle sich endgültig Sorgen. Sie traute ihren Augen nicht. Karoline lag nicht in ihrem Bett. Auf dem Boden Blut. Sie konnte nicht wach sein. Sie war in Blut getreten. Es war also doch ein Traum. Sie schlief noch immer. Sie hätte diese Schlaftablette nicht nehmen dürfen, aber der Arzt hatte darauf bestanden. Cecilie Mykle blieb in dem kleinen Kinderzimmer stehen und wartete auf das Erwachen. Sie fand diesen Traum schrecklich. Karoline lag nicht in ihrem Bett. Es war Viertel vor zehn. Auf dem Boden war Blut. Sie hatten Stromausfall. Es war dunkel im Haus. Sie hatte Gänsehaut auf den Armen unter dem Pullover. Sie wollte jetzt aufwachen. *Bestimmt klingelt gleich der Wecker,* dachte sie und biss sich auf die Lippe.

Das ist nur ein Traum.

Cecilie Mykle stand unter Schock. Sie hörte nicht einmal, dass irgendwo in der Ferne das Telefon klingelte.

• 30 •

Mia Krüger saß am Fenster des Cafés Kaffebrenneriet in der Storgate und trank den zweiten Cortado dieses Tages. Sie hatte einen Scone gegessen und ein Glas Orangensaft getrunken, war schrecklich verkatert, spürte aber, wie ihr Körper langsam, aber sicher nach dem Abend mit Susanne zum Leben erwachte. Sie las sonst keine Zeitungen, aber aus irgendeinem Grund hatte sie es an diesem Tag getan, auch wenn die Schlagzeilen sie angewidert hatten. *Kindermorde,* so wurden sie jetzt offenbar von allen genannt. Mia hasste dieses Vorgehen der Medien, wenn sie für Mord- oder Vermisstenfälle Namen und Etiketten ersannen, für Revolten oder Kriege oder was auch immer. Begriffen die nicht, was dabei mit den Lesern geschah? Begriffen sie nicht, dass sie die Ängste der Menschen schürten, sie in Panik versetzten? Der Teufel sollte diese Schmierer holen. Warum gab es da keine Gesetze? Strafen? Und nicht zuletzt, begriffen diese Trottel nicht, dass sie dem Täter genau das gaben, was er haben wollte? Dass es solchen Leuten oft um Aufmerksamkeit ging? Eine Seite nach der anderen, in allen Zeitungen. *Die Kindermorde.* Es gab Interviews mit Nachbarn und Freundinnen und Kindergartenpersonal. *Die Polizei hat keine Spuren.* Sie fragte sich, wie die Reporter darauf kamen. Bilder von Pauline am Strand, an ihrem Geburtstag mit der Familie. Bilder von Johanne auf Schlittschuhen, im Schwimmbecken mit Opa. Mia schüttelte den Kopf, konnte die Zeitungen nicht weglegen. *Keine Verdächtigen. Ein Land trauert.* Bilder von der Beerdigung. Bilder von Blumen und Kerzen an der Fundstätte. Briefe und Grüße an die Mädchen. Weinende Kinder. Weinende Erwachsene.

Sie legte die Zeitungen weg und trank ihren Cortado aus, dann klingelte ihr Telefon.

»Ja, Mia?«

»Hier ist Holger. Wo bist du?«

»Kaffebrenneriet. Storgate, was ist los?«

»Wir haben wieder ein verschwundenes Kind.«

Mia merkte, wie sich ihre Nackenhaare sträubten. Sie zog ihre Lederjacke an und lief aus der Tür.

»Bist du im Büro?«

»Fahre jetzt los.«

»Ich warte beim 7-Eleven in der Pløens gate.«

»Okay.«

Mia steckte das Telefon ein und lief über den Youngstorg. Verdammt. Nummer drei. *Drei Striche am linken Mittelfinger.* Nein, diesmal nicht. Es war noch früh. Keine neuen Striche. Als Mia sich auf dem Weg zur Torggate durch die Menge drängte, hatte sie beschlossen, dass sie dieses Mädchen finden würden, ehe es zu spät war.

Sie erreichte die Ecke des Youngstorg in dem Moment, als Holgers schwarzer Audi durch die Pløens gate raste. Sie ließ sich auf den Vordersitz fallen und schlug die Tür zu.

»Wohin?«, fragte sie atemlos.

»Disen«, antwortete Munch grimmig. »Disenvei. Meldung vor zehn Minuten. Andrea Lyng. Sechs Jahre alt. War nicht in ihrem Bett, als ihr Vater aufgewacht ist.«

Munch schaltete das Blaulicht auf dem Dach ein und trat aufs Gaspedal.

»Jetzt ist er erst aufgewacht?«

Sie sah auf die Uhr in ihrem Telefon.

»Offenbar«, murmelte Munch.

»Wer ist da oben?«

»Kim und Anette. Curry ist unterwegs.«

Munch hupte irritiert wegen der Straßenbahn und zwei Fußgängern, die nicht schnell genug die Straße überquerten.

»Verdammte Idioten.«

»Sie ist von zu Hause verschwunden?«

Munch nickte.

»Seltsam. Die anderen waren im Kindergarten.«

»Macht, dass ihr wegkommt. Verflixt noch mal!«

Munch hupte wieder, konnte endlich weiterfahren und bog in Richtung Sinsen ab.

»Nur der Vater ist zu Hause? Wo ist die Mutter?«

»Keine Ahnung«, murmelte Munch.

Sein Telefon klingelte, er nahm das Gespräch an.

»Ja? Mist. Ja, sperrt die Umgebung ab. Und holt sofort die Kriminaltechnik. Was? Nein, ist mir doch scheißegal, das hier ist wichtiger, nein, natürlich wird das wie ein Tatort behandelt. Wir sind in fünf Minuten da«, bellte er schroff ins Telefon und drückte das Gespräch weg. Dies war keiner von seinen besten Tagen.

»Anette?«

»Kim.«

»Gefunden?«

»Blut.«

»Blut?«

Munch nickte wütend.

»Vielleicht ist es nicht unser Mann«, sagte Mia. »Die Methode ist ganz anders.«

»Meinst du?«

Ein sechs Jahre altes Mädchen ist aus seinem Zimmer in Disen verschwunden. Mia zog eine Pastille aus ihrer Jackentasche. Sie konnten doch hoffen, dass kein Zusammenhang zu den anderen Fällen bestand. *Drei Striche am linken Mittelfinger, nein verdammt, nicht schon wieder. Das hier würden sie schaffen.*

Munch hupte wieder, hätte fast zwei Punks überfahren, die es nicht für nötig hielten, auf dem Zebrastreifen schneller zu gehen, obwohl das Blaulicht anrückte.

»Das Blut des Mädchens?«, fragte Mia.

»Zu früh, die Technik ist unterwegs.«

»Hast du das Neueste über Bakken gehört?«

»Die Adlertätowierung, ja. Roger und Randi? Dolle Kiste. Ein Transvestit, oder was?«

»Klingt so.«

»Brauchen wir jetzt nicht, eigentlich. Brauchen wir nicht.«

Munch grummelte verbissen vor sich hin und fuhr den Trondheimsvei Richtung Disen hoch. Disenvei. Kleine rote Reihenhäuser, die an einem vollkommen ungewöhnlichen Tag erwacht waren.

»Wie sieht's aus?«, fragte Munch, als sie aus dem Auto gestiegen waren.

»Andrea Lyng. Sechs Jahre alt. Aus ihrem Zimmer verschwunden. Blut im Bett und Blutspuren von ihrem Zimmer zur Treppe.«

Kim kratzte sich am Kopf und machte ein ernstes Gesicht.

»Wo ist der Vater?«

»Wohnzimmer.« Kim deutete. »Er ist vollkommen aufgelöst.«

»Ist ein Arzt da?«

Kim nickte, und sie gingen zum Haus. Anette kam ihnen entgegen, sie hielt ein Telefon in der Hand und machte ein entsetztes Gesicht.

»Wir haben noch eins.«

»Was?«, fragte Munch. »Noch ein verschwundenes Mädchen?«

Anette nickte.

»Eben gemeldet worden. Karoline Mykle. Sechs Jahre alt, aus ihrem Zimmer in Skullerud verschwunden.«

»Verdammt«, fluchte Munch.

»Blut?«, fragte Mia.

Anette nickte wieder.

»Na gut«, sagte Munch. »Ihr beide nehmt Skullerud. Kim und ich bleiben hier. Und holt noch eine Mannschaft Techniker dazu.«

»Die sind schon unterwegs«, sagte Anette.

Munch sah Mia kurz an. Er sagte nichts, aber sie wusste, was er dachte.

Zwei an einem Tag?

Zwei gleichzeitig?

»Wir nehmen meinen Wagen«, sagte Anette und lief zu dem roten Peugeot, der am Straßenrand stand.

• 31 •

Der Journalist Mikkel Wold von *Aftenposten* hatte eben einen Artikel ins Netz gestellt und war mit dem Ergebnis recht zufrieden. Es ging immer alles so schnell, er hatte fast keine Zeit zum Korrekturlesen gehabt. Er las den Artikel noch zweimal durch, keine Tippfehler, alles sah richtig aus. *Abschied von Pauline*. Er hatte am Vortag zusammen mit zwei Kollegen über die Beerdigung geschrieben. Sie hatten sich vor allem um die Printausgabe der Zeitung gekümmert, während er einen anderen Blickwinkel hatte finden müssen. Meistens arbeiteten sie getrennt voneinander, Papier und Netz, aber diesmal nicht, alle machen alles und am besten vor allen anderen, das war jetzt das Motto, und er hatte gesehen, dass die Konkurrenz es genauso hielt.

Die Kirche von Skøyen war überfüllt gewesen. Auf Wunsch der Familie hatte die Presse draußen warten müssen, aber nicht alle hatten sich an dieses Verbot gehalten. Mikkel Wold hatte mehrere Kollegen von anderen Zeitungen gesehen, die sich zwischen Familie, Nachbarn und Freunden in die Kirche geschlichen hatten. Natürlich arbeiteten sie in einer knallharten Branche, aber es musste auch Grenzen geben. *Aftenposten* hatte ein gutes Team auf den Fall angesetzt. Fähige Journalisten. Im Haus herrschte die stillschweigende Übereinkunft, sich bedeckt zu halten. Den Fall nicht hochzuspielen, Rücksicht zu nehmen. Keine neugierigen Drecksfinger in tiefe Wunden zu legen. Wie die Konkurrenz das teilweise machte.

Mikkel Wold war einige Monate zuvor eine neue Stelle angeboten worden. Er ging jetzt auf die vierzig zu und war seit fast zwölf Jahren bei *Aftenposten*, natürlich wäre eine neue Stelle spannend, und wer weiß, wann er wieder ein Angebot bekommen würde, aber er war doch froh darüber, dass er abgelehnt hatte. *Abschied von Pauline*. Er hatte eine Kindergartenfreundin von Pauline interviewt und ihre Eltern auch. Vielleicht nicht ganz sauber, aber na ja, er hatte es dann doch richtig gefunden. Relevant. Tiefe Trauer über diesen Verlust. Sie hatten ein Foto des kleinen, weinenden Mädchens veröffentlicht, mit einem Blumenstrauß in der Hand und einem Bild, das sie von Pauline gezeichnet hatte. Schön und rührend. Und mit der Presseethik durchaus zu vereinbaren. Oder doch nicht? Mikkel Wold seufzte leise und hob die Arme. Seit die Mädchen verschwunden waren, hatte er nicht viel Schlaf bekommen. Lief er Gefahr, seine Urteilskraft einzubüßen? Hätte er das vor zehn Jahren auch so geschrieben? Er schüttelte diesen Gedanken ab und ging in die Küche, um sich einen Kaffee zu holen. In der Redaktion war der Teufel los. Sie hatten lange keinen solchen Fall mehr gehabt, hatten sie denn je einen solchen Fall gehabt? Ein Serienmörder, der Mädchen wie Puppen anzog und sie an Bäumen aufhängte, während sie ihre Schultaschen noch auf dem Rücken hatten? Er schüttelte den Kopf und trank einen Schluck Kaffee. Das Ganze war irgendwie unwirklich. So etwas passierte in den USA oder im Fernsehen, aber doch nicht hier vor der Haustür. Mikkel Wold hatte um Fassung ringen müssen, als er die Trauergemeinde aus der Kirche kommen sah. Der kleine weiße Sarg. Die vielen verzweifelten Gesichter. Trauer. *Abschied von Pauline*. Er hoffte, nicht zu weit gegangen zu sein. Nein, das war er nicht. Es war ein schöner Artikel geworden.

»Sie rücken wieder aus.«

Silje schaute in die Teeküche.

»Wo?«

Mikkel stellte seine Tasse auf die Anrichte und folgte der jungen Journalistin ins Nachbarzimmer. Sie hörten jetzt abwechselnd rund um die Uhr den Polizeifunk ab, um nichts zu versäumen.

»Skullerud.«

»Noch eine?«

»Das wissen wir noch nicht«, sagte Silje und drehte das Radio lauter.

»Was haben wir?«

Grung kam herein, unrasiert und rot im Gesicht, wie üblich. Der Redakteur sah auch nicht aus, als ob er in letzter Zeit viel geschlafen hätte.

»Weitere Einheiten auf dem Weg nach Skullerud.«

»Skullerud? Ich dachte Disenvei?«

»Beides.«

»Disen?«, fragte Mikkel Wold, das hatte er nicht mitbekommen.

»Vor ein paar Minuten«, sagte Grung und nickte. »Erik und Tove sind schon unterwegs.«

Er drehte sich zu Silje um.

»Haben wir eine Adresse in Skullerud?«

»Welding Olsens vei. Nicht weit von der Skullerud-Schule.«

»Schön«, Grung nickte. »Ihr haltet euch auf dem Laufenden, ja?«

Mikkel Wold lief zu seinem Schreibtisch und raffte seine Ausrüstung zusammen.

»Haben wir einen Fotografen?«, rief Grung.

»Ich glaube, Espen ist da.«

»Nein, der ist mit Olsen gefahren.«

»Ruf Nina an«, sagte Mikkel Wold und hastete zur Tür. »Wir treffen uns dann dort.«

Er nahm den Fahrstuhl ins Erdgeschoss, rannte zum Taxistand und fand einen freien Wagen. Zog sein Telefon heraus und wählte die Nummer von Erik Rønning, dem Kollegen oben in Disen.

»Erik hier.«

»Was ist passiert?«

»Sie haben hier oben alles abgesperrt. Bisschen chaotisch. Offenbar weiß niemand so genau, was los ist.«

»Sind nur wir da oben?«

»Träum weiter.« Der Kollege schnaubte. »Die ganze Lumpensammlerbande ist da. Mia! Mia!«

Der Kollege hielt kurz die Hand vor das Telefon.

»Was ist los?«, fragte Mikkel Wold.

»Gerade sind Munch und Krüger gekommen. Dann sind wir ja wohl richtig. Mia! Mia!«

Mikkel Wold stieg ins Taxi und bat den Fahrer, richtig aufs Gas zu steigen. Hoffte, als einer der Ersten vor Ort zu sein, hoffte, die anderen hätten die letzte Meldung im Polizeifunk nicht mehr gehört. Mikkel versuchte, den Kollegen anzurufen, erreichte aber nur den Anrufbeantworter. Holger Munch und Mia Krüger waren im Einsatz. Da musste eine große Nummer ablaufen.

Wold erreichte den Welding Olsen vei in Skullerud, nur um festzustellen, dass die Polizei die Umgebung bereits abgesperrt hatte. Er bezahlte das Taxi, sprang aus dem Wagen und bahnte sich einen Weg durch die Menschenmenge, die sich bereits angesammelt hatte. Sperren, schon jetzt? Das kam neuerdings häufiger vor. Obwohl sie den Polizeifunk hörten, waren sie immer ganz knapp zu spät dran. *Sind wir denn so lahmarschig?* Gerüchte behaupteten, die Polizei habe neue Dinger am Laufen, andere Kommunikationskanäle, aber mehr wusste bisher niemand.

Mikkel Wold drängte sich zur Absperrung vor und traf dort einen Kollegen von der *VG*.

»Was ist los?«

»Weiß ich noch nicht.«

Der Kollege von der *VG* steckte sich eine Zigarette an und zeigte die Straße entlang.

»Ich glaube, es geht um 3 oder 5. Eins von den gelben Reihenhäusern. Die Schwergewichte sind hier noch nicht aufgeschlagen, nur Fußvolk. Keine Ahnung, was da los ist.«

Mikkel Wold sah sich um. NRK und TV2 waren da und die Kollegen von *Dagsavisen*. Sein Telefon klingelte.

»Mikkel.«

»Grung. Was haben wir?«

»Bisher nichts, aber alle sind hier.«

»Verdammt, wieso sind wir so lahmarschig?«, fragte Grung genervt.

»Ich weiß. Irgendwer muss das mal klären«, sagte Wold.

Grung schwieg, als fühle er sich nicht angesprochen.

»Munch und Krüger sind in Disen«, sagte Mikkel, um das Thema zu wechseln.

Er wollte es sich nicht mit Grung verderben, denn er hatte gesehen, wie es anderen dabei ergangen war. Er wollte nicht degradiert werden und über Katzenausstellungen in Sandvika berichten müssen.

»Krüger ist gerade weggefahren«, sagte Grung. »Ich schätze, sie ist auf dem Weg zu dir.«

»Hast du Nina erreicht?«

»Ja, sie kommt. Ich hab Erik auf der anderen Leitung, ich ruf gleich zurück.«

»Okay«, sagte Mikkel und beendete das Gespräch.

Er ging wieder zur Absperrung und versuchte, sich einen Überblick zu verschaffen. Die Polizei hatte die ganze Straße abgesperrt. Munch und Krüger waren in Disen, und Krüger war vielleicht auf dem Weg hierher. Es musste etwas Großes sein. Es mussten mehr als ein Mädchen sein. Zwei auf einmal? Das wäre dann die Schlagzeile für morgen. Garantiert. Er suchte eine Stelle, an der er durchschlüpfen konnte. Es musste doch noch einen anderen Weg geben? Der Journalist ging zurück zu der Stelle, wo er aus dem Taxi gestiegen war. Sollte er hier stehen bleiben oder um die Häuser herumgehen? Das Telefon riss ihn aus seinen Überlegungen, diesmal war es eine verborgene Nummer.

Stille am anderen Ende der Leitung.

»Hier ist Mikkel Wold, wer ist da?«

Er hielt sich das andere Ohr zu, um den Anrufer besser hören zu können.

»Ist das nicht ungerecht?«

Eine seltsame Stimme in seinem Ohr. Schnarrend, irgendwie verzerrt.

»Wer ist da?«, fragte er noch einmal.

»Ist das nicht ungerecht?«, wiederholte die Stimme.

Wold entfernte sich von den Schaulustigen, überquerte die Straße und suchte sich eine ruhigere Stelle.

»Was ist ungerecht?«, fragte er.

Am anderen Ende war es wieder still.

»Hallo?«

Wold wurde ärgerlich.

»Hallo? Hören Sie, wer immer Sie sind, ich habe jetzt keine Zeit.«

»Ist das nicht ungerecht?«, fragte die eigenartige Stimme wieder.

»Was ist ungerecht? Wer ist denn da?«

»Sehr ungerecht, dass Sie so weit weg stehen müssen«, sagte die Stimme.

In diesem Moment fuhr ein roter Peugeot vor. Mikkel erhaschte einen Blick auf Mia Krüger und eine Kollegin. Das Auto fuhr weiter bis zur Sperre und wurde durchgelassen.

»Verdammt«, sagte Mikkel.

Wo blieb die Fotografin? Sie mussten das hier fotografieren!

»Gehen Sie doch wem anders auf die Nerven«, fauchte er ins Telefon. »Ich hab zu tun.«

Er wollte schon das Gespräch wegdrücken, als die schnarrende Stimme sich wieder meldete.

»Es ist in Nummer drei«, sagte die Stimme.

»Wie meinen Sie das?«

»Es ist in Nummer drei«, sagte die Stimme. »Sie heißt Karoline. Wollen Sie noch immer auflegen?«

Mikkel Wold hörte jetzt genau zu.

»Wer ist da?«

»Donald Duck. Was haben Sie denn gedacht?«, fragte die Stimme.

»Nein, ich meine ...«

Die Stimme lachte.

»Soll ich jetzt immer noch wen anders anrufen? Tønning von *Dagbladet*? Ruud von *VG*? Einen von denen?«

»Nein, nein, nein. Äh, nein, nein«, sagte Mikkel Wold. »Ich bin ja da.«

»Na, wie schön«, sagte die Stimme.

Mikkel fischte Notizblock und Stift aus der Tasche.

»Wollen Sie mein Freund sein?«, fragte die schnarrende Stimme.

»Vielleicht«, antwortete der Journalist.

»Vielleicht?«

»Also gut, ich möchte Ihr Freund sein«, sagte Mikkel. »Wer ist Karoline?«

»Ja, was glauben Sie denn, wer Karoline ist?«

»Ist sie … Nummer drei?«

»Nein, Karoline ist Nummer vier. Andrea war Nummer drei. Sind Sie nicht auf dem Laufenden? Waren Sie nicht im Disenvei?«

Bei der Absperrung tat sich jetzt etwas. Ein weiterer Wagen fuhr vor. Die Kriminaltechnik.

»Woher soll ich wissen, dass …«

»Woher Sie das wissen sollen?«, fragte die Stimme.

»Nein, also …«

Mikkel brachte kein Wort mehr heraus. Seine Stirn war heiß, und seine Handflächen waren feucht.

»Sind sie nicht niedlich, wenn sie schlafen?«, fragte die Stimme.

»Wer ist niedlich?«

»Die Kleinen.«

»Woher soll ich wissen, dass Sie mich nicht in die Irre führen wollen?«

»Wollen Sie einen abgetrennten Finger in der Post haben?«

Mikkel Wold lief es eiskalt den Rücken hinunter. Er versuchte ruhig zu bleiben, aber das gelang ihm nicht mehr.

»Nein, auf keinen Fall«, stammelte er.

Wieder lachte die Stimme leise.

»Ihr müsst die richtigen Fragen stellen«, sagte sie dann.

»Wie meinen Sie das?«

»Bei der Pressekonferenz, warum stellen Sie nicht die richtigen Fragen?«

»Was sind die richtigen Fragen?«, fragte Wold.

»Warum hat der Idiot den Boden so versaut?«, fragte die Stimme.

»Warum hat …? Was haben Sie gesagt?«

Mikkel versuchte verzweifelt, seinen Notizblock festzuhalten, ohne das Telefon fallen zu lassen.

»Ticktack«, sagte die Stimme und legte auf.

• 32 •

Holger Munch zog die dünnen Gummihandschuhe aus und ging zum Rauchen auf die Veranda. Verdammt, was für ein Tagesbeginn. Er hatte schlecht geschlafen und sich im Bett hin und her gewälzt. Er hatte es noch immer nicht geschafft, mit seiner Mutter über die Sache mit der Erbschaft zu sprechen, er bekam davon einen schlechten Geschmack im Mund, denn auch das hatte ihm den Schlaf geraubt, und das, obwohl er eigentlich Wichtigeres um die Ohren hatte. *Zwei Mädchen an einem Tag?* Er gab sich Feuer und sah durchs Fenster. Die Kriminaltechniker packten zusammen, der Vater war ins Präsidium, also nach Grønland, gefahren worden. Die Mutter hatten sie noch nicht ausfindig machen können, der Vater stand unter Schock und konnte nur mit großer Mühe sprechen. Die beiden waren wohl nicht mehr zusammen, lebten getrennt, die Mutter war für eine Woche mit Freundinnen in ein Ferienhaus gefahren und befand sich in einem Funkloch. Das Fenster in der Verandatür war eingeschlagen. Unten, auf der Treppe und im Zimmer der kleinen Andrea, waren Blutspuren. Jemand hatte Andrea aus ihrem Zimmer geholt. Munch zog lange an seiner Zigarette und versuchte die heraufziehenden

Kopfschmerzen zurückzudrängen. Er rief Mias Nummer auf. Sie meldete sich nach einigen Sekunden.

»Was wisst ihr bisher?«, fragte Munch.

»Karoline Mykle, sechs Jahre alt, aus ihrem Zimmer verschwunden.«

»Einbruchsspuren?«

»Nein, Schlüssel unter der Fußmatte.«

Großer Gott, Munch seufzte. Unter der Fußmatte. Das durfte nicht wahr sein.

»Blut?«

»Blutspuren unten im Gang und nach oben zu ihrem Zimmer.«

»Die Eltern?«

»Cecilie und John-Erik Mykle. Beide nicht vorbestraft. Er arbeitet auf einer Bohrinsel, wir versuchen gerade, ihn zu erreichen. Sie ist Lehrerin.«

»Lehrerin?«

»Ja, aber sie war's nicht. Steht total unter Schock. Hab sie nach Ullevål geschickt. Sie wusste nicht mal, wo sie war. Glaubte, sie hätte keine Zeit, mit uns zu reden. Sie müsste Karoline in den Kindergarten bringen.«

»Nicht zu fassen«, sagte Munch.

»Wir fragen jetzt in der Nachbarschaft, wer etwas gesehen hat.«

»Okay, hier auch«, sagte Munch.

»ALFA 1 oder was?«

Munch nickte.

»Holger?«

»Was? Ja, alle sollen ausrücken. Und wenn ich alle sage, dann meine ich auch alle. Jede verdammte Ausfahrtstraße. Jeden verdammten Trampelpfad. Klar?«

»Alles klar«, sagte Mia und legte auf.

Holger zog abermals ausgiebig an seiner Zigarette. Die Kopfschmerzen waren jetzt da. Wasser. Er musste etwas trinken. Und etwas essen. Wieder klingelte sein Telefon.

»Ja, Munch?«

»Hier ist Gabriel Mørk, störe ich?«

»Kommt drauf an«, sagte Munch kurz.

»Du weißt schon, das, was du mir gegeben hast, was privat war?«

Munch rieb sich die Stirn.

»Die Aufgabe«, sagte Gabriel.

Endlich fiel der Groschen. Die Matheaufgabe, die er nicht hatte lösen können. Die ihm die Schwedin gemailt hatte.

»Hast du sie geknackt?«

Munch ging wieder ins Haus. Gab sich Mühe, nicht in die Blutspuren zu treten oder etwas zu berühren. Die Techniker waren jetzt fertig mit ihrer Arbeit.

»Ich glaube, ich hab sie verstanden, aber ich brauche mehr.«

»Wie meinst du das, mehr?«

»Sollen wir später darüber reden?«

Munch trat vor das Haus und nahm sich eine Zigarette. Die Sperren waren jetzt weiter unten in der Straße aufgestellt worden. Die Presse wurde auf Distanz gehalten. Bis auf Weiteres. Ihm grauste davor, mit Mikkelson reden zu müssen. Zwei Tote. Keine Verdächtigen. Und jetzt noch zwei Vermisste. Unten in Grønland würde die Hölle los sein.

»Es ist eine Gronsfeld, glaube ich«, sagte Gabriel am anderen Ende der Leitung.

»Eine was?«

»Eine Gronsfeld-Chiffre. Eine Codesprache. Das ist eine

Abart von Vigenèr, aber sie nimmt Ziffern, keine Buchstaben. Ich brauche aber mehr Infos. Hast du noch was bekommen?«

Munch konnte sich nicht konzentrieren.

»Das weiß ich nicht mehr so genau. Was sollte das denn sein?«

»Buchstaben und Zahlen. Gronsfeld funktioniert so, dass beide Teile, also Absender und Empfänger, die gleiche Kombination haben. Buchstaben und Zahlen. Für andere ist die Lösung unmöglich.«

»Mir fällt nichts ein«, sagte Munch, als Kim durch die Gartentür ging. »Wir reden später weiter.«

»In Ordnung«, sagte Gabriel und legte auf.

»Na?«, fragte Munch.

Kim schüttelte den Kopf.

»Die meisten sind bei der Arbeit, wir müssen heute Nachmittag noch eine Runde drehen.«

»Nichts? Verdammt, irgendwer muss doch was gesehen haben!«

»Bisher nicht.«

»Macht noch eine Runde«, sagte Munch.

»Aber wir haben doch gerade …«

»Macht noch eine Runde, hab ich gesagt.«

Der junge Polizist nickte und verließ den Vorgarten wieder.

Munch wollte ins Haus zurückgehen, als Mia noch einmal anrief.

»Ja?«

Er konnte es an ihrer Stimme hören. Sie hatte Neuigkeiten.

»Eine Frau«, stieß sie hervor.

»Wir haben einen Zeugen?«

»Rentner, wohnt gleich gegenüber. Hat aus dem Fenster geschaut, er meint, so gegen vier. Da hat eine in einem Briefkasten gewühlt. Er ist rausgegangen, um genauer nachzusehen.«

»Tatkräftiger Mann. Was hat er gesagt?«

»Er hat ihr etwas zugerufen. Dann ist sie abgehauen.«

»Und er ist sicher, dass es eine Frau war?«

»Er ist absolut sicher. Er war nur ein paar Meter von ihr entfernt.«

»Verdammt.«

»Ich hab es doch gesagt, stimmt's?«, fragte Mia aufgeregt. »Ich hab's ja gewusst.«

»Stimmt. Ist der Rentner jetzt bei dir?«

»Wir nehmen ihn mit.«

»Dann sehen wir uns um zehn im Büro?«

»Bis dann«, sagte Mia und legte auf.

Munch eilte im Laufschritt zum Auto, schwang sich auf den Fahrersitz und fuhr auf die Absperrung zu. Blitzlichtgewitter brach los, als er an den Presseleuten und Fotografen vorbeikam. Jetzt hatten sie immerhin etwas für die Geier.

Eine Frau.

Munch setzte das Blaulicht aufs Dach und fuhr wie ein Wilder in die Innenstadt zurück.

• Teil III •

• 33 •

Der norwegische Afghanistan-Veteran Tom-Erik Sørlie saß an seinem Wohnzimmerfenster, als unterhalb seines Hauses zwei Streifenwagen hielten und anfingen, Absperrungen anzubringen. Er nahm das Fernglas vom Wohnzimmertisch und stellte es so ein, dass er die Polizisten im Fokus hatte. Er hatte den ganzen Tag Polizeifunk gehört, wie er das immer machte, deshalb wusste er, dass eine Aktion im Gang war. Es ging um die beiden kleinen Mädchen, die ermordet worden waren, offenbar waren zwei weitere verschwunden, und jetzt hatte die Polizei beschlossen, die Ausfahrtstraßen aus der Stadt zu überprüfen. Er stellte das Fernglas noch einmal schärfer ein. Bewaffnete Polizei, mit Helmen, Maschinenpistolen, MP5, die Waffe kannte er. Heckler & Koch MP5. Die bewaffneten Polizisten richteten eine Schleuse ein und begannen damit, die vorbeifahrenden Autos anzuhalten. Es war noch früh am Tag, es gab also einen Stau in Richtung Stadt, nicht stadtauswärts.

Er legte das Fernglas weg und drehte die Nachrichten lauter. Bei ihm lief immer der Fernseher. Und der Computer. Und der Polizeifunk. Nachrichten. Er hielt sich gern auf dem Laufenden, auf dem aktuellen Stand. Auf diese Weise fühlte er sich lebendig, jetzt, wo er nicht mehr dort war, wo die Dinge passierten.

Lex, sein Hund, wurde in seinem Korb wach und kam auf ihn zugetrottet. Setzte sich vor ihn, mit schräggelegtem Kopf und hängender Zunge. Der Schäferhund wollte einen Spaziergang machen. Tom-Erik Sørlie streichelte den Kopf des Hundebabys und versuchte, die Bildschirme im Blick zu behalten. TV 2. Ein Reporter mit einem Mikrofon in der Hand im Vordergrund. Im Hintergrund eine Wohnsiedlung in Skullerud. Polizeisperren. Das eine verschwundene Mädchen wohnte dort. Er hatte die Nachricht vor einer Stunde gehört. Er stand auf und nahm den kleinen Hund am Halsband. Ging mit ihm in den Garten und befestigte ihn an der Laufleine. Er wollte jetzt nicht losgehen. Er hatte Kopfschmerzen.

Es war schon dunkel geworden, als die Polizei die Sperren unten auf der Hauptstraße entfernte. Den ganzen Tag. Da hatte jemand im Ministerium dann doch die Kasse geöffnet. Er verzehrte sein Abendbrot vor dem Fernseher. Dann tauchte auf dem Bildschirm eine Zeichnung auf. Eine Frau. Ein Zeuge hatte sie oben in Skullerud gesehen. Viel Glück, dachte Tom-Erik Sørlie. Die Frau sah aus wie jede andere. Nun wurde eine Pressekonferenz gezeigt. Eine Staatsanwältin. Die Mädchen wurden noch immer vermisst. Keine Spuren. Zwei Polizeibeamte stiegen in ein Auto. Ein Mann mit Bart und beigem Dufflecoat. Eine Frau mit langen schwarzen Haaren. Beide mit steinerner Miene. Der Mann im Dufflecoat hob abwehrend die Hand. Kein Kommentar.Er drehte den Fernseher leise und stand auf, um sich noch einen Kaffee zu holen. Hatte er draußen jemanden gehört? War da jemand im Garten? Er streifte schnell seine Schuhe über und lief auf den Hofplatz. Der Schäferhund war nicht mehr an der Laufleine.

»Lex?«

Er ging hinter das Haus und bekam einen Schock, als er den Apfelbaum sah.

Jemand hatte seinen Hund umgebracht und mit einem Springseil um den Hals aufgehängt.

• 34 •

Mia Krüger überquerte die Straße und ging die Tøyengate hoch. Sie zog eine Pastille aus der Tasche und versuchte, nicht die Schlagzeilen zu lesen, die jeder Kiosk draußen aufgestellt hatte. »Noch immer keine Spur der geheimnisvollen Frau.« Das Phantombild auf Seite 1. Die Frau, die der Rentner gesehen hatte. An der Zeichnung war nichts auszusetzen. Das Problem war nur, dass sie so ungefähr jede beliebige Frau zeigte. Neunzehnhundert Anrufe allein am ersten Tag. Die Anrufer meinten, es sei die Nachbarin, die Kollegin, die Kusine, eine, die sie am Vortag am Fähranleger gesehen hatten. Die Leitungen im Präsidium waren heiß gelaufen, sie hatten sie zeitweise wieder sperren müssen. Es gab Gerüchte, es habe bis zu zwei Stunden gedauert durchzukommen. »Wer hat Karoline und Andrea gesehen?« Neue Vorderseite, Fotos von den Mädchen, groß, vergrößert, wie um Mia zu verspotten. *Du schaffst deine Arbeit nicht. Du bist verantwortlich. Wenn die Mädchen sterben, ist das deine Schuld.*

Warum in aller Welt plötzlich das Blut? Mia Krüger begriff das nicht. Es ergab keinen Sinn. Passte nicht zu den anderen Indizien. Sie hatten das Blut untersucht, es stammte von keinem der Mädchen. Es war nicht einmal Menschenblut. Es stammte von einem Schwein. Die Täterin verspottete sie, so war das. Oder der Täter. Mia Krüger war sich nicht mehr sicher. Irgendwas stimmte hier nicht. Mit der Frau in Skullerud. Mit dem Phantombild. Sie hatte das Gefühl, dass das alles nur ein Spiel war. *Seht her, wie leicht mir das alles fällt. Ich kann tun und lassen, was mir passt.*

Ich gewinne, ihr verliert.

Mia zog die Jacke enger um ihre Taille und überquerte noch einmal die Straße. Sie hatten nichts über den weißen Citroën. Ludvig und Curry hatten im Fall Hønefoss großartige Arbeit geleistet, das Büro oben in der Mariboes gate war vom Boden bis zur Decke mit Bildern und Notizen gepflastert, aber noch hatten sie nichts gefunden. Es ging hier immerhin um achthundertsechzig Angestellte. Fast neunhundert Menschen, die im Krankenhaus arbeiteten. Gar nicht erst zu reden von allen denen, die dort Zugang hatten: Patienten, Besucher, Angehörige. Tausende von Menschen insgesamt. Die Überwachungskameras hatten auch nichts ergeben. Damals hatte es auf der Wochenstation keine gegeben, nur am Ausgang. Mia konnte sich daran erinnern, dass sie stundenlang Aufnahmen durchgesehen hatte, aber ohne Erfolg. Nichts. Kartons voller Vernehmungen und Aussagen. Ärztinnen, Krankenpfleger, Patientinnen, Physiotherapeuten, Schwesternhelferinnen, Angehörige, Rezeptionistinnen, Reinigungspersonal. Sie hatte mit fast hundert Personen gesprochen. Alle waren gleichermaßen verzweifelt gewesen. Wie hatte das nur passieren können? Dass jemand einfach die Wochenstation betrat und sie mit einem Baby wieder verließ, ohne entdeckt zu werden? Sie wusste noch, dass die höheren Ränge im Präsidium heilfroh gewesen waren, als der junge Schwede Selbstmord beging und »gestand«. Die Ermittlungen waren sehr schnell eingestellt worden. Unter den Teppich gekehrt. Eine Schande für die Truppe. Da wollten sie lieber sehen, dass sie weiterkamen.

Mia Krüger betrat einen Hinterhof. Sie war lange nicht mehr hier gewesen, aber der Eingang war unverändert. Die grüne Tür ohne Schild, versteckt in einer unscheinbaren Ecke der Stadt. Sie klopfte an und wartete, dass jemand öffnete. Sie hatten jetzt beschlossen, eine Belohnung auszusetzen. Die Familien und Menschen, die sie unterstützten. Munch und Mia waren dagegen gewesen, das würde die Anzahl der unbrauchbaren Anrufe nur steigern, aber es war nun so entschieden worden, nach Beratungen mit den Anwälten. Dann musste es eben seinen Gang gehen. Vielleicht würde es ja doch etwas bringen. Vielleicht würde die richtige Summe die richtige Person aus den Schatten locken.

In der Tür wurde eine kleine Luke geöffnet, und ein Männergesicht tauchte darin auf.

»Ja?«

»Mia Krüger«, sagte Mia. »Ist Charlie da?«

Die Luke in der Tür wurde wieder geschlossen. Einige Minuten vergingen, dann war der Mann wieder da. Öffnete die Tür für sie und ließ sie herein. Es war ein neuer Wächter, sie hatte ihn noch nie gesehen. Eine für Charlie typische Entscheidung, ein Bodybuilder, groß und vierschrötig, tätowierter Bizeps, der dicker war als Mias Oberschenkel.

»Er ist da drinnen«, sagte der Mann und zeigte ins Innere des Lokals.

Charlie Brun stand hinter dem Tresen und grinste übers ganze Gesicht, als sie eintrat. Er hatte sich nicht verändert. Vielleicht ein wenig älter und mit etwas müderem Blick, aber so bunt wie immer. Stark geschminkt, in einem knallgrünen Paillettenkleid und mit einer Boa um den Hals.

»Mia Mondkind!«, rief Charlie lachend und kam hinter dem Tresen hervor, um sie zu umarmen. »Wir haben uns ja ewig nicht mehr gesehen, wie um alles in der Welt geht es dir denn, *Girl*?«

»Gut«, sagte Mia und setzte sich.

Im Lokal waren kaum Gäste. Sechs oder sieben, die meisten in Damenkleidern, Leopardenhosen und hohen Absätzen. Weißen Kleidern und langen Seidenhandschuhen. Bei Charlie konnte man sein, wer man wollte, hier interessierte das niemanden. Die Beleuchtung war gedimmt, die Stimmung ruhig. In einer Musikbox in der Ecke lief Edith Piaf.

»Du siehst einfach schrecklich aus«, sagte Charlie Brun und schüttelte den Kopf. »Möchtest du ein Bier?«

»Hast du neuerdings eine Schanklizenz?«

»Aber nicht doch, *Girl*. Solche hässlichen Wörter benutzen wir nicht«, sagte Charlie augenzwinkernd und zapfte ein Bier für sie. »Möchtest du ein kleines oder ein großes?«

»Was bedeutet derzeit hier ein *kleines*?«, fragte Mia und trank einen Schluck.

»Es kann bedeuten, was du willst«, sagte Charlie und wischte den Tresen ab. »Ach was«, fügte er dann hinzu. »Ist nicht mehr so spannend hier wie früher. Wir werden alt, weißte, jedenfalls Charlie.«

Er warf sich die grüne Boa um den Hals und streckte die Hand nach einer Flasche im Regal aus.

»Einen Jägermeister vielleicht?«

Mia nickte und zog Mütze und Lederjacke aus. Es tat gut, im Haus zu sein. In der Wärme. Sich für einen Moment vor der Welt zu verstecken. Sie hatte sich oft bei Charlie verkrochen, als ihr Fall damals in den Medien war. Mia hatte das Lokal durch Zufall entdeckt und sich sofort zu Hause gefühlt. Keine neugierigen Blicke. Vollständige Ruhe und Sicherheit, fast wie eine kleine Familie. Es schien wirklich sehr lange her zu sein, wie in einem anderen Leben. Jetzt kannte sie keinen der Männer, die in Damenkleidern in den Nischen vor der roten Wand saßen.

Charlie nahm zwei Gläser und schenkte für sie beide Jägermeister ein.

»Dann Prost, Süße. Schön, dich wiederzusehen.«

»Ebenfalls«, sagte Mia lächelnd.

»Du siehst natürlich überhaupt nicht älter aus«, sagte Charlie.

Er legte die Finger um Mias Kinn und musterte ihr Gesicht.

»Diese Wangenknochen, *Girl*. Hättest nicht zur Polizei gehen dürfen, weißte, sondern Model werden. Aber ernsthaft! Ein klein bisschen gesünderes Leben, der Haut zuliebe? Und selbst eine Frau darf sich ab und zu mal ein wenig schminken. So, damit wäre das gesagt. Mama Charlie ist immer ehrlich, weißte«, sagte Charlie und zwinkerte wieder.

»Danke«, sagte Mia und leerte ihren Jägermeister, der ihre Kehle wunderbar wärmte.

»Können wir noch eine Flasche Champagner kriegen, Charlie?«

»Was habe ich übers Rufen gesagt, Linda?«

Charlie drehte sich zu dem Tisch um, an dem der Mann saß. Er trug ein rosa Minikleid, Stiefel, Handschuhe und eine Perlenkette. Er mochte Mitte vierzig sein, bewegte Körper und Arme aber wie eine Fünfzehnjährige.

»Ach, hör doch auf, Charlie, sei nicht so fies!«

»Das hier ist ein anständiges Haus und kein Puff in Amsterdam. Wie viele Gläser?«

»Ach, Gläser haben wir schon«, sagte Linda kichernd.

»No class«, seufzte Charlie und verdrehte die Augen.

Er holte eine Flasche Champagner aus dem Hinterzimmer und trug sie zum Tisch. Öffnete sie mit einem Knall, zur Freude der Herrendamen, die in die Hände klatschten und lachten.

»So«, sagte Charlie, als er zu Mia zurückkehrte. »Ich dachte, wir hätten dich verloren?«

»Die Gerüchte über mein Ableben sind stark übertrieben«, sagte Mia und zwinkerte nun ihrerseits.

»Ein wenig Rouge und ein Hauch Grundierungscreme, dann stimme ich dir zu«, kicherte Charlie. »Aber nein, das war frech. Nein, jetzt war ich viel zu frech.«

Charlie Brun beugte sich über den Tresen und umarmte sie ausgiebig. Mia lächelte glücklich. Sie war schon lange nicht mehr von einem Teddy in Damenkleidern umarmt worden. Es war ein gutes Gefühl.

»War das frech? Du siehst hinreeeiiißend aus, echt. Eine Million Kronen.«

»Alles klar«, sagte Mia lachend.

»Zwei Millionen.«

»Das reicht jetzt, Charlie.«

»Zehn Millionen. Noch einen Jäger?«

Mia nickte.

»Aber jetzt erzähl doch mal«, sagte Charlie, als beide ihr Glas geleert hatten.

»Ich brauche Hilfe«, sagte Mia und zog das Bild aus ihrer Jackentasche.

Sie schob es über den Tresen. Charlie setzte seine Brille auf und hielt das Bild neben die Kerzenflamme.

»Randi, ja«, sagte er und nickte. »Ich hab doch geahnt, dass das etwas mit dir zu tun hat. Tragische Geschichte.«

»War er oft hier? Ich meine, sie.«

Charlie nahm die Brille wieder ab und schob das Bild zurück über den Tresen.

»Ja, Randi war manchmal hier.« Er nickte. »Phasenweise. Manchmal kam sie oft, dann konnten Monate vergehen, ehe sie sich wieder hier sehen ließ. Roger war einer von denen, ja, wie soll man sagen, die sich mit sich selbst nicht so ganz wohlfühlten. Ich glaube, er gab sich alle Mühe, nicht Randi zu sein, aber ja, du weißt ja, wie das ist, er konnte es nicht lassen. Musste ganz schön viel intus haben, um sich gehen zu lassen. Wir mussten sie ab und zu bitten, das Lokal zu verlassen, weil sie die anderen Gäste gestört hat.«

»Irgendeine Idee, warum?«

»Er vom Dach gesprungen ist?«

Mia nickte. Charlie hob die Schultern.

»Keine Ahnung. Die Welt da draußen ist hart, mehr kann ich nicht sagen. Schlimm genug, wenn man normal ist. Schwierig, wenn die Gesellschaft sagt, du bist das eine, während dein Körper das anders sieht.«

»Niemand ist so normal wie du«, sagte Mia und hob ihr Bierglas.

Charlie kicherte.

»Ich, ja? Großer Gott, damit war ich schon vor dreißig Jahren durch, aber es sind eben nicht alle wie ich, weißte. Schuld, Scham und schlechtes Gewissen. Wir haben Internet und Telefon, und wir schicken Fahrzeuge auf den Mars, aber mental und emotional leben wir noch immer im Mittelalter, aber wem sag ich das?«

»Mir, hoffe ich?«, fragte Mia.

»Ja, du bist clever, und deshalb mag ich dich so gern. Und schön auch, das hilft natürlich, aber clever, da brauch ich dir nicht alles zu erklären. Kannst du nicht Ministerpräsidentin werden, Mia? Und dem Land dieses und jenes klarmachen?«

»Das würde nicht gut gehen, glaub ich.«

»Ja, wohl nicht. Du bist viel zu lieb.«

Charlie lachte kurz und schenkte ihnen wieder Jägermeister ein.

»War sie hier immer allein?«

»Wer, Randi?«

Mia nickte.

»Meistens ja. Sie hatte zweimal eine Freundin bei sich, aber ich habe nie mit ihr geredet.«

»Ein Mann?«

»Nein, eine Frau.«

»Wie sah sie aus?«

»Streng. Groß. Dunkle Haare in einem straffen Pferdeschwanz. Ein etwas seltsamer Blick.«

»Was verstehst du unter einem seltsamen Blick?«

»Sie hatte unterschiedliche Augenfarben.«

»Ach was.«

Charlie nickte.

»Ein blaues und ein braunes Auge. Sie sah ein bisschen freakig aus. Kalt. Ernst. Ich war eigentlich froh, als Randi sie nicht mehr mitgebracht hat. Von ihrem Blick hab ich eine Gänsehaut gekriegt.«

»Wann war das?«

»Ach, weiß nicht mehr so genau.«

Charlie holte einen Lappen und wischte abermals den Tresen ab.

»Ein paar Monate nachdem du zuletzt hier warst, vielleicht. Wo hast du dich übrigens so lange rumgetrieben?

»Ich war eine Zeitlang aus der Welt.«

»Schön, dass du wieder drin bist. Du hast mir gefehlt.«

Charlie hob sein Schnapsglas.

»Soll ich die Gäste lieber rausschmeißen? Damit wir ordentlich einen trinken können, wie in alten Zeiten?«

»Ein andermal, Charlie.«

Mia zog die Jacke an.

»Gerade zu viel zu tun.«

Sie zog einen Stift aus der Tasche und schrieb ihre Nummer auf eine Serviette.

»Ruf mich an, wenn dir noch etwas einfällt, ja?«

Charlie beugte sich über den Tresen und küsste sie zum Abschied auf beide Wangen.

»Don't be a stranger.«

»Versprochen«, sagte Mia lächelnd.

Sie zog die Mütze tief in die Stirn und ging in den verregneten Osloer Abend hinaus. Sie hielt Ausschau nach einem Taxi, sah aber keins. Auch egal. Sie wurde in ihrem Hotelzimmer ja nicht gerade sehnlich erwartet. Sie zog sich die Kapuze über den Kopf und schlenderte Richtung Zentrum. Dann klingelte ihr Telefon. Gabriel Mørk.

»Hallo, hier ist Gabriel. Hast du Zeit?«

»Absolut«, antwortete Mia. »Bist du immer noch im Büro?«

»Ja.«

»Du musst nicht rund um die Uhr da sein, hat Holger dir das nicht gesagt?«

»Doch, schon, das ist mir klar, aber ich muss mich in so vieles einarbeiten.«

Gabriel klang müde.

»Gibt es etwas Neues?«

»Ja, das schon. Ich dachte, es müsste doch möglich sein, gelöschte SMS zu rekonstruieren, deshalb hab ich einen Kumpel angerufen, einen Apple-Freak.«

»Und?«

»Kein Problem. Ich hab sie gefunden.«

»Alles, was in seinem Telefon war?«

»Genau.«

»Verdammt, das ist super«, sagte Mia. »Was haben wir?«

»Gute und schlechte Nachrichten. Ich habe die gelöschten Mitteilungen gefunden, aber viele waren das nicht. Das Telefon ist offenbar ziemlich neu. Ich seh schon nicht mehr klar, ich schaff das jetzt nicht, sie dir vorzulesen, kannst du sie dir morgen anschauen?«

»Natürlich, sind die auch ohne Absender?«

»Nein, ich hab eine Nummer.«

»Und von wem?«

»Die ist geheim. Deshalb rufe ich dich ja an. Ich muss ein paar Datenbanken hacken, um festzustellen, wem sie gehört.«

»Wovon reden wir hier?«

Gabriel schwieg einen Moment.

»So viele wie nötig.«

»Und?«

»Na ja, das ist ja nicht erlaubt. Wir müssen eigentlich eine Erlaubnis beantragen. Wie siehst du das?«

»Hast du mit Holger gesprochen?«

»Er geht nichts ans Telefon.«

»Wir können nicht warten«, sagte Mia. »Leg los.«

»Sicher?«

»Ja.«

»Okay«, sagte Gabriel.

»Machst du das sofort?«

»Ich wollte eigentlich in mein Bett.«

»Mach, was du willst, morgen früh reicht sicher auch.«

»Oder ich kann es gleich machen.«

»Gleich ist gut. Ich bin noch eine ganze Weile wach.«

»Alles klar.«

Mia beendete das Gespräch und schlenderte weiter. Die Straßen waren verlassen. Sie konnte hinter den Fenstern Menschen in ihren Häusern sehen, das Licht der Fernsehschirme. Das Hotelzimmer kam ihr plötzlich noch weniger verlockend vor. Es gab keinen Grund hinzugehen. Sie würde ja doch nicht schlafen können. Da konnte sie auch noch ein Bier trinken. Und versuchen, ihre Gedanken zu ordnen.

Zum Glück war im Justisen wenig los. Mia bat um ein Bier und wählte einen Tisch in einer ruhigen Ecke. Sie zog Stift und Papier hervor und starrte auf das leere Blatt vor sich. Vier Mädchen. Fast sechs Jahre alt. Pauline. Johanne. Karoline. Andrea. Sie schrieb die Namen oben auf das Blatt. Pauline. Aus dem Kindergarten verschwunden. In Maridalen gefunden. Johanne. Aus dem Kindergarten verschwunden. Beim Hadelandsvei gefunden. Karoline und Andrea. Von zu Hause verschwunden. Gefunden wo? Sie sah keinen Zusammenhang. Irgendwo musste die Antwort sein. Roger Bakken/Randi. SMS. Es ist nicht klug, zu nah an die Sonne zu fliegen. Who's there? Bye, bye, birdie.

Erste Mitteilung. Ikaros. Er hatte etwas getan, was er besser gelassen hätte. Zweite Mitteilung. Who's there? Gab es nicht eine Serie von Witzen, die so anfingen? *Knock, knock, who's there? Doris. Doris, who? Doris locked, that's why I'm knocking.* Das ergab keinen Sinn. Bye, bye, birdie. Einfach. Bye, bye, birdie, ein in Schwulenkreisen beliebtes Musical. Die Adlertätowierung. *Mach's gut, Vogel.*

Mia hatte einen unangenehmen Geschmack im Mund und bestellte sich einen Jägermeister, um ihn wegzuspülen. Der Alkohol tat gut. Sie war jetzt ein wenig beschwipst, das Denken fiel ihr leichter. Sie nahm noch ein Blatt und legte es neben das erste. Schultaschen. Bücher. Papier. Namen auf der Vorderseite. Puppenkleider. Ich reise allein. *Das ist dasselbe,* schrieb sie eilig. *Das stimmt.* Schweineblut. Who's there? *Das stimmt nicht,* schrieb sie darunter. Zwei aus dem Kindergarten. Zwei von zu Hause. Zehn Kleider. Eine Frau. Mia bat wieder um ein Bier. Jetzt dämmerte es ihr langsam, sie wurde klarer im Kopf. Transvestit. Eine Frau. Geschlecht. Spiel mit Geschlechtern? Unsicher, was das Geschlecht anging? Scham. Schuld. Ich reise allein. Die ersten Symbole ergaben ein eindeutiges Bild von Intelligenz. Schultasche. Schild. Puppenkleider. Die anderen hatten keinen Zusammenhang mit dem Rest, waren einfach, ja, Unsinn? Schweinblut. Who's there? Sie nahm sich ein weiteres Blatt und legte es neben die anderen. Kippte ihr Bier und bestellte noch eins. Hier war etwas. Sie hatte eine Spur. Sie schrieb »Frau« oben auf das dritte Blatt. Hønefoss. Wochenstation. Die Mädchen waschen und zurechtmachen. Narkose. Fürsorge.

Krankenschwester? Das Phantombild. Sieht aus wie alle anderen. *Unsichtbar?* Wo kann man sich ganz offen verstecken? Sie ließ ein Stück des Blattes frei und schrieb ganz unten weiter. Kalt. Ernst. Unterschiedliche Augenfarben. Ein blaues und ein braunes. *Schizophren?* Eine in Maridalen. Eine am Hadelandsvei. Wald. Versteckt. Muss suchen. Muss arbeiten. Muss jagen. Ausgestellt, aber versteckt. Will zeigen, was sie getan hat, aber nicht so deutlich, dass man nicht zu suchen braucht. Schweineblut. *Who's there?* Warum zuerst so sauber? Seriös? Warum dann so unsauber? Unseriös? Mia bestellte noch eine Runde, zog wieder ein Blatt heraus. Es strömte jetzt, hier war etwas. Doch die Umrisse wollten noch keine richtige Gestalt annehmen. Stolz. Sieh mich an. Sieh, was ich getan habe. Rikke JW. Ihr könnt nichts, und ich werde es beweisen. Ich gegen euch. Ein Spiel. Zuerst sauber, dann unsauber. Schweineblut. Filmreif. Theatralisch. Unecht. Seht nicht hin. In ihr brach es jetzt los. Eine Lawine von Gedanken, die sich nicht aufhalten ließ. *Das war es. Unecht. Seht nicht hin.* Mia schrieb immer schneller, vergaß dabei sogar zu trinken. Seht nicht hin. Nicht alles zählt. Nicht das Filmreife. Nicht das Theatralische. Das ist unehrlich. Unecht. Stimmt nicht. Sieh dir nur das an, was stimmt. Was echt ist. Welche Symbole zeigen worauf? Mit wem haben wir es zu tun und mit wem nicht? Ist das das Spiel?

Das ist das Spiel.

Mia grinste, ohne es zu merken. Sie war jetzt weit weg. Tief drinnen. Die Stadt gab es nicht. Das Justisen gab es nicht. Den Tisch gab es nicht. Das Bier gab es nicht. Springseil, ja. Schultaschen, ja. Puppenkleider, ja. Narkose, ja. Schweineblut, nein, unecht. Bye, bye, birdie, nein, nicht wichtig. Zu nah an die Sonne fliegen, nein, nicht wichtig. Who's there?

»Mia?«

Mia fuhr dermaßen zusammen, dass sie aufsprang. Sie schaute sich verwirrt um, wusste nicht mehr, wo sie war.

»Tut mir leid, störe ich?«

Langsam holte die Wirklichkeit sie wieder ein. Das Bier war wieder da. Der Raum war wieder da. Und Susanne stand an ihrem Tisch, mit nassen Haaren, triefnasser Jacke und traurigem Blick.

»Hallo, ist was passiert?«

»Darf ich mich setzen? Ich sehe ja, dass du arbeitest. Will nicht stören.«

Mia konnte nicht mehr antworten. Schon hatte Susanne

die Jacke ausgezogen und sich, tropfnass wie sie war, auf den Stuhl sinken lassen.

»Setz dich nur«, sagte Mia. »Ist doch nett. Regnet's draußen?«

»Draußen und drinnen«, seufzte Susanne und hielt sich die Hände vors Gesicht. »Ich wusste nicht wohin und dachte, du wärst vielleicht hier.«

»Bin ich ja auch«, sagte Mia. »Möchtest du ein Bier?«

Susanne nickte. Mia stand auf und ging zum Tresen. Kam mit zwei Bier und zwei Jägermeistern zurück.

»Schreibst du ein Buch?«, fragte Susanne und lächelte schwach.

»Nein, ist nur für die Arbeit«, sagte Mia.

»Ja, denn das da ist schon vergeben«, sagte Susanne und zeigte auf das eine Blatt.

Who's there?

»Vergeben? Wie meinst du das?«

»Das ist der erste Satz in Hamlet.«

Susanne schob sich die Haare hinter die Ohren und trank einen Schluck Bier.

»Sicher?«

Susanne lachte kurz auf. »Das möchte ich meinen. Ich bin ja schließlich Regieassistentin. Da muss ich den Text doch kennen.«

»Ja, so war das nicht gemeint«, sagte Mia. »Also, ernsthaft?«

Susanne räusperte sich und wurde plötzlich zur Theater-Susanne aus Åsgårdstrand.

»Who's there? Nay, answer me, stand and unfold yourself. Long live the king!«

Sie trank noch einen Schluck Bier und sah plötzlich ein wenig verlegen aus.

»Das ist nicht echt. Das können wir vergessen«, sagte Mia leise.

»Was?«, fragte Susanne.

»Ach, nichts. Was ist passiert? Warum bist du so traurig?«

Susanne seufzte wieder. Zog die Haare hinter dem Ohr hervor und versuchte, sich dahinter zu verstecken.

»Nein, same old story. Ich bin blöd.«

Erst jetzt bemerkte Mia, dass ihre Freundin schon ganz schön viel getrunken hatte. Susanne nuschelte und hatte Schwierigkeiten, das Bierglas in gerader Linie zum Mund zu heben.

»Schauspieler. Wie kann man sich denn auf Schauspieler verlassen?«, sagte sie dann. »Die behaupten, dass sie dich lieben, und am nächsten Tag lieben sie dich dann doch nicht, und dann tun sie es plötzlich doch wieder, und wenn du es ihnen dann glaubst, schlafen sie mit einem jungen Mädel von der Beleuchtung. Was ist bloß los mit diesen Leuten?«

»Zwei Gesichter«, sagte Mia. »Schwer zu wissen, was wahr ist.«

Zwei Gesichter?

Spiel mit den Geschlechtern?

Ein Schauspieler?

»Verlogenes Scheißpack«, sagte Susanne ein wenig zu laut.

Ihre Stimme war in der ganzen Kneipe zu hören, und ein paar andere Gäste schauten zu ihnen herüber.

»Aber das geht vorüber, oder nicht?«, fragte Mia und legte ihrer Freundin die Hand auf den Arm.

»Es geht immer vorüber. Und dann fängt es wieder von vorne an. Ein ewiger Reigen, wie in Ibsens Peer Gynt. Immer im Kreis, und plötzlich ist das Leben vorüber, ohne dass die Liebe gekommen ist.«

»Du bist jetzt betrunken«, sagte Mia und streichelte Susannes Arm. »Du redest nur noch Unsinn. Wollen wir dich ins Bett bringen?«

Mia war inzwischen auch schon reichlich angetrunken. Sie leerte ihr Bier und sah zu, wie Susanne versuchte, mehr von ihrem zu trinken.

»Ich muss immer allein nach Hause gehen«, sagte Susanne und wischte sich eine Träne ab.

Mias Telefon klingelte. Wieder Gabriel Mørk. Mia schaute Susanne an.

»Mach nur.« Susanne nickte. »Herrgott. So schlimm ist es auch wieder nicht, ich will bloß ein bisschen jammern.«

Mia nahm das Telefon und ging auf den Hinterhof.

»Ja?«

»Hier ist Gabriel. Es gibt noch einen toten Link.«

»Hast du nichts gefunden?«

»Doch, die Nummer gehört einer gewissen Veronica Bache.«

»Hervorragend, Gabriel. Wer ist das?«

»Die Frage ist wohl eher, wer das war. Veronica Bache wurde vierundneunzig. Sie ist 2010 gestorben.«

»Wie kann das sein?«

»Sie war alt.«

»Ja, das ist schon klar, aber wie kann es sein, dass ihr Telefon vor zwei Monaten benutzt wurde, wenn sie seit 2010 tot ist?«

»Keine Ahnung, Mia. Ich bin jetzt echt müde. Ich bin seit fast dreißig Stunden wach.«

»Dann schlaf erst mal. Wir reden morgen weiter.«

Sie beendete das Gespräch und ging wieder ins Haus. Susanne saß nicht mehr am Tisch, sie stand schwankend am Tresen. Versuchte, dem Barmann einzureden, sie sei nüchtern genug für eine weitere Runde, aber der Mann ließ sich nicht überzeugen. Mia packte ihre Blätter zusammen, zog ihre Lederjacke an und führte Susanne aus dem Lokal.

»Ich bin nicht betrunken«, sagte Susanne.

»Ich glaube, du übernachtest heute bei mir«, sagte Mia. Sie legte den Arm um die Freundin und geleitete sie durch die nassen Straßen Richtung Hotel.

• 35 •

Die Frau mit dem braunen und dem blauen Auge stand vor dem Spiegel im Badezimmer. Sie öffnete den Schrank und nahm die Linsen heraus. Blau, heute. Blaue Augen bei der Arbeit. Nicht zwei Farben in den Augen. Nicht bei der Arbeit. Bei der Arbeit war sie nicht sie selbst. *Bei der Arbeit weiß niemand, wer ich bin.* Und es war ja auch gar nicht die richtige Arbeit. Es war nur äußerlich. Nur für alle anderen. Sie band ihre Haare zu einem straffen Pferdeschwanz und beugte sich zum Spiegel vor. Setzte vorsichtig die Linsen ein und blinzelte ein bisschen. Setzte ein falsches Lächeln auf und betrachtete sich. Hallo, ich bin Malin. Ich bin Malin Stoltz. Ich arbeite hier. Ihr glaubt, mich zu kennen, aber ihr habt keine Ahnung. Hallo, seht doch mal, wie gut ich lügen kann. Und lächeln. Und so tun, als ob es mich interessiert, worüber ihr redet. Nein, wie unangenehm, der Hund ist krank? Ich hoffe, er wird bald wieder gesund. Ein Glas Saft, aber natürlich, Frau Olsen. Ich werde das Bett bald neu beziehen, dann fühlen Sie sich wohl, es gibt nichts Schöneres als saubere Bettwäsche. Die

Frau mit dem blauen und dem braunen Auge verließ das Badezimmer und ging ins Schlafzimmer. Öffnete den Kleiderschrank und nahm ihre Arbeitskleidung heraus. Weiße Kleider, eine schöne Regel. Wenn wir die gleiche Kleidung tragen, sind wir alle unsichtbar. Wenn die Augen nicht unterschiedlich gefärbt sind. Und das sind sie nicht. Sie sind blau. Meerblau. Norwegische Augen. Schöne Augen. Butterbrote im Pausenzimmer. Ja, du meine Güte, genau das sage ich auch immer. Sie hätte auf jeden Fall rausfliegen müssen, ich habe nicht für sie gestimmt, sie kann doch gar nicht tanzen. Tote Gesichter. Leer. Leer. Leere Worte. Münder, die sich unter leblosen Blicken bewegten. Hat er das wirklich gesagt? Ist das dein Exmann? Großer Gott. Ja, natürlich bin ich bei Facebook. Kaffee. Um acht. Manchmal Abendschicht. Den Wagen in die Garage stellen. Aber das ist doch nicht die wirkliche Arbeit, oder? Nicht die Wirklichkeit? Nein, die Wirklichkeit ist eine ganz andere.

Die Frau mit dem blauen und dem braunen Auge trat auf den Gang hinaus, nahm sich Jacke und Tasche und lief die Treppe hinunter und zu ihrem Auto. Sie ließ den Motor an und schaltete das Radio ein. Sie sind verschwunden, aber es findet sie doch niemand? Nicht alle können Kinder bekommen. Wer bestimmt das eigentlich? Wer bestimmt, wer ein Kind bekommen darf? Manche verlieren ein Kind. Wer bestimmt, wer ein Kind verlieren muss? Das ist die wirkliche Arbeit. Nicht das hier. Doch, einige wissen das, aber sie verraten es nicht.

Die Frau mit dem blauen und dem braunen Auge suchte einen anderen Sender. Überall kam das Gleiche. Die Mädchen sind verschwunden, und niemand weiß, wo sie sind. Wo sind die Mädchen? Leben sie noch? Sind sie irgendwo eingesperrt? Wie viele Mädchen braucht man? Wie viele

Kinder soll man bekommen? Zwei Komma drei, ist das nicht normal? Normal? Ist man nicht normal, wenn man keine Kinder hat? Wenn man keine Kinder bekommen kann? Die Frau mit dem blauen und dem braunen Auge fuhr langsam aus der Innenstadt hinaus. Es ist wichtig, langsam zu fahren, wenn man unsichtbar sein will. Wenn jemand den Wagen anhält, können sie sonst feststellen, dass er nicht dir gehört. Dass du nicht Malin Stoltz heißt. Dass du ganz anders heißt. Das ist nicht gut. Langsam ist besser. Manchmal kann man sich in voller Offenheit verstecken, wie bei der Arbeit. Manche glauben, man brauche eine Ausbildung, um eine Stelle zu bekommen. Das tut man nicht. Man braucht nur Papiere. Papiere sind nicht schwer zu fälschen. Zeugnisse sind nicht schwer zu fälschen. Die Frau mit dem braunen und dem blauen Auge bog vom Drammensvei ab und fuhr zu dem weißen Steinhaus hoch. Sie hielt an und ging auf den Eingang zu. Zehn vor acht. Wenn man pünktlich kommt und seine Pflicht tut, werden keine Fragen gestellt.

Sie ging ins Haus und dann in die Personalgarderobe. Hängte ihre Jacke und die Tasche in den Schrank und musterte sich abermals im Spiegel. Ich habe zwei blaue Augen. Ich bin eine Holde mit Augen so blau. Was für ein Blödsinn. Die wirkliche Arbeit ist etwas ganz anderes. Manchmal kann man sich in voller Offenheit verstecken. Die Frau mit dem blauen und dem braunen Auge zog ihren Pferdeschwanz straffer und ging ins Stationszimmer.

»Hallo, Malin.«

»Hallo, Eva.«

»Wie geht es dir?«

»Sehr gut. Und dir?«

»Lange Nacht. Helen Olsen ging es wieder schlechter. Ich musste einen Krankenwagen rufen.«

»Ach, hoffentlich geht es gut.«

»Ja, es ist schon wieder besser. Sie kommt heute zurück.«

»Gut. Das ist gut. Wie geht es deinem Hund?«

»Besser. Es war doch nicht so schlimm, wie wir dachten.«

Ich bin nicht krank. Du bist krank.

»Wer hat heute Dienst?«

»Du und Birgitte und Karen.«

Du bist krank. Nicht ich.

»Was ist das da?«

Die Frau mit dem blauen und dem braunen Auge entdeckte über der Kaffeemaschine einen Zeitungsartikel.

Pflegeheim Høvikvei 10 Jahre!

»Oh ja, das wird lustig. Ein großes Fest am Freitag.«

»Herrgott, wie nett!«

»Kommst du?«

»Ja, natürlich. Natürlich komme ich.«

Ihr seid alle krank. Das ist nicht die Wirklichkeit.

»Von den Mädels wollen ein paar vorher irgendwo was trinken gehen, kommst du mit?«

»Natürlich komm ich mit. Herrgott, wie nett. Soll ich irgendwas mitbringen?«

»Sprich mit Birgitte, sie organisiert das Ganze.«

»Schön, dann tu ich das.«

»Ich freu mich.«

»Ich mich auch.«

»Dann guten Dienst, Malin.«

»Danke, und komm gut nach Hause. Grüß deinen Mann.«

»Danke, werde ich.«

Die Frau mit dem blauen und dem braunen Auge schenkte sich eine Tasse Kaffee ein und gab dann vor, die Zeitung zu lesen.

• 36 •

Mia Krüger saß mit Sonnenbrille im obersten Stock, wo das Hotel das Frühstücksbüfett gedeckt hatte. Sie hatte furchtbare Kopfschmerzen und erinnerte sich nur vage an das Ende des Vorabends. Sie hatte Susanne auf dem ganzen Weg gestützt, aber sie hatten es offenbar geschafft, unterwegs in eine weitere Kneipe zu fallen. Wo waren sie gewesen? Mia leerte ein Glas Orangensaft und zwang zwei Gabeln Speck hinunter. Ihr war kindisch schlecht, und sie musste sich eingestehen, dass sie die gestrige Aktion bereute. Hatte sie im Suff Holger auch noch angerufen? Sie begann sich dunkel zu erinnern, dass sie ganz sicher gewesen war, ihm etwas erzählen zu müssen, was sie entdeckt hatte und was keinen Aufschub duldete. Aber egal, Susanne kam von der Toilette und kroch regelrecht an den Tisch. Sie sah noch schlimmer aus als Mia, fing gerade erst an, wieder nüchtern zu werden.

»So kann das nicht weitergehen«, seufzte Susanne, als ob sie Mias Gedanken gelesen hätte.

»Nein, wirklich nicht«, sagte Mia und nickte. »Schlechte Gesellschaft.«

»Ich bin schlechte Gesellschaft?«, fragte Susanne.

»Nein, nein, so war das nicht gemeint, wir umgeben uns mit schlechter Gesellschaft, das ist nicht unsere Schuld«, sagte Mia.

»Schauspieler. Verdammte, egozentrische Affen. Wen interessiert das eigentlich? Inzestuöse Bande, schlafen miteinander und reden übereinander und glauben, andere fänden es interessant, wer welche Rolle kriegt und was der darüber sagt, ob die glaubt, was der dazu sagt, dass der Regisseur mit der da pennt und nicht mit ihr.«

»Raus damit.« Mia schmunzelte hinter ihrer Sonnenbrille.

»Ja, verdammt. Sieh mich an, sieh mich an, sieh mich an, ich gehe noch zur Schule.«

Mia war am Vorabend so kurz davor gewesen, fast hatte sie eine Lösung gesehen. Sie hatte jetzt eigentlich nur Lust, sich in ihrem Hotelzimmer einzuschließen, um wieder in die Unterlagen einzutauchen. Da fühlte sie sich am wohlsten. Im Fall. Tief drinnen. Da war sie zu Hause.

»Fuck, wir haben heute um zwölf Kostüm, das habe ich total vergessen«, sagte Susanne.

»Kostüm?«

»Erste Probe mit Kostümen und allen Requisiten und so.«

Mia nickte und schaute auf die Uhr.

»Das schaffst du, es ist erst halb elf.«

»Warum hattest du gestern den Anfang von Hamlet auf deinem Zettel stehen?«

»Dienst«, sagte Mia. »Darf ich nicht sagen.«

»Alles klar.« Susanne nickte. »Hab mich nur ein bisschen gewundert.«

»War vielleicht richtig«, sagte Mia.

»Geht es um die verschwundenen Mädchen?«

»Darüber darf ich nichts sagen, Susanne.«

»Ich hab im Theater jemandem erzählt, dass ich dich kenne, war das blöd von mir?«

»Nein, das macht nichts, wieso?«

»Wir haben da eine Frau im Ensemble, Pernille Lyng. Spielt die Ophelia. Das eine verschwundene Mädchen ist ihre Nichte. Sie ist total fertig.«

»Ach so«, sagte Mia.

»Ja, Andrea. Du weißt doch?«

»Darüber darf ich wirklich nichts sagen, Susanne.«

»Nein, natürlich nicht. Ich find es nur komisch.«

»Was denn?«

»Na ja, dass sie so kurz vor der Premiere verschwunden ist, und du hast den ersten Satz auf deinem Zettel stehen. Ich dachte, da gäbe es vielleicht einen Zusammenhang.«

Mia lächelte kurz und legte ihre Hand auf die ihrer Freundin.

»Wir reden nicht mehr darüber, ihr habt doch auch so schon Drama genug, oder? Das sind nur Zufälle, die haben nichts miteinander zu tun, okay?«

»Okay.« Susanne nickte. »Scheißsuff, ich krieg nur Angst davon.«

»Stimmt.« Mia gab Susanne Recht. »Ich werde nie wieder trinken.«

»Ja, das sag ich auch immer, am Tag danach.« Susanne verzog das Gesicht. »Aber sowie ich wieder in Form bin, hab ich das vergessen, ist das nicht komisch?«

»Ja, wirklich bizarr«, lachte Mia.

»Aber jetzt muss ich los«, sagte Susanne und stand auf. »Muss nach Hause und mich umziehen. Zu viele scheele Blicke, wenn ich in denselben Klamotten aufkreuze wie am Vortag. Dann dauert es nicht lange, und alle schauen sich um und überlegen, ob auch andere nicht zu Hause übernachtet haben, verstehst du?«

»Verstehe.« Mia nickte.

Sie stand ebenfalls auf und umarmte Susanne.

»Danke für die Hilfe«, sagte Susanne. »Treffen wir uns bald wieder?«

»Gern.« Mia nickte. »Aber kein Bier. Tee oder sowas.«

»Na gut.« Susanne lächelte.

Die blonde Freundin griff nach ihrer Tasche und verließ eilig den Frühstückssaal, während sie versuchte, möglichst nüchtern auszusehen.

• 37 •

Holger Munch saß vor Mikkelsons Büro in Grønland und war ziemlich genervt. Er bereute es, dass er die Telefonüberwachung genehmigt hatte, jetzt wollten plötzlich alle ein Treffen, von Angesicht zu Angesicht. Er hatte keine Zeit für sowas. Die Mädchen lebten noch, aber bald würden sie sterben. So war das. Wenn es derselbe Täter war. Und das war der Fall. Eine etwas unterschiedliche Herangehensweise, Abweichung von der Methode, aber es war dieselbe Täterin. Aber sie hatten keine Spur von dieser Frau. Tausende von Anrufen, aber keiner hatte etwas gebracht. Kein einziger. Wenn die Zeugenaussage überhaupt zutraf. Er wirkte zuverlässig, der Rentner. Eine Frau. Zwischen dreißig und fünfunddreißig. Etwa eins siebzig. Glatte Haare unter einer Kapuze. Gerade Nase. Blaue Augen. Schmaler Mund. Es könnte jede sein. Wo hielt sie die Mädchen gefangen? Waren sie schon tot?

Munch zog ein Kaugummi aus der Tasche und trommelte mit den Fingern auf die Stuhlkante. Er hatte mit Mia verabredet, dass er kurz im Pflegeheim bei seiner Mutter vorbeischaute, nur um die Sache aus der Welt zu schaffen, aber er spielte mit dem Gedanken, diesen Besuch abzusagen. Eigentlich hatte er keine Zeit. Jedenfalls nicht, wenn er den halben Tag mit solch unnützen Gesprächen verbringen musste. Kurz ins Pflegeheim, seinen Standpunkt klarmachen, dann wieder weg. So musste es sein. Er musste die Sache klären, ehe es zu spät war. Ehe das Familienerbe in den Taschen irgendeines Scharlatans landete, der ewiges Leben im Himmel verhieß, wenn sie alles verschenkte, was sie besaß. Er schaute auf die Uhr in seinem Telefon und merkte, dass er immer genervter wurde.

Andrea und Karoline waren verschwunden. Sie sind während seiner Schicht verschwunden, nachdem er den Fall übernommen hatte. Bald würde jemand sie betäuben. Sie waschen. Ihnen Puppenkleider anziehen. Sie aufhängen, mit der Schultasche auf dem Rücken. Wenn er sie nicht rechtzeitig fand. Holger fühlte sich wie gefangen in einem Nebel. Er wusste im Moment einfach nicht, in welche Richtung sie gehen sollten. Wie der nächste Schritt aussehen würde. Eine Frau, die niemand kannte, war alles, was sie hatten. Der Transvestit Roger Bakken. Diese Spur konnten sie eigentlich abhaken. Mia hatte ihn mitten in der Nacht angerufen, total blau, hatte ihm unbedingt etwas sagen müssen, hatte eine Entdeckung gemacht, aber sie hatte so genuschelt, dass er sie gebeten hatte, lieber schlafen zu gehen. Die Telefone wurden doch abgehört. Und das war nicht immer gut. Er musste mit Gabriel reden. Es musste doch möglich sein, die Gespräche zu löschen, die eindeutig privat waren. Sie aus dem Protokoll heraushalten. Wie das mit Mia letzte Nacht.

»Holger, komm rein.«

Mikkelson sah besorgt aus. Munch konnte die Furchen auf seiner Stirn zählen.

»Wie weit sind wir?«, fragte Mikkelson, als Munch sich gesetzt hatte.

»Wie gestern«, sagte Munch. »Keine Hinweise auf das Phantombild von der Frau, wir überprüfen das noch, aber es sieht mau aus, leider.«

»ALFA 1 und keine Spur von den Mädchen, wie ist das möglich?«

»Ich versteh das auch nicht. Das ist alles sehr gut geplant, mehr kann ich momentan nicht sagen. Wenn es ein Zufall wäre, hätten wir sie schon längst.«

»Das reicht nicht, das reicht einfach nicht«, fauchte Mikkelson.

»Hast du mich deshalb herbestellt?«, fragte Munch trocken. »Du hättest mich auch am Telefon zusammenfalten können.«

»Ja, nein, entschuldige.«

Mikkelson nahm die Brille ab und rieb sich die Augen. Kein gutes Zeichen. Da braute sich etwas zusammen.

»Ich kriege Druck von oben«, sagte er schließlich und setzte die Brille wieder auf.

»Von wem? Justiz?«

»Das kann uns jetzt egal sein.«

»Wir tun, was wir können.«

»Ja, das habe ich erklärt, aber darum geht es nicht.«

»Und wo liegt das Problem?«, fragte Munch.

Seine Geduld ging langsam, aber sicher zu Ende. Er hatte wirklich Wichtigeres zu tun.

»Es geht um Mia«, sagte Mikkelson und sah Munch an.

»Was ist mit Mia?«

»Na ja.«

Mikkelson nahm die Brille wieder ab.

»Sie halten sie für ein Risiko. Ich soll sie von dem Fall abziehen.«

»Sie von dem Fall abziehen? Hast du denn völlig den

Verstand verloren? Wir haben sie doch gerade erst hergeholt. Sie wollte nicht, kapierst du das? Sie wollte nicht, und wir haben sie überredet. Weil wir Scheißegoisten sind. Und jetzt soll sie wieder weg? Kommt nicht in Frage.«

»Nun reg dich nicht so auf, Munch. Das war nicht so gemeint.«

»Wie war es denn dann gemeint?«

»Ich habe gemeint ...« Mikkelson setzte die Brille wieder auf.

Die Furchen auf seiner Stirn waren jetzt noch tiefer.

»Ja, ist sie ganz ... na ja, gesund?«

»Dazu hab ich keine Zeit«, sagte Munch seufzend und erhob sich. »Zwei Mädchen werden irgendwo gefangen gehalten, und das Justizministerium scheißt sowas aus? Haben wir denn keine anderen Sorgen?«

»Hüte deine Zunge, Munch, du bist im Dienst.«

»Ach, halt die Fresse, Mikkelson. Die Truppe? Soll das dein Ernst sein? Die Truppe? Der gute Ruf der Truppe? Interessiert uns der jetzt plötzlich? Geht es dem Ministerium darum? Was sagt das Ministerium zu den Fällen, wo Mia dafür gesorgt hat, dass wir ziemlich gut dastanden? Der russische Diplomat, der gern Nutten umgebracht hat? Wer hat damals dafür gesorgt, dass wir gut dastanden? Warst du das, Mikkelson? Warst du dabei? Die beiden Alten, die in ihrer Wohnung in Kolsås überfallen und umgebracht worden sind? Hast du dafür gesorgt, dass der Fall aufgeklärt wurde, Mikkelson? Und was hat das Ministerium damals gesagt?«

Munch drehte sich um und ging zur Tür.

»Es ist mir absolut bewusst, was Mia für uns getan hat«, sagte Mikkelson. »Die Nation steht in ihrer Schuld, wolltest du das hören? Danke, danke. Norwegen dankt ihr.

Aber neue Zeiten, was? Bjørn Dæhlie und Vegard Ulvang. Phantastische Skiläufer. Jede Menge Goldmedaillen. Aber das ist vorbei, oder? Heute können wir sie nicht mehr antreten lassen, verstehst du, was ich meine?«

»Großer Gott«, seufzte Munch. »Nein, ich verstehe ganz und gar nicht, was du meinst. Was zum Teufel haben irgendwelche Langläufer damit zu tun? Hast du total den Überblick verloren? Wir reden hier vom Tod, Mikkelson, nicht von erwachsenen Männern in Strumpfhosen, die versuchen, als Erster auf Brettern ins Ziel zu kommen. Vom Tod, Mikkelson. Zwei sechsjährige Mädchen. Verstehst du?«

Munch griff nach der Türklinke. Er war jetzt außer sich vor Wut.

»Schon gut, schon gut«, sagte Mikkelson. »So war das nicht gemeint. Sie kann erstmal weitermachen, aber wenn dieser Fall aus und vorbei ist, verstehst du, Munch. Dann ist sie fertig, so oder so. Und ich kann nichts daran ändern. Außerdem …«

Mikkelson öffnete eine Schublade und nahm eine Visitenkarte heraus.

»… muss sie sich bei dem hier melden.«

Mikkelson reichte Munch die Visitenkarte.

»Bei einem Psychiater?«

»Das verlangt das Ministerium.«

»Der Teufel soll dich holen, Mikkelson. Warum hast du das nicht gesagt, ehe ich sie von der Insel geholt habe?«

Mikkelson hob die Hände.

»Politik.«

»Politik, am Arsch!«

Er legte die Karte zurück auf Mikkelsons Schreibtisch.

»Sie geht zu keinem Psychologen.«

»Psychiater!«

»Ach, halt die Fresse. Ist doch Jacke wie Hose. Sie muss ihre Arbeit machen. Ich habe die Verantwortung, das hab ich ja schon gesagt.«

»Das hast nicht du zu entscheiden«, sagte Mikkelson.

Der Polizeichef klappte seinen Laptop auf und öffnete eine Tondatei. Munch erkannte die Stimmen sofort. Es war sein nächtliches Telefonat mit Mia.

»Hier Munch.«

»Holger, Holger, lieber Holger.«

»Bist du das, Mia? Wie spät ist es?«

»Das ist nicht echt. Es ist nur ein Spiel. Roger Bakken hatte ein blaues und ein braunes Auge. Wir müssen hier rein, Susanne. Ja, geh du nur ins Bett. Ich helf dir beim Ausziehen. Hörst du, was ich sage, Holger?«

Mias nuschelnde Stimme. Munch seufzte, als Mikkelson die Aufnahme ausschaltete.

»Müssen wir uns noch mehr anhören?«, fragte Mikkelson.

»Sie war betrunken, klar?«

»Wie würde es sich wohl machen, wenn die Zeitungen das abfingen?«

Mikkelson ließ sich in seinem Sessel zurücksinken.

»Na gut«, sagte Munch. »Sie geht zu diesem Psychiater, in Ordnung? Sind wir dann so weit?«

»Dann sind wir so weit«, sagte Mikkelson.

Munch nahm die Visitenkarte vom Schreibtisch und verließ das Büro ohne ein weiteres Wort.

• 38 •

Mia stand vor dem Hotel auf der Straße und bereute ihre Einwilligung, Munch zum Pflegeheim zu begleiten. Sie war nach dem Frühstück mit Susanne gleich wieder ins Bett gegangen. Mit leichten Gewissensbissen natürlich, aber sie war so müde, ihre selbsterfundene Diät von Hitra steckte ihr noch immer in den Knochen. Und sie arbeitete ja die ganze Zeit, ihr Kopf hatte nie Ruhe, egal ob sie unter der Decke lag, in einem Auto saß oder im Büro war, sie war ja doch ununterbrochen im Dienst. Hatte nie Ruhe vor ihren Gedanken. Sie träumte sich für einen Moment zurück auf ihre Insel. Zu Sonnenaufgang und Meer. Sie brauchte mehr Schlaf. Es war zu spät geworden. Mit seiner Mutter reden, das müsste er doch allein schaffen? Sie zog eine Pastille aus der Tasche und überlegte, ob sie ihn anrufen sollte, sich eine Entschuldigung ausdenken, aber es war zu spät. Sie fluchte innerlich und stieg in den Audi, der auf sie zukam und am Straßenrand hielt.

Holger Munch sah nicht gerade gutgelaunt aus, aber Mia mochte keine Fragen stellen.

»Du musst dir noch ein Telefon zulegen«, sagte Munch.

»Wieso das denn?«, fragte Mia und nahm wieder eine Pastille aus ihrer Tasche.

»Du hast mich heute Nacht angerufen.«

»Verdammt, ich hab's ja geahnt.«

»Im Suff?«

»Alte Freundin aus Åsgårdstrand.«

»Alles klar«, sagte Munch. »Du weißt, dass wir abgehört werden?«

Mia gab keine Antwort. Sie versuchte, sich daran zu erinnern, was sie gesagt hatte, aber es kam nichts zurück. Und das spielte jetzt auch keine Rolle mehr.

»Was hast du denn herausgefunden?«

»Roger Bakken hatte eine Freundin. Eine, mit der er zusammen war, wenn er Randi war.«

»Kennen wir sie?«

Mia schüttelte den Kopf.

»Nein, aber sie hat unterschiedliche Augenfarben.«

»Wie meinst du das?«, fragte Munch neugierig. »Ist das möglich?«

»Ja, ein blaues und ein braunes. Das ist offenbar ein angeborener Defekt.«

»Hilft uns das weiter?«

»Wir müssen doch alles versuchen, findest du nicht?«

Munch kurbelte das Fenster herunter und steckte sich eine Zigarette an. Mia mochte im Auto keinen Zigarettenrauch, schon gar nicht, wenn ihr so elend war wie an diesem Tag, aber sie sagte nichts. Munch wirkte müde. Verzweifelt.

»Und?«

»Gabriel hat eine Nummer aus Bakkens Telefon.«

»Das hab ich gehört.« Munch nickte. »Veronica Bache. 2010 verstorben.«

»Wisst ihr schon mehr über sie?«

»Nicht sehr viel bisher. Zuletzt war sie unten in Vika gemeldet, sie hat da zusammen mit ihrem Urenkel gewohnt, einem gewissen Benjamin Bache, Schauspieler. Weißt du, wer das ist?«

»Nein.«

»Nationaltheater. Ist oft in den Zeitschriften. Promi, du weißt schon.«

Mia überlegte. Das ging heute langsam. Sirup im Gehirn.

Sie beschloss ein weiteres Mal, nicht mehr zu trinken. Jedenfalls während der laufenden Ermittlungen. Falls die je ein Ende nehmen würden. Sie ärgerte sich einen Moment darüber, dass sie sich von Susanne hatte stören lassen. Sie hätte sich stattdessen weiter in die Materie vertiefen müssen. Sie war doch schon auf dem besten Weg gewesen. Da war noch mehr gewesen, etwas, das sie nicht richtig zu fassen bekommen hatte.

»Irgendwer hat seit zwei Jahren ihr Telefon. Bezahlt die Rechnungen, deshalb läuft der Vertrag noch, so muss es sein, oder nicht?«, fragte Mia.

»Doch, doch«, seufzte Munch.

»Was glaubst du also? Der Urenkel mit Zugang zu den Rechnungen? Dieser Schauspieler?«

»Durchaus möglich. Hab schon versucht, ihn zu erreichen, aber er hatte irgendeine Probe. Wir müssen so schnell wie möglich mit ihm reden.«

»Was macht der Lungenkrebs?«, fragte Mia und öffnete auch ihr Fenster.

»Komm mir ja nicht so«, fauchte Munch. »Ich trinke nicht, ich …«

»Du rührst keinen Kaffee an, da musst du doch verdammt noch mal ab und zu eine rauchen dürfen, alles klar«, Mia lachte.

»Warum bist du so gut gelaunt?«

»Einfach so«, sagte Mia. »Ich glaube, ich hab was gefunden. Vielleicht.«

»Was denn?«

Munch bog in den Drammensvei ab und fuhr den Høvikvei hoch.

»Du weißt doch, diese ganze Symbolik?«, fragte Mia jetzt.

»Ja?«

»Findest du nicht, dass die irgendwie unsystematisch ist?«

»Kann schon sein«, sagte Holger. »Das weißt du besser.«

»Nein, wirklich, Holger, das ist mein Ernst.«

»Ist mir schon klar, aber ich kann deinem Gehirn nicht auf allen Umwegen folgen. Davon wird mir nur schwindlig.«

Das murmelte er, als er vor dem Pflegeheim hielt.

»Here we go«, seufzte er und zog den Zündschlüssel ab.

Mia war ziemlich sicher, dass er sich bekreuzigt hätte, wenn er Katholik gewesen wäre. Holger Munch war alles andere als erbaut darüber, dass ihm dieses Gespräch bevorstand.

»Wird schon gut gehen«, sagte Mia. »Keine Panik.«

»Ich brauche noch eine Zigarette«, sagte Munch und stieg aus dem Auto.

Mia ging ihm nach und nahm die Sonnenbrille ab. Es ging ihr jetzt etwas besser. Und es war schön hier draußen in Høvik. Sie war nun doch froh, dass sie mitgekommen war.

»Gib mir mal eine Chance«, sagte Munch und nahm sich die Zigarette.

»Jetzt?«

»Ja, warum nicht? Lass mich mal in deinen Kopf schauen.«

»Na gut«, sagte Mia und setzte sich auf die Motorhaube. »Was ist das erste Zeichen, das uns der Täter gegeben hat?«

»Suchen wir nicht eine Frau?«

»Scheiß jetzt drauf, was ist das erste Zeichen?«

Munch zuckte mit den Schultern.

»Die Kleider?«

»Nein.«

»Die Schultaschen?«

»Nein.«

»M 10:14, ›Lasset die Kindlein zu mir kommen‹?«

»Nein.«

»Dann sag schon.«

Munch seufzte und zog an seiner Zigarette.

»Rikke JW«, sagte Mia.

»Und warum ist das das erste?«

»Weil es nicht stimmt, und alles andere stimmt, hab ich Recht? Es ist ein Teil eines einheitlichen Profils, aber das sollen wir uns nicht ansehen. Wir müssen außen nachschauen.«

»Also gut«, sagte Munch, jetzt ehrlich interessiert.

»Das Erste, was nicht stimmt?«

»Der Name auf dem Buch?«

»Genau. Das ist ein eindeutiges Zeichen.«

»Wofür denn?«

»Für Bewusstsein, Holger, großer Gott, reiß dich doch mal zusammen.«

»Bewusstsein?«

»Ich geb auf«, seufzte Mia.

Holger zog abermals ausgiebig an seiner Zigarette und blies den Rauch in die Frühlingssonne.

»Na gut, Bewusstsein«, sagte Munch. »Alle anderen Zeichen sind Affekt. Waschen, Kleider, Schulsachen. Rikke JW wurde ganz bewusst und mit Absicht von einer Person geschrieben. Von einem erwachsenen Menschen.«

»Gut, Holger.« Mia klatschte ironisch Beifall.

»Ja, ja, ich bin auch nicht total verblödet.«

»Und was bedeutet Rikke JW?«

»Hønefoss.«

»Genau. Und was ist das zweite Zeichen?«

»Schweineblut?«

»Nein, das ist das dritte. Erinnerst du dich an Roger Bakkens SMS-Nachrichten?«

»Ja.«

»Welche stimmt nicht?«

»Stimmen die anderen denn?«

»Ja, verdammt, jetzt reiß dich zusammen, Holger. Ikaros flog zu nah an die Sonne. Adlerflügel. Bye, bye, birdie, ein Schwulenmusical. Bakken war homo und hatte sich einen Vogel tätowieren lassen. Alles stimmt, aber nicht Who's there. Das ist offen, liegt außerhalb.«

»Das ist also unser Zeichen Nr. 2. Who's there.«

Mia nickte. »Ich bin nicht sicher, aber ich habe gestern erfahren, dass Hamlet damit beginnt.«

Munch nahm sich noch eine Zigarette und schaute nervös zur Eingangstür hinüber. Mia musste sich das Lachen verkneifen. Dieser gestandene Mann, Leiter der Sondereinheit, und doch traute er sich nicht, seiner Mutter gegenüberzutreten.

»Und Hamlet hat bald Premiere am Nationaltheater. Veronica Baches Telefon. Der Urenkel. Sollen wir da suchen?«

»Weiß nicht«, sagte Mia und überlegte. »Ich weiß, wonach wir suchen sollen, aber nicht warum. Weiter bin ich nicht gekommen.«

»Und das Schweineblut ist Nr. 3?«

Mia nickte.

»Und das bedeutet?«

»Ich hab doch gesagt, dass ich noch nicht so weit bin«, sagte Mia und zog eine Pastille aus der Tasche. »Gehen wir jetzt bald rein, oder stehen wir den ganzen Tag hier rum? Wenn wir uns langweilen, können wir auch auf den Golfplatz Ballerud gehen.«

Mia zeigte auf ein Schild auf der anderen Straßenseite.

»Wie meinst du das?«, fragte Munch.

»Witziger Name, findest du nicht? Golfplatz Ballerud.«

Munch schüttelte den Kopf, begriff nicht, warum sie so gut gelaunt war, begriff den Witz nicht, fand das, was ihm jetzt bevorstand, auch nicht wirklich witzig. Er drückte die eben erst angezündete Zigarette aus und ging vor Mia die Treppe hoch ins Pflegeheim.

• 39 •

Das Pflegeheim Høvikvei war für die besser Betuchten, das stand fest. Ein typisches Westendheim, dachte Mia, als sie durch die Türen in das helle, offene Foyer traten. Sauber und schön, neue Möbel, moderne Lampen, signierte Kunstdrucke an den Wänden. Mia erkannte mehrere Künstler. Ihre Mutter Eva hatte sich sehr für Kunst interessiert und war mit den Mädchen zu allen Ausstellungen gegangen, die erreichbar gewesen waren. An den Wänden hingen außerdem Fotos von allerlei Unternehmungen. Ein Schrank war mit Pokalen gefüllt. Ausflüge im In- und Ausland. Bridgeturniere. Bowling. Auch wenn das Haus eine Art vorletzte Ruhestätte war, sah es eigentlich gar nicht danach aus. In diesem Pflegeheim war das Leben erst zu Ende, wenn man im Toten Meer gebadet oder einen Preis für den dicksten Kürbis gewonnen hatte.

»Wünsch mir Glück«, seufzte Holger und verschwand in einem Gang.

Zu einem Privatzimmer, vermutete Mia. Mit eigenem Badezimmer, Fernseher, Radio und Service rund um die Uhr. Hier brauchten keine alten Leute tagelang in ihren Windeln zu liegen, ohne Essen und Wasser. Sie setzte sich in einen Sessel und griff nach einer Zeitschrift. *Wir über 60*. Die Zeitschrift für Ihre besten Jahre. *Leichtes Training verhindert Demenz. Toppen Bech hat einen Lippenstift passend zum Auto*. Mia fragte sich, was ihre Großmutter zu diesem Haus gesagt hätte, zu diesen Zeitschriften, und sie schmunzelte. Sie legte die Zeitschrift weg und wollte sich eine andere nehmen, als ihr Blick auf eine der Urkunden an der Wand fiel. *Canastaturnier, Weihnachten 2009. Siegerin: Veronica Bache*. Mia sprang auf, sah genauer hin. Doch. Veronica Bache. Es musste dieselbe sein. Sie ging zu der Glastür weiter hinten und betätigte eine kleine Klingel. Kurz darauf tauchte aus dem Hinterzimmer eine Pflegerin auf.

»Hallo, kann ich Ihnen irgendwie behilflich sein?«

Die Pflegerin passte gut in das Heim. Munter, hübsch und mit roten Wangen. Vielleicht stellen die nur Leute ein, die zur Einrichtung passen, dachte Mia. Keine gebückten verschlissenen Rücken, die sich die Zigaretten selber drehen hier draußen. Die Frau war etwa in ihrem Alter. Groß und gut aussehend, mit knallblauen Augen, die schwarzen Haare zu einem straffen Pferdeschwanz gebunden.

»Mia Krüger«, sagte Mia.

Sie überlegte, ob sie ihren Dienstausweis vorlegen sollte, und entschied sich dagegen.

»Malin. Wen möchten Sie besuchen?«, fragte die freundliche Frau.

»Ich bin mit einem Freund hier, Holger Munch. Er besucht seine Mutter.«

»Hildur, ja«, die Frau mit den blauen Augen lächelte. »Reizende Dame.«

»Das kann man wohl sagen«, erwiderte Mia. »Ich bin nur ein bisschen neugierig, ich habe gerade gesehen, dass Hildurs Freundin Veronica ein Canastaturnier gewonnen hat. Ja, da hängt so eine Urkunde.«

»Das stimmt«, sagte die Frau lächelnd. »Das machen wir jedes Jahr zu Weihnachten. Ich glaube, Veronica hat die letzten drei Jahre vor ihrem Tod immer gewonnen.«

»Ich hab noch nie Canasta gespielt«, sagte Mia.

»Ich auch nicht«, die freundliche Frau blinzelte. »Aber den alten Leuten macht es Spaß.«

»Das ist ja das Wichtigste«, sagte Mia lächelnd. »Aber mir ist da noch etwas eingefallen, entschuldigen Sie bitte die Frage, ich weiß gar nicht, ob Sie die überhaupt beantworten dürfen, aber Bache? Ist sie nicht verwandt mit diesem, ja, Sie wissen schon, diesem tollen Schauspieler?«

»Benjamin Bache?«

»Ja, den meine ich.«

Die Frau mit den blauen Augen sah sie an.

»Hmmm, eigentlich darf ich solche Auskünfte nicht erteilen«, sagte sie amüsiert.

»Schon klar.« Mia nickte. »Hat er sie oft besucht? Haben Sie ihn gesehen? Sieht er in Wirklichkeit auch so gut aus?«

Die Frau mit dem Pferdeschwanz lächelte.

»Er war nicht so oft hier, vielleicht zweimal im Jahr. Und unter uns, im Fernsehen macht er sich besser.«

Sie lachte.

»Ich verstehe«, Mia zwinkerte.

»Möchten Sie eine Tasse Kaffee, während Sie warten? Ich wollte gerade Mittagspause machen, da kann ich Ihnen auch einen Kaffee kochen.«

»Nein, das ist nett, danke«, sagte Mia und kehrte zu ihrem Sessel zurück.

Die Frau mit den blauen Augen lächelte noch einmal und verschwand wieder im Hinterzimmer. In der Ecke stand ein kleiner Fernseher mit Fernbedienung.

Für zwölf Uhr war eine weitere Pressekonferenz anberaumt worden. Mia Krüger war heilfroh, dass ihr die erspart blieb. Die Medien. Sie hatte kein gutes Verhältnis zu den Presseleuten, wenn sie in der Nähe waren, war sie nie entspannt. Man brauchte sozusagen zwei Gesichter. Durfte nie sagen, woran man dachte, sondern nur das, was klug war. Das lag ihr einfach nicht. Sie wollte ehrlich sein dürfen. Es war wohl so wie beim Theater. Manche liebten das Rampenlicht, andere wollten ihre Ruhe. Sie stellte den Ton lauter und suchte NRK. »Die Kindermorde.« Auch hier auf dem Bildschirm war die Schrift grell. Mia Krüger schüttelte den Kopf und stellte noch lauter. Zwei Moderatoren im Studio, vor der Treppe unten in Grønland ein Reporter. Die Pressekonferenz war offenbar verschoben worden. Mia schaltete den Fernseher wieder aus, trat vor die Tür und rief Gabriel an.

»Hallo?«

»Warum sind wir verschoben worden? Ist etwas passiert?«

»Nein, es fängt gleich an.«

»Okay, und macht das heute Anette?«

»Ich glaub schon, und diese andere Juristin. Die mit den kurzen Haaren.«

»Heidi.«

»Kann sein.«

»Weißt du schon mehr über Veronica Bache?«

»Sollte ich?«

»Nein, aber ich hab da was«, sagte Mia. »Kannst du etwas für mich nachsehen?«

Gabriel seufzte.

»Natürlich. – Was denn?«

»Ist was?«

»Nein, nein, es ist nur, na ja, ich muss mich eben überall einarbeiten. Und ja … Meine Freundin ist schwanger.«

»Hey, gratuliere!«

»Ja, danke, äh, ja … was soll ich für dich nachsehen?«

»Ich bin nicht ganz sicher, es ist nur so ein Gefühl. Ich hätte gern Zugang zu dieser Liste vom Pflegeheim, wie heißt die noch gleich …«

»Die Warteliste? Brauchst du einen Platz?«

»Haha, du hast dich aber schnell akklimatisiert, fühlst du dich so wohl bei uns?«, lachte Mia.

»Tut mir leid«, sagte Gabriel. »Ich bin heute einfach sauer.«

»Lass das nicht an mir aus, dass deine Freundin schwanger ist«, sagte Mia grinsend. »Dafür hast du ja selbst gesorgt.«

»Schon, das ja. Ist es eigentlich üblich, dass Schwangere mitten in der Nacht irgendwas wollen? Softeis, zum Beispiel.«

»Also, ich hab gerüchteweise gehört, dass Schwangere seltsame Gelüste kriegen«, sagte Mia.

»Weißt du, wie schwer es ist, mitten in der Nacht Softeis aufzutreiben?«

Mia lachte.

»Ja, sehr witzig«, entgegnete Gabriel.

Der Junge war offenbar wirklich schlecht gelaunt.

»Du weißt, Angestellte und so. Gäste und so.«

»Gäste?«

»Wie heißt das denn, wenn du im Heim wohnst? Insassen? Kundschaft?«

»Ich weiß schon, was du meinst. Ich glaube, die reden von Angestellten und Bewohnern.«

»Schön, kannst du das besorgen?«

»Legal oder wie?«

»Nein.«

»Ich gehe davon aus, dass du mich deckst, wenn ich Ärger kriege?«

»Du bist von Møller eingewiesen worden, höre ich.«

»Ja, stimmt«, seufzte Gabriel.

»Ich übernehme natürlich die Verantwortung«, sagte Mia. »Das Pflegeheim im Høvikvei. Brauchst du die Adresse?«

»Nein, die finde ich. Suche ich etwas Bestimmtes?«

»Kein Ahnung, es ist nur so ein Gefühl, wie gesagt. Munchs Mutter und Veronica Bache im selben Heim, ich meine, da muss man doch mal nachsehen.«

»Munchs Mutter?«

»Hab ich das laut gesagt?«

»Verdammt, muss ich jetzt Munch auch noch anlügen?«, seufzte Gabriel. »Der soll nichts davon wissen, vermute ich?«

»Kluger Junge«, sagte Mia. »Aber jetzt muss ich los. Wann ist das nächste Briefing für alle?«

»Um drei.«

»Schön, bis dann.«

Mia steckte ihr Telefon wieder ein, als Munch auf die Treppe trat. Sie wollte zu ihm gehen, hielt aber inne, als sie sah, dass er nicht allein war. Eine Pflegerin in der gleichen weißen Tracht wie die Frau mit den blauen Augen stand neben ihm. Schön und schlank, mit langen, wogenden rotblonden Haaren. Die Pflegerin lachte laut, legte Munch die Hand auf den Arm, und Munch errötete wie ein Teenager und bohrte die Hände in die Taschen. Mia nahm sich noch eine Pastille und ging ein paar Schritte beiseite. Munch und die Pflegerin wechselten noch ein paar Worte, dann berührte sie noch einmal seinen Arm und ging ins Haus.

»Was war das denn?«, fragte Mia, als Munch zum Auto kam.

»Frag nicht«, sagte Munch und gab sich Feuer.

»Wer war das?«

»Wer denn?«, fragte Munch.

»Na, was glaubst du?«

Munch setzte sich ins Auto, ohne seine Zigarette auszudrücken.

»Ach, die. Das ist, ja, ich glaube, sie heißt Karen. Sie kümmert sich um meine Mutter. Ich musste nur …«

Munch ließ den Motor an und bog auf den Høvikvei.

»Ja? Was musstest du nur?«

»Gibt's irgendwas Neues?«, wechselte Munch das Thema.

»Die Pressekonferenz, jetzt gleich.«

Munch schaltete das Radio ein. Mia konnte Anettes Stimme hören. »Nichts Neues, wir suchen. Wir bitten um Hinweise.« Sie hatten nichts Neues. Aber die Welt verlangte trotzdem Pressekonferenzen. Mia warf Munch einen Blick zu. Er hing seinen Gedanken nach. Sie überlegte, ob sie ihm erzählen sollte, dass Veronica Bache das Pflegeheim mit seiner Mutter geteilt hatte, aber sie verzichtete erst einmal darauf. Gabriel kümmerte sich darum, und Munch schien andere Sorgen zu haben.

»Du musst zum Psychologen«, sagte Munch plötzlich, als sie den Drammensvei erreicht hatten.

»Wie meinst du das?«

Munch zog eine Visitenkarte aus der Jackentasche und gab sie ihr.

»Du musst zum Psychologen.«

»Wer sagt das?«

»Mikkelson.«

»Ja, verdammt!«

»Sieh mich nicht an. Die haben deinen Anruf heute Nacht abgefangen. Die denken, du bist neben der Spur.«

»Das können sie sich abschminken«, fauchte Mia.

»Hab ich auch gesagt.«

»Dann sind wir ja einer Meinung.«

Mia öffnete das Handschuhfach und warf die Visitenkarte hinein, ohne sie sich genauer anzusehen.

»Was für eine Frechheit.«

»Was hast du denn erwartet?«

»Ein bisschen Scheißrespekt.«

»Na, viel Vergnügen dabei«, seufzte Munch. »Sollen wir unterwegs schnell einen Burger einwerfen?«

»Ja, von mir aus gern«, sagte Mia.

Munch nahm die nächste Ausfahrt und hielt vor einer Tankstelle, als es anfing zu regnen.

• 40 •

Der Regen prasselte gegen die Scheiben der *Aftenposten*-Redaktion im Postgirogebäude. Sie hatten sich in Grungs Büro versammelt, um sich die Pressekonferenz anzusehen, die eigentlich für zwölf angekündigt worden und dann um zehn Minuten verschoben worden war. Anwesend waren Mikkel Wold, Silje Olsen und Erik Rønning. Und Redakteur Grung selbst, und obwohl er nicht gern so dachte, hatte Mikkel Wold ausnahmsweise einmal den besten Platz erwischt, im Ledersessel neben Grung. Seit dem Telefongespräch in Skullerud war etwas passiert. Er war avanciert. Stand plötzlich im Mittelpunkt der Ereignisse. Grung stellte den Fernseher leiser und bat um Wortmeldungen.

Sie hatten es für sich behalten. Dass der Täter sich bei ihnen gemeldet hatte. Hatten es nicht veröffentlicht. Noch nicht. Darüber sprachen sie jetzt. Sollten sie es verwenden? Und wenn ja, wie.

»Ich finde, wir warten«, sagte Silje und biss in einen Apfel.

»Und warum?«, fragte Grung.

»Weil wir nicht wissen, ob er verschwindet, wenn wir damit an die Öffentlichkeit gehen.«

»Ich finde, das sollten wir verdammt noch mal machen!«, sagte Erik.

Erik war erst sechsundzwanzig, aber ein begnadeter Journalist, der seit seiner Einstellung vor wenigen Jahren Grungs Augenstern war, und normalerweise saß er in dem Sessel, den jetzt Mikkel innehatte. Wenn der Junge neidisch oder eifersüchtig war, dann verbarg er das gut. Er saß ganz ruhig und breitbeinig da und spielte ein wenig mit einem Stressball aus Gummi.

»Wer sagt denn, dass die Frau nicht morgen bei *VG* anruft? Oder heute Abend bei *Dagbladet*?«, fragte er jetzt. »Wir haben hier eine Chance für einen Scoop, und die haben wir jetzt.«

Mikkel Wold deutete ein Lächeln an. Erik benutzte das Wort »Scoop« neuerdings sehr oft, nachdem er im Vorjahr für eine Serie über die Obdachlosen von Oslo den Scoop-Preis gewonnen hatte.

»Und warum hat sie die anderen dann noch nicht angerufen?«, gab Silje zurück.

Silje und Erik waren wie Tag und Nacht. Sie, Anfang zwanzig, laut, mit Piercing in der Lippe und klaren linksliberalen Tendenzen, jedenfalls für die Maßstäbe von *Aftenposten*. Er, ruhig, gelassen, meistens im Anzug, mit akkuratem Scheitel, der Traum jeder Schwiegermutter, mit verbindlichem Lächeln und leisem Spott. Wenn es in der Redaktion zu Diskussionen kam, dann meistens zwischen diesen beiden.

Mikkel Wold war eher ein Journalist der alten Schule. Notizblock und Stift und immer dicht am Fall, er hatte noch nie über etwas oder jemanden geschrieben, den er nicht persönlich getroffen oder genauer untersucht hatte. Jetzt gab es oft Pressemitteilungen und einen raschen Anruf oder gar keinen Anruf. Was die Kleidung anging, neigte er weder zu Siljes noch zu Eriks Stil. Er war wohl eher dazwischen. Ob er ein bisschen langweilig war? Er hatte das einige Male gedacht. Ob er sich endlich mal zusammenreißen und sich Klamotten zulegen sollte, ja, die so aussahen wie die in den Zeitschriften, die bei seiner Schwester herumlagen, und die »seine Persönlichkeit betonten«? Er war noch nicht dazu gekommen. Die Kleidung in seinem Schrank hing seit fast zehn Jahren da. Es lag irgendwie daran, er wusste nicht genau, wie er das ausdrücken sollte, also, ein eitles Aussehen, egal, mit welchem Stil, fand er, passte nicht zu diesem seriösen Beruf. Aber das konnte jetzt auch egal sein. Der Täter hatte ihn angerufen. Und sonst niemanden.

»Stimmt«, sagte Erik. »Wir müssen die Gelegenheit nutzen.«

»Ach komm, Erik, passiv-aggressives Argumentieren ist uns Frauen vorbehalten, oder?«

»War ich jetzt gerade passiv-aggressiv?«

»Ach, Jesus, jetzt hör doch auf«, lachte Silje.

»Was meinst du, Mikkel?«, fragte Grung und drehte sich zu ihm um.

»Ich bin nicht ganz sicher«, sagte Mikkel und räusperte sich. »Ich finde einerseits, wir können das bringen, das meine ich wirklich.«

»Exklusiv«, warf Erik ein und ließ den Stressball über den Tisch kullern.

»Aber andererseits«, sagte Mikkel, »wäre es blöd, eine oder zwei Schlagzeilen zu verbrennen und dann den Kontakt zu verlieren. Es wäre ja möglich, dass wir helfen können.«

Es wurde wieder still in der Runde.

»Helfen?«, fragte Silje. »Meinst du, zur Bullerei gehen?«

»Zur Polizei«, seufzte Grung. »Wir sind hier nicht bei *Klassekampen*. Wir arbeiten bei *Aftenposten*.«

»Und da dürfen wir nicht Bullerei sagen?«

Silje verdrehte die Augen und biss wieder in ihren Apfel.

»Jedenfalls«, sagte Grung. »Wir müssen uns das unbedingt überlegen.«

»Was denn?«, fragte Erik.

»Ob wir mit unserem Wissen zur Polizei gehen wollen.«

»Wozu sollte das denn gut sein«, seufzte Erik. »Erstens haben wir nichts. Nichts Handfestes. Nichts, was sie verwenden können, aber wir können es verwenden, seht ihr das nicht so?«

»Es ist schon seltsam, dass ich das sagen muss, aber ich stimme Erik wirklich zu. Nicht damit, dass wir nicht zur Bullerei gehen sollen.«

»Zur Polizei«, warf Grung ein.

»Aber wir haben nichts, was sie verwenden können. Noch nicht.«

»Stimmt«, sagte Erik und nickte.

»Wenn wir das jetzt veröffentlichen, wer weiß, was uns dann entgeht? Und außerdem, das ist drei Tage her. Schnee von gestern.«

»Nein, das ist es nicht«, widersprach Erik. »Es ist taufrisch.«

»Pst, jetzt geht's los«, sagte Grung und stellte den Fernseher lauter.

An diesem Tag leitete Anette Goli die Pressekonferenz, zusammen mit der Staatsanwältin Heidi Simonsen.

»Goli und Simonsen«, seufzte Erik und drückte wieder auf seinen Ball. »Wann bringen sie Munch oder Krüger? Ich würde gern mal wieder was über Krüger machen.«

»Ha«, sagte Silje höhnisch. »Wir wissen alle, was du mit Krüger machen möchtest! Etwas über sie? Glaub ich nicht.«

»Pst«, sagte Grung und drehte den Fernseher noch lauter.

Anette Goli hatte gerade die Konferenz eröffnet, als Mikkel Wolds Telefon klingelte. Es wurde ganz still im Besprechungsraum.

Nummer unbekannt.

»Lass es zweimal klingeln!«

»Geh schon ran!«

Grung stellte den Fernseher auf lautlos und murmelte Mikkel Wold etwas vom Lautsprecher zu. Mikkel setzte sich gerade hin, räusperte sich und nahm den Anruf an.

»Ja, Mikkel Wold, *Aftenposten*?«

In der Leitung knackte und rauschte es.

»Wold, *Aftenposten*«, sagte Mikkel noch einmal, jetzt nervöser.

Nichts. Nur Kratzgeräusche.

»Ist da jemand?«, fragte Erik ungeduldig.

Grung und Silje verdrehten die Augen.

»Fresse halten«, flüsterte Grung ziemlich laut.

Sekunden vergingen. Dann ertönte wieder die schnarrende metallische Stimme.

»Ach, wir sind nicht allein?«

Sogar Erik schwieg jetzt, er spielte auch nicht mehr mit seinem Gummiball und riss nur die Augen auf. Sie hatten das alles irgendwie nicht ernst genommen. Der Täter ruft an, was sollte das denn? Der Traum aller Journalisten, oder auch nicht, und jetzt fiel alles Wold in den Schoß? Jetzt gab es keinen Zweifel mehr. Das hier war echt.

»Nein«, sagte Wold. »Sie laufen über Lautsprecher.«

»Oha, was für eine Ehre«, sagte die metallische Stimme spöttisch. »*Aftenposten* hört ihren Lesern zu, das ist ja schön, dann könnt ihr euch die Verantwortung teilen.«

»Wofür denn?«, fragte Mikkel Wold gepresst.

»Dazu kommen wir noch«, sagte die Stimme. »Ich dachte übrigens, du gehst zur Pressekonferenz. Hast du denn keine Fragen?«

»Warum hat das Schwein auf den Boden getropft?«, fragte Wold nervös.

»Braver Junge, das weißt du also noch«, sagte die Stimme.

»Ich bin gut in meinem Job. Ich stelle keine Fragen, die ich mir selbst beantworten kann«, erklärte Wold.

Er schaute zu Grung hinüber, der schüttelte vehement den Kopf und hielt das für die falsche Antwort. Sie mussten mitspielen, nicht dagegen, darauf hatten sie sich vorher geeinigt. Am anderen Ende der Verbindung wurde es still.

»Journalistische Integrität«, lachte die Stimme nach einer langen Pause.

»Ja«, sagte Mikkel.

»Das ist aber niedlich«, sagte die Stimme höhnisch. »Alle wissen doch, dass es keine journalistische Integrität gibt. Das glaubt ihr bloß. Ihr habt doch mitgekriegt, dass ihr Journalisten im vorigen Jahr bei einer Umfrage ganz hinten gelandet seid? Welchen Berufen bringen die Leute Vertrauen entgegen? Ihr seid von Anwälten, Werbefuzzis und Autohändlern geschlagen worden. Habt ihr das nicht mitgekriegt?«

Die metallische Stimme lachte wieder, nicht ganz so gekünstelt diesmal. Erik Rønning schüttelte den Kopf und zeigte auf das Telefon auf dem Tisch. Grung runzelte verärgert die Stirn.

»Aber deshalb sind wir nicht hier«, sagte die Stimme kalt.

»Warum sind wir dann hier?«, fragte Mikkel Wold.

»Unglaublich, du bist heute ja tüchtig. Bist du ganz allein auf diese Frage gekommen?«

»Spiel dich nicht so auf«, sagte Erik plötzlich, er konnte sich nicht länger zusammennehmen. »Woher sollen wir wissen, dass du nicht nur irgendein redseliger Trottel bist?«

Grung war jetzt tomatenrot. Er verlor die Beherrschung und trat unter dem Tisch nach Erik. Es wurde eine Weile still, aber die Stimme verschwand nicht.

»Gute Frage«, sagte sie trocken. »Mit wem habe ich die Ehre?«

»Erik Rønning.«

»Also wirklich, Erik Rønning persönlich. Der Gewinner des Scoop-Preises 2011. Meinen Glückwunsch.«

»Danke«, sagte Erik.

»Was ist das für ein Gefühl, über Obdachlose zu schreiben und dann nach Hause zu fahren und im Whirlpool in Frogner Chardonnay zu trinken?«

Erik wollte etwas sagen, verkniff es sich dann aber.

»Aber natürlich, Rønning, du hast ganz Recht. Woher kannst du wissen, dass ich das bin, was ich zu sein behaupte? Willst du vielleicht ein kleines Spiel spielen?«

»Was für ein Spiel«, brachte Erik heraus.

»Ich nenne es *In den Nachrichten sein*, macht ihr mit?«

Niemand wagte, etwas zu sagen.

»Soll ich die Regeln erklären, ehe ihr antwortet?«, fragte die metallische Stimme. »Ihr vermittelt doch Nachrichten, ich dachte, das könnte auch mal langweilig werden. Warum nicht ausnahmsweise mal die Nachrichten *sein*? Wäre das nicht ein Kick?«

»Was soll das eigentlich alles?«, fragte Mikkel Wold.

»Ihr sollt entscheiden«, sagte die Stime. »Welche lebt und welche stirbt.«

Die vier am Tisch sahen einander an.

»Wie meinen Sie das?«

Die Stimme lachte.

»Was glaubt ihr wohl, was ich meine? Ich habe mich noch nicht entschieden. Andrea oder Karoline? Ihr könnt entscheiden. Ist das nicht nett von mir? Euch zu beteiligen?«

»D-das kann nicht Ihr Ernst sein«, sagte Silje.

»Ach was, auch Mädels dabei. Wer ist das?«

»S-S-Silje Olsen«, stotterte Silje. Langsam begann sie den Ernst der Situation zu überreißen.

»Wie siehst du das Ganze denn, Silje Olsen?«, fragte die Stimme.

»Wie soll ich was sehen?«

Die Stimme lachte wieder.

»Ihr seid so naiv. Es ist doch so einfach. Es ist viel zu einfach. Ich langweile mich. Das tue ich wirklich. Das ist langweilig, ich hatte ein wenig mehr Widerstand erwartet. Komm schon, Mikkel, hast du das geglaubt?«

»Ja«, sagte Mikkel nach kurzem Nachdenken.

»Muss ich denn besser sein als alle anderen? Eine Frau. Ein Rentner beobachtet eine Frau. Wie wäre es mit einer Transe? Hat da schon mal jemand dran gedacht? Einem Obdachlosen? Erik, da kennst du dich doch aus. Was glaubst du, was ein Obdachloser für zweitausend Kronen alles macht? Eine Kapuzenjacke anziehen und mitten in der Nacht in einer Straße in Skullerud auftauchen, er wird sogar hingefahren und abgeholt, glaubst du das? Würdest du ja sagen, Erik, wenn du obdachlos wärst?«

»Sie sind gar keine Frau, wollen Sie uns das sagen?«, fragte Erik kleinlaut.

»Nicht zu fassen, ihr seid noch dümmer, als ich dachte«, sagte die Stimme kalt. »Ich hatte mir wirklich mehr von euch versprochen. Also, das läuft so: Ihr habt eine Minute, um einen Namen zu nennen. Andrea oder Karoline. Die, die ihr aussucht, stirbt heute Abend. Die andere bleibt am Leben. Sie ist in vierundzwanzig Stunden wieder zu Hause. Wenn ihr keinen Namen nennt, sterben beide. Mir ist es egal. Eine stirbt. Eine lebt. Ihr entscheidet. Sind die Regeln klar?«

»Aber Sie können doch nicht einfach«, rief Grung.

»Ich rufe in einer Minute wieder an. Viel Glück.«

»N-N-Nein«, stammelte Silje.

»Ticktack«, sagte die Stimme und legte auf.

• 41 •

Lukas war im Himmel. So kam es ihm jedenfalls vor. Er hatte sich so viele Tage darauf gefreut, auf den dritten Ausflug zu dem Haus im Wald. *Lux Domus*. Haus des Lichts, oder wie Pastor Simon es selbst gern nannte, *Porta Caeli*, Himmelspforte. Wie konnte es etwas so Schönes überhaupt geben? Porta Caeli. Himmelspforte. Sein Körper war den ganzen Tag wie betäubt gewesen, und jetzt, wo sie endlich angekommen waren, konnte er kaum still sitzen und musste sich dazu zwingen. Ganz ruhig auf einem Stuhl vor dem Fenster, während der Pastor den Kindern vorlas.

Der Pastor selbst hatte von Gott die Botschaft empfangen. Dass er dieses Haus bauen sollte. Eine neue Arche. Diesmal nicht für Tiere, sondern für die Auserwählten. Die Eingeweihten. Das Haus des Lichts. Die Himmelspforte. Beim Jüngsten Gericht würden sie aufbrechen. Sonst niemand. Nur sie. Vierzig Auserwählte, mehr nicht. Es gab noch andere Archen auf der Welt, das hatte Gott dem Pastor erzählt, aber sie wussten nicht, wo die anderen waren. Nur dass es sie gab, das war genug, sie würden die anderen Auserwählten im Himmel treffen, das wäre noch früh genug. Im Himmel. Wo blaugrünes Wasser in frischen Flüssen floss und alles aus Gold gebaut war, auf strahlend weißen Wolken. Die Ewigkeit. Die Auserwählten. Für immer.

Lukas schloss die Augen und ließ die Stimme des Pastors in sich wirken. Gottes Stimme, das war sie. Die Kinder, die waren das Wichtigste, das hatte Gott gesagt, reine Kinder, das war wichtig, Kinder, die geläutert und bereit waren, unverdorben, wie im Mutterleib, nicht verschmutzt nach Jahren hier auf Erden, sondern rein, sie mussten geläutert werden. Auch wenn dazu Feuer nötig war. Die Flammen der Hölle. Der Pastor sprach mit sanfter, ruhiger Stimme. Entschieden, als Stellvertreter Gottes, außen hart und innen weich. In Lukas' Kopf strömte jetzt Wasser. Frische saubere Flüsse durch grüne Wälder über weiße Felder vor Häusern aus Gold.

»Meine Kinder, ich werde mich vor euch zeigen, um Menschen aus der Finsternis ins Licht zu führen«, sagte der Pastor. »Ich werde die Wirklichkeit der Hölle offenbaren, damit ihr gerettet werdet und die Wege des Bösen verlassen könnt, ehe es zu spät ist. Eure Seelen werden von mir, dem Herrn Jesus Christus, aus euren Körpern genommen und in die Hölle geschickt werden. Ich werde euch Visionen aus dem Himmel und viele Offenbarungen bringen.«

Der Pastor verstummte für einen Moment und ließ seinen Blick über die Versammlung schweifen. Er machte das gern so. Schaute allen in die Augen. Das war wichtig. Damit alle sehen konnten, dass hinter seinen Augen Gottes Augen lagen. Lukas öffnete seine eigenen und lächelte. Sein Haus sollte gleich neben dem des Pastors liegen, das hatte Gott selbst gesagt. Dort waren nicht viele Kinder, nur acht. Der Pastor hatte sie selbst ausgesucht, alle acht. Fünf Mädchen und drei Jungen, alle fast rein, einige Runden mit der gütigen Stimme des Pastors, dann würden sie bereit sein.

Lukas schaute sich um, um die zu entdecken, die etwas Besonderes war, Rakel. Die Kinder waren sich sehr ähnlich, und so sollte es auch sein, *vor Gott sind wir alle gleich*, aber schließlich fand er sie. Blaue Augen und eine Menge Sommersprossen. Es hatte etwas Ärger mit ihr gegeben. Lukas wusste nicht, warum der Pastor sich wegen dieses kleinen Mädchens so aufgeregt hatte. Was war so besonders an Rakel? Wenn sie aus dem Haus des Lichts weglaufen und den Rest ihres Lebens in der Hölle verbringen wollte, bitte sehr. Warum Zeit für sie vergeuden? Es gab doch genug andere in der Gemeinde?

Er hatte das natürlich nicht laut gesagt. Der Pastor wusste immer, was er tat. Warum hatte er das überhaupt gedacht? Lukas schüttelte den Kopf über seine eigene Dummheit und schloss wieder die Augen. Die Stimme des Pastors durchströmte ihn aufs Neue. Er kniff die Lippen fest zusammen, wie immer, um nicht aus Versehen aufzustöhnen.

»Eines Abends, als ich zu Hause beim Gebet saß, kam der Herr Jesus Christus zu Besuch«, sagte gerade der Pastor. »Ich war seit Tagen im Geiste im Gebet versunken, und plötzlich spürte ich, wie Gott mich erfüllte. Seine Kraft und Herrlichkeit füllten das ganze Haus. Ein strahlendes Licht erhellte das Zimmer um mich herum, und mich überkam ein schönes, herrliches Gefühl. Das Licht flutete in Wellen, Wellen, die rollten und sich miteinander vereinten und wieder trennten. Es war ein unbeschreiblicher Anblick. Und dann sprach der Herr zu mir. Er sagte: Ich bin Jesus Christus, dein Herr, und ich will dir eine Offenbarung geben, um die Heiligen auf meine Rückkehr vorzubereiten und viele zur Gerechtigkeit zu führen. Die Mächte der Finsternis sind wirklich, und meine Urteile sind wahrhaftig. Mein Kind, ich will dich durch meinen Geist in die Hölle führen, und ich will dir viele Dinge zeigen, die die Welt erfahren soll. Ich will mich dir viele Male zeigen, ich will deinen Geist aus deinem Leib nehmen und dich wahrhaftig in die Hölle führen. Lieber Herr, rief ich, was soll ich denn tun? Mein ganzes Wesen wollte zu Jesus rufen, vor Dankbarkeit über seine Nähe. Es war die schönste, friedlichste, freudigste, kräftigste Liebe, die ich je verspürt hatte. Lobpreisungen Gottes strömten aus mir heraus. Ich wollte ihm auf der

Stelle mein Leben geben, damit er es nutzen könnte, um andere Menschen von ihren Sünden zu befreien. Ich wusste, durch Seinen Geist, dass er wirklich Jesus war, Gottes Sohn, der dort in diesem Zimmer bei mir war. Siehe, mein Kind, sagte Jesus, ich werde dich durch meinen Geist in die Hölle führen, damit du sie beschreiben kannst, um dann die Verlorenen aus der Finsternis und in das Licht von Jesu Christi Evangelium zu führen. Sofort wurde meine Seele aus meinem Körper genommen. Dann fuhr ich mit Jesus aus meinem Haus und gen Himmel.«

Der Pastor erhob sich und forderte die Kinder auf, es ihm nachzutun. Sie stellten sich mitten im Raum im Kreis auf. Der Pastor nickte Lukas auffordernd zu. Lukas sprang auf und nahm zwei Kinder an den Händen.

»Lasset uns beten«, sagte der Pastor und senkte den Kopf.

Bald war das ganze Zimmer von Stimmengemurmel erfüllt.

»Vater unser im Himmel. Geheiligt werde Dein Name. Dein Reich komme. Dein Wille geschehe, wie im Himmel, also auch auf Erden. Unser tägliches Brot gib uns heute, und vergib uns unsere Schuld, wie auch wir vergeben unseren Schuldigern. Führe uns nicht in Versuchung, sondern erlöse uns von dem Bösen. Denn Dein ist das Reich und die Kraft und die Herrlichkeit. Amen.«

»Amen«, sagte Lukas noch einmal, er konnte es nicht lassen.

Porta Caeli, die Himmelspforte. Und jetzt waren sie hier. Jetzt mussten sie sich nur noch auf den Tag vorbereiten, der bald kommen würde.

Der Pastor öffnete die Tür und ließ alle Kinder hinaus. Abgesehen von Rakel. Mit Rakel wollte er immer noch einmal sprechen. Vielleicht war es wie bei dem Lamm, das sich verlaufen hatte? Natürlich war es so. Lukas bekam wieder ein schlechtes Gewissen, weil er an der Entscheidung des Pastors gezweifelt hatte.

»Ich glaube, Rakel braucht ein bisschen Zeit allein mit Gott und mir«, sagte der Pastor und gab Lukas ein Zeichen, das Zimmer zu verlassen.

Lukas nickte lächelnd und ging zur Tür.

»Sorg dafür, dass wir nicht gestört werden, Lukas, bitte?«

»Natürlich«, sagte Lukas und machte eine Verbeugung.

Er zog vorsichtig die Tür hinter sich zu. Es wurde allmählich dunkel draußen, er konnte Sterne am Himmel sehen. Er lächelte strahlend und spürte, wie die Wärme wieder in sein Blut strömte. Dahin waren sie unterwegs. Zum Himmel. Er konnte es fast nicht erwarten. Er freute sich so, ja, es war schwer zu erklären, wie sehr er sich freute. Ein konstantes großes, wunderbar prickelndes Gefühl, das ihn übermannte, von den Haaren in die Fingerspitzen und in die Zehen hinunter. Blaugrüne Flüsse und Häuser aus Gold. War das wirklich möglich? Dass er ein solches Glück haben könnte? Lukas verschränkte die Hände über der Brust und lächelte von einem Ohr zum anderen, dann sang er einen Choral, den er gerade erst gelernt hatte.

• 42 •

Es war zweifellos die längste Minute in Mikkel Wolds Leben. Und die kürzeste. Die kürzeste und die längste Minute. Die Zeit schien stehengeblieben zu sein. Und zugleich zerrann sie ihm zwischen den Fingern. Zeit hatte jetzt eine neue Bedeutung. Zeit bedeutete nichts mehr. Die ersten fünf Sekunden lang starrten sie einander nur an. Mikkel sah Silje an, ihr Mund stand offen, und ihre Augen waren groß wie Kuchenteller. Silje warf Grung einen verzweifelten Blick zu, als suchte ein junges Mitglied der Herde bei einem der Älteren Trost, aber bei Grung war kein Trost zu finden. Der sonst so spontane Redakteur starrte abwechselnd das Telefon an, das zwischen ihnen lag, und Mikkel Wold, der jetzt zu Erik Rønning hinübersah.

Erik funktionierte nicht mehr. Es gab keine Regung in seinem Gesicht, keinen Ausdruck. Den Gummiball umklammert, die Kinnlade runtergeklappt, der spöttische Kommentar war ihm nicht mehr über die Lippen gekommen und wanderte wieder zurück in seinen Kopf. Alle vier. Erstarrt. In totalem Schock. Das waren die ersten fünf Sekunden.

Die nächsten fünfzehn waren das genaue Gegenteil. Alle redeten wie auf Kommando wild durcheinander. Panisch, weil alle wussten, dass etwas Schreckliches passieren würde. Wortfetzen, wahllos in den Raum geschleudert.

»Verdammt.«

»Wir müssen eine aussuchen.«

»Verflucht.«

»Und wenn das ein Bluff ist?«

»Mir ist schlecht.«

»Aber zum Teufel, wir können doch nicht einfach …«

»Was, wenn wir keine aussuchen?«

»Vergiss es.«

»Wir müssen doch eine aussuchen.«

»Wir können keine aussuchen.«

»Das geht nicht.«

»Grung?«

»Mikkel?«

»Was sollen wir tun?«

»Wir können keinen Menschen töten.«

»Ich glaube, ich muss kotzen. Mir ist schlecht.«

»Wir können einen Menschen retten.«

»Erik?«

»Silje?«

»Was passiert, wenn wir nichts tun?«

»Beide sterben.«

»Wir können kein kleines Mädchen töten.«

»Lieber Himmel.«

»Wir können ein kleines Mädchen retten.«

»Ich fass es nicht.«

»Was machen wir?«

Zwanzig Sekunden waren vergangen. Die Wanduhr hatte keinen Sekundenzeiger. Sie stand auf sechzehn nach zwölf, aber die Sekunden fehlten. Das war das Einzige, was sie jetzt brauchten, keine Stunden, keine Minuten, nur Sekunden. Die nächsten zehn brauchten sie, um festzustellen, wie viel Zeit schon vergangen war. Schlagartig breitete sich Panik aus.

»Wie viel Zeit ist jetzt vergangen?«

Silje war leichenblass.

»Wie viel bleibt uns noch?«

Grung war aufgestanden und stützte beide Hände auf die Tischplatte.

»Hat jemand die Zeit gestoppt?«

Mikkel Wold schaute auf sein Telefon, auf die unbrauchbare Uhr.

»Wir können keine Zeit darauf verschwenden, wie viel Zeit vergangen ist.«

Erik sprang auf und donnerte die Faust auf den Tisch. Einmal, zweimal.

Grung raufte sich die Haare.

»Wie viel Zeit ist vergangen?«

Dreißig Sekunden waren vergangen.

»Jetzt müssen wir denken«, entschied Erik. »Es bringt nichts, hier durcheinanderzubrüllen.«

»Wir müssen eine Entscheidung treffen«, rief Mikkel Wold.

»Was machen wir?«, rief Grung und raufte sich wieder die Haare.

»Jetzt beruhigt euch doch«, rief Erik.

Vierzig Sekunden waren vergangen. Die letzten zwanzig waren so lang wie eine ganze Minute. Oder eine Stunde. Oder ein Jahr. Erik sagte zuerst etwas.

»Wir stimmen ab.«

»Was?«

»Sagt nichts. Wir stimmen jetzt ab. Alle aufzeigen, die meinen, dass wir etwas tun müssen.«

Erik hob die Hand. Grung hob die Hand. Mikkel Wold hob die Hand, ohne zu wissen warum, aus purem Reflex. Silje ließ die Hand auf dem Tisch liegen.

Neunundvierzig Sekunden.

»Drei gegen eine.«

»Aber«, sagte Silje, doch Erik überging sie.

»Jetzt aufzeigen, wer Karoline retten will.«

»Meinst du, Andrea töten?«, rief Silje verzweifelt.

»Aufzeigen«, wiederholte Erik.

Dreiundfünfzig Sekunden.

»Alle aufzeigen, die meinen, wir sollen Karoline retten«, rief Erik wieder.

Er hob die Hand und starrte Grung an. Grung folgte seinem Beispiel und sah verzweifelt zu Silje hinüber.

»Nein«, schluchzte Silje. »Nein, nein, nein.«

Jetzt waren siebenundfünfzig Sekunden vergangen.

Grung und Erik fixierten mit erhobenem Arm Mikkel Wold.

»Ja oder nein«, rief Erik.

Mikkel Wold versuchte den Arm zu heben, aber er gehorchte nicht. Er war so schwer. Er hatte noch nie einen so schweren Arm gehabt. Oder wollte er ihm nicht gehorchen?

Jetzt waren neunundfünfzig Sekunden vergangen.

»Na los«, brüllte Erik. »Retten wir Karoline, oder retten wir sie nicht?«

»Wir töten Andrea«, schluchzte Silje. »Das können wir nicht.«

Mikkel Wold versuchte noch einmal, die Hand zu heben, aber sie blieb bleischwer auf seinem Knie liegen.

Dann klingelte das Telefon auf dem Tisch.

Alle erstarrten. Die Minute war vergangen. Das Telefon klingelte wieder. Mikkel Wold wusste nicht, was er tun sollte. Schließlich drückte Erik Rønning auf den grünen Hörer.

»Hallöchen«, sagte die metallische Stimme.

An dem runden Tisch herrschte Totenstille.

»Jetzt bin ich aber gespannt«, sagte die Stimme. »Was habt ihr entschieden?«

Noch immer brachte niemand ein Wort heraus.

»Seid ihr noch dran?«, fragte die Stimme.

Silje sah Grung an, der Erik ansah, der Mikkel Wold ansah, der seine Finger anstarrte.

Die metallische Stimme lachte kalt.

»Hat's euch die Sprache verschlagen? Ich brauche jetzt eine Antwort. Die Zeit läuft uns davon. Ticktack.«

Erik Rønning räusperte sich.

»Wir …«

»Andrea?«, fragte die Stimme eiskalt. »Oder Karoline? Welche wollt ihr nach Hause schicken? Ein Mädchen lebt, ein Mädchen stirbt. Ist das so schwer?«

»Beide leben«, schluchzte Silje plötzlich.

Wieder lachte die metallische Stimme.

»Nein, nein, Frau Olsen. So haben wir nicht gewettet. Eine lebt, eine stirbt. Ihr entscheidet, welche lebt und welche stirbt. Ist das nicht lustig? Kommt ihr euch nicht ein bisschen vor wie Gott, Rønning?«

Die Sekunden schlichen weiter. Mikkel Wolds Gehirn funktionierte nicht mehr. Silje schlang sich die Arme um den Leib. Grung hatte beide Hände erhoben. Erik Rønning öffnete den Mund und brachte kein Wort heraus.

»Na gut«, sagte die Stimme kalt. »Dann eben beide. Schade natürlich, aber wenn ihr es so wollt, dann will ich euch den Spaß nicht verderben. Es war nett, mit euch zu spielen.«

»Nein«, rief Silje und griff mit beiden Händen nach dem Telefon, in dem letzten Versuch, ein wenig Vernunft in das eiskalte metallische Wesen zu schütteln, aber es war zu spät.

Die Stimme war bereits verschwunden.

• 43 •

Mia Krüger saß auf dem Raucherbalkon und sah zu, wie Munch seine Lunge ruinierte. Sie hatten die Besprechung gerade beendet, und Munch war extrem schlecht gelaunt.

»Das kann einfach nicht sein«, sagte er immer wieder und rieb sich die Augen.

Niemand aus dem Team hatte in der vergangenen Woche viel geschlafen, aber Munch sah aus, als sei es bei ihm besonders wenig gewesen. Mia hatte auf den richtigen Augenblick gewartet, um zu sagen, was sie dachte. Ihr grauste ein wenig davor. Sie war sich nicht sicher. Es war nur ein Gefühl. Ein Gefühl, das im Laufe dieses Tages immer stärker geworden war.

»Das kann einfach nicht sein«, murmelte Munch wieder und steckte sich an der letzten Kippe eine neue Zigarette an.

»Woran denkst du eigentlich?«, fragte Mia und zog eine Pastille aus der Jackentasche.

»Was meinst du?«, fragte Munch und sah sie an.

Er nahm erst jetzt wahr, wer ihn angesprochen hatte, und sein Blick wurde sanfter.

»Alles«, sagte er und rieb sich wieder die Augen. »Jemand muss sie doch gesehen haben? Zwei sechs Jahre alte Mädchen verschwinden doch nicht einfach so.«

»Die Belohnung hat auch nichts gebracht?«

»Nix. Fünfhunderttausend? Da sollte man doch denken, dass irgendwer mit irgendwas rausrückt!«

»Gehen sie auf eine Million rauf?«

Munch nickte.

»Wird morgen bekannt gegeben. Dann können wir nur hoffen.«

»Darauf, dass nicht alle Idioten im ganzen Land die Leitungen blockieren«, sagte Mia.

»Dieses Risiko müssen wir eben eingehen«, seufzte Munch und zog ausgiebig an seiner Zigarette. »Hast du Benjamin Bache erreicht?«

Mia nickte.

»Wir treffen uns um halb fünf, unten beim Theater. Er

hat nur eine halbe Stunde Zeit. Tritt offenbar in Karius und Baktus auf und hat gleichzeitig Proben für Hamlet. Willst du mitkommen?«

Munch schüttelte den Kopf.

»Nein, mach du das. Wohnt er noch in der Wohnung seiner Urgroßmutter? Werden ihre Rechnungen dahin geschickt? Na ja, du weißt schon.«

»No problem«, sagte Mia.

»Verdammte Kiste«, sagte Munch. »Irgendwer muss doch etwas gesehen haben? Wie jemand aus einem Auto steigt? In eine Hütte geht oder rauskommt? In einen Keller? Die Mädchen müssen doch etwas essen? Jemand, der besonders viel gekauft hat? Irgend sowas.«

Munch starrte die Glut an seiner Zigarette an.

»Wenn das alles gut geplant ist, müssen wir Glück haben, das weißt du«, sagte Mia leise.

»Und das hier wirkt verdammt gut geplant«, seufzte Munch.

»Ja, leider.« Mia nickte. »Und möglicherweise seit vielen Jahren.«

»Wir wissen, was das bedeutet«, sagte Munch. »Die Mädchen überleben nicht, wenn wir sie nicht bald finden.«

Mia schaute schweigend auf die Straße hinunter. Gelegentlich beneidete sie die Leute da unten. Normale Menschen. Die ihren Kiosk betrieben oder für ihre Kinder Schuhe kauften. Die sich nicht solchen Problemen stellen mussten. Sie nahm noch eine Pastille und fasste sich ein Herz.

»Ich muss dir etwas sagen«, begann sie.

»Spuck's aus«, sagte Munch.

Mia überlegte einen Augenblick und suchte nach den richtigen Worten.

»Ich glaube, du hast damit zu tun«, sagte Mia.

»Wie meinst du das, damit zu tun?«

»Ich glaube, du hast mit der Planung zu tun.«

»Wovon redest du da, zum Teufel, Mia?«

Sie wurden von einem nervösen Gabriel Mørk unterbrochen, der den Kopf zur Balkontür heraussteckte.

»Entschuldigt die Störung, aber …«

»Was willst du?«, fauchte Munch.

»Es ist nur, Mia, ich hab sie gefunden, also die Info, nach der du vorhin gefragt hast. Was soll ich jetzt damit machen?«

»Reich alle Namen an Kim und Ludvig weiter, und sag ihnen, sie sollen alles mit dem Fall aus Hønefoss vergleichen. Ich hab das Gefühl, dass wir da fündig werden könnten.«

»Wird gemacht«, sagte der Grünschnabel und zog die Tür rasch zu, ohne Munch eines Blickes zu würdigen.

»Was zum Teufel soll das heißen, dass ich mit der Planung zu tun habe?«, fragte Munch.

»Ich glaube das eben«, sagte Mia. »Dass es um dich geht.«

»Um mich?«

Mia nickte.

Abermals wurde sie unterbrochen, von einer überaus eifrigen Anette Groli.

»Du musst kommen«, sagte sie zu Munch. »Wir haben etwas gefunden. Eben hat ein Anwalt angerufen …«

Sie schaute auf den Klebezettel, den sie in der Hand hielt.

»Livold. Er ist von *Aftenposten*. Die hatten Kontakt zum Täter.«

»Verdammt«, sagte Munch und drückte seine Zigarette aus.

»Wann?«

»Offenbar mehrmals. Vor einigen Tagen. Und dann heute Mittag.«

»Und dann melden die sich erst jetzt?«, tobte Munch. »Verdammte Idioten!«

»Sie haben sich offenbar erst mit einem Anwalt beraten.«

»Verfluchtes Pack, wo stecken die?«

»Im Postgirogebäude. Sie warten auf uns. Unten steht schon eine Streife.«

Munch wandte sich an Mia.

»Kommst du mit?«

Mia schüttelte den Kopf.

»Ich muss zu Benjamin Bache.«

»Ach ja, klar.«

Er sah sie mit einem seltsamen Blick an.

»Wir reden später weiter, so schnell wie möglich. Ich begreife wirklich nicht, wovon du redest.«

»Wir treffen uns nachher im Justisen«, sagte Mia.

»Schön«, sagte Munch und verließ mit Anette das Büro.

• 44 •

Benjamin Bache saß auf der Treppe vor dem Nationaltheater. Er wirkte nervös, schaute abwechselnd auf die Uhr und auf sein Telefon, steckte sich eine Zigarette an, trommelte mit den Fingern auf seinem Oberschenkel, warf einen Blick über die Schulter, als ob er Angst hätte, dass ihn jemand entdecken könnte. Nicht der beste Ort, wenn man nicht gesehen werden will, dachte Mia und blieb hinter dem Ibsendenkmal stehen, um ihn zu beobachten.

Sie hatte ihn schon irgendwo gesehen, aber sie konnte

sich nicht sofort erinnern, wo. Nicht in einer Klatschzeitung, die las sie nicht, natürlich nicht, nicht einmal beim Zahnarzt mochte sie ein solches Blatt aufschlagen. Nicht dass sie einen besonderen Widerwillen dagegen hätte, aber was die schrieben, interessierte sie ganz einfach nicht. Als sie damals mitten im Sturm gestanden hatte, hatte sie einige Anfragen von der Boulevardpresse erhalten, hatte aber abgelehnt. *Mia Krügers wahre Geschichte.* So ungefähr hatte der Journalist sich ausgedrückt, der sie angerufen hatte. Waren das überhaupt Journalisten? Wie war das eigentlich? War man Journalist, wenn man über anderer Leute Titten schrieb und darüber, wo Promis ihre Osterferien verbringen? Dafür musste es doch Regeln geben? Egal, sie hatte die Anrufer höflich abgewiesen, obwohl sie ihr »eine schöne Reise ans Mittelmeer für dich und deinen Freund, du hast doch sicher einen Freund?« angeboten hatten. Mia lachte und biss in den Apfel, den sie am Kiosk oben in der Straße gekauft hatte. Mittelmeer, du meine Güte. Fiel denen wirklich nichts Besseres ein? Das sollte als Köder funktionieren? Dafür sollte sie ihr Privatleben breittreten lassen? Für eine Reise ans Mittelmeer?

Benjamin Bache hatte die Zigarette im Mund und kniff ein Auge zu, während er auf seinem Telefon herumtastete. Er steckte das Telefon in die Tasche, drehte die Zigarette zwischen den Fingern, dann zog er das Telefon wieder hervor. Und plötzlich fiel es ihr ein. »Mord am Strand.« Daher kannte sie ihn. Sie hatte ihn in dem Film gesehen. Er spielte einen Ermittler. Er sollte also einen von ihnen darstellen, vielleicht Kim oder Curry. Er hatte sich in seiner Rolle nicht sehr wohlgefühlt, fand Mia. Sie biss noch einmal in den Apfel, warf das Kerngehäuse in einen Mülleimer und ging Richtung Treppe.

Benjamin Bache stand auf, als er sie sah, und kam mit strahlendem Lächeln auf sie zu.

»Hallo, Mia, wie nett«, sagte er und schüttelte ihr mit festem Griff die Hand.

»Hallo«, erwiderte Mia leicht überrascht, weil er sich wie ein alter Bekannter benahm.

Vielleicht machte man das so in seinen Kreisen. *Wir vom Fernsehen und von der Zeitung sitzen in einem Boot, wir sind eine Gemeinschaft, die zusammenhält.* Absolut nicht Mias Art, aber sie ließ sich nichts anmerken.

»Ich habe für uns im Theatercafé einen Tisch bestellt, ist dir das recht?«, fragte Benjamin und drückte seine Zigarette aus.

»Tja«, sagte Mia lächelnd. »Ich glaube nicht, dass es lange dauert.«

»Mir zuliebe«, sagte Benjamin augenzwinkernd und stupste ihren Arm an. »Ich muss was essen. Den ganzen Morgen Proben, eben eine Kindervorstellung und dann heute Abend noch mal Proben.«

»Ja, dann.« Mia nickte. »Ich bin satt, aber ich kann dir beim Essen zusehen.«

»Klingt super«, sagte Benjamin lächelnd und bedeutete ihr, die Straße zu überqueren.

Selbstverständlich kannte Benjamin Bache den Namen der Serviererin im Theatercafé und plauderte mit ihr auf dem Weg zu dem reservierten Tisch am Fenster. Er stellte sogar Mia vor. Der Serviererin war es offenbar peinlich, Mia die Hand geben und ihren Namen nennen zu müssen, und wieder musste Mia innerlich grinsen, Vornamen überall. Natürlich eine Herrschertechnik, aber sie wusste nicht recht, ob Benjamin Bache klug genug war, um das zu durchschauen. Vielleicht war das einfach so in seinem

Metier. Alles war persönlich, freundlich, wir kennen uns doch, wir sind ein Team, nimm mich für die Rolle, das ist mein Beruf.

Er flirtete wirklich gern. Mia hoffte, Susanne wäre nicht so dumm, sich mit diesem Typen einzulassen. Dass sie nicht seinetwegen so geweint hatte. Nein, so war es wohl nicht. Susanne hatte eher eine Vorliebe für etwas ältere Männer, die sie umsorgen konnten. Und dennoch. Mia war ziemlich sicher, dass Benjamin Bache den Starken, Fürsorglichen spielen könnte, wenn das sein müsste. Jetzt war er in der Rolle, ja, wie sollte sie das nennen, des jugendlichen Naiven?

»Ja, es hat mich schon überrascht, dass du angerufen hast, das muss ich sagen«, sagte Benjamin, als er bestellt hatte. »Worum geht es denn überhaupt?«

Mia unterdrückte wieder ein Grinsen, in dem Film, den sie gesehen hatte, hatte er fast dasselbe gesagt.

»Das ist reine Routine«, sagte Mia und trank einen Schluck Wasser.

»Schieß los«, forderte Bache sie auf.

Er fuhr sich mit der Hand durchs Haar und zwinkerte ihr zu. Er war wirklich gut im Flirten. Sie beschloss, bei ihrer nächsten Begegnung Susanne zu raten, einen großen Bogen um ihn zu machen.

»Es geht um deine Urgroßmutter. Veronica Bache.«

»Ach?«, fragte Benjamin und hob die Augenbrauen.

»Sie ist doch deine Urgroßmutter, nicht wahr? Veronica Bache, Hansteens gate 20. Vor zwei Jahren gestorben?«

»Stimmt«, sagte Benjamin.

»Hat sie bis zu ihrem Tod dort gelebt?«

»Nein, nein«, sagte Benjamin. »Sie war viele Jahre im Heim.«

»Im Pflegeheim Høvikvei?«

»Ja, stimmt? Worum geht es hier eigentlich?«

»Wer hat in der Hansteens gate 20 gewohnt?«

»Das ist meine Wohnung. Ich wohne seit sieben Jahren da.«

»Seit deine Urgroßmutter ins Heim gezogen ist?«

»Ja.«

»Hast du die Wohnung geerbt? Ist sie auf deinen Namen eingetragen?«

»Nein, sie gehört offiziell meinem Vater. Was ist denn passiert? Warum willst du das alles wissen, Mia?«

Wieder das mit dem Vornamen. Sie hatte fast Lust, persönlich zu werden und zu sagen, was ihr so durch den Kopf ging. Das war wirklich eine gute Taktik, die musste sie sich merken.

»Wie gesagt, nur Routine«, sagte Mia und trank noch einen Schluck Wasser. »Was spielst du denn gerade?«

»Was? Äh, Hamlet«, sagte Benjamin Bache. »Genauer gesagt, wir proben. Ich spiele gerade in einer Kindervorstellung, aber ich arbeite auch an einem ungeheuer spannenden Projekt, eine neue norwegische Dramatikerin, erst zweiundzwanzig, hochbegabt, wir haben uns zu mehreren zusammengetan, um ihr zu helfen, ein bisschen pro bono, wenn du verstehst, was ich meine, brutal, Untergrund, direkt von der Straße.«

»Ich verstehe.« Mia nickte. »Wohin ging ihre Post?«

»Wessen Post?«

»Veronica Baches.«

»Ihre Post, wieso denn?«

»Ich meine, ging die Post ins Heim oder zu dir in die Wohnung?«

Benjamin Bache wirkte verwirrt.

»Äh, die meiste ging ins Heim. Welche Post meinst du denn? Einiges kam zu mir, aber ich habe sie dann ans Heim umadressiert oder mitgenommen, wenn ich sie besucht habe. Von welcher Post redest du denn?«

Mia zog einen Zettel aus ihrer Jackentasche und schob ihn über die weiße Tischdecke.

»War das ihre Mobilnummer?«

Benjamin sah den Zettel an und wirkte noch verwirrter.

»Jetzt begreife ich wirklich nicht, was du meinst?«

»Diese Nummer. War das ihre?«

»Meine Urgroßmutter hatte gar kein Mobiltelefon«, sagte Benjamin. »Sie hat die Dinger gehasst. Und was hätte sie damit schon machen sollen, alle da oben haben doch einen eigenen Festanschluss.«

Mia nahm den Zettel wieder und steckte ihn in die Tasche.

»Danke«, sagte sie und erhob sich. »Mehr wollte ich nicht wissen. Schön, dass du dir die Zeit nehmen konntest.«

»War das alles?«, fragte Benjamin Bache und wirkte ein bisschen enttäuscht.

»Ja, nein, noch etwas«, sagte Mia und setzte sich wieder. »Wer hat deine Urgroßmutter beerbt?«

»Mein Vater«, sagte Benjamin.

»Es war nie die Rede von, wie soll ich das sagen, sie hat nicht einen Teil irgendeiner Gemeinde vermacht?«

Benjamin Bache schwieg. Steckte einen Zahnstocher in den Mund und schaute aus dem Fenster.

»Muss ich diese Frage beantworten?«, fragte er endlich.

»Das musst du natürlich nicht«, sagte Mia und legte ihre Hand auf die seine. »Es ist nur so, dass ich gerade an einem großen Fall arbeite, und ihr Name taucht darin auf, und ja, ich darf das eigentlich gar nicht sagen, Benjamin, aber …«

Sie beugte sich zu ihm vor.

»... wir stehen so kurz vor dem Durchbruch in diesem Fall, und wenn du mir helfen kannst, kann ich ihn vielleicht noch heute Abend knacken.«

»Ein großer Fall?«

Benjamin beugte sich jetzt ebenfalls vor und flüsterte.

Mia nickte und legte den Finger an die Lippen. Benjamin nickte. Setzte sich wieder gerade und spielte den Unbeeindruckten.

»Das bleibt doch unter uns?«, sagte er und warf einen Blick über die Schulter.

»Aber sicher doch«, flüsterte Mia.

Benjamin räusperte sich.

»Mein Vater ist ein überaus stolzer Mann, und wenn das hier rauskommt, ja ...«

»Das bleibt zwischen dir und mir«, sagte Mia und zwinkerte ihm zu.

»Wir sind einen Vergleich eingegangen«, sagte Benjamin rasch.

»Was für einen Vergleich?«

»Sie hatte unmittelbar vor ihrem Tod ihr Testament geändert.«

»Wie viel sollte an die Gemeinde gehen?«

»Alles«, brachte Benjamin heraus.

»Aber das konntet ihr verhindern?«

Er nickte.

»Mein Vater hat die Gemeinde aufgesucht. Hat mit Klage gedroht. Hat eine Summe vorgeschlagen. Und das wurde akzeptiert.«

»Wie groß war die Summe?«

»Groß genug«, murmelte Benjamin.

Mia musterte den jungen Schauspieler. Er wirkte aufrichtig und unschuldig, aber er war eben auch ein Schauspieler. Er hatte Zugang zu Veronica Baches Telefon gehabt, und hatte er nicht gesagt, dass er gerade Hamlet probte?

Who's there?

Sie spielte für einen Moment mit dem Gedanken, ihn zur Vernehmung mit aufs Präsidium zu nehmen, aber sie beschloss, dass es sinnvoller war, ihn überwachen zu lassen. Dann würden sie rasch wissen, ob Benjamin Bache der war, als der er sich ausgab.

»Tausend Dank«, sagte Mia und nahm noch einmal seine Hand. »Du warst mir eine große Hilfe.«

Sie erhob sich und schloss den Reißverschluss ihrer Lederjacke.

»Das war alles? Und du willst wirklich nichts essen?«

»Nein, danke, bis dann, Benjamin.«

»Ja, bis dann, Mia. Bis dann.«

Mia setzte ihre Mütze auf und verließ das Theatercafé. Vielleicht war sie wirklich kurz vor einem Durchbruch.

• 45 •

Tobias Iversen machte sich so klein er konnte, als er auf den Kamm der kleinen Anhöhe zukroch. Von dort hatte er den Hof im Wald gut im Blick. Er hatte das Zelt hinter Bäumen aufgestellt, damit ihn niemand sehen konnte, und dort übernachtet. Eigentlich hatte er nach Hause gewollt, aber nachdem er das Mädchen in dem grauen Kleid getroffen hatte, musste er einfach dortbleiben. Rakel. So hieß sie. Sie hatte ihm einen Zettel geschrieben, hatte ihn um Hilfe gebeten. Da war es wichtiger, im Wald zu sein, als in das düstere Haus zurückzukehren, wo niemand lächelte. Tobias war erst dreizehn, fühlte sich aber viel älter. War schon lange viel älter. Hatte Dinge erlebt, die nicht für Kinder in seinem Alter bestimmt waren, aber das spielte jetzt keine Rolle, hier draußen war er sein eigener Herr.

Tobias rutschte bis an den Rand vor und hob das Fernglas an die Augen. Unten auf dem Hofplatz war alles still. Er wusste nicht genau, wie viel Uhr es war, aber es musste noch früh sein, es war noch nicht ganz hell. Er konnte jetzt alles viel deutlicher sehen, was er am Vorabend nur erahnt hatte. Sie hatten verschiedene Bauprojekte am Laufen, das war klar. Überall lag Material herum, unterschiedlich große Bretter, Säcke, die vielleicht Zement enthielten, denn es gab einen Betonmischer, einen kleinen Traktor und einen kleinen Bagger. Insgesamt standen da unten sieben Häuser, alle weiß. Es gab ein Haupthaus, eine kleine Kirche mit einem Kreuz auf dem Turm und zwei Glashäuser, sicher Treibhäuser, und dann noch drei kleinere Häuser und einen Schuppen. Tobias hatte schon am Vorabend an dieser Stelle gelegen, bis es zu dunkel gewesen war, um durch das Fernglas zu schauen. Er hatte sich eine kleine Skizze von der Umgebung gemacht, wo die Häuser lagen, wo das Feld war, wo es Sandhaufen gab, wo die größten Bretterstapel lagen und wo das Tor war. Der hohe Zaun, durch den sie die Zettel geschoben hatten, umgab das gesamte Gelände, und soviel er sehen konnte, gab es nur einen Eingang. Das Tor. Er konnte nicht erkennen, ob das abgeschlossen war oder nicht, aber es war zu, das sah er. Er hatte am Vorabend gesehen, wie ein Mann es geöffnet hatte. In der Abenddämmerung war ein Auto gekommen. Ein großes schwarzes Auto, vielleicht ein Landrover oder ein Honda CR-V. Tobias kannte sich mit Autos ein bisschen aus. Es interessierte ihn nicht so wahnsinnig, Mopeds und Motorräder waren ihm lieber, vor allem solche mit Crossreifen, die durch das Gelände fahren konnten, aber einiges wusste er doch.

Im Wagen hatten zwei Personen gesessen, und sie waren empfangen worden wie Könige oder wie der Regierungschef oder so jemand. Ein junger Mann mit kurzen blonden Haaren, der ein Diener oder ein Wächter oder so etwas war, denn er war zuerst aus dem Wagen gesprungen und hatte dann für den anderen die Tür geöffnet, einen älteren Mann mit einer weißen Mähne und einer Art Stock, fast wie Gandalf in »Herr der Ringe«.

Unten auf dem Hof waren alle aus den Häusern gekommen, hatten sich vor den Neuankömmlingen verneigt, und einige hatten vortreten und dem Mann mit der weißen Haarpracht die Hand geben dürfen, und dann waren alle in das große Haus mit dem Kreuz auf dem Turm gegangen. Danach war es dunkel geworden, und er hatte nicht mehr viel sehen können. In den Fenstern der Häuser hatte Licht gebrannt, aber davor war eine Art Schicht, es war kein Glas, eher wie, ja, Glas, durch das man nicht sehen konnte. Tobias wusste nicht, wie das hieß. Danach hatte er seine Brote gegessen und sich auf dem Gaskocher im Zelt eine Suppe warm gemacht. Er war ungeheuer vorsichtig gewesen, er wusste, dass man im Zelt eigentlich keine Gaskocher benutzen durfte, aber er wollte draußen kein Licht machen, denn dann hätte er entdeckt werden können. Außerdem hatte er im Fernsehen gesehen, dass einer der Polfahrer das so gemacht hatte, Børge Ousland, der hatte im Zelt den Gaskocher angezündet, weil es draußen zu kalt war, oder da waren Eisbären oder so, also war es jedenfalls möglich.

Zuerst hatte er nicht schlafen können. Er hatte so sehr an das Mädchen gedacht. Rakel. Sie sah anders aus als die

Mädchen in seiner Klasse. Es war jetzt nicht so einfach, ein Mädchen zu sein, das hatte Emilie gesagt, seine Norwegischlehrerin, sie hatten einmal in der Klasse darüber gesprochen, weil einige Mädchen zu wenig Kleidung angehabt hatten. Emilie hatte eine ganze Stunde nicht über Norwegisch oder Bücher gesprochen, sondern nur über solche Dinge, dass die Mädchen sich zu sehr schminkten und den nackten Bauch zeigten und zu kurze Röcke trugen. Emilie hatte gesagt, sie müssten doch daran denken, dass sie erst dreizehn waren, aber sie konnte sie auch verstehen, weil die Mädchen, die sie im Fernsehen bewunderten, eben oft nur eine winzige Hose und einen BH und Netzstrümpfe trugen, wenn sie sangen. Danach hatten sie Regeln aufgestellt, was erlaubt war und was nicht, und dann war es etwas besser geworden, aber sie waren noch immer ganz anders angezogen als Rakel.

HILF MIR BITTE.

Sie hatte ängstlich ausgesehen. Echt. Nicht so wie dann, wenn er und sein Bruder Indianer spielten und Büffel fangen wollten. Die Büffel gab es nicht, und sie waren auch keine echten Indianer. Aber das hier war echt. Er war Tobias, und sie war Rakel. Und sie hatte wirklich Angst, und er war hier, um ihr zu helfen. Tobias Iversen schob einen Zweig in den Mund und kaute darauf herum, während er das Fernglas bewegte, um zu sehen, ob er am Vorabend auf seiner Skizze etwas vergessen hatte.

Tobias richtete das Fernglas auf das Tor und stellte es so scharf ein wie möglich. Die Tür war aus demselben Material wie der Zaun, Strahldraht oder wie das hieß, es war ein großes Schiebetor, das sich nach innen öffnete. Es sah aus, als sitze in der Mitte eine Kette, und vermutlich gab es auch ein Schloss. Tobias legte das Fernglas ins Heidekraut und zog seinen Proviant aus der Jackentasche. Er hatte noch zwei Brote, die hatte er am Vorabend aufbewahrt, eins mit Ziegenkäse und eins mit Salami. Er aß das Käsebrot und trank ein wenig aus seiner Wasserflasche, die er auf dem Weg nach oben am Bach gefüllt hatte. Er musste jetzt einen Plan machen, das war wichtig. Zuerst musste er sich einen Überblick über die Umgebung verschaffen, auch das hatte er einmal in einem Film gesehen, da hatte jemand eine Bank überfallen wollen, nein, ein Kasino in Las Vegas. Sie hatten viele Karten und Pläne gehabt und viele Treffen, bei denen alles diskutiert wurde. Eine Karte hatte er. Jetzt brauchte er nur noch einen Plan.

Tobias wollte gerade in das Salamibrot beißen, als unten auf dem Hof plötzlich etwas passierte. Tobias griff nach dem Fernglas. Eine Tür wurde aufgerissen, und jemand kam herausgerannt. Ein Mädchen in einem grauen Kleid. Sein Herz tat einen Sprung. Es war Rakel! Sie rannte so schnell sie konnte auf den Zaun zu, auf die Stelle, wo sie am Vortag miteinander gesprochen hatten. Sie rannte, stolperte über ihr Kleid, fiel hin und kam wieder auf die Beine. Hob den Rock, um schneller rennen zu können, aber es gelang ihr irgendwie nicht. Hinter ihr stürzten vier Männer, nein, fünf Männer aus der Tür, die ihr nachsetzten. Tobias spürte, wie sein Herz hämmerte, er konnte das Fernglas nicht mehr ruhig halten. Rakel warf einen Blick über die Schulter und stürzte wieder. Die Männer holten auf, er konnte sehen, dass sie mit den Armen fuchtelten und irgendetwas riefen. Rakel näherte sich dem Zaun, und plötzlich hatte sie ihn erreicht. Sie sprang hoch und fing an zu klettern, aber das war nicht so einfach, wie es aussah. Die Löcher im Zaun waren klein, und das schwere Kleid machte die Sache nicht besser. Die Männer näherten sich im Sturmschritt, und plötzlich war einer bei ihr und packte ihren Fuß, sie zogen sie nach unten, sie trat um sich und schrie, und sie schleppten sie zurück zum Haus. Dann war alles wieder still.

Tobias merkte plötzlich, dass ihm eiskalt war. Nicht von der kühlen Luft, sondern unter seiner Haut. Seine Gedanken rasten, und er keuchte, obwohl er ganz still gelegen hatte. *Um alles in der Welt! Was war da unten eigentlich los?* Er sprang auf. Er hatte keine Zeit, einen Plan zu machen. Und auch keine zum Packen. Er rannte zum Zelt zurück, steckte sein Messer und seine Karte ein und schlich sich den Hang hinab zum Hof.

• 46 •

Mia saß im Justisen und hatte Lust auf ein Bier, bat aber dann doch um ein Wasser. Einige Minuten später kam Holger und ließ sich atemlos ihr gegenüber in den Sessel fallen.

»Was ist los?«, fragte Mia.

»Der Täter hat sich vor einigen Tagen bei *Aftenposten* gemeldet. Hat einen Journalisten namens Mikkel Wold angerufen. Verzerrte Stimme. Hat denen was über Karoline erzählt.«

»Warum haben sie uns nicht verständigt?«

»Weil sie egoistische Idioten sind, denen es nur darum geht, Zeitungen zu verkaufen.«

Munch war sichtlich verärgert.

»Und was machen wir jetzt?«

»Ich weiß auch nicht recht«, murmelte er. »Der Anwalt hat darauf gepocht, dass sie alles richtig gemacht haben und dass wir ihnen nichts vorwerfen können.«

»Wir müssen sie doch zur Vernehmung holen dürfen, verdammt noch mal?«, fragte Mia.

»Mikkelson will es sich überlegen, aber er meint, die Vernehmung, die ich bereits durchgeführt habe, müsse reichen.«

»Ist das möglich?«

»Scheißpolitiker«, fauchte Munch. »Denen geht es doch nur um sich und ihre Karriere.«

Er bestellte sich ein Krabbenbrot und eine Cola und zog die Jacke aus.

»Was hast du bisher?«

»Eine mündliche Zusammenfassung. Die schriftliche schicken sie morgen.«

»Was Brauchbares?«

»Nichts, das uns weiterhilft, nein«, sagte Munch und schüttelte resigniert den Kopf. »Was hat Bache gesagt?«

»Volltreffer«, sagte Mia.

»Wie meinst du das?«

»Ich glaube, du bist in die Sache verwickelt.«

Munch sah sie neugierig an.

»Das hast du ja vorhin schon gesagt, aber was soll das eigentlich heißen?«

Munchs Bestellung wurde serviert, und er trank einen großen Schluck Cola.

»Das ist schwer zu erklären, es ist wie gesagt nur so ein Gefühl«, sagte Mia.

»Versuch es doch mal«, sagte Munch.

»Na gut«, sagte Mia. »Der Mörder gibt uns Hinweise auf Hønefoss und das Baby, das dort verschwunden ist. Wer hat den Fall damals geleitet?«

»Ich«, sagte Munch.

»Richtig.«

»Hamlet«, sagte Mia. »Worum geht es in dem Stück?«

»Wahre Liebe?«, fragte Munch.

»Das ist Romeo und Julia. Komm schon, Holger, Hamlet?«

»Du bist hier diejenige, die Literaturwissenschaften studiert hat, Mia.«

»Drei Vorlesungen in zwei Semestern und kein Examen, das kannst du ja wohl nicht studieren nennen«, murmelte Mia.

»Ich kenn mich mit Shakespeare nicht so aus«, seufzte Munch.

»Macht nichts. Rache. Bei Hamlet geht es um Rache. Natürlich auch noch um andere Dinge, aber vor allem um Rache.«

»Okay. Das Baby verschwindet. Ich trage die Verantwortung. Der Schwede hängt sich auf. Wir stellen die Ermittlungen ein. Das Baby bleibt verschwunden. Ist vermutlich tot. Der Mörder erzählt uns, dass es nicht der Schwede war.«

»Rikke JW.«

»Nicht der Schwede war, und er verweist auf Hamlet. Dass es ein Racheakt ist?«

»So ungefähr.«

»Und weiter? Okay, bis hierhin kann ich dir folgen. Das Baby ist verschwunden, gut. Meine Verantwortung, gut. Hamlet, Rache, gut. Aber warum zehn Mädchen umbringen? Was hat das mit mir zu tun? Das klingt doch ziemlich an den Haaren herbeigezogen, Mia.«

Mia trank einen Schluck Wasser und überlegte.

»Benjamin Baches Urgroßmutter.«

»Veronica Bache. Was ist mit ihr?«

»Sie hat im selben Pflegeheim gewohnt wie deine Mutter. Was sagst du dazu?«

Holger riss die Augen auf.

»Wirklich? Woher weißt du das?«

»Das habe ich heute erfahren. Ludvig überprüft alle Angestellten und alle Bewohner, alle Namen, die mit dem Pflegeheim zu tun haben, und vergleicht sie mit den Hønefoss-Unterlagen. Ich glaube nicht, dass Benjamin Bache unser Mann ist, aber es ist nun einmal so, dass Veronica Baches angebliches Telefon für die Mitteilungen benutzt worden ist. Von jemandem im Heim? Oder werden wir an der Nase herumgeführt? Ich muss zugeben, ich bin nicht ganz sicher. Ich habe Ludvig gebeten nachzusehen, ob er auch da was finden kann.«

»Und?«

»Noch nichts. Und ja, das Pflegeheim ist nicht die einzige Verbindung zwischen deiner Mutter und Veronica Bache.«

»Das heißt?«

»Die Gemeinde.«

»War Bache da auch Mitglied?«

»Nicht nur das. Sie wollte dieser Gemeinde ihr gesamtes Erbe vermachen.«

»Was?«

»Verstehst du jetzt? Verstehst du, was ich meine?«

»Gute Arbeit, Mia«, murmelte Munch. »Gut gemacht.« Er versuchte das, was Mia gesagt hatte, gedanklich zu sortieren.

»Ich frage mich nur, warum?«, fuhr Mia fort. »Ich weiß auch nicht, aber das alles kann doch kein Zufall sein, findest du nicht? Gibt es hier einen gemeinsamen Nenner, Munch?«

»Die Gemeinde …«, sagte Munch ratlos.

»Genau. Ich verstehe das ja auch nicht. Und ich glaube, wir sollen regelrecht in die Irre laufen. Aber es gibt nur

Sackgassen. Ich weiß, es klingt blöd, aber das ist gute Arbeit. Vom Täter, meine ich. Ich hätte es genauso gemacht.«

Munch sah sie fragend an.

»Du weißt, was ich meine. Wenn ich auf der andern Seite wäre. Überall Symbole, Änderung der Vorgehensweise, wir tappen im Dunkeln und werden hin und her geschickt, so spielt man doch Tennis, oder?«

»Tennis?«

»Wer beim Tennis aufschlägt, ist immer im Vorteil. Solange du die ganze Zeit deinen Gegner derart in die Enge treibst, dass er den Ball nicht zurückschlagen kann, bestimmst du, wo es langgeht. Wenn du keinen Fehler machst, gewinnst du.«

»Der Mörder schlägt also auf? Ich weiß nicht, ob ich den Vergleich so ganz raffe«, seufzte Munch. »Tennis und Mord?«

»Ach, du verstehst das schon, du Dummkopf, du willst mir nur nicht Recht geben. Du willst alle Ideen selbst haben.«

»Ja, so bin ich eben.«

Munch blinzelte, aß den Rest von seinem Krabbenbrot und wischte sich mit der Serviette etwas Mayonnaise aus dem Bart.

»Muss eine rauchen.«

»Ich muss auch bald damit anfangen«, entschied Mia. »Es ist verdammt öde, immer hinter deinem Nikotinbedürfnis herrennen zu müssen.«

»Tut mir leid«, sagte Munch, ohne das zu meinen, und ging vor ihr hinaus auf den Hinterhof.

»Ich weiß, dass ich nur ins Blaue rede und mich vortaste«, sagte Mia, als sie unter dem Heizpilz saßen. »Aber verdammt, irgendwas müssen wir doch tun.«

»Wir können uns ja einfach ein paar Bälle zuspielen«, sagte Munch und zwinkerte.

»Ach, halt die Fresse«, sagte Mia grinsend. »Na gut, von mir aus, keine Sportvergleiche mehr, aber du verstehst, was ich meine.«

»Also Tennis.«

»Richtig. Tennis ist ein Positionsspiel. Und das hier ist auch irgendwie ein Positionsspiel. Siehst du, dass ich ein bisschen Recht hatte?«

Munch gab sich Feuer.

»Hmmm, doch, irgendwie schon. Wie überfällt man eine Bank, ohne Aufmerksamkeit zu erregen?«

»Man sprengt ein Haus auf der anderen Straßenseite in die Luft, ich weiß«, seufzte Mia.

»Tut mir leid.« Munch rieb sich die Augen. »War eine lange Woche. Ich war heute so verdammt wütend. Die Leute sollen gefälligst die Verantwortung für das übernehmen, was sie tun. Also, wie machen wir jetzt weiter?«

»Das wollte ich eigentlich dich fragen.«

»Mit der Gemeinde?«

»Das liegt doch auf der Hand.«

»Du und ich morgen früh?«

»Unbedingt.«

»Ist Gabriel im Büro?«

»Glaube schon.«

»Schick ihm eine SMS. Sag ihm, er soll sich diese Bande mal genauer ansehen, damit wir etwas in der Hand haben, wenn wir da auftauchen. Ich weiß nicht mehr, wie die sich nennen, aber sie sitzen im Bogerudvei oben in Bøler.«

»Okay«, sagte Mia und zog ihr Telefon heraus.

»Du, übrigens«, sagte Munch und stecke sich mit der alten eine neue Zigarette an. »Was hast du vorhin gesagt?«

»Tennis?«

»Ja, wenn du aufschlägst, dann gewinnst du.«

»Wenn du keinen Fehler machst.«

Sie schwiegen und sahen einander an.

»Das ist doch eine gute Idee, nicht wahr?«, fragte Munch.

»Doch, schon«, sagte Mia und nickte.

»Druck zurückzugeben«, sagte Munch.

»Mal sehen, ob mir etwas einfällt«, sagte Mia.

»Tu das. Jetzt seh ich mir mal an, wer diese verdammten Irren sind, die mein Geld wollen.«

Munch erhob sich.

»Gehst du schon?«

»Marion ist heute Abend bei mir. Die Hochzeit, weißt du. Da ist noch so viel zu erledigen.«

»Natürlich.« Mia nickte. »Grüß Miriam von mir.«

»Werde ich.«

Munch drückte seine Zigarette aus und ging. Mia hatte schon wieder Lust auf ein Bier, schaffte es aber, noch ein Mineralwasser zu bestellen. Sie packte ihren Stift und ihre Blätter aus und verteilte sie auf dem Tisch, wie sie das immer machte, wenn sie Ordnung in ihre Gedanken bringen wollte. Früher hatte sie alles so klar gesehen, viel schneller, in ihren besten Momenten hatte sie einfach die Augen schließen können, und alles war in ihrem Kopf abgelaufen, aber so war es schon lange nicht mehr. Die Geschehnisse am Tryvann. Die Monate auf Hitra. Es war, als ob sich ein Schleier vor ihre Netzhaut gezogen hätte. Ihre Gehirnzellen in eine Art Nebel tauchte. Ihr war gesagt worden, sie brauche Ruhe. Müsse sich lange und ausgiebig ausruhen. Sich unter keinerlei Druck setzen. Sie dagegen hatte sich betäubt. Fast zu Tode. Und jetzt musste sie den Preis dafür bezahlen. Sie fing an, Notizen auf ihren Blättern zu machen. Versuchte, dem Stift die Arbeit zu überlassen. Eine Art System in den Wahnsinn zu bringen. Das Denken tat förmlich weh. Zwei Mädchen waren tot. Zwei Mädchen waren verschwunden. Und sie hatte die Verantwortung. Munch. Es hatte unbedingt etwas mit Munch zu tun. Da war sie sich sicher. War sie das wirklich? Das, was ihr einige Jahre zuvor so leicht gefallen war, wirkte plötzlich unmöglich. Sie hätte die Insel nicht verlassen dürfen. Sie hätte sich an ihren Plan halten müssen.

Komm, Mia, komm.

Wieder schrieb sie die Namen oben auf das Blatt. Pauline. Johanne. Karoline. Andrea. Sechs Jahre alt. Wären im Herbst in die Schule gekommen. Markus 10:14. ›Lasset die Kindlein zu mir kommen.‹ Ich reise allein. Springseil. An den Bäumen. Wald. Saubere Kleidung. Schulbücher. Shakespeare. Hamlet. Schultaschen. Schulbücher. Jetzt kam es langsam. Rikke JW. Hønefoss. Das kleine Mädchen wurde niemals gefunden. Ich reise allein.

Komm, Pauline, komm.

Komm, Johanne, komm.

Komm, Karoline, komm.

Komm. Andrea, komm.

Mia schreckte auf, als plötzlich die Serviererin vor ihr stand. Verdammt. Sie war schon so weit gewesen. Auf dem Weg dahin, wo sie sein sollte. Wo sie so lange nicht mehr gewesen war.

»Kann ich Ihnen noch etwas bringen?«

»Ja, ein Bier bitte«, murmelte Mia gereizt. »Und einen Ratzeputz. Zwei Ratzeputz.«

Sie brauchte Hilfe. Um dorthin zurückzugelangen, wo sie sein musste.

• 47 •

Mia Krüger war betrunken. Sie konnte nicht schlafen. Sie hatte zu viel getrunken. Sie hatte zu wenig getrunken. Das Hotelzimmer kam ihr kälter und unpersönlicher vor als sonst. Die saubere Bettwäsche, die eine Freundin gewesen war, war zur Feindin geworden. Sie hatte dieses Zimmer haben wollen, weil es sie an nichts erinnerte, aber nun sehnte sie sich nach zu Hause. Nach einem Zuhause. Etwas Vertrautem. Etwas Gewohntem. Etwas Sicherem. Etwas, das auf sie aufpassen konnte. Vielleicht hatte Mikkelson ja Recht. Vielleicht brauchte sie einen Psychologen. Vielleicht brauchte sie einen Klinikaufenthalt. Sie war lange nah am Abgrund balanciert, hatte sich ein wenig gefangen, war wieder optimistischer gewesen, hatte sich stark gefühlt, aber nun ging die Spirale wieder nach unten.

Ihr Körper wirbelte durch das große Bett. Sie musste sich festhalten. Sie durfte nicht trinken. Natürlich durfte sie nicht trinken. Eigentlich durfte niemand trinken. Sie war doch auf dem Weg gewesen, oder nicht? Auf dem Weg dahin, wo sie sonst auch war? Hinter diese ganze Äußerlichkeit. Ihre Spezialität. Dinge zu sehen, die andere nicht sahen. Setz dich nicht unter Druck. Fahr irgendwohin. Versteck dich auf einer Insel. Blende die Welt aus. Du hast deinen Teil getan. Aber nein. Die Wirklichkeit musste anklopfen. Die Bosheit musste sie einfach stören. Autos, wo Möwen gewesen waren. Straßenlaternen und Neon hatten den Platz der Sterne eingenommen. Sie war jetzt empfindlich. Ihre Haut fast durchsichtig. Und dabei war sie immer so stark gewesen. Sie durfte nicht trinken. Sie durfte absolut nicht trinken. Niemand durfte trinken.

Mia lief barfuß durch das Zimmer und fand ihre Hose auf einem Stuhl. Die Tabletten lagen noch immer in der Tasche. Sie ging mit einer zurück zum Fenster und schluckte sie mit einem Schluck Wasser. Dann schaute sie auf die Ampeln hinunter, bis sie nicht mehr sehen konnte, woher die Farben kamen. Sie taumelte zurück ins kalte Bett und legte den Kopf auf das Kissen.

Als das Telefon klingelte, war sie gerade eingeschlafen. Sie gab sich alle Mühe, es zu ignorieren. So zu tun, als sei nichts passiert. Das Telefon hörte auf zu klingeln. Niemand wollte sie erreichen. Das Telefon klingelte wieder. Das Telefon hörte auf zu klingeln. Ihr Körper lag bleischwer auf den weißen Laken. Als das Telefon zum dritten Mal klingelte, ging sie widerwillig hin.

»Mia?«

Am anderen Ende der Verbindung war Munch.

»Wie spät ist es?«, murmelte Mia.

»Fünf«, sagte Munch.

»Was ist los?«

»Sie haben die Mädchen gefunden.«

»Was?«

»Ich hol dich vor dem Hotel ab. Kannst du in zehn Minuten so weit sein? Wir müssen sehr weit fahren.«

»Verdammt«, hörte Mia ihre eigene Stimme. »Bin gleich so weit.«

• 48 •

Tobias Iversen lag hinter einem Baum und wartete auf die Dunkelheit. Er hatte seit dem letzten Brot am Morgen nichts mehr gegessen und hatte Hunger, aber er konnte jetzt nicht nach Hause gehen, er hatte Wichtigeres zu tun. Er hatte es zuerst am Tor versuchen wollen, aber das hatte sich als unmöglich erwiesen. Es war mit einer Kette verschlossen und viel zu gut einsehbar. Einige Male war jemand aus der Kirche gekommen und zum Treibhaus hinübergegangen, sonst hatte Tobias niemanden gesehen. Der Hof sah verlassen aus. Fast wie ein Friedhof. Der Wind fuhr in die Baumkronen über ihm. Tobias zog die Jacke fester um sich und nahm wieder das Fernglas. Vielleicht sollte er doch nach Hause gehen? Die Polizei informieren? Er hatte doch gesehen, wie sie Rakel eingefangen hatten. Das war sicher nicht erlaubt, oder? Oder vielleicht doch? Sie hatten sie ja nicht verletzt, sie hatten sie nur über den Hofplatz getragen. Ein ungezogenes Kind, das nicht hören wollte. Brauchte die Polizei in solchen Fällen einen Durchsuchungsbefehl? In Hollywoodkrimis war das so. Tobias wusste nicht so genau, wie das in Norwegen war, aber vielleicht war es hier auch so. Er kam sich plötzlich nicht mehr so mutig vor. Es hatte als Spiel angefangen. Er hatte ja nur mal nachsehen wollen. Eine kleine Expedition machen wollen. Er hatte nicht im Traum daran gedacht, dass jemand seine Hilfe brauchen würde. Er dachte an seinen kleinen Bruder, der jetzt sicher wieder zu Hause war und sich fragte, wo Tobias steckte. An die Mutter und den Stiefvater, die nicht wussten, was sie dem Kleinen sagen sollten. Ihm gefiel die Vorstellung nicht, dass der kleine Bruder ohne ihn zu Hause war. Er spielte mit dem Gedanken, nach Hause zu gehen. Er kannte dieses Mädchen ja gar nicht. Vielleicht war sie auch nur ungezogen gewesen. Vielleicht war sie wie Elin, die im vorigen Jahr in seine Klasse gegangen und ins Büro des Rektors eingebrochen war und Geld gestohlen und in der Pause einen Lehrer in die Hand gebissen hatte, weil er sie beim Rauchen auf dem Schulhof erwischt hatte. Auch Elin hatte sehr lieb gewirkt, zu ihm war sie das jedenfalls gewesen, aber sie war von der Schule gewiesen worden, und niemand hatte sie seitdem gesehen. Es konnte doch auch hier so sein. Vielleicht stellte er sich alles schlimmer vor, als es war. Seine Mutter sagte das oft, er dürfe nicht so viel phantasieren. Das sei nicht gut. Sich in Träumen verlieren. Das sei nicht gut. Es wurde jetzt kälter. Es sollte zwar Frühling sein, aber so richtig war es das gar nicht, jedenfalls nicht abends. Er bereute, nicht alle seine Sachen mitgenommen zu haben. Zelt und Schlafsack und Rucksack waren noch immer oben auf der Anhöhe, wo er übernachtet hatte. Er hatte auch die Taschenlampe nicht mitgebracht. *Wo hast du deinen Kopf?*, fragte seine Mutter oft. *Ist da überhaupt was drin?* Er schämte sich jetzt ein bisschen. Er war ja so dumm gewesen. Bald würde es zu dunkel sein, um seine Sachen holen zu gehen. Zu dunkel, um den Weg zurück durch den Wald zu finden. Wenn er jetzt ginge, würde er es noch schaffen. Zumindest seine Sachen zu holen. Den Weg nach Hause würde er dann immer noch finden, wenn er die Taschenlampe hätte. Es war sicher besser so. Seine Sachen holen und machen, dass er nach Hause kam. Zu seinem kleinen Bruder. Tobias stand auf und spähte aus seinem Versteck, als eine Tür aufging und drinnen etwas passierte. Er hob das Fernglas an die Augen und blieb ganz still stehen. Zwei Männer kamen aus dem Haus, sie hatten eine dritte Gestalt in ihre Mitte genommen. Rakel! Sie war es. Sie hatte etwas auf dem Kopf. Sie hatten ihr eine Kapuze über den Kopf gestülpt. Die beiden Männer hielten sie an den Armen und zogen sie weiter, verschwanden hinter der Kirche, tauchten weiter hinten wieder auf. Tobias spürte, wie sein Herz hämmerte.

Er traute seinen Augen kaum, es war wie in einem Film. Sie hatten sie gefangen. Hatten ihr die Hände vor dem Bauch gefesselt und ihr eine Kapuze übergestülpt. Die Männer gingen weiter in die Richtung, in der er sich versteckt hatte. Vorbei am Traktor und dem kleinen Schuppen, über das Feld und, was machten sie jetzt? Tobias nahm seinen Mut zusammen und rückte noch näher an den Zaun. Die Männer waren stehen geblieben. Der eine bückte sich. Tobias konnte nicht sehen, was er tat. Dann war sie plötzlich nicht mehr da. Nur die beiden Männer waren noch zu sehen, auf dem Weg zurück zum Haus.

Tobias handelte sofort. Er hatte ja warten wollen, bis es dunkel wäre, aber jetzt hatte er keine Zeit zu verlieren. Er schlich sich bis zum Zaun und fing an zu klettern. Es war doch verboten, anderen so etwas anzutun. Man durfte nicht gemein sein, egal was sie getan hatte, Erwachsene durften so etwas nicht tun. Er war wütend. Er packte den Maschendraht, schob die Finger hindurch. Konnte mit den Schuhspitzen Halt finden, und ehe er sichs versah, war er schon über den hohen Zaun geklettert. Auf dem Hofplatz war wieder alles still. Der Boden unter seinen Füßen war kalt und feucht. Wo mochte sie sein? Sie hatten sie mitten auf den Hofplatz gezerrt, aber dann war sie verschwunden. Tobias hätte sich fürchten müssen, aber das tat er nicht mehr. Er war wütend auf alle Erwachsenen, die ihre Kinder misshandelten. Kinder mussten frei sein. Spielen dürfen. Sich sicher fühlen. Nicht mit gesenktem Kopf in der Küche stehen. Es tat weh zu hören, dass man dumm sei. Es tat weh, an den Armen festgehalten zu werden. Es tat weh, nicht widersprechen zu dürfen, weil man nicht wusste, ob der kleine Bruder das dann nicht ausbaden müsste. Tobias schlich geduckt über den Hofplatz. Der eine Mann hatte sich rund hundert Meter von hier entfernt gebückt. Dann war Rakel verschwunden. Warum bekamen Erwachsene Kinder, wenn sie die nicht gut behandelten? Emilie hatte ihn eines Tages nach der Norwegischstunde gefragt, wieso er Flecken am Hals habe. Wieso seine Arme blau seien. *Mir kannst du das sagen,* hatte sie gesagt. Sie war sehr lieb gewesen, hatte seine Schulter gestreichelt, *mir kannst du es sagen, dir passiert doch nichts.* Aber er hatte nichts gesagt. Das lag nicht an ihr. Sie wollte ihm ja nur helfen. Aber was wusste sie denn schon darüber, wie es war? Würde sie da sein, wenn er nach Hause kam? Nein, und dann würde alles nur schlimmer werden. Alles würde schlimmer werden, oh ja, er wusste genau, wie es werden würde. Er musste einfach durchhalten. Es ertragen. Dafür sorgen, dass sein kleiner Bruder nicht auch so behandelt wurde. Zusammengestaucht. *Ist da drinnen überhaupt irgendwas? Bist du denn total blöd im Kopf?*

Tobias machte sich so klein wie möglich in dem nassen Gras. Seine Knie wurden feucht, aber das konnte er ertragen. Er war hart im Nehmen. Er musste einfach nur die Klappe halten. Nicht widersprechen, nein, das machte alles nur noch schlimmer. Nicken. Den Kopf senken. Ja sagen. Er hatte keine Angst. Er hatte jetzt keine Angst mehr. Sie hatten ihr eine Kapuze über den Kopf gezogen. Das war verboten. Erwachsene durften Kindern so etwas nicht antun. Er kroch vorsichtig weiter, legte Pausen ein, um nachzusehen, ob alles in Ordnung war, ob sich eine Tür öffnete, ob er entdeckt wurde. In nur fünf Jahren würde er achtzehn werden. Dann konnte man sich eine eigene Wohnung suchen, vielleicht Arbeit finden, vielleicht auch den kleinen Bruder mitnehmen, auch wenn der erst zwölf war. *Ist zu Hause alles in Ordnung, Tobias? Kannst du dei-*

ner Mutter sagen, dass sie zum Elternsprechtag kommen muss? Ich möchte gern mit ihr reden. Sie war schon lange nicht mehr beim Elternsprechtag, es ist schon wichtig, dass sie kommt, kannst du ihr das sagen? Hast du dich an der Hand verletzt? Was ist mit deinem Ohr passiert? Kann ich dir irgendwie helfen, Tobias? Du kannst Vertrauen zu mir haben, das weißt du doch?

Tobias hatte jetzt die Stelle erreicht, an der Rakel verschwunden war. Die Kirche ragte hoch in den Himmel, bohrte ihren Turm in Mond und Wolken. Fast wie in einem altmodischen Horrorfilm. Frankenstein oder Dracula oder so. Er hätte sich eigentlich fürchten müssen, aber das tat er nicht. Er hatte ihre Augen unter der weißen Haube gesehen. Die Männer waren erwachsen, aber sie war ein Kind. Man durfte nicht gemein sein zu einem Kind. Tobias bereute es wieder, dass er die Taschenlampe nicht mitgenommen hatte. Der Mond gab ein wenig Licht, aber immer nur für wenige Sekunden. Er war nicht dumm. Sie konnte nicht einfach verschwinden. Hier musste irgendwo ein Loch im Boden sein. Eine Luke. Irgendetwas. Welcher Erwachsene steckt ein Kind in ein Loch im Boden?

Tobias bückte sich und befühlte den Erdboden. Plötzlich wurde in der Kirche Licht gemacht. Tobias reagierte instinktiv, ließ sich auf den Bauch fallen und presste sich in das nasse Gras. Er nahm den Geruch von Erde und Gräsern wahr. Er blieb eine Weile so liegen, aber niemand kam aus der Kirche. Er fasste sich ein Herz und erhob sich auf die Knie, das Licht hinter den Fenstern verbesserte die Sicht. Eine Luke im Boden. Das suchte er. Niemand verschwindet einfach nur so.

Und es dauerte nicht lange, bis er sie gefunden hatte. Sie war frisch und neu, helle Bretter waren zusammengefasst, etwa einen Quadratmeter groß, eine kleine Luke mitten im Boden. Sie war mit einem Hängeschloss abgesperrt. Es war ein kleines Schloss, golden, wie das, mit dem der Sportlehrer den Schrank verschloss, damit niemand unerlaubt einen Fußball herausholte. Er schaute sich noch einmal um. Niemand zu sehen. Jetzt drangen Stimmen aus der Kirche, Gesang, jemand in der Kirche sang. Sie waren also mit anderen Dingen beschäftigt. Singen. Zu Gott oder wer immer das sein mochte. Sie wussten nicht, dass er hier draußen war. Dass hier jemand war, der Rakel helfen wollte. Und das Hängeschloss aufstochern. Sie befreien. Tobias lächelte bei dem Gedanken. Der Sportlehrer hatte nie begriffen, warum seine Fußbälle verschwanden. Wusste nicht, wie leicht man ein Vorhängeschloss aufstochern kann. Tobias hatte es oft gemacht. Fast alle Jungen in seiner Klasse konnten Vorhängeschlösser aufstochern. Das war noch leichter, als bei einem Test zu pfuschen. Sie hatten im Werkunterricht Dietriche hergestellt, wenn der Lehrer zum Rauchen rausgegangen war. Man brauchte nur ein Stück Metall; so eine Nagelfeile, wie die Mädchen sie hatten, war ein guter Ausgangspunkt. Man brauchte nur die Spitze mit einer Metallschere abzuschneiden und sie so zurechtzufeilen, dass sie am Rand ganz dünn wurde. Es war natürlich ein Trick dabei, jemand musste es einem beibringen, aber wenn man ihn begriffen hatte, war es einfach. Tobias nahm seine Schlüssel aus der Jackentasche und zog den Dietrich heraus. Hielt das Schloss so, dass die Öffnung nach rechts zeigte. Schob den Dietrich hinein, drückte die Spitze nach links, bis er merkte, dass er drinnen auf Metall stieß. Dann das Schloss zu sich herziehen, drücken und stramm nach rechts drehen. Das Schloss sprang mit einem leisen Klicken auf. Er hob die schwere Luke hoch. Eine lange Leiter führte in eine Art Höhle hinunter. Er beugte sich hinunter und flüsterte in die Finsternis:

»Hallo, Rakel! Bist du da?«

• 49 •

Munch wartete vor dem Hotel, als Mia herauskam. Sie setzte sich in den schwarzen Audi und hoffte, ihr Körper würde endlich wieder aufwachen. Die Tablette wirkte noch immer, machte sie träge und verschlafen. Munch schien auch nicht viel geschlafen zu haben. Er trug dieselbe Kleidung wie am Vorabend. Braune Cordjacke mit Lederflicken auf den Ellbogen und ein Hemd mit Flecken. Er hatte Tränensäcke unter den Augen und tiefe Furchen in der Stirn. Mia tat er plötzlich ein wenig leid. Eigentlich brauchte er jemanden. Eine Frau in seinem Leben. Eine, die sich um ihn kümmerte, so, wie er sich immer um alle kümmerte.

»Wie sieht's aus?«, fragte Mia.

»Fort Isegran.«

»Wo ist das?«

»Fredrikstad.«

Mia stutzte. Die beiden anderen Mädchen waren beide in der Nähe von Oslo gefunden worden. Im Wald. Der Täter hatte abermals seine Vorgehensweise geändert.

»Wer hat sie gefunden?«

»Zwei Abiturienten.« Munch seufzte. »Das Gelände ist wohl gesperrt, aber sie hatten sich trotzdem reingeschlichen, um Gott weiß was zu treiben, was weiß denn ich.«

»Wen haben wir da unten?«

»Die lokale Polizei. Curry und Anette sind schon unterwegs, sie müssen bald dort sein.«

Mia sah auf die Uhr im Armaturenbrett. 05:15. Draußen war es noch immer dunkel.

»Und was haben wir bisher?«

»Beide Mädchen lagen auf dem Boden. Mit einem Pfahl zwischen sich.«

»Was für ein Pfahl?«

»Ein Pfahl aus Holz. Mit einem Schweinekopf oben drauf.«

»Wie meinst du das? Ist der Schweinekopf echt?«

Munch nickte. »Ja, wie ich es gesagt habe. Die Mädchen lagen im Gras, und dazwischen stand ein Holzpfahl mit einem Schweinekopf.«

»Großer Gott«, seufzte Mia.

»Was soll das wohl bedeuten?«

Munch schaltete die Heizung ein und fuhr in den Ausfahrttunnel beim Rådhusplass.

»Schwer zu sagen«, meinte Mia.

Die Wärme im Auto machte sie schläfrig. Sie sehnte sich nach ihrem Morgenkaffee, wollte Munch aber nicht um eine Pause bitten.

»Das muss doch etwas bedeuten.«

»Der Herr der Fliegen«, sagte Mia leise.

»Was?«

»Das kommt aus einem Buch. Der Herr der Fliegen. Kinder stranden auf einer einsamen Insel, ganz ohne Erwachsene. Sie glauben, dass dort ein Monster haust. Sie stecken als Opfergabe einen Schweinekopf auf einen Pfahl.«

»Nein«, seufzte Munch. »Wir sind das Monster, meinst du das so?«

»Kann schon sein.«

»Da drinnen liegt eine Tüte Fisherman's Friends«, sagte Munch und zeigte auf das Handschuhfach.

»Und?«

»Du brauchst eins«, sagte Munch und fuhr auf den Drammensvei.

Mia spürte einen Stich der Irritation. Sie öffnete das Handschuhfach und die Tüte mit den Pastillen. Nahm zwei und steckte die restlichen in die Tasche ihrer Lederjacke.

»Warum zum Teufel Fredrikstad«, murmelte Munch. »Das ergibt doch überhaupt keinen Sinn. Und dann so offen?«

»Wir sind zu langsam«, sagte Mia und griff nach ihrem Telefon.

»Wie meinst du das?«

»Der Täter will zeigen, dass wir nicht gut genug arbeiten.«

»Nein, das darf nicht wahr sein«, sagte Munch.

Mia fand die Nummer von Gabriel Mørk.

»Gabriel hier.«

»Hallo, hier ist Mia, bist du im Büro?«

»Ja«, bestätigte Gabriel.

»Kannst du mal nachsehen, was du über Fort Isegran in Fredrikstad findest?«

»Jetzt?«

»Ja. Munch und ich sind unterwegs dahin. Sie haben die Mädchen gefunden.«

»Das habe ich gehört.«

Es wurde still am anderen Ende. Mia konnte hören, wie Gabriel auf seiner Tastatur herumklapperte.

»Kannst du etwas finden?«

»Was suche ich denn?«

»Alles.«

»Mal sehen«, sagte er und unterdrückte ein Gähnen. »Fort Isegran. Festung auf einer kleinen Insel bei Fredrikstad. Teilt den Auslauf der Glomma in zwei Arme. Erbaut Ende des 13. Jahrhunderts vom Jarl von Borgsyssel, falls jemand weiß, was das bedeutet. Aus Stein und Holz errichtet. 1287 von irgendeinem König zerstört. Neue Festung im 17. Jahrhundert angelegt. Peter Wessel Tordenskiold benutzte sie als Stützpunkt während des Großen Nordischen Krieges, ja, was immer das nun wieder sein mag. Der Name Isegran bedeutet, ja, da streiten sich offenbar die Gelehrten, aber es könnte vom französischen Ile Grand herstammen, die große Insel. Hilft dir das irgendwie weiter?«

»Eigentlich nicht«, sagte Mia. »Steht da sonst noch was? Von heute? Wozu wird sie heute genutzt?«

»Moment mal.«

Mia ließ das Telefon auf ihrer Schulter ruhen und nahm noch ein Fisherman's. Noch immer spürte sie den Schnapsgeschmack ganz hinten in ihrer Mundhöhle.

»Viel mehr finde ich jetzt nicht. Hochzeitsbilder aus der Festung Isegran. Ein Ausflug für Rentner.«

»Mehr nicht?«

»Nein. Doch, warte, hier ist was.«

Es wurde wieder still.

»Ich weiß nicht, ob das etwas bedeutet, aber 2013 soll da draußen ein Denkmal enthüllt werden. Nicht im Fort, sondern auf der Uferpromenade gegenüber.«

»Was für ein Denkmal?«

»Es heißt Munchs Mütter. Eine Bronzestatue von Mutter und Tante von Edvard Munch.«

»Natürlich«, murmelte Mia.

»Kannst du damit etwas anfangen?«

»Und wie, Gabriel, vielen Dank.«

Sie wollte schon auflegen, aber Gabriel hielt sie davon ab.

»Ist Munch bei dir?«

»Ja.«

»Wie ist die Stimmung?«

»Geht so, warum?«

»Kann ich mal mit ihm reden?«

»Okay.«

Mia reichte Munch das Telefon.

»Ja, Munch?«

Munchs Mütter. Also hatte sie doch Recht gehabt.

»Ja, alles klar«, sagte Munch ins Telefon. »Aber mach dir keinen Stress, wie gesagt, das ist persönlich, wir haben wichtigere Dinge zu tun. Was? Ja, sowas kann einen verrückt machen, ich weiß, was? Ja, von einer Freundin per Internet. Sie nennt sich Margrete Nullacht. Aber keinen Stress. Ja, ja, ist schon klar. Wir reden später weiter.«

Munch schmunzelte und gab Mia das Telefon zurück.

»Was war das?«

»Nichts besonders, nur Privatkram.«

»Er ist gut«, sagte Mia.

»Wer? Gabriel? Ja, auf jeden Fall. Ich mag ihn. Gut, dass wir diesmal Glück gehabt haben.«

Mia öffnete das Fenster einen Spaltbreit.

»Hast du etwas in Erfahrung gebracht? Über Fort Isegran?«

»Allerdings.« Mia nickte.

Sie erzählte, was Gabriel gerade gesagt hatte.

»Verdammt«, murmelte Munch. »Es geht also um mich? Es ist meine Schuld, dass diese Mädchen sterben?«

Munch kniff die Augen zusammen und schlug mit der Hand aufs Lenkrad.

»Wir wissen es noch nicht sicher«, sagte Mia. »Sind wir bald da?«

»Anderthalb Stunden noch«, sagte Munch.

»Ich glaube, ich schlafe ein bisschen«, sagte Mia.

»Gute Idee.« Munch nickte. »Schlaf eine Runde für mich mit.«

• 50 •

Die Sonne ging auf, als sie die polizeiliche Absperrung erreichten. Munch zeigte seinen Dienstausweis, und sie wurden weitergewinkt, von einem jungen Polizisten mit zerzausten Haaren, der völlig übernächtigt aussah. Sie hielten vor einem kleinen roten Haus, Café Galeien, und wurden von Curry empfangen, der sie an der alten Steinmauer entlangführte. Mia konnte auf der anderen Seite die Uferpromenade sehen, wo das Denkmal aufgestellt werden sollte. Edvard Munchs Mutter und Tante. Laura Cathrine Munch und Karen Bjølstad. Mia wusste viel über Munch. Die meisten in Åsgårdstrand wussten das meiste. Sie waren an dem kleinen Ort immer stolz darauf gewesen, dass Munch sich so oft dort aufgehalten hatte. Sogar die feinen Damen, die damals voller Abscheu auf den unsittlichen Künstler mit ihren Sonnenschirmen gezeigt hatten. Ist das nicht typisch?, dachte Mia, als sie das weiße Plastikzelt sah, das die Kriminaltechniker aufgestellt hatten. Damals haben sie ihn gehasst, aber das haben wir vergessen. Ob das in Norwegen wohl allen großen Künstlern so ging? Mussten sie sterben, ehe sie gebührend geehrt wurden? Sie merkte, dass das nicht ihre eigenen Gedanken waren. Sondern die ihrer Mutter. In ihrem Elternhaus waren Kunst und Literatur immer sehr wichtig gewesen. Oft hatte Mia am Küchentisch gesessen und zugehört, wie ihre Mutter erzählte, manchmal war das wie eine Schulstunde gewesen.

Sigrid und sie als Schülerinnen, jede mit einer Schale Haferbrei und mit Mutter Eva als eifriger Lehrerin.

Curry wirkte überraschend fit und redete auf dem Weg zum Zelt ununterbrochen. Der erfahrene Polizist konnte auf den ersten Blick kalt und hart wirken, mit seinem kahlen Schädel und dem untersetzten Körper, aber Mia wusste es besser. Curry war ungeheuer kompetent und hatte ein großes Herz, auch wenn er wie eine Bulldogge aussah und sich auch oft genug so verhielt.

»Zwei Abiturienten. Ein Paar. Von der Gesamtschule Glemmen. Sie waren ziemlich fertig, und wir haben sie nach Hause geschickt.«

»Sie haben nichts damit zu tun?«, fragte Munch.

»Nein, nein, sie konnten kein vernünftiges Wort herausbringen. Hab in meinem ganzen Leben noch keine dermaßen nüchternen Leute von einer Abifeier kommen sehen. Ich glaube, der Anblick hat mit einem Schlag allen Alkohol aus ihren Körpern vertrieben.«

»Irgendwelche Hinweise oder Beobachtungen aus der Nachbarschaft?«, fragte Mia.

»Noch nicht«, sagte Curry. »Die Kollegen aus Fredrikstad drehen jetzt die Runde. Aber ich glaube nicht, dass sie fündig werden.«

»Warum nicht?«, fragte Mia.

»Meinst du das ernst?« Curry grinste müde. »Das ist hier ja nicht gerade ein Amateur.«

Sie erreichten das Zelt, als ein älterer Mann in einem weißen Schutzanzug herauskam. Mia schaute überrascht in das bekannte Gesicht. Sie hatte in mehreren Fällen mit dem Kriminalpathologen Ernst Hugo Vik zusammengearbeitet, hatte aber gedacht, er sei schon längst in Pension gegangen.

»Munch, Mia.«

Vik nickte ihnen zu, als er sie sah.

»Hallo, Ernst«, sagte Munch. »Haben die dich extra den weiten Weg aus Oslo herkommen lassen?«

»Nein«, seufzte Vik. »Ich hatte mich auf der Hütte verkrochen, um ein bisschen meine Ruhe zu haben, aber das hat wohl nichts geholfen.«

»Was hast du bisher?«, fragte Mia.

Vik streifte seine weiße Plastikhaube ab und zog die Handschuhe aus. Er steckte sich eine Zigarette an und trat sich die Erdreste von den Stiefeln.

»Sie liegen hier noch nicht lange. Ich schätze mal, höchstens sechs Stunden, ehe sie gefunden wurden.«

»Und der Todeszeitpunkt?«

»Derselbe«, sagte Vik und seufzte noch einmal.

»Sie wurden hier umgebracht?«

»Kann sein«, meinte Vik. »Aber ich kann das erst sicher sagen, wenn wir sie auf dem Tisch liegen haben. Was ist das eigentlich, Munch? Sowas hab ich in meinem ganzen Leben noch nicht gesehen. So strikt.«

»Wie meinst du das?«, fragte Mia.

»Na ja«, sagte Vik und zog an seiner Zigarette. »Was soll ich sagen. Für einen Ritualmord ist das sehr sauber. Die Mädchen sind zurechtgemacht und gewaschen worden. Feingemacht. Schultaschen. Und dann dieser Schweinekopf? Nein, verdammt, ich hab keine Ahnung. Seht sie euch selbst mal an, ich brauch jetzt erst mal eine Verschnaufpause.«

Der alte Mann steckte die Handschuhe in die Tasche und stapfte zum Parkplatz. Munch und Mia streiften die weißen Schutzanzüge über, die für sie bereitgelegt worden waren, und betraten das Zelt.

Karoline Mykle lag mit auf der Brust gefalteten Händen auf dem Boden. Sie trug ein gelbes Puppenkleid. Ihre Schultasche lag neben ihren Beinen. Andrea Lyng lag nur wenige Meter weiter, auch sie hatte die Hände über der Brust gefaltet, und die Schultasche stand neben ihren weißen Schuhen. Beide Mädchen trugen das gleiche Schild um den Hals wie Pauline und Johanne. *Ich reise allein.* Irgendwie eine religiöse Szene, mit dem grotesken Schweinekopf in der Mitte. Mia Krüger zog die Handschuhe an und beugte sich über Andrea. Sie hob die kleine weiße Hand und sah sich die Fingernägel an.

»Drei«, sagte sie und nickte.

Sie legte die Hand vorsichtig wieder ins Gras und ging zu Karoline.

»Vier.«

In diesem Moment klingelte Munchs Telefon. Er schaute auf das Display, nahm den Anruf aber nicht an. Das Telefon klingelte noch einmal.

»Ja, verflucht«, sagte er und drückte wieder auf den roten Knopf.

Mia nickte zu den Mädchen hinüber und richtete sich wieder auf.

»Tut mir leid«, sagte Munch, als das Telefon zum dritten Mal klingelte.

Er drückte noch einmal auf den roten Knopf, und sofort klingelte Mias Telefon. Sie sah auf dem Display den Namen Gabriel Mørk.

»Gabriel?«, fragte Munch leise.

Mia nickte und drückte das Gespräch weg.

»Hat er dich auch angerufen?«

Munch nickte, und Mias Telefon klingelte erneut. Sie ging aus dem Zelt, um den Anruf anzunehmen.

»Das muss jetzt aber extrem wichtig sein«, fauchte sie.

Gabriel klang aufgeregt, atemlos.

»Ich muss mit Munch reden«, keuchte er.

»Der hat zu tun, was ist los?«

»Ich hab die Mitteilung dechiffriert«, stotterte Gabriel.

»Was für eine Mitteilung?«

»Er hat eine Mail bekommen. Eine Aufgabe. Eine kodierte Meldung. Margrete Nullacht. Ich habe sie gelöst. Gronsfeld-Chiffre. Ich hab sie dekodiert.«

»Hat das keine Zeit?«, fragte Mia gereizt.

»Nein, kein bisschen.«

Der junge Hacker brüllte ihr jetzt fast ins Ohr.

»Du musst es ihm sagen. Sofort!«

»Was soll ich denn sagen? Wie lautet die Mitteilung?«

Gabriel schwieg einen Moment, als traute er sich nicht, seine Entdeckung auszusprechen.

»Gabriel?«, fragte Mia ungeduldig.

»Ticktack die kleine Marion = 5.«

»Was?«

»Ticktack die kleine Marion = 5.«

»Verdammt«, rief Mia und stürzte ins Zelt, um Holger Munch zu holen.

• Teil IV •

• 51 •

Miriam Munch saß hinten im Audi ihres Vaters und versuchte, einigermaßen klar zu denken. Sie hatte ihre Mütze tief in die Stirn gezogen und eine große Sonnenbrille aufgesetzt, auf Befehl ihres Vaters. Marion lag neben ihr auf dem Sitz, zusammengerollt unter einer Decke, die das kleine Mädchen vollständig verbarg. Miriam hatte nicht viel begriffen, als ihr Vater sie vor wenigen Tagen geweckt und ihr befohlen hatte, alle Türen abzuschließen. Niemandem aufzumachen. Marion nicht in den Kindergarten zu schicken.

»Was soll das heißen, sie nicht in den Kindergarten schicken?«

»Verflucht noch mal, Miriam, tu, was ich dir sage!«

Natürlich war sie auch schon auf den Gedanken gekommen. Miriam Munch war nicht dumm, im Gegenteil. Miriam Munch hatte immer zu den intelligentesten Mädchen in ihrer Klasse gehört. Schon als kleines Kind war ihr alles, womit andere sich abmühten, ungeheuer leicht gefallen. Die Flüsse in Asien. Die Hauptstädte in Südamerika. Bruchrechnung. Algebra. Englisch. Norwegisch. Sie hatte früh gelernt, nicht zu verraten, was sie alles begriffen hatte, nicht in jedem Test die Beste zu sein, nicht zu oft aufzuzeigen. Sie besaß schließlich auch soziale Intelligenz. Sie wollte Freunde haben. Sie wollte nicht als Streberin gelten.

Natürlich war sie auf den Gedanken gekommen. Schließlich würde Marion im Herbst eingeschult werden. Und wo ihr Vater doch die Ermittlungen leitete. Sie war nicht dumm. Aber sie war auch stark geblieben. Sie würde sich verdammt noch mal keine Angst einjagen lassen. Sie würde sich ihr Leben verdammt noch mal nicht von einem Verrückten ruinieren lassen. Natürlich hatte sie Maßnahmen getroffen, wer hätte das nicht getan? Sie brachte Marion selbst hin und holte sie selbst ab. Sie hatte Marion schon den Besuch von zwei Geburtstagsfesten verboten, zur großen Verzweiflung der Kleinen. Sie hatte selbst um eine Besprechung im Kindergarten gebeten, mit den Angestellten und allen Eltern, deren Töchter im Herbst in die Schule kamen. Einige Eltern hatten sich freigenommen, weil sie nicht wagten, ihr Kind in den Kindergarten zu schicken, einige meinten, der Kindergarten solle so lange geschlossen werden, wieder andere wollten bei ihren Kindern bleiben, aber Miriam hatte die besorgten und erhitzten Gemüter beruhigen können. Hatte erklärt, sie müssten so normal wie möglich leben. Nicht zuletzt aus Rücksicht auf ihre Töchter. Aber in ihrem Hinterkopf hatte immer eine gemeine kleine Stimme geflüstert: *Vielleicht bist gerade du gefährdet. Du musst dich besonders fürchten.* Und jetzt war es so weit.

Miriam steckte die Decke fester um ihre tief schlafende Tochter. Draußen war es dunkel, und der schwarze Audi glitt ruhig durch die fast menschenleeren Straßen. Miriam Munch hatte keine Angst, aber sie machte sich große Sorgen. Und sie hatte alles so satt. Und sie war frustriert. Und irritiert. Und wütend.

»Ist da hinten alles in Ordnung?«

Mia Krüger drehte sich um und sah sie an. Sie hatten ihr noch immer nicht erzählt, warum sie immer wieder verlegt wurde, jetzt zum dritten Mal in zwei Tagen, aber im Grunde wusste sie es natürlich.

»Alles bestens«, sagte Miriam und nickte. »Wohin geht es diesmal?«

»Eine Wohnung, die uns zur Verfügung steht«, sagte ihr Vater und sah sie im Rückspiegel an.

»Wird es nicht langsam Zeit, mir mal zu erzählen, was hier los ist?«, fragte Miriam.

Sie versuchte vorwurfsvoll zu klingen, aber sie war so müde. Sie hatte an den vergangenen Tagen fast nicht geschlafen.

»Es ist zu deinem eigenen Besten«, sagte ihr Vater und sah sie wieder im Spiegel an.

»Hat der Täter sie bedroht? Tut ihr das hier nur, um ganz auf Nummer sicher zu gehen? Ich hab doch ein Recht darauf zu erfahren, was los ist, oder etwa nicht?«

»Solange ihr tut, was ich euch sage, kann euch nichts passieren«, sagte ihr Vater und fuhr bei Rot über eine Kreuzung.

Sie wusste, wie ihr Vater war, wenn er erstmal einen Entschluss gefasst hatte, deshalb stellte sie keine weiteren Fragen. Sie kam sich plötzlich wieder vor wie mit vierzehn. Er war damals furchtbar streng gewesen, mit den Jahren hatte sich das aber gelegt. Damals hatte sie überhaupt nicht mit ihm reden können. *Nein, Miriam, so kannst du nicht in die Schule gehen, der Rock ist viel zu kurz. Nein, Miriam, um zehn musst du zu Hause sein. Nein, Miriam, ich will nicht, dass du dich mit diesem Ruben triffst, das ist kein guter Umgang für dich.* Ein bis ins Detail geregeltes Teenagerleben mit einem paranoiden Polizeipapa. Das hatte ihr immerhin Achtung eingetragen, das schon. Wer es zu Hause am schlimmsten hatte, erntete in der Clique in der Schule die größte Sympathie. Außerdem gab es immer Möglichkeiten, die Eltern auszutricksen, auch wenn sie bei der Polizei waren. Am Ende war sie kaum noch zu Hause gewesen, und das hatte das Problem gelöst. Ihre Mutter war damals zudem so weit weg gewesen. Also Erwachsene manchmal … bildeten die sich wirklich ein, ihre Kinder durchschauten nicht, was ablief? Miriam hatte das mit Rolf längst kapiert, ehe zu Hause alles losgebrochen war. Ihre Mutter, die so ordentlich war, dass man die Uhr nach ihr stellen konnte? Die sich plötzlich mit »einer Freundin« treffen musste? Die plötzlich eine Menge Anrufe bekam, wo jemand »falsch verbunden« war? Also echt!

»Schläft sie?«

Mia Krüger sah Marion an, die zusammengerollt unter der Decke lag.

Miriam nickte. Sie mochte Mia. Sie hatte Mia immer schon gemocht. Das hing mit Mias Art zusammen. Mia war so charismatisch. Hatte eine so umwerfende Ausstrahlung. Sie wirkte manchmal vielleicht ein wenig zerstreut und seltsam, aber nicht Miriam gegenüber. Mia erinnerte sie ein wenig an sich selbst, vielleicht mochte sie sie deshalb so gern. Intelligent und stark, aber auch ziemlich verletzlich.

»Dein Vater hat über ein Internetforum eine kodierte Mitteilung erhalten«, sagte Mia.

»Mia!«, zischte der Vater, aber Mia ignorierte ihn.

»Jemand hat sich als schwedische Mathematikerin namens Margrete ausgegeben. Als wir den Code geknackt hatten, entpuppte sich die Mitteilung als unmissverständliche Drohung gegen Marion.«

Miriam bemerkte, wie das Gesicht ihres Vaters dunkelrot anlief.

»Echt?«, fragte Miriam.

Es überraschte sie ein wenig, dass sie eher neugierig war als ängstlich.

»Und wie lange hattest du Kontakt zu ihr? Im Netz, meine ich?«

Der Vater gab keine Antwort. Er presste die Lippen aufeinander, und seine Fingerknöchel um das Lenkrad waren weiß.

»Fast zwei Jahre«, sagte Mia.

»Zwei Jahre? Zwei Jahre lang?«

Miriam traute ihren Ohren nicht.

»Du stehst seit zwei Jahren in Kontakt mit dieser Person, Papa? Ist das wahr? Du hast zwei Jahre lang mit dem Mörder kommuniziert, ohne das zu wissen?«

Ihr Vater gab noch immer keine Antwort und trat wütend auf das Gaspedal.

»Er konnte das doch nicht wissen«, sagte Mia. »Die sind anonym in diesem Forum. Es hätte jeder sein können.«

»Jetzt reicht es, Mia«, bellte Munch.

»Was?«, fragte Mia. »Es kann doch sein, dass sie etwas weiß. Wenn der Mörder seit Jahren Kontakt mit dir hatte, dann kann es doch sein, dass er sich auch bei ihr gemeldet hat? Das müssen wir doch wissen?«

Der Vater trat plötzlich auf die Bremse und fuhr an den Straßenrand.

»Bleib hier«, sagte er und sah Miriam im Rückspiegel streng an. »Du, raus.«

»Holger …«, begann Mia.

»Raus. Raus aus dem Auto.«

Mia löste den Sicherheitsgurt und stieg widerstrebend aus dem Audi. Holger Munch öffnete seine Tür und ging zu Mia auf den Bürgersteig. Miriam konnte nicht hören, was sie sagten, aber es war deutlich, dass ihr Vater außer sich vor Wut war. Er fuchtelte mit den Armen und hatte eine feuchte Aussprache. Sie konnte sehen, dass Mia versuchte etwas zu sagen, aber Holger ließ sie nicht zu Wort kommen. Er hielt einen Finger dicht vor ihr Gesicht, und für einen Moment glaubte Miriam, er werde ihr eine scheuern. Der Vater hielt eine lange Tirade, und am Ende sagte Mia gar nichts mehr. Sie nickte nur noch. Dann kamen die beiden zum Auto zurück und stiegen wieder ein. Der Wagen fuhr langsam an, gesagt wurde nichts mehr. Die Stimmung im Auto war angespannt. Miriam hielt es für das Beste, selbst ebenfalls nichts zu sagen. Zwei Jahre? Der Vater hatte so lange Kontakt mit dem Mörder gehabt? Kein Wunder, dass er wütend war. Jemand hatte ihn an der Nase herumgeführt. Und jetzt waren vier Mädchen tot. Sollte Marion Nummer fünf sein? War das die Mitteilung gewesen? Miriam deckte ihre Tochter noch besser zu und strich ihr liebevoll übers Haar, während der schwarze Audi durch die Nacht glitt, zu einem geheimen Versteck, dessen Lage nicht einmal ihr bekannt war.

• 52 •

Mia stand auf dem Bürgersteig vor dem grauen Mietshaus im Westend und hatte das Gefühl, beobachtet zu werden. Sie hatte dieses Gefühl nicht zum ersten Mal, seit sie in die Stadt gekommen war, hatte sie dieses scheußliche Gefühl, dass jemand sie ansah. Sie hatte es als Verfolgungswahn abgetan. Ziemlich normal für eine in ihrer Situation. Sie durfte diesem Gefühl nur keinen Raum zugestehen. Sie war nicht nervös, das nicht, und dennoch, ja, verdammt. Sie schaute sich um, sah aber niemanden. Die Straßen um sie herum waren wie ausgestorben.

Sie hatten Miriam und Marion in eine weiße Wohnung in Frogner gebracht. »Weiß« bedeutete hier, dass die Wohnung nicht gemeldet war. In keinem Register aufgeführt. Am Vorabend hatten sie die beiden in einer weiter östlich gelegenen Wohnung versteckt, aber Munch hatte sie da nicht sicher gewähnt und beschlossen, sie noch einmal zu verlegen. Die Wohnung, die sie nun benutzten, war Politikern und anderen hochrangingen Besuchern mit hoher Sicherheitsstufe vorbehalten, aber Munch hatte ein paar Strippen gezogen, ohne zu laut mit den Ketten zu rasseln. So wenige wie möglich einweihen. Er wurde jetzt wirklich paranoid. Sie konnte ihn gut verstehen.

Mia zog eine Pastille aus der Tasche und suchte mit ihrem Blick die Straße ab. Niemand da. Nicht einmal ein Auto. Kein Zeitungsbote. Sie war ganz allein und ziemlich sicher, dass niemand Miriam und Marion beim Betreten der Wohnung gesehen hatte.

Einige Minuten darauf kam Munch aus dem Haus. Er steckte sich eine Zigarette an und fuhr sich mit der Hand durchs Haar.

»Tut mir leid«, sagte Mia.

»Nein, verdammt, mein Fehler«, sagte Munch. »Aber ich, na ja, du weißt schon.«

»Ist nicht so wild«, sagte Mia und nickte.

»Sind wir allein?«

»Glaub schon. Hab niemanden gesehen. Da oben ist alles in Ordnung?«

Munch machte noch einen langen Zug an seiner Zigarette und schaute dann zum fünften Stock hoch.

»Das schon. Miriam ist sauer auf mich, aber ich kann

sie gut verstehen. Ich hoffe bloß, sie begreift, dass ich ihr nur helfen will.«

»Natürlich begreift sie das«, sagte Mia und nickte. »Ist nur gerade ein bisschen viel. Sie wird dir dankbar sein, wenn alles vorbei ist.«

»Na ja, da bin ich mir nicht so sicher. Musste ihr sagen, dass sie jetzt nicht heiraten kann.«

»Sie soll die Hochzeit absagen?«

»Natürlich.«

»Das wird ihr sehr schwerfallen«, sagte Mia.

»Hundert Personen in einer Kirche? Und alle haben etwas mit mir zu tun? Das können wir nicht riskieren«, sagte Munch.

Es ist ein Spiel, oder nicht? Er spielt mit uns. Sie spielt mit uns. Wie überfällt man eine Bank? Man sprengt ein Haus auf der anderen Straßenseite. Der Täter wusste genau, was er tat. Was sie tat. Das hier hatte weiter reichende Konsequenzen als vier Mädchen. Oder zehn Mädchen. Jemand verfolgte Munch seit Jahren. Und wusste genau, wo es am meisten wehtat. Wie die größtmögliche Verwirrung geschaffen werden konnte. Angst. Mia hatte in den letzten drei Tagen nur vier Stunden geschlafen, und das rächte sich jetzt, das spürte sie. Es fiel ihr schwer, klar zu denken.

»Wer ist momentan im Büro?«, fragte Munch, als sie im Auto saßen.

»Ludvig, Gabriel, Curry, glaub ich«, sagte Mia.

»Mikkelson will mich abziehen«, sagte Munch und steckte sich eine Zigarette an, ohne das Fenster zu öffnen.

»Woher weißt du das?«

»Was würdest du tun?«

Er sah sie mit leerem Blick an.

»Dich abziehen«, wiederholte Mia.

»Genau«, sagte Munch und bog in Richtung Mariboes gate ab.

»Was meinst du dazu?«

»Was soll das heißen?«

»Na ja, das ist doch eine berechtigte Frage. Wir arbeiten an einem extrem schweren Fall. Der Täter hat es auf dich persönlich abgesehen. Kannst du da noch objektiv sein? Deine Gefühle raushalten? Ich glaube das nicht.«

»Auf welcher Seite stehst du eigentlich?«, schnaubte Munch.

»Auf deiner natürlich«, sagte Mia. »Aber ich kann auch verstehen, dass dieses Problem zur Sprache kommt.«

»Das ist jetzt persönlich«, sagte Munch und kniff die Augen zusammen. »Niemand greift meine Familie an, ohne dafür zu bezahlen.«

»Nicht wahr?«

»Was?«

»Ein solcher Spruch bei Mikkelson, und das war's.«

Mia zog den Zeigefinger über die Kehle, um zu verdeutlichen, was sie meinte.

»Ha«, sagte Munch. »Wem sollte er den Fall denn sonst geben?«

»Wenngård.«

»Sonst noch was?«

»Klokkervold.«

»Ach, hör doch auf, Mia. Für welches Team kickst du jetzt eigentlich?«

»Ich meine ja bloß, Holger. Es gibt andere. Du kannst aussteigen.«

Munch überlegte, dann sagte er:

»Was würdest du machen? Wenn es um deine Familie ginge?«

»Das weißt du genau.«

»Eben. Also reden wir nicht mehr darüber.«

»Müsstest du nicht mal schlafen?«

»Sicher, aber das geht nun mal nicht«, seufzte Munch und kurbelte endlich das Fenster herunter. »Sag allen Bescheid. In einer Stunde im Büro. Wer nicht kommt, muss sich einen anderen Job suchen. Wir müssen alles noch mal neu durchgehen. Wir werden jeden Stein umdrehen, bis wir diese verdammte Kakerlake gefunden haben, und wenn es das Letzte ist, was ich in diesem Leben tue.«

Mia nickte und zückte ihr Telefon.

• 53 •

Was haben wir?«, fragte Munch, als sich alle im Besprechungsraum versammelt hatten. »Und erzählt mir nicht, wir hätten nichts, das ist nämlich nicht möglich. Irgendwer muss da draußen irgendwas gesehen haben. Ich weiß, dass alle rund um die Uhr geschuftet haben, aber von jetzt ab schuften wir doppelt so viel. Wer will anfangen? Ludvig?«

Mia schaute sich im Raum um. Eine Runde aus müden Gesichtern starrte sie an, alle hatten in den letzten Wochen extrem viele Stunden investiert, aber das hatte noch immer zu keinem Durchbruch geführt. Curry hatte jetzt einen Bart, Gabriel Mørk war ganz fahl im Gesicht und hatte dicke Tränensäcke unter den Augen.

»Wir haben alle Namen aus dem Pflegeheim Høvikvei mit dem Fall Hønefoss verglichen. Bisher haben wir nichts gefunden, aber wir sind noch nicht ganz durch.«

»Macht weiter damit, da kann noch etwas auftauchen«, sagte Munch. »Sonst noch?«

»Ich habe mich über diese Gemeinde informiert, die du erwähnt hast«, sagte Gabriel.

Munch warf Mia einen raschen Blick zu, Mia zuckte mit den Schultern und nickte. Sie hatten bei der Gemeinde keine gute Arbeit geleistet. Hatten zu spät reagiert. Sie waren auf dem Weg gewesen, aber dann waren die Mädchen im Fort Isegran gefunden worden, und gleich darauf hatten sie von der Bedrohung für Marion erfahren.

»Was hast du herausgefunden?«

»Eigentlich erstaunlich wenig«, sagte Gabriel. »Sie nennen sich Methusalemkirche, aber ich habe keine unter diesem Namen registrierten Gesellschaften oder religiösen Organisationen gefunden. Sie haben auch keine Website, sie scheinen noch nicht ganz im Computerzeitalter angekommen zu sein oder wollen das gar nicht.«

»Ist das alles?«

»Nein, ich habe jemanden gefunden, der bei der Adresse gemeldet ist.«

Gabriel überflog seine Notizen.

»Einen Lukas Walner. Hab ihn überprüft, aber er taucht sonst offenbar nirgendwo auf.«

»Na gut«, sagte Munch und kratzte sich am Bart. »Ich war selbst einige Male da oben, und wenn mich nicht alles täuscht, waren da zwei Männer. Ein älterer mit weißen Haaren und einer mit kurzen blonden, der war vielleicht Mitte zwanzig. Wir müssen da mal genauer nachsehen, und das sehr schnell. Wir waren dem Mörder auf der Spur, und es ist wichtig, dass wir die Fährte bald wieder aufnehmen. Meine Mutter besucht da die Andachten, ich werde sehen, ob ich etwas aus ihr herausholen kann, okay?«

»Ich setze mich gleich dran, sowie wir hier fertig sind«, sagte Gabriel und nickte.

»Gut«, sagte Munch und ließ seinen Blick wieder über die Runde schweifen. »Hat sonst noch jemand was?«

»Benjamin Bache ist überwacht worden, aber bisher weist nichts darauf hin, dass er etwas damit zu tun hat«, sagte Kyrre.

»Alles klar«, sagte Munch. »Wir haben genug Leute, also setz weiterhin die Kollegen auf ihn an, bis wir ganz sicher sind. Mehr?«

»Ich habe mir das Konto Margrete_08 angesehen«, sagte Gabriel. »Das ist eine Hotmailadresse, eingerichtet …«

Er schaute auf seinen iPad.

»Am 2. März 2010. Ein paar Tage bevor du die erste Mail von ihr bekommen hast, kommt das hin?«

Gabriel sah zu Munch hinüber, der leicht beschämt wirkte. Nicht nur der Name seiner Mutter tauchte in diesem Fall auf, der Täter hatte zudem auch Kontakt zu ihm aufgenommen. Privat. Und er hatte sich an der Nase herumführen lassen. Mia kannte ihn gut genug, dass sie wusste, was sich hinter seiner gerunzelten Stirn abspielte. Sie sah, dass er versuchte sich zusammenzureißen. Den anderen nicht den Eindruck zu vermitteln, er nehme das hier persönlich.

»Das stimmt«, sagte Munch.

»Über dieses Konto sind nur Mails an dich verschickt worden. Und drei verschiedene IP-Adressen wurden benutzt.«

»Normale Sprache, bitte«, sagte Curry und gähnte.

»IP-Adressen. Internet-Protocol-Adressen. Jede Maschine, die mit dem Internet verbunden ist, hat ihre eigene Adresse, die dir erzählt, wo sie ist, Land, Bezirk, Breitbandlieferant.«

»Und die genaue Position?«, fragte Munch.

»Ja«, nickte Gabriel. »Wie gesagt, es wurden drei verschiedene Adressen benutzt. Alle sind aus dem Burger King, auf Karl Johan, beim Ullevål-Stadion und in Oslo S. Laptop. Unmöglich zu finden. Ich habe ihn angepeilt, bekomme aber keine Antwort, also ist er wohl nicht mehr eingeloggt, und aller Wahrscheinlichkeit nach hat der Benutzer ihn weggeworfen, das hätte ich gemacht.«

»Burger King hat Internet?«, fragte Curry.

»Wir haben knapp zweitausend Hinweise erhalten«, sagte Anette, ohne Curry zu beachten. »Die meisten beziehen sich auf das Phantombild von der Frau aus Skullerud. Aber leider muss ich sagen, dass wir noch nichts Brauchbares haben. Die Zeichnung ist zu durchschnittlich, ähnelt zu vielen. Und die Belohnung, ihr wisst ja, wie sowas läuft. Alle möglichen Leute hierzulande hätten gern eine Million und haben einen Nachbarn, der sich verdächtig verhält.«

Munch kratzte sich am Ohr.

»Täter mit ähnlicher Vorgehensweise?«

Kyrre schüttelte den Kopf.

»Verdammt, jetzt macht schon. Irgendwas muss es doch geben. Irgendwer muss etwas gesehen haben. Oder gehört!«

Mia bedachte Munch mit einem strengen Blick. *Reg dich ab.* Sie wusste, auch wenn die Zusammenarbeit in der Gruppe ungewöhnlich gut lief, gab es immer jemanden, der in diesem Beruf weiter und höher kommen wollte. Mikkelson stand sicher mit mehreren in direkter Verbindung.

Sie räusperte sich und stand auf. Ging an die Tafel, um die Aufmerksamkeit von Munch abzulenken.

»Ich weiß nicht, ob alle von euch alle Informationen bekommen haben, deshalb möchte ich jetzt alles noch einmal durchgehen. Auch die Dinge, die ich nur im Kopf habe oder im Gefühl und bei denen ihr mir helfen könnt, sagen, was ihr denkt, meint, fühlt, nichts ist zu abwegig, alles kann uns helfen, okay?«

Mia schaute sich um. Schweigen. Alle Blicke waren auf sie gerichtet.

»Das ist der ganze Fall, so wie ich ihn sehe. 2006 entführt jemand ein Baby aus dem Krankenhaus von Hønefoss. Ein Grund könnte Erpressung sein, aber es sind nie irgendwelche Forderungen gestellt worden. Der andere Grund ist, dass jemand sich ein Baby wünscht. Okay? Das glaube ich. Jemand wünscht sich ein Baby. Ich habe die ganze Zeit geglaubt oder vielleicht eher gefühlt, dass wir es mit einer Frau zu tun haben. Einer Frau, die sich ein Baby wünscht. Versuchen wir es also mit folgender Geschichte: Diese Frau hat Zugang zur Wochenstation. Wie wir sehen und auch damals gesehen haben, ist es viel einfacher, ein Baby zu klauen, als man denkt. Vor allem eins, das keine Eltern hat. Also, diese Frau stiehlt das Baby. Es gibt natürlich einen Höllenaufstand, alle suchen. Die Medien, wir, alle. Niemand kann diesen Druck aushalten. Die Frau findet einen Sündenbock. Joachim Wicklund. Es kommt sehr gelegen, dass er sich aufhängt. Sehr gelegen für alle. Der Obduktionsbericht über den Schweden besagt, dass … Genau. Es wurde keine Obduktion vorgenommen. Er hat sich aufgehängt. Er hat gestanden. Fall abgeschlossen. Alle sind zur Tagesordnung übergegangen.«

Sie holte Luft und trank einen Schluck Mineralwasser. Sie hatte sich nicht vorher zurechtgelegt, was sie sagen wollte, sie redete jetzt mehr mit sich selbst als mit den Kollegen.

»Eins ist mir jetzt klar, wenn wir eine vernünftige Obduktion durchgeführt hätten, hätten wir mit großer Wahrscheinlichkeit am Hals des Schweden einen Nadelstich entdeckt. Sehr raffiniert, oder? Eine Überdosis in den Hals, gleich unter dem Strick, schwer zu entdecken, wenn kein Mordverdacht besteht. Na ja, das ist jedenfalls die eine Theorie. Also, wir haben eine Frau. Mit einem Baby. Die Spritzen setzen kann. Die Zugang zu Narkosemitteln hat.«

»Eine Krankenschwester?«, fragte Ludvig.

»Sehr gut möglich.« Mia nickte. »Aber wir haben bei den Krankenschwestern in Hønefoss keine Verdächtige gefunden. Also, wir haben eine Frau, die ein Baby gestohlen hat. So weit, so gut. Die Medien berichten nicht mehr. Wir haben aufgegeben. Aber dann geht etwas schief. Vielleicht stirbt das Baby. Das Baby stirbt, und sie beschließt, sich an uns zu rächen. Es ist unsere Schuld, dass das Baby tot ist. Wir hätten sie finden müssen. Wir hätten das Baby retten müssen. Und Munch ist verantwortlich. Also schießt sie sich auf Munch ein.«

Mia räusperte sich wieder und nahm noch einen Schluck Wasser. Es war ganz still im Raum. Alle wussten, was Mia konnte. Niemand wollte sie unterbrechen, jetzt, wo sie in Gang gekommen war.

»Diese Frau ist unglaublich clever«, fuhr sie fort. »Sie kann sogar ein wenig schizophren wirken. Sie findet es richtig, Kinder zu stehlen, und es macht ihr nichts aus, ein Leben zu nehmen. Es kommt ihr moralisch richtig vor, und deshalb muss diese Frau etwas erlebt haben, das …«

Sie fand nicht die richtigen Worte.

»Ja, was das sein könnte, weiß ich nicht, aber es kann viele Gründe dafür geben. Sie ist klar im Kopf und zugleich eben nicht klar. Sie sieht die Welt nicht so wie wir. Sie hat dieses Baby unvorstellbar geliebt. Vielleicht. Das Baby würde jetzt im Herbst eingeschult werden. Jetzt ist das Baby tot. Ich glaube, sie sieht das so. Ich reise allein.

Das Schild. Die Mädchen sollen auf eine Reise gehen. Ja, es ist eine Reise. Markus 10:14: ›Lasset die Kindlein zu mir kommen.‹ Die Mädchen sollen in den Himmel reisen.«

Mias Monolog wurde immer mehr zu einem Selbstgespräch. In ihrem Kopf zeichnete sich eine Lösung ab. Die Knoten, die dort gewesen waren, lösten sich und alles, was in den Schatten ihrer Hirnwindungen versteckt gewesen war.

»Die Frau ist ungeheuer fürsorglich. Sie liebt Kinder. Will sie beschützen. Sie wäscht sie und macht sie zurecht. Es soll nicht wehtun. Und noch zwei Dinge.«

Mia hüstelte. Sie war jetzt unglaublich erschöpft, aber sie musste weitermachen.

»Zwei Dinge. Das war daran so seltsam. Die vielen Zeichen und Symbole, ich habe das nicht sofort begriffen, so viele falsche Fährten und Hinweise und, ja, ich habe das zuerst nicht begriffen, aber ich glaube jetzt, zwei Dinge sind wichtig. Das eine sind die Mädchen. Das Baby soll nicht allein sein. Eh, ja. Und ja, es ist ihre Schuld, dass das Baby gestorben ist. Sie war die Ursache. Sie will das wiedergutmachen. Das Kind soll Freundinnen haben. Aber es ist auch unsere Schuld. Wir hätten sie aufhalten müssen. Verdammt, jetzt hab ich den Faden verloren.«

»Zwei Dinge«, sagte Curry freundlich.

»Ja, danke. Zwei Dinge. Das eine: Sie bringt die Mädchen um, damit das Baby, das jetzt sechs Jahre alt wäre, im Himmel nicht allein sein muss. Das andere: Sie will Munch fertigmachen. Tut mir leid, aber das war ja ganz deutlich. Deshalb war auch alles so chaotisch, deshalb haben wir uns geirrt. Wir müssen alles separat betrachten, auch wenn sie die beiden Motive vermischt, um uns zu verwirren. Erstens: Sie bringt die Mädchen um, weil das Mädchen, das sie entführt hat, im Himmel nicht allein sein soll. Zweitens: Sie will sich um jeden Preis an der Polizei rächen. An Munch. Will Munch fertigmachen. Sie hat das Baby zwar in gewisser Weise umgebracht, aber sie macht Munch Vorwürfe. Ich glaube …«

Mia Krüger war jetzt am Ende ihrer Kräfte und konnte nur mit Mühe weiterreden.

»Was glaubst du, Mia?«, fragte Munch, damit sie den Faden wiederfand.

»Sie will gefunden werden«, sagte Anette.

»Was glaubst du?«, fragte Munch.

»Sie will gefunden werden«, wiederholte Anette. »Sie zeigt uns, was sie macht. Rikke JW. Die Mädchen in der Festung. Die Anrufe bei der Presse. Sie will gefunden werden, meinst du nicht, Mia?«

Mia nickte. »Das meine ich auch. Gut kombiniert. Sie wird immer unruhiger. Zeigt uns immer mehr. Sie will auch nach oben. In den Himmel. Sie will wieder mit dem Baby zusammen sein. Sie will …«

Mia konnte nicht mehr. Sie sank erschöpft über dem Schreibtisch zusammen und rang um Atem. Munch ging zu ihr und legte ihr die Hand auf die Schulter.

»Geht's?«

Mia nickte stumm.

»Verdammt, okay, das nimmt jetzt alles Gestalt an«, sagte Munch und drehte sich zu den anderen um. »Also. Eine Frau. Das finde ich überzeugend. Das ergibt für mich einen Sinn … Aber welche Damen haben wir auf dem Schirm?«

»Die Frau mit den unterschiedlichen Augenfarben«, sagte Ludvig.

»Eine aus der Gemeinde?«, schlug Curry vor.

»Eine Angestellte vom Pflegeheim«, sagte Gabriel.

Mia schaute zu Ludvig Grønlie hinüber.

»Hast du einen Zusammenhang mit Veronica Baches Telefon?«

»Leider noch nichts, ich arbeite daran«, entgegnete Grønlie.

»Oh, Scheiße, bin ich lahm«, sagte Mia plötzlich.

»Was ist los?«

»Charlie. Charlie Brun.«

»Wer?«, fragte Munch.

»Ein Freund. Er hat einen Transenclub in Tøyen. Er hat mir doch von ihr erzählt. Von der mit den Augen. Er hat sie mehrmals gesehen. Scheiße, bin ich lahm …«

»Holt ihn her«, sagte Munch. »Wir müssen diese Frau finden. Wer weiß, vielleicht ist sie die Frau auf dem Phantombild, die der Augenzeuge in Skullerud gesehen hat, ist vielleicht zu weit hergeholt, aber wir probieren's. Wir stellen diesem Charlie alle gegenüber, die wir auf dem Zettel haben, alle, die nach ihrem Tod Veronica Baches Telefonrechnungen bezahlt haben können, alle Angestellten des Pflegeheims und alle, die etwas mit dieser Gemeinde zu tun haben. Und wenn wir einen Treffer haben, muss der Rentner zu einer Gegenüberstellung geholt werden.«

Auf dem Weg zur Tür wurde Mia von Anette aufgehalten.

»Bist du dir da sicher?«, fragte Anette leise.

»Womit denn?«

»Mit der ganzen Sache. Geht das Munch nicht etwas zu nahe? Ich meine, seine Enkelin wird bedroht. Seine Mutter ist in den Fall verwickelt. Sollte er da nicht eine kleine Pause einlegen? Anderen das Ruder überlassen?«

»Holger weiß, was er tut«, sagte Mia schroff.

»Hoffentlich«, sagte Anette.

• 54 •

Was meinst du?«, fragte Charlie und drehte sich vor Mia um die eigene Achse.

Er hatte sich für ein altes geblümtes Omakleid entschieden, dazu kniehohe silberne Stiefel, weiße Handschuhe bis zu den Ellbogen und eine grüne Boa.

»Hast du keinen normalen Pullover und keine normale Hose?«, fragte Mia seufzend.

»Herrgott, Mia, du zerstörst die künstlerische Freiheit. Ich bin Künstler, ein wandelndes Kunstwerk, weißt du das nicht?«

Charlie wühlte in seinem Schlafzimmerschrank und litt dabei ganz demonstrativ.

»Sicher, sicher, Charlie, ich sehe dich ja.«

»Jetzt weiß ich's.«

Charlie fuhr herum und war ein einziges strahlendes Lächeln.

»Mister Freud.«

»Was für ein Freud?«

Charlie klatschte in die Hände und hüpfte wie ein kleines Kind auf und ab.

»Mister Freud. Er ist lange nicht mehr aufgetreten. 2004 hat er bei der Revue *Jetzt swingt's* mitgemacht. Du weißt, der Swingerclub und die Interessenorganisation der Transgenderleute hatten mehrere …«

»Hör auf«, sagte Mia. »Ich brauche nicht alles zu wissen, was du so treibst. Jetzt sag schon, was es mit Mister Freud auf sich hat, aber mach schnell.«

Charlie zog einen großen Anzugsack aus dem Schrank und verschwand im Badezimmer. Als er zurückkam, sah er aus wie ein echter Charmeur, mit schwarzem Anzug und rosa Schlips und Lackschuhen. Er sah aus wie eine Mischung aus James Bond und Egon Olsen.

»Was sagst du?«

Charlie lächelte und wirbelte noch einmal herum.

»Spitzenmäßig«, sagte Mia.

»Bin ich jetzt männlich genug?«

»Sehr männlich. Die Damen im Pflegeheim werden dich mit Rosen bewerfen.«

»Meinst du?«, kicherte Charlie.

»Auf jeden Fall«, sagte Mia lächelnd. »Komm jetzt.«

Charlie folgte ihr zu dem wartenden Auto. Auf der Fahrt nach Høvik überlegte sie, wie sie Charlie klarmachen sollte, dass er nicht auftreten, sondern sich Bilder der Angestellten ansehen sollte, verzichtete dann aber darauf. Zum Glück gab es Fotos von allen. Neue Sicherheitsvorschriften verpflichteten alle Angestellten, einen Ausweis mit Foto bei sich zu führen, und das würde ihnen die Arbeit erleichtern.

Holger Munch wartete vor dem Pflegeheim.

Charlie verbeugte sich und begrüßte ihn höflich.

»Nett, Sie kennenzulernen«, sagte Munch und lächelte schmal. »Schöner Anzug.«

»Danke«, sagte Charlie und verbeugte sich ein weiteres Mal.

»Hat Mia Ihnen gesagt, was wir vorhaben?«

»Ich arbeite undercover, ist das nicht so?«, fragte Charlie augenzwinkernd.

»Ja, sowieso. Und Sie müssen sich hier in einem Computer Fotos ansehen und sagen, ob Sie Roger Bakkens Freundin erkennen.«

»Das schaffe ich schon«, sagte Charlie grinsend.

»Sie hat unterschiedlich gefärbte Augen, oder?«

»Ja.« Charlie nickte. »Ein braunes und ein blaues. Ich wusste es, irgendetwas an ihr war anders.«

»Na ja, das haben wir nicht gesagt«, sagte Munch. »Wir möchten sie nur gern finden und kurz mit ihr reden, das ist alles.«

»Alles klar«, Charlie zwinkerte wieder. »Streng geheime Polizeisache.«

In diesem Moment wurde die Tür geöffnet, und die Frau, mit der Holger bei ihrem letzten Besuch hier auf der Treppe gesprochen hatte, kam heraus.

»Das ist Karen Nylund«, sagte Holger.

Die Frau war etwa Ende dreißig, schlank, hatte lange rotblonde Haare und ein reizendes Lächeln. Charlie verbeugte sich und gab ihr die Hand.

»Das ist Charlie, er wird uns heute helfen. Und das ist meine Kollegin Mia.«

Mia reichte Karen die Hand.

»Freut mich«, sagte Karen und lächelte. »Ich habe versucht, Karianne zu erreichen, aber sie geht nicht ans Telefon, sie nimmt das sehr genau, wenn sie frei hat, dann hat sie frei.«

Mia fragte nicht, ging aber davon aus, dass Karianne die Heimleiterin war.

»Aber wir dürfen uns doch mal umsehen?«, fragte Holger.

»Ja, das ist doch selbstverständlich«, sagte Karen lächelnd. »Es ist doch nur schön, dass wir helfen können.«

Mia sagte noch immer nichts. Sie hatte sich wegen der Vorschriften Sorgen gemacht, sie brauchten immerhin eine Genehmigung, und das dauerte meistens seine Zeit, aber sie ging davon aus, dass Holger alles inoffiziell geregelt hatte, weil er im Pflegeheim bekannt war.

»Gut«, sagte Holger. »Gehen wir rein?«

Sie folgten Karen in ein Büro. Charlie stolzierte wie ein Pfau durch den Flur und verbeugte sich höflich nach allen Seiten.

»Hier wären wir«, sagte Karen und zeigte auf einen Computer, der auf einem Tisch stand.

Sie sah plötzlich ein wenig unsicher aus.

»Das ist ein gemeinsamer für alle Angestellten. Die Hausbewohner haben hier keinen Zugang, aber ich gehe davon aus, es ist in Ordnung, wenn ihr ihn euch mal ansehen. Ich meine, wo ihr doch von der Polizei seid?«

Karen schaute Holger an, und der nickte beruhigend. Mia versteckte ein kleines Lächeln.

»Das ist überhaupt kein Problem, Karen«, sagte Holger und berührte leicht ihre Schulter. »Ich übernehme hier die Verantwortung, da brauchst du dir wirklich keine Sorgen zu machen.«

»Okay, schön.« Karen lächelte. »Ich dachte nur, na ja, Karianne kann manchmal ein bisschen streng sein, aber sie ist sehr nett und wirklich eine gute Chefin.«

Das Letzte fügte sie rasch hinzu, damit ihr niemand nachsagen konnte, sie würde etwas Unfreundliches über jemanden sagen.

»Wie gesagt, ich übernehme die Verantwortung«, sagte Munch lächelnd und schob noch einen Stuhl vor den Bildschirm, damit Charlie sich setzen konnte.

»Soll ich hierbleiben, oder wie?«, fragte Karen.

»Ja, wenn das ginge, wäre das schön. Falls wir Fragen haben.«

»Kein Problem«, sagte Karen. »Wir müssen nachher das Mittagessen servieren, aber das dauernd noch einen Moment.«

Holger setzte sich neben Charlie, nahm die Maus und klickte die Datei an, die Karen schon angescrollt hatte.

»Gehen wir da einfach runter?«

»Nimm die Pfeiltaste«, sagte Karen und zeigte auf die Tastatur.

Holger drückte auf den Pfeil, und das erste Bild tauchte auf. Darunter stand: Birgitte Lundamo.

»Nein«, sagte Charlie mit strengem Blick, um klarzustellen, dass er diese Aufgabe ernst nahm.

Holger drückte wieder. Diesmal tauchte das Bild einer gewissen Guro Olsen auf.

»Nein«, sagte Charlie ein weiteres Mal.

»Wie viele Angestellte habt ihr?«, fragte Mia.

»Wir haben fünfundachtzig Bewohnerinnen und Bewohner, und wir haben insgesamt zweiundzwanzig, nein, dreiundzwanzig Angestellte. Einige in Vollzeit, einige in Teilzeit, und dann haben wir noch eine Liste von Aushilfen, die bei Krankheit oder so einspringen können.«

»Und alle sind hier aufgeführt?«

»Hier sind alle registriert, ja«, antwortete Karen lächelnd.

»Nein«, sagte Charlie.

Holger Munch drückte wieder. Diesmal stand der Name Malin Stoltz unter dem Foto.

»Das ist sie«, sagte Charlie und nickte.

»Bist du sicher?«, fragte Mia.

»Absolut sicher«, sagte Charlie.

»Aber sie hat eine Augenfarbe.«

»Das ist sie«, wiederholte Charlie voller Überzeugung.

Mia fluchte leise. Dieser Frau war sie begegnet. Es war die mit den langen rabenschwarzen Haaren, mit der sie bei ihrem ersten Besuch gesprochen hatte, während sie auf Holger warten musste.

»Kennst du sie, Karen?«

»Ja, natürlich«, sagte Karen und nickte, und sie sah zum ersten Mal ein wenig ängstlich aus. »Was hat sie getan?«

»Das lässt sich noch nicht sagen«, antwortete Holger und notierte die Adresse auf dem Bildschirm.

»Wie gut kennst du sie?«

»Eigentlich ziemlich gut«, sagte Karen. »Aber nur durch die Arbeit. Sie ist sehr tüchtig. Alle Bewohner mögen sie.«

»Warst du schon mal bei ihr zu Hause?«

»Nein, war ich nicht. Könnt ihr mir nicht sagen, warum ihr sie sucht, ich kriege es jetzt langsam mit der Angst zu tun.«

»Sie ist nur Zeugin, Karen.«

»Ach«, sagte Karen und schüttelte den Kopf.

»Wie gesagt, nur Zeugin.«

»Haben wir die Adresse?«, fragte Mia.

Munch nickte ihr über Karens Schulter hinweg zu und reichte ihr einen Zettel. Er gab ihr ein Zeichen, den Anruf draußen auf der Treppe zu tätigen, um Karen nicht noch nervöser zu machen.

Charlie sah unzufrieden aus.

»War das alles?«

»Das war alles.« Munch nickte. »Sehr gut gemacht, Charlie.«

»Gute Arbeit, Charlie«, sagte Mia, hastete nach draußen und rief Curry an.

»Ja?«

»Wir haben einen Namen und eine Adresse«, sagte Mia atemlos.

»Malin Stoltz, geboren 1977. Lange rabenschwarze Haare. An die eins siebzig groß, etwa fünfundsechzig Kilo.«

Sie nannte ihm die Adresse.

»Und das ist sie?«, fragte Curry.

»Ja, er hat sie sofort erkannt.«

Curry rief einen Befehl ins Zimmer hinter sich, dann hatte sie ihn wieder im Hörer.

»Wir fahren sofort hin. Wir sehen uns dann dort.«

Mia beendete das Gespräch und nahm eine Pastille aus der Tasche. Sie hatte mit der Frau gesprochen. War ihr ganz nah gekommen. Und hatte nichts begriffen. Die andere hatte blaue Augen gehabt. Aller Wahrscheinlichkeit nach Linsen. Verdammt, wie tranig konnte man eigentlich sein?

Charlie trat auf die Treppe, dicht gefolgt von Munch und Karen, die ziemlich erschüttert wirkte.

»Ich ruf dich an«, sagte Munch und nahm Karens Hand.

»Danke für die Hilfe, Karen«, sagte Mia noch einmal.

»Hab ich doch gern getan.« Sie strich sich über die rotblonden Haare und versuchte ein Lächeln.

»War das alles?«, fragte Charlie ein weiteres Mal, eindeutig unzufrieden.

»Gute Arbeit, Charlie«, beteuerte Mia.

Munch verabschiedete sich noch einmal von Karen und lief zu seinem Auto.

»Fährst du mit mir, Mia?«

»Ja.« Mia nickte und folgte ihm.

»Was ist mit mir?«, fragte Charlie und hob die Hände zu einer dramatischen Geste.

»Er fährt dich nach Hause«, sagte Mia und deutete auf den Streifenpolizisten, der sie hergefahren hatte.

»Nicht mal einen Kaffee?«

»Nächstes Mal«, rief Mia und ließ sich auf den Beifahrersitz fallen.

Munch trat aufs Gaspedal und bog so rasch auf den Høvikvei, dass die Reifen auf dem Asphalt quietschten.

• 55 •

Malin Stoltz hatte schlecht geschlafen. Sie hatte so seltsam geträumt. Dass sie von einem Engel geholt worden war. Dass alles vorüber war. Sie brauche das nicht mehr zu tun, hatte sie im Schlaf gedacht oder geträumt, sie war etwas verwirrt und wusste nicht, welches ihr Traum-Ich und welches ihr wirkliches Ich gewesen war. Der Engel jedenfalls war gekommen. Ein wunderschöner weißer, weiblicher Engel. Der Engel hatte ihr die Hand hingestreckt und gesagt, jetzt solle sie ihm folgen. Sie könne die Erde jetzt verlassen. Sie brauche das hier nicht mehr zu tun. Und Malin Stoltz war froh gewesen. Sie war beim Aufwachen so froh gewesen, und danach hatte sie nicht mehr einschlafen können. Sie hatte an diesem Tag unterschiedliche Augenfarben gehabt. Ein braunes Auge und ein blaues. So war sie. Eigentlich. Als Kind war sie deshalb gehänselt worden. Sie hatten sie fleckig und komisch genannt. Nur Katzen hätten unterschiedlich gefärbte Augen. Du blöde Katze. Keine niedliche Katze, sondern eine Straßenkatze. So eine, die das Fell verlor, weil sie krank war. Obwohl der Arzt doch gesagt hatte, das komme häufig vor. Heterochromie. Nein, nicht häufig. Es kam nicht häufig vor, aber auch nicht so selten, wie viele glaubten. Der Arzt hatte ihr erklärt, es sei ein genetischer Fehler. Nein, kein Fehler. Wenn sich die Gene im frühen Embryostadium verändern, weil es zum Beispiel eine Mutation gibt, kann ein Gen, das blaue Farbe vermittelt, sich durchsetzen bei einem Individuum, das eigentlich zwei braune haben müsste. Eine Mutation. Eine Mutantin. Der Arzt hatte sie als Mutantin bezeichnet. Sie sei eine Mutantin mit zwei unterschiedlichen Augen, und deshalb dürfe sie nicht sie selbst sein. Sie müsse jemand anders sein. Das hatte der Arzt gesagt. Oder hatte sie das irgendwo gelesen? Der Arzt hatte gar nichts gesagt. Sie hatte es im Internet gelesen. Und in der *Illustrierten Wissenschaft*. Der Arzt hatte diese Zeitschrift im Wartezimmer ausliegen. Als er untersucht hatte, ob sie Kinder haben könnte. Der Arzt hatte gesagt, das könne sie nicht, weil sie eine Mutantin sei. Sie dürfe nicht sie selbst sein, sondern jemand anders. Obwohl es allerlei Promis mit unterschiedlich gefärbten Augen gab. Dan Aykroyd. David Bowie. Jane Seymour. Christopher Walken. Die brauchten alle niemand anderes zu sein, auch wenn einige von ihnen ihren Namen geändert hatten. Malin Stoltz hatte geträumt, ein Engel habe sie geholt, sie brauche das hier nicht mehr zu machen, und sie war so froh gewesen, dass sie aufgewacht war. Dann hatte sie einige Stunden vor dem Badezimmerspiegel gestanden. Der Arzt hatte ihr Tabletten gegeben. Gesagt, sie sei nicht normal. Sie sei eine Mutantin, müsse Tabletten nehmen. Malin mochte die Tabletten nicht. Sie nahm sie nur ab und zu, wenn sie Stimmen im Kopf hörte, aber nicht oft genug, um normal zu sein.

Malin Stoltz stand vor dem Herd. Sie hatte Hunger. Sie hatte schon lange nichts mehr gegessen, und sie hatte schlecht geschlafen. Sie hatte außerdem vergessen, Eier zu kaufen, obwohl sie die Eier am Vortag auf ihre Einkaufsliste geschrieben hatte. Malin Stoltz konnte sehr gut so tun als ob. Sie konnte sehr gut eine andere sein als sie selbst. Solange sie eine andere war, ging alles gut. Es war nicht schwer, eine Arbeit zu finden, solange man nicht man selbst war. Sie ging wieder ins Badezimmer, ohne zu wissen, was sie dort sollte, deshalb ging sie zurück in die Küche und öffnete den Kühlschrank. Die Uhr am Küchenfenster zeigte acht. Sie brauchte an diesem Tag nicht zu arbeiten, und das war gut, denn sie hatte schlecht geschlafen.

Malin Stoltz beschloss, sich anzuziehen und in den Laden zu gehen. Es war einfach, in den Laden zu gehen, wenn sie nur ihre Kleider fand. Der Laden öffnete früh. Es war leicht, Eier zu kaufen, wenn sie nur daran dachte, sie in ihren Einkaufskorb zu legen, sie zu bezahlen und sie dann in die Plastiktüte zu stecken. Malin Stoltz ging ins Schlafzimmer, um ihre Kleider zu suchen, doch als sie die Tür öffnete, war der Schrank mit Milchprodukten gefüllt. Milch, Butter, Sahne. Sie schloss die Tür wieder und entdeckte, dass sie im Laden war. Es roch säuerlich. Es war sehr früh, und die Leute hatten schlecht geschlafen, deshalb roch es so. Malin Stoltz hatte geträumt, ein Engel habe sie geholt, habe gesagt, sie brauche nicht mehr auf der Erde zu sein, aber jetzt war sie im Laden und musste Eier kaufen, denn sie hatte Hunger. Nicht alle Tage waren gleich schlimm. Es gab Dinge, die sie tun konnte, damit es ihr besser ging. Jemand anders sein, dann ging es besser. Sie selbst sein, dann ging es nicht so gut, so wie heute, aber jetzt musste sie das, denn an diesem Tag hatte sie frei, und sie hatte Hunger. Sie hatte schon lange nicht mehr frei gehabt. Sie war tüchtig gewesen, hatte viel gearbeitet, war Malin Stoltz gewesen, die höflich und normal war und zwei Augen mit der gleichen Farbe hatte. Bald würde sie nicht mehr Malin Stoltz sein, dann würde sie jemand anders sein, und darauf freute sie sich.

Sie schloss die Tür des Schrankes mit den Milchprodukten und ging zu den Eiern. Sie legte vier Eierkartons in ihren Einkaufskorb. Der Korb war blau, das konnte sie sehen. Wenn sie das braune Auge schloss. Wenn sie das blaue Auge schloss, war der Korb braun. Es stimmte nicht, aber alles war möglich, wenn man so tat als ob. Viermal zwölf Eier macht achtundvierzig Eier. Sie versuchte sich zu erinnern, was sonst noch auf ihrer Liste stand, aber das gelang ihr nicht so ganz. Doch, Brot. Sie ging zum Brotstand und entschied sich für ein Mehrkornbrot. Es roch noch immer säuerlich im Laden, sie musste sich die Nase zuhalten. Der Korb mit den Eiern war eigentlich zu schwer für eine Hand. Auch der Junge hinter der Kasse roch säuerlich. Er hatte schlecht geschlafen, deshalb roch er so. Sie hatte Geld auf ihrer Karte. Die Zahlung wurde angenommen. Und jetzt stank es wirklich im Laden. Sie konnte gerade noch die Eier in die Tüte legen und ins Freie hinausstürzen, an die frische Luft, ehe der ganze Laden hinter ihr in Fäule aufging. Sie setzte sich auf die Treppe, bis die Luft wieder rein war, dann nahm sie die Tüte in die rechte Hand und machte sich auf den Heimweg.

• 56 •

Munch hatte ein Stück vom Mietshaus entfernt gehalten und konnte die Haustür sehen, als Mias Telefon klingelte.

»Ja?«

»Hier Curry.«

»Ist sie zu Hause?«

»Nein, da meldet sich niemand, wir wollten auf euch warten, seht ihr uns?«

Mia schaute sich auf der Straße um und entdeckte den schwarzen Audi.

»Ja.«

»Was machen wir?«

Mia sah Munch an.

»Gehen wir rein?«

Munch schüttelte den Kopf.

»Wir dürfen nicht vergessen, dass wir noch gar nicht wissen, ob diese Frau etwas verbrochen hat. Wir wissen nur, dass sie Roger Bakken gekannt hat und dass sie vielleicht Zugang zu Veronica Baches Telefon hatte. Ich will mir hier keinen Patzer erlauben.«

»Nein, wir warten noch«, sagte Mia ins Telefon. »Haben wir in allen Straßen unsere Leute?«

»Ja.«

»Schick Kim«, sagte Munch leise.

»Schick Kim«, gab Mia durchs Telefon weiter. »Er soll versuchen, über einen Nachbarn ins Haus zu kommen.«

»Okay«, sagte Curry.

Gleich darauf wurde die Hintertür des anderen Audi geöffnet, und Kim ging auf die Haustür zu. Er klingelte zweimal bei anderen Bewohnern, dann wurde die Tür geöffnet, und er verschwand im Haus.

»Er ist drinnen«, sagte Curry.

»Ich hab's gesehen«, sagte Mia.

Sie hatten das schon oft so gemacht. Im Training und bei Ermittlungen. Ein oder zwei waren drinnen, die anderen draußen, im Auto und auf ihren Posten positioniert. Jemand klopfte an Mias Fensterscheibe, und sie ließ sie herunter. Kyrre schob eine kleine Tasche herein und verschwand wieder. Mia öffnete die Tasche und reichte Munch den anderen Ohrstöpsel.

»Wir haben Verbindung«, sagte Mia und legte das Telefon weg. »Kim, bist du da?«

»Ich bin hier.«

»Wie sieht's aus da drinnen?«

»Kellertür. Fahrstuhl. Treppe.«

»Geh die Treppe hoch in den zweiten«, sagte Munch.

»Okay.«

Sie warteten angespannt, bis Kim sich wieder meldete.

»Bin da.«

»Richtige Tür?«

»M. Stoltz«, antwortete Kim.

»Klingeln.«

Sie warteten einige Sekunden.

»Sie macht nicht auf. Soll ich rein?«

Mia und Munch wechselten einen Blick.

»Ja«, sagte Munch.

Mia musste daran denken, was Anette gesagt hatte. Dass Munch in diesem Fall befangen sei und daher nicht immer die richtigen Entscheidungen treffen könne.

»Drinnen«, sagte Kim.

»Hast du was für uns?«

Es wurde für einen Moment still.

»Großer Gott«, stöhnte Kim.

»Was ist los?«, fragte Munch, diesmal lauter.

»Es ist ... das müsst ihr euch eigentlich selbst ansehen.«

»Was ist los?!«

Munch brüllte jetzt, aber Kim antwortete nicht mehr.

• 57 •

Malin Stoltz kam zu sich und stellte fest, dass sie eine Plastiktüte in der Hand hielt. Sie war im Laden gewesen. Sie konnte sich nicht einmal daran erinnern, dass sie hinausgegangen war. Sie schaute sich um. Sie war im Freien. Das Letzte, woran sie sich erinnerte, war ein seltsamer Traum. Ein Engel hatte sie geholt. Sie musste nicht mehr hier sein, so wie sie es geplant hatte, aber danach wusste sie nicht mehr viel. Sie warf einen Blick in die Tüte. Vier Eierkartons und ein Brot. Großer Gott.

Das hier passierte nicht zum ersten Mal, aber sie fürchtete sich jedes Mal von Neuem. Einmal war sie in der Straßenbahn zu sich gekommen. Einmal auf dem Weg ins Tøyenbad. Sie holte tief Luft und setzte sich auf eine Bank. Vielleicht sollte sie wieder zum Arzt gehen. Sie hasste es, zum Arzt zu gehen, aber vielleicht war es jetzt wieder so weit. Die Blackouts häuften sich neuerdings, vor allem an den Tagen, an denen sie nicht zur Arbeit musste; solange sie bei der Arbeit war, ging es gut, aber nicht, wenn sie zu Hause war. Und sie selbst war. Das war das Schwierige. Sie freute sich darauf, dass alles vorbei sein würde. Es dauerte jetzt nicht mehr lange. Bald könnte sie sich ausruhen. Bald brauchte sie nicht mehr Malin Stoltz zu sein. Oder Maiken Storvik. Oder Marit Stoltenberg. Sie versuchte, sich auf den Heimweg zu konzentrieren, aber in ihrem Kopf wurden die Bilder unscharf und überschnitten sich mit ihren Gedanken. Sie konzentrierte sich deshalb auf ihre Tüte. Befühlte das Plastik. Das war echt, oder nicht? Ja, so fühlte es sich an. Sie musterte ihre Kleider. Zwei gleiche Schuhe. Sehr gut. Hose. Super. T-Shirt und darüber ein dünner Pullover. Das hatte sie gut gemacht. Sie war nicht ohne Kleider losgegangen. Hatte sich einigermaßen passabel gekleidet. Es war ein bisschen kalt, das schon, aber immerhin trug sie etwas auf dem Leib. Sie rieb sich die Hände, um warm zu werden, und versuchte wieder sich vorzustellen, wie sie von der Bank aufstehen und nach Hause in ihre Wohnung gehen würde. Sie sah wieder die Tüte an.

Rema. Sie war im Remaladen gewesen. Und vom Rema aus musste sie an der Pizzeria vorbei. Sie schaute sich um und sah das Neonschild an der Ecke. Pizzeria Milano. Von dort aus wusste sie den Weg. So ungefähr. Sie stand schnell auf und überquerte die Straße. Sie fror jetzt durch und durch. Sie musste so schnell wie möglich nach Hause. Sie wollte sich nicht erkälten. Wenn sie erkältet wäre, dürfte sie nicht zur Arbeit kommen, da waren sie streng. Die Alten waren so schwach. Im Pflegeheim wurden keine Bazillen geduldet. Sie erreichte die Pizzeria und blieb stehen, um nach dem nächsten Anhaltspunkt Ausschau zu halten. Einbahnstraße. In die Gegenrichtung gehen. Dort, wo das rote Schild mit dem weißen Balken war. Sie entdeckte das Schild und ging darauf zu, blieb aber plötzlich stehen.

Etwas stimmte nicht. Etwas war nicht richtig. Es war hier nicht so wie sonst. Nicht morgens. Da standen keine Leute im Park herum. Da saßen keine Leute im Auto und warteten auf nichts, während sie sich umschauten. In ihrem Kopf setzten sich die Gedanken langsam in Bewegung. Sehr langsam. Dann begriff sie plötzlich.

Sie ließ die Plastiktüte fallen, machte auf dem Absatz kehrt und rannte die Straße hinunter.

• 58 •

Sarah Kiese stand vor einem Steinhaus in der Mariboes gate und wartete auf eine gewisse Anette. Sie hatte seit Tagen versucht sie anzurufen, aber immer war besetzt gewesen.

Hier ist die Anrufannahme der Osloer Polizei. Derzeit sind leider alle Leitungen belegt. Bitte, warten Sie.

Schließlich war sie durchgekommen. Nach drei Tagen, beim letzten Mal hatte sie nur eine knappe Dreiviertelstunde gewartet, hatte nicht aufgegeben und geduldig gewartet, und dann war sie durchgekommen. Sie hatte damit gerechnet, von einer freundlichen Stimme begrüßt zu werden, aber das war nicht passiert. Die Frau hatte eher gereizt geklungen. Sarah Kiese hatte ein bisschen das Gefühl gehabt, etwas falsch zu machen. Dass die Frau glaubte, sie rufe wegen des Geldes an, aber das tat sie nicht. Das Geld war ihr egal. *Eine Million Kronen für Hinweise, die zur Lösung des Falls führen.* Sie hatte in der Zeitung von der Belohnung gelesen, und dann hatte es ihr langsam gedämmert.

Ihr Mann war vor einem knappen Jahr gestorben. Er war von einer ungesicherten Baustelle fast fünfzig Meter in die Tiefe gestürzt. Sarah Kiese war froh über seinen Tod. Er war ein schrecklich dummer Mann gewesen. Er hätte ihr Leben zerstören können. Sie hatte nichts mit ihm zu tun haben wollen. War nicht einmal zu seiner Beerdigung gegangen. Der Geruch anderer Frauen. Geld, das aus ihrer Brieftasche verschwand, aus dem Einmachglas im Kühlschrank, das Geld, mit dem sie Rechnungen bezahlen musste. Die Enttäuschung im Blick ihrer Tochter, wenn er ein seltenes Mal nach Hause kam und nicht mit ihr spielen oder reden wollte. Ein Speicherstick von dem Anwalt, der einen unscharfen Film enthielt, über irgendetwas, das er gebaut hatte. Einen unterirdischen Raum. Sie hatte es vergessen. Verdrängt. Sie hatte jetzt ihr eigenes Leben. Sie hatte sich eine neue Wohnung gekauft. Sie war froh, zum ersten Mal seit einer Ewigkeit. Aber dann war er wieder aufgetaucht. Der Film auf dem Speicherstick. Den sie gelöscht hatte. Eine Belohnung von einer Million Kronen war ausgesetzt. Vielleicht hatte sie die übellaunige Frau am Telefon angelogen. Vielleicht hatte sie deshalb angerufen. Jedenfalls war sie davon geweckt worden. Ihr Mann hatte so verängstigt gewirkt. Wo er doch immer den Starken gespielt hatte. Seine

Stimme hatte schrecklich gezittert. Er hatte gesagt, sie müsse zur Polizei gehen, wenn ihm etwas passierte. Er hatte an irgendeinem verlassenen Ort einen unterirdischen Raum gebaut. Mit einem Lastenaufzug und einer Belüftungsanlage. Sie hatte den Film gelöscht. Sie wollte nichts mit dem Mann zu tun haben. Ihr ganzer Körper tat weh, wenn sie an ihn dachte. Sie hätte sich am liebsten übergeben. Er durfte nicht mehr in ihrem Kopf sein, in ihrem Körper, deshalb hatte sie den Film gelöscht, und er war auch wirklich aus ihrem Leben verschwunden. Bis sie vor ungefähr einer Woche die Zeitungen gelesen hatte. Eine Million Kronen Belohnung für Hinweise, die zur Lösung des Falls führten. Pauline, Johanne, Andrea und Karoline. Dann hat es ihr plötzlich gedämmert.

Ihr Mann hatte den Raum gebaut, in dem die Mädchen gefangen gehalten wurden!

Sarah Kiese zog ein Kaugummi aus ihrer Handtasche und schaute sich um. Ihr war nur gesagt worden, sie solle dort auf der Straße warten. Sie hatte ja gedacht, das Polizeigebäude liege unten am Grønland-Platz, aber so war es wohl doch nicht. Oder sie hatten offenbar mehrere Gebäude. Dann öffnete sich eine Tür, und eine große Frau mit blonden Haaren und Sommersprossen kam auf sie zu.

»Sarah Kiese?«

»Ja?«

»Hallo, ich bin Anette«, sagte die Polizistin und zeigte ihren Dienstausweis.

»Es tut mir leid, dass ich so spät angerufen habe«, sagte Sarah verlegen. »Aber es war immer besetzt, und ja, mein Mann und ich haben uns nicht gerade gut verstanden, und überhaupt.«

»Machen Sie sich deshalb keine Gedanken«, sagte die

sommersprossige Beamtin. »Schön, dass Sie jetzt gekommen sind. Haben Sie den Laptop mitgebracht, den Sie erwähnt haben?«

»Ja.« Sarah Kiese nickte und zeigte auf ihre Tasche.

»Das ist gut. Dann kommen Sie bitte mit.«

Die Polizistin führte sie zu einer Tür in dem gelben Steinhaus und hielt ihre Karte vor einen Scanner.

Sie schwiegen auf der Fahrt mit dem Fahrstuhl. Diese Anette war viel netter als die Frau am Telefon. Sarah freute sich darüber. Sie hatte sich vorgestellt, dass sie sich vielleicht Vorwürfe würde anhören müssen. Weil sie sich erst so spät gemeldet hatte. Sie hatte sich in ihrem Leben so viele Vorwürfe anhören müssen.

»Hier entlang«, sagte Anette und ging vor Sarah über den Flur.

Sie erreichten eine weitere verschlossene Tür, und Anette zog abermals ihre Karte durch den Scanner. Die Tür öffnete sich, und sie betraten eine große helle, moderne Bürolandschaft. Drinnen herrschte hektisches Treiben, die Leute liefen hin und her, und ununterbrochen klingelte irgendwo ein Telefon.

»Hier«, sagte die sommersprossige Polizistin lächelnd und führte Sarah in ein Büro hinter einer Glaswand.

Ein junger Mann mit kurzen Struwwelhaaren saß mit dem Rücken zu ihnen vor einer Reihe von Computerbildschirmen, Boxen und jeder Menge moderner Technologie.

»Das ist Gabriel Mørk«, sagte Anette. »Gabriel, das ist Sarah Kiese.«

Der junge Mann erhob sich und reichte ihr die Hand.

»Hallo, Sarah.«

»Hallo.«

»Bitte, setzen Sie sich«, sagte Anette und nahm selbst in

einem Sessel Platz. »Erzählen Sie uns kurz noch einmal, worum es geht.«

»Sicher«, sagte Sarah mit gepresster Stimme.

Sie schilderte, was sie durchgemacht hatte. Der Tod ihres Mannes. Der Anwalt. Der Speicherstick. Der Film. Der Raum, den ihr Mann gebaut hatte. Dass er Angst gehabt hatte. Dass sie glaubte, es könne etwas mit den Mädchen zu tun haben.

»Und Sie haben den Film vom Laptop gelöscht?«, fragte der junge Mann.

Sie nickte.

»War das dumm von mir?«

»Tja, es wäre besser gewesen, Sie hätten ihn noch, aber wir werden ihn schon finden. Haben Sie den Laptop mitgebracht?«

Sarah Kiese zog den Laptop aus der Tasche und reichte ihn Gabriel.

»Und den Stick haben Sie natürlich nicht mehr?«

»Nein, der ist im Hausmüll gelandet.«

»Ha, ha, ja, da kann ich ihn leider nicht finden«, sagte der junge Mann und zwinkerte ihr zu.

Sarah lächelte matt. Hier waren alle so nett zu ihr. Sie war richtig erleichtert. Sie hatte Angst gehabt, die Beamten könnten ungehalten reagieren und sie kritisieren.

»Ich würde gerne eine schriftliche Aussage aufnehmen, geht das?«, fragte Anette.

»Ja.« Sarah nickte.

»Möchten Sie eine Tasse Kaffe?«

»Ja, bitte.«

Die sommersprossige Polizistin lächelte und verließ das Zimmer.

• 59 •

Nach dem Morgengebet war Pastor Simon zu Lukas gekommen und hatte gesagt, dass sie diesen Tag miteinander verbringen würden. Lukas hatte seinen Ohren kaum zu trauen gewagt. Miteinander? Nur sie beide? Ihm war ganz heiß geworden. Lukas war doch immer in Pastor Simons Nähe, aber der Pastor war dauernd mit irgendetwas beschäftigt, meistens hielt er Zwiesprache mit Gott oder verkündete das Wort den vom Glauben Abgefallenen, die das brauchten, und Lukas musste meistens irgendwelche wichtigen Aufgaben ausführen, wie den Boden putzen oder Kleider waschen oder dafür sorgen, dass Pastor Simon saubere Bettwäsche hatte. Pastor Simon hatte vor ein paar Jahren eines Abends gesagt, er betrachte ihn als seinen engsten Mitarbeiter, seinen Stellvertreter, und seither war Lukas fast zehn Zentimeter gewachsen, hatte einen geraden Rücken, stand mit hocherhobenem Haupt neben dem Pastor. Aber eins hatte ihm gefehlt, nicht dass er sich beim Pastor beklagt hätte, nicht doch, das wäre ihm niemals eingefallen, aber wenn man sich nach etwas sehnen konnte, dann wünschte er sich, auch bei den heiligen Fragen neben dem Pastor zu stehen.

Und das hatte Pastor Simon heute gemeint. *Heute werden wir zusammen sein, Lukas, nur du und ich.* Das hatte er gemeint. Heute würde Lukas eingeweiht werden. Heute würde er die Geheimnisse erfahren, würde Gott sprechen hören. Da war er sich sicher. Sie waren vom Hof, Porta Caeli, losgefahren, als das Morgengebet verrichtet und das Frühstück beendet war. Die Frauen auf dem Hof verstanden wirklich etwas von gutem Essen. Lukas war stolz auf Pastor Simon, der so tüchtige Frauen ausgewählt hatte. Fünfzehn Frauen, die Gottes Wort gehorchten, die kochen, Haus und Kleider in Ordnung halten und ordentlich zupacken konnten. Solche Frauen würden sie im Himmel brauchen. Keine selbstsüchtigen Frauen, die nur vor dem Fernseher saßen und sich wie Huren schminkten und verlangten, dass die Männer für sie arbeiteten.

Lukas ließ den Motor an und fuhr durch das Tor. Gott hatte ihnen wunderschönes Wetter geschenkt, die Sonne stand hoch am Himmel, und er wurde sich immer sicherer, dass es heute geschehen würde. Heute würde er eingeweiht werden. Er wusste schon ein bisschen, das schon. Der Pastor hatte allerlei gesagt, und er hatte auch mehrmals gehört, wie der Pastor mit Gott gesprochen hatten. Lukas hatte ein schlechtes Gewissen gehabt, weil er gelauscht hatte, aber er hatte es einfach nicht lassen können. Der Pastor sprach in seinem Zimmer oft mit Gott. Lukas putzte immer dann vor dem Arbeitszimmer, wenn er drinnen Stimmen hörte. Auf diese Weise konnte er auf den Knien liegen und schrubben und sich zugleich mit Gottes Wort füllen lassen, ohne etwas Verbotenes zu tun. Der Pastor hatte Lukas den Führerschein bezahlt. So wie er auch für alles andere bezahlt hatte, das Lukas hatte. Einen schwarzen Anzug für wichtige Anlässe. Einen weißen Anzug für Andachten. Drei Paar Schuhe. Und ein Fahrrad. Und das Essen natürlich und das Mansardenzimmer unten im Gemeindehaus. Der Pastor war reich. Gott hatte ihm Geld gegeben. Pastor Simon gehörte nicht zu denen, die an das Geld glaubten. Viele redeten gerade darüber, dass man kein Geld brauchte, wenn man Gott hatte, aber der Pastor wusste es natürlich besser. *In unserer nächsten Welt brauchen wir kein Geld, da wird für alles gesorgt, aber in dieser Welt gelten andere*

Regeln. Lukas las keine Zeitungen und sah nicht fern, aber er wusste doch, dass diese Welt auf Geld gebaut ist. Manche waren arm und manche reich. Die Armen waren meistens Menschen, die Gott bestrafte. Für diese Strafe konnte es viele Gründe geben. Sie konnten homosexuell oder drogensüchtig sein oder Hurerei betreiben oder schlecht über Gott oder Jesus oder ihre Eltern gesprochen haben. Manchmal strafte Gott ganze Länder oder Erdteile. Oft durch Fluten oder Dürren irgendwo, aber meistens, indem er die Menschen sehr wenig Geld haben ließ. Es war nicht so, dass alle Reichen ihr Geld von Gott bekommen hatten, das wusste Lukas auch. Einige hatten ihr Geld von Gott gestohlen. Das war einfach zu begreifen. Alles Geld gehörte Gott, und wenn jemand zu viel besaß und es nicht von Gott erhalten hatte, wie Pastor Simon, war er auf unehrliche Weise zu Geld gekommen und musste bestraft werden.

Lukas fuhr den Weg, den Pastor Simon gewiesen hatte. Es ging jetzt nicht bergab, zum Gemeindehaus, nein, es ging nach oben, tiefer in den Wald, zu einem kleinen See. Lukas hielt und folgte dem Pastor zu einer Bank am Seeufer. Er musterte den Pastor heimlich. Die weiße Mähne war wie eine Antenne, das hatte er oft gedacht. Eine Art Engelantenne, die dem Pastor direkten Kontakt zu Gott ermöglichte. Die Sonne stand hoch am blauen Himmel und schien direkt hinter dem Kopf des Pastors. Es kribbelte in der Haut. Es kribbelte in den Fingern. Lukas konnte fast nicht still sitzen. Sein Lächeln zog sich um seinen ganzen Kopf.

»Siehst du den Teufel im Wasser?«, fragte der Pastor und zeigte darauf.

Lukas schaute in den See, konnte aber nichts sehen. Das Wasser war dunkel und still, kein Kräusel zeigte sich an der Oberfläche. Er konnte überall im Wald die Vögel zwitschern hören. Nirgendwo sah er ein Zeichen des Teufels.

»Wo?«, fragte Lukas und sah noch genauer hin.

Er wollte nicht nein sagen, das wäre zu dumm. Vielleicht war das hier ein Test. Ein Test, um festzustellen, ob er bereit sei für die Einweihung.

»Da draußen«, sagte der Pastor und zeigte noch einmal.

Lukas konnte noch immer nichts sehen. Er wollte nicht lügen und nicht nein sagen, und er versuchte es, solange er konnte. Er starrte und starrte, kniff die Augen in der Hoffnung zusammen, der Teufel werde auftauchen, aber nichts passierte.

»Du siehst ihn doch, oder?«, fragte der Pastor endlich.

»Nein«, sagte Lukas beschämt und senkte den Kopf.

»Möchtest du ihn sehen?«

Lukas hatte erwartet, zusammengestaucht zu werden, weil er nicht gut genug sehen konnte. Der Pastor konnte manchmal wütend werden, bei denen, die Gott nicht nahe genug waren, aber jetzt hob er die Stimme nicht. Er sprach ruhig weiter.

»Ich glaube dir, Lukas«, sagte der Pastor mit warmer milder Stimme. »Aber wir können niemanden bei uns haben, der den Teufel nicht sieht, denn wenn du den Teufel nicht siehst, kannst du auch Gott nicht sehen.«

Lukas senkte den Kopf noch tiefer und nickte stumm.

»Du möchtest doch mit in den Himmel kommen, nicht wahr?«

»Natürlich«, murmelte Lukas.

»Soll ich ihn dir zeigen?«, fragte der Pastor lächelnd.

»Zeigen?«

»Den Teufel«, sagte der Pastor und grinste.

Lukas freute und fürchtete sich jetzt gleichermaßen. Natürlich sollte der Pastor ihm den Teufel zeigen, ihn den Leibhaftigen sehen lassen, aber er hatte doch so viel über den Teufel gehört und wusste nicht, ob er schon bereit wäre, ihm zu begegnen.

»Zieh dich aus, und geh ins Wasser«, sagte der Pastor ruhig.

Lukas stutzte. Es war nicht warm draußen. Frühling, die Bäume hatten schöne grüne Blätter, aber die Luft war noch immer sehr kühl. Das Wasser war bestimmt schrecklich kalt.

»Na?«, fragte der Pastor und runzelte die Stirn.

Lukas erhob sich langsam und fing an sich auszuziehen. Bald stand er nackt vor dem Pastor. Sein weißer, dünner Körper zitterte in der kühlen Luft. Der Pastor musterte ihn lange, ohne etwas zu sagen. Musterte ihn von Kopf bis Fuß. Lukas hätte sich so gern ein wenig versteckt, er fühlte sich überhaupt nicht wohl in seiner Haut, aber ihm war ja klar, dass das hier zur Einweihung gehörte. Er musste das durchstehen, um eine höhere Ebene zu erreichen, und dann musste man eben auch das ertragen, was nicht so ganz angenehm war.

»Jetzt kannst du ins Wasser gehen«, sagte Pastor Simon und zeigte wieder.

Lukas nickte und ging hinunter ans Ufer. Er hielt den Zeh ins Wasser und zog ihn rasch wieder zurück. Das Wasser war eiskalt. Ein großer Vogel flog aus einem Baum auf und schraubte sich in den Himmel. Lukas schlang sich die Arme um den Leib und wünschte, er könnte ebenfalls fliegen. Dann könnte er direkt zu Gott fliegen und für immer dort sein. Nicht dass er nicht hier unten bei der Arche sein wollte. Natürlich wollte er mit der Arche fahren, sie waren ja schließlich Gottes Auserwählte auf Erden, aber wenn er fliegen könnte, würde er nicht solche Dinge tun müssen, um mitzudürfen. Er schaute zum Pastor hinüber, der wie eine Salzsäule auf der Bank saß. Lukas riss sich zusammen und schritt in das eiskalte Wasser hinaus. Es tat weh. Er hatte das Gefühl, auf Eiswürfel zu treten. Er hätte den Pastor gern gefragt, wie weit er gehen müsste, aber der Pastor sagte nichts. Er hatte sich erhoben und stand am Ufer, nur wenige Meter entfernt, die Sonnenstrahlen umgaben seine weiße Mähne wie einen Heiligenschein.

»Siehst du den Teufel?«, fragte der Pastor ein weiteres Mal.

»N-N-N-Nein«, stammelte Lukas.

Er zwang sich, weiter hinauszugehen, spürte das eiskalte Wasser an dem Körperteil, der nicht erwähnt wurde, ging noch einen Schritt weiter hinaus, bis das Wasser ihm bis zum Bauchnabel reichte.

»Siehst du ihn jetzt?«, fragte der Pastor.

Seine Stimme war nicht mehr so mild wie sonst, sie war jetzt kälter, wie Eis, wie das Wasser. Lukas spürte kaum noch seinen Körper, er existierte nicht mehr. Lukas senkte den Kopf und schüttelte ihn. Er kam sich total unbrauchbar vor. Er sah den Teufel nicht. Er sah gar nichts. Vielleicht hatte er es doch nicht verdient, in den Himmel zu kommen? Vielleicht musste er hier unten in dieser Welt bleiben, zusammen mit Huren und Dieben, und langsam verbrennen, bis sein Fleisch verkohlte und sich von den Knochen löste, während die anderen in Gottes ewiges Reich getragen wurden?

Der Pastor setzte sich in Bewegung, ging mit großen Schritten ins Wasser hinaus, und plötzlich spürte Lukas eine kalte Hand im Nacken. Er versuchte sich zu wehren, aber der Pastor war zu stark. Der Pastor presste seinen

Kopf nach unten, und dann war er unter Wasser. Sein Kopf war unter Wasser, und er bekam keine Luft. Lukas geriet in Panik und fuchtelte mit den Armen. Er brauchte Luft! Aber der Pastor ließ nicht los. Er drückte Lukas noch tiefer unter Wasser.

»Siehst du den Teufel!« konnte er den Pastor da oben brüllen hören.

Lukas öffnete die Augen, und seine Muskeln wurden ganz schlaff. Er musste jetzt sterben. So kam es ihm vor. Es war an der Zeit zu sterben. Deshalb hatte der Pastor ihn in den Wald geführt. Zu diesem See. Nicht um eingeweiht zu werden, sondern um zu sterben. Lukas versuchte ein letztes Mal, sich aus dem Griff des Pastors zu befreien, aber es war hoffnungslos. Der Pastor war wie besessen. Seine Hand war keine Menschenhand, sondern eine unerbittliche Eisenklaue. Vor Lukas' Augen verschwamm jetzt alles. Seine Lunge schrie nach Luft, aber er konnte sich nicht losreißen. Ihm war jegliche Möglichkeit genommen, über sein Leben zu entscheiden. Sich zu bewegen. Zu atmen. Das Wasser kam ihm nicht einmal mehr kalt vor. Es war jetzt warm. Sein Körper wurde wärmer. Er konnte sehen, wie seine Finger sich weit vor ihm irgendwo bewegten. Der Pastor rief die ganze Zeit, aber Lukas konnte nicht mehr hören, was er sagte. Wie lange er schon unter Wasser war, wusste er nicht, denn die Zeit war nicht mehr Zeit, sie war Ewigkeit. Er musste jetzt sterben, jetzt war der Moment des Sterbens gekommen. Es hatte keinen Sinn, sich zu wehren.

Plötzlich, ganz unerwartet, wurde sein Kopf aus dem Wasser und hoch in die kalte Frühlingsluft gerissen. Lukas hustete und würgte, Frühstücksreste flogen aus seinem Mund, und seine Lunge schien bersten zu wollen. Der Pastor zog ihn am Nacken an Land. Lukas blieb dort liegen und rang nach Atem. Er konnte seinen Körper nicht spüren.

Der Pastor kniete neben ihm nieder und streichelte seine nassen Haare. Lukas schaute aus großen verängstigten Augen zu ihm auf.

»Hast du den Teufel gesehen?«, fragte der Pastor lächelnd.

Lukas nickte. Er nickte, bis er das Gefühl hatte, sein Genick müsse brechen.

»Schön«, sagte der Pastor grinsend und streichelte langsam Lukas' Wange. »Dann bist du bereit.«

• 60 •

Mia Krüger stand in Malin Stoltz' Wohnung und wusste jetzt, warum Kim so reagiert hatte.

»Ich habe in meinem ganzen Leben noch nicht so viele Spiegel gesehen«, sagte Kim noch immer total perplex. »Weißt du jetzt, wieso ich zusammengezuckt bin, als ich hier reingekommen bin?«

Mia nickte. Malin Stoltz' Wohnung sah aus wie ein Spiegelkabinett auf einem Rummelplatz. Jeder Quadratzentimeter der Wohnung war mit Spiegeln bedeckt. Von der Decke bis zum Boden, in allen Zimmern.

Sie hatten eine Stunde draußen gewartet, aber niemand war aufgetaucht. Die Entscheidung, in die Wohnung zu gehen, war dann von Munch getroffen worden. Mia war eigentlich dagegen gewesen, hatte aber nichts gesagt. Er war der Chef. Sie hätte durchaus im Auto sitzen bleiben und noch warten wollen. Das wäre eigentlich das Beste gewesen. Jetzt hatten sie sich verraten. Munch hatte ein vollständiges Team angefordert, um die Wohnung zu durchsuchen. Die Polizei war meilenweit zu erkennen, nie im Leben würde sie jetzt zurückkommen. Das wusste Mia, und Munch wusste das auch. Dennoch hatte er diese Entscheidung getroffen. Vielleicht hatte Anette ja doch Recht? Vielleicht war Munch zu befangen? Wo Miriam und Marion in einer geheimen Wohnung in Frogner untergetaucht waren? Wo seine Mutter mit dieser Gemeinde zu tun hatte?

»Hast du sowas schon mal gesehen?«, fragte Kim.

Mia schüttelte den Kopf. Sie hatte noch nie so etwas gesehen. Wo sie auch stand, wohin sie sich auch drehte, immer sah sie sich selbst. Sie empfand ein starkes Unbehagen, aber es gab keinen Ort, an dem sie ihre Augen hätte ausruhen können, es gab kein Entrinnen. Sie sah müde aus. Sie sah nicht aus wie sie selbst. Alkohol und Tabletten hatten ihre Spuren hinterlassen, auf der Haut und in den eigentlich so blauen Augen. Mia war durchaus nicht eitel, aber was sie hier sah, gefiel ihr nicht. Und Malin Stoltz war ihnen nun auch noch durch die Lappen gegangen.

Munch kam in die Küche. Er sah mürrisch aus, seufzte tief und blieb unschlüssig vor dem verspiegelten Kühlschrank stehen. Es war ihm anzumerken, dass er nicht sonderlich oft in einen Spiegel schaute. Mia bemerkte, wie er sich musterte. Sie hätte gern gewusst, was er dachte.

»Hab eine Fahndungsmeldung rausgeschickt«, sagte Munch nach einer Weile. »Wir haben Leute auf Gardermoen, in Oslo S, auf dem Flughafen Torp, wir haben an den Knotenpunkten unsere Wagen, aber ich habe das Gefühl, dass sie uns ausgetrickst hat.«

Munch kratzte sich am Bart und musterte dann wieder sein Gesicht im Spiegel.

»Was zum Teufel soll das hier, Mia?«

Mia zuckte mit den Schultern. Ihr war klar, dass die anderen sich auf sie verließen, wenn es um solche Dinge ging, aber für den Moment war ihr Kopf leer. Die Wohnung voller Spiegel? Wer wollte sich die ganze Zeit selbst sehen? Eine Person, die Angst vor dem Verschwinden hatte? Die sich die ganze Zeit selbst sehen musste, um zu wissen, dass sie existierte? Sie war zu müde. Sie unterdrückte ein Gähnen. Sie würde wirklich bald eine Runde schlafen müssen. Sie konnte aus allen Winkeln sehen, dass sie Ruhe brauchte.

Der Leiter des Durchsuchungsteams, ein kleiner Mann Mitte fünfzig, Mia hatte seinen Namen vergessen, tauchte im Türrahmen auf.

»Na?«, fragte Munch hoffnungsvoll.

»Nichts«, sagte der kleine Mann.

»Hast du nichts gefunden?«

»Nichts, ich meine, nichts. Hier ist nichts. Keine Bilder. Keine persönlichen Gegenstände. Keine handgeschriebenen Zettel. Keine Zeitungen. Keine Blumen. Nur einige Kleider im Schrank und eine Menge Schminke im Badezimmer. So, als ob sie gar nicht hier wohnen würde.«

Mia fühlte sich plötzlich in das Haus auf Hitra zurückversetzt. Sie hatte es auch so gemacht. Nichts Persönliches. Nur Kleider, Alkohol, Tabletten, eine Kaffeemaschine. Das schien jetzt unvorstellbar lange zurückzuliegen. Eine vage Erinnerung, auch wenn es erst knapp drei Wochen her war, dass sie dem Himmel ein letztes Mal zugeprostet hatte, bereit zu verschwinden.

Komm, Mia, komm.

»Sie wohnt hier gar nicht«, sagte Mia.

»Was?«, fragte Munch.

Mia war merklich erschöpft, sammelte aber ihre Kräfte.

»Sie wohnt hier nicht. Hier wohnt Malin Stoltz, aber das ist sie nicht. Sie wohnt woanders.«

»Wie meinst du das?«, fragte Kim. »Sie ist nicht Malin Stoltz?«

»Nirgendwo ist eine Malin Stoltz gemeldet. Falscher Name«, sagte Munch gereizt.

»Wo wohnt sie denn dann?«, fragte Kim.

»Woanders, jetzt hör doch zu!«, fauchte Munch.

Auch ihm war die Erschöpfung deutlich anzumerken.

»Hier gibt es kein Zimmer, wo sie die Mädchen hätte aufbewahren können«, sagte Mia.

Sie setzte sich auf den Tisch. Sie konnte vor Müdigkeit nicht mehr stehen. Ihre Augen brannten. Sie wusste, dass sie diese Wohnung bald verlassen musste, ehe die vielen Spiegelbilder sie umbrachten.

»Hier wohnt Malin Stoltz. Aber sie ist nicht Malin Stoltz. Sie hat ihre Habseligkeiten an einem anderen Ort. Wo sie sie selbst ist. Und wo die Mädchen waren. Eine Hütte oder ein abgelegenes Haus. Du kannst die Leute an den Flughäfen auch gleich zurückpfeifen. Sie wird das Land nicht verlassen.«

»Woher weißt du das?«, fragte Munch.

»Sie ist gern zu Hause«, sagte Mia. »Frag mich nicht, warum.«

»Wir lassen sie bis heute Abend da«, sagte Munch. »Und jetzt müssen wir wieder zum Pflegeheim. Irgendwer da oben muss doch etwas über Malin wissen.«

Er wandte sich an Kim.

»Organisierst du das? Gespräche mit allen Angestellten?«

Kim nickte.

»Ich brauch bald mal eine Runde Schlaf«, murmelte Mia.

»Fahr du ruhig nach Hause, ich halte dich auf dem Laufenden.«

»Du müsstest auch mal schlafen.«

»Ich komm schon zurecht«, entgegnete Munch gereizt.

»Sollen wir jetzt zusammenpacken, oder was?«, fragte der kleine Mann.

»Nein«, sagte Mia.

»Warum nicht?«

»Es fehlt etwas. Sie hat irgendwo ein Versteck.«

»Wir haben schon überall gesucht«, sagte der kleine Mann leicht genervt über diese Antwort, die andeutete, sie machten ihre Arbeit nicht vernünftig.

»Die Linsen«, sagte Mia.

»Was?«

»Die Linsen. Sie benutzt Linsen. Wenn sie Schminke und Kleider irgendwo aufbewahrt, dann bewahrt sie da auch ihre Linsen auf.«

»Woher weißt du, dass sie Linsen benutzt?«, fragte der kleine Polizist.

Mia merkte, dass sie den Mann jetzt langsam satthatte.

»Ich habe sie mit blauen Augen gesehen. Jemand hat sie mit unterschiedlichen Augenfarben gesehen. Irgendwo hier müssen Linsen sein. Und wenn wir die finden, finden wir vielleicht auch noch etwas anderes.«

»Aber wir haben schon …«, wandte der kleine Mann wieder ein.

»Sucht weiter«, herrschte Munch.

»Wo denn?«

»Linsen müssen kühl aufbewahrt werden«, sagte Mia. »Untersucht mal die Spiegel.«

»Aber …«

»Fangt im Badezimmer an«, sagte Mia. »Da setzt man

Linsen ein, oder nicht? Untersucht die Spiegel, ich meine, verdammt, seht euch mal die Spiegel an.«

Mia stand auf und verlor für eine Sekunde das Gleichgewicht. Ihre Beine gaben unter ihr nach, aber Kim konnte sie gerade noch auffangen.

»Mia?«

»Mia, alles in Ordnung?«

Mia kam wieder zu sich und richtete sich auf. Sie wollte nicht schwach wirken. Nicht vor den Kollegen. Verdammt!

»Ist schon gut. Nur mal schlafen und essen. Ruf mich an, ja?«

Sie taumelte zur Tür und fühlte sich besser, sowie sie im Treppenhaus stand. Eine Wohnung voller Spiegel. Alle Wände, von der Decke bis zum Boden, nur Spiegel.

Mia Krüger schwankte die Treppe hinunter und ließ sich von einem Streifenpolizisten nach Hause fahren. Aber, na ja, nach Hause? Was zum Henker war das für ein Zuhause? Das hier war kein Zuhause. Sie hatte kein Zuhause. Sie wohnte in einem Hotelzimmer in Oslo, hatte ihre Habseligkeiten eingelagert und besaß ein Haus auf Hitra. Das war sie jetzt. Niemand. Deshalb hatte es so wehgetan, sich in den vielen Spiegeln zu sehen.

Sie ließ sich aufs Bett fallen und schlief vollständig angezogen ein.

• 61 •

Mama, was machst du?«

Marion Munch sah ihre Mutter an, die auf dem Sofa vor dem Fenster saß. Miriam war aufgetragen worden, die Vorhänge immer geschlossen zu halten, aber sie hielt das jetzt nicht länger aus. Sie musste auch mal nach draußen schauen, das Gefühl haben, dass die Welt noch vorhanden war.

»Ich seh nur mal kurz raus, Liebes, warum bist du aufgestanden?«

»Ich kann nicht schlafen.«

»Du musst aber schlafen, du«, sagte Miriam Munch und streichelte ihrer Tochter übers Haar.

»Schon, aber ich kann doch nicht schlafen, wenn ich nicht schlafe?«, fragte die Kleine und legte den Kopf schräg.

»Das heißt einschlafen, Liebes«, sagte Miriam und lächelte schwach.

Ihre Tochter war in letzter Zeit auf altkluge Weise eigensinnig geworden. Miriam hatte sich sagen lassen müssen, dass sie damals auch so gewesen sei. Stur und eigensinnig. Frühreif. Sie seufzte und zog die Vorhänge wieder zu. Sie hatte viel von ihrer Kindheit ausgesperrt. Nach der Scheidung war ein Teil davon einfach verschwunden. Als ob er nicht mehr wahr wäre. Ihre Eltern wollten sich scheiden lassen. Sie erinnerte sich daran, wie sie fünfzehn gewesen war und die ersten Zweifel bekommen hatte. Sie hatte so gedacht: Die haben die ganze Zeit gelogen. Aber das war jetzt lange her. Sehr lange. Sie war wütend gewesen. Schrecklich wütend. Vor allem auf ihren Vater. Holger Munch, den Mordermittler. Sie war vorher so stolz auf ihn gewesen. *Mein Vater ist bei der Polizei. Der kann deinen Vater ins Gefängnis stecken, wenn der was angestellt hat.* Aber er hatte sie verletzt. Er hatte die Mutter dazu gebracht, sich einen anderen zu suchen. Einen Mann, zu dem Miriam eigentlich keine Beziehung hatte. Sie war jetzt älter, natürlich, aber es machte ihr noch immer zu schaffen. Sie hatten sich so nahegestanden. Es hatte sozusagen nur sie beide gegeben. Sie und den Vater. Eigentlich hatte sie schon lange damit abrechnen wollen. Ihn in den Arm nehmen und sagen, tut mir leid, Papa, entschuldige, dass ich so zu dir war, aber sie brachte das einfach nicht über sich. Stur und eigensinnig. Sie spürte, dass jetzt die Zeit gekommen war. Bald. Bald würde sie es ihm sagen.

»Ja, aber jetzt sag schon, Mama.«

»Na gut, Marion, jetzt musst du ins Schlafzimmer gehen und einschlafen, kannst du das?«

»Das ist so schwer«, sagte das kleine blonde Mädchen. »Ich denke so viel an Jackson Jekyll und Frankie Stein, weil die allein zu Hause sind.«

Die Puppen, die ihr Vater vor einiger Zeit für Marion gekauft hatte.

»Ach, die kommen schon zurecht.«

»Woher weißt du das?«

»Ich habe vorhin mit Papa gesprochen, und er hat gesagt, dass es ihnen beiden gut geht. Er soll grüßen und dir das ausrichten.«

Marion lächelte ein wenig.

»Jetzt lügst du aber ganz schön schlimm, Mama.«

»Ich, nein, ich lüge doch nicht, wie kommst du denn auf die Idee?«, fragte Miriam belustigt.

»Weil die doch gar nicht reden können!«

»Sie reden doch, wenn du mit ihnen spielst?«

»Ach, Mama. Dann ist das doch meine Stimme, hast du das nicht gehört?«

»Ach, ist das so?«, sagte Miriam und spielte die Überraschte. »Deine Stimme? Ich dachte, die könnten reden!«

Marion lachte.

»Du lässt dich manchmal aber leicht reinlegen, Mama.«

»Wirklich?«

»Ja, das tust du.«

»Legst du mich oft rein?«

»Ja, ab und zu?«

Marion streckte den Arm nach der Decke auf dem Sofa aus und wickelte sie um sich. Sie legte den Kopf an die Brust ihrer Mutter. Miriam spürte durch ihren Pullover Marions Herzschlag.

»Wann legst du Mama denn rein?«

»Wenn ich sage, ich hätte mir schon die Zähne geputzt.«

»Und das hast du dann nicht?«

»Doch, aber nicht richtig gut.«

»Wenn ich also frage, hast du dir die Zähne richtig gut geputzt, dann hast du das gar nicht?«

»Nein«, das kleine Mädchen kicherte.

»Wie hast du sie denn geputzt?«

»Na ja, so ungefähr halb gut.«

Miriam schmunzelte wieder und streichelte ihrer Tochter den Kopf.

»Vielleicht sollten wir dir bald die Haare schneiden lassen?«

»Meinst du, beim Friseur?«

Miriam nickte.

»Oh ja, das möchte ich! Können wir das morgen machen?«

»Nein, nicht morgen. Wenn wir wieder zu Hause sind.«

»Wann sind wir wieder zu Hause?«

Ihre Tochter sah sie mit flehendem Blick an.

»Das weiß ich nicht, Liebes. Wenn Opa das erlaubt.«

»Kriegen wir ein neues Haus, wenn wir nach Hause kommen?«

Miriam sah ihre Tochter fragend an.

»Wie meinst du das?«

»So, move that bus!«

»Den Bus wegfahren? Wie meinst du das, Marion?«

»Ach, das weißt du doch. Wenn im Fernsehen Leute ein schlechtes Haus haben, und dann werden sie weggeschickt, und ein neues Haus wird gebaut, und dann kommen sie zurück, und alle rufen, move that bus. Und dann steht da ein schönes Haus, und alle jubeln und weinen. Ich möchte gern ein ganz rosa Zimmer mit einem Bett im Himmel, kann ich das kriegen?«

»Ein Himmelbett?«

»Ja?«

»Wir werden sehen. Wo hast du so eine Sendung denn gesehen?«

»Bei Opa.«

»Du und Opa, ihr habt *Extremrenovierung* gesehen?«

»Ich weiß doch nicht, wie das heißt, Mama.«

Miriam hatte ganz klar gesagt, welche Fernsehsendungen erlaubt waren und welche nicht, wenn Marion ihren Opa besuchte, aber da war sie offenbar auf taube Ohren gestoßen. Sah ihr Vater sich sowas an? Sie konnte sich das eigentlich nicht vorstellen.

»Hast du mit Opa noch andere Sendungen gesehen?«

»Ach, das darf ich doch nicht sagen.«

»Warum nicht?«

»Dass wir Cola trinken und zusammen fernsehen, ist unser kleines Geheimnis, verstehst du, Mama? Meins und Opas. Und Geheimnisse darf man nicht verraten, das steht im Gesetz.«

»Ja, richtig, nein, dann darfst du nichts verraten.«

Marion schmiegte ihr Gesicht an den Hals ihrer Mutter und schloss die Augen. Ihr Daumen war unterwegs zum Mund, aber sie hielt inne und legte ihn wieder auf ihren Bauch. Braves Mädchen. Sie hatte lange versucht, ihr das

Daumenlutschen abzugewöhnen. Leicht war das nicht gewesen. Aber jetzt schien sie es geschafft zu haben. Miriam wickelte die Decke enger um ihre Tochter und drückte sie noch enger an sich.

»Du, Mama?«

»Aber wolltest du jetzt nicht einschlafen?«

»Ich kann doch nicht einschlafen, wenn ich rede«, sagte Marion, jetzt wieder altklug.

»Nein, das ist klar«, lachte Miriam.

Dumm natürlich. Zu lachen. Auf sie zu reagieren, dann machte sie doch einfach weiter, aber Miriam wusste sich nicht zu helfen. Um ganz ehrlich zu sein, freute sie sich darüber, dass ihre Tochter wach war. Die Wohnung war so still und leer, wenn sie schlief.

»Was wolltest du mich fragen?«

»Warum ist Papa nicht hier?«

Miriam wusste nicht recht, was sie antworten sollte. Johannes war aus Sicherheitsgründen nicht darüber informiert worden, wo sie waren. Wer imstande war, Mädchen an Bäumen aufzuhängen, könnte auch aus ihm herausholen, wo sich seine Familie versteckt hatte. Johannes. Sie dachte voller Wärme an ihn. Ihr Vater hatte sich nicht erweichen lassen. Die Hochzeit war abgesagt, und auch wenn sie bis zuletzt widersprochen hatte, hatte sie sich am Ende geschlagen gegeben. Ihre Gefühle wollten, aber die Vernunft sagte etwas anderes. Sie konnten jetzt keine Kirche füllen. Mit Familie und Freunden. Das wäre unverantwortlich. Für niemanden gut. Nicht jetzt, wo Marion Nummer 5 war.

Ticktack die kleine Marion = 5.

Ihr Vater war ungeheuer wütend auf Mia gewesen, aber Miriam war dankbar dafür, dass sie es erfahren hatte. Es war besser zu wissen, wovon die Rede war, als im Dunkeln zu tappen.

»Warum sagst du nichts, Mama?«

»Papa muss arbeiten, aber er hat dich sehr lieb, das soll ich dir sagen.«

»Hast du mit ihm telefoniert?«

»Ja, vorhin.«

»Ach, warum durfte ich nicht mit ihm reden?«

»Weil du geschlafen hast.«

»Ich hab doch gar nicht geschlafen!«

»Das hab ich aber gedacht.«

»Das ist doch nicht dasselbe, Mama, nächstes Mal musst du nachsehen, also, so geht das nicht.«

Wieder lächelte Miriam.

»Das mach ich, Liebes. Das mach ich.«

»Schön«, sagte Marion.

Das kleine Mädchen schlug die Decke zur Seite und stand auf.

»Jetzt geh ich ins Bett, glaub ich.«

»Das ist schön, Marion. Soll ich dich raufbringen?«

»Ich bin doch kein Baby mehr«, sagte Marion beleidigt. »Ich weiß genau, wo das ist.«

Miriam lachte.

»Du bist so tüchtig. Dann gib Mama einen Gutenachtkuss, ja?«

Die Kleine beugte sich vor und umarmte ihre Mutter ganz fest.

»Vergiss nicht, ich will ein rosa Zimmer mit einem Bett im Himmel. Move that bus!«

»Ich richte es aus«, sagte Miriam fröhlich und küsste ihre Tochter auf die Wange.

»Nacht.«

»Nacht.«

Marion lief im Nachthemd durch das Zimmer und kletterte die Treppe hoch. Miriam stand auf und ging in die Küche, um sich einen Tee zu machen. Ihr Telefon piepte, und sie ging zurück, um nachzusehen, von wem die SMS kam.

Sorry, Miriam, aber wir müssen euch heute Abend wieder verlegen. Es ist etwas passiert, Erklärung folgt. Ich lass euch jetzt abholen. Ok? M.

Verdammt, jetzt? Marion war eben gerade schlafen gegangen. Na gut. Sie würde ihre Tochter ja wohl noch tragen können. Etwas war passiert? Was denn? Sie antwortete:

Ok :)

Sie ging auf den Gang und holte ihren Koffer. Sie hatte nicht viel mitgebracht. Zweimal Wäsche zum Wechseln für sie beide. Toilettensachen. Nur das Nötigste. Sie brauchte zehn Minuten, um alles einzupacken. Sie holte die Teetasse aus der Küche und setzte sich wieder aufs Sofa. Sie fragte sich, wo sie jetzt hingebracht werden würden. Die erste Wohnung war klein gewesen, kein Fernseher, nur ein Zimmer, was sie fast wahnsinnig gemacht hatte, klaustrophobisch eng. Diese Wohnung hier war viel größer und luxuriös eingerichtet. Sie wurde sicher benutzt, wenn hoher Besuch kam, der nicht gesehen werden wollte. Überaus anonym, perfekt, um sich neugierige Presseleute vom Hals zu halten. Wie sie. Hatte sie deshalb die Ausbildung zur Journalistin geschmissen? Weil es nicht gut genug wäre, als Journalistin zu arbeiten? Weil sie lieber etwas Nützlicheres tun wollte? Menschen helfen? Nein, das war nicht der Grund. Die Arbeit einer Journalistin wäre wirklich gut genug gewesen, sie wusste nicht, wie sie auf diesen Gedanken gekommen war. Bei den Journalisten gab es solche und solche, genau wie bei Lehrern und Polizisten. Manche Journalisten schrieben über Promis. Andere deckten Missstände auf. So eine Journalistin hätte Miriam werden wollen. Die für etwas kämpfte. Ihre Fähigkeiten einsetzte, um die Menschen zu informieren, statt sie mit Abstimmungen darüber einzulullen, wer sich am besten kleidete, und ihnen zu erzählen, was die Promis zu Weihnachten aßen.

Sie hatte ihren Tee gerade ausgetrunken, als es an der Tür klingelte. Miriam sprang auf und betätigte die Gegensprechanlage.

»Hallo?«

»Ja, hallo, sind Sie so weit?«

»Ich bin so weit, kommen Sie einfach hoch.«

Sie drückte auf den Summer und zog die Schuhe an. Trug den Koffer in den Flur und streifte ihre Jacke über. Sie hoffte, dass Marion auf der Fahrt nicht aufwachen würde. Denn dann würde sie quengeln und vielleicht nicht wieder einschlafen.

Jetzt wurde vorsichtig an die Tür geklopft. Nicht geklingelt. *Tüchtige Polizei,* dachte Miriam. *Weiß, dass hier ein Kind schläft.* Sie ging aufmachen. Draußen stand jemand. Mit einer Art Maske. Und einer Perücke. Sie konnte nicht mehr reagieren. Die Person presste ihr einen Lappen aufs Gesicht. Sie hörte das Wort:

»Nacht.«

Und dann verlor sie das Bewusstsein.

• 62 •

Mia Krüger saß an einem Fenstertisch im Café Kaffebrenneriet und versuchte mit Gewalt, sich wach zu halten. Sie war im Bett im Hotelzimmer sofort eingeschlafen, hatte aber vorher noch den Wecker gestellt, sie brachte es nicht über sich, sich mehr als zwei Stunden Schlaf zu gönnen. Ihr Körper sah das allerdings anders und wollte zurück ins Bett, unter die Decke, in die Träume.

Sie unterdrückte ein Gähnen und rief Kim Kolsø an.

»Ja, Kim?«

»Haben wir von den Angestellten im Pflegeheim etwas erfahren?«

»Nein«, seufzte er. »Offenbar hatte niemand besonders viel Kontakt zu ihr. Malin Stoltz war wohl eine Einzelgängerin, wie es aussieht.«

»Bist du immer noch da oben?«

»Nein, wir sind jetzt unterwegs. Müssen die Angestellten abklappern, die heute keinen Dienst haben. Und mal sehen, ob wir aus denen was rausholen können.«

»Halt mich auf dem Laufenden, ja?«

»Ist doch klar.«

Mia unterdrückte ein weiteres Gähnen und ging sich noch einen Kaffee holen. Nur so konnte sie auf Trab kommen. Kaffee, eine Menge Kaffee. Um ihren Kopf in Betrieb zu halten. Ihren Körper in Gang. Sie hatte von einem Labyrinth aus Spiegeln geträumt, hatte keinen Ausweg gefunden, hatte sich wie gefangen gefühlt, und dieses Gefühl steckte ihr noch immer in den Knochen. Sie bat um einen doppelten Espresso und wollte damit gerade zu ihrem Platz am Fenster zurückkehren, als ihr plötzlich zwei Frauen auffielen, die in einem vertraulichen, aber dennoch ziemlich lauten Gespräch an einem Tisch beim Tresen saßen.

Sie konnte das Gespräch der beiden beim besten Willen nicht überhören.

»Wir haben wirklich alles versucht, aber es ging nicht«, sagte die eine.

»Oje, lag das an dir oder an deinem Mann?«, fragte die andere.

»Das konnten sie nicht feststellen«, sagte die Erste.

»Wie schrecklich für dich«, sagte die andere.

»Ja, ohne die Selbsthilfegruppe hätte ich das nicht überstanden. Er, na ja, er wollte einfach nicht darüber reden«, sagte die Erste.

»Und jetzt denkt ihr an Adoption?«, fragte die andere.

»Ich würde schrecklich gern, aber er, ja, er will nicht, glaube ich. Aber auch darüber will er eigentlich nicht reden.«

»Zu dumm. Einem Kind zu helfen, das keine Eltern hat, das muss doch schön für alle sein? Win-win?«

»Ja, so sehe ich das ja auch, aber er …«

»Entschuldigung«, sagte Mia. »Ich will wirklich nicht stören, aber ich konnte einfach nicht überhören, was Sie gesagt haben.«

Die beiden Frauen sahen sie an.

»Eine Selbsthilfegruppe?«, fragte Mia. »Was war das für eine Selbsthilfegruppe?«

Die erste Frau sah ein wenig beleidigt aus, antwortete aber trotzdem:

»Eine Selbsthilfegruppe für Frauen, die keine Kinder bekommen können. Wieso fragen Sie?«

»Eine Freundin von mir …«, begann Mia, entschied sich dann aber anders. »Ich … ich kann leider keine Kinder bekommen.«

»Ach, wie traurig«, sagte die erste Frau und änderte ihre Haltung, war nicht mehr beleidigt, noch eine im Club, sie saßen in einem Boot.

»War das hier in Oslo oder wo?«, fragte Mia jetzt.

»Ja, in Bøler«, sagte die Frau und nickte.

»Gibt es viele solche Gruppen?«, fragte Mia neugierig.

»Ja, die gibt es überall. Wo wohnen Sie?«

»Tausend Dank«, sagte Mia. »Dann versuche ich das.«

»Keine Ursache«, sagte die Frau. »Haben Sie schon an Adoption gedacht?«

»Die ganze Zeit«, sagte Mia und holte sich ihren Espresso. »Tausend Dank.«

»Wir müssen zusammenhalten«, sagte die Frau augenzwinkernd.

»Das müssen wir.«

Mia zwinkerte zurück und balancierte gerade ihre Tasse zurück zu ihrem Tisch, als ihr Telefon klingelte.

»Mia?«

»Ludvig hier, hast du einen Moment Zeit?«

»Ja.«

»Ich hab etwas gefunden. Über die Gemeinde. Wir haben was über sie. Liegt einige Jahre zurück. Eine Beschwerde. Aus dem Pflegezentrum Hvelven in Hønefoss.«

»In Hønefoss?«

»Ja, drei Klagen. Alle zurückgezogen, sie haben sich gütlich geeinigt.«

Pflegeheim in Hønefoss. Pflegeheim in Høvik. Es musste einen Zusammenhang geben.

»Kannst du mir eine Liste der Angestellten für den fraglichen Zeitraum besorgen?«

»Ist schon unterwegs«, sagte Ludvig.

»Kannst du noch was für mich überprüfen?«

»Okay?«

»Kannst du feststellen, ob es in dem Zeitraum, ehe das Baby verschwunden ist, in Hønefoss eine Selbsthilfegruppe für ungewollt kinderlose Frauen gegeben hat?«

»Geht klar. Gleich morgen, wenn alles wieder aufhat.«

»Sehr gut. Gibt es Neuigkeiten über Malin Stoltz?«

»Noch immer verschwunden.«

»Wir werden sie schon finden.«

»Wenn jemand das schafft, dann du«, sagte Ludvig.

»Danke, Ludvig.«

»Keine Ursache.«

»Bis morgen.«

»Ja, bis dann.«

Mia legte auf, trank ihren Kaffee auf einen Zug, streifte die Lederjacke über und verließ zuversichtlich das Café.

• 63 •

Holger Munch musste Mia Krüger einfach leidtun, wie er da auf der Fahrt zum Gemeindehaus in Bøler neben ihr saß. Sie hatten in so vielen Fällen schon zusammengearbeitet, aber sie konnte sich nicht erinnern, ihn jemals so erschöpft gesehen zu haben. Er saß verdrossen auf dem Sitz, die Zigarette im Mundwinkel, und starrte mit leerem Blick durch die Windschutzscheibe. Die Sorgen erdrückten den sonst so gelassenen Ermittler förmlich, als lasteten sie schwer auf seinen Schultern. Der Fall berührte sein Privatleben. Er war darin verwickelt. Die kleine Marion wurde bedroht. Malin Stoltz hatte Holger Munch aus der Fassung bringen können, so sehr, dass er sein objektives Urteilsvermögen verloren hatte.

»Nichts aus dem Pflegeheim?«, fragte sie ruhig.

Munch schüttelte wütend den Kopf.

»Malin Stoltz scheint zwei Leben zu leben«, sagte er dann. »Die einen kennen sie von der Arbeit, aber in der Freizeit hat niemand Kontakt zu ihr.«

»Hast du mit deiner Mutter gesprochen?«

Mia wusste, dass das ein wunder Punkt war, aber die Frage musste einfach gestellt werden, jetzt waren schließlich andere Rücksichten wichtiger.

Munch nickte.

»Der Mann, der die Gemeinde leitet, ist irgendein Trottel namens Pastor Simon.«

Mia merkte, dass Munch diesen Namen nur mit Mühe über die Lippen brachte. Er war absolut nicht er selbst. Vielleicht hatte Anette ja doch Recht gehabt. Vielleicht hätte er von dem Fall abgezogen werden müssen. In diesem Moment tendierte sie ebenfalls zu dieser Meinung.

»Das war alles? Kein Nachname?«

Munch seufzte und schüttelte den Kopf.

»Pastor Simon, das war alles. Ich habe Gabriel gebeten nachzusehen, ob er irgendwo mehr findet.«

»Und dieser Lukas Walner? Weiß sie, wer das ist?«

Wieder nickte Munch.

»Der ist offenbar der Assistent dieses Pastors.«

»Und du hast die beiden gesehen?«

Mia wusste, dass Munch auch diese Frage nicht hören wollte, aber auch sie musste gestellt werden.

»Aus der Ferne, ja«, sagte Munch grimmig und öffnete das Autofenster.

Er warf die Kippe hinaus und steckte sich sofort eine neue Zigarette an. Sie hielten vor dem weißen Gemeindehaus. Wenn Mia nicht gewusst hätte, wohin sie wollten, hätte sie nicht geglaubt, hier richtig zu sein. Von außen wies nichts darauf hin, dass es sich um ein Gotteshaus handelte, es sah aus wie ein Pfadfindertreff oder wie irgendeine anonyme Behörde. Erst nachdem sie durch das Tor und zur Tür gegangen waren, wurde ihr klar, dass sie am richtigen Ort waren. Auf einem kleinen Schild neben der Eingangstür stand Methusalemkirche, und darüber war ein kleines Kreuz. Das Haus wirkte einsam und verlassen. Die Tür war abgeschlossen.

Munch ging die Treppe hinunter und über einen Kiesweg, der auf die Rückseite des Hauses führte. Mia wollte ihm gerade folgen, als ihr Telefon klingelte. Sie spielte für einen Moment mit dem Gedanken, den Anruf nicht anzunehmen, in dem Zustand, in dem Munch gerade war, wollte sie ihn lieber nicht allein lassen, aber da die ganze Einheit in Alarmbereitschaft war, blieb ihr eigentlich nichts anderes übrig. Sie sah den Rücken seines Dufflecoats um die Ecke verschwinden, als sie auf den grünen Hörer drückte.

»Ja, Mia?«

»Spreche ich mit Mia Krüger?«

Sie kannte die Stimme nicht.

»Ja, wer ist da?«

»Sie sind ja wirklich nicht leicht zu erreichen«, sagte die Stimme vorwurfsvoll.

»Ach nein? Und mit wem spreche ich?«, fragte Mia.

»Entschuldigen Sie die Störung«, sagte der Anrufer. »Ich versuche schon eine ganze Weile, Sie zu erreichen, aber wie gesagt, das ist nicht so einfach.«

Mia folgte Munch um die Ecke, der durch ein Fenster ins Hausinnere spähte.

»Und worum geht es?«, fragte sie ungeduldig.

»Mein Name ist Albert Dal«, sagte der Mann. »Ich bin Küster in der Borre-Kirche.«

Borre-Kirche.

Der Friedhof, wo ihre ganze Familie lag.

»Wie gesagt, es tut mir leid, Sie zu stören«, sagte der Küster.

»Ist etwas passiert?«

Munch ging weiter und spähte durch ein anderes Fenster.

»Ja, das allerdings. Wir haben es vor einer Woche entdeckt, und es kommt uns sehr seltsam vor. Wir wussten nicht, was wir tun sollten, außer natürlich, Sie zu verständigen.«

»Und was ist passiert?«, fragte Mia leicht gereizt und folgte Munch.

»Wir hatten hier eine Grabschändung«, sagte der Küster.

»Was?«, fragte Mia. »Wie das denn?«

»Ja, na ja, das ist ja das Seltsame«, sagte der Mann. »Offenbar ist nur das Grab Ihrer Schwester betroffen.«

Mia Krüger blieb stehen und vergaß, ihren Kollegen im Auge zu behalten.

»Sigrids Grab?«

»Ja, leider«, sagte der Küster bedauernd. »Unseres Wissens ist kein anderes Grab betroffen.«

»Grabschändung, in welcher Form?«

»Ich weiß nicht, wie ich das sagen soll«, sagte der Küster. »Mir ist das Ganze sehr, ja, unangenehm. Jemand hat den Namen Ihrer Schwester durchgestrichen.«

»Durchgestrichen? Wie soll ich das verstehen?«

»Mit einer Spraydose. Zuerst haben wir an normalen Vandalismus geglaubt, das kommt ja vor, bei diesen unmöglichen Jugendlichen, die sich hier herumtreiben, aber wir haben schnell festgestellt, dass es doch nicht so ist, das ist ja gerade so seltsam.«

Mia hielt Ausschau nach Munch, konnte ihn aber nirgendwo entdecken.

»Wie meinen Sie das eigentlich, was ist doch nicht so?«

»Jetzt steht da Ihr Name.«

»Was?«

»Irgendwer hat Sigrid durchgestrichen und Mia hingeschrieben.«

Mia Krüger zuckte vor Unbehagen zusammen, und im gleichen Augenblick sah sie Munch wieder um die Hausecke biegen. Er winkte ihr zu, als Zeichen, dass er zum Auto zurückgehen wollte.

»Könnten Sie vielleicht bei uns vorbeischauen?«, fragte der Küster.

Munch zeigte auf seine Uhr und winkte jetzt gereizt, während er auf den Audi zuging.

»Ich werde versuchen, so bald wie möglich zu kommen«, sagte Mia und legte auf.

»Was machst du da eigentlich?«, rief Munch. »Das Haus sieht verlassen aus. Wir müssen diesen Lukas und diesen Pastor zur Fahndung rausgeben.«

»Was?«, fragte Mia abwesend.

Jemand hatte sich an Sigrids Grab vergangen.

»Wir müssen eine Fahndung ausschreiben«, sagte Munch und wurde immer ungehaltener. »Wir müssen diese Idioten finden und zur Vernehmung holen.«

Munch ließ den Motor an und fuhr wieder den Bogerudvei hinunter. Mia überlegte, ob sie Munch von dem Anruf erzählen sollte, aber dann klingelte sein Telefon. Das Gespräch dauerte keine zehn Sekunden. Als er das Telefon sinken ließ, war sein Gesicht womöglich noch weißer als ohnehin schon.

»Was?«, fragte Mia besorgt.

Munch brachte kein Wort heraus, er flüsterte förmlich.

»Das war das Pflegeheim. Meiner Mutter geht es nicht gut. Ich muss sofort hin.«

»Scheiße!«, rief Mia.

»Ich setz dich im Zentrum ab. Erledige du das mit der Fahndung.«

»Alles klar.« Mia nickte. Sie wollte ihr Mitgefühl zum Ausdruck bringen, fand aber nicht die richtigen Worte.

Munch schaltete das Blaulicht ein, trat aufs Gaspedal und raste Richtung Zentrum davon.

• Teil V •

• 64 •

Emilie Isaksen saß im Auto und fuhr den Ringkollvei hoch. Sie war neu in der Gegend, wohnte erst seit einem Jahr in Hønefoss, und plötzlich ging ihr auf, dass es schneller gegangen wäre, den Hadelandsvei und dann den Gamle Ringkollvei zu nehmen, dort wollte sie nämlich hin. Emilie Isaksen war Norwegischlehrerin und hatte mehrere Schüler aus dieser Gegend, einige Kilometer außerhalb des Ortskerns. Sie schaltete in den zweiten Gang und bog in den Gjermundsbovei ab.

Emilie Isaksen hatte schon auf dem Gymnasium gewusst, dass sie Lehrerin werden wollte. Sie hatte gleich nach der Ausbildung eine Stelle gefunden, und die Arbeit hatte ihr vom ersten Tag an gefallen. Mehrere Kollegen hatten anfangs mit ihr geredet, hatten ihr gutgemeinte Ratschläge erteilt. Dass es wichtig sei, sich ein wenig in Acht zu nehmen, nicht zu viel Arbeit mit nach Hause zu nehmen, sich nicht zu sehr an die Schüler zu hängen, aber so machte sie das eben nicht. Deshalb saß sie jetzt in ihrem Auto.

Tobias Iversen.

Er war ihr schon in der ersten Stunde aufgefallen, der hübsche, etwas magere Junge mit dem wachen Blick. Er hatte etwas Besonderes. Etwas, das sie nicht richtig in Worte fassen konnte. Er war beliebt bei den anderen Kindern, das war kein Problem. Es war etwas anderes, ja, sie hatte es anfangs nicht begriffen, das war erst nach und nach passiert. Seine Mutter kam nie zum Elternsprechtag. Der Stiefvater auch nicht. Briefe wurden nicht beantwortet. Sie gingen nicht ans Telefon. Sie konnte die Familie einfach nicht erreichen. Und dann hatte sie immer wieder blaue Flecken entdeckt. In seinem Gesicht. An den Händen. Sie hatte ihn nicht im Sportunterricht, aber sie hatte den Verdacht, dass es noch an weiteren Stellen am Körper blaue Flecken gab. Sie hatte mit dem Sportlehrer gesprochen, aber der war von der alten Sorte. Kinder stürzten eben ab und zu. Vor allem wilde Jungs in der siebten Klasse, worauf sie eigentlich hinauswollte? Sie hatte vorsichtig versucht, Tobias auszufragen. Ging es ihm gut? Wie sah es bei ihm zu Hause aus? Aber Tobias hatte nicht darüber sprechen wollen. Sie hatte es trotzdem in seinem Blick gesehen. Nicht alles war so, wie es sein sollte. Und es konnte sein, dass andere Lehrer lieber wegschauten, sich nicht einmischen wollten, Privatsphäre und überhaupt, aber Emilie Isaksen war nicht so.

Jetzt war er schon seit einer Woche nicht mehr in der Schule gewesen. Sie hatte bei ihm zu Hause angerufen, aber da meldete sich niemand. Sie hatte herumgefragt und erfahren, dass auch sein Bruder nicht zur Schule gekommen war. Sie hatte sich beim Jugendamt erkundigt, ohne Namen zu nennen, hatte sich nur durchgefragt. Was war üblich in solchen Fällen? Wie verhielt man sich? Sie hatte eher vage Auskünfte erhalten, niemand hatte ihr konkret gesagt, was sie tun konnte. Wenn es keine Beweise gab. Man musste vorsichtig auftreten. Emilie Isaksen hatte das alles schon oft gehört, aber sie wollte sich nicht aufhalten lassen. Was konnte sie schon falsch machen? Sie wollte ihm doch nur die Hausaufgaben bringen. Kurz mit der Mutter reden. Vielleicht einen Termin für ein Elterngespräch vereinbaren? Sie könnten auch bei Tobias zu Hause darüber reden, wenn die Mutter nicht so leicht aus dem Haus kam. Unorthodox, vielleicht, ja, aber sie hatte beschlossen, dass es nicht schaden könnte. Sie würde höflich sein. Sie würde niemandem Vorwürfe machen. Sie wollte ja nur helfen. Aller Wahrscheinlichkeit nach war alles in Ordnung. Vielleicht waren sie in die Ferien gefahren, ohne die Jungen in der Schule beurlauben zu lassen. Vielleicht waren beide Jungen krank, in der Schule war eine Frühjahrsgrippe umgegangen, Lehrer und Schüler waren erkrankt. Es konnte viele Gründe geben.

Sie fuhr den Gamle Ringkollvei hoch, bis sie die richtige Adresse gefunden hatte. Wobei *Adresse* nicht ganz richtig war, es war eine Abfahrt, die weiter in den Wald führte. Ein Briefkasten unten an der Straße mit den Namen Iversen/Frank. Sie beschloss, dort zu parken, und ging das letzte Stück zu Fuß. Das Haus war rot und klein, umgeben von ein paar Schuppen, vor langer Zeit war es vielleicht eine behagliche Kleinbauernstelle gewesen. Jetzt sah es eher aus wie ein Schrottplatz. Mehrere Autowracks standen auf dem Grundstück, und an mehreren Stellen lagen Haufen von, ja, sie würde es Abfall nennen. Sie ging zur Haustür und klopfte an. Alles blieb still. Sie klopfte noch einmal, dann hörte sie leise Schritte. Die Tür wurde geöffnet, und ein schmutziges kleines Gesicht tauchte auf.

»Hallo?«, fragte der kleine Junge.

»Hallo«, sagte Emilie und bückte sich, um ihn nicht zu sehr zu überragen. »Bist du Torben?«

Der kleine Junge nickte. Er hatte Marmeladenreste im Gesicht, und seine Hände waren schmutzig.

»Ich bin Emilie, ich bin die Lehrerin von Tobias, du hast vielleicht schon von mir gehört?«

Wieder nickte der Junge.

»Der mag dich«, sagte Torben und kratzte sich am Kopf.

»Das ist aber schön, ich wollte nur fragen, wo Tobias ist. Ist er zu Hause?«

»Nein«, sagte der kleine Junge.

»Ist denn deine Mama zu Hause oder dein Stiefvater?«

»Nein«, sagte der Junge wieder.

»Bist du allein zu Hause?«

Der Junge nickte.

»Es ist nichts mehr zu essen da«, sagte er traurig.

»Wie lange bist du denn schon allein zu Hause?«

»Ich weiß nicht.«

»Wie viele Nächte waren das? Wie oft war es dunkel?«

Der kleine Junge überlegte.

»Sechs oder sieben Mal«, sagte er dann.

Emilie Isaksen wurde wütend, beherrschte sich aber.

»Hast du eine Ahnung, wo Tobias sein kann?«

Der kleine Junge nickte.

»Der ist bei den Christenmädchen.«

»Wo ist das?«

»Oben im Wald, beim Litjønn. Wir schießen da oben immer Büffel. Das kann ich richtig gut.«

»Wie schön. Das ist sicher lustig. Woher weißt du denn, dass er da ist?«

»Er hat einen Zettel geschrieben und an unsere geheime Stelle gelegt.«

»Ihr habt eine geheime Stelle?«

Der Junge lächelte.

»Ja, die kennen nur wir.«

»Sehr gut, darf ich den Zettel denn mal sehen?«

»Sicher. Möchtest du reinkommen?«

Emilie überlegte. Das hier durfte sie nicht. Sie durfte nicht ohne Erlaubnis ein fremdes Haus betreten. Sie schaute sich um. Nirgendwo war ein Mensch zu sehen. Der kleine Junge war seit fast einer Woche allein und hatte nichts zu essen. Das musste ja wohl reichen.

»Ja, gern«, sagte Emilie Isaksen, lächelte und folgte dem kleinen Jungen ins Haus.

• 65 •

Holger Munch stand vor dem Zimmer seiner Mutter im Pflegeheim und konnte kaum noch klar sehen. Es war alles zu viel gewesen in letzter Zeit, viel zu viel. Die Drohungen gegen Marion. Die Wohnung, in der die beiden sich verstecken mussten. Sie hatten Malin Stoltz gefunden. Sie hatten Malin Stoltz verloren. Mikkelson hatte andauernd angerufen. Er hatte keinen Anruf beantwortet. Holger Munch ließ sich in einen Sessel sinken und streckte die Beine aus. Er nahm plötzlich einen unangenehmen Geruch wahr und stellte verwundert fest, dass der von ihm selbst stammte. Er hatte in seinem Schreibtischsessel ein paar Stunden geschlafen. Hatte es nicht geschafft, sich umzuziehen. Er rieb sich das Gesicht und konnte die Augen nur mit Mühe offen halten. Zum Glück konnte er die Mutter in diesem Heim wohnen lassen. Hier konnte in kurzer Zeit ein Arzt da sein, die Mutter hatte nicht einmal ihr Zimmer verlassen müssen. Es ging ihr so weit gut. Es war nicht so ernst gewesen, wie es im ersten Moment ausgesehen hatte.

Glücklicherweise.

Holger Munch fischte sein Telefon aus der Tasche und

rief Miriam an, die aber nicht antwortete. Er schüttelte den Kopf und machte noch einen Versuch, mit demselben Ergebnis. Typisch. Dieses eigensinnige Mädchen. Er schickte ihr eine SMS und bat um Rückruf, dann steckte er das Telefon wieder in die Manteltasche. Auf dem Flur war es warm. Das Atmen fiel ihm schwer. Er müsste den Dufflecoat ausziehen, aber er roch ja nicht gut. Er stand auf und ging auf die Toilette. Hielt den Kopf unter den Wasserhahn und trank. Er sah sein Spiegelbild, und das gefiel ihm überhaupt nicht. Er sah entsetzlich müde aus. Malin Stoltz' Wohnung war mit Spiegeln gepflastert. Von der Decke bis zum Boden. So etwas hatte er noch nie gesehen. Wer konnte so wohnen? Ihm war es schwergefallen, auch nur fünf Minuten dort zu verbringen. Malin. Miriam. Marion. Mikkelson. Munch. So viele Ms. Er versuchte für einen Moment Mia zu sein. Nur Ms? Konnte das etwas bedeuten? So ein Unsinn. Vielleicht hatte Mikkelson ja doch Recht. Vielleicht sollte er den Fall abgeben. Andere übernehmen lassen. Sein Kopf funktionierte nicht so, wie er sollte. Es gefiel ihm nicht, aber sie hatte sie im Griff. Malin Stoltz. Wenn das ihr wirklicher Name war. Sie hatte sie an ihrer empfindlichsten Stelle getroffen, im Privatleben, hatte sie aus der Bahn geworfen. Hatte ihn aus der Bahn geworfen. Er konnte nicht mehr klar denken und zwischen Gefühl und Vernunft nicht mehr unterscheiden. Er überlegte, ob er auf der Treppe eine rauchen sollte, nahm sich aber lieber ein Fisherman's Friend. Vier tote Mädchen, und seine ganze Familie war unter Druck gesetzt. Sie hatten jetzt immerhin eine Verdächtige. Und kein weiteres Mädchen war verschwunden. *Bald ist das alles vorbei,* dachte er und ließ sich im Sessel zurücksinken. *Wir finden sie, und dann ist es vorbei.* Ihm fielen die Augen zu, ohne dass er es bemerkte.

Er schreckte hoch, als die Tür aufging und der Arzt herauskam, zusammen mit Karen, die ihn verständigt hatte.

Munch stand abrupt auf.

»Wie geht es ihr?«

»Es geht ihr gut«, sagte der Arzt. »Das ist meine ehrliche Meinung. Ich konnte keinerlei Anzeichen für eine Schwäche entdecken, sie war nur ein bisschen müde. Vielleicht hat sie sich im Bett zu schnell aufgesetzt, es kann viele Erklärungen geben, aber es gibt keinen Grund zur Besorgnis. Es geht ihr sehr gut.«

Munch atmete erleichtert auf.

»Darf ich zu ihr?«

»Ich habe ihr etwas zum Schlafen gegeben, sie braucht jetzt vor allem Ruhe. Vielleicht heute Nachmittag, okay?«

»Danke.« Munch nickte und gab dem Arzt die Hand.

»Und wer hat sonst noch Beschwerden?«, fragte der Arzt, an Karen gewandt.

»Torkel Binde«, sagte Karen. »Klagt über seine Medikamente. Er wohnt am Ende des Ganges. Ich bring Sie hin.«

Karen lächelte Munch freundlich an und begleitete den Arzt über den Flur. Munch hastete ins Freie. Er nahm sich eine Zigarette und rief Gabriel Mørk an.

»Ja?«

»Hier Holger.«

»Wo bist du?«

»Oben im Pflegeheim, musste mich um eine Privatangelegenheit kümmern. Wie weit sind wir?«

»Haben den Film in Sarah Kieses Laptop gefunden. Der ist leicht beschädigt, vor allem, was den Ton angeht, aber ich hab einen Kumpel, der sich mit sowas auskennt, darf ich den hinzuziehen?«

»Klar doch«, sagte Munch.

»Ich sag ihm sofort Bescheid«, sagte Gabriel.

Munch beendete das Gespräch und rief Mia an. Sie meldete sich nicht. Er versuchte es noch einmal, aber sie antwortete noch immer nicht. Was ist bloß in diese verdammten Mädels gefahren, dachte er und schickte auch ihr eine SMS.

Ruf an!

Er wählte die Nummer von Ludvig, wenigstens der meldete sich.

»Ja?«

»Munch hier, kannst du mir einen Gefallen tun?«

»Natürlich.«

»Kannst du jemanden zur Wohnung in Frogner schicken und Miriam und Marion ein paar Sachen bringen lassen?«

»Wird erledigt, was brauchen sie denn?«

»Ich schick gleich eine SMS mit der Liste, schick jemanden, auf den du dich verlassen kannst, ja?«

»Geht klar«, antwortete Ludvig.

»Ja, und du ...«

»Ja?«

Für einen Moment vergaß Munch, was er sagen wollte. Rieb sich die Augen. Er musste sich jetzt ausruhen, das hier war nicht mehr zu verantworten.

»Also, was wissen wir über Malin Stoltz?«

»Noch immer verschwunden, sonst nichts. Nicht auf Gardermoen oder in Oslo S gesichtet, na ja, du weißt schon, sollen wir da immer noch Leute postieren?«

Munch dachte an das, was Mia gesagt hatte. Dass Malin Stoltz nicht fliehen würde. Dass sie nach Hause wollte. *Eine Wohnung voller Spiegel.* Er hatte eine Gänsehaut, wollte das zwar nicht zugeben, aber gerade das mit den Spiegeln hatte ihn nicht unbeeindruckt gelassen.

»Ja, wir blasen die Sache ab, machst du das?«

»Okay«, sagte Ludvig.

»Habt ihr die Leute aus der Gemeinde schon zur Fahndung rausgegeben?«

»Ist erledigt«, sagte Ludvig.

»Schön.«

Munch legte auf, warf seine Zigarette weg und wollte sich eine neue anstecken, als Karen aus dem Haus kam.

»Ist alles in Ordnung bei dir, Holger?«

Die rotblonde Frau musterte ihn besorgt.

»Hallo, Karen, ja, sicher.«

»Ich finde, du siehst nicht so gut aus. Oder ja, versteh das nicht falsch, aber müsstest du dich nicht mal ein bisschen ausruhen?«

Sie kam zu ihm herunter auf den Parkplatz. Trat ganz an ihn heran. Er roch ihr Parfüm. Ihn überkam ein seltsames Gefühl, er konnte es nicht so richtig einordnen, dann begriff er, was es war. Er war ihr wichtig. Sie kümmerte sich um ihn. Das war ihm schon lange nicht mehr passiert. Normalerweise war er es, Holger Munch, der sich um alle anderen kümmerte.

»Hast du es eilig?«, fragte Karen.

»Hab ich doch immer«, Munch grinste und hüstelte.

»Du kannst dir nicht mal eine Stunde freischaufeln?«

»Wie meinst du das?«

»Komm«, sagte Karen und packte ihn am Ärmel seines Dufflecoats.

»Wohin denn?«

»Pst«, sagte Karen.

Sie zog ihn die Treppe hoch, ins Pflegeheim, einen Flur entlang und in ein unbewohntes Zimmer.

»Ich hab keine Zeit dafür«, sagte Munch, aber Karen legte ihren Finger an die Lippen.

»Siehst du das Bett da?«

Sie zeigte auf ein frischbezogenes Bett unter dem Fenster. Munch nickte.

»Und die Tür da?«

Munch nickte wieder.

»Ich schlage vor, du duschst jetzt erstmal. Und legst dich schlafen. Ich wecke dich in einer Stunde. Hier wird dich niemand stören.«

»Nein, ich …«

»Um ganz ehrlich zu sein, kannst du beides gut brauchen«, sagte Karen und rümpfte die Nase.

»Im Badezimmer liegen Handtücher«, fügte sie hinzu. »Eine Stunde, ja?«

Die freundliche Pflegerin umarmte ihn und verschwand augenzwinkernd aus dem Zimmer.

Ein Stündchen aufs Ohr legen. Das würde schon nicht schaden. Gut für den Kopf. Gut für den Leib. Gut für alle.

Munch teilte Ludvig kurz mit, was Miriam und Marion in der Wohnung brauchten, schenkte sich die Dusche, fiel angezogen aufs Bett und schloss die Augen.

• 66 •

Als Marion Munch aufwachte, wusste sie nicht, wo sie war. Normalerweise wurde sie zu Hause wach, aber die letzten Tage war das nicht so gewesen, da war sie immer an anderen Orten aufgewacht. In einer kleinen Wohnung. In einer großen Wohnung. Jetzt war sie schon wieder woanders.

»Mama?«, fragte sie leise, aber es kam keine Antwort.

Sie setzte sich im Bett auf und schaute sich um. Das Zimmer war eigentlich schön. Es war ganz bestimmt ein Kinderzimmer, das konnte sie sehen, die anderen Wohnungen waren nur für Erwachsene gewesen, kein Spielzeug und keine Kindersachen.

»Mama«, sagte sie noch einmal, stand auf und begann das Zimmer zu erkunden.

Die Wände hier waren weiß, sehr weiß, so weiß, dass sie sich am liebsten die Hand über die Augen halten würde, und das Zimmer hatte keine Fenster. Marion tat das Mädchen, das hier wohnte, ein bisschen leid, keine Fenster, das war doch bestimmt langweilig. In ihrem Zimmer in Sagene konnte sie ganz schön viel durch das Fenster sehen. Autos und komische Menschen und alles Mögliche. Die, die hier wohnte, konnte gar nichts sehen. Komisch war auch, dass es keine Tür gab.

In einer Ecke stand ein Schreibtisch. Und auf dem Schreibtisch stand eine Lampe. Daneben lagen ein Block und Zeichensachen. Mama hatte ihr so einen Schreibtisch versprochen, wenn sie in die Schule kam, und das war ja bald, es war, ja, also jedenfalls nicht mehr lange. An der Wand hingen kleine Plakate mit Buchstaben. Auf dem einen stand ein A, und daneben war das Bild eines Affen. Auf dem anderen stand ein B, und daneben war eine Banane. Den nächsten Buchstaben konnte sie nicht, doch, C, jetzt fiel es ihr wieder ein, und sie erkannte die Limo auf dem Bild, die Mama nicht leiden konnte, die Opa sie aber trinken ließ, Cola. Sie konnte nicht viel lesen, nur wenig, einige Wörter konnte sie. Eis. Sonne. Auto. Ball. Mama hatte ihr auch ein ABC-Lied beigebracht, das war lustig, und man konnte damit die Buchstaben lernen. Das Alphabet. Sie wusste, wie das hieß. Mama fand es sehr wichtig, dass sie lesen lernte, und das wollte sie ja auch, aber sie hatte sich überlegt, was die Lehrerin wohl sagen würde, wenn sie in die Schule kam und schon lesen könnte, dann hätte die Lehrerin ja nichts mehr zu lehren, und dann wäre sie vielleicht traurig? Und da war es doch besser, wenn sie wartete, oder nicht? Schwimmen konnte sie. Das konnten nicht viele. Und sie konnte fast schon ohne Stützräder Rad fahren. Sie kannte sonst kein anderes Mädchen, das das schon konnte. Sie konnte doch nicht alles auf einmal lernen?

Erst jetzt merkte Marion, dass sie nicht ihre eigenen Kleider anhatte. Das war doch wirklich komisch? Sie hatte doch das hellblaue Nachthemd getragen? Das mit dem Loch, das Mama wegwerfen wollte, was Marion aber nicht erlaubte, sie steckte gern den Finger in das Loch, spürte den Stoff um den Finger, dann war das Einschlafen leichter, jetzt, wo sie nicht mehr am Daumen lutschte, und überhaupt. Anfangs war das komisch gewesen, sie hatte ihren Daumen so sehr vermisst, hatte Mama und Papa einige Male an der Nase herumgeführt und doch ein bisschen gelutscht. Aber dann hatte Kristian im Kindergarten gesagt, dass nur Babys am Daumen lutschten, und da hatte sie aufgehört. Schließlich war sie kein Baby mehr. Babys konnten ja wohl nicht schwimmen. Kein Baby konnte schwimmen. Konnten vielleicht die anderen schwimmen? Nein, das konnten sie alle nicht. Aber das war vielleicht auch kein Wunder, denn die anderen waren allesamt nicht so oft im Tøyenbad wie sie und Mama, sie hatte da jedenfalls noch nie Bekannte getroffen. Sie schaute an sich hinunter und musste ein bisschen lachen. Es war fast wie vor einem Kostümfest. Sie hatten im Kindergarten ein Kostümfest gehabt. Sie hatte als Frankie Stein gehen wollen, aber Mama hatte das nicht erlaubt, und da war sie eben als Cowboy gegangen. Oder Cowboyin. Sie hatte auch an Prinzessin gedacht, aber sie hatte begriffen, dass es Mama wichtig fand, wenn Mädchen nicht nur Mädchensachen machten, darüber redete sie jedenfalls viel mit Papa. Über Abwasch und Staubsaugen und Klodeckel und so, das alles schien wichtig zu sein. Also war sie als Cowboy gegangen, mit Pistole und Schnurrbart und allem. Das war schon in Ordnung. Nicht perfekt, aber in Ordnung. Jetzt trug sie ein langes altmodisches Kleid, es war richtig schwer, sich darin zu bewegen, so unbequem war das. Und jetzt entdeckte sie die Puppen im Regal. Da oben saßen fünf Puppen und baumelten mit den Beinen. Keine neuen Puppen, keine coolen, solche wie DracuLaura, sondern solche altmodischen, mit harten weißen Gesichtern, wie die Puppen bei Oma auf dem Dachboden. Eine hatte genau das gleiche Kleid wie sie. Ein ganz weißes Kleid, mit vielem Kram darauf, Spatzen oder Spitzen oder wie das hieß. Marion kletterte auf das Bett und nahm die Puppe herunter. Die Puppe trug einen Zettel um den Hals. Marion wusste, was auf dem Zettel stand. Marion stand da. Ihr Name. Sie kannte ja wohl ihren Namen. Sie konnte ihn lesen und schreiben. Sie hatte ihn über dem Haken stehen, wo sie im Kindergarten ihre Jacke aufhängte. Sie sah zu den anderen Puppen hoch, die ebenfalls Kleider und Zettel um den Hals hatten. Sie kannte die Namen nicht, doch, Johanne, den kannte sie, so hieß eine im Kindergarten. Ihr Haken war gleich neben Marions.

»Mama?«, fragte Marion wieder, diesmal etwas lauter.

Keine Antwort. Vielleicht war sie auf dem Klo. Marion merkte, dass sie auch Pipi machen musste. Wo war hier denn eigentlich das Klo? Sie ging zu etwas, das einer Tür ähnelte, aber das waren nur ein paar Ritzen in der Wand, ohne Klinke, sie ließ ihre kleinen Finger über die Spalten wandern, aber nichts ließ sich hier aufmachen.

»Mama?«

Sie musste jetzt richtig dringend aufs Klo, das musste sie eben. War es nicht eigentlich komisch, dass das Mädchen, das hier wohnte, einen Zettel mit Marions Namen hatte? Vielleicht war sie sehr lieb. Vielleicht hatte sie gewusst, dass Marion kommen und eine Weile hier wohnen würde, und deshalb hatte sie einen Zettel gemacht, um zu sagen, dass es schon in Ordnung war, dass sie das Zimmer auslieh, dass sie willkommen war, wie es bei den Nachbarn auf der Fußmatte stand, *Willkommen*. Du kannst gern malen und die Buchstaben lernen, wenn du willst.

Sie musste jetzt furchtbar dringend Pipi machen.

»Mama?«, rief sie, so laut sie konnte.

Ihre Stimme echote durch das Zimmer und knallte in ihre Ohren zurück.

Nein, jetzt musste sie Pipi machen!

Plötzlich passierte in der Wand etwas. Ein Summen, ein bisschen Knirschen. Es wurde wieder still, und dann war das Geräusch wieder da, es wanderte nach unten, immer näher, als ob jemand zwei Topfdeckel gegeneinanderschlug, das hatten sie im Kindergarten gemacht, als sie aus nichts ein Orchester zusammengestellt hatten, oder genauer gesagt, aus Sachen, die sie im Kindergarten hatten.

Marion starrte neugierig die Wand an, aus der das Geräusch kam. An der Wand gab es einen Knauf. Marion streckte die Hand aus und zog daran. Es war eine Luke. Marion öffnete sie und zuckte zusammen, als sie sah, was darin war, sie hatte Angst, sie merkte, dass ihr so richtig komisch wurde. Da drinnen stand ein kleiner Affe, so einer zum Aufziehen. Dann schlug er zwei kleine Deckel gegeneinander. Neben dem Affen lag ein Zettel. Sie wartete, bis der Affe nicht mehr schlug, dann schnappte sie sich den Zettel.

Darauf standen nur vier Buchstaben. Einer kam mehrmals vor. K. Das konnte sie. C, das war der Buchstabe von Clara, Clara arbeitete im Kindergarten. Und U. Das konnte sie auch. Aber sie musste jetzt so schrecklich dringend Pipi machen. Sie kniff die Beine zusammen und versuchte zu lesen, was auf dem Zettel stand.

K-u-c-k-u-c-k.

Sie begriff nicht, was das heißen sollte.

»Mama! Ich muss Pipi machen!!!!«

Jetzt konnte sie es nicht länger zurückhalten. Sie hob das unbequeme Kleid hoch. Darunter trug sie eine komische Unterhose, so eine ganz große. Sie schaute sich im Zimmer um. Da, unter dem Schreibtisch. Sie schob die riesige Unterhose nach unten, so schnell sie konnte, und setzte sich und machte in den Papierkorb Pipi.

• 67 •

Mia Krüger ließ den Wagen stehen und ging das letzte Stück zur Kirche zu Fuß. Die Borre-Kirche. Das schöne weiße Steingebäude leuchtete ihr entgegen und machte sie nervös. Vier Beerdigungen in derselben Kirche. Drei Steine auf demselben Friedhof. Sie war nicht sicher, ob sie diesem Wiedersehen gewachsen wäre. Deshalb hatte sie so lange gewartet. Und jetzt war jemand dort gewesen. Hatte Sigrids Grab geschändet. Und Mia gezwungen herzukommen, ehe sie wirklich bereit dazu war. Mia hielt Ausschau nach dem Küster, der versprochen hatte, sie zu erwarten, aber sie konnte ihn nirgendwo entdecken, deshalb ging sie zögernd und mit schweren Schritten zu den Gräbern.

Sie hatte auf der Fahrt angehalten. Hatte Blumen gekauft.

Hatte das Gefühl gehabt, nicht ohne kommen zu dürfen. Vom Duft der Blumen wurde ihr regelrecht schlecht. Blumen. Ein Haus voller Blumen. Freunde und Nachbarn, die ihr Beileid aussprachen. Das war alles, was ihr geblieben war. Drei Grabsteine und ein Haus voller Blumen. Sie hatte beide Häuser verkauft. Das ihrer Eltern und das der Großmutter. Zwei wunderschöne weiße Häuser mitten in Åsgårdstrand, nicht weit von dem, in dem Edvard Munch sich so oft aufgehalten hatte. Das Familienerbe. Aber sie hatte es nicht ertragen können. Hatte die Häuser nicht haben wollen. Hatte nur vergessen wollen. Sie kam an einem Wasserhahn vorbei, neben dem eine grüne Gießkanne stand. Sie schämte sich jetzt ein wenig. Drei Steine. Vier Familienmitglieder. Sigrid, die Großmutter, die Eltern. Ihre ganze Familie lag hier, und Mia hatte sich kein einziges Mal um die Gräber gekümmert.

Sigrid Krüger.
Schwester, Freundin und Tochter.
Geboren 11. November 1979. Gestorben 18. April 2002.
Zutiefst geliebt. Zutiefst vermisst.

Es war genau, wie der Küster gesagt hatte. Jemand hatte Sigrids Namen gestrichen. Und stattdessen Mias hingeschrieben.

Das war zu viel. Die grüne Kanne fiel ihr aus der Hand, sie sank auf die Knie und fing an zu weinen. Jetzt kam es, alles, alles, was sich in ihr aufgestaut hatte. Sie hatte schon lange nicht mehr geweint, hatte nicht gewagt, ihre tiefe Trauer zuzulassen. Sie lag auf den Knien, und die Tränen strömten ihr über die Wangen.

Komm, Mia, komm.

Sigrid. Liebe, schöne, wunderbare Sigrid. Was half es,

dass Mia einen Junkie erschossen hatte? Nichts. Es half nichts. Es hatte nur zu noch mehr Trauer geführt. Zu weiteren Hinterbliebenen. Zu noch mehr Finsternis. Sie hatte das nicht gewollt. Sie hatte ihn nicht erschießen wollen. Sie hatte wirklich nicht schießen wollen. Sie hatte Strafe verdient. Sie verdiente es nicht zu leben. Das spürte sie jetzt. Sie hatte den Tod verdient. Sie hatte sich die ganze Zeit schuldig gefühlt, hatte dieses Gefühl nicht in Worte fassen können, aber jetzt kam es. Sie war schuldig. Weil sie lebte. Sie musste bei ihrer Familie sein. Dahin gehörte sie. Zu Sigrid. Sie durfte nicht hier auf diesem verdammten Erdball sein, wo Niedertracht und Selbstsucht überhandgenommen hatten, es hatte keinen Sinn mehr zu kämpfen, verstehen zu wollen, etwas gutmachen zu wollen. Die Welt war ein Müllhaufen. Die Menschen verfaulten von innen, sie hatte hier nichts zu suchen.

Jemand hatte ihren Namen auf den Grabstein geschrieben. Hatte es jemand auf sie abgesehen? Wollte jemand ihren Tod? Sie hatte Feinde, natürlich, keine Polizistin mit ihrem Ruf konnte ohne Feinde Karriere machen, aber ihr fiel im Moment kein Feind ein. Es war scheußlich, ihren Namen auf einem Grabstein zu lesen, aber die Wut darüber, dass jemand Sigrids letzte Ruhestätte geschändet hatte, war viel stärker.

Sie verfluchte diesen unsichtbaren Grabschänder, erhob sich und wischte sich die Tränen ab. Entfernte Blätter und Zweige, stellte die Blumen in die Vase und versuchte, alles schöner zu machen. Sie pflügte mit den Fingern durch die Erde, damit der Boden nicht so trocken aussah. So war es besser. Sie ging zu der Stelle, wo die Gießkanne gestanden hatte, und holte eine Harke. Zog Lederjacke und Pullover aus. Tunkte den Pulloverärmel in die Gießkanne und versuchte, ihren Namen vom Grabstein zu waschen. Der wollte sich nicht entfernen lassen. Spraydose. Sie musste mit jemandem sprechen, die Schmierereien so schnell wie möglich entfernen lassen. Sie fand es schrecklich, dass der Name dort stand und sie verhöhnte. Sie beide verhöhnte. Sie harkte die letzten alten Laubreste zusammen, während sie auf den Küster wartete. Sie hätte früher kommen müssen. Es war viel zu spät. Sie murmelte durch zusammengepresste Lippen, *entschuldige, Sigrid, verzeih mir*, und versuchte, einen neuen Tränenstrom zu unterdrücken. Hinter der Vase lag ein kleiner gelber Plastikbehälter. So einer, wie in einem Überraschungsei steckt. Sie bückte sich und hob ihn auf, ging damit zum nächsten Mülleimer und warf ihn weg. Sie ging zum Grab zurück, hielt auf halbem Weg aber inne.

Konnte das sein?

Nein, das war nicht möglich.

Sie machte wieder kehrt, ging zur Mülltonne zurück und fischte den Behälter heraus. Sie drehte den Deckel ab.

Drinnen lag ein Zettel.

Mit zitternden Fingern faltete Mia den Zettel auseinander.

> Kuckuck, Mia, du bist aber tüchtig. Allerdings nicht tüchtig genug, was? Du meinst, das sei das richtige Grab, aber das ist es nicht. Kannst du mich sehen, Mia? Kannst du mich jetzt sehen?

Mia Krüger rannte so schnell sie konnte zum Auto und griff nach ihrem Telefon, hundert Anrufe waren eingegangen, aber darauf konnte sie jetzt keine Rücksicht nehmen. Sie wischte sich die Tränen aus den Augen und rief Munchs Nummer auf.

• 68 •

Ludvig Grønlie ging zum Luftschnappen auf Munchs Rauchbalkon. Er ächzte und reckte sich. Er war müde, wollte sich aber nicht beklagen. Andere in der Einheit hatten in letzter Zeit fast doppelt so viel gearbeitet. Ludvig Grønlie ging auf die sechzig zu, und auch wenn niemand das laut sagte, stand es doch im Raum. Lange treue Dienste. Niemand sagte etwas, wenn er nicht mehr dreiundzwanzig Stunden pro Tag arbeitete. Aber es war nicht nur der physische Druck, der ihm zu schaffen machte, sondern vielmehr der mentale. Niemals Ruhe, immer musste etwas erledigt werden. Solange ein Serienmörder auf freiem Fuß war, dürften sie sich eigentlich alle nicht ausruhen.

Sein Telefon klingelte. Er warf einen Blick auf das Display und nahm den Anruf an.

»Grønlie?«, sagte Ludvig und reckte sich noch ein bisschen.

»Hallo, Ludvig, hier ist Kjell.«

»Hallo, Kjell, hast du was gefunden?«

Kjell Martinssen war einer von Ludvigs alten Kollegen. Sie hatten viele Jahre zusammengearbeitet, aber anders als Munch hatte Martinssen sich freiwillig herunterstufen lassen. Oder, das war vielleicht die falsche Formulierung, er hatte beschlossen, alles gelassener anzugehen. Hatte sich eine Frau gesucht. Hatte um Versetzung in den Polizeibezirk Ringerike gebeten. Der alte Kollege hatte eine gute Entscheidung getroffen. Er klang entspannt und gutgelaunt.

»Ja, das kann man wohl sagen.«

»Eine Selbsthilfegruppe für kinderlose Frauen?«

»Ja«, sagte der Kollege. »Oder sie haben sich wohl Gesprächskreis genannt. Heidi engagiert sich im Bürgerbüro hier in Ringerike, und da hat sie mich auf die richtige Spur gebracht.«

Heidi war die Frau, die Martinssen dazu gebracht hatte, die Stadt zu verlassen. Ludvig hatte selbst auch schon daran gedacht. Dem Stress in der Hauptstadt Lebewohl zu sagen und sich eine Stelle in einem kleinen Ort zu suchen. Dazu war es nicht gekommen, und jetzt blieben ihm nicht mehr viele Jahre bis zur Pensionierung.

»Die gab es zwischen 2005 und 2007, und um diesen Zeitraum geht es dir doch wohl?«

»Stimmt«, Ludvig nickte. »Hast du eine Namensliste oder sowas?«

»Noch besser, ich glaube, ich kann von jeder ein Foto besorgen, mit Namen und allem.«

»Gute Arbeit, Kjell, gute Arbeit«, sagte Ludvig und ging zurück zu seinem Schreibtisch. »Kannst du das faxen?«

Er bereute diese Frage sofort.

»Fax, Ludvig«, lachte der Kollege. »Hast du keinen Mailaccount?«

»Mail, natürlich, ich habe Mail gemeint.«

»Ich lass das hier einscannen und schick es, sobald wir hier durch sind.«

»Schön, Kjell, gute Arbeit.«

»Könnt ihr den Fall lösen?«, fragte sein Kollege, jetzt ernster. »Hier oben wird geredet. Und die Leute haben Zweifel.«

»Wir finden sie«, sagte Ludvig und überlegte, ob er möglicherweise zu viel verraten hatte.

»Sie? Stoltz? Die, von der wir das Foto erhalten haben? Nach der gefahndet wird?«

»Wir wissen es noch nicht«, sagte Ludvig und dachte kurz nach. »Ist sie auf einem der Fotos?«

»Kann sein, ich hab die Bilder noch nicht gesehen. Heidi musste zum Bürgerbüro und sie holen, sie ist jetzt unterwegs hierher. Hallo, Rune, funktioniert unser Scanner?«

Das Letzte wurde am anderen Ende der Verbindung in den Raum hineingerufen. Der Kollege bekam eine Antwort und war wieder da.

»Wenn Heidi Recht hat und das Bild findet, kriegst du es im Laufe des Tages, okay?«

»Wunderbar«, sagte Ludvig.

Er hatte das Gespräch beendet, als Gabriel Mørk hereinschaute.

»Hast du irgendwas von Munch oder Mia gehört?«

»Hab eben mit Munch gesprochen, aber Mia geht nicht ans Telefon, wieso?«

»Wollte ihr nur sagen, dass ich glaube, dass wir den Film im Laufe des Tages knacken können. Hab ihn einem Kumpel geschickt, der weiß, wie man Lärm wegkriegt.«

»Gut«, sagte Ludvig, und dann fiel ihm plötzlich ein, worum Munch ihn gebeten hatte. »Du brauchst nicht zufällig mal frische Luft?«

»Wieso denn das?«

»Munchs Tochter braucht irgendwelchen Kram in der Wohnung. Kannst du das erledigen?«

»Klar doch«, sagte der junge Mann. »Was braucht sie denn?«

»Moment mal«, sagte Ludvig und sah sich die Liste an, die Munch ihm auf sein Telefon geschickt hatte.

• 69 •

Emilie Isaksen traute ihren Augen nicht, als sie das kleine Haus betrat. Der Gang war dunkel und so voller Schrott, dass fast kein Durchkommen war. Essensreste, überquellende Aschenbecher, Müllsäcke, die niemand weggebracht hatte. Emilie konnte den Gestank nur mit Mühe aushalten, ohne sich die Nase zuzuhalten. Sie versuchte dennoch, ein fröhliches Gesicht zu machen, sie wollte dem kleinen Jungen nicht noch mehr zumuten, als er ohnehin schon durchgemacht hatte. Eine ganze Woche allein in dieser Müllhalde von Haus verbringen zu müssen, ohne Essen und ohne jemanden, der sich um ihn kümmerte? Emilie Isaksen war wütend, konnte aber ein Lächeln bewahren.

»Möchtest du die geheime Stelle sehen?«, fragte der kleine Torben.

Er schien über diesen Besuch überglücklich zu sein. Er hatte völlig verunsichert ausgesehen, als er die Tür aufgemacht hatte, mit großen verweinten Augen, aber jetzt hatte er sich ein wenig gefangen.

»Gern«, sagte Emilie lächelnd und folgte dem kleinen Jungen die Treppe hoch in den ersten Stock.

Der erste Stock war so schlimm wie das Erdgeschoss. Emilie konnte es nicht fassen. Das hier war zu viel für sie. Armut war das eine, aber das hier? Erst das Zimmer, in dem offenbar die beiden Jungen schliefen, sah ein wenig aus wie ein Zuhause. Es roch dort sauber, und das Zimmer war hell und ordentlich.

»Wir verstecken Sachen in der Matratze, es könnten doch Schurken kommen«, sagte Torben verschwörerisch und kniete sich vor das Bett.

Er öffnete den Reißverschluss an der Seite der dünnen Matratze und hob sie hoch.

»Ist da der Zettel von Tobias?«, fragte Emilie und zeigte darauf.

»Ja«, nickte Torben eifrig.

»Kann ich den mal sehen?«

»Klar doch.«

Er steckte eine schmutzige Hand in das Geheimfach und reichte ihr den Zettel.

Ich geh die Christenmädchen beobachten, bin bald wieder da. Tobias.

»Weißt du, wann er das geschrieben hat?«

Der kleine Junge überlegte.

»Mmmnein. Aber das war sicher, bevor ich nach Hause gekommen bin, denn da lag er schon hier.«

Emilie konnte sich ein Lachen nicht verkneifen.

»Da hast du sicher Recht. Wann bist du denn nach Hause gekommen?«

»Nach dem Fußballspiel.«

»Nach welchem Fußballspiel? Weißt du das noch?«

»Liverpool gegen ›Norritsch‹, ich hab das bei Clas gesehen, die haben allen Fußball im Fernsehen, nicht nur das norwegische Pokalendspiel, sondern jede Art Fußball. Clas und ich halten zu Liverpool. Die haben gewonnen.«

»Am Samstag vielleicht?«

»Vermutlich am Samstag, ja.« Torben nickte und kratzte sich am Kopf.

Der Junge war am ganzen Leib schmutzig und roch auch nicht gerade gut. Er brauchte ein Bad, saubere Kleidung, Essen, frische Bettwäsche. Heute war Freitag. Der Junge war seit Samstagabend allein zu Hause. Emilie saß unschlüssig im Kinderzimmer auf der Erde. Was sollte sie tun? Sie konnte den Jungen hier doch nicht allein lassen. Sie konnte ihn aber auch nicht mit zu sich nach Hause nehmen. Was sollte sie tun?

»Willst du sehen, was wir noch an unserer geheimen Stelle haben?«, fragte Torben gespannt.

Er schien Angst zu haben, sie könnte gleich wieder gehen, jetzt, wo sie das bekommen hatte, weshalb sie gekommen war.

»Ja, das möchte ich gern, aber, du, Torben?«

»Ja?«

»Tobias war also nicht mehr zu Hause, seit du den Zettel gefunden hast?«

»Nein, niemand war zu Hause.«

»Und es hat auch niemand angerufen?«

Der Junge schüttelte den Kopf.

»Das Telefon funktioniert nicht. Es kommt kein Geräusch, wenn ich den Hörer abnehme, und Handys kosten schrecklich viel, hast du das gewusst?«

Emilie nickte und fuhr Torben liebevoll übers Haar.

»Die sind ganz schön teuer, ja, und das will man ja auch nicht.«

»Nein, das sagt Tobias auch.«

»Wer sind die Christenmädchen?«

»Das wissen wir nicht, wir raten bloß«, antwortete der kleine Junge altklug. »Einige meinen, dass die andere fressen, das stimmt aber nicht, und wir wissen, dass sie nicht auf unsere Schule gehen, sie haben ihre eigene.«

Emilie Isaksen wusste ungefähr so viel wie alle anderen über die neuen Waldbewohner. Fast nichts. Sie hatten im Lehrerzimmer darüber gesprochen, natürlich, vor allem Klatsch eigentlich, keins der Kinder ging ja auf ihre Schule, und da fiel das alles nicht in ihren Zuständigkeitsbereich.

»Er ist also am Samstag hingegangen, und seitdem hat ihn niemand mehr gesehen?«

»Weiß nicht, ob er am Samstag gegangen ist. Liverpool hat 3:0 gewonnen. Luis Suárez hat einen Hattrick geschafft, weißt du, was das ist? Warum haben nicht alle Fußball im Fernsehen? Hast du mir was zu essen mitgebracht? Ich ess schrecklich gern Pizza.«

»Hast du Lust auf Pizza?«

»Ja, total«, sagte Torben lächelnd. »Aber erst musst du kucken.«

»Okay«, sagte Emilie.

»Das ist ein Stein, der vom Mond gefallen ist«, sagte Torben und zeigte ihr einen schwarzen Stein mit einem Loch. »Den haben wir, weil die ihn vielleicht zurückbrauchen, und dann sind das zwei Fliegen mit einer Klappe, denn dann können sie das Loch im Mond zustopfen, und wir können sehen, wer da wohnt, ist das nicht toll?«

»Ja, supertoll«, sagte Emilie und nickte nun etwas ungeduldig.

Tobias Iversen wurde seit sieben Tagen vermisst, ohne dass jemand das gemeldet hatte. Sie wagte nicht einmal daran zu denken, was dem Jungen, den sie im vergangenen Jahr so liebgewonnen hatte, passiert sein mochte.

»Und das ist eine Geheiminformation für einen Polizisten, den Tobias und ich kennen. Den können wir anrufen, wann immer wir etwas brauchen und wenn wir in Oslo sind. Denn wir sind Helden, hast du das gewusst?«

»Ja, das habe ich gehört«, sagte Emilie und strich Torben wieder übers Haar.

Seine Haare waren schon richtig verfilzt. Er brauchte wirklich dringend ein Bad. Und etwas zu essen. Und nicht zuletzt jemanden, mit dem er reden konnte. Die beiden

Brüder hatten das zweite Opfer in dem schrecklichen Kindermordfall gefunden, der überall in den Medien präsent war. Am folgenden Tag hatte es eine Vollversammlung in der Turnhalle gegeben, mit mehreren Psychologen, damit die Kinder mit ihnen über den Vorfall sprechen könnten, wenn sie das wollten.

»Er heißt Kim, das steht da«, sagte Torben stolz. Er gab ihr die Visitenkarte und zeigte darauf.

»Gut, Torben, wirklich toll, wie gut du schon lesen kannst.«

»Ja«, sagte der Junge stolz.

Emilie las, was auf der Karte stand.

Kim Kolsø, Mordkommission. Sondereinheit.

»Weißt du was, Torben?«, fragte Emilie und erhob sich.

»Nein?«

»Ich finde, wir kaufen uns jetzt eine Pizza.«

»Ja!«

Der kleine Junge strahlte über das ganze Gesicht.

»Aber zuerst, finde ich, duschst du und ziehst dir etwas Sauberes an, meinst du, du schaffst das allein, oder soll ich dir helfen?«

»Pa, natürlich schaff ich das«, sagte der kleine Junge und ging zu einem Schrank.

»Das sind meine Sachen«, sagte er und zeigte auf die drei untersten Fächer.

»Perfekt«, sagte Emilie lächelnd. »Meinst du, du kannst dir das raussuchen, was du brauchst, und dann unter die Dusche gehen? Und danach können wir Pizza kaufen?«

»Klar doch«, sagte Torben, kniete sich vor den Schrank und suchte das heraus, was er für nötig hielt.

»Ich muss nur draußen schnell telefonieren, ist das in Ordnung?«

»Du gehst aber nicht weg?«

Der kleine Junge sah sie besorgt an.

»Nein, nein«, sagte Emilie.

»Sicher?«

»Ganz sicher, Torben.«

Wieder streichelte sie sein Haar.

»Du kannst doch allein duschen, oder?«

»Kann ich«, sagte Torben und lief aus dem Zimmer und ins Bad.

Emilie wollte nicht wissen, wie es darin aussah. Sie konnte es im Haus jetzt fast nicht mehr aushalten. Sie war verzweifelt. Die beiden Brüder mussten so leben, ohne dass irgendwer sich um sie kümmerte.

Sie wartete, bis sie hörte, dass im Badezimmer die Dusche aufgedreht wurde, dann ging sie zum Telefonieren auf den Hofplatz.

»Polizeibezirk Ringerike?«

»Ja, hallo, hier spricht Emilie Isaksen, ich bin Lehrerin in Hønefoss, und ich würde gerne jemanden vermisst melden.«

»Warten Sie bitte«, sagte die Stimme. »Ich stelle Sie durch.«

Emilie wartete ungeduldig, während sie im System weitergereicht wurde.

»Holm?«

Emilie stellte sich ein weiteres Mal vor und erklärte, worum es ging.

»Und wo sind die Eltern?«, fragte der Mann am Telefon.

»Das weiß ich nicht. Ich habe den kleinen Bruder allein zu Hause vorgefunden.«

»Und der Junge, um den es geht, Tobias, ja?«

»Iversen, Tobias Iversen.«

»Wann ist er zuletzt gesehen worden?«

»Das ist nicht ganz klar, aber er hat einen Zettel hinterlassen, der am Samstag gefunden wurde. Dass er in den Wald gegangen sei, um na ja, da ist so eine religiöse Gruppe, die das alte Rehazentrum da oben gekauft hat, Sie haben vielleicht davon gehört? Die wollte er sich ansehen.«

»Von denen habe ich gehört«, sagte der Polizist.

Er verstummte. Offenbar hatte er die Hand über die Sprechmuschel gelegt. Vielleicht beriet er sich mit einem Kollegen.

»Wir haben also einen Jungen, der Ihrer Ansicht nach verschwunden ist, und die Eltern sind auch verschwunden, wollen Sie das sagen?«

Emilie merkte, dass er ihr nicht mehr so sympathisch war.

»Ja, das will ich sagen«, sagte sie tonlos.

»Und woher wissen Sie, dass er nicht mit den Eltern zusammen ist?«

»Das weiß ich nicht.«

»Er kann also mit den Eltern zusammen sein?«

»Nein, er ist doch oben im Wald?!«

»Behauptet wer?«, fragte die Stimme.

»Er hat seinem Bruder doch den Zettel geschrieben.«

Der Mann am Telefon stöhnte auf.

»Ich kann ja wohl niemanden vermisst melden, ohne dass ...«

»Hören Sie«, unterbrach Emilie ihn. Sie war jetzt wirklich mit ihrer Geduld am Ende. »Ich bin hier mit einem sieben Jahre alten Jungen, der seit einer Woche allein zu Hause ist. Sein Bruder ist verschwunden. Seine Eltern sind verschwunden. Und da behaupten Sie, Sie können nicht ...«

Sie merkte, wie die Wut in ihr aufstieg, sie musste tief durchatmen, um weiterreden zu können.

»Nein, wir werden natürlich, ich mache eine Notiz, dann werden wir morgen sehen, was wir tun können. Können Sie heute noch hier vorbeischauen, wäre das möglich?«

»Morgen?«, rief Emilie. »Wollen Sie einen Jungen, der seit einer Woche allein im Wald ist, noch eine Nacht dort verbringen lassen? Und wenn ihm was passiert ist?«

»Ja, das ist klar, aber ich kann nicht so einfach. Ich meine, was, wenn die Eltern in Urlaub gefahren sind und den Jungen mitgenommen haben?«

»Und den Siebenjährigen allein zu Hause gelassen haben?«

»Wir haben schon Schlimmeres erlebt«, sagte der Beamte. »Ich notiere jetzt Ihre Nummer, dann sehe ich mir die Sache an, und dann rufen wir Sie zurück, in Ordnung?«

»Tun Sie das«, fauchte Emilie.

Sie nannte ihre Nummer und legte auf.

• 70 •

Gabriel Mørk wartete auf dem Bürgersteig vor dem vornehmen Wohnblock in Frogner. Er war leicht genervt von Ludvig, weil der ihn hergeschickt hatte. Ihm war nicht klar gewesen, dass er vorher auf eine Einkaufsrunde geschickt werden würde. Ihm war zwar klar, dass er bei der Sondereinheit nicht ganz oben in der Hackordnung stand, er hatte ja gerade erst dort angefangen, aber als Botenjungen könnten sie sich wirklich einen anderen suchen. Er hatte im Moment Wichtigeres zu tun. Er schaute wieder am Haus hoch und drückte abermals auf die Türklingel. Noch immer keine Reaktion. Es war ein schönes Haus. Im besten Westend. Große Fenster, und jede Wohnung hatte einen Balkon mit Parkblick. Er dachte an seine Freundin und das Baby, das sie erwartete. Er hatte sich anfangs solche Sorgen gemacht. Wo sollten sie wohnen? Womit sollten sie die Rechnungen bezahlen, wenn das Baby erst da wäre? Es gab so viele Anschaffungen, er kam sich fast ein bisschen blöd vor, wenn er daran dachte, wie wenig er gewusst hatte. Eigentlich hatte er gar nichts gewusst. Darüber, wie es ist, wenn ein Kind kommt. Kinderbettchen und Wagen und, ja, es schien da keine Grenzen zu geben. So war es jetzt aber nicht mehr. Jetzt hatte er ja Arbeit. Aus dem Nichts. Noch dazu eine richtig coole Stelle. Er hätte nie gedacht, dass er das so sehen könnte. Die Polizei war irgendwie, na ja, der Feind, um das mal ganz offen zu sagen. Für die anderen Hacker, die er kannte. Aber die hatten ja keine Ahnung, wovon sie redeten. Die kannten Mia Krüger nicht. Oder Holger Munch. Oder Curry. Oder Anette. Oder Ludvig. Oder Kim und alle anderen. Sie wussten nicht, wie es war, Kollegen zu haben. Und zur Arbeit zu kommen, dazuzugehören, wie es war, wenn die anderen lachten und hallo sagten, und zu wissen, dass man zum Team gehörte und dass sie einen mochten und das schätzten, was man machte. Er kam sich gewissermaßen als Insider bei den Nachrichten vor. Er hatte die Nachrichten noch nie besonders wichtig genommen, bisher nicht, aber es war etwas ganz anderes, wenn sie von seiner eigenen Arbeit handelten. Die Ausrüstung, die die Tech-Jungs aus Grønland mitgebracht hatten, war ebenfalls hervorragend. Nie im Leben hätte er sich so etwas selbst leisten können. Er war sich in den ersten Tagen ein bisschen wie ein Kind am Heiligen Abend vorgekommen.

Er klingelte noch einmal und dachte wieder an die nötigen Anschaffungen. Und wo sie wohnen könnten. Diese

Gegend hier konnten sie sich natürlich nicht leisten, aber vielleicht eine schöne Wohnung auf der anderen Seite der Stadt? Sicher nichts mit Garten oder so, aber er merkte, dass er sich freute. Eigenes Türschild natürlich. Hier wohnen Gabriel und Tove und, ja, über den Namen für das Baby hatten sie noch nicht gesprochen. Er wollte gerade wieder klingeln, als die Tür aufging und eine alte Dame das Haus verließ. Er lächelte sie höflich an, hielt ihr die Tür auf und schlüpfte ins Haus.

Er trug seine Einkäufe die Treppe in den zweiten Stock hoch. Ludvig hatte gesagt, es sei die letzte Wohnung im Gang. Er wollte klingeln, sah dann aber, dass die Tür einen Spaltbreit offen stand.

»Hallo?«, rief er vorsichtig. »Ist da jemand?«

Keine Antwort.

»Hallo?«, rief er wieder und schob die Tür vorsichtig auf.

Er ging mit seinen Tüten in die Diele.

»Hallo? Holger Munch hat mich geschickt!«

Und dann entdeckte er sie.

Was zum Teufel?

Er ließ die Tüten fallen, wählte die 112 und kniete sich neben die Frau.

• 71 •

Mia Krüger fuhr viel schneller als erlaubt, aber sie musste es darauf ankommen lassen. Sie hatte sich geirrt, so war das nämlich. *Munch war der Irrtum.* Es ging hier nicht um Holger. Sondern um sie. Sie fluchte leise und überholte einen LKW. Konnte das Auto gerade noch auf ihre Fahrbahn reißen, ehe die entgegenkommenden Fahrzeuge sie erreichten. Sie hörte, wie der LKW wütend hinter ihr hupte, als sie noch wütender auf das Gaspedal trat. *Nicht der richtige Munch*. Nicht Holger, sondern Edvard Munch. Åsgårdstrand. Es ging um sie. Mia Krüger. Sie war die Zielscheibe. Nicht Holger. Sie schämte sich. Sie hatte sich geirrt. Verdammte Pest, warum ging Munch nicht ans Telefon? Sie überholte abermals, diesmal ein Wohnmobil, riss mit einer Hand das Lenkrad herum und kehrte auch diesmal nur um Haaresbreite auf die richtige Fahrbahn zurück. Sie presste sich das Telefon an die Wange, überlegte, ob sie den Polizeifunk benutzen sollte, verzichtete aber darauf. Man wusste nie, wer dort mithörte, und sie wollte nicht, dass irgendwer mitbekam, was sie zu sagen hatte.

Gerade wollte sie Munch ein weiteres Mal anrufen, als ihr Telefon klingelte. Es war Gabriel.

»Wo bist du?«, fragte Gabriel.

»Auf dem Weg in die Stadt, wo steckt Munch?«

»Weiß der Geier«, sagte Gabriel. »Er meldet sich nicht, oh verdammte Kacke, Mia.«

Erst jetzt hörte sie, dass er total außer sich war.

»Was ist los?«

»Marion ist verschwunden.«

»Was? Verdammt!«

»Echt.«

Der junge Mann geriet jetzt leicht ins Stottern.

»Ich sollte ein paar Sachen in die Wohnung bringen, und da hab ich sie auf dem Boden gefunden.«

»Wen?«

»Seine Tochter.«

»Miriam?«

»Ja.«

Verdammt. Scheiße. Verdammte Scheiße.

»Ist sie verletzt?«

Mia fuhr wieder auf die Gegenfahrbahn. Überholte drei Autos und riss abermals das Lenkrad herum.

»Sie atmet, aber sie schläft.«

Narkose. Sie hatte doch verdammt noch mal gesagt, vor der Wohnung müsse rund um die Uhr ein Kollege Wache schieben?

»Und keine Spur von Marion?«

»Nichts«, sagte Gabriel.

»Hast du Holgers Telefon orten lassen? Als ich zuletzt mit ihm gesprochen habe, war er unterwegs ins Pflegeheim. Der Zustand seiner Mutter hatte sich plötzlich verschlechtert.«

»Seiner Mutter?«, fragte Gabriel.

»Vergiss das jetzt, ich muss ihn sofort erreichen.«

»Ich bin nicht im Büro«, sagte Gabriel. »Ich bin in Frogner.«

»Mach, dass du ins Büro kommst«, sagte Mia und hupte einen Mopedfahrer an, der im Schneckentempo vor ihr herfuhr.

»Wir ... ten ... Lärm weg ...«

»Ich hab nichts verstanden«, sagte Mia. »Noch mal.«

Sie konnte endlich den Mopedfahrer überholen und wieder Gas geben.

»Wir arbeiten gerade an dem Film, um den Lärm wegzukriegen«, sagte Gabriel.

»Gut, wann können wir den haben?«

»Sowie er fertig ist.«

»Ja, aber wann?«

Sie war jetzt irritiert, riss sich aber zusammen. Der Junge konnte nichts dafür. Er hatte gute Arbeit geleistet.

»Ich weiß nicht genau«, sagte Gabriel.

»Mach, dass du ins Büro kommst, und ruf mich von dort aus an.«

Sie legte auf und wählte Ludvigs Nummer.

»Wo hast du denn gesteckt?«, fragte der Kollege. »Hier ist die Hölle los, hast du das schon gehört?«

»Ja, hab ich, wo ist Holger?«

»Keine Ahnung, er geht nicht ans Telefon, bist du weit weg?«

»Zwanzig Minuten, halbe Stunde«, sagte Mia.

»Verdammt. Ja, also, verdammt.«

Daran konnte es kaum Zweifel geben. Sie hatten Marion in ein sicheres Versteck gebracht, aber jetzt war sie verschwunden.

Sie beendete die Verbindung und wählte die Nummer der Auskunft. Es regnete jetzt. Die Tropfen prasselten gegen die Windschutzscheibe und machten die Sicht immer schlechter. Mia schaltete die Scheibenwischer fast auf volle Kraft ein, ohne den Druck auf das Gaspedal zu lockern.

»Auskunft 1881?«

»Können Sie mich mit dem Pflegeheim Høvikvei verbinden?«

»Soll ich Ihnen die Nummer nennen?«

»Nein, zum Teufel, stellen Sie mich durch«, fauchte Mia und trat auf die Bremse, als sie sah, dass sie sich dem Straßenrand gefährlich dicht genähert hatte.

Es dauerte unendlich lange, bis jemand antwortete. »Pflegeheim Høvikvei, Sie sprechen mit Birgitte?«

»Ja, hallo, hier ist Mia Krüger. Sie wissen nicht zufällig, ob Holger Munch bei Ihnen ist?«

»Er war vor einer Weile noch hier«, sagte die Stimme.

»Und ist er noch immer da?«

»Nein, ich habe ihn nicht gesehen.«

Verdammte Pest!

»Ist Karen da?«

»Ja, Karen ist da, einen Moment.«

Eine Million Sekunden vergingen, Mia hätte am liebsten ins Telefon gebrüllt. Sie musste die Scheibenwischer noch weiter hochdrehen, um überhaupt irgendwas sehen zu können. Noch eine Million Sekunden vergingen, dann hörte sie endlich Karens Stimme.

»Ja, hier ist Karen?«

»Hallo, Karen, hier ist Mia Krüger.«

»Hallo, Mia, nett, dass Sie anrufen.«

»Ja, haben Sie Holger heute gesehen?«

»Ja, der war vorhin hier. Es ging seiner Mutter nicht so gut, aber zum Glück war es nichts Ernstes. Der Arzt hat ihr etwas zum Schlafen gegeben und ...«

»Ja, okay, schön«, fiel Mia ihr ins Wort. »Aber ist er noch da?«

»Nein, er ist gefahren.«

»Wissen Sie, wohin?«

»Nein, das weiß ich nicht. Er war total erschöpft. Ich habe ihm gesagt, dass ...«

Mia fluchte innerlich. Dafür hatte sie keine Zeit.

»... dann habe ich ihn nach einer Stunde geweckt. Er sah ja noch immer nicht besonders gut aus, aber ...«

»Aber Sie wissen nicht, wohin er gefahren ist?«

»Nein, es kam ein Anruf, und dann ist er losgestürzt. Hat sich nicht mal verabschiedet«, sagte Karen.

»Okay«, sagte Mia, »danke.«

»Übrigens«, sagte Karen, als Mia gerade auflegen wollte.

»Ja?«

»Ich weiß ja nicht, ob das wichtig ist, aber ihr Wagen steht hier.«

»Welcher Wagen?«

»Der von Malin. Malin Stoltz. Ihr Wagen steht hier.«

Es regnete jetzt so heftig, dass Mia langsamer fahren musste. Die Tropfen donnerten gegen die Fensterscheibe, wie Hagel. Sie sah, wie die Autos vor ihr bremsten, die roten Lichter leuchteten sie durch die Windschutzscheibe an. Sie ging vom Gas und atmete durch. Holger war angerufen worden. Von wem? Jemand hatte ihn angerufen, und er war davongestürzt. Holger stürzte nie davon. Er hatte sich nicht einmal verabschiedet. War davongestürzt. Wer in aller Welt hatte Holger Munch dazu bringen können?

Der Täter.

Natürlich. Marion war verschwunden. Der Täter hatte Holger angerufen. Holger seinerseits hatte jemanden aus dem Team angerufen. War losgestürzt, ohne sich zu verabschieden. Marion. Für jemand anderen hätte er das nie getan.

»Sind Sie noch da, Mia?«

»Sorry, Karen, was haben Sie gesagt?«

»Nein, es ist sicher nicht wichtig, wir können später noch darüber reden.«

»Doch, was haben Sie gesagt? Ihr Auto?«

»Ja, das steht hier in der Tiefgarage. Ich weiß ja nicht, ob das etwas zu bedeuten hat, aber …«

»Was ist das für ein Auto?«

»Ein weißer Citroën.«

Ein weißer Citroën.

Mia schaute aus dem Fenster. Versuchte sich zu orientieren. Slependen. Sie war nicht weit weg.

»Ich komm vorbei«, sagte sie. »Ist es abgeschlossen?«

»Ich weiß nicht«, sagte Karen. »Aber vielleicht hängt der Schlüssel im Schrank im Personalzimmer. Sie ist ein bisschen zerstreut, verliert oft etwas, ich weiß noch, dass sie erwähnt hat, wie ...«

»Danke, Karen«, unterbrach Mia sie. »Können Sie mal nachsehen, ob der Schlüssel da ist, ich bin gleich bei Ihnen, okay?«

Sie legte auf und rief Anette an.

»Anette?«

»Hallo, Mia hier.«

»Da bist du ja, wo hast du denn gesteckt?«

»Åsgårdstrand, Munch hat dich nicht zufällig angerufen?«

»Nein, du weißt es schon?«

»Ja, scheiße.«

»Ja, verdammt.«

»Mikkelson ist hier, dreht gerade durch.«

Mia merkte, dass es ihr jetzt scheißegal war, wie es um Mikkelsons Gemütsruhe bestellt war.

»Wer leitet denn jetzt die Aktionen?«, fragte sie und hielt nach der Ausfahrt Ausschau.

»Mikkelson«, sagte Anette.

»Aber der hat doch verdammt noch mal keine Ahnung, Anette. Du musst die Leitung übernehmen.«

»Was soll ich denn machen? Wo bist du jetzt überhaupt?«

»Bald in Høvik. Wir haben das Auto von der Stoltz gefunden, gibt es was Neues über sie?«

»Nein, nichts. Was soll ich tun?«

»Schnapp dir Gabriel, und holt die GPS-Position aus diesem Scheißfilm. Und er soll Munchs Telefon orten. Ich glaube, der Täter hat ihn angerufen, und jetzt ist er auf dem Weg dahin.«

»Okay«, sagte Anette. »Sonst noch was?«

»Wir müssen …«

Mia erreichte die Ausfahrt nach Høvik und bog ab. Der ärgste Regen ließ jetzt nach, sie konnte immerhin sehen, wohin sie fuhr.

»Müssen?«

Mehr fiel ihr nicht ein.

»Sorg einfach dafür, dass wir den Film so schnell wie möglich haben, und kümmer dich um Munchs Telefon.«

»Geht klar«, sagte Anette. »Ach, und Ludvig hat was für dich.«

»Was denn?«

»Ein Foto. Ein Gesprächskreis oben in Hønefoss.«

Genial. Sie hatte geraten und einen Treffer gelandet.

»Das soll er mir auf's Telefon schicken.«

»Okay.«

»Aber nichts über Stoltz?«

»Rein gar nichts.«

»Na gut, ich komm dann bald. Ruf dich an, wenn das Auto etwas bringt.«

Mia legte auf und fuhr zum Pflegeheim hoch.

• 72 •

Lukas saß in eine Decke gehüllt auf der Bank am Ufer. Er hatte seine Kleidung jetzt wieder an, aber die Wärme war noch immer nicht in seinen Körper zurückgekehrt. Pastor Simon hatte ihn unter Wasser gedrückt. Er war fast ertrunken. Pastor Simon hatte gefragt, ob er den Teufel sehen könne, aber das konnte er nicht, und da hatte der Pastor ihn unter Wasser gedrückt. Lukas war verwirrt. Pastor Simon hatte ihn zuerst unter Wasser gehalten und ihm dann eine Decke geholt. Er hatte im Wagen für sich trockene Kleider gehabt. Und die Decke. Der Pastor hatte das geplant. Aber warum?

Pastor Simon kehrte mit einem Proviantpaket und einer Thermoskanne vom Auto zurück. Er setzte sich neben Lukas auf die Bank. Brote mit Ziegenkäse. Er drehte den Deckel von der Thermoskanne und goss heißen Kakao in den Becher.

»Iss und trink«, sagte der Pastor.

Lukas trank einen Schluck Kakao und spürte die Wärme in seinem Hals. Er verzehrte langsam die belegten Brote, während der Pastor zusah. Der Pastor sagte kein Wort. Er hatte die Hände gefaltet und musterte Lukas mit einem warmen, sanften Blick. Lukas merkte, dass er sich immer noch ein wenig fürchtete, aber er fühlte sich viel besser als vorhin noch. Der Pastor ließ ihn keine Sekunde aus den Augen. Normalerweise schaute er über Lukas' Kopf hinweg, zum Himmel hoch oder in die Ferne, jedenfalls sah er Lukas nicht direkt an, schaute ihm nicht in die Augen, wie jetzt. Langsam kehrte die Wärme zurück in Lukas' Körper. Er versuchte, den Blick des Pastors zu erwidern, aber das gelang ihm nur teilweise. Er verzehrte alle Brote und trank drei Becher Kakao, dann endlich begann der Pastor zu sprechen.

»Gott hat Jesus, seinen eingeborenen Sohn, auf die Erde geschickt, um die Sünden der Menschen auf sich zu nehmen«, sagte der Pastor. »Die Menschen hätten Jesus retten können, haben sich aber für den Räuber Barrabas entschieden.«

Lukas nickte kurz.

»Was sagt uns das über die Menschen?«, fragte der Pastor.

Lukas gab keine Antwort. Er wollte ja keine falsche Antwort geben und wieder unter Wasser landen. Er spürte, dass ihm noch immer die Panik im Leib steckte.

»Dass die Menschen ihr eigenes Bestes nicht kennen«, sagte jetzt der Pastor. »Man darf die Menschen nicht über sich selbst bestimmen lassen. Das verstehst du doch, nicht wahr, Lukas?«

Lukas nickte. Darüber hatten sie schon häufiger gesprochen. Die Menschen waren dumm. Sie wussten nicht, was gut für sie war. Deshalb hatte Gott nur einige auserwählt, die in den Himmel kommen würden. Nur die, die etwas Besonderes waren. Die Eingeweihten. Die es begriffen hatten. Vierzig aus ihrer Gemeinde. Und einige wenige andere, von anderen Orten, die sie später kennenlernen würden.

Pastor Simon sah ihm ins Gesicht und nahm seine Hand.

»Ich bin Gott«, sagte der Pastor.

Lukas spürte, wie jetzt die Wärme in seinen Leib zurückkehrte. In ihm prickelte es wieder, stärker denn je. Von den Zehen durch die Knöchel bis in die Oberschenkel, den Bauch, weiter zum Hals, und jetzt prickelte es auch im Gesicht und in den Ohren.

»Ich bin Gott«, sagte der Pastor. »Und du bist mein Sohn.«

Lukas saß mit offenem Mund da.

»Du bist mein Sohn, Lukas. Du bist der neue Jesus.«

Lukas wäre fast ohnmächtig geworden. Der Pastor war Gott. Natürlich. So war das also. Deshalb. Wenn er in seinem Büro mit Gott sprach, dann sprach er mit sich selbst. Der Pastor war Gott. Und er, Lukas, war Gottes Sohn.

»Vater«, sagte Lukas ehrerbietig und verbeugte sich.

»Mein Sohn«, sagte der Pastor und legte ihm die Hand auf den Kopf.

Lukas spürte, wie sich die Wärme von Gottes Hand unter seiner Kopfhaut ausbreitete.

»Du hast die Prüfung bestanden«, sagte der Pastor. »Du hast dein Leben in meine Hände gelegt. Und ich hoffe, dass du mir jetzt vertraust. Ich hätte dich umbringen können, aber das habe ich nicht getan. Denn du musst größere Aufgaben erfüllen, ehe wir heimkehren können.«

»Heim?«, fragte Lukas zaghaft.

»In den Himmel«, sagte der Pastor lächelnd.

»Bin ich wirklich der neue Jesus?«, stammelte Lukas.

Der Pastor nickte.

»Vor siebenundzwanzig Jahren habe ich dich auf die Erde gesandt.«

Lukas traute seinen Ohren kaum. Natürlich! So war das also! Deshalb hatte er keine Eltern gehabt.

»Und ich habe dich wiedergefunden«, sagte Lukas und nickte ehrerbietig.

»Du hast mich wiedergefunden«, sagte der Pastor lächelnd.

»Aber der erste Jesus hat Großes vollbracht, und was habe ich geleistet?«, fragte Lukas.

»Das kommt noch«, sagte der Pastor. »Heute.«

»Heute?«, fragte Lukas gespannt.

Wieder lächelte der Pastor und ging zum Auto hoch. Er brachte ein kleines Bündel mit und legte es vorsichtig auf die Bank.

»Für mich?«

»Mach es auf«, sagte der Pastor.

Lukas öffnete das Bündel mit zitternden Fingern. Er riss die Augen auf, als er den Inhalt sah.

»Eine Pistole?«

Der Pastor nickte.

»Was soll ich tun?«

Der Pastor beugte sich zu ihm vor und nahm seine Hand.

»Vorige Woche ist jemand ins Haus des Lichtes eingedrungen.«

»Wer denn?«

»Ein vom Teufel gesandter Knabe.«

Lukas spürte, wie die Wut in ihm aufstieg. Der Teufel hatte einen Jungen gesandt, um sie am Aufbruch zu hindern. Er wusste es. Der Pastor und Nils waren in letzter Zeit so still gewesen.

»Aber zum Glück bin ich stärker als der Teufel«, sagte der Pastor lächelnd. »Ich verstehe ihn, aber er versteht mich nicht.«

Natürlich, dachte Lukas.

Deo sic per diabolum.

Zu Gott durch den Teufel.

Den Teufel verstehen. *Ihn kennenlernen.* Das hatte der Pastor gemeint.

»Und wo ist der Knabe jetzt?«

»Er ist im Luftschutzraum gefangen.«

»Und was machen wir mit ihm?«

»Du wirst ihn töten«, sagte der Pastor.

Lukas schaute die Pistole an und nickte langsam.

»Es gibt nur ein kleines Problem.«

»Was denn?«

»Er hat Rakel gefangen. Meine Rakel.«

»Der Teufel«, schnaubte Lukas.

»Du musst also vorsichtig sein. Du musst den Jungen töten, aber Rakel darfst du nichts tun. Ich brauche meine Rakel im Himmel.«

»Ich werde mein Bestes tun.«

Lukas machte eine Verbeugung und küsste dem Pastor

die Hand. Der Pastor erhob sich. Lukas wickelte die Pistole wieder ein und trug sie zum Auto hoch.

»Wenn wir in den Himmel kommen, kannst du deine eigene Rakel haben«, sagte der Pastor.

»Ach?«

»Auf jeden Fall«, der Pastor nickte. »Du weißt, die Engelchen, die an den Bäumen gehangen haben?«

»Die Mädchen, über die alle reden?«

»Ja«, der Pastor nickte. »Die werden uns da oben erwarten. Und dann kannst du dir eine aussuchen.«

Ein eigenes Mädchen? Er wollte doch gar kein Mädchen. Gott reichte ihm. Was sollte er mit einem kleinen Mädchen? Lukas verdrängte diesen Gedanken, wollte dem Pastor nichts sagen. Er schloss den Sicherheitsgurt, ließ den Motor an und fuhr langsam den Waldweg zum Hof hinunter.

• 73 •

Kim Kolsø saß ganz hinten im Besprechungsraum und hörte zu, wie alles zum Teufel ging. Nicht für ihn, sondern für Munch und Mia. Die beiden waren gar nicht da, aber wenn sie da gewesen wären, hätten sie Mikkelsons Fragen vielleicht beantworten können. Mia war den ganzen Tag nicht zu erreichen gewesen, aber jetzt hatte offenbar Anette mit ihr gesprochen, sie war in Åsgårdstrand gewesen und befand sich auf dem Rückweg. Von Munch hatte niemand etwas gehört.

Kim Kolsø seufzte und trommelte mit den Fingern auf die Tischplatte. Er schaute zu Mikkelson hinüber, der vor der Tafel auf und ab wanderte, die Stirn über der Brille gerunzelt und die Hände hinter dem Rücken verschränkt. Wie ein Lehrer. Und sie waren die Schüler, die jetzt zusammengestaucht werden würden. Er schaute zu Curry hinüber, der mit den Lippen das Wort »Bullshit« formte und die Augen verdrehte. Kim musste wegsehen, um nicht zu lachen, aber er war genau der gleichen Meinung. Sie hatten verdammt viel zu tun. Niemand aus dem Team konnte still sitzen. Sogar Ludvig, der bald in Pension gehen würde, rutschte wie ein unruhiges Kind auf dem Stuhl hin und her. Gabriel Mørk schien sich am unwohlsten zu fühlen. Er war aus seinem Büro geholt worden, wo er über Skype mit einem Kumpel gesprochen hatte, der gerade den Ton des Kiesefilms säuberte. Der Junge kippelte mit dem Stuhl hin und her und schien kurz vor einer Explosion zu stehen.

»Also?«, fragte Mikkelson und schaute in die Runde. »Sind alle da?«

Niemand antwortete. Wenn Mikkelson der Lehrer war, waren das hier die unartigen Schüler, die aufgrund ihres mangelnden Respekts vor den Autoritäten in diese Klasse gesteckt worden waren. Das Zimmer war ein Minenfeld. Die Gereiztheit machte die Luft zum Schneiden dick.

»Kann uns jemand auf den neuesten Stand bringen?«

Mikkelson schob die Brille bis zur Nasenwurzel rauf und ließ seinen Blick durch den Raum schweifen. Niemand sagte etwas. Der Klassenaufstand gegen den Lehrerstand ging weiter, kindisch, aber trotzdem. In diesen vier Wänden saßen einige der Kollegen, die Munch und Mia ganz besonders schätzten. Niemand hier hatte Lust, sie diskreditiert zu sehen.

»Wo steckt Holger Munch?«, fragte Mikkelson. »Wo steckt Mia Krüger?«

Endlich erhob sich Anette.

»Von Holger haben wir nichts gehört«, sagte sie ruhig. »Mit Mia habe ich vorhin gesprochen.«

»Status?«

»Sie war auf dem Weg hierher, als ich mit ihr gesprochen habe.«

»Und Munch?«

»Von dem haben wir seit einer Weile nichts mehr gehört, aber Mia hat da eine Theorie«, sagte Anette.

»Das kann ich mir denken«, gab Mikkelson sarkastisch zurück, ohne bei der Versammlung auf besondere Resonanz zu stoßen. »Und was besagt diese Theorie?«

»Dass Munch vom Täter angerufen worden ist«, sagte Anette. »Dass er sich allein mit dem Täter treffen soll und dass er zu diesem Treffen unterwegs ist.«

»Aber alle Telefone werden doch abgehört, haben wir einen Hinweis darauf, dass diese Theorie stimmt?«, fragte Mikkelson.

»Nein«, sagte Gabriel Mørk. »Vom Telefon kam nichts dergleichen, ehe es ausgeschaltet wurde.«

»Der Täter kann das auch auf andere Weise gemacht haben, oder nicht?«, fragte Ludvig Grønlie vorsichtig.

»Wie meinst du das?«, fragte Mikkelson zurück.

»Na ja, ich weiß ja nicht, er hat doch Mailzugang auf seinem Telefon, oder? Wir haben doch keinen Zugang zu allen privaten Mailadressen, gmail und so, oder wie?«

Grønlie schaute fragend zu Gabriel Mørk hinüber, er wusste sehr gut, dass er einer anderen Generation von Polizisten angehörte, und hoffte, hier keinen Patzer begangen zu haben.

»Alles, was wir tun, wird überwacht? Das will ich doch wohl nicht hoffen«, sagte Curry sarkastisch.

Einige von den anderen grinsten.

»Nein, dazu haben wir keinen Zugang«, sagte Gabriel Mørk.

»Also kann er eine Nachricht erhalten haben«, sagte Anette. »Die ihn dazu gebracht hat, irgendwo allein hinzufahren.«

Mikkelson seufzte.

»Und so machen wir das also?«

Er schaute in die Runde, weiterhin ohne die gewünschte Reaktion.

»So machen wir das?«, fragte er noch einmal, diesmal etwas lauter. »Nein, so nicht, hier sind wir ein Team. Ein Team. Wir haben keinen Platz für Einmanneinsätze. Hier sagen wir Bescheid und arbeiten zusammen. Kein Wunder, dass ihr mit dem Fall nicht weiterkommt.«

»Wir sind schon ein ganzes Stück weit gekommen«, sagte Ludvig und erhob sich.

Kim konnte Grønlie gut leiden. Er hatte genau das, was ihn für die Sondereinheit geeignet machte. Es war eigentlich seltsam, mehrere andere hatten der Einheit für kurze Zeit angehört, sich aber nicht einfügen können. Niemand konnte in Worte fassen, was dazu im Einzelnen zählte. Es hatte nichts mit den Fähigkeiten zu tun, nichts mit Alter, Herkunft oder Spezialgebiet, es war einfach eine Art Chemie. Ein gemeinsames unausgesprochenes Verständnis. So machen wir das, und so machen wir das nicht. Er hatte etliche überaus fähige Kollegen, die bei der Einheit gewesen waren, ohne sich dort zu Hause zu fühlen. Die Munchs Visage nicht ertragen hatten. Die Mia Krüger für die überschätzteste Ermittlerin aller Zeiten gehalten hatten. Kim arbeitete schon lange mit den beiden zusammen. Und er konnte sich auf der ganzen Welt keinen anderen Posten vorstellen.

Ludvig Grønlie fasste ihre bisherigen Ergebnisse für Mikkelson kurz zusammen. Malin Stoltz. Die Wohnung voller Spiegel. Die Verbindung zwischen dem Pflegeheim und einer Selbsthilfegruppe für kinderlose Frauen in Hønefoss. Der Kiesefilm, der ihnen möglicherweise bald hätte sagen können, wo Stoltz Marion Munch gefangen hielt, wenn Mikkelson sie nicht herzitiert hätte wie eine unartige Schulklasse.

»Na gut, na gut«, sagte Mikkelson und rückte abermals seine Brille zurecht. »Und wo stehen wir jetzt?«

»Kann ich jetzt los?«

Gabriel Mørk hatte das Wort ergriffen. Kim Kolsø schmunzelte verstohlen. Er mochte diesen Jungen. Er war aus dem Nirgendwo aufgetaucht und innerhalb kurzer Zeit zu einem wichtigen Teil des Teams geworden. Ein Munch-Spezial. So hatte Munch damals auch Mia Krüger geholt. Gerüchte behaupteten, sie habe nicht einmal die Polizeischule beenden müssen.

»Weil?«, fragte Mikkelson und runzelte die Stirn.

»Wenn Munch zum Täter unterwegs ist, könnte es doch nett sein, wenn wir feststellen, wo das ist«, sagte Gabriel Mørk. »Wir säubern gerade den Film, ich habe einen Kumpel, der sich mit sowas auskennt. Bald werden wir die GPS-Koordinaten haben. So verwenden wir unsere Zeit vielleicht besser, als hier herumzusitzen.«

»Und wer bist du noch gleich?«, fragte Mikkelson und nahm die Brille ab.

»Gabriel«, antwortete Mørk.

»Wie viel Polizeierfahrung hast du, hast du gesagt?«

»Zwei Wochen«, antwortete Mørk, ohne eine Miene zu verziehen.

»Ich habe zwanzig Jahre«, sagt Mikkelson und setzte die

Brille wieder auf. »Ich weiß vielleicht besser, wie die Zeit sinnvoll verwendet wird, meinst du nicht?«

Mit seinem Sarkasmus biss er auf Granit. Kim konnte sehen, dass Curry Gabriel Mørk zuzwinkerte, und der antwortete mit einem Schulterzucken.

»Anette?«, fragte Mikkelson hilfesuchend.

»Gabriel hat Recht«, sagte Anette und erhob sich. »Der Kiesefilm ist wichtig und müsste jetzt an erster Stelle stehen. Wenn Munch uns ausgeschlossen hat, weil Stoltz ihm ein Ultimatum gestellt hat, ist das total verständlich. Er liebt seine Enkelin. Ich hätte genauso gehandelt.«

Mikkelsons Gesicht nahm eine andere Farbe an. Wenn er in Anette Goli eine Verbündete gesehen hatte, dann hatte er sich geirrt. Curry zwinkerte Kim zu, und der schickte ein Lächeln zurück.

»Na gut«, sagte Mikkelson verärgert und blätterte in den Unterlagen vor ihm auf dem Tisch. »Und was machen wir jetzt?«

Kim Kolsø hatte sein Telefon auf lautlos gestellt, aber die Vibrierfunktion nicht ausgeschaltet. Plötzlich schurrte das Telefon über die Tischplatte, und das Display zeigte eine unbekannte Nummer.

»Ja?«, fragte Mikkelson irritiert und sah ihn an.

»Ich muss das hier annehmen«, sagte Kim und stand auf.

»Jetzt?«, fragte Mikkelson.

»Ja«, entgegnete Kim.

»Dann ...«, murrte Mikkelson.

Kim verließ das Zimmer, ging in die Küche und schenkte sich eine Tasse Kaffee ein.

»Kim Kolsø?«

Am anderen Ende der Verbindung meldete sich eine Frauenstimme.

»Ja, hallo, mein Name ist Emilie Isaksen.«

»Ja, hallo. Was kann ich für Sie tun?«

Kim öffnete die Kühlschranktür und nahm eine Milchtüte heraus. Wenn er in einem Fall mit Mia Krüger einer Meinung war, dann, dass man den Bürokaffee nicht so trinken konnte, wie er aus der Maschine kam.

»Ich habe Ihre Visitenkarte in einer Matratze gefunden«, sagte die Frauenstimme. »Und jetzt weiß ich nicht so ganz, was ich tun soll. Ich dachte, vielleicht können Sie mir helfen?«

»Das ist gut möglich. Wobei soll ich Ihnen denn helfen?«, fragte Kim und goss sich ein wenig Milch in den Kaffee.

• 74 •

Tobias gab Rakel die Decke und knipste die Taschenlampe aus. Im Luftschutzraum wurde es ganz dunkel, aber ihnen blieb nichts anderes übrig. Sie mussten mit den Batterien sparsam umgehen, und ihre Augen gewöhnten sich rasch an die Dunkelheit. Tobias wusste nicht, wie lange sie schon in dem unterirdischen Raum eingesperrt waren, er tippte auf vier oder fünf Tage. Er hatte die Luke geöffnet und hinuntergeschaut. Er hatte Rakels Namen geflüstert, den Namen des Christenmädchens hinter dem Zaun, das Hilfe brauchte, und dann war jemand hinter ihm angekommen und hatte ihn in die Tiefe gestoßen. Er hatte Angst gehabt und war sich dumm vorgekommen, verletzt hatte er sich auch. Er war tief gefallen, an einer Art Leiter vorbei, hinunter in das schwarze Loch, und dann war er auf dem Betonboden aufgeprallt. Zum Glück nicht mit Kopf oder

Armen, er war auf der Seite gelandet, und die Leiter hatte seinen Fall wohl auch ein wenig abgebremst, denn es tat nicht so furchtbar weh, nur ein wenig an der Hüfte und in einem Bein.

»Sollen wir es noch mal mit der Luke versuchen?«, fragte das Mädchen, das Rakel hieß, eine sanfte Stimme in der Dunkelheit, er konnte nur noch ihre Umrisse erkennen, sie saß nicht weit weg.

»Ich glaube nicht, dass das was bringt«, sagte Tobias.

Er wollte nicht pessimistisch klingen, aber sie hatten es schon mehrmals versucht, zuletzt vor wenigen Stunden. Er war die Leiter hochgeklettert und hatte die Schulter gegen die Holzluke gepresst, aber die hatte sich nicht bewegt, sie war von außen abgeschlossen, und es half auch nichts, dass er den Dietrich hatte, wo das Schloss doch auf der anderen Seite saß.

Zum Glück hatten sie etwas zu essen. Und eine Decke. Und eine Taschenlampe, auch wenn sie mit den Batterien sparsam umgehen mussten. Sie waren in einem Luftschutzraum. Das Mädchen, das Rakel hieß, hatte ihm alles erklärt. Sie war schon einige Male hier unten gewesen. Hier wurden die ungehorsamen Kinder eingesperrt. Die, die nicht hörten. Meistens brauchten sie nicht so lange hier unten zu sitzen, es kam ganz darauf an, was sie angestellt hatten. Auf diesem Hof schien es viele Strafen zu geben, das hatte Tobias begriffen. Eine Woche lang nicht reden war eine solche Strafe. Deshalb hatte Rakel am Zaun die Zettel benutzt. Sie konnte sprechen, sie hatte ihre Stimme nicht verloren, wie er zuerst gedacht hatte, er hatte geglaubt, sie sei vielleicht taubstumm, wie Chief Bromden im »Kuckucksnest«. Sie konnte wirklich sprechen, seit er zu ihr heruntergestoßen worden war, redete sie fast die ganze

Zeit. Tobias hörte ihre Stimme gern. Sie redete nicht wie die anderen Mädchen, die er kannte, nicht wie die aus der Schule, die vor allem kicherten oder Blödsinn sagten. Rakel redete richtig, fast wie eine Erwachsene. Sie wusste auch, wo im Luftschutzraum alles aufbewahrt wurde. Es gab Kartons mit Lebensmitteln und große Kannen voll Wasser und Kleider und alles Mögliche, Batterien hatten sie zwar nicht gefunden, aber auch die sollten hier irgendwo liegen.

Tobias war nicht zum ersten Mal in einem Luftschutzraum, sie hatten einen in der Schule, und er war bei einer Übung dort gewesen. Der Katastrophenschutz hatte in Hønefoss in ein Horn gestoßen, und alle hatten eine lange Reihe bilden und so tun müssen, als sei Krieg. Im Luftschutzkeller der Schule hatten nur ein paar alte Turnmatten und einige Hockeyschläger gelegen, nicht wie hier, wo es fast alles gab. An den ersten Tagen hatte er Angst gehabt, aber das ging jetzt vorüber. Es passierte ja nichts Gefährliches, und sie waren schon lange hier. Am Ende durfte man wieder nach oben, das hatte Rakel gesagt, man durfte wieder nach oben, nur dauerte das manchmal etwas. Er machte sich vor allem Sorgen um seinen kleinen Bruder. Torben würde Angst haben, wenn er nach Hause kam und sah, dass Tobias nicht da war. Er hatte ihm ja einen Zettel geschrieben, das schon, er hatte den in der Schaumgummimatratze in seinem Bett versteckt, die mit einem Reißverschluss geöffnet werden konnte und die sie die geheime Stelle nannten. *Ich geh die Christenmädchen beobachten, bin bald wieder da,* hatte er geschrieben. Er hoffte, dass das helfen würde.

»Ich glaube, Gott gibt es nicht mehr«, sagte Rakel und nahm seine Hand.

Tobias hatte schon früher Mädchen an der Hand gehalten, ganz kurz aber nur, und das hier war anders. Rakel hielt gern lange seine Hand, und er hielt gern ihre. Ihre Finger waren schmal und warm, und wenn sie sich an ihn schmiegte, konnte er auch die Wärme ihres Körpers spüren. Es war fast schön, so zusammenzusitzen, eigentlich hätte er gern noch lange so zusammengesessen. Wenn sie nur nicht unter der Erde eingesperrt gewesen wären.

»Ich glaube nicht an Gott«, sagte Tobias ein weiteres Mal.

Sie hatten schon oft darüber gesprochen. Rakel schien das wichtig zu sein. Über Gott zu sprechen. Manchmal hatte er das Gefühl, dass sie vor allem mit sich selbst sprach, aber er versuchte doch zu antworten, so gut er konnte.

»Denn wenn es einen Gott gibt, würde er doch nicht zulassen, dass Leute gemeine, böse Dinge tun, findest du nicht?«

Rakel rückte dichter an ihn heran und drückte seine Hand. Er drückte zurück. Das taten sie ab und zu.

Alles geht gut. Wir sind zusammen hier.

»Das finde ich auch«, sagte Tobias, auch wenn es ihn nicht weiter interessierte, ob es einen Gott gab oder nicht.

In der Schule hatte er gelernt, dass es viele Götter gab, überall auf der Welt glaubten die Menschen an unterschiedliche Dinge, aber es war nicht sein Lieblingsfach, bisher hatte er nie weiter darüber nachgedacht.

»Woran soll man eigentlich glauben, wenn man nicht mehr an Gott glaubt?«, fragte Rakel.

»Supermann?«, schlug Tobias vor, um ein bisschen witzig zu sein, sowas sagte er immer, wenn sein Bruder traurig war, komische Dinge, damit Torben sich gleich besser fühlte.

»Wer?«, fragte Rakel.

So war das nämlich, Rakel wusste schrecklich wenig. Sie hatte von nichts eine Ahnung.

»Ein Mann, der wahnsinnig stark ist und fliegen kann.«

»Es kann doch niemand fliegen?«, fragte Rakel überrascht.

»Nein, er kann nicht fliegen, aber doch, es gibt ihn ja nicht in echt, er ist eine Figur aus einem Comic.«

»Wir haben Comics über Jesus«, sagte Rakel und verstummte für eine Weile.

Tobias merkte, dass sie ihm ein bisschen leidtat. Nicht dass er selbst so viel gehabt hätte, andere in seiner Klasse hatten alles Mögliche, Computer und iPads und iPhones und eigentlich alles, was neu war, aber er hatte immerhin Fernsehen und Comics und Bücher. Rakel hatte auch davon nichts.

»Wann lassen die uns wohl raus, was meinst du? Was ist die längste Zeit, die jemand hier unten gesessen hat?«

»Weiß nicht so recht«, sagte Rakel. »Da war eine Sara, die hat hier zwei Wochen gesessen, glaube ich, aber sie war nicht mehr hier, als ich gekommen bin.«

»Was hat sie gemacht?«

»Sie haben gesagt, sie hätte versucht wegzulaufen.«

»So wie du?«

»Ja.«

Es war jetzt kälter im Raum. Vielleicht war draußen Abend, vielleicht war das der Grund. Tobias nahm einen Zipfel der Decke und legte ihn sich um die Schulter. Rakel rückte noch näher an ihn heran und nahm ihn mit unter die Decke. So blieben sie eine Weile sitzen, dicht beieinander, unter der Decke, und klammerten sich aneinander. Rakel lehnte den Kopf auf seine Schulter, und nach einer Weile konnte er hören, wie ihr Atem langsamer wurde. Sie schlief jetzt. Tobias blieb ganz still sitzen, um sie nicht zu wecken, und schloss die Augen. Bald schlief auch er. Nicht so tief wie zu Hause in seinem Bett, es war nur eine Art Halbschlaf. Er begriff erst, dass er richtig eingeschlafen war, als ein lautes Geräusch ihn weckte. Er fuhr zusammen und sah, dass über ihnen gerade die Luke geöffnet wurde.

Endlich, dachte er, als das Licht einer Taschenlampe an der Leiter herunterwanderte.

Tobias Iversen weckte das Mädchen mit den schönen Sommersprossen und erhob sich.

• 75 •

Der Regen hatte aufgehört, als Mia vor dem Pflegeheim vorfuhr. Als sie aus dem Auto stieg und die Treppe hochging, konnte sie sehen, wie die dunkle Wolke in Richtung Innenstadt weiterglitt.

Karen stand in der Rezeption, als Mia hereinkam. Wie Malin Stoltz an dem Tag, an dem Mia Veronica Baches Canasta-Diplom an der Wand entdeckt hatte. Großer Gott, was war sie begriffsstutzig gewesen! Nichts hatte sie begriffen. Sie funktionierte nicht mehr, daran musste es liegen. Sie hatte ja auch nicht begriffen, dass Stoltz es auf sie abgesehen hatte. Munch, ja, aber den falschen Munch, Edvard Munch. Deshalb waren die Leichen im Fort Isegran ausgelegt worden. Munchs Mütter. Auch Mia Krüger hatte damals in Hønefoss bei den Ermittlungen mitgemacht. War es deshalb? Weil sie eine Frau war? Und Polizistin? Hätte sie das schneller kapieren müssen? Und das kleine Mädchen finden, weil sie selbst ein Mädchen war? Sie konnte nicht mehr klar denken. Die Fahrt zum Friedhof hatte ihr die letzten Kräfte genommen. Ihre Großmutter war tot. Ihr Vater war tot. Ihre Mutter war tot. Sigrid war tot. Sie war ganz allein. Mia freute sich darauf, dass alles vorüber sein würde. Einige Male draußen auf Hitra waren ihr Zweifel gekommen, ob sie die richtige Entscheidung getroffen hatte. Sich das Leben zu nehmen. Diese Welt zu verlassen. Hätte sie anders denken müssen? Aber jetzt war das vorbei. Sie war jetzt sicher. Sie hatte sich richtig entschieden. Sie hätte die Insel niemals verlassen dürfen. Sie sah die vielen Tabletten vor sich, die auf dem Tisch lagen und auf sie warteten. Merkte, dass sie sich freute.

Komm, Mia, komm.

Zuerst Marion finden. Die letzten Kräfte sammeln und das lächelnde kleine Mädchen finden. Holger Munchs Augenstern. Das Kind, das sie alle so lieb gewonnen hatten. Malin Stoltz finden! Sie dachte kurz an Munch, der einen Anruf erhalten hatte und dann verschwunden war. Sie hoffte, dass ihm nichts passiert war. Vielleicht hatte er ja sogar Malin gefunden. Und seine Enkelin. Mia brachte ein kleines Lächeln zustande. Sie wollte nicht zeigen, wie schlimm es wirklich in ihr aussah.

»Hallo, Karen.«

»Hallo, Mia.«

»Gut, dass du Bescheid gesagt hast. Danke. Tut mir leid, wenn ich, na ja, unhöflich war oder so, ist gerade ganz schön hektisch bei uns.«

»Ist etwas passiert?«, fragte Karen mit besorgter Miene.

Sie hat Holger gern, dachte Mia. Das war jetzt deutlich.

»Nicht doch, nur der übliche Stress«, log sie. »Hast du denn den Schlüssel gefunden?«

»Ja, hier ist er«, sagte Karen. »Ich zieh nur schnell eine Jacke über.«

Sie verschwand im Hinterzimmer und kam mit der Jacke zurück.

»Steht das Auto schon lange da?«

»Ach, ich weiß nicht«, sagte Karen und führte Mia zur Tür und zur Treppe zur Tiefgarage. »Ich habe heute Morgen den Müll runtergebracht, das ist eigentlich nicht meine Aufgabe, weißt du, aber na ja, wir müssen eben alle mit anpacken, wenn viel zu tun ist, und da hab ich den Wagen gesehen, ich weiß nicht, wie lange er schon da steht.«

»Warum ist sie nicht damit nach Hause gefahren?«, fragte Mia.

»Also, das weiß ich wirklich nicht«, sagte Karen und lief leichtfüßig vor Mia her in die Tiefgarage.

Auf leichten Füßen, Mia, auf leichten Füßen.

Die Worte der Großmutter auf dem Sterbebett. Mia kam sich durchaus nicht mehr leichtfüßig vor. Karen war in ihrem Alter, etwas älter vielleicht, sah aber viel besser aus. Jünger. Munterer. Nicht eine Falte. Hatte auch keine so wahnsinnig große Verantwortung auf ihren Schultern ruhen. Pflegerin in einem Altenheim. Etwas ganz anderes als eine erschöpfte Ermittlerin ohne Schutzpanzer. Sie war jetzt fertig. Spürte es am ganzen Leib. Sie hatte so lange versucht durchzuhalten. Mia Mondkind zu sein. Ganz allein auf der Welt. Die Fahrt zum Friedhof hatte es ihr klargemacht. Dass sie nicht mehr zu kämpfen brauchte. Sie riss sich wieder zusammen und lächelte die freundliche Pflegerin an. Munch und Karen. Sie hoffte, dass die beiden es schaffen würden. Dass sie ein gutes Leben zusammen haben würden. Das hatte Munch wirklich verdient.

»Hier ist er«, sagte Karen und zeigte auf den weißen Citroën, der in einer Ecke stand. »Und hier ist der Schlüssel«, fügte sie hinzu.

Mia schloss das Auto auf und schaute hinein. Auf den ersten Blick wies nichts darauf hin, dass sie vor dem Wagen einer Serienmörderin stand. Alles sah ganz normal aus. Ein Becher von McDonald's. Eine Zeitung. Mia ging um das Auto herum und öffnete den Kofferraum. Auch dort nichts Besonderes. Ein Warndreieck. Ein Paar Stiefel. Verdammt, was hatte sie denn erwartet? Dass Stoltz dort die Habseligkeiten der Mädchen aufbewahrte? Stoltz war viel zu schlau. Zynisch. Kalt. Jahrelange Planung. Hätte im Auto keine Spuren hinterlassen. Sie war ja sogar an Sigrids Grab gewesen. Bei diesem Gedanken geriet Mia in Wut. Sie spürte, dass das Telefon in ihrer Tasche vibrierte. Das Bild von Ludvig. Dann funktionierte sie doch immerhin ein bisschen. Sie freute sich, weil sie Recht gehabt hatte. Ein Gesprächskreis für kinderlose Frauen. Sie zog das Telefon aus der Tasche und sah sich Ludvigs Mitteilung an. Ein Foto. Ein Gesprächskreis in Hønefoss. *Weihnachtstreffen 2005*. Insgesamt sechs Frauen. Lächelnd vor einem Weihnachtsbaum. Sie erkannte sie sofort. Malin Stoltz. Nicht mit unterschiedlichen Augenfarben. Zwei blaue Augen. Linsen. Mia vergrößerte das Bild ein wenig. Malin Stoltz. Es war so seltsam. Sie sah so normal aus. Eine ganz normale Frau, die sich ein Kind wünschte, aber keins bekommen konnte. Sie hatte ihren Arm um die Frau neben sich gelegt. Die Frau neben ihr. Mia verschob das Bild ein wenig, um besser sehen zu können.

Aber was zum Teufel?

Sie fuhr herum, aber es war schon zu spät. Die Frau auf dem Bild. Die Frau hinter ihr. Mia spürte die Injektionsnadel im Hals, sie knallte mit dem Hinterkopf auf den offenen Kofferraumdeckel.

»Zähl von zehn bis null«, sagte Karen lächelnd. »Das

sagen sie doch immer. Von zehn bis null, dann schläfst du ein. Ist das nicht lustig? Zehn–neun–acht …«

Mia Krüger war bewusstlos, ehe sie »sechs« hörte.

• Teil VI •

• 76 •

Anette Goli gefiel die Stimmung im Besprechungszimmer nicht. Mikkelson hatte den Fall übernommen, wollte alles entscheiden, wusste aber nicht genug über die Details, um die Einheit motivieren zu können. Anette war inzwischen reichlich genervt. Sie mussten vorankommen, schnell, so schnell wie möglich, sie hatten verdammt noch mal nicht die Zeit, um Mikkelson über alles zu informieren, was sie schon herausgefunden hatten. Und wo steckte eigentlich Mia? Sie hatte doch vorhin erst mit ihr gesprochen? Und warum hatte Munch sein Telefon ausgeschaltet? Weil er auf dem Weg zum Täter war, ja, aber warum hatte er das Telefon nicht angelassen? Damit sie ihm nicht folgen konnten? Weil er nicht wollte, dass sie ihm folgten? Sie argumentierte in Gedanken hin und mehr und hörte nicht, was Kim sagte.

»Muss das unbedingt jetzt sein?«, fragte Mikkelson. »Haben wir nicht Wichtigeres zu tun?«

Kim seufzte.

»Ja, aber ich glaube, es kann da einen Zusammenhang geben.«

»Und was für ein Zusammenhang soll das sein?«, fragte Mikkelson.

Anette Goli musste sich zusammenreißen, um nichts zu sagen. Mikkelson war eben nicht auf dem Laufenden.

»Tobias Iversen ist der Junge, der Johanne gefunden hat«, sagte Kim seufzend. »Und jetzt ist er verschwunden. Ich habe eben mit seiner Lehrerin gesprochen, seit einer Woche hat ihn niemand mehr gesehen. Und er hatte seinem Bruder einen Zettel geschrieben, dass er zu einer Sekte im Wald wollte.«

»Das kann ein Zufall sein«, sagte Mikkelson.

Anette konnte sich nicht länger beherrschen.

»Und es kann sehr wohl etwas bedeuten«, platzte es aus ihr heraus. »Wenn hier die Rede von einer Sekte im Wald ist, gerade da, wo Johanne gefunden wurde, dann müssen wir das unbedingt überprüfen. Wir haben trotz allem eine Gemeinde, die direkt in unseren Fall verwickelt ist, auch wenn wir nicht so ganz wissen, wie, aber irgendwas stimmt nicht mit denen.«

Mikkelson sah sie an, dann überlegte er.

»Na gut«, sagte er endlich. »Aber das darf nicht zu lange dauern. Und lass dein Telefon eingeschaltet, für den Fall, dass wir dich brauchen.«

»Alles klar«, sagte Kim und nickte.

Er salutierte und verließ das Zimmer. Er zwinkerte Anette dankbar zu, als er die Tür hinter sich zuzog. Sie lächelte und zwinkerte zurück. Sie mochte Kim Kolsø. Sie mochte eigentlich alle im Team. Munch hatte durchaus seine Schwächen, aber Leute aussuchen, das konnte er. Sie hatte noch nie in einer so motivierten und so eng miteinander verbundenen Gruppe gearbeitet. Im Moment allerdings waren sie leider nicht so motiviert. Mikkelson war für den Chefsessel unten in Grønland geeignet, aber er taugte nicht als Ermittler und Teamleiter. Dazu hatte er zu geringe soziale Kompetenzen. Zu kurze Antennen. Die sonst so inspirierte Crew sah aus, als wäre ihnen alles andere lieber, als sich hier im Besprechungszimmer aufhalten zu müssen. Kein Wunder eigentlich. Sie hatten eine Million Dinge zu erledigen, und der Sand verrann im Stundenglas. Niemand hatte vor der Wohnung, in der Miriam und Marion sich aufgehalten hatten, etwas gesehen. Marion war spurlos verschwunden. Sie dachte an Munch. Vielleicht war er jetzt dort. Allein und ohne Rückendeckung, in Lebensgefahr, aber er war immerhin da. Wenn er also da war, das musste er doch sein? Anette konnte sich keine andere Erklärung vorstellen.

»Wo stehen wir also, was Marion Munch angeht?«, fragte Mikkelson, als Anettes Telefon klingelte.

Mikkelson musterte sie übellaunig.

»Die Zentrale, also Grønland«, sagte Anette. »Das muss ich annehmen.«

Sie verließ das Zimmer.

»Ja, Anette?«

»Hallo, Hilde Myhr, du, ich hab hier jemanden, der mit dir sprechen will.«

»Mit mir persönlich?«

»Nein, mit jemandem von euch. Ich hab es bei Munch und Mia probiert, aber die melden sich nicht.«

Mia meldete sich nicht? Wo trieb sie sich denn bloß herum?

»Ich habe gerade schrecklich viel zu tun, es muss also wichtig sein.«

»Ach, es ist sicher wichtig, so wie ich das sehe.«

»Wer ist es denn?«

»Malin Stoltz.«

Anette wäre fast das Telefon aus der Hand gefallen.

»Was hast du gesagt?«

»Ich habe Malin Stoltz hier vor mir stehen.«

Anette war so verwirrt, dass sie ganz zu antworten vergaß. Sie legte das Telefon aus der Hand und stürzte zurück zu ihren Kollegen.

»Wir haben Stoltz«, rief sie.

»Was?«, fragte Mikkelson. »Aber wieso das denn?«

»Sie ist unten in Grønland. Curry, du kommst mit mir!«

»Wird gemacht«, sagte Curry und warf sich seine Jacke über.

• 77 •

Holger Munch setzte sich im Bett auf. Er hatte unvorstellbare Kopfschmerzen, und sein Mund war wie ausgedörrt. Er schaute sich verwirrt um. Das Zimmer sah antiseptisch aus. Wie im Krankenhaus. *Im Pflegeheim.* Er war noch immer im Pflegeheim Høvikvei.

Aber was zum Teufel?

Er sprang auf, musste sich aber wieder setzen. Vor seinen Augen drehte sich alles. Das Fenster. Draußen war es dunkel. Abend. Er hatte den ganzen Tag geschlafen. In einem Bett im Pflegeheim Høvikvei, vollständig angezogen. Er durchwühlte seine Taschen, konnte aber sein Telefon nicht finden. Ja, verdammt. Was um alles in der Welt sollte das denn bloß? Wo war Karen? Sie hatte ihn doch wecken wollen? Er versuchte noch einmal aufzustehen, und diesmal schaffte er es. Er taumelte zur Tür und versuchte, sie zu öffnen, aber das gelang ihm nicht. Die Tür war von außen abgeschlossen. Er tastete nach dem Schloss auf der Innenseite, aber da war keins. Er war eingeschlossen worden. *Das durfte doch wohl nicht wahr sein!* Holger Munch spürte, wie die Panik in ihm aufstieg, als er begriff, was geschehen war.

Verdammt.

Er hämmerte mit der Faust gegen die Tür und schrie hektisch:

»Hallo?«

Er hämmerte jetzt verzweifelt, während er versuchte, in seinem Kopf Ordnung zu schaffen.

»Ist da jemand?«

Er griff sich in die Taschen. In Dufflecoat und Hose, taumelte zum Bett zurück und fing an zu suchen. Sein Telefon war spurlos verschwunden.

Hinter ihm öffnete sich die Tür, und eine Pflegerin, die er noch nie gesehen hatte, schaute herein. Sie musterte ihn erschrocken.

»Wer sind Sie? Was wollen Sie hier?«

»Munch, Polizei Oslo, Mordkommission«, nuschelte Munch und zwängte sich an ihr vorbei. »Haben Sie Karen gesehen?«

»Karen?«, fragte die verängstigte Pflegerin. »Die hat Feierabend. Warum?«

»Ich muss mal kurz telefonieren«, sagte Munch und taumelte zur Rezeption hinüber.

»Moment, Sie können doch nicht einfach …«

»Munch, Polizei, meine Mutter wohnt hier«, nuschelte Munch und hob den Hörer ab.

Er blieb mit dem Hörer in der Hand stehen und war ziemlich verwirrt. Diese scheißmoderne Technologie, er wusste ja nicht mal mehr die Nummer auswendig. Er wählte die Nummer der Auskunft und ließ sich mit der Polizeizentrale am Grønland-Platz verbinden. Bekam endlich Antwort und bat, zur Sondereinheit durchgestellt zu werden. Dort meldete sich Ludvig.

»Grønlie?«

»Hier Munch.«

»Aber zum Teufel, Holger, wo steckst du denn bloß?«

»Keine Zeit, Ludvig, ist Mia da?«

»Nein, die ist verschwunden.«

»Wie meinst du das, verschwunden? Wo ist sie?«

»Nicht hier«, sagte Ludvig.

»Also zum Teufel«, sagte Munch. »Und Gabriel?«

»Munch?«, fragte Ludvig.

»Stell mich zu Gabriel durch, der muss ihr Telefon doch verfolgen können, gib mir Gabriel.«

»Munch?«, fragte Ludvig.

»Zum Henker, Ludvig, gib mir Gabriel!«

»Deine Enkelin ist verschwunden«, sagte Ludvig am anderen Ende der Leitung.

Munch wurde ganz still.

»Marion ist verschwunden«, wiederholte Ludvig. »Jemand hat sie aus der Wohnung entführt. Aber das kriegen wir schon hin, Munch, wir haben Stoltz. Sie ist aus freien Stücken gekommen. Hast du gehört? Wir haben Malin Stoltz. Anette und Curry reden gerade mit ihr. Alles wird gut.«

Munch erwachte jetzt langsam. Wie ein Bär aus dem Winterschlaf.

»Sie ist es nicht«, keuchte er.

»Wie meinst du das?«

Wieder drehte sich alles vor Munchs Augen.

»Schick einen Wagen!«

»Aber Munch?«

»Schick einen Wagen!«, brüllte Munch.

»Ja, aber, wo bist du denn?«, brüllte Ludvig zurück.

»'tschuldigung«, sagte Munch und merkte, dass er am ganzen Leib zitterte. »Pflegeheim Høvikvei. Schick einen

Wagen, Ludvig. Ich bin nicht fahrtüchtig. Schick einen Wagen.«

Er legte den Telefonhörer auf den Tisch und taumelte in den dunklen Abend hinaus.

• 78 •

In dem modernen Vernehmungsraum im Keller des Präsidiums am Grønland-Platz lagen Spannung und Erleichterung in der Luft. Sie hatten die Frau so lange gesucht. Zuerst als unsichtbares Gesicht, als Serienmörderin, deren Namen sie nicht kannten, dann als Frau mit unterschiedlich gefärbten Augen, die in einer mit Spiegeln ausgekleideten Wohnung hauste. Und jetzt war sie hier. Nur einen Meter von ihnen entfernt. Anette musterte sie verstohlen, während Curry noch ein Glas Wasser einschenkte. Malin Stoltz. Anette wusste nicht so recht, was sie erwartet hatte, aber vielleicht nicht das hier. Malin Stoltz war zierlich und schmächtig. Lange schwarze Haare und ein blasses Gesicht. Dünne Finger, die nur mit Mühe das Wasserglas an die ausgetrockneten Lippen führen konnten.

»Danke«, sagte Malin Stoltz zaghaft und senkte den Kopf wieder.

Anette merkte, dass die andere ihr fast leidtat.

»Sie haben ein Anrecht darauf, dass ein Anwalt anwesend ist, ist Ihnen das bekannt?«, fragte Curry und setzte sich wieder.

Malin Stoltz nickte zaghaft.

»Das brauche ich nicht«, sagte sie leise.

»Es kann aber besser sein«, sagte Anette.

Malin Stoltz schaute zu ihr auf. Ein braunes und ein

blaues Auge, die aussahen, als ob sie jegliche Lust zu leben verloren hätten.

»Ich brauche das nicht«, sagte Malin Stoltz noch einmal und fuhr sich mit einer dünnen Hand durch die schwarzen Haare. »Ich werde alles sagen, was ich weiß.«

»Die Beschuldigte verzichtet auf juristischen Beistand«, sagte Curry in das kleine Mikrofon auf dem Tisch.

»Sind Sie da sicher?«, fragte Anette.

Malin Stoltz nickte noch einmal, so behutsam wie beim ersten Mal. Sie war so verletzlich. Anette konnte es nicht glauben. Malin Stoltz war fast durchsichtig, wie Glas. Anette hatte das Gefühl, wenn sie nur zu laut spräche oder mit den Fingern schnippte, würde sie zerbrechen.

»Ich werde alles sagen, was ich weiß«, wiederholte Stoltz. »Aber Sie müssen jemanden für mich anrufen.«

»Wer soll das denn sein?«, fragte Curry schroff.

Anette gab ihm ein Zeichen, sich zu beruhigen. Es gab keinen Grund zur Aggression. Malin Stoltz war schon zerbrochen.

»Ich bin krank«, sagte Malin Stoltz. »Ich habe eine Krankheit. Sie müssen meinen Arzt anrufen, geht das?«

Malin sah sie wieder an, diesmal mit flehendem Blick.

»Natürlich.« Anette nickte. »Wie ist die Nummer?«

»Die habe ich im Kopf«, sagte sie.

Curry schob einen Block und einen Stift über den Tisch. Sein Telefon piepste. Curry sah sich die eingegangene Mitteilung an. Er hob die Augenbrauen und reichte Anette das Telefon. Die Mitteilung kam von Ludvig.

Munch ist unterwegs.

Anette lächelte und schob das Telefon zurück. Munch war wieder da. *Endlich.* Anette ließ sich von Malin Stoltz den Block geben und reichte ihn an Curry weiter.

»Machst du das?«

Curry nickte und verließ das Zimmer.

»Möchten Sie noch etwas Wasser?«, fragte Anette, als sie allein waren.

»Nein, danke«, sagte Stoltz leise und senkte wieder den Kopf.

»Welche Krankheit haben Sie denn?«

»Das können sie nicht feststellen«, sagte Malin. »Aber sie sitzt im Kopf. Ich bin im Kopf nicht gesund. Manchmal weiß ich nicht, wer ich bin. Aber sie können das nicht feststellen.«

»Wo ist Marion Munch?«, fragte Anette.

»Wer?«

Malin Stoltz blickte sie fragend an.

»Marion Munch. Sie haben Marion aus der Wohnung geholt, oder etwa nicht? Wo halten Sie sie versteckt?«

»Wer?«, fragte Stoltz noch einmal.

Sie wirkte jetzt ehrlich verwirrt.

»Sie wissen doch, warum Sie hier sind, oder nicht?«

»Doch.« Malin nickte.

»Und warum sind Sie hier?«

»Wir haben die Alten betrogen«, sagte Malin leise.

Jetzt war Anette die Überraschte.

»Wie meinen Sie das?«

Malin sah zu ihr auf.

»Wir haben die Alten betrogen. Das war nicht so gemeint. Es hat sich einfach so ergeben. Karen und ich. Wir wollten Geld besorgen. Ich wollte ein Kind adoptieren. Das ist nicht so einfach, wenn man allein und nicht gesund ist. Wissen Sie, wie teuer und schwer es ist, ein Kind zu adoptieren?«

Jetzt begriff Anette wirklich nicht mehr, wovon hier die Rede war.

»Sind Sie jetzt krank, Malin, in diesem Augenblick?«

»Was? Ich?«

Malin Stoltz fuhr hoch und schaute sich um.

»Sind Sie jetzt Malin, oder sind Sie eine andere?«

»Ich heiße nicht Malin«, sagte Stoltz.

»Wie heißen Sie denn?«

»Ich heiße Maiken Storberg«, sagte Malin Stoltz.

»Und warum nennen Sie sich Malin?«

»Das war Karens Idee«, sagte die schmächtige Frau.

Maiken Storberg. Anette war jetzt komplett verwirrt, aber sie ließ sich nichts anmerken.

Curry kam wieder herein.

»So, jetzt habe ich mit Ihrem Arzt gesprochen. Ich soll herzlich grüßen und sagen, dass jemand unterwegs ist.«

Seine Aggression war verraucht. Und das war auch richtig so. So wie Malin Stoltz jetzt vor ihnen saß, kamen Anette wirklich Zweifel daran, dass sie die Gesuchte war. Falls sie keine hervorragende Lügnerin war. Was sehr gut sein konnte. Sie hatte selbst gesagt, sie leide an einer Krankheit. Aber Anette hatte im Laufe der Jahre etliche Lügner erlebt, und wenn Malin Stoltz also log, dann log sie virtuos. Anette schaltete das Aufnahmegerät aus und bat für einen Moment um Entschuldigung. Sie zog Curry auf den Gang hinaus und ließ Malin Stoltz allein im Vernehmungsraum zurück.

»Was hat der Arzt gesagt?«

»Es stimmt, was sie sagt«, antwortete Curry. »Sie war seit ihrer Kindheit immer wieder in allerlei Kliniken. Wenn ich wirklich mit einem Arzt gesprochen habe, dann ist dieser Fall so bizarr, dass ich gar nichts mehr glaube.«

»Hat er etwas darüber gesagt, was ihr fehlt?«

»Schweigepflicht, aber er konnte absolut bestätigen, dass sie einen Sprung in der Schüssel hat.«

»Curry …«

»Psychisch krank, verdammt, Anette, die Frau hat vier Kinder umgebracht, und ich soll hier jedes Wort auf die Goldwaage legen?«

»Überprüf mal diesen Arzt. Ob er wirklich einer ist. Und lass mal prüfen, was wir über eine gewisse Maiken Storberg haben.«

»Wer ist das?«

Anette nickte in Richtung des Vernehmungsraums.

»Stoltz?«

»Das sagt sie jedenfalls. Überprüf das mal gleich, ja?«

»Okay«, sagte Curry.

Anette ging wieder ins Zimmer und schaltete das Aufnahmegerät ein.

»Freitag, 4. Mai 2012, es ist 22:40, anwesend sind Staatsanwältin Anette Goli und Malin Stoltz, die hier vernommen wird.«

»Maiken Storberg«, sagte Stoltz, schien sich plötzlich aber nicht mehr sicher zu sein.

»Wie soll ich Sie denn jetzt nennen?«, fragte Anette freundlich.

»Maiken, glaube ich«, sagte Malin.

»Also Maiken. Möchten Sie noch ein Glas Wasser, Maiken?«

»Nein, danke, das geht schon.«

»Wissen Sie, warum Sie hier sind, Maiken?«

»Ja, weil Karen und ich die Alten betrogen haben. Das tut mir so leid.«

»Sie sind nicht deshalb hier, Maiken.«

»Nicht?«

Die ehemalige Malin Stoltz, jetzt Maiken Storberg, blickte sie fragend an.

»Sie sind sicher, dass Sie keinen Anwalt wollen?«

»Ja. Ich bin sicher, aber warum bin ich hier?«

»Sie stehen unter Verdacht, die vier sechs Jahre alten Mädchen ermordet und außerdem die sechs Jahre alte Marion Munch entführt zu haben.«

»Oh ... nein, nein, nein, nein!«

Maiken sprang auf und zeigte auf Anette.

»Nein, nein, nein ... oh, nein, nein.«

»Setzen Sie sich bitte wieder, Maiken.«

»Oh nein, nein ... nein, nein, das wissen Sie, das wissen Sie, dass ich damit nichts zu tun habe. Oh nein, nein, nein.«

Anette bereute, Maiken Storberg die Handschellen abgenommen zu haben. Maiken sah aus, als ob sie sich jeden Moment etwas antun könnte.

»Können Sie sich bitte setzen, Maiken?«

»Damit habe ich nichts zu tun.«

»Können Sie sich setzen, Maiken?«

»Das ist, oh, nein, nein, nein. Ich war das nicht.«

»Wenn Sie sich setzen, werde ich Ihnen zuhören, können wir uns darauf einigen?«, fragte Anette, so freundlich sie nur konnte, und hielt ihren Finger in der Nähe des Knopfes unter dem Tisch.

Sie wollte die uniformierten Kollegen nicht hier im Raum haben, nur wenn es unbedingt nötig wäre.

Maiken Storberg sah sie einen Moment lang an und beschloss dann, sich wieder zu setzen.

»Maiken?«

»Ja?«

»Lassen Sie uns das, was ich gesagt habe, für einen Moment vergessen, ja?«

»Okay?«, sagte Maiken fragend und wischte sich eine Träne ab.

»Erzählen Sie mir mehr darüber, was Sie erwähnt haben.«

»Die Alten?«, fragte Maiken, nickte und setzte sich gerade.

»Wer sind die Alten?«

»Im Altenheim«, sagte Maiken leise. »Ich bin Karen in Hønefoss begegnet. In einem Gesprächskreis für Kinderlose. Wir haben uns angefreundet. Es war ihre Idee, sie kannte da jemanden, hat sie gesagt.«

»Wen denn?«

»Einen Pastor. Oder zuerst war er kein Pastor, er war Gebrauchtwagenhändler, aber dann wurde er Pastor und hat Leuten, die sterben mussten, Geld weggenommen.«

»Erbschaften?«

Mia hatte das Team über die Gemeinde informiert, die versucht hatte, Munchs mütterliches Erbe an sich zu reißen.

Maiken Storberg nickte.

»Wir haben Geld für alle Namen bekommen, die wir liefern konnten, von denen, die …«

»Die?«

Maiken zögerte ein wenig.

»… ja, sie wissen schon, die alt waren und die wir vielleicht dazu bringen konnten, an den Himmel zu glauben.«

Sie schämte sich jetzt sichtlich. Rang auf ihrem Schoß die dünnen Hände.

»Und wie lange ist das so gelaufen?«

»Ach, lange, lange. Wir haben viele betrogen.«

Die Tür wurde geöffnet, und Curry kam herein. Anette drückte auf den Aufnahmeknopf.

»22:57. Soeben hat Ermittler Jon Larsen den Raum betreten. Die Vernehmung von Malin Stoltz alias Maiken Storberg wird fortgesetzt.«

Sie schaute zu Curry hoch, und der nickte.

»Alles stimmt«, sagte er kurz.

»Wer ist also Karen?«, fragte Anette.

»Kennt ihr Karen nicht?«, fragte Maiken.

»Welche Karen?«, fragte Curry.

»Ich kenne Karen«, sagte Munch, der plötzlich im Raum stand.

Anette hatte nicht einmal gehört, wie die Tür geöffnet worden war.

»22:59. Soeben hat Holger Munch, der Leiter der Sondereinheit, den Raum betreten«, sagte Anette ins Mikrofon.

»Wo ist Karen?«, fragte Munch und setzte sich ans Tischende.

Maiken Storberg schien sich zu schämen, seit Munch gekommen war. Sie kannten sich. Und Maiken hatte sich an dem Versuch beteiligt, Munchs Familie um ihr Erbe zu bringen.

»Es tut mir leid, Holger«, murmelte Maiken und schaute auf ihre Knie. »Ich wollte doch bloß ein Baby haben. Warum darf ich kein Baby haben, wenn alle anderen eins kriegen?«

»Das ist schon gut, Malin«, sagte Munch ruhig und legte ihr die Hand auf die Schulter. »Ich muss nur wissen, wo Karen ist.«

»Maiken«, sagte Anette.

»Was?«, fragte Munch und drehte sich zu ihr um.

Anette hatte ihren Chef schon häufiger erschöpft erlebt, aber noch nie so sehr wie jetzt. Er konnte ihren Blick nur mit Mühe erwidern. Wenn sie nicht gewusst hätte, dass er nie Alkohol anrührte, wäre sie sicher gewesen, dass er heftig gezecht hatte.

»Maiken Storberg«, sagte Curry und nickte Munch beruhigend zu.

»Maiken? Na gut, Maiken«, sagte Munch. »Wo ist Karen?«

»Oh nein, nein«, sagte Maiken und fing an, sich auf dem Stuhl hin und her zu wiegen.

»Munch?«, sagte Anette, aber er ignorierte sie.

»Ich muss wissen, wo Karen ist, verstehst du das? Ich muss wissen, wo sie ist, sofort!«

Munch beugte sich vor und packte die schmächtige Frau an der Schulter. Sofort schlug Maiken Storberg die Hände vors Gesicht.

»Nein, nein, nein.«

»Wo ist Karen«, schrie Munch und schüttelte die schmächtige Frau.

»Munch!«, rief Anette.

»Wo ist Karen?!«

Munch hatte jetzt die Hände um Maikens Schulter gelegt und rüttelte sie noch heftiger. Anette wollte schon aufspringen, aber Curry kam ihr zuvor. Der kräftige Polizist legte seine muskulösen Arme um Munch und führte ihn aus dem Vernehmungsraum.

»Geht's so weit, Maiken?«, fragte Anette, als sie wieder allein waren.

Die schmächtige Frau schaute aus ängstlichen Augen zu ihr auf und nickte langsam.

»Ich muss nur kurz mit den beiden anderen sprechen, dann bin ich wieder hier, okay?«

Wieder nickte Maiken Storberg.

»Und du?«

Maiken sah zu ihr auf.

»Das kommt in Ordnung, ich glaube Ihnen, okay?«

Maiken wischte sich eine Träne weg und nickte zaghaft.

»Tausend Dank.«

Anette lächelte, legte ihr eine Hand auf die Schulter und ging aus dem Zimmer.

»What the fuck, Munch?«

Auf dem Gang stand Curry, der Munch noch immer in festem Griff hielt.

»Tut mir leid«, stammelte Munch. »Sie hat Marion. Karen. Sie hat meine Kleine. Sie hat Marion.«

»Jetzt beruhige dich mal«, sagte Curry.

»Bring Maiken in eine Zelle«, sagte Anette ruhig. »Ich kümmere mich um Holger.«

Curry nickte widerwillig und ließ den hellbraunen Dufflecoat los. Er ging wieder in den Vernehmungsraum und ließ die beiden anderen auf dem Flur zurück.

»Ist alles in Ordnung mit dir, Holger?«, fragte Anette und legte ihrem Chef eine Hand auf die Schulter.

»Sie hat meine Kleine«, sagte Munch.

»Wer ist Karen?«, fragte Anette ruhig.

»Sie arbeitet im Heim«, brummte Munch. »Sie hat meine Kleine, Anette. Meine Kleine.«

»Wir finden sie«, sagte Anette, und dann klingelte ihr Telefon.

»Anette?«

»Gib mir Holger«, sagte ein atemloser Gabriel Mørk.

Sie reichte Munch das Telefon.

»Ja?«

Munch hörte kurz zu und legte gleich wieder auf.

»Der Kiesefilm. Wir haben die GPS-Koordinaten. Nimm Curry mit, ja?«

Der beleibte Polizist lief bereits durch den Gang, ohne eine Antwort abzuwarten.

• 79 •

Mia Krüger wurde von etwas geweckt, das sie für Möwenschreie hielt. Sie war wieder auf ihrer Insel. Das Haus, das sie gekauft hatte, um allein zu sein. Um vor den Menschen wegzulaufen. Um vor sich selbst wegzulaufen. Sie hatte sich freiwillig mit Medikamenten vollgepumpt, bis zum Anschlag. Meer. Luft. Vögel. Ruhe. Sie wollte zu Sigrid. Es ist zu schwer, allein zu sein. Wenn deine ganze Familie nicht mehr da ist. Tot. Es ist zu hart, keinen Menschen zu haben, der versteht. Sigrid hatte immer verstanden. Die wunderbare, feine, herrliche Sigrid. Mia hatte nicht einmal ein Wort zu sagen brauchen. *Ich verstehe dich, Mia.* Ohne dass sie den Mund aufgemacht hätte. Der warmherzige liebevolle Blick unter den blonden Haaren.

Jetzt war sie allein. Keine Sicherheit. Keine Ruhe. Nur dieses Haus und die Möwen. Die unerbittliche, intelligente, ganz besondere Mia Krüger. *Mia Mondkind,* die Indianerin mit den glitzernd blauen Augen, eine der besten Mordermittlerinnen des Landes. Geschrumpft zu einem erschöpften Sonderling auf einer einsamen Insel.

Mia merkte, dass ihr Mund wie ausgedörrt war. Sie versuchte, die Augen zu öffnen, aber das gelang ihr nur langsam. Zeitlupenübergang von Traum zu Wirklichkeit, mit Musik im Hintergrund. Ein Radio. Die Musik setzte aus. Sie unternahm noch einen Versuch, die Augen zu öffnen, aber ihre Augenlider steckten fest, nicht nur die Augen, sie steckte überhaupt fest, konnte sich nicht rühren. Mia glitt langsam zurück in ihren Traum, der Kaffee war fertig, sie hörte den pfeifenden Wasserdampf in der Küche auf Hitra.

»Hallo, hallo, Mia.«

Mia Krüger schlug die Augen auf und sah Karen Nylund. Die rotblonde Frau lächelte und hielt eine Flasche Wasser in der Hand.

»Möchtest du etwas trinken? Du musst doch entsetzlichen Durst haben.«

Mia wusste plötzlich wieder alles, ihr Körper zuckte automatisch, versuchte sich loszureißen. Sie hatte etwas vor dem Mund. Ihre Hände waren mit Klebeband an einen Stuhl gefesselt. Die Beine. Ihre Beine ebenfalls. Mit Klebeband gefesselt. Ihre Bewegungen erfolgten reflexartig, durch ihren Körper und nicht durch ihr Gehirn. Muskuläre Panik, aber es half nichts. Sie konnte nur den Kopf bewegen.

»Du bist richtig niedlich«, sagte Karen lachend und schwenkte die Wasserflasche. »Willst du noch lange so weitermachen? Es macht Spaß, dir zuzusehen, also tu dir keinen Zwang an.«

Mia spürte, wie die Panik in ihr aufstieg, konnte sich aber zusammenreißen. Die Panik verdrängen. Sie atmete tief durch und schaute sich um. Mit ihrem Polizeiblick. Sie war in einem kleinen Haus. Oder einer Hütte. Nein, einem Haus. Die Fensterrahmen waren weiß. Alt. Auf dem Land. Sie war auf dem Land. Die Fensterscheiben waren mit Plastikfolie überzogen. Man konnte hinausschauen, aber nicht herein. Wärme und Knistern hinter ihr. Ein Ofen, nein, das Geräusch war lauter, von einem offenen Kamin. Ein Sofa. Ein Tisch. Sechzigerjahre. Ein Läufer auf dem Boden. Mehrfarbig. Links eine Tür. Ein alter Kühlschrank. Eine Küche. Noch eine Tür. Angelehnt. Ein Flur. Zwei schmutzige Stiefel. Eine Strickjacke. Eine Regenjacke.

»Ja, hier ist es schön, nicht wahr?«, sagte Karen und stellte die Flasche auf den Boden. »Soll ich dir alles zeigen und erklären?«

Mia versuchte, etwas zu sagen, aber es kam nur ein Gurgeln aus ihrem Hals. Das Klebeband vor ihrem Mund. Sie streckte die Zunge heraus, presste sie zwischen ihre Lippen, nahm den Geschmack des Klebstoffs wahr.

»Wenn du etwas zu trinken willst, darfst du nicht rufen«, sagte Karen. »Wir sind weit von den Menschen weg, die können dir also nicht helfen, aber ich will nicht, dass du das Kind weckst.«

Vor ihr stand ein Fernseher. Nein, kein Fernseher, ein Bildschirm. Ein Computerbildschirm. Eine Tastatur. Eine Maus.

Karen schaltete den Rechner ein.

»Siehst du, sie schläft. Wir müssen still sein. Pst.«

Karen Nylund lächelte und legte den Zeigefinger an die Lippen. Der Bildschirm erwachte langsam zum Leben und zeigte das Bild eines schlafenden Mädchens. *Marion.* Irgendwo in einem weißen Zimmer. Das Bild war aus der Vogelperspektive aufgenommen, von einer oben in einer Ecke angebrachten Webcam.

»Ist sie nicht süß?«, fragte Karen lächelnd.

Die Pflegerin setzte sich auf den Tisch und strich behutsam über den Bildschirm.

»Darf das Kind nicht wecken, wenn es schläft.«

Dann sprang Karen auf, trat einen Schritt vor und riss Mia das Klebeband aus dem Gesicht. Mia schnappte nach Luft und hustete. Ihr war schlecht. Die Spritze im Nacken. Sie hatte das Gefuhl, sıch gleıch übergeben zu müssen.

»So, jetzt ein bisschen trinken«, sagte Karen und hielt ihr die Flasche an den Mund.

Mia trank gierig, so viel sie konnte, der Rest lief über ihr Kinn, auf ihren Pullover, auf ihre Hose, ihre Oberschenkel wurden nass.

»Braves Mädchen«, sagte Karen und wischte ihr mit dem Handrücken Kinn und Mundwinkel ab.

»Was hast du mit ihr gemacht? Hast du ihr was angetan?«, würgte Mia heraus.

»Aber nein, was redest du denn da?«, fragte Karen und lächelte noch immer. »Ich hab ihr doch nichts getan. Ich werde sie umbringen, das schon, aber ich werde ihr doch nichts tun!«

»Der Teufel soll dich holen«, fluchte Mia und spuckte aus.

Karen sprang zur Seite und konnte dem Speichel gerade noch ausweichen.

»Nein, pfui, Mia! Willst du das Klebeband zurückhaben, oder wollen wir versuchen, uns anständig zu benehmen?«

Mia spürte, wie die Wut in ihr kochte, aber sie riss sich zusammen.

»Ich werde mich benehmen«, sagte sie leise. »Entschuldige.«

»Siehst du, das ist schon besser«, sagte Karen und setzte sich wieder.

»Warum ich?«, fragte Mia.

»Du meine Güte, immer gleich zur Sache, was? Ist das nicht ein bisschen langweilig?«, fragte Karen lachend. »Wollen wir nicht zuerst ein bisschen spielen? Ich spiele so gern. Spielen macht Spaß. Findest du nicht? Spielst du nicht gern, Mia? Mia Mondkind, was für ein niedlicher Name. Ein kleines Indianermädchen, das gefangen worden ist. Sehr passend, findest du nicht?«

Mia gab keine Antwort. Sie schloss die Augen und ließ den Kopf auf ihre Brust sinken. Karen stand auf.

»Mia? Mia? Du darfst jetzt nicht wieder einschlafen, Mia, wir wollen doch spielen.«

Mia öffnete die Augen wieder und spuckte Karen direkt ins Gesicht.

Die rotblonde Frau war darauf nicht vorbereitet gewesen, und für einen Sekundenbruchteil ließ sie die Maske fallen. Ihr Lächeln war verschwunden. Ihre Augen blitzten.

»Verdammte Fotze!«

Karen Nylund hob die Hand und schlug Mia ins Gesicht. Der Schlag war hart. Mias Kopf wurde nach hinten geschleudert, und vor ihren Augen tanzten Sterne.

Als sie wieder klar sehen konnte, war das groteske Lächeln in Karens Gesicht zurückgekehrt.

»Ein bisschen Kuchen?«, fragte Karen und legte den Kopf schief. »Den habe ich nur für dich gebacken.«

»Wer zum Teufel bist du eigentlich?«

»Nicht fluchen«, sagte Karen. »Das muss nicht sein. Das ist eine Regel. Ist das abgemacht? Das ist eine Regel bei unserem Spiel.«

Mia überlegte und nickte. Schaute sich abermals um. Polizeiblick. Sie war hier gefangen. Fernab von der Zivilisation. Sie steckte fest. Musste sich durch Reden befreien. Einzige Chance. Mitspielen.

»Das ist eine gute Regel«, sagte sie leise und versuchte zu lächeln.

»Schön«, sagte Karen und klatschte in die Hände. »Wer soll anfangen? Soll ich anfangen?«

Mia nickte.

»Ich bin in diesem Haus hier aufgewachsen«, sagte Karen. »Hier wohnten ich, meine Mutter, meine Schwester und der, dessen Namen wir nicht nennen.«

»Dein Vater?«

»Der, dessen Namen wir nicht nennen«, sagte Karen lächelnd und setzte sich wieder auf den Tisch. »Du bist dran.«

»Ich bin in Åsgårdstrand aufgewachsen«, sagte Mia. »Bei meiner Schwester und meiner Mutter und meinem Vater. Wir haben in einem weißen Haus gewohnt, in der Nähe von dem von Edvard Munch. Meine Großmutter wohnte gleich nebenan.«

»Langweilig«, sagte Karen zuckersüß. »Partykiller. Das wissen wir doch längst. Erzähl etwas Neues, etwas, das wir noch nicht wissen. Soll ich etwas sagen?«

Mia nickte wieder.

»Meine Mutter hat im Krankenhaus von Hamar gearbeitet, ich durfte mit ihr zur Arbeit gehen. Sie hat mir alles gezeigt. Sie hatte die weichsten Haare auf der Welt. Ich durfte sie kämmen. Meine Schwester war noch zu klein, sie durfte nur zusehen. Eines Tages kam sie nicht von der Arbeit nach Hause. Wir wussten ja alle, was passiert war, aber die Polizei rührte keinen Finger. Ist das nicht komisch, was meinst du? Dass wir in einem Land leben, wo die Polizei keinen Finger rührt?«

Karen lächelte und strich sich die Haare hinter die Ohren. Schaute zur Decke hoch, schien nachzudenken.

Das Krankenhaus von Hamar. Sie waren also in der Nähe von Hamar. Der Vater hatte die Mutter umgebracht. Die Polizei hatte keinen Finger gerührt. Daher stammte dieser Hass auf die Polizei.

»Darf man Fragen stellen?«, fragte Mia.

»Das darf man«, lachte Karen. »Bei diesem Spiel darf man alles.«

»Außer fluchen«, sagte Mia und rang sich noch ein Lächeln ab, hoffte, es wirkte überzeugend.

»Genau«, kicherte Karen. »Das mögen wir nicht.«

»Wie hast du sie genannt?«, fragte Mia.

»Wen denn?«

»Das Mädchen von der Wochenstation.«

Karen lächelte nicht mehr.

»Margrete«, sagte sie.

»Das ist ein schöner Name.«

»Ja, findest du nicht?«

»Doch, sehr schön. War das ihr Zimmer?«

Sie nickte zu dem Bildschirm hinüber.

»Ja«, sagte Karen traurig. »Oder nein, es war nicht so schön. Es war da, aber ich habe ein neues bauen lassen. Das alte war so traurig geworden.«

»Was ist mit ihr passiert?«

»Oh nein, ich bin dran, ich bin dran.«

Mia riss ihren Blick vom Bildschirm los. Sie konnte sich das nicht länger ansehen. Marion lag dort unten in einem Bett, in einem weißen Puppenkleid mit Spitzen.

»Er ist innerlich verblutet«, sagte Karen lächelnd.

»Wer?«

»Der, dessen Namen wir nicht nennen. Ich habe ihm Rattengift ins Essen getan. Ich musste kochen. Für uns drei, nachdem die Polizei gesagt hatte, Mutter sei aus freien Stücken verschwunden. Es hat Spaß gemacht, da zuzusehen. Wie er gestorben ist. Wir haben es zusammen gesehen, meine Schwester und ich. Er hat aus dem Mund geblutet und dann überall. Es war ein richtig schöner Anblick. Fast feierlich. Fast wie zu Heiligabend.«

»Wo habt ihr ihn begraben?«, fragte Mia und versuchte, nicht den Bildschirm anzusehen.

Konzentrieren jetzt, Mia, konzentrieren.

»Gleich hinter dem Klohäuschen«, sagte Karen lächelnd. »Stinki, stinki, Dreck, Dreck, Dreck. Sehr passend. Sicher, dass du keinen Kuchen willst?«

»Später vielleicht«, sagte Mia lächelnd.

»Der ist sehr lecker«, sagte Karen und verschwand für einen Moment in ihrer eigenen Welt.

»Malin Stoltz?«

»Meinst du Maiken?«

»Zwei verschiedene Augenfarben? Malin?«

»Maiken.« Karen nickte. »Die arme Maiken. Sie ist knatschverrückt, hast du das gewusst? Aber wir haben zusammen einen Haufen Geld verdient.«

Langsam begann es Mia zu dämmern. Wie das alles zusammenhing.

»Durch die Gemeinde?«

Karen Nylund lächelte und klatschte wieder in die Hände.

»Wie tüchtig, Mia. Sehr tüchtig. Du hast keine Ahnung, wie leicht alte Damen sich überreden lassen, all ihr Geld Jesus zu geben, wenn sie bald sterben müssen.«

Sie lachte kurz auf.

»Sie haben sechzig Prozent bekommen, wir vierzig. Ein fairer Deal, würde ich sagen. Das ist viehihiel Geld, Mia. Weißt du, wie viel Geld das ist?«

»Nein«, sagte Mia.

»Viel.« Karen zwinkerte ihr zu. »Ich wohne nicht hier, um das mal so zu sagen.«

»Aber sie hat etwas über Margrete oder die anderen Mädchen gewusst?«

»Aber nicht doch.« Karen lachte wieder. »Maiken ist total verrückt, das steht fest, aber viel zu feige für sowas. Ihren blöden Freund, Roger Bakken, den konnte ich immerhin brauchen, das war wenigstens etwas. Er konnte sich nicht entscheiden, ob er Mann oder Frau sein wollte, eigentlich witzig, solche Leute sind immer so schwach, lassen sich leicht an der Nase herumführen.«

»Meine Güte, was für ein Plan«, sagte Mia. »Mit der Gemeinde zusammenzuarbeiten. Richtig clever, gut für alle.«

»Ja, nicht wahr?«, fragte Karen stolz.

»Aber was ist mit ihr passiert?«, fragte Mia dann.

»Mit wem?«

»Mit Margrete. Dem Baby?«

Karen verstummte einen Moment, dann antwortete sie:

»Ich wurde von einem Auto angefahren. Hab mir den Fuß und beide Arme gebrochen«, sagte sie und presste die Lippen aufeinander. »Musste im Krankenhaus liegen.«

»Lange?«

Karen nickte stumm.

»Kann ihnen auch keine Vorwürfe machen«, sagte sie und hatte nun wieder dieses Lächeln aufgesetzt. »Den Alten, meine ich. Wenn sie ihr Geld weggeben. Liegen ganz allein da. Der Körper funktioniert nicht. Sie überdenken ihr Leben und bereuen. Ach, was sie bereuen, Mia! Ich habe sie gesehen. Habe sie reden hören. Sie denken an alles, was sie lieber anders gemacht hätten. Dass sie nicht weniger Verantwortung für die Leute um sich herum übernommen haben. Dass sie nicht mehr an sich selbst gedacht haben. Dass sie nicht mehr gereist sind, gespielt haben, die Welt erforscht haben. Sie haben alle furchtbare Angst. Sie haben Furcht in den Augen, schreckliche Furcht, Mia, du solltest sie mal sehen. Sie begreifen, dass sie sich falsch verhalten haben. Sie geraten in Panik. Sie hoffen auf eine letzte Runde. Wollen sich noch eine Chance erkaufen. Kann ihnen eigentlich keinen Vorwurf machen. Was ist es für ein Gefühl, sterben zu müssen, Mia?«

»Willst du mich umbringen?«, fragte Mia.

Karen sah sie überrascht an.

»Ja, natürlich. Wieso fragst du?«

»Warum mich?«

»Hast du das noch immer nicht kapiert? Und ich hatte gedacht, du wärst so intelligent!«

»Nein, ich hab es nicht kapiert«, sagte Mia leise.

»Nein, das hast du nicht, denn ich bin klüger als du.« Karen lächelte triumphierend und klatschte wie ein Kind in die Hände.

»Ich hab einen Hund getötet, weißt du das? Damit die Mädchen etwas zum Spielen haben, war das nicht nett von mir?«

»Das wusste ich nicht«, murmelte Mia.

»Weil du dumm bist«, sagte Karen Nylund lächelnd.

»Ja, du bist schlauer als ich.«

»Das bin ich.«

»Warum willst du mich denn dann umbringen?«

»Weißt du das nicht? Wirklich nicht?«, fragte die Frau mit den rotblonden Haaren hämisch.

»Nein.«

»Soll ich es sagen?«

»Ja.«

»Weil du meine Schwester umgebracht hast«, sagte Karen und verschwand in der Küche.

• 80 •

Liv-Hege Nylund hatte mit dreizehn zum ersten Mal Klebstoff gesnifft, in einer Seitenstraße von Hamar. Sie hatte die Schule schon lange geschmissen, hatte sich dort nicht wohlgefühlt, die Fächer lagen ihr nicht, die Menschen auch nicht, und niemand kümmerte sich darum, wo sie war. Ihre Schwester hatte sich gekümmert, Karen, die zehn Jahre Ältere, hatte immer auf sie aufgepasst, als sie in Tangen gewohnt hatten, in dem kleinen abgelegenen Haus. Der Vater war ein Tyrann gewesen. Physische und psychische Misshandlungen hatten für die beiden Schwestern und die Mutter, die am Ende einfach von der Bildfläche verschwunden war, den Alltag geprägt. Die kleine Liv-Hege hatte Dinge erleben müssen, mit denen ihr Kopf und ihr Körper nicht umgehen konnten. Der Lappen mit dem Klebstoff war eine wunderbare Freistätte von der Wirklichkeit gewesen. Solange Karen da gewesen war, war alles leichter gewesen. In die Schule zu gehen. So zu tun, als ob alles in Ordnung wäre. Zu glauben, dass sie es schaffen würde. Aber Karen war so seltsam geworden. Als beide Eltern nicht mehr da waren, hatte eine Persönlichkeitsänderung bei ihr eingesetzt. Sie konnte wegen jeder Kleinigkeit hochgehen. Sie konnte plötzlich laut über Dinge lachen, die überhaupt nicht komisch waren. Liv-Hege erinnerte sich daran, wie einmal ein Vogel zum Wohnzimmerfenster hereingeflogen war. Liv-Hege hatte den Vogel geholt, ihn in ihr Zimmer gebracht, ihn in eine kleine Pappschachtel mit Baumwolle gelegt, versucht, ihn am Leben zu erhalten. Eines Tages, als sie mit dem Schulbus nach Hause gekommen war, hatte sie ihre große Schwester Karen in der Küche überrascht, auf der Platte stand ein Kessel mit kochendem Wasser, und Karen sah zu, wie der schreiende kleine Vogel lebendig gekocht wurde. Sie hatte sich mit strahlendem Lächeln zu Liv-Hege umgedreht. Als ob es ihr Spaß machte, den Vogel sterben zu sehen. Die Mutter hatte in Hamar im Krankenhaus gearbeitet, und die große Schwester, Karen, hatte sie zur Arbeit begleiten dürfen. Was die Mutter nicht wusste, war, dass Karen Medikamente stahl. Sie hatte Liv-Hege einmal, als sie allein zu Hause gewesen waren, die Schachtel auf dem Dachboden gezeigt, Spritzen und Ampullen und Gläser und alles Mögliche mit komischen Namen. Liv-Hege wusste nicht, was die Schwester damit vorhatte, aber vermutlich wollte sie damit etwas töten. Karen tötete gern.

Liv-Hege wollte vergessen. Der Lappen mit dem Klebstoff war der Anfang einer Reise gewesen, bei der nur ein einziges Ende möglich war. Anfangs war Liv-Hege per Anhalter von Tangen nach Hamar gefahren, aber das hatte dann auch ein Ende genommen, sie war gar nicht mehr nach Hause gekommen. Auf Domkirkeodden wurde Klebstoff gensnifft, dann schliefen sie im Gebüsch. Sie nahmen Poppers, Herzmedizin, und schliefen auf Bänken und in Treppenhäusern. Sie stahlen das Essen, das sie brauchten, und verbrachten ihre Zeit vor allem damit, sich weitere Rauschmittel zu besorgen. Je mehr Liv-Hege sich zudröhnte, umso schwieriger war es, nüchtern zu sein. In den ersten Jahren hatte sie es nicht so oft gemacht, vielleicht einige Male in der Woche, aber jetzt passierte es dauernd. Eine destruktive Spirale, aus der sie sich nicht befreien konnte. Liv-Hege wurde von dem gejagt, was sie als kleines Kind erlebt hatte, dem totalen Fehlen von Liebe, der konstanten Angst davor, was passieren würde, und sie konnte nicht mit der Wirklichkeit umgehen, so wie andere Menschen sie sahen. Ein gutes Leben. Ein Leben in Geborgenheit. Ein Haus. Eine Arbeit. Eine Familie. Kinder. Ferien. Keine Chance. Liv-Hege Nylund hatte in diesem Leben nur ein Ziel. Den nächsten Rausch. Und den danach. Und dann noch einen. Sie hatte Beziehungen gehabt, aber die waren nicht so wichtig gewesen. Ein Typ hier, der ihr ein Bett und ein bisschen Hasch gab. Ein Typ da, bei dem sie duschen und Schnaps trinken konnte.

Aber dann lernte sie Markus Skog kennen. Liv-Hege

war in einem Auto eingeschlafen und in Oslo aufgewacht. Jemand wollte irgendeine Ladung holen. Speed. Oder so. In einer Wohnung am Grønland-Platz, da war er gewesen. Liv-Hege war sofort hin und weg gewesen, und danach waren sie zusammen. Markus Skog hatte sie mit Heroin bekannt gemacht, und jetzt hatte sie zwei Dinge, in die sie verliebt war. Das Heroin war perfekt für sie gewesen. Anders als die Stoffe im Klebezeug und die vielen anderen unreinen Dinge, mit denen sie sich zugedröhnt hatte. Die hatten sie weggeholt, das schon, aber ihr war fast die ganze Zeit schlecht gewesen. Das hier war etwas ganz anderes. Markus Skog hatte ihr an einem Sommertag unten am Akerselv den ersten Schuss gesetzt, und Liv-Hege hätte das fast nicht für möglich gehalten. Ihr Körper schien ihr Leben lang angespannt gewesen zu sein und sich plötzlich entspannt zu haben. Alles, was scharfe Stacheln und bohrendes Elend gewesen war, war jetzt ein einziges strahlendes Lächeln. Ein riesiges strahlendes Lächeln, auf rosa Wolken ewiger Schönheit. Die Menschen waren gut. Die Welt war phantastisch. Für immer. Seit damals waren sie die ganze Zeit zusammen gewesen. Markus und sie und das Heroin. Ein himmlisches Dreieck. Sie zogen umher, wohnten mal hier, mal da. Markus kannte alle Welt, und dann fing er an zu dealen, und sie lernten noch mehr kennen. Die Dealer sind die Promis der Unterwelt, immer umgeben von einem Hofstaat aus Fremden und Bekannten, und obwohl Markus nur auf Straßenniveau gedealt hatte, waren sie gut zurechtgekommen. Jetzt war Herbst, und sie waren seit einiger Zeit in einem Wohnwagen oben beim Tryvann. Es hatte eigentlich eine ziemlich laute Partystimmung geherrscht, viel Kokain und Speed und im Grunde zu wenig Heroin. Liv-Hege hatte das vermisst. Es würde jetzt guttun. Sich richtig einen zu fixen. Die Partyclique war dann zum Glück in Richtung Zentrum weitergezogen, und im Wagen waren nur noch sie drei. Markus und sie und das wunderbare flüssige Gold, das bald durch ihre Adern strömen würde.

»Kannst du mir einen Schuss machen?«

Liv-Hege schaute flehend zu Markus Skog hoch, der in dem kleinen Wohnwagen winzige Kreise drehte.

Er hatte zwei Lines Mix eingezogen, Speed und Kokain, und war ziemlich zugedröhnt. Er redete ununterbrochen mit sich selbst und hatte tellergroße Augen.

»Markus?«, fragte sie noch einmal. »Setz mir einen Schuss.«

Liv-Hege schob den Pulloverärmel hoch und legte den Arm auf den kleinen Resopaltisch.

»Scheiße, Liv-Hege, das kannst du doch selbst, muss ich denn alles machen?«, grunzte Markus Skog und machte sich auf dem Tisch noch zwei Lines fertig.

»Aber ich finde es so schön, wenn du das machst«, sagte Liv-Hege. »Jetzt komm schon!«

»Verdammt, du nervst, ich kapier nicht, warum ich dich mit mir rumschleppe. Warum tu ich das, warum tu ich das, Liv-Hege? Ist ja nicht gerade so, als ob du was beizutragen hättest, oder?«

Liv-Hege starrte beschämt zu Boden und zog sich den Gummischlauch selbst um den Arm. Markus beugte sich über den Tisch und zog die beiden Lines ein, in jedes Nasenloch eine.

»Ach, sieh an, sieh an, ja. Na, ich seh schon, hier ist der Bär los.«

Er lachte laut vor sich hin und schlug mit der Faust gegen die Wand. Liv-Hege fuhr zusammen, hätte fast mit der

Nadel die Ader verfehlt, aber dann traf sie doch. Die Wärme fing an, in ihren Körper zu strömen. Endlich. Rosa Wolken. Strände ohne Ende.

Sie hatte gerade die Nadel auf den Boden fallen lassen, als an die Wohnwagentür geklopft wurde.

»Hallo?«

Eine Frauenstimme.

»Wer zum Teufel«, sagte Markus.

Er versuchte, durch den Vorhang zu schauen, hatte aber vergessen, dass sie die Fenster mit Pappe beklebt hatten und nicht aus dem schmutzigen Wohnwagen hinausblicken konnten.

»Hier ist die Polizei.«

Jetzt eine Männerstimme.

»Ja, verflucht«, sagte Markus und wischte den Stoff vom Tisch. »Liv-Hege? Jetzt mach schon!«

Aber Liv-Hege sah keinen Grund, irgendetwas zu machen. Sie hatte ein strahlendes Lächeln um den Mund und war auf dem Weg dahin, wo alles gut ist. Wie es dann passiert war, wusste Liv-Hege nicht, aber plötzlich stand eine Polizistin im Wagen.

»Mia Krüger, Mordkommission. Wir suchen nach diesem Mädchen, habt ihr sie gesehen?«

»Das ist doch Pia«, sagte Liv-Hege selig, als sie das Bild sah.

»Fresse!«, rief Markus.

»Aber das ist doch Pia, Markus. Siehst du das nicht?«

»Fresse, hab ich gesagt«, brüllte Markus Skog.

»Markus?«, fragte plötzlich die Polizistin. »Markus Skog?«

»Was ist los, Mia?«

Das rief ein anderer Polizist von draußen.

Die Polizistin, die Mia hieß, sah aus, als ob sie ein Gespenst gesehen hätte.

»Wie geht's denn deiner Schwester?«, fragte Markus. Die beiden letzten Lines taten ihre Wirkung, sein Mund war ein riesiges klaffendes Loch, nur Zähne und Gelächter.

»Ach nein, stimmt ja, sie hat den Löffel abgegeben? Ja, hat sie, konnte den Stress nicht aushalten, die Arme, ha, ha. Ja, ja, so geht das mit lieben kleinen Mädchen aus braven Familien. Können rein gar nichts ertragen, weißte, haben zu spießig gelebt.«

Liv-Hege hatte nicht gesehen, dass die Polizistin eine Pistole gezogen hatte, aber die Waffe war auf einmal da, in dem kleinen staubigen Wohnwagen. Liv-Hege selbst war nicht da. Sie saß auf einem Berggipfel und sah zu. Es war schön warm. Der frische Wind wehte ihr durchs Haar.

In dem anderen Zimmer, weit weg, dort, wo sie nicht war, hatte Markus eine von den Spritzen vom Tisch genommen. Er hatte jetzt Schaum vor dem Mund. Er drohte der Polizistin mit der Spritze und lachte wie ein Irrer.

»Willst du nicht auch was abhaben, Mia? He, ganz sicher, dass du keine Kostprobe willst? Deine Schwester wollte mehr als gern. Ach, was war die für eine Weichfotze, die arme, kleine Sigrid, ha, ha.«

Von dem wunderbaren Gipfel, auf dem sie saß, konnte Liv-Hege ganz deutlich sehen, was jetzt passierte. Es war fast wie im Kino. Markus spuckte die Polizistin mit einem dicken Speichelklumpen an, während er zugleich versuchte, sie mit der Spritze zu treffen. Die Polizistin sprang zurück, und dann knallte es. Der Gipfel hatte sich jetzt in einen Vulkan verwandelt, es grollte unter ihr. Die Polizistin gab zwei Schüsse ab. Markus Sklog wurde rückwärts geschleudert und fiel blutend zu Boden.

Liv-Hege Nylund kam zwei Wochen später zu sich, mit überaus starken Entzugserscheinungen, in einem Raum, den sie nicht kannte. Karen saß neben ihr. Und wich eine Woche lang nicht von ihrer Seite. Liv-Hege war ans Bett geschnallt und hatte so etwas noch nie erlebt. Es war die Hölle. Es war, als ob jede einzelne Zelle in ihrem Körper hellwach wäre und unendlich leiden müsste. Eine Milliarde Brummschädel gleichzeitig, und während sie heulte, als ob der Teufel in sie gefahren wäre, blieb sie angeschnallt an das Bett in dem weißen Raum liegen, bis es vorüber war. Die ganze Zeit mit Karen an ihrer Seite. Ihre Schwester wusch sie, fütterte sie, hielt ihre Hand, beruhigte sie. Sie war weg gewesen, aber jetzt war sie wieder da.

Dann durfte sie aufstehen. Sie durfte allein aufs Klo gehen und sich zum Essen an den Tisch setzen. Die Bäume ansehen. Karen lächelte jetzt, Liv-Hege hatte Karen in der ganzen Zeit nicht lächeln sehen, aber jetzt war ihre Schwester froh.

Was Karen Nylund nicht wusste, war, dass Liv-Hege nicht vorhatte zu bleiben. In diesem Leben. Sie hatte alles verloren, was sie geliebt hatte. Ihre beiden Lieben. Markus Skog. Und das Heroin. Was konnte diese Welt ihr sonst noch bieten? Nichts.

Eine Woche später, sowie sie zum ersten Mal allein spazieren gehen durfte, kletterte sie in einer Tanne im Wald so hoch sie konnte und legte sich eine Schlinge um den Hals.

Und sprang hinaus in die Freiheit.

• 81 •

Das tut mir schrecklich leid«, sagte Mia.

»Ach, macht doch nichts. Du hast sie umgebracht. Und jetzt musst du selbst sterben. So gleicht sich alles aus, findest du nicht?«

Karen lächelte und streichelte Mias Hand. Ging wieder in die Küche und kam mit einem Stück Schokoladenkuchen zurück.

»Möchtest du ein Stück Kuchen, Mia?«

Mia schüttelte den Kopf.

»Aber du musst doch etwas essen, der ist wirklich richtig lecker, Rezept von meiner Mutter.«

Mia warf einen Blick auf den Bildschirm. Marion Munch lag bewegungslos auf ihrem Bett unten im Kellerraum. Mia sah aber plötzlich, dass sie sich ein wenig bewegte. Zum Glück. Das kleine Mädchen schlief nur. Karen Nylund lächelte wieder und fuhr mit zwei Fingern über den Bildschirm.

»Sie ist schön, nicht wahr?«

Mia nickte zaghaft.

»Ich freue mich schon darauf, sie fertig zu machen. Es ist wichtig, dass Kinder rein sind, findest du nicht?«

Karen lächelte sie an. Mia spürte die Angst in sich aufsteigen. Sie war bisher einigermaßen ruhig gewesen, aber jetzt stellte sie sich ein, die Furcht. Die Bosheit. Sie hatte noch nie solche Augen gesehen. Die Frau vor ihr schien genau zu wissen, was sie tat und sagte, und doch war sie ganz ohne Empathie und normale menschliche Gefühle.

»Willst du hören, was jetzt passiert, sollen wir das spielen?«, fragte Karen grinsend und erhob sich.

»Können wir nichts anderes spielen?«, fragte Mia.

Sie musste jetzt Zeit gewinnen. Ihretwegen, vor allem aber für Marion. Sie dachte an Munch. Wie würde der reagieren, wenn Marion etwas passierte? Sie konnte einfach nicht daran denken. Es war zu unwirklich.

»Was willst du denn spielen?«, fragte Karen.

»Egal«, sagte Mia und versuchte es ihrerseits mit einem Lächeln. »Wir können doch über Margrete reden.«

Karen wurde ernster. Runzelte die Stirn und verschränkte die Arme vor der Brust. Mia Krüger versuchte verzweifelt zu erraten, was in ihrem Kopf vor sich ging, wie diese Frau wirklich tickte, sie wollte einen Schwachpunkt finden, konnte aber nicht zu Karen durchdringen.

»Margrete geht es gut«, zwitscherte sie und lächelte jetzt wieder. »Sie geht im Himmel in die Schule und hat vier Klassenkameradinnen, und bald hat sie fünf und auch eine Lehrerin.«

»Klassenkameradinnen?«, fragte Mia verwundert.

»Aber ja, sie kommen doch jetzt in die Schule. Hast du das nicht kapiert?«

Jetzt konnte Mia die Puzzleteile zusammenfügen. Ich reise allein. Die Schultaschen. Die Schulbücher. Springseile. Karen Nylund hatte die verschrobene Vorstellung, dass sie im Himmel eine Schulklasse einrichten und als Lehrerin fungieren wollte. So hing das alles zusammen. Im Kopf dieser Psychopathin. Mias Gewissen versetzte ihr einen Stich. Warum begriff sie das erst jetzt? Vielleicht müsste Marion sonst gar nicht in dem kleinen Kellerraum in diesem Horrorkabinett von Einödhaus eingesperrt liegen.

»Sie hat auch einen Hund«, sagte Karen jetzt. »Einen niedlichen jungen Schäferhund, sie spielt so gern mit dem Kleinen, sieh nur, wie sie sich freut, Mia, sieh nur.«

Karen zeigte zur Decke hoch und lächelte töricht.

»Jetzt kommt Mama bald, Margrete. Jetzt dauert es nicht mehr lange.«

Karen winkte und warf eine Kusshand gen Himmel.

»Warum zehn Kleider und nur fünf Mädchen?«, fragte Mia.

»Was?«, fragte Karen.

»Du hast zehn Kleider bestellt, aber du hast dir nur fünf Mädchen geholt?«

»Kein Mädchen hat ja wohl nur ein Kleid, oder? Hattest du nur ein Kleid, Mia? Zu Hause in Åsgårdstrand? Als du mit der kleinen Sigrid gespielt hast?«

Mia biss sich auf die Lippe, als sie Sigrids Namen hörte, merkte, wie die Wut in ihr tobte, aber sie konnte sich auch jetzt zusammenreißen.

»Also bleibt es bei den fünfen?«, fragte sie beherrscht.

»Ja«, Karen nickte nachdenklich, als überlegte sie, ob sie nicht doch noch mehr hätte holen sollen. »Kleine Klassen sind doch eigentlich besser, da werden alle gesehen und gehört. Ist das nicht auch wichtig, was meinst du, dass alle gesehen und gehört werden? Ich hätte vielleicht auch zehn nehmen können, oder was sagst du? Reichen fünf?«

»Unbedingt.« Mia nickte. »Gut gemacht. Ich finde, du warst tüchtig.«

»Findest du wirklich?«, fragte Karen skeptisch.

»Oh ja, auf jeden Fall«, sagte Mia. »Eine gute Idee und ein feiner Plan. Margrete kann schließlich nicht allein in die Schule gehen, ich meine, großer Gott!«

»Nicht wahr?«, fragte Karen und setzte sich wieder auf den Tisch. »Das war eigentlich das Mindeste, was ich tun konnte.«

»Ganz richtig gedacht«, sagte Mia. »Und unglaublich

gut ausgeführt. Ich meine, wir haben gar nichts kapiert, du hast uns richtig an der Nase herumgeführt, du bist wirklich tüchtig.«

»Ja, nicht wahr?«, fragte Karen strahlend und klatschte in die Hände.

»Doch, die Klügste, die mir je begegnet ist«, Mia nickte.

»Ich habe das schon gaaanz lange geplant«, sagte Karen. »Sehr sorgfältig. Und es war so leicht, das ist das Schlimmste, dass es so leicht war, ihr wart doch total verunsichert, das Spiel hat wahnsinnigen Spaß gemacht, findest du nicht?«

»Ja, sehr witzig«, sagte Mia lächelnd.

»Und jetzt sind wir bald am Ende angekommen. Das wird gut.« Karen seufzte. »Jetzt brauchen wir nur noch alle zu sterben, dann sind wir fertig.«

»Ja, das wird gut«, sagte Mia, während die Gedanken durch ihren Kopf wirbelten. »Hast du jetzt gesagt, Karen? Gerade jetzt? Wer soll denn jetzt sterben?«

»Erst du«, sagte Karen. »Dann Marion. Nein, oder warte mal. Ich hab mich eigentlich noch gar nicht entschieden.«

»Ach«, überlegte Mia. »Das weißt du noch nicht, das sieht dir aber gar nicht ähnlich.«

»Ich weiß.« Karen lachte. »Aber ich kann doch nicht alles entscheiden, es kommt ja auch ein wenig auf den Zufall an.«

»Wie das? Erzähl!«

»Ich hatte einen Typen, der mir geholfen hat«, sagte Karen und setzte sich wieder. »Die Männer sind doch dumm, das weißt du sicher?«

»Saudumm«, sagte Mia lächelnd.

»Ja, nicht wahr, total beschränkt. Aber dieser hier, also,

der war wirklich die Härte. Er war einfach blöd, richtig blöd, verstehst du?«, fragte Karen amüsiert.

»Und wer war das?«

»Ach, nur so ein Typ, wie hieß er doch noch gleich, richtig, William hieß er. Er war verheiratet, aber er wollte was von mir, das kommt ja vor, weißt du, Männer sind ja so schlichte Gemüter. Er hat mir geholfen, den Raum zu bauen. Ich wollte das alte Zimmer nicht mehr, sondern wollte ein neues.«

»Weil Margrete da gewohnt hat?«

»Ja, das war nicht mehr schön.«

»Das kann ich verstehen.«

»Also hat er mir bauen geholfen, und dann bin ich auf eine witzige Idee gekommen.«

»Was denn?«

Karen konnte sich jetzt fast nicht länger beherrschen. Kicherte und lachte wie ein kleines Schulmädchen.

»Wir haben einen Film gemacht«, kicherte sie.

»Einen Film?«

»Ja, mit seinem Mobiltelefon. Großer Gott, was hab ich danach gelacht.«

Der Kiesefilm. Der war nicht echt!

Mia versuchte, sich nichts anmerken zu lassen.

»Was war denn das für ein Film?«

»Er hat so getan, als ob er schreckliche Angst hätte«, lachte Karen. »Und hat falsche Koordinaten genannt, von seinem Standort, also wo er war.«

»Ja?«

»Er hat die falschen Koordinaten gesagt, ist das nicht komisch?«

»Zum Totlachen«, sagte Mia, der aber kein richtiges Lachen mehr gelang.

»Und was für Koordinaten habt ihr genommen?«, fragte sie mit gepresster Stimme.

»Ja, das ist ja gerade das Komische«, kicherte Karen. »Die von einem Haus hier ganz in der Nähe, ist das nicht wahnsinnig komisch? Den Film habt ihr doch bekommen, nicht wahr?«

Karen trat ganz dicht an sie heran. Die gestörte Frau fuhr ihr mit einer kalten Hand durch das Gesicht.

»Du glaubst vielleicht, du könntest mich austricksen, Mia? So tun, als ob wir Freundinnen wären? Hältst du mich für dumm, Mia?«

Mia spürte die kalten Finger auf ihren Augen und Lippen.

»Ihr habt den Film bekommen. Von seiner Frau, oder?«

Mia nickte schwach.

»Ich bin nicht blöd, weißt du, Mia. Mich kannst du nicht austricksen. Mir nach dem Mund reden. Warum hat das mit dem Film eigentlich so lange gedauert? Um ganz ehrlich zu sein, ich dachte, es würde schon viel früher knallen.«

Mia war jetzt schlecht. Karen fuhr wieder mit den kalten Fingern durch ihr Gesicht, wie eine Blinde, die ihren Weg zu ertasten versuchte.

»Was ist passiert, Mia?«

Es fiel Mia sehr schwer, ruhig zu bleiben. Sie hätte die Kranke am liebsten in einen Finger gebissen.

»Sie hat den Film nicht abgegeben. War erst vor ein paar Tagen bei uns«, sagte Mia ruhig.

»Aha«, sagte Karen lächelnd. »Sie hielt wohl nicht besonders viel von ihm, wie?«

Mia gab keine Antwort.

»Ich kann sie gut verstehen«, lachte die rotblonde Frau. »Der war ein Schwein. Aber habt ihr den Film jetzt?«

Mia nickte vorsichtig.

»Schön. Dann können wir gelassen abwarten, bis es peng macht.«

Karen grinste und setzte sich wieder auf den Tisch.

»Es ist also hier ganz in der Nähe?«, fragte Mia.

»Ja, ist das nicht witzig? Dann können wir hören, wenn es knallt, vielleicht können wir auch etwas sehen. Wenn wir das noch schaffen, meine ich.«

Karen erhob sich und verschwand aus Mias Blickfeld. Mia konnte die Kälte dieses schlechten Menschen hinter sich spüren. Sie schaute abermals zu dem Bildschirm hinüber. Sie fuhr zusammen, als sie sah, dass Marion langsam aufwachte.

Nein, nein, Marion, still liegen bleiben.

»Du nicht, übrigens«, flüsterte eine Stimme ihr ins Ohr. »Du wirst nicht hören, wie es knallt.«

Karen streichelte ihre Wange.

»Du stirbst ja jetzt, wird das nicht schön?«

Mia machte einen letzten verzweifelten Versuch, sich loszureißen, aber ihre Fesseln wollten noch immer nicht nachgeben. Sie spürte, wie die Wut kam, und konnte sie nicht aufhalten. Ihr Körper schien unmittelbar vor einer Explosion zu stehen.

»Du miese verrückte Kuh!«

»Aber, aber, was ist das denn für eine Sprache, Mia«, sagte Karen augenzwinkernd.

Mia spürte wieder das Klebeband vor dem Mund. Den Leimgeschmack auf der Zunge. Ruhig durch die Nase atmen. *Nicht aufwachen, Marion, sie darf dich nicht sehen, bleib ganz still liegen. Das ist eine Falle, Holger. Schick niemanden in das Haus. Sie will alle mitnehmen. Lass da niemanden reingehen, Holger. Geht da nicht rein. Schick auch nicht Kim oder Curry oder Ludvig oder Gabriel oder Anette, schick niemanden, wir können niemanden entbehren, Holger.*

Mia spürte einen Stich in ihrer rechten Hand. Karen hatte ihr eine intravenöse Injektion gesetzt. Mia hörte, wie sie sich hinter ihr zu schaffen machte, einen Beutel an ein Gestell hängte, merkte, dass etwas in sie hineinströmte. Es kribbelte, machte ihre Adern kalt und taub.

»So«, sagte Karen und setzte sich wieder auf den Tisch. »Schade, dass wir nicht mehr spielen können, aber es ist besser, wenn du jetzt stirbst. Ich möchte noch ein bisschen mit Marion allein sein. Wir brauchen Zeit für uns, ehe wir aufbrechen, nur sie und ich, da kann ich dich hier nicht brauchen.«

Sie kicherte.

»Stell dir vor, wie witzig das wird, wenn sie feststellen, dass du nur ein paar Häuser weiter gestorben bist? Wenn sie überleben, meine ich. Die, die überleben. Was glaubst du, wer wird überleben, Mia? Munch? Kim? Dieser Larsen, der sich für sonst wen hält? Wird es nicht lustig, das herauszufinden?«

Mia murmelte hinter dem Klebeband. Die Psychopathin war geistig nicht richtig da, begriff nicht, dass Mia nicht antworten konnte. Karen trommelte mit den Fingern auf die Tischplatte. Schmatzte leise vor sich hin. Kratzte sich im Gesicht. Sprang auf. Verschwand aus Mias Blickfeld. Kehrte mit einem doppelläufigen Schrotgewehr zurück. Öffnete es, überzeugte sich davon, dass in beiden Läufen Patronen steckten. Klappte das Gewehr wieder zusammen und legte es neben sich auf den Tisch.

»Der, dessen Namen wir nicht nennen, hat gern Tiere geschossen«, sagte sie und kratzte sich wieder im Gesicht.

»Da waren wir gleich. Wir haben beide gern getötet. Es ist witzig, etwas sterben zu sehen, Mia, nicht wahr? Witzig, wenn sie zu atmen aufhören? Wenn sie losreisen?«

Karen stand auf und ging hinaus in den Flur. Mia konnte hören, wie sie eine Tür öffnete und wieder schloss. Ein Hauch frische Luft strömte ins Zimmer. Karen kam zurück.

»Ich werde mich nicht erschießen, wenn du das gedacht haben solltest. Ich glaube nicht, dass den Mädchen eine Lehrerin ohne Gesicht gefallen würde, oder? Nein, das Gewehr ist nur für den Fall, dass jemand kommt, man kann nie vorsichtig genug sein, nicht wahr, Mia?«

Mia bemerkte ein Brennen in ihrer Handfläche. Etwas Metallisch-Schweres war unterwegs in ihre Blutbahn. Sie konnte nur noch mit Mühe klar sehen. Sie versuchte, sich auf den Bildschirm zu konzentrieren. Marion war nicht mehr da. Marion war verschwunden. War Karen unten gewesen? Was hatte sie mit dem kleinen Mädchen gemacht?

Karen schüttelte den Kopf und lächelte.

»Es war schön, die Sachen fallen zu sehen. Der Blödmann, der den Film gemacht hat, ist richtig schön gefallen. Einen Augenblick dachte ich, er könnte vielleicht fliegen. Genau wie Roger Bakken. Roger hatte ja sogar Flügel. Es war so schön, das zu sehen. Geht dir das auch so, Mia? Wenn du tötest?«

Mia war einen Augenblick abwesend, verließ geistig dieses schreckliche Zimmer, fuhr zusammen, als sie wieder zu sich kam. Karen hatte einen Koffer gepackt.

»Und ich war so sicher, dass du es wüsstest«, sagte Karen jetzt. »Dass du wüsstest, warum.«

Mia konnte jetzt Sigrid sehen. In einem weißen Kleid. Sie lief in Zeitlupe über das Feld.

Komm, Mia, komm.

»Markus Skog«, sagte Karen. »Sie war zwar nicht gescheit, meine Schwester, das war sie nicht, aber sie war lieb. Es war nicht ihre Schuld. Er war kein guter Mensch. Aber was soll man machen? Männer. Sind nichts zum Sammeln. Sie hat sich umgebracht, nachdem du ihn erschossen hattest. Nicht mit einer Überdosis, nein, sie hat sich erhängt. Eine Überdosis wäre besser gewesen, meinst du nicht, Mia? So wie Sigrid? Sie hatte es doch sicher gut, als sie gestorben ist. Brauchte nicht mit einem Strick um den Hals von einem Baum zu springen.«

Karen schaute zur Tür und kratzte sich wieder im Gesicht.

»Ja, ja, so ist wohl die Liebe. Was weiß denn ich?«

Mia konnte die Augen jetzt nicht mehr offen halten. Spürte ihre Arme und Beine nicht mehr.

Karen stand jetzt wieder auf. Kam auf Mia zu und streichelte ihre Wange.

»Dann gute Reise, Mia Mondkind.«

Sigrid kam durch das Feld auf Mia zugelaufen. Blieb mit schelmischem Blick vor ihr stehen. Winkte ihrer Schwester zu.

Komm, Mia, komm!

Ich komme, Sigrid, warte doch.

Soll ich Dornröschen sein und du Schneewittchen?

Ja, Sigrid, gern.

Komm, Mia, komm schon!

Ich komme, Sigrid. Jetzt komme ich.

Mia ließ los.

Und folgte dem wehenden weißen Kleid ihrer Schwester über das weizengelbe Feld.

• 82 •

Delta 1, kommen.«

Munch ließ den Knopf des Intercom los und wartete auf Antwort.

»9, hier ist Delta 1, over.«

Munch warf Kim einen Blick zu, der mit der Glock auf den Knien dasaß. Er trug eine kugelsichere Weste und hatte einen verbissenen Gesichtsausdruck. Curry saß auf der Rückbank, auch er mit kugelsicherer Weste und der Waffe in der Hand. Sie waren mit ausgeschalteten Scheinwerfern den Waldweg hochgefahren und konnten jetzt das Haus erahnen, es war nicht mehr weit.

»9, hier ist Delta 1. Ziel in Sicht auf vier null Metern. Keine Zielperson, over.«

»Delta 1, hier ist 9. Position halten, nicht ohne meinen Befehl schießen, over.«

»9. Hier ist Delta 1, verstanden, over.«

»Ganz dunkel«, flüsterte Curry und beugte sich zwischen den Sitzen vor.

Munch nahm das Nachtfernglas und richtete es auf das verfallene Gebäude. Nichts deutete darauf hin, dass das kleine Haus bewohnt sein könnte. Das war sicher auch der Sinn der Sache. Die GPS-Koordinaten im Film hatten sie hergeführt. Für einen Moment dachte er dankbar an Gabriel Mørk, der mit Hilfe eines Kumpels in ungeheuer kurzer Zeit die Koordinaten beschafft hatte. Der Junge hatte sich wirklich als Glückstreffer entpuppt. Munch drückte wieder auf den Knopf des Intercom.

»Delta 2, hier ist 9, kommen.«

»9, hier ist Delta 2, over.«

»Position, over?«

»Hier ist Delta 2. Wir haben zwei Mann hinter dem Haus, Osten. Drei vor dem Eingang, Nordwesten. In Position fünfzehn null Meter, over.«

»Delta 2, hier ist 9, auf weitere Anweisungen warten, over.«

»Komisch, dass da kein einziges Licht brennt«, sagte Kim Kolsø, dem Munch das Nachtfernglas gereicht hatte.

»Vielleicht ist sie nicht da«, sagte Curry.

»Vielleicht sind sie im Keller«, sagte Munch.

Er ließ sich von Kim das Fernglas zurückgeben und richtete es auf das kleine Haus. Sie waren mit drei Einheiten vor Ort. Zwei von der Bereitschaftstruppe Delta, ein Scharfschützenteam und eine Einsatzeinheit. Dazu Munch, Kim und Curry. Munch reichte das Fernglas weiter und musste schmunzeln. Ludvig und Gabriel hatten unbedingt mitkommen wollen. Ludvig war das eine, aber Gabriel? Der Junge hatte doch höchstens mal mit einer Zwille geschossen. Aber Mut, den hatte er. Wirklich ein Fang für das Team, das war er wirklich. Munch hatte den beiden natürlich aufgetragen, die Stellung zu halten. Sie hatten hier genug Leute.

»Wissen wir, ob sie auch Mia hat?«, fragte Kim.

»Wir wissen es nicht, aber wir wissen es trotzdem, oder nicht?«, fragte Curry.

»Ihr Auto wurde vor dem Pflegeheim gefunden«, sagte Munch. »Und ihr Telefon wurde zuletzt irgendwo auf dem Drammensvei geortet.«

»Hat es sicher aus dem Fenster geworfen«, zischte Curry.

»Hast du etwas über den Jungen herausfinden können? Den kleinen Iversen?«, fragte Munch.

Kim hatte seinen Auftrag ausgeführt und war gerade

rechtzeitig zurückgekehrt, um das Team bei diesem Einsatz zu begleiten.

»Hab mit seiner Lehrerin gesprochen, Emilie Isaksen«, antwortete Kim. »Überaus aktive Dame. Großes soziales Gewissen. Könnten mehr von der Sorte brauchen. Der Junge ist verschwunden. Die Eltern sind verschwunden. Sie hatte gerade den kleinen Bruder aus dem Haus geholt, der hatte eine Woche lang nichts mehr zu essen gehabt. Ich hab gesagt, sie soll keine Alleingänge machen, aber ich glaube nicht, dass sie sich daran hält. Sie ist sicher gerade auf dem Weg nach oben, um zu suchen.«

»Rede mit Ludvig«, sagte Munch. »Und die sollen aus Hønefoss jemanden schicken.«

»Schon geschehen«, sagte Kim und nickte.

Munch nickte beifällig zurück. Wenn er sich auf einen Mann verlassen konnte, dann auf Kim Kolsø. Curry dagegen, den musste man im Zaum halten. Kim saß bewegungslos auf dem Vordersitz, während Curry fast nicht still sitzen konnte.

»Was machen wir jetzt?«, fragte Curry und beugte sich abermals zwischen den Sitzen vor.

»Wir warten«, sagte Munch.

»Worauf warten wir? Diese Irre hat Mia da drinnen, wer weiß, was sie mit ihr macht, sollen wir nicht einfach reinrennen und die Alte plattmachen?«

»Curry«, sagte Kim mahnend.

»Ich weiß, was auf dem Spiel steht«, sagte Munch ruhig. »Mein Enkelkind ist da drinnen.«

Er musterte Curry mit einem unmissverständlichen Blick. Curry nickte leicht verlegen und ließ sich in seinen Sitz zurücksinken.

Marion war dort drinnen.

Munch riss sich zusammen. Er durfte jetzt nicht hineingleiten, in die Großvaterrolle. Mikkelson hatte natürlich darauf bestanden, dass Munch zu Hause blieb, dass er diesen Einsatz anderen überließ, aber nicht einmal ein Bulldozer hätte Munch zurückhalten können. Er hielt sich abermals das Fernglas vor die Augen und schaute zu dem dunklen Haus hinüber.

»Wie lange warten wir noch?«, fragte Curry ungeduldig.

»Curry«, sagte Kim abermals.

»Nein, er hat Recht«, sagte Munch verbissen. »Es hat keinen Zweck zu warten.«

Er drückte wieder auf den Knopf des Intercom.

»Delta 2, hier ist 9, kommen.«

»9, hier ist Delta 2, over.«

»Delta 2, das hier ist 9, standby zum Reingehen.«

»Delta 2, verstanden, over.«

Munch überzeugte sich davon, dass die Glock entsichert war, und nickte den beiden anderen zu.

»Sind wir so weit?«

Kim nickte.

»Und wie«, sagte Curry.

Munch öffnete langsam die Tür und stieg leise aus dem Audi.

• 83 •

Als Marion Munch wach wurde, hatte sie wieder diesen komischen Geschmack im Mund. Sie hatte so schön geträumt. Dass sie zu Hause war, dass Mama und Papa da waren und dass alles so war wie immer. Sie schlug die Augen auf und stellte fest, dass sie noch immer in dem kleinen, kalten, weißen Zimmer eingesperrt war. Und sie trug auch noch immer dasselbe blöde unbequeme Kleid. Sie machte sich unter der dünnen Decke ganz klein und fing an zu weinen. Sie wusste nicht, wie lange sie schon hier war, und es wurde auch nie das Licht ausgeschaltet. Sie hatte den Lichtschalter gesucht, hatte aber keinen finden können, nur kalte Wände und keine Fenster und keine Tür. Marion hatte so sehr geweint, dass sie fast keine Tränen mehr in den Augen hatte. Sie hatte an die Wände geklopft und gerufen und geweint, aber niemand war gekommen. Zuerst hatte sie nicht begriffen, warum. Sie kamen doch immer, wenn sie weinte? Mama oder Papa, die kamen doch immer? Wie damals, als sie Fieber gehabt und geträumt hatte, Pu der Bär habe sich in ein riesiges Monster verwandelt, das sie fressen wollte. Da waren Mama und Papa sofort gekommen. Aber hier kam niemand. In diesem Zimmer passte niemand auf sie auf. Sie war ganz allein.

Marion Munch schob den Daumen in den Mund und rollte sich im Bett zu einem kleinen Ball zusammen. Sie hatte ja schon längst damit aufgehört, aber jetzt fing sie wieder damit an. Sie berührte den Daumen mit der Zunge, es war so ein schönes, vertrautes Gefühl. Leckte daran. Etwas war komisch an dem Daumen. Sie zog ihn aus dem Mund und musterte ihn verwundert. Jemand hatte etwas in ihren Fingernagel geritzt. Da war eine Kerbe, fast wie ein Buchstabe. Wie Vivians Buchstabe im Kindergarten. V. Sie hatte ein V auf dem Daumen. Marion steckte den Daumen wieder in den Mund und fuhr mit der Zunge über die scharfen Kanten des Nagelbuchstabens.

Zuerst hatte sie gezeichnet. Oder versucht zu zeichnen, das war nicht so einfach. Sie konnte die Zeichnung ja niemandem zeigen, sie war ganz allein hier. Dann hatte sie eine Superheldin gemalt. Eine Frau, mit der sie sprechen konnte und die auf sie aufpassen würde, das machte es etwas leichter, hier zu sein. In dem weißen Zimmer gab es gewissermaßen keine Tage. Es war die ganze Zeit hell, und nirgendwo gab es ein Geräusch. Außer wenn Essen aus der Luke in der Wand kam. Der Luke, in der ein scheppernder Affe saß. Das Essen war komisch und schmeckte nicht besonders gut, aber sie aß trotzdem die ganze Zeit, denn sie hatte unvorstellbaren Hunger. Manchmal gab es eine Flasche Saft, aber meistens gab es nur Wasser. Es war sehr dumm zu essen, denn dann musste sie aufs Klo. Und im Zimmer gab es kein Klo, nur einen Papierkorb, und der stank, der stank ganz schrecklich. Marion hatte einen kleinen Deckel gebastelt, einen Deckel aus der Pappe von dem Zeichenblock, und da stank es ein bisschen weniger. Aber ihr grauste trotzdem, denn es war jetzt schon ziemlich viel im Papierkorb, und das war furchtbar eklig.

Obwohl es die ganze Zeit hell war, fiel das Schlafen ihr leicht. Eigentlich komisch. Jedesmal passierte genau dasselbe. Wenn sie gegessen hatte, schlief sie ein. Ohne müde gewesen zu sein. Es war fast, als ob das Essen sie einschlafen ließ. Als ob es eine Art Zauberkost war oder so. Sie konnte sich gut an Alice im Wunderland erinnern, die so komisch geworden war, nachdem sie gegessen hatte, sie war groß geworden und dann winzig, also gab es Zauberkost. Aber konnte Essen auch dann magisch sein, wenn es schlecht schmeckte? Marion ließ die Zunge noch einmal über die Kerbe im Nagel gleiten, als sie hörte, wie sich in der Wand wieder etwas regte. Brrr, vrrr, jetzt kam die Zauberkost wieder durch die Wand zu ihr herunter. Sie stand auf und ging zu der Luke. Blieb stehen und wartete darauf, dass das Essen landete. Sie kannte die Geräusche jetzt. Brrrr, vrrrr, brrrr, vrrr und dann klonk. Dann konnte sie aufmachen und nachsehen, was sie bekommen hatte. Meistens gab es Kartoffelbrei und Möhren und den grünen Kram, den sie gar nicht mochte. Blumenkohl. Nein, Broccoli. Nie Pizza oder Würstchen oder Tomatensuppe, nie das, was sie gern aß. Marion blieb stehen und wartete auf das Klonk-Geräusch, noch immer mit dem Daumen im Mund. Sie hörte nie, wie der Fahrstuhl wieder nach oben fuhr, eigentlich war das komisch. Wenn der Fahrstuhl stoppte, nahm sie das Essen heraus, aß, und dann kam der Fahrstuhl wieder nach unten. Weil sie geschlafen hatte, war das der Grund? Das war sicher der Grund. Die Zauberkost ließ sie einschlafen, und der Fahrstuhl fuhr in der Wand wieder hoch, während sie schlief, so war das bestimmt.

Jetzt machte es klonk. Marion Munch öffnete die Luke, um zu sehen, was sie bekommen hatte. Diesmal gab es eine Flasche Saft, und das war jedenfalls gut. Aber das Essen sah ziemlich scheußlich aus. Es gab Kartoffeln und wieder dieses Grüne. Brokkoli. Sie nahm Teller und Flasche aus dem Fahrstuhl und setzte sich auf den Stuhl vor dem Schreibtisch. Sie stocherte mit der Gabel, die auch mit dem Fahrstuhl gekommen war, im Essen herum. Hatte eigentlich keinen Appetit. Sie wollte eigentlich nur weinen. Nicht essen, nur weinen. Sie spürte, wie ihr wieder die Tränen kamen, und kniff die Lippen zusammen. Weinen hatte keinen Zweck. Nicht in diesem Zimmer. Es kam ja doch keiner. Egal, wie viele Tränen flossen. Sie blieb mit der Gabel in der Hand sitzen und sah zu, wie die Tränen vor ihr auf den Teller tropften.

Was, wenn sie das hier nicht aß? Sie hatte keine Ahnung, woher der Gedanke gekommen war, er war einfach plötzlich in ihrem Kopf. Was, wenn sie das hier nicht aß, was dann? Würde sie dann wach bleiben? Würde sie hören, wie der Fahrstuhl wieder nach oben fuhr? Woher war dieser Gedanke eigentlich gekommen? Aus dem Nichts und dann in ihren Kopf. Es war doch eigentlich ein ganz toller Gedanke. Sie sprang auf und lief zur Luke hinüber. Öffnete sie und schaute hinein. Sie könnte sich doch hineinsetzen, oder nicht? Sie hatte sich auch schon in kleineren Nischen versteckt. Einmal, als sie Verstecken gespielt hatten, war sie in den Schrank mit den Kochtöpfen in der Küche gekrochen, und niemand hatte sie gefunden, am Ende hatte sie selbst wieder herauskommen müssen. Und der Schrank war schrecklich eng, alle waren total beeindruckt gewesen. Sie würde den Fahrstuhl an der Nase herumführen, genau das würde sie. Sie würde so tun, als ob sie äße, würde das Essen ins Klo kippen, den Teller zu den anderen in die Ecke stellen und sich ins Bett legen. Der Fahrstuhl fuhr hoch, wenn sie schlief. Vielleicht auch, wenn sie sich schlafend stellte? Marion stellte sich mit dem Rücken zum Fahrstuhl und nahm den Teller vom Tisch. Der Fahrstuhl durfte nicht sehen, was sie machte, sonst überlegte er sich die Sache vielleicht anders. Sie hob vorsichtig den Deckel vom Eimer und warf das Essen hinein, so schnell sie konnte. Sie setzte sich ganz schnell wieder und schaute die Luke in der Wand an.

»Oi, jetzt bin ich aber satt«, sagte sie laut und strich sich über den Bauch.

Der Fahrstuhl blieb stumm. Er hatte offenbar nichts gemerkt.

»Oi, jetzt bin ich aber müde«, sagte sie und tat so, als ob sie ganz schrecklich gähnen müsste.

Sie stellte den Teller auf den Stapel zu den anderen und ging zum Bett. Legte sich hin, mit dem Gesicht zum Fahrstuhl, und schloss die Augen. Sie blieb ganz still liegen, den Daumen im Mund. Sie konnte gut still liegen. Marion kniff die Augen zusammen und wartete auf das Fahrstuhlgeräusch. Es kam kein Geräusch. Sie merkte, dass sie ungeduldig wurde. Das hier war nicht so, wie im Küchenschrank zu liegen. Da hatte sie ja gewusst, dass draußen jemand war. Dass jemand nach ihr suchte. Sich darauf freute, sie zu finden. Hier kam niemand. Sie spürte, wie die Tränen wieder gegen ihre Augenlider drückten, aber sie konnte sie zurückhalten. Wenn sie weinte, schlief sie nicht. Das würde der Fahrstuhl sicher begreifen. Sie schob den Daumen noch tiefer in den Mund und versuchte, an etwas anderes zu denken. Damals im Küchenschrank hatte sie in Gedanken ein kleines Spiel gespielt. Hatte sich eine kleine Geschichte ausgedacht. Eine Geschichte über Monster High, eine ganz eigene Geschichte, die sie nicht im Fernsehen gesehen hatte, eine, die sie sich selbst ausdachte. Da war die Zeit ganz schnell vergangen. Sie stellte sich vor, dass sie DracuLaura war und vergessen hatte, die Hausaufgaben zu machen. Das war ganz schön blöd, denn jetzt würde der Lehrer kommen, und dann müsste sie sagen, dass sie keine Aufgaben gemacht hatte, und dazu hatte sie keine Lust. DracuLaura konnte nämlich stark wirken, aber sie wollte gut in der Schule sein, die anderen glaubten das vielleicht nicht, aber das wollte sie. Aber jetzt hatte sie sie vergessen, die Hausaufgaben. Marion wollte sich gerade überlegen, warum DracuLaura ihre Hausaufgaben vergessen hatte, als sie plötzlich hörte, wie der Fahrstuhl sich bewegte. Brr, vrr. Ohne nachzudenken, sprang sie aus dem Bett und lief zur Luke. Sie riss sie auf und kroch ganz schnell in das Loch in der Wand. Der Fahrstuhl war winzig klein, und zuerst wollte ihr Fuß gar nicht hineinpassen. Sie war im

Fahrstuhl, und der Fahrstuhl fuhr nach oben, aber ihr Fuß war noch draußen im Zimmer. Sie zog ihr Knie mit einem Ruck an, und plötzlich war alles von ihr drinnen. Sie war im Fahrstuhl! Und war auf dem Weg nach oben!

Der Fahrstuhl schaukelte und knirschte sich in der Wand nach oben. Marion konnte nichts sehen, krümmte sich so gut sie konnte zusammen und versuchte, keine Angst vor der Dunkelheit zu haben. Ihr Herz hämmerte wie wild, fast wagte sie nicht zu atmen. Brr, vrr. Es ging langsam, langsam aufwärts und dann plötzlich, klonk. Der Fahrstuhl war stehen geblieben und hatte nicht bemerkt, dass Marion drinnen saß. Sie drückte vorsichtig gegen die Luke und spürte zu ihrer großen Freude, dass die aufging. Marion Munch kletterte aus dem Fahrstuhl und schaute sich mit verdutzter Miene um.

Sie stand in einem Wohnzimmer. In einem Haus, das sie noch nie gesehen hatte. Auch hier gab es keine Fenster, doch, aber die Vorhänge waren davor. In einem Sessel an einem Tisch mitten im Zimmer saß eine Frau. Marion schaute sich um und ging zögernd auf die Frau zu. Sie hatte die Augen geschlossen und ein graues Band vor dem Mund. Eine Leitung führte in sie hinein, mit Wasser oder so aus einem Beutel. Marion erkannte die Frau sofort, sie hatte sie schon oft gesehen. Es war Opas Freundin, Mia. Die, die aussah wie eine Indianerin. Marion mochte Mia. Mia machte immer Jux mit ihr, sie war lieb, gab ihr Süßigkeiten, wenn Opa nicht hinschaute. Jetzt war sie tot. Sie war tot, auf einem Stuhl, mit Klebeband vor dem Mund.

Marion Munch blieb unschlüssig stehen und schaute sich fieberhaft um. Da gab es einen Flur, mit Schuhen und Stiefeln, genau wie zu Hause. Und eine Tür. Eine Haustür. Marion schlich vorsichtig auf die Tür zu. Das blöde Kleid machte das Gehen schwer, machte auch blöde Geräusche. Sollte sie sich trauen, die Tür aufzumachen? Wer wusste denn, was sich dahinter verbarg? In diesem Haus, wo alles so komisch war?

»Halt!«

Marion fuhr zusammen, als sie die schrille, erboste Frauenstimme hinter sich hörte.

»Halt! Halt!«

Marion Munch griff nach der Klinke, zog die Tür auf und rannte so schnell sie konnte in die Dunkelheit hinaus.

• 84 •

Karianne Kolstad hasste das Loseverkaufen. Lose verkaufen war so ungefähr die unangenehmste Beschäftigung, die sie sich vorstellen konnte. Die Vierzehnjährige hatte wegen der blöden Lose schon mit dem Gedanken gespielt, aus der Blaskapelle an ihrer Schule auszutreten. Sie hatte nichts dagegen, dass sie Geld verdienen mussten, sie hatte Steine gesammelt und Erdbeeren gepflückt, aber diese blöden Lose konnte sie nun mal nicht leiden. Karianne Kolstad war schüchtern, deshalb wollte sie keine Lose verkaufen. Denn dann musste sie an Türen klingeln und mit Leuten reden.

Karianne Kolstad zog die Jacke fester um sich zusammen und ging die Straße hinunter zu Tom Lauritz Larsen. Bei Larsen konnte sie klopfen, das würde schon gehen. Der Schweinezüchter war ja komisch, aber er war nett, sie hatte schon oft mit ihm gesprochen. Zuletzt hatte er fast ihren ganzen Losblock gekauft. Vielleicht würde sie auch diesmal solches Glück haben? Karianne Kolstad öffnete das Tor und betrat den Hofplatz.

Tom Lauritz Larsen war berühmt geworden, als jemand einer seiner Sauen den Kopf abgeschnitten hatte. *Hamar Arbeiderbladet* hatte darüber berichtet. Mehrmals sogar. Einmal, als der Kopf verschwunden, und dann, als er wieder aufgetaucht war. »Schwein aus Hamar auf Stange im Kindermordfall gefunden« hatte dort gestanden, und die Zeitung hatte ein Bild von Larsen und seinem Betriebshelfer gebracht.

Karianne Kolstad wusste alles über die verschwundenen Mädchen, sie hatte in den Zeitungen jedes Wort über die Mädchen gelesen. Sie hatten auch gemeinsam darüber gesprochen, zuerst in der Schule, dann in der Blaskapelle, dann im Gemeindehaus, wo alle sich versammelt hatten, nicht nur die mit Töchtern, die bald eingeschult werden würden, sondern fast alle aus dem Dorf. Sie hatten Kerzen für die toten Mädchen angezündet, und Karianne hatte mit ein paar anderen eine Facebookgruppe für die Mädchen gegründet. Eine Facebookgruppe zu gründen war einfach, sie konnte dabei hinter ihrem Rechner sitzen, nicht so wie jetzt, wo sie mit Leuten reden musste. Sie ging zum Haus und klopfte an die Tür. Es wurde draußen rasch dunkel, aber hinter dem Küchenfenster brannte Licht. Sie konnte auch Musik hören, also war er wohl zu Hause. Sie klopfte noch einmal, dann wurde die Tür geöffnet. Sie holte tief Luft und riss sich zusammen, versuchte, ein wenig zu lächeln.

»Hallo?«, fragte Larsen und musterte sie freundlich. »Musst du wieder Lose verkaufen?«

Oh, puh, danke, da brauchte sie nichts zu sagen.

»Ja.« Sie nickte erleichtert.

»Dann komm mal rein«, sagte Larsen und spähte in die Dunkelheit hinter ihr.

»Bist du denn so spät noch allein unterwegs?«, fragte er, als sie in der Küche standen.

»Ja.« Karianne nickte verlegen.

»Und worum geht es diesmal?«

Tom Lauritz Larsen hatte schon seine Brieftasche gezückt und hielt sie in der Hand.

»Wir wollen zu einem Blaskapellentreffen. In Schweden.«

»Das wird doch sicher schön?«

»Ich glaube schon«, antwortete Karianne höflich und nickte.

»Ich bin ja nicht gerade Krösus«, sagte Larsen schmunzelnd und zog einen Hunderter aus der Brieftasche. »Aber ich muss doch die Jugend unterstützen, findest du nicht?«

»Danke«, sagte Karianne lächelnd. »Die kosten zwanzig Kronen das Stück, und Sie können einen Obstkorb und Kaffee und Sachen gewinnen, die wir selbst gebastelt haben.«

»Ach, ich gewinne bestimmt nichts. Aber kaufen werd ich trotzdem«, sagte Larsen und zwinkerte ihr zu. »Ich habe leider nur hundert Kronen, das ist Pech.«

Hundert Kronen. Fünf Lose. Dann musste sie an diesem Abend noch weitergehen. Sie hatte es so lange wie möglich hinausgezögert. Der Block musste am nächsten Tag bei der Probe abgeliefert werden, und sie musste noch immer viele Lose absetzen.

»Ja, ja, das ist immerhin etwas.«

Larsen reichte ihr den Hunderter und ließ sich von ihr die Lose geben.

»Sei aber vorsichtig«, sagte er ein bisschen besorgt, als sie wieder auf der Treppe vor dem Haus standen.

Er starrte wieder in die Dunkelheit hinter ihr und rümpfte ein wenig die Nase. Seit der Schweinekopf verschwunden war, war offenbar etwas mit ihm geschehen. Bei ihrem letzten Besuch hatte er nicht so nervös gewirkt.

Karianne Kolstad ging über den Hofplatz und durch das Tor. Sie folgte der Straße nach oben, Richtung Vik-Brücke, und spielte schon mit dem Gedanken, nach Hause zu gehen, den ganzen Losverkauf zu vergessen, als sie plötzlich Zeugin einer unwirklichen Szene wurde.

Zuerst begriff sie nicht, was sie da sah. Das war unmöglich. Tangen, das langweiligste Kaff aller Zeiten, hier passierte doch nie etwas. Auf der anderen Straßenseite lag ein kleines Haus. Sie wusste nicht, wer dort wohnte, hatte eigentlich geglaubt, es stehe leer, nie wurde jemand beim Hineingehen oder Herauskommen gesehen. Jetzt stand die Tür sperrangelweit offen, und ein kleines Mädchen rannte die Treppe herunter. Das Mädchen trug ein komisches Kleid und schrie laut. Karianne Kolstad erkannte sie sofort. Sie hatte sie in den Zeitungen gesehen. Sie hatten ein Bild von ihr auf ihrer Facebookseite. Es war das Mädchen Nummer fünf. Es war Marion Munch.

Karianne erstarrte, ihr fiel die Kinnlade herunter. Das kleine Mädchen lief die Treppe herunter und fiel der Länge nach in den Kies. Hinter ihr kam eine Frau angestürzt. Marion rappelte sich auf, schaute sich um, schrie auf und rannte weiter. Die Frau hinter ihr war viel schneller, hatte sie mit einem Satz eingeholt, hielt dem kleinen Mädchen den Mund zu, zerrte sie zurück ins Haus und schloss die Tür.

Dann war alles wieder still.

Karianne Kolstad stand unter Schock. Geld und Losheft und Telefon waren auf die Erde gefallen.

Sie bückte sich danach, hob das Telefon auf und wählte mit zitternden Fingern die 112.

• 85 •

Lukas legte die Pistole auf den Boden und schob den Schlüssel ins Vorhängeschloss. Draußen war es jetzt kühl, er spürte die kalte Abendluft im Nacken. Er öffnete das Schloss und hob die schwere Holzluke hoch. Er leuchtete in den dunklen Raum. Der Lichtkegel glitt an einer Leiter hinunter und traf einige Meter weiter unten auf den Betonboden auf. Er schob die Pistole in den Hosenbund und kletterte die Leiter hinunter. Der Junge und Rakel standen mit einer Decke um die Schultern da, als er herunterkam. Er leuchtete sie an, senkte die Taschenlampe, als er sah, dass sie die Hand an die Stirn legten, weil der grelle Lichtstrahl sie blendete.

»Ich bin Jesus«, sagte er, so ruhig er konnte. »Fürchtet euch nicht, ich werde euch nichts tun.«

Er leuchte den Raum ab, fand das Gesuchte. Einen Kanister, der vor einem Regal voller Pappkartons stand. Der Junge und Rakel kamen zögernd auf ihn zu.

»Können wir gehen?«, fragte der Junge leise.

»Ja, ihr könnt gehen«, sagte Lukas. »Geht mit Gott. Das Tor steht offen.«

Er erwiderte für einen Moment den Blick des Jungen, als der in dem kalten Raum an ihm vorbeiging.

»Danke«, sagte der Junge und legte ihm vorsichtig die Hand auf den Arm.

»Ich bin Jesus«, sagte Lukas noch einmal, lächelte und leuchtete mit der Taschenlampe, damit der Junge und Rakel die Leiter sehen konnten.

Er wartete, bis beide oben waren, dann leuchtete er wieder die Regale an und griff nach dem Kanister. Der war schwer, aber er konnte ihn die Leiter hochtragen, zog ihn mit der Taschenlampe unter dem Arm die Sprossen hoch. Er klappte die Luke zu, blieb stehen und schaute für einen Moment zu den Sternen hoch. Er hatte nur selten etwas so Schönes gesehen. Er lächelte glücklich und ging über den Hofplatz.

Der Pastor stand in der Kirche, vor dem Altar an der Querwand, und kehrte ihm den Rücken zu. Er drehte sich um, als er Lukas hereinkommen hörte.

»Wie ist es gegangen?«, fragte der Pastor milde und kam mit ausgebreiteten Armen auf ihn zu.

Er blieb geschockt mitten in der Kirche stehen, als er sah, was Lukas in der Hand hielt. Lukas hatte die Pistole aus dem Hosenbund gezogen und zielte damit auf die Brust des Pastors.

»Lukas? Was soll das?«

»Ich rette dich«, sagte Lukas lächelnd und ging langsam auf den weißhaarigen Mann zu.

»Wie meinst du das, mein Sohn?«, fragte der Pastor und biss die Zähne zusammen. »Komm zu mir, mein Sohn. Gib mir die Pistole. Du weißt nicht, was du tust.«

Er streckte die Arme nach dem blonden Jungen aus.

»Pst«, sagte Lukas, und jetzt funkelten seine Augen. »Spürst du das nicht?«

»Was denn?«, stammelte der Pastor.

»Dass der Teufel in dich gefahren ist.«

»Jetzt redest du Unsinn, mein Sohn«, sagte der weißhaarige Mann nervös.

»Nein«, erwiderte Lukas ernst. »Der Teufel hat in dir seine Wohnstatt genommen, aber es ist nicht zu spät. Ich wurde auf die Erde geschickt, um dich zu retten. Das ist meine Berufung.«

»Aber zum Teufel, Lukas«, stotterte der Pastor.

»Siehst du?« Lukas nickte. »Der Teufel hat dein Herz an sich genommen. Er spricht durch deinen Mund. Wir tun so etwas unseren Kindern nicht an. Wir tun den Menschen so etwas nicht an. Wir helfen ihnen, wir schaden ihnen nicht. Das ist nicht Gottes Wille. Es ist nicht deine Schuld. Du bist unschuldig. Der Teufel hat dich in die Irre geführt. Hat dich dazu gebracht, ihn einzuladen. Hat deine Seele genommen. Hat dich dazu gebracht, anderen Böses zu wünschen. Alles wird jetzt gut werden, Papa. Wir können heute noch reisen. Wir brauchen nicht mehr zu warten. Lass uns zusammen gen Himmel fahren.«

»Gib mir die Pistole, du verdammter …«, rief der Pastor verzweifelt, aber es war zu spät.

Lukas drückte auf den Abzugshahn, schoss dem weißhaarigen Mann zwei Kugeln in die Brust und ließ die Pistole fallen. Der Pastor wurde rückwärts geschleudert und blieb keuchend vor Lukas liegen. Lukas öffnete den Kanister und fing an, den Inhalt an die Wände zu gießen. Er ließ sich Zeit. Sie hatten es nicht eilig. Jetzt verteilte sich der Benzingeruch im Innern der kleinen Kirche. Pastor Simon lag auf dem Rücken, sein Mund stand halb offen, und er sah Lukas mit panischer Angst an und presste sich verzweifelt die Hände auf die Brust. *Schönheit,* dachte Lukas, als er sah, wie das frische Blut kleine Bäche auf den frischgeschliffenen Boden malte. Er leerte den Kanister vor dem Altar aus und ging zurück zum Pastor, der sich jetzt an den Hals griff und etwas zu sagen versuchte, aber aus seiner Kehle kamen nur Gurgelgeräusche.

»Fürchte dich nicht«, sagte Lukas und streichelte die weißen Haare des Pastors.

Er erhob sich wieder und zog das Feuerzeug aus der Hosentasche. Überzeugte sich davon, dass es funktionierte. Sah die kleine Flamme an, die vor ihm flackerte. Ging auf die andere Seite, bückte sich, zündete das Benzin an, machte weiter, bis das ganze weiße Kircheninnere von brennendem Licht erfüllt war. Er lief zum Pastor zurück, kniete neben ihm nieder und nahm seine Hand. Die ganze Kirche stand jetzt in Flammen, Vorhänge, Wände, Fußboden, sogar der Altar. Lukas lächelte und fing an zu summen. Er streichelte behutsam die weiße Mähne des Pastors.

»Siehst du den Teufel? Jetzt verlässt er dich. Ist das nicht schön?« Dabei lachte der junge Mann.

Der Pastor starrte ihn entsetzt an. Sein Körper zitterte. Blut strömte aus den Wunden in seiner Brust.

Die Flammen loderten bis zur Decke empor. Überall waren Flammen.

»Wir sehen uns zu Hause, Papa«, sagte Lukas lächelnd.

Und schloss die Augen.

• 86 •

Holger Munch schlich mit dem Gefühl, dass etwas nicht stimmte, auf das kleine alte Haus zu. Die Fenster waren mit Brettern zugenagelt. Im Dach klaffte ein großes Loch. Es sah aus, als ob hier seit Jahren niemand mehr gewohnt hätte. Und als ob das Haus jederzeit einstürzen könnte. War es wirklich möglich, dass Karen sich hier verkrochen hatte? In dieser Bruchbude? Seltsam. Je näher sie dem Haus kamen, umso stärker wurde sein Gefühl, dass hier etwas nicht stimmte.

»Delta alle, hier ist 9«, flüsterte er ins Mikrofon und merkte, dass das Telefon in seiner Tasche vibrierte.

»Wie sieht's aus?«

»Negativ«, lautete die leise Antwort in seinem Ohr.

Er konnte sehen, wie Curry wenige Meter von ihm entfernt mit erhobener Pistole von einem Fuß auf den anderen trat. Der Kollege zuckte mit den Schultern und sah ihn an.

Worauf warten wir?

In diesem Haus wohnte bestimmt niemand. Hatte sie sich darunter einen Unterschlupf bauen lassen? Den kleinen Raum, den sie im Kiesefilm gesehen hatten? Nach dem, was er dem Filmstummel entnommen hatte, war der Raum zu klein gewesen. Es konnten zwar mehrere solche Räume nebeneinander liegen, aber dennoch.

Er versuchte verzweifelt, sich zu einer Entscheidung durchzuringen. Sie durften absolut keine Zeit verlieren. Sie hatte Marion. Sie hatte Mia. Sie mussten etwas unternehmen. Es konnte auch jetzt schon zu spät sein.

Schon zu spät.

Er wagte nicht einmal, an die Konsequenzen zu denken, wenn das stimmte. Für Miriam. Für Marion. Für sie alle. Alle in der Einheit. Nicht zuletzt für ihn selbst.

»9, hier ist Delta 1«, ertönte es leise in seinem Ohr. »Wir sind standby, bereit zum Reingehen, Klarsignal für go? Over.«

Curry zuckte wieder mit den Schultern, er wurde ungeduldig. Er schien zu allem bereit zu sein, und wenn Munch nicht bald den Befehl erteilte, würde er das Haus auch so stürmen.

Munch kniete sich ins Gras, nur wenige Meter vom Haus entfernt, und versuchte, sich einen besseren Überblick zu verschaffen, und dabei merkte er zum zweiten Mal, dass es in seiner Tasche vibrierte.

Nein, das konnte nicht möglich sein. Sein Gefühl sagte

ihm, dass es nicht möglich war. Einen abgeschlossenen unterirdischen Raum bauen, ja, aber eine ganze Abteilung, zum Wohnen und Leben? Warum in aller Welt sollte jemand das tun? Es müsste doch viel leichter sein, den Keller in einem Haus ausbauen zu lassen, das nicht kurz vor dem Einsturz stand.

»9?«, wurde per Intercom gefragt.

Auch andere außer Curry wurden unruhig, das ganze Team stand in den Startlöchern.

Sein Telefon vibrierte noch immer an seinem Hosenbein wie eine wütende Wespe.

Er zog sein Telefon aus der Hosentasche und warf einen raschen Blick darauf, während er mit der anderen Hand das Licht des Displays abzuschirmen versuchte.

Er hatte zwei Anrufe von Ludvig Grønlie und eine Meldung erhalten, die ihm jetzt entgegenleuchtete.

Falscher Ort!!! Zeugin hat Marion gesehen. Ruf an!!!

»Delta alle, Delta alle, hier ist 9«, sagte er entschieden ins Intercom. »Wir haben einen neuen Ort. Geht zurück, und wartet auf einen neuen Befehl. Ich wiederhole, nicht hineingehen, wir haben einen neuen Ort, zurückgehen und neuen Befehl abwarten.«

Er richtete sich auf, lief zum Auto und wählte Ludvig Grønlies Nummer.

• 87 •

Emilie Isaksen saß in ihrem Auto und fuhr den schmalen Kiesweg in den Wald hoch. Sie hatte lange Für und Wider abgewägt, sie hatte schließlich Torben eine Pizza versprochen, aber der kleine Junge war offenbar auch mit der Schokolade und der Banane zufrieden gewesen, die sie noch in der Tasche gehabt hatte. Sie wusste nicht genau warum, aber sie hatte das Gefühl, dass es eilte. Tobias. Er war jetzt seit einer Woche verschwunden. Hatte zu einer Art Sekte im Wald gewollt, zu den Christenmädchen, wie Torben gesagt hatte, sie wollte sich gar nicht vorstellen, dass er jetzt vielleicht irgendwo eingesperrt war, dass er *jetzt* Hilfe brauchte, sie musste etwas tun, auch wenn es vielleicht vergeblich wäre, sie wusste ja nicht einmal genau, wo diese Sekte sich aufhielt. Aber sie hatte sich über die zögerliche Reaktion der Polizei so geärgert, und da hatte sie beschlossen, die Sache selbst in die Hand zu nehmen, und Torben, der jetzt mit einem Lächeln und Schokolade um den Mund neben ihr saß, wirkte durchaus munter.

So einen Fall hatte sie noch nie gehabt. Diese Kinder brauchten ein neues Zuhause. Eigentlich um jeden Preis, so konnte man Kinder doch nicht behandeln. Emilie Isaksen war so wütend, sie hätte gern mit der Faust aufs Lenkrad geschlagen, riss sich aber zusammen, wegen Torben. Sie war dennoch nicht sicher, ob sie die richtige Entscheidung getroffen hatte. Es war jetzt dunkel draußen. Sie hatte nur ihre Scheinwerfer, der Weg war holprig, ringsum nur Wald, wenn plötzlich ein Elch aufgetaucht wäre, hätte sie unmöglich rechtzeitig halten können. Also fuhr sie langsam. Das Auto schlich den Kiesweg hoch, und als ob die Sicht nicht ohnehin schlecht genug gewesen wäre, fielen jetzt auch noch kleine Regentropfen auf die Windschutzscheibe. Das Jugendamt. Sie wusste nicht viel darüber, wie das vor sich ging, sicher mussten Briefe geschrieben werden, die Eltern einbestellt, sie mussten ihre Erklärung abgeben dürfen, ein langer Papierkrieg, vielleicht eine Gerichtsverhandlung, es war nicht so einfach, Eltern ihre Kinder wegzunehmen, und das war ja auch richtig so, aber in diesem Fall, wenn die Eltern nicht einmal aufzufinden waren?

Sie hatte eine Bekannte, die beim Jugendamt arbeitete, Agnete, sie hatten sich beim Aerobic kennengelernt und einige Male zusammen Kaffee getrunken. Sie beschloss, Agnete nachher anzurufen, sowie sie diesen schrecklichen Kiesweg hinter sich hätten, Agnete würde wissen, was hier zu tun war.

Der Regen wurde stärker, und es war wirklich schwer, durch die Windschutzscheibe noch etwas zu sehen. Sie wusste nicht einmal, wie weit es noch war. Es kam ihr nicht vernünftig vor weiterzufahren. Sie hatte immerhin einen kleinen Jungen im Auto. Besser, sie kehrte um. Ließ die Polizei nach Tobias suchen und kümmerte sich derweil um Torben. Gab dem Jungen mehr zu essen und ein warmes Bett. Nahm Kontakt mit dem Jugendamt auf. Setzte den Prozess in Gang, der diesen beiden Jungen eine gute Pflegefamilie geben könnte, mit zuverlässigen, verantwortungsbewussten Erwachsenen, die sie gern hatten, die sich um sie kümmerten, wie man sich um Kinder kümmern musste.

Sie wollte gerade nach einer Stelle zum Wenden Ausschau halten, als plötzlich mitten auf dem Weg zwei Gestalten auftauchten. Hand in Hand, geblendet vom Scheinwerferlicht.

Tobias.

Emilie Isaksen spürte, wie ihr Herz einen gewaltigen Sprung machte, als sie die beiden Nachtwanderer bei der Begegnung mit den grellen Scheinwerfern ängstlich an den Wegesrand laufen und im Wald verschwinden sah.

Sie trat auf die Bremse, ließ den Motor laufen, zog die Handbremse an und sprang in den Regen hinaus.

»Tobias!«, rief sie.

Nirgendwo war etwas zu hören. Nur schwere Regentropfen, die auf den Kies prasselten und unheilverkündend auf die Motorhaube trommelten.

»Tobias!«, rief sie noch einmal, während das Wasser über ihr Gesicht strömte.

»Ich bin's, Emilie. Hab keine Angst. Du kannst rauskommen. Alles ist in Ordnung. Ich wollte dich abholen. Tobias? Bist du da?«

Sekunden vergingen, die für Emilie wie eine Ewigkeit schienen, dann bewegten sich nicht weit von ihr entfernt ein paar Zweige, und dann tauchten zwischen den Bäumen zwei fragende Gesichter auf.

»Emilie?«, fragte Tobias ungläubig und kam langsam auf sie zu.

»Ja«, sagte Emilie lächelnd. »Geht's dir gut? Ist alles in Ordnung mit dir?«

Der hübsche Junge sah erschöpft und verwirrt aus, aber er war immerhin am Leben.

Danke. Zum Glück.

»Das ist Rakel«, sagte Tobias zaghaft und zeigte auf das Mädchen, das sich hinter ihm versteckte.

Das Mädchen, das ein weites und schweres graues Wollkleid und eine weiße Haube trug, als ob es aus einem anderen Jahrhundert stammte, stand zitternd hinter Tobias und wagte nicht ganz, sich zu zeigen.

»Sie braucht Hilfe«, sagte Tobias, und erst jetzt sah Emilie, wie erschöpft der Junge wirklich war, sein Blick war unstet, und er konnte sich kaum auf den Beinen halten.

»Steigt ein«, sagte Emilie und öffnete die Hintertür.

»Tobias!«, rief Torben erleichtert.

Der kleine Junge hatte seinen Sicherheitsgurt geöffnet und sprang auf den Rücksitz, um seinen Bruder ausgiebig zu umarmen.

Um alles in der Welt. Was hatten diese Kinder bloß durchgemacht?

Emilie setzte sich ans Steuer und fand eine Stelle zum Wenden.

»Geht es euch gut?«, fragte sie, als sie ein Stück den Weg hinuntergefahren war.

Sie fing im Rückspiegel Tobias' Blick ein. Der Junge sah noch immer ziemlich verwirrt aus, aber egal was hinter ihm lag, jetzt schien ihm langsam aufzugehen, dass sie in Sicherheit waren.

»Uns geht's gut«, sagte er mit zitternder Stimme. »Kannst du uns helfen?«

Er schaute Emilie im Rückspiegel an.

»Natürlich«, sagte Emilie und nickte. »Jetzt wird alles gut, Tobias, das verspreche ich dir.«

Emilie Isaksen fuhr so schnell, wie sie es auf dem schmalen Kiesweg wagte.

Und steuerte dann die Stadt unten im Tal an.

• 88 •

Zum zweiten Mal in weniger als einer Stunde saß Holger Munch mit dem Fernglas vor den Augen in einem Auto, während das Deltateam bereit zum Einsatz war, diesmal vor dem richtigen Haus. Garantiert richtig. Ein Mädchen hatte sie gesehen. Marion. Sie war aus diesem Haus gelaufen. Um dann wieder eingeholt zu werden. Von Karen Nylund. Das Mädchen kam aus dem Ort und wusste, wovon sie redete, hier gab es keine Fragen. Und während ihm vorhin, als sie vor der alten Bruchbude gestanden waren, alles falsch vorgekommen war, wirkte es jetzt absolut richtig. Es war ein altes rotes Haus, ein wenig heruntergekommen, aber bewohnbar. Aus den Fenstern drang ein etwas zu schwaches Licht, als ob sie mit Folie beklebt wären, um den Einblick zu verhindern. Eine dünne Rauchfahne stieg aus einem Schornstein aus Ziegelsteinen auf. Ein idyllischer Kleinbauernhof auf dem Land. Von außen. Aber alle, die jetzt draußen bereitstanden, wussten, dass es im Haus ganz anders aussah. Dort war Karen Nylund. Die vier sechs Jahre alte Mädchen ermordet hatte. Die die Leben von unschuldigen Eltern, Großeltern, Geschwistern, Freundinnen, Nachbarn zerstört, ihnen unvorstellbare Schmerzen zugefügt hatte, die niemals verschwinden würden. Sie hatte ihn glauben lassen, dass er vielleicht Zuneigung oder Liebe erwarten könnte. Er spürte, wie der Hass in ihm aufwallte, seine Stirn war heiß und seine Handflächen schweißnass, aber er versuchte, die Ruhe zu bewahren. Sie hatte Marion. Marion war am Leben. Jedenfalls war sie das vor weniger als einer Stunde noch gewesen. Holger Munch wagte nicht zu überlegen, ob auch Mia im Haus war und was mit ihr geschehen sein könnte.

Er musste schnell handeln, aber nicht zu schnell. Sie mussten sich einen Überblick über die Lage verschaffen. Sie mussten alle Teams postieren. Munch warf einen raschen Blick die Straße hinab, wo vor Kurzem drei Rettungswagen vorgefahren waren, alle drei ohne Licht, um kein Aufsehen zu erregen. Curry saß ungeduldig auf der Rückbank und tippte sich mit der Pistole auf den Oberschenkel. Kim Kolsø saß wie immer da wie eine Salzsäule, neben Munch, den Blick auf die Tür gerichtet, die sie bald einrennen würden.

»Delta 1, hier ist 9, kommen.«

»9, hier ist Delta 1, wir sind in Stellung, over.«

»Delta 2, hier ist 9, kommen.«

»9, hier ist Delta 2, wir brauchen noch ein paar Minuten, over.«

»Delta 2, hier ist 9, verstanden, wir warten ab, over.«

»Was zum Teufel ist denn jetzt los?«, fragte Curry ungeduldig.

»Wir warten ab«, sagte Munch schroff.

»Worauf warten wir denn? Mia ist da drinnen, zum Henker.«

Der kahlköpfige Polizist konnte kaum die Ruhe bewahren, seine Finger trommelten hektisch auf seinem Oberschenkel, und seine Augen waren schmal, sein Blick wütend.

»Wir warten, bis Delta 2 in Stellung ist«, sagte Munch, so ruhig er konnte.

»Reg dich ab, Curry«, sagete Kim, der noch immer bewegungslos auf dem Vordersitz saß.

»Scheiß drauf«, hörten sie plötzlich vom Rücksitz.

Alles ging so schnell, dass Munch nicht mehr reagieren konnte. Curry hatte bereits die Hintertür aufgerissen und rannte auf das Haus zu.

Munch öffnete seine Tür und lief los, gefolgt von Kim. Er wollte rufen, konnte aber das Risiko nicht eingehen, Karen zu warnen.

Verdammt.

Er lief so schnell, wie sein Körper es zuließ, über den Kiesweg, durch das Tor, über den Plattenweg und hatte gerade die Treppe erreicht, als Curry auf die Klinke drückte und ins Haus lief.

Und dann schien alles in Zeitlupe abzulaufen. Munch sah für einen Moment Karens überraschten Blick, dann knallte es. Kalt erwischt. Es war deutlich, dass sie damit wirklich nicht gerechnet hatte, aber die rotblonde Frau konnte trotzdem noch ihr Schrotgewehr auf Curry richten, der sich zur Seite warf, als es knallte.

Hatte sie ihn getroffen?

Curry, du verdammter Idiot!

Noch immer in Zeitlupe, stand sie ihm jetzt gegenüber. Ihre Hände hatten die Waffe so fest gepackt, dass ihre Fingerknöchel ganz weiß waren. Sie wollte den Mund öffnen und etwas sagen, als ihr Finger sich um den Abzugshahn krümmte, aber jetzt war für Holger Munch Schluss mit der Zeitlupe.

Er hob seine Waffe und drückte zweimal ab. Einmal. In den Hals. Noch einmal. Mitten ins Herz. Karen Nylund zuckte zusammen, ging rücklings zu Boden und blieb liegen, während ihr das Blut über Brust und Arme strömte.

Und dann sah er Mia. Sie war vor der Wand an einen Sessel gefesselt. Klebeband vor dem Mund. Eine Nadel in der Hand, an einer Art Tropf.

Oh nein.

Oh verdammt, nein, nein, nein.

Holger Munch war wie gelähmt, stand vor seiner leblosen Kollegin und merkte nicht, wie alle anderen hinter ihm hereingestürmt kamen. Kim. Das Delta-Team. Der Arzt. Die Besatzungen der Rettungswagen. Er konnte kein Wort herausbringen, während er die Menschen ansah, die meilenweit weg zu sein schienen, die seine Kollegin aus dem Sessel befreiten und sie zu einem Rettungswagen trugen. Er registrierte nicht, wie Curry aufstand, ihn am Arm fasste und hinausführte. Holger Munch kam erst zu sich, als plötzlich Kim in der Tür stand, mit einer zitternden kleinen Gestalt in den Armen.

Marion.

Sie war am Leben.

In schlechtem Zustand, aber sie atmete.

»Krankenwagen«, rief Holger Munch und half dem Kollegen, das kleine Mädchen die Treppe hinunterzutragen.

• Teil VII •

• 89 •

Der Wartebereich der Intensivstation im Krankenhaus Ullevål war überfüllt. Eine Pflegerin war mehrere Male herausgekommen und hatte sie höflich gebeten, vielleicht anderswo zu warten, aber Munch hatte nur abgewinkt.

Im Raum herrschte eine bedrückte Stimmung. Gabriel Mørk saß mit den Händen im Schoß auf einem Stuhl, ausnahmsweise einmal ohne Bildschirm, und starrte Löcher in die Luft. Anette und Ludvig saßen auf einem Sofa und hatten für Kim und Kyrre Platz gemacht. Das ganze Team saß jetzt in dem kleinen Raum, mit ernsten Blicken, niemand sagte besonders viel.

Anette war eben draußen gewesen, um mit Mikkelson zu telefonieren. Sie hatte Munch zugezwinkert, als sie wieder hereingekommen war, und Munch hatte genickt und das Zwinkern erwidert, ehe der Ernst sich wieder über den Raum gesenkt hatte.

Curry lief hin und her und wollte sich setzen, konnte seinen massigen Körper aber einfach nicht zur Ruhe bringen.

»Zum Teufel«, sagte Curry und machte eine hilflose Handbewegung. »Die müssen uns doch irgendwas sagen können!«

»Setz dich«, sagte Anette. »Die sagen uns erst etwas, wenn sie etwas wissen, so ist das eben.«

»Verdammt«, sage Curry und drehte weiter seine Runden auf dem blauen Linoleumboden.

»Jemand Kaffee?«, fragte Ludvig und erhob sich.

Der erfahrene Polizist machte eine düstere Miene und war von der Situation genauso bedrückt wie die anderen. Zwei Arme wurden hochgereckt. Ludvig nickte und verschwand auf dem Gang.

Miriam kam herein. Munch ging auf sie zu und umarmte sie.

»Alles in Ordnung bei dir?«

Seine Tochter nickte und drückte ihm die Hand.

»Es geht mir gut, es geht mir jetzt wirklich gut.«

Sie sah Kim auf dem Sofa, lief zu ihm und legte ihm die Arme um den Hals.

»Danke«, sagte sie.

Sie wischte sich eine Träne von der Wange.

»Großer Gott, das ist doch nicht der Rede wert«, sagte Kim. »Hab nur meinen Job gemacht.«

»Nein. Danke, das meine ich wirklich, danke«, sagte Miriam und umarmte ihn wieder, dann lief sie zu Curry und umarmte auch ihn.

Curry schien diese Aufmerksamkeit ein bisschen peinlich zu sein. Er nickte Miriam zu und erwiderte die Umarmung.

»Es geht ihr gut?«, fragte Munch und kam zu seiner Tochter herüber.

»Marion geht es gut«, sagte Miriam und wischte sich noch eine Träne von der Wange. »Sie ist bei Johannes. Sie war erschöpft, aber überraschend lebhaft, sie hat nach Opa gefragt.«

Munch lächelte.

»Was Neues wegen Mia?«, fragte Miriam, jetzt ernst.

»Nein«, sagte Munch und machte wieder ein düsteres Gesicht.

Eine Ärztin kam durch den Gang, mit Papieren in der Hand.

»Jon Larsen?«, fragte sie und ließ ihren Blick über die Runde wandern.

»Curry«, sagte Anette.

»Was?«, fragte Curry.

»Sie hat nach dir gefragt«, sagte Anette und zeigte auf die Ärztin.

Curry drehte sich um.

»Jon Larsen?«, fragte die Ärztin noch einmal und schaute in ihre Unterlagen.

»Ja, das bin ich«, sagte Curry und hob eine Hand.

Die andere presste er sich vor den Bauch.

»Wollen wir mal schauen?«

»Nein, nein, das geht schon«, sagte Curry und winkte mit der unversehrten Hand ab.

Munch sah seinen Kollegen streng an, aber der sah ihm noch immer nicht in die Augen. Curry hätte den Einsatz fast ruiniert, hatte durch seinen waghalsigen Auftritt das Leben aller aufs Spiel gesetzt, aber das musste jetzt warten, für die Abmahnung war später noch Zeit.

Munch sah zu den Türen der Intensivstation hinüber, aber dort war noch immer nichts zu sehen.

»Ich glaube, wir schauen trotzdem mal nach«, sagte die Ärztin und lächelte Curry an.

Curry seufzte und folgte ihr widerstrebend über den Gang.

»Haltet mich auf dem Laufenden«, rief er und machte mit der gesunden Hand eine ausholende Geste in die Runde.

»Debriefing heute Abend?«, fragte Anette und sah Munch an.

»Nein, nein, wir warten«, sagte Munch und fuhr sich mit den Fingern durch den Bart, als sich die Türen öffneten und ein Arzt herauskam.

»Die Angehörigen von Mia Krüger?«

Eine Menge Hände wurden in die Höhe gereckt.

»Wie geht es ihr?«, fragte Munch und ging auf den Arzt zu.

»Das war um Haaresbreite. Aber es ist gutgegangen.«

Man konnte die Erleichterung in dem kleinen Raum geradezu greifen. Gabriel sprang auf und umarmte Anette. Kim grinste von einem Ohr zum anderen.

»Können wir zu ihr?«, fragte Munch.

»Sie ist noch sehr schwach«, sagte der Arzt. »Aber *einen* Besuch können wir erlauben. Der muss allerdings kurz sein.«

»Ich«, sagte Munch.

Er zog seinen Dufflecoat aus, reichte ihn Miriam und folgte dem Arzt auf die Intensivstation.

Mia lag mit geschlossenen Augen im Bett, als sie hereinkamen.

»Kurzer Besuch«, sagte der Arzt streng und verschwand.

Munch ging zum Bett und legte seine Hand auf ihre. Mia öffnete langsam die Augen und lächelte, als sie ihn sah.

»Hast du geraucht, oder was?«, fragte sie leise.

»Schon länger nicht mehr«, sagte Munch lächelnd.

»Gut für dich«, sagte Mia und schloss die Augen wieder.

Munch drückte vorsichtig ihre Hand.

»Haben wir sie erwischt?«, fragte Mia leise.

»Wir haben sie erwischt«, sagte Munch.

»Und Marion?«

»Marion geht es gut«, sagte Munch.

Mia öffnete die Augen wieder und lächelte vorsichtig.

»Ja?«

»Ja«, sagte Munch und nickte.

Er konnte sehen, wie ihr Körper plötzlich ganz ruhig wurde. Ihre Hand in seiner wurde schlaff, und ihr Kopf versank tiefer im Kissen.

»Kommst du mich besuchen?«, fragte sie zaghaft.

»Auf Hitra?«

Mia nickte behutsam.

»Im Urlaub vielleicht«, sagte Munch. »Aber ich finde, du solltest hier sein. Irgendwer muss mir doch Gesellschaft leisten.«

»Okay«, murmelte Mia und schloss die Augen.

Der Arzt schaute herein und zeigte auf sein Handgelenk. Munch nickte.

Als er sich zu Mia umdrehte, schlief sie.

Wenn Ihnen

Engelskalt

gefallen hat und Sie Interesse
am nächsten Fall von Kommissar Munch haben,
lesen Sie auf den nächsten Seiten weiter!

LESEPROBE

An einem Freitag des Jahres 1972, als der Pastor in Sandefjord für den Abend die Kirche abschließen wollte, traf ein so besonderer Besuch ein, dass der Geistliche es für angeraten hielt, sein Büro ein wenig länger offen zu halten.

Er hatte die junge Frau noch nie gesehen, der junge Mann dagegen war ihm bekannt. Es war der älteste Sohn des angesehensten Bürgers der Stadt, ein Reeder, der nicht nur zu den Reichsten des Landes gehörte, sondern zudem eine Stütze der Kirche war, und dessen Spenden unter anderem zehn Jahre zuvor den Ankauf des großen Altarbildes aus grob behauenem Mahagoni ermöglicht hatten. Geschaffen hatte das Bild, das siebzehn Szenen aus dem Leben Jesu zeigte, der Künstler Dagfin Werenskiold, und der Pastor war ungeheuer stolz auf diesen Schatz.

Die beiden jungen Leute hatten einen nicht alltäglichen Wunsch. Sie wollten heiraten und baten den Pastor, sie in aller Stille zu trauen. So etwas kam zwar vor, aber die Umstände waren in diesem Fall so außergewöhnlich, dass der Pastor die Bitte zuerst für einen Scherz hielt. Aber er kannte den Reeder, wusste, wie fromm und konservativ der alte Herr war, und begriff dann auch, dass es dem jungen Paar wirklich ernst war. Der Reeder war seit einiger Zeit schwer

LESEPROBE

krank, Gerüchten zufolge lag er bereits im Sterben. Der junge Mann, der hier vor dem Geistlichen saß, würde bald ein gewaltiges Vermögen erben, sein Vater hatte damit jedoch eine Forderung verbunden. Es durfte kein fremdes Blut in die Familie geholt werden. Die Frau, die sein Erbe zu seiner Gattin machte, durfte unter keinen Umständen ein Kind aus einer früheren Verbindung haben. Und das war das Problem. Die junge Frau, in die der Reederssohn leidenschaftlich verliebt war, hatte schon Kinder. Eine kleine Tochter von zwei Jahren und einen Sohn von vier. Die Kinder mussten verschwinden, und der Pastor musste das Paar trauen, die Frau behauptete, der konservative Reeder habe es so verlangt. Wäre das also möglich?

Der Plan der beiden sah so aus: Der junge Mann hatte eine entfernte Verwandte in Australien. Sie war bereit, sich um die Kinder zu kümmern. Bis die Formalitäten geklärt wären. Ein Jahr oder zwei, dann würden die Kinder zurückgeholt werden. Vielleicht würde der Reeder auch früher den Weg ins Himmelreich finden. Wie sah der Herr Pastor das wohl? Würde er großherzig genug sein, um den beiden jungen Leuten aus ihrer Notlage herauszuhelfen?

Der Pastor gab vor, sich die Sache zu überlegen, in Wirklichkeit aber stand sein Entschluss bereits fest. Der Briefumschlag, den der junge Mann diskret vor ihn auf den Tisch gelegt hatte, war dick, und warum sollte man einem jungen Paar in Not nicht helfen? Die Bedingung des alten Reeders war nun wirklich nicht hinnehmbar. Der Pastor erklärte sich bereit, das Paar zu trauen, und in einer kleinen Zeremonie, die bei verschlossener Kirchentür vor dem farbenfrohen Altarbild abgehalten wurde, wurden die beiden weniger als eine Woche darauf zu Mann und Frau.

Nicht ganz ein Jahr später, im Januar 1973, stand abermals Besuch im Pfarrbüro, diesmal war es die junge Frau allein. Sie war sichtlich besorgt und erzählte, sie wisse nicht, an wen sie sich sonst wenden solle. Etwas könne hier nicht stimmen. Sie habe kein Wort über die Kinder gehört. Ihr seien Bilder versprochen worden, Briefe, aber es sei nichts gekommen, nicht eine Zeile, ja, ihr kämen langsam Zweifel, ob diese Verwandte in Australien wirklich existierte. Die Frau erzählte ferner, dass ihr Ehemann nicht der war, für den sie ihn gehalten hatte. Sie sprachen nicht mehr miteinander, hatten nicht einmal ein gemeinsames Schlafzimmer, und er hatte zudem Geheimnisse, finstere Geheimnisse, Dinge, die sie nicht laut sagen konnte, an die sie fast nicht zu denken wagte. Ob der Pastor ihr wohl helfen könne. Der Pastor versuchte, sie zu beruhigen, sagte, natürlich werde er ihr helfen, er müsse sich die Sache noch überlegen, sie solle einige Tage darauf zurückkommen.

Am nächsten Morgen wurde die junge Frau tot aufgefunden, sie hing über dem Lenkrad ihres Wagens in einem tiefen Graben direkt unterhalb des luxuriösen Familiensitzes auf Vesterøya, gleich außerhalb von Sandefjords Ortskern. In der Zeitung wurde angedeutet, sie habe sich in angetrunkenem Zustand hinters Steuer gesetzt, und die Polizei gehe von einem Unfall aus.

Nachdem er im Auftrag der Familie den Beerdigungsgottesdienst verrichtet hatte, beschloss der Pastor, dem jungen Reeder einen Besuch abzustatten. Er erklärte wahrheitsgemäß, dass die junge Frau am Tag vor dem Unfall bei ihm gewesen sei. Dass sie sich um ihre Kinder gesorgt habe. Dass hier etwas, na ja, vielleicht nicht so war, wie es sein sollte? Der junge Reeder hörte zu und nickte. Erklärte, seine Frau sei in letzter Zeit leider sehr krank gewesen. Habe Medikamente nehmen müssen. Zu viel getrunken. Der Herr Pastor habe das tragische Ende ja selbst gesehen. Danach schrieb der junge Reeder eine Zahl auf ein Blatt Papier und schob es über den Tisch. Sei diese Stadt nicht eigentlich ein wenig zu klein für den Pastor? Könnte es besser sein, dem Herrn in einer anderen Stellung zu dienen, vielleicht nicht so weit von der Hauptstadt entfernt? Einige Minuten darauf hatten sie sich über die Einzelheiten geeinigt. Der Pastor erhob sich, und es war das letzte Mal, dass er den mächtigen jungen Reeder sah.

Einige Wochen darauf packte er seine Koffer.

Und setzte nie wieder einen Fuß nach Sandefjord.

Das kleine Mädchen lag so still wie nur möglich unter der Decke auf dem Sofa und wartete darauf, dass die anderen Kinder einschliefen. Ihr Entschluss stand jetzt fest. In dieser Nacht sollte es passieren. Sie würde sich nicht mehr fürchten. Nicht mehr warten. Sie war sieben Jahre alt und bald groß. Sie würde es tun, wenn es etwas dunkler war. Sie hatte die Schlaftablette nicht genommen. Sie hatte sie nur unter der Zunge liegen lassen, da hatte die Tablette die ganze Zeit gelegen, auch als sie Tante Juliane gezeigt hatte, wie brav sie alles gemacht hatte.

»Lass sehen.«

Zunge raus.

»Braves Mädchen. Nächste.«

Ihr Bruder machte das schon lange so. Seit er damals in den Erdkeller eingesperrt worden war. Jeden Abend hatte er es gemacht, hatte die Tablette einfach unter die Zunge geschoben, ohne zu schlucken.

»Lass sehen.«

Zunge raus.

»Braver Junge. Nächster.«

Drei Wochen da unten in der Finsternis, weil er nicht um Entschuldigung bitten wollte. Alle Kinder wussten, dass er nichts angestellt hatte, aber die Erwachsenen hatten ihn trotzdem eingesperrt. Seit damals war er ein anderer. Jeden Abend einfach die Tablette unter die Zunge geschoben, ohne zu schlucken, und im Dämmerzustand, wenn ihre eigene Tablette anfing zu wirken, hatte sie gesehen, wie sich sein Schatten aus dem Zimmer schlich und verschwand.

Einige Male hatte sie von dem Ort geträumt, zu dem er ging. Einmal war er ein Prinz gewesen, der in ein fremdes Land ziehen musste, um eine Prinzessin aus einem langen Schlaf wachzuküssen. Ein andermal ein Ritter, der einen Drachen mit einem magischen Schwert erschlug. Das Schwert hatte vorher fest in einem Felsblock gesteckt, sodass nur ein ganz besonderer Held es herausziehen konnte. Aber in Wirklichkeit? In Wirklichkeit wusste sie nichts.

Die Kleine wartete, bis sie hörte, dass die anderen Kinder schliefen, dann schlich sie sich vorsichtig aus dem Haus. Es war jetzt Winter und noch immer warm, auch wenn sich die Dämmerung zwischen den Bäumen verdichtete. Die Kleine schlich barfuß über den Hof und hielt sich im Schatten, bis sie das Wäldchen erreicht hatte. Nachdem sie sich davon überzeugt hatte, dass niemand ihr gefolgt war, lief sie zwischen den hohen Bäumen auf das Tor zu, das mit der Aufschrift »Trespassers will be prosecuted« versehen war. Hier wollte sie anfangen zu suchen.

Sie hatte gehört, wie ihr Bruder und einer der anderen Jungen darüber getuschelt hatten. Dass es einen Ort gab, wo man allein sein könnte. Einen verfallenen alten Schuppen, eine kleine Hütte, versteckt an der Grundstücksgrenze, aber sie hatte dieses Häuschen noch nie gesehen. Sie standen jeden Morgen um sechs auf und gingen um neun Uhr schlafen. Immer pünktlich, dasselbe Programm, niemals anders, mit nur zweimal fünfzehn Minuten Pause zwischen Unterricht, Hausaufgaben, Yoga, Kleiderwäsche und allem anderen, was zu tun war. Die Kleine lächelte, als sie die Grillen zirpen hörte und spürte, wie das weiche Gras ihre Fußsohlen kitzelte, als sie vom Weg abbog und sich vorsichtig am Zaun entlang zu der Stelle bewegte, wo in ihrer Vorstellung die kleine Hütte stehen könnte. Aus irgendeinem Grund hatte sie keine Angst. Sie fühlte sich fast ein wenig erleichtert, die furchtbare Angst würde sich erst später einstellen, im Moment war sie einfach froh, wie ein freier Schmetterling, ganz allein mit ihren Gedanken in dem schönen Wald, der so gut roch. Sie lächelte noch glücklicher und ließ die Finger über eine Pflanze gleiten, die einem Stern ähnelte, es war ein bisschen so wie in einem der Träume, die sie oft hatte, wenn die Tabletten nicht so stark waren. Sie duckte sich unter einem Ast und zuckte nicht einmal zusammen, als es einige Meter weiter im Gebüsch raschelte. Vielleicht ein Koalabär, der sich von seinem Baum gewagt hatte, oder ein Känguru, das über den Zaun gesprungen war? Sie lachte leise und dachte, wie schön es wäre, einen Koala zu streicheln. Sie wusste, dass diese Tiere scharfe Krallen hatten und eigentlich durchaus nichts zum Schmusen waren, aber sie versuchte trotzdem, sich vorzustellen, wie es wäre, das weiche Fell warm zwischen ihren Fingern, die feuchte Schnauze, die an ihrem Hals kitzelte, sie vergaß fast, warum sie überhaupt hier war, aber dann erwachte sie plötzlich und blieb ganz still stehen, nur wenige Meter von der Hüttenwand entfernt. Das kleine Mädchen legte den Kopf schief und schaute neugierig die plötzlich aufgetauchten grauen Bretter an. Dann stimmte es ja doch. Das, worüber die anderen getuschelt hatten. Es gab einen Ort im Wald. Einen Ort, wo man sich verstecken konnte. Ganz allein sein. Sie schlich auf die graue Wand zu und spürte ein wunderbares Prickeln auf der Haut, als sie sich der Tür näherte.

Das kleine Mädchen wusste noch nicht, dass der Anblick, der auf sie wartete, sie für immer verändern, sie in den kommenden Jahren jede Nacht in ihre Träume verfolgen würde, bis unter die Decke auf dem harten Sofa, bis ins Flugzeug um den halben Erdball, nachdem die Polizei sie herausgeholt hatte, während sie alle weinten, bis unter die Decke in dem weichen Bett in dem neuen Land, wo alle Geräusche anders waren. Sie wusste nichts davon, als sie die Hand zur Holzklinke streckte und die ächzende Tür langsam aufzog.

Drinnen war es dunkel. Ihre Augen brauchten einige Sekunden, um wieder richtig sehen zu können, aber es konnte keinen Zweifel geben. Erst nur der Umriss, dann deutlicher, er war es, der dort saß.

Ihr Bruder.

Er trug keine Kleider. Er war nackt, aber sein ganzer Körper war bedeckt mit … Federn? Er saß zusammengekrümmt in einer Ecke, eine vogelähnliche verzerrte Gestalt aus einer anderen Welt, mit etwas im Mund. Ein kleines Tier. Eine Maus? Ihr Bruder war mit Federn bedeckt und hielt eine tote Maus zwischen den Zähnen.

Und dieses Bild sollte ihr Leben verändern. Der Bruder, der sich umdrehte und sie ansah, mit überraschtem Blick, als wisse er nicht, wer sie war. Das Licht, das durch das verdreckte Fenster auf die mit Federn bedeckte Hand fiel, die sich langsam durch die Luft bewegte. Der Mund, der zu einem Lächeln über den glänzend weißen Zähnen wurde, als er die Maus herauszog und seinen toten Blick in den des Mädchens bohrte, ehe er seine Federn rascheln ließ und sagte:

»Ich bin die Eule.«

• Teil I •

• 1 •

Der Botaniker Tom Petterson nahm die Fototasche aus dem Auto und ließ sich Zeit, um den Ausblick auf den spiegelblanken Fjord zu genießen, ehe er sich auf den Weg durch den Wald machte. Es war Anfang Oktober, und die kühle Samstagssonne hüllte die Landschaft um ihn herum in wunderschönes Licht, sanfte Strahlen über dem gelben und roten Herbstlaub, das sehr bald fallen und Platz für den Winter machen würde.

Tom Petterson liebte seinen Beruf. Vor allem wenn er draußen arbeiten konnte. Er war von der Bezirksregierung von Oslo og Akershus angestellt worden, um Exemplare der Art Drachenkopf zu registrieren, eine gefährdete Pflanze, die am Oslofjord wuchs. Jetzt war über seinen Blog ein Tipp gekommen, und dem wollte er an diesem Tag nachgehen, wollte Anzahl und genaue Position der frisch entdeckten Exemplare dieser überaus seltenen Pflanze festhalten.

Der krautartige Lippenblütler Drachenkopf war eine zehn bis fünfzehn Zentimeter große Pflanze mit blauen, dunkelblauen oder dunkellila Blüten, die im Herbst vertrockneten und eine Dolde aus braunen Früchten entwickelten, die an eine Kornähre erinnerte. Der Drachenkopf war nicht nur selten, er war noch dazu die Wohnstatt des noch viel selteneren Drachenkopfglanzkäfers, eines kleinen blau schimmernden Käfers, der ausschließlich auf diesen Drachenkopfblüten lebte. Ein Wunder der Natur, dachte Tom Pettersson und gestattete sich ein Lächeln, als er vom Pfad abbog und der Wegbeschreibung folgte, die der aufmerksame Hobbybotaniker ihm geschickt hatte. Einige Male, er sagte es niemals laut, denn er war in dem Glauben erzogen, dass es absolut keinen Gott gebe, seine Eltern hatten das sehr genau genommen, aber ja, manchmal dachte er es doch: *Schöpfung*. Dieses ganze Kleine und Große, das auf so sinnreiche Weise zusammenhing. Die Vögel, die jeden Herbst nach Süden flogen, gewaltige Entfernungen, jedes einzelne Mal an denselben Ort. Die Blätter, die jedes Jahr zur selben Zeit die Farbe änderten und Bäume und Boden zu lebenden Kunstwerken machten. Nein, wie gesagt, er sagte es niemals laut, dachte es aber oft.

Tom Petterson arbeitete am Institut für Biowissenschaft der Universität Oslo. Dort hatte er studiert, und nach dem Examen war ihm eine Stelle angeboten worden. Im vergangenen Herbst war auf den Gängen sogar von der Stellung des Institutsleiters gemurmelt worden. Aber Tom Petterson hatte nicht versucht, die zu erlangen. Institutsleiter? Nein, der Posten hatte für seinen Geschmack viel zu viel mit Verwaltungsaufgaben zu tun. Ihm gefielen seine Stellung, die Ausflüge in die Natur, deshalb war er Botaniker geworden, nicht um bei Besprechungen herumzusitzen.

Er hatte den Auftrag hocherfreut angenommen, als von der Bezirksregierung aus angerufen worden war. Der Beschützer des Drachenkopfes, ja, der wollte er nur zu gerne sein. Der Botaniker lächelte, als er daran dachte, was er einige Jahre zuvor auf Snarøya entdeckt hatte. Eine große

Ansammlung von Pflanzen auf dem Spielplatz der Millionäre. Nicht alle waren natürlich gleichermaßen begeistert gewesen, und die, die sich bei der Fundstelle Grundstücke gekauft hatten, wollten ihre Villen und Swimmingpools in Ruhe bauen dürfen, aber der Drachenkopf war durch die Berner Konvention unter Naturschutz gestellt und durfte absolut nicht gestört werden. Er bückte sich nach rechts unter zwei großen Tannen hindurch und folgte einem Bachlauf aufwärts zu der Stelle, wo angeblich die Pflanzen standen. Tom Petterson war ein leidenschaftlicher Umweltschützer, und es hatte ihn gefreut zu sehen, dass ausnahmsweise einmal eine kleine Pflanze den Sieg über die Bagger errungen hatte.

Er stieg über einen Bach und blieb plötzlich stehen, als er vor sich im Gestrüpp ein Rascheln hörte. Petterson hob schussbereit die Kamera. Ein Dachs? Hatte er da einen Dachs gesehen? Dieses scheue Tier, das durchaus nicht so verbreitet war, wie viele glaubten? Er folgte dem Geräusch und stand bald auf einer kleinen Lichtung, zu seiner Enttäuschung, ohne etwas zu sehen. Ihm fehlte für seinen Blog ein gutes Dachsbild, und es würde auch eine schöne kleine Geschichte ergeben, drei Drachenköpfe und ein Dachs, ein perfekter Samstagsausflug.

Mitten auf der Lichtung lag etwas.

Ein blauweißer nackter Körper.

Ein Mädchen.

Ein Teenager?

Tom Pettersson zuckte dermaßen zusammen, dass ihm die Kamera ins Heidekraut fiel, ohne dass er es bemerkte.

Im Heidekraut lag ein totes Mädchen.

Federn?

LESEPROBE

Großer Gott.

Im Wald lag ein nackter Teenager.

Umgeben von Federn.

Mit einer weißen Lilie im Mund.

Tom Petterson machte auf dem Absatz kehrt, bahnte sich keuchend einen Weg durch das Dickicht, fand den Weg, lief so schnell er konnte zum Auto und wählte die 112.

• 2 •

Kommissar Holger Munch von der Mordkommission saß vor seinem alten Haus in Røa im Auto und bereute, die Einladung angenommen zu haben. Er hatte bis vor zehn Jahren mit seiner damaligen Frau Marianne in dem weißen Einfamilienhaus gewohnt und es seither nicht mehr betreten. Der beleibte Ermittler steckte sich eine Zigarette an und kurbelte das Autofenster herunter. Er hatte vor einige Tagen seinen alljährlichen Gesundheitscheck hinter sich gebracht, und der Arzt hatte ihm wieder empfohlen, weniger fett zu essen und mit dem Rauchen aufzuhören, aber das hatte der fünfundfünfzig Jahre alte Polizist durchaus nicht vor, jedenfalls nicht Letzteres. Holger Munch brauchte Zigaretten, um denken zu können, und wenn er gern etwas tat, dann genau das, sein Gehirn benutzen.

Holger Munch liebte Schach, Kreuzworträtsel, Mathematik, alles, was die Gehirnzellen auf Trab brachte. Er saß oft vor seinem Rechner und chattete mit seinen Freunden über Magnus Carlsens Schachpartien oder über die Lösung von größeren oder kleineren mathematischen Rätseln, zum Beispiel eines, das soeben per Mail von seinem Freund Juri gekommen war, einem Professor aus Minsk, den er vor einigen Jahren im Internet kennengelernt hatte.

> Eine Metallstange steht in einem See. Die Hälfte der Stange ist unter der Erde. Ein Drittel der Stange ist unter Wasser. 8 Meter der Stange ragen über das Wasser. Wie lang ist die ganze Stange?
> Gruß, J.

Munch fand die Antwort nach kurzem Nachdenken und wollte gerade eine Mail schicken, als sein Telefon klingelte. Er schaute auf das Display. Mikkelson. Sein Chef unten im Präsidium am Grønland-Platz. Munch ließ das Telefon einige Sekunden lang klingeln, spielte mit dem Gedanken, das Gespräch anzunehmen, entschied sich dann aber dagegen. Er drückte auf die Taste mit dem roten Hörer und steckte das Telefon wieder in die Tasche. Jetzt war Familienzeit. Das war vor etwas mehr als zehn Jahren sein Fehler gewesen. Er hatte sich nicht genug Zeit für die Familie genommen. Hatte rund um die Uhr gearbeitet, und wenn er dann ein seltenes Mal nach Hause kam, war er in Gedanken anderswo gewesen. Und nun stand er wieder vor diesem Haus, in dem sie jetzt mit einem anderen wohnte.

Holger Munch kratzte sich am Bart und schaute in den Spiegel, auf das große rosa Geschenk mit dem Goldband, das auf der Rückbank lag. Marion, seine Enkelin, hatte Geburtstag. Sein kleiner Augenstern wurde sechs. Deshalb hatte er sich bereit erklärt, nach Røa zu kommen, obwohl er eigentlich beschlossen hatte, niemals wieder einen Fuß in diese vier Wände zu setzen. Munch nahm einen langen Zug von seiner Zigarette und berührte die Senke an seinem Ringfinger, wo bis vor Kurzem noch der Trauring gesessen hatte. Er hatte ihn erst zehn Jahre nach der Trennung abgelegt. Hatte das vorher nicht über sich gebracht. Marianne. Sie war seine große Liebe gewesen. Er hatte sich vorgestellt, dass sie immer zusammenbleiben würden, und nach der Trennung hatte er nie auch nur ein einziges Date gehabt. Nicht dass sich keine Möglichkeiten geboten hätten. Nicht nur eine Frau hatte ein Auge auf ihn geworfen, nur hatte er eben niemals Lust gehabt. Es war ihm nicht richtig vorgekommen. Aber nun hatte er es getan. Den Trauring abgelegt. Der lag nun zu Hause im Badezimmer im Medizinschränkchen. Er hatte es nicht über sich gebracht, den Ring wegzuwerfen. Obwohl es zehn Jahre her war, durfte man doch wohl hoffen? Oder war das ein Fehler? Sollte er das tun, was ihm mehrere seiner Freunde immer schon geraten hatten? Im Leben weitergehen? Ausschau nach einer anderen halten?

Holger Munch seufzte tief, zog abermals an seiner Zigarette und schaute sich wieder das große rosa Geschenk an. Er hatte vielleicht auch diesmal übertrieben. Seine Tochter Miriam hatte im Laufe der Jahre schon oft mit ihm geschimpft, weil sie meinte, er verwöhne die kleine Marion. Kaufe ihr alles, worauf sie zeigte. Er hatte etwas gekauft, was nicht politisch korrekt war, von dem er jedoch wusste, dass seine Enkelin es sich mehr wünschte als alles andere. Eine Barbie-Puppe mit einem großen Barbie-Haus und einem Barbie-Auto. Er konnte förmlich hören, wie Miriam zu einem Vortrag ausholte. Über verwöhnte Kinder. Über Frauenkörper, Vorbilder und Ideale, aber bei aller Liebe, es war doch nur eine Puppe. Es war doch wirklich nichts dabei, wenn das kleine Mädchen sie sich so sehr wünschte?

Abermals klingelte sein Telefon, abermals war es Mikkelson, und abermals drückte Munch auf das rote Symbol. Als das Telefon zum dritten Mal klingelte, hätte er sich fast gemeldet. *Mia Krüger.* Er sandte seiner jungen Kollegin einen lieben Gedanken, nahm das Gespräch aber trotzdem nicht an. Familienzeit. Später zurückrufen. Vielleicht irgendwann am Abend einen Kaffee im Justisen? Das könnte er nach der Familienrunde dann sicher brauchen. Mit Mia reden. Er hatte schon lange nicht mehr mit ihr gesprochen und merkte, dass sie ihm fehlte.

Nur wenige Monate zuvor hatte er die junge Kollegin von einer Insel vor der Küste von Trøndelag zurückgeholt. Sie hatte sich von der Umwelt isoliert, ohne Telefon, er hatte nach Værnes fliegen, sich ein Auto mieten und sich von den Kollegen vor Ort mit dem Boot hinbringen lassen müssen. Er hatte die Unterlagen über einen Fall bei sich gehabt. Und die hatten Mia dann zurück in die Hauptstadt geholt.

Holger Munch brachte allen in seiner Einheit großen Respekt entgegen, aber Mia Krüger war etwas ganz Besonderes. Er hatte sie noch vor Ende ihrer Ausbildung von der Polizeischule geholt, Anfang zwanzig war sie gewesen, auf einen Hinweis des Rektors hin, eines alten Kollegen. Holger Munch hatte sich in einem Café mit ihr getroffen, eine zwanglose Begegnung außerhalb des Polizeigebäudes. Mia Krüger. Ein junges Mädchen in weißem Pullover und in einer engen schwarzen Hose, mit langen dunklen Haaren, fast wie eine Indianerin, mit den klarsten blauen Augen, die er jemals gesehen hatte. Er war sofort von ihr begeistert gewesen. Intelligent, selbstsicher und ruhig. Sie schien zu merken, dass er sie testen wollte, aber sie hatte dennoch höflich gelächelt, mit einem Funkeln in den Augen. *Hältst du mich für blöd, oder was?*

Mia Krüger hatte vor vielen Jahren ihre Zwillingsschwester Sigrid verloren. Sie hatten Sigrid nach einer Überdosis Heroin tot in einem Keller in Tøyen gefunden. Mia hatte Sigrids Freund verantwortlich gemacht, und bei einer Routinedurchsuchung eines Wohnwagens am Tryvann viele Jahre später waren sie durch einen Zufall auf ihn gestoßen, zusammen mit einem neuen Opfer. Im Affekt hatte Mia Krüger ihn erschossen, hatte ihm zwei Kugeln in die Brust verpasst. Holger Munch war dabei gewesen und wusste, dass diese Tat leicht als Notwehr hätte gelten können, doch nachdem er sie verteidigt hatte, war er versetzt und Mia war in eine Klinik eingewiesen worden. Nach fast zwei Jahren auf der Wache in Hønefoss war Munch endlich als Leiter der Ermittlungsgruppe in die Mariboes gate zurückgerufen worden. Er hatte auch Mia zurückgeholt, doch nachdem der aktuelle Fall aufgeklärt worden war, hatte der Chef unten in Grønland gemeint, sie wirke weiterhin labil. Mikkelson hatte sie abermals beurlaubt und ihr untersagt, sich im Büro zu zeigen, solange sie nicht von einem Psychologen für gesund erklärt worden sei.

Munch drückte einen weiteren Anruf seines Chefs weg, blieb sitzen und musterte sein Spiegelbild. Was machte er hier eigentlich? Zehn Jahre her, und hier saß er vor dem ehemals gemeinsamen Haus, in dem sie nun mit einem anderen Mann wohnte, noch immer mit einer Art Hoffnung, dass alles wieder in Ordnung kommen könnte.

Du bist ein Idiot. Holger Munch. Es sollten noch ganz andere zum Psychologen gehen.

Munch seufzte und stieg aus. Draußen war es jetzt kälter. Der Sommer war eindeutig vorüber, der Herbst auch, wie es schien, auch wenn der Oktober gerade erst angefangen hatte. Er zog seinen Dufflecoat enger über seinem Bauch zusammen, fischte das Telefon aus der Tasche und schickte Juri die Antwort.

48 meter :-) HA.

Er zog ein letztes Mal an der Zigarette, nahm das große Geschenk vom Rücksitz, atmete zweimal tief durch und ging langsam über den Kiesweg auf das weiße Einfamilienhaus zu.

• 3 •

Mia Krüger sah, dass sich der Mund des Mannes mit dem dünnen Schnurrbart hinter dem großen Schreibtisch bewegte, aber sie brachte es nicht über sich zuzuhören. Die Wörter kamen nicht bei ihren Ohren an. Sie vermisste die Möwen. Den Geruch der Wellen, die über die Felsen schlugen. Die Stille. Und wieder fragte sie sich, warum sie sich das hier zumutete. Eine Therapie zu machen. Über sich selbst zu reden. Als ob das helfen könnte. Sie zog eine Pastille aus der Tasche und bereute ein weiteres Mal, hier zugesagt zu haben. Sie hätte sofort kündigen müssen.

Labil und nicht für den Dienst geeignet.

Scheiß-Mikkelson, der von nichts eine Ahnung hatte, der nie aktiv an einem Fall mitgearbeitet hatte, der nur auf seinem Posten saß, weil er wusste, wie man den Politikern in gewisse Öffnungen kroch.

Mia seufzte und versuchte noch einmal zu verstehen, was der Mann hinter dem Schreibtisch gesagt hatte, es wurde offenbar eine Antwort von ihr erwartet, aber sie hatte die Frage nicht gehört.

»Was meinen Sie?«, fragte sie und dachte an das dünne junge Mädchen mit dem rasierten Hinterkopf und dem blonden Pony, das aus der großen Tür in das Zimmer gekommen war, wo man warten sollte, umgeben von Zeitschriften, deren Titelseiten für sie keinen Sinn ergaben. *Mit Mentaltraining gesund werden. In 1–2–3 in Form.*

»Tabletten?«, fragte der Psychologe, sicher zum dritten Mal, ließ sich im Sessel zurücksinken und nahm die Brille ab.

Ein Zeichen der Nähe. Dafür, dass sie sich hier sicher fühlen konnte. Mia seufzte und legte sich die Pastille auf die Zunge. Wusste er nicht, mit wem er redete, oder was? Sie hatte schon als kleines Kind das Innere von Menschen gesehen. Deshalb fehlten ihr die Möwen. In denen gab es nichts Böses. Nur Natur. Die Wellen, die über die Felsen schlugen. Das Geräusch von Stille und Nichts überall.

»Gut«, sagte Mia und hoffte, dass das richtig war.

»Sie haben also damit aufgehört?«, fragte der Psychologe und setzte die Brille wieder auf.

»Hab sie nicht viele Wochen genommen.«

»Und Alkohol?«

»Schon lange keinen Tropfen mehr«, sagte Mia, abermals ohne die Wahrheit zu sagen.

Sie sah auf die Uhr an der Wand über seinem Kopf, auf die Zeiger, die viel zu langsam vorrückten und ihr sagten, dass sie noch eine ganze Weile hierbleiben musste. Sie schickte noch einen hasserfüllten Gedanken an Mikkelson und einen an diesen Psychologen mit Praxis im besten Osloer Westend, nahm diesen Gedanken dann aber zurück.

Es war nicht die Schuld des Psychologen. Der wollte ihr nur helfen. Und er hatte einen guten Ruf. Mattias Wang. Eigentlich hatte sie Glück gehabt, sie hatte sich einfach einen Namen aus dem Internet gefischt, nachdem sie beschlossen hatte, einen Versuch würde es wert sein. Sie wollte keinen von denen, die mit der Polizei zusammenarbeiteten. Schweigepflicht unten in Grønland? Nicht sehr wahrscheinlich, nicht wenn es um sie ging, Mia Krüger.

»Wir sollten wohl ein bisschen über Sigrid reden?«

Mia hatte ihr Visier ein wenig geöffnet, ließ es jetzt aber wieder sinken. Er konnte so freundlich und kompetent sein, wie er wollte, aber Mia war nicht hier, um über ihr Innerstes zu reden. Sie wollte wieder arbeiten. Ihre Stunden beim Psychologen hinter sich bringen. Sich das Papier holen, das sie brauchte. *Sie wirkt vollständig gesund, gute Gespräche, kennt ihre Probleme. Ich empfehle Rückführung in den Dienst mit augenblicklicher Wirkung.*

Sie lächelte in Gedanken und zeigte dort Mikkelson einen ausgestreckten Finger.

Ungeeignet zum Dienst.

Fuck you, das war natürlich das Erste, was sie gedacht hatte, aber nach fünf Wochen allein in der neuen Wohnung, die sie in Bislett gekauft hatte, umgeben von Pappkartons, die sie nicht öffnen mochte, gefangen in einem Körper, der noch immer nach den Tabletten schrie, mit denen sie ihn so lange gefüllt hatte, hatte sie nachgegeben. Sie hatte alle verloren, die sie geliebt hatte. Sigrid. Mama, Papa, die Großmutter. Auf dem Friedhof bei Åsgårdstrand fehlte nur sie allein. Eigentlich wollte sie diese Welt einfach verlassen. Von diesem ganzen Elend befreit sein. Aber nach einer Weile hatte Mia begriffen, dass sie ihre Kollegen eigentlich sehr gernhatte. Die Zeit im Dienst, nach dem Aufenthalt auf der Insel, hatte ihr ein Gefühl gegeben, dass es vielleicht möglich sein könnte, dass es vielleicht doch einen Sinn haben könnte zu leben. Es jedenfalls zu versuchen. Eine Zeitlang. Es waren feine Menschen. Gute Menschen. Menschen, die ihr wichtig waren.

Munch. Curry. Kim. Anette. Ludvig. Gabriel Mørk.

»Sigrid?«, fragte der Mann hinter dem Schreibtisch noch einmal.

»Ja?«, fragte Mia.

Nun gab es wohl kein Entrinnen.

Sigrid Krüger.

Schwester, Freundin und Tochter.

Geboren 11. November 1979. Gestorben 18. April 2002.

Zutiefst geliebt. Zutiefst vermisst.

Der Psychologe nahm wieder die Brille ab und ließ sich wieder im Sessel zurücksinken.

»Wir sollten bald mal über sie reden, finden Sie nicht?«

Mia zog den Reißverschluss ihrer Lederjacke zu und zeigte auf die Uhr an der Wand.

»Unbedingt.« Sie nickte und deutete ein Lächeln an. »Aber das muss bis zum nächsten Mal warten.«

Mattias Wang sah fast ein wenig enttäuscht aus, als er feststellte, dass die Zeiger das Ende der Stunde ankündigten.

»Ja, schön«, sagte er und legte den Kugelschreiber auf den Notizblock vor sich auf den Tisch. »Nächste Woche, selbe Zeit?«

»Okay.«

»Es ist doch wichtig, dass …«, sagte der Mann mit dem Schnurrbart, aber Mia war schon auf dem Weg hinaus.

LESEPROBE

• 4 •

Holger Munch verspürte eine gewisse Verärgerung, aber auch eine Art Erleichterung, als er zum ersten Mal seit zehn Jahren sein altes Zuhause betrat. Verärgerung, weil er sich dazu bereit erklärt hatte, Marions Geburtstag hier oben zu feiern. Erleichterung, weil es ihm davor gegraust hatte, sich den alten Erinnerungen zu stellen, er hatte nicht so recht gewusst, wie er damit umgehen sollte, aber das Haus, in dem er jetzt stand, hatte keine Ähnlichkeit mehr mit dem alten. Sie hatten renoviert. Einige Wände herausgerissen. In anderen Farben gestrichen. Munch ertappte sich zu seiner Überraschung bei dem Gedanken, dass sein früheres Zuhause eigentlich recht gut aussah, und je mehr er sich umblickte, umso ruhiger wurde er. Er konnte auch keine Spur von Rolf entdecken, dem Lehrer aus Hurum. Vielleicht würde es doch kein so ganz furchtbarer Nachmittag werden?

Marianne hatte ihn in der Tür empfangen, mit derselben Miene wie immer, wenn sie sich treffen mussten, ob nun zu Konfirmationen, Geburtstagen oder Beerdigungen, immer mit einem höflichen und freundlichen »Hallo«. Keine Umarmung, keine Zuneigungsbeweise, aber ohne Bitterkeit, Enttäuschung oder Hass in den Augen wie die ersten Male nach der Scheidung. Nur ein knappes, aber dennoch freundliches Lächeln, *willkommen, Holger, setz dich doch schon mal ins Wohnzimmer, ich muss noch den Kuchen für Marion verzieren, sechs Kerzen. Stell dir das vor, dass sie schon so groß ist!*

Munch hängte seinen Dufflecoat im Flur auf und wollte das Geschenk ins Wohnzimmer bringen, als er einen Freudenschrei hörte, gefolgt von eifrigen Schritten auf der Treppe aus dem ersten Stock.

»Opa!«

Marion kam auf ihn zugerannt und umarmte ihn fest.

»Ist das für mich?«, fragte die Kleine und starrte das rosa Geschenk aus großen Augen an.

»Herzlichen Glückwunsch zum Geburtstag«, sagte Munch lächelnd und streichelte die Haare seiner Enkelin. »Na, wie fühlt es sich an, sechs Jahre alt zu sein?«

»Nicht viel anders eigentlich, fast genau wie gestern mit fünf«, sagte Marion altklug und strahlte, ohne das Geschenk aus den Augen zu lassen. »Darf ich das jetzt aufmachen, Opa, sofort? Ach bitte, darf ich?«

»Wir müssen eigentlich erst noch das Geburtstagslied singen«, sagte Miriam, die jetzt auch aus dem ersten Stock heruntergekommen war.

Sie kam auf Munch zu und umarmte ihn.

»Wie schön, dass du kommen konntest, Papa. Geht es dir gut?«

»Mir geht's gut«, sagte Munch und half ihr, das große Geschenk ins Wohnzimmer zu bringen, zu einem Tisch, auf dem schon mehrere Geschenke lagen.

»Ach, alles ist für mich, können wir nicht bald …«, bettelte die Kleine, es war deutlich, dass sie fand, sie warte schon viel zu lange.

Munch schaute zu seiner Tochter hinüber und erntete ein Lächeln. Es tat ihm gut, ihren Blick zu sehen. Ihr Verhältnis war nach der Scheidung gelinde gesagt alles andere als gut gewesen, aber seit einigen Monaten schien der Hass, den Miriam ihm in all den Jahren entgegengebracht hatte, langsam zu verschwinden.

Zehn Jahre. Ein kühles Verhältnis zwischen Vater und Tochter. Wegen der Scheidung. Weil er zu viel gearbeitet hatte. Und dann, seltsamerweise, hatte seine Arbeit sie wieder näher zusammengebracht, als ob es auf der Welt doch so etwas wie Gerechtigkeit gäbe. Keine sechs Monate zuvor, ein großer Fall, vielleicht einer der schwersten der Einheit, und Miriam und Marion waren sogar darin verwickelt gewesen. Die fünf Jahre alte Marion war von einem kranken Menschen entführt worden, und man hätte meinen können, das hätte zu einer noch größeren Distanz zwischen Munch und seiner Tochter geführt, aber das Gegenteil war der Fall gewesen. Miriam hatte ihn überhaupt nicht verantwortlich gemacht, sie war einfach nur überglücklich gewesen, weil die Einheit den Fall gelöst hatte. Eine Art neuer Respekt. Er glaubte, das in ihrem Blick zu bemerken, sie sah ihn jetzt anders, begriff, welch wichtige Aufgabe er hatte. Sie hatten beide eine Therapie gemacht, Miriam und Marion, bei einem hervorragenden Polizeipsychologen, um diese schrecklichen Erlebnisse zu verarbeiten, aber zum Glück schienen diese die Kleine nicht zu sehr zu belasten. Zu jung vielleicht, um zu verstehen, wie schlimm es wirklich hätte kommen können. Es hatte wohl einige Nächte gegeben, in denen Marion weinend aus bösen Träumen erwacht war, aber das hatte sich rasch gegeben. Für die Mutter war es natürlich schwerer. Miriam hatte die Therapie noch eine Weile ohne Marion fortgesetzt. Vielleicht ging sie noch immer hin, so eng war ihre Beziehung nicht, dass sie ihm alles gesagt hätte, aber sie waren auf dem richtigen Weg. Ein Schritt nach dem anderen.

»Wo ist Johannes?«, fragte Munch, als sie auf dem Sofa Platz genommen hatten.

»Ach, er hat Bereitschaftsdienst, und das Krankenhaus hat angerufen. Er musste los. Er kommt zurück, so schnell es geht. Die Arbeit, weißt du. Nicht so einfach, wenn man eine wichtige Persönlichkeit ist«, sagte seine Tochter und zwinkerte ihm zu.

Munch erwiderte ihr Lächeln.

»Dann wäre der Kuchen so weit«, sagte Marianne und kam ins Wohnzimmer.

Holger Munch musterte sie verstohlen. Er wollte nicht starren, aber er konnte sie doch nicht aus den Augen lassen. Sie erwiderte für einen Moment seinen Blick, und Munch hatte plötzlich Lust, sie zurück in die Küche zu locken und in den Arm zu nehmen, wie in alten Zeiten, aber er konnte sich zusammenreißen.

»Kann ich jetzt nicht aufmachen? Die Geschenke sind doch viiiiiel wichtiger als das blöde Lied.«

»Wir müssen aber singen und die Kerzen auspusten, weißt du«, sagte Marianne und fuhr ihrem Enkelkind über die Haare. »Und dann müssen wir warten, bis alle da sind, damit alle deine schönen Geschenke sehen.«

Marianne, Miriam, Marion und er. Holger Munch hätte sich eigentlich keinen besseren Rahmen für einen schönen Nachmittag wünschen können. Aber als wäre die Erklärung seiner Exfrau, dass sie noch warten müssten, ein Stichwort in einem Theaterstück gewesen, das ein Ereignis auslöste, ging die Haustür auf, und da stand Rolf, der Lehrer aus Hurum, mit einem Lächeln um den Mund und einem riesigen Blumenstrauß in der Hand.

»Hallo, Rolf«, sagte Marion, lief zur Tür und umarmte ihn.

Munch verspürte einen kleinen Stich, als er sah, wie sich

die kleinen Arme um den Mann legten, den er nicht leiden konnte, aber das war schnell vorbei. Marion war ihm wichtiger als alles andere auf der Welt, und für sie war das Leben ja immer so gewesen. Opa, allein. Oma und Rolf, zusammen.

»Sieh mal, wie viele Geschenke ich kriege!«

Sie zog den Lehrer aus Hurum ins Wohnzimmer, damit er sich den Gabentisch ansehen konnte.

»Wie schön«, sagte Rolf und strich ihr übers Haar.

»Sind die auch für mich?«, fragte Marion und zeigte auf den großen Blumenstrauß.

»Nein, die sind für Oma«, sagte der Lehrer und warf Marianne einen Blick zu, die jetzt lächelnd in der Tür stand.

Munch sah den Blick, mit dem seine Exfrau Rolf bedachte. Und dann war es eigentlich vorbei. Das gute Gefühl, die Idylle. Die Pseudoidylle. Er stand auf, gab dem Lehrer die Hand und sah zu, wie der Mann, den er eigentlich hasste, der Exfrau den riesigen Blumenstrauß überreichte und sie auf die Wange küsste.

Zum Glück wurde er von Marion gerettet, deren Gesicht vor Spannung jetzt schon knallrot war und die einfach nicht mehr länger warten wollte.

»Jetzt muss aber endlich die Singerei kommen«, sagte die Kleine laut und erinnerte Munch unbewusst und freundlich daran, warum er überhaupt da war.

Sie sangen rasch, denn Marion hörte ja doch nicht zu. Sie blies die Kerzen auf dem Kuchen aus und machte sich über die Geschenke her.

Eine knappe halbe Stunde darauf war sie fertig und saß erschöpft vor den vielen Gaben. Die Barbie-Sachen hatten ihren Geschmack voll getroffen, sie war Munch um den Hals gefallen, und obwohl er einen missbilligenden Blick von Miriam erwartet hatte, weil er Marion schon wieder verwöhnte und nicht die richtigen Geschenke brachte, kam nichts. Seine Tochter lächelte nur, wie zum Dank, und gab ihm das Gefühl, dass alles in Ordnung war.

Dann ging schon wieder Munchs Telefon. Mikkelson, und jetzt kam er wie gerufen. Munch bat um Entschuldigung, ging nach draußen auf die Treppe, steckte sich die ersehnte Zigarette an und meldete sich.

»Ja?«

»Gehst du neuerdings überhaupt nicht mehr ans Telefon, oder was?«, grunzte eine gereizte Stimme am anderen Ende der Leitung.

»Familienkram«, antwortete Munch.

»Wie reizend«, sagte Mikkelson sarkastisch. »Es tut mir wirklich leid, in die Idylle zu platzen, aber ich brauche dich.«

»Was ist los?«, fragte Munch neugierig.

»Ein junges Mädchen«, sagte Mikkelson, jetzt ein wenig ruhiger.

»Wo?«, fragte Munch.

»Hurum. Ein Spaziergänger hat sie vor einigen Stunden gefunden.«

»Und wir sind sicher?«

»Womit denn?«

»Dass es ein 233 ist?«

Munch zog lange an der Zigarette. Er konnte die kleine Marion hinter der Tür lachen hören. Jemand jagte sie durch das Haus, sicher der Idiot, der seinen Platz eingenommen hatte. Munch schüttelte gereizt den Kopf. Geburtstagsfeier in dem alten Haus. Was hatte er sich dabei eigentlich gedacht?

LESEPROBE

»Leider ja«, antwortete Mikkelson. »Ich brauche dich sofort da draußen.«

»Alles klar, bin schon unterwegs«, sagte Munch und legte auf.

Er warf die Zigarette weg und lief schon die Treppe hinunter, als die Tür aufging und Miriam herauskam.

»Alles in Ordnung, Papa?«, fragte seine Tochter und sah ihn besorgt an.

»Was? Ja, sicher ... nur ... der Job.«

»Okay«, sagte Miriam. »Ich wollte auch bloß ...«

»Was denn?«, fragte Munch ungeduldig.

»Dich auf die große Mitteilung vorbereiten«, sagte seine Tochter, ohne ihm in die Augen zu blicken.

»Was denn für eine Mitteilung?«

»Sie wollen heiraten«, sagte Miriam, noch immer, ohne ihn anzusehen.

»Wer?«

»Mama und Rolf. Ich habe versucht, ihr zu klarzumachen, dass heute vielleicht nicht ganz der richtige Zeitpunkt dafür ist, es zu sagen, aber ja ...«

Miriam sah ihn jetzt an.

»Kommst du rein, oder?«

»Hab einen Fall«, sagte Munch schroff und wusste nicht, was er noch sagen sollte.

»Du musst also los?«, fragte Miriam.

»Ja«, nickte Munch.

»Warte, ich hol deine Jacke«, sagte Miriam und kam mit seinem Dufflecoat zurück.

»Dann sag ihnen meinen herzlichen Glückwunsch«, sagte Munch trocken und ging auf sein Auto zu.

»Ruf mich an, ja? Ich würde gern etwas mit dir besprechen, was für mich schon wichtig ist, irgendwann, wenn du Zeit hast, ja?«, rief Miriam hinter ihm her.

»Klar, Miriam, ich rufe an«, sagte Munch, lief über den Kiesweg, setzte sich in seinen schwarzen Audi und ließ den Motor an.

• 5 •

Es war noch keine fünf, aber dennoch schon fast dunkel, als Holger Munch bei den Polizeisperren am Rand von Hurumlandet ankam. Er hielt seinen Ausweis ins Fenster und wurde rasch von einem jungen Dienstanwärter weitergewinkt, dem es offenbar etwas peinlich war, ihn nicht gleich erkannt zu haben.

Munch hielt einige Hundert Meter hinter der Absperrung am Straßenrand und stieg aus. Er schlüpfte in seine Jacke und steckte sich eine Zigarette an.

»Munch?«

»Ja?«

»Olsen, Einsatzleiter.«

Munch ergriff die behandschuhte Hand des hochgewachsenen Polizisten mittleren Alters, den er noch nie gesehen hatte.

»Wie ist die Lage?«

»Das Opfer wurde an die sechshundert Meter oberhalb der Straße hier in nordnordwestlicher Richtung gefunden«, sagte Olsen und zeigte am dunklen Wald nach oben.

»Wen haben wir gerade vor Ort?«

»Kriminaltechnik. Rechtsmedizin. Einer von deinen … Kolstad?«

LESEPROBE

»Kolsø.«

Munch öffnete den Kofferraum seines Audi, nahm seine Stiefel heraus und wollte sie gerade anziehen, als sein Telefon klingelte.

»Munch?«

»Hier ist Kim. Bist du angekommen?«

»Ja, stehe unten auf der Straße. Wo bist du?«

»Oben beim Zelt. Vik ist fertig und verliert hier langsam die Geduld, aber ich habe gesagt, sie müssen sie liegen lassen, bis du da bist. Ich komm dich jetzt holen.«

»Ja, schön. Wie sieht es denn aus?«

»So was wie Schlaf können wir eine Weile vergessen. Das hier war ein kranker Teufel.«

»Wie meinst du das?«, fragte Munch und spürte plötzlich, wie ihn ein Gefühl des Unbehagens überkam.

Kranker Teufel?

Holger Munch hatte fast dreißig Jahre als Mordermittler hinter sich und fast alles gesehen, Dinge, die gewöhnliche Menschen um ihre Nachtruhe bringen würden, doch er verlor nur selten die Fassung, konnte meistens ein distanziertes professionelles Verhältnis dazu behalten, was er im Dienst sah, und hätte jemand anders diese Bemerkung gemacht, wäre er nicht weiter besorgt gewesen. Mia hätte es sagen können, der alles tief unter die Haut ging, oder Curry, dessen Stimmung dauernd wechselte, aber Kim? Munch gefiel das überhaupt nicht.

»Soll ich erzählen, oder willst du es dir selbst ansehen?«, fragte Kim jetzt.

»Die Kurzversion bitte«, sagte Munch und steckte sich einen Finger ins Ohr, als ein Streifenwagen plötzlich die Sirene einschaltete und dicht an ihm vorbeifuhr.

»Bist du noch dran?«, rief Kim.

»Ja, ja, sag den letzten Satz noch mal.«

»Weiblicher Teenager, vermutlich sechzehn oder siebzehn«, sagte Kim jetzt. »Nackt. Sieht aus wie ein, wie soll ich sagen ... Ritual? Es liegen jede Menge Federn um sie rum. Und Kerzen stehen da ...«

Munch steckte wieder den Finger ins Ohr, als ein weiterer Streifenwagen mit eingeschaltetem Blaulicht hinter dem anderen herfuhr.

»... aufgestellt wie eine Art Symbol.« Kim war wieder verschwunden. Munch warf einen gereizten Blick zu Einsatzleiter Olsen hinüber, der seinerseits telefonierte und in Richtung Absperrung gestikulierte.

»Ich kann dich nicht hören«, sagte Munch.

»Eine Art Sternenformation«, sagte Kim noch einmal.

»Was?«

»Nackter weiblicher Teenager. Ihr Körper ist zu einer seltsamen Haltung verdreht. Die Augen stehen weit offen. Hier liegen überall Federn herum ...«

Wieder war Kims Stimme weg. »Ich höre dich nicht«, rief Munch und steckte sich wieder den Finger ins Ohr.

»... eine Blume.«

»Was?«

»Jemand hat ihr eine Blume in den Mund geschoben.«

»Eine was?«

»Ich höre dich nicht mehr«, sagte Kim durch lautes Rauschen hindurch. »Ich komme runter.«

»Okay, ich stehe bei ...«, rief Munch in die Leitung, aber Kim hatte bereits aufgelegt.

Munch schüttelte den Kopf und zog ausgiebig an seiner Zigarette, als Einsatzleiter Olsen vor ihm auftauchte.

»Zwei Presseleute sind zu nah herangekommen, aber jetzt haben wir endlich die ganze Umgebung absperren können.«

»Gut.« Munch nickte. »Habt ihr schon mit der Runde angefangen? Bei den Häusern da oben?«

»Ja«, sagte Olsen und nickte ebenfalls.

»Weiß irgendwer was?«

»Soviel ich weiß, bisher nicht.«

»Na gut, wir dürfen auch den Campingplatz weiter oben an der Straße nicht vergessen, der ist sicher über Winter geschlossen, aber die Wohnwagen stehen ja da. Wer weiß, vielleicht haben wir Glück.«

Der Einsatzleiter nickte noch einmal und verschwand.

Munch zog seine langen Stiefel an und holte eine Mütze aus der Jackentasche. Er warf die Zigarette weg und steckte sich mit kalten roten Fingern eine neue an, er hatte Mühe, das Feuerzeug zu betätigen. Verdammt, war nicht der Sommer eben noch da gewesen? Es war nicht mal fünf Uhr nachmittags und schon finster wie in der kalten Nacht.

Kim kam aus dem Wald auf ihn zu, mit finsterer Miene hinter einer großen Taschenlampe.

»Bist du bereit?«

Bereit?

Kim war wirklich nicht so wie sonst. Es war deutlich, dass der Anblick dort oben im Wald ihm auf eine Weise zusetzte, die Munch noch nervöser machte.

»Geh dicht hinter mir her. Das Gelände ist hier verdammt unwegsam, okay?«

Munch nickte und folgte dem sonst so gelassenen Kollegen zu dem Pfad, der durch den Wald nach oben führte.